The Mortal Instruments
City of Ashes

MORTAL INSTRUMENTS Book 2: CITY OF ASHES
by Cassandra Clare

Copyright ⓒ 2008 by Cassandra Clare, LLC
All rights reserved.

This Korean edition was published by Woongjin Think Big Co., Ltd. in 2013 by arrangement with Cassandra Clare c/o Barry Goldblatt Literary LLC, New York through KCC(Korea Copyright Center Inc.), Seoul.

2 · 재의 도시

새도우 헌터스

카산드라 클레어 장편소설 · 오경아 옮김

노블마인

Contents

프롤로그   7

1부
지옥의 계절

1 발렌타인의 화살   14
2 사냥꾼의 달   34
3 심문관   62
4 둥지 안의 뻐꾸기   76
5 아버지의 죄   97
6 재의 도시   120
7 죽음의 검   132

2부
지옥의 입구

8	실리코트	144
9	죽음은 우리를 지배하지 못하리	193
10	멋지고 비밀스러운 곳	214
11	연기와 철	224
12	증오	241
13	반역의 천사들	267

3부
분노의 날

14	담대함의 룬	290
15	독사의 이빨	316
16	돌 같은 심장	345
17	에덴의 동쪽	368
18	눈에 보이는 어둠	398
19	진노의 날	426

에필로그	464

프롤로그

강철과 유리로 지은 장대한 건물 하나가 반짝이는 바늘처럼 하늘을 찌르며 프런트 가에 솟아 있었다. 맨해튼에 새로 들어선 57층 건물 메트로폴, 그 일대에서 가장 비싼 콘도미니엄 타워다. 건물의 꼭대기 층에는 그 어느 곳보다도 화려한 아파트가 들어섰다. 반드르르한 검은색과 흰색으로 꾸며진 걸작품, 메트로폴 펜트하우스. 아직 티끌 하나 내려앉지 않은 대리석 바닥에는 창으로 들어온 별빛이 아른거렸다. 천장에서 바닥까지 이어진 창유리는 너무도 투명해서 보는 이와 전경 사이에 아무것도 없는 듯한 착각을 불러일으켰다. 높은 곳을 두려워하지 않는 사람이라도 그 앞에서는 아찔한 현기증을 느낄 만했다.

저 아래로는 은빛 띠처럼 유유히 흐르는 이스트 강이 내려다보였다. 반짝이는 다리들이 장식처럼 놓였고, 보트들이 작은 얼룩처럼 떠다녔다. 양쪽에는 빛으로 가득한 맨해튼과 브루클린 쪽 강둑이 뻗어 있다. 맑은 날이면 남쪽으로 조명을 밝힌 자유의 여신상이 보이지만, 안개가 자욱한 오늘 같은 밤에는 윤곽조차 보이지 않는다.

창 앞에 선 남자는 아름다운 전경에 그리 감명을 받지 않은 얼굴이다.

그가 인상을 쓰며 돌아서서 성큼성큼 공간을 가로지르자 대리석 바닥에 부츠 굽이 부딪히는 소리가 실내에 가득 울렸다.

"아직도 준비가 안 됐냐? 한 시간이 다 되어가잖아." 남자가 소금처럼 하얀 머리칼을 쓸어 넘기며 물었다.

바닥에 꿇어앉은 소년은 초조하고 긴장된 눈으로 그를 올려다보았다. "바닥이 대리석이에요. 생각보다 단단해서 펜타그램을 그리기가 쉽지 않다고요."

"그럼 그건 생략해." 가까이에서 보면 머리칼이 새하얀 남자의 나이가 그리 많지 않다는 것이 금세 드러났다. 표정이 굳어 엄한 인상을 주었지만 얼굴에는 주름 하나 없고, 눈빛은 맑고 흔들림이 없었다.

소년은 침을 꿀꺽 삼키며 좁은 어깨에서 튀어나온 막 같은 검은 날개를 초조하게 팔랑거렸다. 청재킷의 등 부분을 가늘게 찢어 날개를 내놓은 것이었다. "펜타그램은 악마를 소환하는 의식에서 꼭 필요한 부분이에요. 잘 아시잖아요. 그게 없으면……."

"보호를 받을 수 없지. 나도 잘 안다, 일리아스. 하지만 서둘러. 네가 별 반쪽을 그리는 시간에 악마를 불러내 잡담을 나누고 다시 지옥으로 돌려보내는 마법사들도 수없이 봤으니까."

아무 말 없이 대리석을 파대는 소년의 손길이 조금 빨라졌다. 이마에서 땀방울이 떨어지자 한 손을 들어 머리칼을 쓸어 넘겼다. 가느다란 거미줄 같은 것이 손가락 사이에 막처럼 연결되어 있었다.

"됐어요." 몸을 일으키며 한숨을 몰아쉰 소년이 말했다. "이제 됐습니다."

"좋아. 그럼 시작하지." 남자가 만족스러운 목소리로 말했다.

"제 돈은……."

"말했지, 내가 애그러먼과 얘기를 나눈 후에 받게 될 거라고. 그 전엔 안 돼."

일리아스가 일어나서 어깨를 흔들어 재킷을 벗었다. 재킷에 구멍을 뚫어놓았어도 날개가 눌리는 걸 완전히 막지는 못했다. 눌렸던 날개가 활짝 펴지면서 바람 한 점 들지 않는 실내에 산들바람이 일었다. 검은 날개에 무지갯빛이 물 위에 뜬 기름띠처럼 어른거렸다. 남자가 불쾌한 듯 날개에서 시선을 돌렸지만 일리아스는 눈치채지 못했다. 그는 자신이 그린 펜타그램 주위를 시계 반대 방향으로 빙글빙글 돌면서, 불꽃이 타닥거리는 소리와 비슷한 악마의 언어로 주문을 외기 시작했다.

타이어에서 공기가 쭉 빨려나가는 소리가 나며 펜타그램의 윤곽선에서 불길이 화르르 일었다. 열두 개의 거대한 유리창에 열두 개의 불타오르는 별이 비쳐 일렁거렸다.

그때 펜타그램 안에서 뭔가 움직였다. 형체가 없고 거무스름한 것이었다. 일리아스는 좀 더 빠르게 주문을 외며 거미줄 쳐진 손으로 허공에다 섬세한 선을 그렸다. 손가락이 지나가는 곳마다 푸른 불꽃이 타닥거리며 피어올랐다. 남자는 마법사의 언어인 소니언어를 유창하게 말하진 못해도 일리아스가 반복하는 주문의 뜻은 알아들었다. "애그러먼, 내가 너를 부르노라. 세상 사이의 공간 밖으로 내가 너를 부르노라."

남자가 호주머니 안으로 손을 밀어 넣자, 단단하고 차가운 금속의 질감이 손끝에 느껴졌고 얼굴에 미소가 피어올랐다.

일리아스는 이제 걸음을 멈추고 펜타그램 앞에 서 있었다. 주문이 일정하게 오르락내리락하는 가운데 주변으로 푸른 불꽃이 번개처럼 번쩍였다. 펜타그램 안에서 검은 연기가 기둥처럼 솟구쳐 소용돌이를 치다가 점점 넓게 퍼지며 단단하게 뭉쳤다. 어둠 속에서 눈알 두 개가 거미

줄에 걸린 보석처럼 번득였다.

"이쪽 세상에서 나를 부르는 자가 누구냐?" 유리가 산산이 부서지는 듯한 소리로 애그러먼이 물었다. "누가 나를 부르느냐?"

펜타그램 앞에 있던 일리아스가 주문을 멈추고 얼어붙었으나, 그의 날개만은 천천히 공기를 가르고 있었다. 녹내와 탄내가 코를 찔렀다.

"애그러먼, 나는 마법사 일리아스다. 내가 너를 불렀다."

잠시 침묵이 흘렀다. 그러다 악마가, 연기가 웃는다는 말이 가능하다면, 웃음을 터트렸다. 산처럼 톡 쏘는 웃음이었다.

"어리석은 마법사." 애그러먼이 색색거리듯 말했다. "어리석은 소년이로구나."

"그런 말로 날 협박할 수 있다고 생각한다면 너야말로 어리석다." 일리아스가 소리쳤지만 목소리는 그의 날개처럼 가늘게 떨렸다. "내가 풀어주지 않으면 넌 펜타그램 안에 영원히 갇히게 돼, 애그러먼."

"과연 그럴까?"

연기가 모양을 바꾸며 뭉글뭉글 앞으로 밀려나왔다. 덩굴손 비슷한 것이 쭉 뻗어 나와 손 모양으로 변하더니 타오르는 펜타그램 테두리를 쓰윽 쓰다듬었다. 그러고는 터진 강둑에서 물이 쏟아지듯 별 모양의 펜타그램 밖으로 왈칵 쏟아져 나왔다. 불꽃은 점점 사그라지다 완전히 꺼졌고, 일리아스는 비명을 지르며 비트적비트적 뒷걸음질을 쳤다. 소니언어로 봉쇄와 추방의 주문을 빠르게 외웠지만 아무 일도 일어나지 않았다. 거대한 검은 연기 덩어리가 그를 향해 거침없이 다가오며 서서히 형체를 갖추기 시작했다. 흉하게 일그러지고 거대하며 소름 끼치는 형체. 시뻘겋게 이글거리는 두 눈은 컵받침만 하게 커지더니 무시무시한 빛을 쏟아냈다.

남자는 일리아스가 비명을 지르며 돌아서서 달리는 모습을 무표정하게 지켜보았다. 일리아스는 결국 문까지 가지 못했다. 애그러먼이 끓어오르는 타르처럼 마법사를 덮쳤기 때문이었다. 잠시 무기력하게 몸부림치던 일리아스는 이내 잠잠해졌다. 검은 덩어리가 스르륵 뒤로 물러나자 대리석 바닥에 뒤틀린 채로 누운 마법사의 모습이 드러났다.

"그 아이를 쓸모없게 만든 게 아니었으면 좋겠군. 그 아이 피가 필요하거든." 주머니에서 금속 물건을 꺼내 무심하게 만지작거리며 남자가 말했다.

애그러먼이 돌아섰다. 두 눈이 섬뜩하게 번쩍거렸다. 값비싼 정장 차림을 한 좁고 차분한 얼굴의 남자가 그 눈에 들어왔다. 피부가 검은 마크로 뒤덮였고 손에는 반짝이는 물건을 든 남자였다.

"마법사 소년을 사서 날 부른 건가? 내가 무슨 일을 할 수 있는지 말해주지 않고?"

"제대로 맞혔어."

애그러먼이 감탄하듯 말했다. "영리하군."

남자가 악마에게로 한 발 다가섰다. "맞아. 난 아주 영리하지. 그리고 이제부턴 네 주인이기도 해. 죽음의 잔을 들었으니, 복종하지 않으면 혹독한 결과를 치르게 될 거야."

악마는 잠시 아무 말도 하지 않았다. 그러다 복종의 몸짓을 흉내 내듯 바닥으로 쓱 미끄러지며, 몸이 없는 존재치고는 무릎을 꿇는 모습과 비슷한 모습을 보여주었다.

"분부만 내리시지요, 주인님……?" 악마의 어조는 공손했지만 끝이 묘하게 올라갔다.

남자가 미소를 지으며 말했다. "발렌타인이라고 부르지."

1부
지옥의 계절

내가 지옥에 있다고 믿으니 지옥에 있는 것이다.

— 아르튀르 랭보

1
발렌타인의 화살

"아직도 화가 안 풀린 거야?"

엘리베이터 벽에 기대선 알렉이 좁은 공간을 가로질러 제이스를 노려보았다. "나 화 안 났어."

"아니, 너 화났어." 제이스가 비난하듯 손가락질을 하다가 팔을 타고 올라오는 날카로운 통증에 비명을 내질렀다. 온몸 구석구석 아프지 않은 곳이 없었다. 심지어 손가락에까지 멍이 들었다. 그날 오후 썩은 마룻바닥을 3개 층이나 뚫고 금속 바닥에 내동댕이쳐진 후유증이다. 아바돈과의 싸움에서 입은 부상으로 목발을 집고 다니다가 이제 겨우 목발 없이 걷게 된 알렉 역시 제이스보다 나을 것이 없었다. 옷은 온통 진흙 범벅이고, 땀에 전 머리칼은 볼품없이 축 늘어졌으며, 볼에는 길게 베인 상처가 있었다.

"안 났어." 알렉이 이를 앙다물며 대꾸했다. "드래고니데 악마가 멸종됐다고 한 네 말 때문에……."

"멸종이 아니라 '거의 멸종'."

알렉이 손가락을 치켜들어 찌를 듯이 제이스를 가리켰다. "거의 멸종됐다는 건 멸종됐다는 말이 아니잖아." 분노로 그의 목소리는 부들부들 떨렸다.

"알았어, 그럼 악마론 교과서에 '거의 멸종'이라고 되어 있는 부분을 '알렉한테는 멸종됐다는 말이 아님'으로 바꾸라고 해놓을게. 이제 됐냐?"

"그만, 그만." 엘리베이터 거울에 비친 자신의 얼굴을 살피던 이사벨이 외쳤다. "싸우지들 마." 그러고는 환한 미소를 지으며 거울에서 돌아섰다. "뭐, 예상보다 약간 거칠어지긴 했어도 나름대로 재밌었잖아?"

알렉이 이사벨을 쳐다보며 머리를 설레설레 흔들었다. "어떻게 넌 진흙 한 번 안 묻히냐?"

이사벨이 심오한 표정으로 어깨를 으쓱했다. "난 마음이 순수한 사람이거든. 순수한 사람한텐 더러움이 접근하지 못해."

제이스가 크게 콧방귀를 뀌자 이사벨이 얼굴을 찌푸렸다. 그가 진흙이 말라붙은 손가락을 이사벨에게 꿈틀거려 보였다. 손톱이 마치 검은 초승달 같았다. "겉과 속이 모두 더러워서 말이야."

이사벨이 뭐라 대꾸하려는 순간 엘리베이터가 끼익 소리를 내며 멈췄다. "이거 정말 고쳐야 하는데." 이사벨이 엘리베이터 문을 세게 열어젖혔다. 그녀를 따라 입구로 걸어가면서 제이스는 전투복과 무기를 벗어던지고 뜨거운 샤워실로 뛰어들고 싶었다. 조언을 해줄 호지도 없이 그들끼리 움직이는 일에 아직 아무도 자신이 없었지만, 제이스는 둘을 설득하여 기어이 사냥을 나갔다. 모든 것을 잊게 해줄 싸움이 절실했다. 주의를 돌릴 혹독한 살인이, 상처의 고통이 필요했다. 제이스의 마음을 훤히 아는 알렉과 이사벨이 그의 제안을 받아들였고, 셋은 오물이 뒹구는 지하철 터널을 엉금엉금 기어서 드래고니데 악마를 찾아내어 죽이고 돌아왔다. 언제나처럼 손발이 척척 맞았다. 마치 한 가족처럼.

제이스가 재킷을 벗어 벽에 달린 옷걸이에 걸었다. 그 옆에 놓인 나무 벤치에 알렉이 털썩 주저앉아 오물투성이 부츠를 벗었다. 그렇게까지는 화가 나지 않았다는 사실을 제이스에게 알리려는 듯이, 음정도 안 맞는 콧노래를 조그맣게 흥얼거리기도 했다. 이사벨은 검은 머리가 쏟아져 내리도록 머리에서 핀을 뽑았다. "아, 배고파. 엄마가 있었으면 뭔가 요깃거리를 만들어주었을 텐데."

"없는 게 다행이지." 허리띠에서 무기를 끌러내며 제이스가 말했다. "있었으면 깔개를 보고 벌써 소리를 질렀을걸."

"잘 아는구나." 뒤쪽에서 차가운 목소리가 날아들었다. 제이스가 허리띠에 손을 얹은 채 빙글 돌아서자, 뻣뻣한 재질의 검은 여행복 차림으로 입구에 팔짱을 끼고 선 메이리스 라이트우드가 보였다. 이사벨과 똑같은 검은 머리가 두꺼운 줄로 묶여 등허리까지 내려와 있었다. 얼음처럼 차가운 푸른 눈이 탐조등처럼 세 사람을 천천히 훑었다.

"엄마!" 냉정을 되찾은 이사벨이 달려가서 어머니를 껴안았다. 알렉도 일어나 절뚝이는 다리를 숨기려 애쓰며 두 사람에게 다가갔다.

제이스는 꼼짝하지 않았다. 그를 쳐다보는 메이리스의 눈빛에 담긴 무언가가 제이스를 얼어붙게 만들었다. 그게 그렇게 심한 말이었나? 그 고풍스러운 깔개를 향한 메이리스의 집착에 대해서는 모두가 농담을 해왔는데.

"아빠는요? 맥스는?" 어머니에게서 떨어지며 이사벨이 물었다.

메이리스가 짧은 순간 멈칫하다 입을 열었다. "맥스는 방에 있어. 아버진 불행히도 아직 알리칸테에 남아 계시고. 처리해야 할 일들이 좀 남았거든."

여동생보다 분위기에 민감한 알렉이 머뭇머뭇 물었다. "뭐가 잘못됐어요?"

메이리스가 냉담한 어조로 말했다. "그건 내가 물어야 할 소리 같구나. 너 지금 다리를 저는 거니?"

"그게……."

알렉은 거짓말에 소질이 없었다. 이사벨이 나서며 능숙하게 말을 이었다.

"지하 터널에서 드래고니데 악마와 한판 붙었거든요. 별거 아니었어요."

"그럼 지난주에 대악마와 맞붙은 일도 별거 아니었겠구나."

이번에는 이사벨도 입을 열지 못했다. 이사벨의 시선이 제이스에게 향했다. 제이스는 그러지 않기를 바랐지만.

"그러려던 건 아니었어요." 제이스는 대화에 집중하기가 힘들었다. 메이리스는 아직까지 그에게 인사 한마디 하지 않은 채 푸른 비수와 같은 눈으로 그를 보고 있었다. 명치끝부터 허한 느낌이 서서히 퍼져나갔다. 전에는 한 번도 그런 눈으로 제이스를 바라본 적이 없었다. 그가 무슨 짓을 저지르건. "그건 실수로……."

"제이스!" 라이트우드가의 막내인 맥스가 어머니의 손길을 피하며 방 안으로 뛰어 들어왔다. "돌아왔네! 전부. 엘리베이터 소리가 들린 거 같아서 와봤지." 맥스는 방 안을 빙글 돌며 들어와서는 알렉과 이사벨에게 승리의 미소를 지어 보였다.

"방에 있으라고 분명히 말했을 텐데." 메이리스가 말했다.

"그런 말, 들은 적 없는데."

맥스가 하도 진지하게 말해서 알렉조차 웃고 말았다. 맥스는 또래보다 몸집이 작아서 일곱 살 정도로밖에 보이지 않지만, 말수가 적고 표정이 심각한 데다 커다란 안경까지 더해져 어딘지 모르게 어른 같은 분위기가 났다. 알렉이 팔을 뻗어 동생의 머리를 헝클어뜨렸다. 맥스는 눈을 반짝이며 여전히 제이스만 쳐다보았다. 차갑게 뭉친 제이스의 뱃속이 조금은 풀어지는 느낌이었다. 맥스는 자기 형한테는 그러지 않으면서도 제이스는 늘 우상처럼 여겼다. 아마 맥스가 주변에서 얼쩡거려도 제이스가 알렉보다 더 잘 참아주기 때문일 것이다.

"대악마하고 싸웠다며? 어땠어? 끝내줬어?" 맥스가 물었다.

"조금…… 달랐어. 알리칸테는 어땠어?" 제이스가 애매모호하게 대답하고는 되물었다.

"완전 멋졌어. 나 진짜 멋진 것도 구경했어. 알리칸테에 엄청나게 큰 무기고가 있는데, 무기 만드는 곳을 구경시켜줬거든. 새로운 방법으로 천사의 검을 만드는 것도 보여줬어. 그렇게 만들면 더 오래간대. 나 이제 호지 선생님한테 그거……."

제이스의 시선이 저도 모르게 메이리스에게 향했다. 그의 얼굴엔 믿을 수 없다는 표정이 담겨 있었다. 맥스는 아직 호지에 대해 모르고 있었다. 메이리스가 맥스에게 말해주지 않은 것이다. 제이스의 표정을 보고 메이리스가 입을 꾹 다물었다. 입술이 칼날처럼 가늘어졌다.

"이제 그만하면 됐어, 맥스." 막내아들의 팔을 잡으며 그녀가 말했다.

놀란 맥스가 목을 꺾으며 엄마를 올려다봤다. "지금 제이스한테 말하고 있는데……."

"엄마도 알아." 메이리스가 맥스를 이사벨 쪽으로 가볍게 밀었다.

"이사벨, 알렉, 네 동생 좀 방으로 데려다주렴. 그리고 제이스." 메이리스의 목소리가 딱딱하게 굳었다. 보이지 않는 화학물질이 입안의 단

아들을 바싹 말려버리기라도 한 것처럼. "씻고 나서 바로 도서관으로 와."

"이해가 안 돼요." 어머니와 제이스를 번갈아 쳐다보며 알렉이 말했다. "도대체 뭐 때문에 그러는 거예요?"

제이스는 등뼈를 타고 올라오는 한기를 느꼈다. "우리 아버지하고 관련된 일인가요?"

메이리스가 두 번 움찔했다. '우리 아버지'란 두 단어가 따귀를 두 번 후려치기라도 한 듯이.

"도서관으로 와. 그 문제는 거기서 얘기할 테니까." 메이리스가 이를 악물고 말했다.

알렉이 입을 열었다. "엄마가 없을 때 여기서 일어난 일은 제이스 잘못이 아니에요. 우리 모두가 같이 한 일이라고요. 그리고 호지 선생님이 그랬는데……."

"호지 문제도 나중에 얘기할 거야." 맥스를 힐끗 보고 메이리스가 경고하듯 엄하게 말했다.

"하지만 엄마, 제이스를 벌줄 생각이면 우리 모두 벌줘야 할걸요. 그래야 공평하니까. 우린 정확히 똑같은 일을 했다고요." 이사벨이 항의하듯 말했다.

"그렇지 않아." 그러고는 침묵이 계속 이어져 제이스는 메이리스가 더는 아무 말도 하지 않으려는 줄 알았다. 그 순간 그녀가 입을 열었다. "전혀 똑같지 않아."

"일본 애니메이션 제1규칙." 한 손엔 포테이토칩 봉지를, 다른 손엔 텔레비전 리모컨을 든 채 침대 발치에 쌓아놓은 베개 뭉치에 기대앉으며 사이먼이 말했다. '내 블로그에 너희 엄마 올렸어'라고 쓰인 검은 티셔츠와 한쪽 무릎에 구멍이 뚫린 청바지를 입었다. "맹인 수도승은 절대 건드리지 마라."

"내 말이. 어떻게 된 게 앞을 보는 수도승보다 훨씬 싸움을 잘한다니까."

클라리가 과자를 집어 둘 사이의 선반에 놓인 캔 안의 소스를 듬뿍 찍고는 화면을 자세히 들여다보았다. "저 사람들, 지금 춤추는 거야?"

"춤추긴. 서로 죽이려고 기를 쓰는 중이지. 저 남자가 다른 남자 원수잖아, 기억 안 나? 저 남자 아버지를 죽였다고. 근데 춤을 추겠어?"

과자를 와삭거리며 클라리가 화면을 골똘히 쳐다봤다. 날개 달린 두 남자 사이에서 분홍색과 노란색 구름이 소용돌이치며 일어났고, 두 남자는 번쩍거리는 창을 들고 서로의 주변을 휙휙 날아다녔다. 중간중간에 둘 중 하나가 말을 하는데, 전부 일본어인 데다 자막은 중국어여서 무슨 뜻인지 분명치 않았다. 클라리가 물었다.

"모자 쓴 남자 말이야. 저 남자가 나쁜 놈이야?"

"아냐, 모자 쓴 남자는 아까 말한 그 남자 아버지야. 마법의 황제 말이야. 저 모자가 바로 마법사 모자고. 나쁜 놈은 말하는 기계 손을 단 남자잖아."

전화벨이 울렸다. 사이먼이 과자 봉지를 내려놓고 전화를 받으려고 일어났다. 클라리가 사이먼의 손목을 잡았다. "받지 마. 그냥 둬."

"루크면 어떻게 해? 병원에서 전화하는 걸지도 모르잖아."

"아닐 거야. 루크라면 내 휴대전화로 걸겠지. 너희 집이 아니라."

사이먼이 클라리를 빤히 쳐다보다가 다시 그녀 옆에 털썩 주저앉았다. "그렇다면 뭐."

목소리에 의혹이 묻어났지만 클라리는 사이먼이 말로 표현하지 않은 확신 또한 느낄 수 있었다. 네가 행복하다면 뭐든 좋아. 현재의 상황에 '행복'이란 표현이 어울릴지는 모르겠지만. 엄마는 병원에서 삑삑거리는 기계와 튜브에 연결된 채 잠들어 있고, 루크는 엄마의 침대 옆에서 딱딱한 플라스틱 의자에 좀비처럼 쓰러져 있는데. 아침저녁으로 제이스를 걱정하며 인스티튜트로 전화하려고 수백 번도 더 전화기를 집었다 내려놓는데. 제이스가 그녀와 말을 하고 싶다면 먼저 전화할 거라고 생각하면서.

제이스를 조슬린에게 데려간 건 실수였는지도 모른다. 엄마가 아들의 목소리를 들으면, 그렇게 그리워하던 첫아이의 목소리를 들으면 깨어날 거라고 클라리는 확신했다. 하지만 조슬린은 깨어나지 않았고, 제이스는 그림 속의 천사 같은 얼굴로 무심하고 텅 빈 눈을 한 채 뻣뻣하게 굳어서는 침대 곁에 어색하게 서 있기만 했다. 클라리는 결국 인내심을 잃고 제이스를 향해 소리를 질렀고, 제이스는 맞받아 소리친 후 병실을 뛰쳐나갔다. 지친 얼굴의 루크는 임상 결과를 지켜보는 의사처럼 호기심 어린 눈으로 이렇게 말했다.

"너희 둘이 남매처럼 행동하는 걸 처음으로 보는구나."

클라리는 아무 대꾸도 하지 않았다. 제이스와 남매간이 아니길 얼마나 바라는지 골백번 말해도 부질없었다. 아무리 간절히 소망해도 유전자를 바꿀 수는 없다. 아무리 내가 '행복'해진다고 해도.

행복까지는 아니어도 이렇게 사이먼의 방에 늘어져 있으니 클라리는 집에 온 것처럼 마음이 편안했다. 클라리는 사이먼을 아주 오래전부터 알아왔다. 그의 침대가 불자동차 모양이고, 방 한쪽에 레고 더미가 쌓여 있던 그때부터. 이제 침대는 소파 베드이고, 누나가 선물한 밝은색 줄무니 누비이불이 덮여 있다. 벽은 '록 솔리드 판다'나 '스테핑 레이저' 같은 밴드의 포스터로 도배되었다. 레고가 놓였던 구석에는 드럼 세트가, 다른 구석에는 화면에 〈월드 오브 워크래프트〉 이미지가 떠오른 채 얼어붙은 컴퓨터가 놓여 있다. 클라리는 이 방이 자기 방만큼이나 익숙했다. 그리고 그녀의 방이 사라진 지금, 사이먼의 방은 지구상에서 클라리가 가장 편하게 느끼는 곳이었다.

"또 이거네." 사이먼이 우울하게 말했다. 냄비와 팬을 흔들어대며 서로를 쫓아다니는 3센티미터의 작은 인간들이 화면을 가득 메웠다. "다른 데로 돌린다. 애니메이션은 이제 지겨워. 줄거리도 잘 모르겠고, 섹스 장면도 하나 없고." 사이먼이 리모컨을 들며 선언했다.

"당연하지. 애니메이션은 건전한 가족 오락이라고." 클라리가 과자를 집으며 말했다.

"덜 건전한 오락을 즐길 마음이 있으면 포르노 채널도 괜찮은데. 〈브레스트윅의 마녀들〉이나 〈내가 다이앤과 누웠을 때〉는 어때?"

"그거 이리 내!" 클라리가 리모컨을 뺏으려고 손을 뻗었지만 사이먼은 킬킬거리며 이미 다른 채널로 돌려버렸다.

돌연 사이먼의 웃음소리가 뚝 끊겼다. 놀라서 고개를 들어보니 사이먼이 뚫어져라 텔레비전 화면을 쳐다보고 있었다. 옛날 흑백영화가 방영되고 있었다. 〈드라큘라〉. 클라리도 엄마와 함께 본 적이 있는 영화였다. 마르고 새하얀 벨라 루고시의 얼굴이 화면 가득 떠올랐다. 그 유명한 깃 높은 망토에 싸인 채 입술이 위아래로 말려들어 뾰족한 송곳니가 드러났다. "난 포도주는 절대…… 마시지 않아." 심한 헝가리 억양으로 드라큘라가 말했다.

"저 고무로 만든 거미줄 참 마음에 들더라. 가짜라는 게 완전히 드러나잖아." 클라리가 애써 밝은 목소리로 가볍게 말했다.

하지만 사이먼은 이미 리모컨을 놓고 일어나 있었다. "금방 올게."

비 오기 직전의 겨울 하늘 같은 얼굴이었다. 방을 나가는 사이먼의 뒷모습을 보며 클라리는 입술을 깨물었다. 엄마를 병원으로 옮긴 뒤 처음으로, 클라리는 사이먼 역시 그리 행복하지 않을지도 모른다는 생각이 들었다.

수건으로 머리를 닦던 제이스는 거울에 비친 자신의 얼굴을 미심쩍은 듯이 바라보았다. 치유 룬이 심한 멍은 없앴어도, 눈 아래 그늘과 굳은 입매는 가려주지 못했다. 머리가 지끈거리고 약간 어지러웠다. 뭐라도 요기를 했어야 했다. 그러나 악몽을 꾸다 헐떡이며 깨고 나서는 속이 울렁거려 먹을 수가 없었고, 먹느라고 시간을 지체하고 싶지도 않았다. 한시라도 빨리 격하게 몸을 움직여 찜찜한 기분을 털어내고 싶었다. 땀을 흘리고 멍이 들어 악몽 따위를 떠올릴 겨를이 없게 되기만 바랐다.

수건을 옆으로 던지는데, 호지가 온실에서 가꾸던 밤에만 피는 꽃으로 끓인 달콤한 홍차 생각이 간절했다. 단숨에 허기를 없애주고 활기를 불어넣던 차. 호지가 사라진 후, 똑같은 꽃으로 똑같이 만들어봤지만 쓰디쓴 재 맛만 나면서 속이 뒤집어졌다.

맨발로 터벅터벅 침실로 걸어가서 청바지와 깨끗한 셔츠를 꺼내 입었다. 축축하게 젖은 금발을 넘기다 제이스는 얼굴을 찡그렸다. 어느새 머리카락이 눈을 덮을 정도로 길게 자라 있었다. 메이리스가 보면 틀림없이 잔소리를 퍼부을 텐데. 머리가 더부룩하게 자란 걸 보면 언제나 그랬으니까. 제이스는 라이트우드 부부의 친아들이 아니었지만, 열 살 때 아버지가 죽고 나서 이 집으로 입양된 뒤 두 사람은 제이스를 늘 친자식처럼 대해주었다. '죽고 나서가 아니라 죽은 줄 알고 나서지.' 그 사실을 떠올리자 명치끝에서 허한 느낌이 되살아났다. 지난 며칠 동안 제이스는 핼러윈 호박등이 된 기분이었다. 속이 죄다 파내어진 뒤에 쓰레기 더미로 던져진, 활짝 웃는 표정으로 고정된 호박등. 제이스는 자신이나 자신의 인생에서 진실이라고 믿었던 사실 중에 과연 하나라도 진실인 것이 있는지 궁금했다. 그는 고아인 줄 알았지만 아니었다. 외아들인 줄 알았지만 여동생이 있었다.

'클라리.' 통증이 더욱 거세게 일었다. 제이스는 통증을 누르며 옷장 위에 올려놓은 깨진 거울 조각으로 눈을 돌렸다. 여전히 푸릇한 가지들과 다이아몬드 모양의 파란 하늘이 보였다. 이드리스는 황혼 녘에 가까울 시각이었다. 하늘은 청록색으로 짙어졌고 허허로운 느낌이 목까지 차올랐다. 제이스는 부츠 속으로 거칠게 발을 밀어 넣고 서둘러 도서관으로 내려갔다.

돌계단을 내려가면서 메이리스가 그에게만 하려는 말이 무엇인지 궁금해졌다. 메이리스는 제이스를 후려갈기고 싶은 표정이었다. 그녀가 제이스에게 마지막으로 손을 댄 게 언제인지 기억조차 나지 않았다. 라이트우드 부부는 아이들에게 체벌을 하는 일이 거의 없었다. 발렌타인 밑에서 자란 제이스에게는 커다란 변화였다. 발렌타인은 순종을 가르치기 위해 온갖 종류의 고통스러운 징벌을 고안해냈다. 물론 제이스의 섀도우 헌터 피부는 가장 심한 증거만 남기고 모두 아물었지만. 아버지가 죽고 난 뒤 제이스는 한동안 자신의 몸에서 상처를 찾았다. 아버지와 보낸 시간이 실제로 존재했음을 보여주는 증거들을.

제이스는 도서관 문을 가볍게 두드린 다음 밀어서 열었다. 메이리스는 난롯가에 놓인 호지의 낡은 의자에 앉아 있었다. 높은 창에서 빛이 쏟아져 희끗하게 세기 시작한 머리가 선명하게 보였다. 붉은 포도주 한 잔을 손에 들었고, 옆의 탁자에는 컷글라스 디캔터가 놓여 있었다.

"메이리스."

메이리스가 깜짝 놀라 움찔하는 바람에 포도주가 조금 쏟아졌다. "들어오는 소리를 못 들었구나."

제이스는 움직이지 않았다. "이사벨하고 알렉한테 불러주던 그 노래 기억하세요? 어렸을 때 깜깜한 방이 무섭다고 하면 자기 전에 불러주던 노래요."

메이리스는 허를 찔린 표정이었다. "지금 무슨 얘길 하는 거니?"

"벽 너머로 듣곤 했었는데. 그땐 알렉 방이 바로 제 옆방이었잖아요."

메이리스는 말이 없었다.

"프랑스어였던 그 노래 말이에요."

"왜 그런 걸 기억하고 있는지 모르겠구나." 메이리스는 제이스가 마치 자신을 비난하기라도 한 것처럼 그를 쳐다보았다.

"저한테는 한 번도 불러주지 않았죠."

순간 멈칫하다 메이리스가 입을 열었다. "넌 어둠을 무서워하는 법이 없었어."

"어둠을 무서워하지 않는 열 살짜리 꼬마가 있다고 생각하세요?"

메이리스가 눈썹을 치켜세웠다. "앉아라, 조너선. 어서."

제이스는 메이리스의 화를 부채질할 정도로 천천히 걸어가 책상 옆에 있는 소파에 털썩 주저앉았다. "조너선이라고 부르지 않았으면 좋겠는데요."

"왜? 네 이름이잖니." 메이리스가 제이스를 가만히 바라보았다. "언제부터 알고 있었어?"

"뭘요?"

"바보처럼 굴지 마. 넌 내가 무슨 말을 하는지 정확히 알고 있어." 손 안에서 잔을 돌리며 메이리스가 말했다. "발렌타인이 네 아버지란 사실을 언제부터 알고 있었어?"

제이스는 다른 대답을 하려다 그만두었다. 보통 때 같으면 재치 있는 말로 그녀를 웃기고 곤경에서 빠져나갔을 것이다. 제이스는 메이리스를 웃게 할 수 있는 몇 안 되는 사람 가운데 하나였다. "아시게 된 때랑 비슷하게요."

메이리스가 천천히 고개를 저었다. "믿을 수 없어."

제이스가 상체를 벌떡 일으켰다. 소파 팔걸이에 얹힌 두 손이 꽉 쥐어졌다. 손가락이 파르르 떨리는 게 느껴졌다. 전에도 그런 적이 있었던가? 기억이 나지 않았다. 제이스의 손은 그의 심장박동만큼이나 늘 평정을 유지했다.

"절 믿지 못하겠다고요?" 놀라움이 고스란히 담긴 자신의 목소리에 제이스는 내심 움찔했다. 물론 메이리스는 제이스를 믿지 않았다. 그녀가 집 안에 들어온 순간부터 그 사실은 분명했다.

"말이 안 되잖아, 제이스. 어떻게 자기 아버지가 누군지 모른단 말이냐?"

"아버진 자기 이름이 마이클 웨이랜드라고 했어요. 우린 웨이랜드 저택에서 살았고요."

"좋아, 그럼 네 이름은? 네 진짜 이름이 뭐지?"

"제 진짜 이름이 뭔지 아시잖아요."

"조너선이지. 조너선이 발렌타인의 아들 이름이라는 건 알고 있었어. 마이클의 아들 이름이 조너선이라는 것도. 새도우 헌터에게는 흔한 이름이라 두 사람의 아들 이름이 같다는 사실이 전혀 이상하지 않았지. 마이클에게 아들의 중간 이름을 물은 적이 없었어. 하지만 이젠 정말로 궁금하구나. 발렌타인이 얼마나 오랫동안 이 일을 계획했는지. 얼마나 오래전부터 조너선 웨이랜드를 살해할 생각을 했는지." 갑자기 말을 멈춘 메이리스가 제이스를 뚫어지게 쳐다봤다.

"넌 마이클하고 하나도 닮지 않았는데." 그녀가 다시 입을 열었다. "하지만 부모를 전혀 닮지 않은 자식들도 있으니까. 전에는 한 번도 생각해보지 않았지만 이젠 너한테서 발렌타인의 모습이 보이는구나. 나를 쳐다보는 그 시선, 반항적인 눈빛이 똑같아. 내가 무슨 말을 하든 너한테는 아무런 상관도 없겠지?"

그렇지 않았다. 상관이 아주 많았다. 하지만 그 사실을 메이리스가 눈치채지 못하게 하는 것은 제이스가 세상에서 제일 잘하는 일 가운데 하나였다. "상관이 있다고 하면 뭐가 달라지나요?"

메이리스가 탁자에 빈 잔을 내려놓았다. "넌 질문에 질문으로 답을 하며 빠져나가지. 발렌타인이 늘 그랬던 것처럼. 바로 알아보지 못한 내가 이상한 건지도 모르겠구나."

"그게 그렇게 중요한가요? 전 7년 전이나 지금이나 똑같은 사람이에요. 달라진 건 아무것도 없다고요. 그동안 절 보고 발렌타인을 떠올리지 못했다면 지금이라고 다를 게 뭐가 있죠?"

메이리스가 제이스를 보다가 시선을 피했다. "마이클에 관한 얘기가 나왔을 때 분명히 넌 네 아버지 얘기가 아니라는 걸 알았을 거야. 그에 관한 이야기 가운데 발렌타인에게 해당되는 건 하나도 없으니까."

"좋은 사람이라고 하셨잖아요. 용감한 섀도우 헌터라고. 사랑이 넘치는 아버지라고. 다른 사람이라고 생각할 이유가 없었어요." 가슴속에서 분노가 회오리쳤다.

"사진들에 대해선 뭐라고 할 거지? 너도 마이클 웨이랜드의 사진을 본 적이 있을 거야. 그걸 봤으면 네 아버지가 아니란 사실을 알았을 텐데? 제발 내가 이해할 수 있는 설명을 다오, 제이스." 메이리스가 입술을 깨물었다.

"사진들은 반란이 일어났을 때 전부 불타버렸잖아요. 그렇게 말한 건 메이리스였어요. 지금 생각하면 사진을 불태운 게 발렌타인이 아닌가 의심스럽지만요. 누가 서클에 속해 있었는지 알지 못하게 하려고 말이죠. 전 아버지 사진은 한 장도 가지고 있지 않아요." 사무치는 감정만큼이나 자신의 목소리가 비통하게 들리는지 제이스는 궁금했다.

메이리스는 머리가 아파오는지 관자놀이를 꾹꾹 눌렀다. "정말 믿을 수가 없어. 말도 안 되는 일이야." 그녀가 혼잣말하듯 중얼거렸다.

"그럼 믿지 마세요. 절 믿으면 되잖아요." 손의 떨림이 점점 심해지는 걸 느끼며 제이스가 외쳤다.

메이리스가 머리에서 손을 떨어뜨렸다. "나라고 그러고 싶지 않은 줄 아니?" 한순간 제이스는 열 살짜리 제이스가 한밤중에 마른 눈으로 천장을 노려보며 아버지를 생각하고 있으면, 방으로 들어와 동이 트기 직전 그가 잠들 때까지 침대 곁에 앉아 있던 메이리스의 목소리를 들은 것 같았다.

"저도 몰랐어요." 제이스가 다시 말했다. "그 사람이 함께 이드리스로 돌아가자고 했을 때도 싫다고 했고, 전 여전히 여기 있어요. 그걸로는 부족한가요?"

메이리스는 포도주가 더 당기는지 디캔터를 쳐다봤지만 곧 마음을 바꿨다. "그걸로 전부 해결이 된다면 나도 정말 좋겠구나. 하지만 네 아버지가 널 인스티튜트에 남겨놓을 만한 이유는 수도 없이 많아. 발렌타인에 관한 한, 그의 영향력이 미쳤을 가능성이 있는 사람이라면 누구도 믿을 수가 없어."

"메이리스에게도 영향을 미쳤잖아요." 메이리스의 얼굴이 확 붉어지는 것을 보고 제이스는 자신의 말을 바로 후회했다.

"그 후엔 완전히 인연을 끊었지. 너는 어때? 너도 그럴 수 있니?"

메이리스의 눈은 알렉과 같은 푸른색이지만, 알렉은 한 번도 이런 눈으로 제이스를 본 적이 없었다. "그를 증오한다고 말해다오, 제이스. 그의 모든 것을 증오한다고."

한동안 정적이 흘렀지만 제이스는 관절이 하얘지도록 움켜쥔 손을 내려다보고만 있었다. "못해요."

메이리스가 짧게 숨을 들이쉬었다. "왜 못해?"

"메이리스는 왜 절 믿는다고 하지 못하죠? 전 생애의 반을 메이리스와 함께 살았어요. 그만하면 절 알 만큼 알잖아요."

"네 말은 정말 진실하게 들려, 조너선. 넌 항상 그랬어. 꼬마였을 때부터. 네가 저지른 일의 책임을 알렉이나 이사벨에게 돌리려 할 때도 그랬지. 그처럼 강한 설득력을 지닌 사람을 난 이제껏 딱 한 사람밖에 보지 못했어."

입안에서 피 맛이 느껴졌다. "아버지 말인가요?"

"발렌타인에게는 세상에 오직 두 종류의 사람만 존재할 뿐이야. 서클에 속한 사람과 서클에 반하는 사람. 뒤의 사람은 적이고, 앞의 사람은 무기지. 친구들은 물론 자기 아내까지도 목적을 위해 무기로 이용하는 걸 난 두 눈으로 똑똑히 목격했어. 자기 아들에게만은 다를 거라고 믿으라는 거니?" 메이리스가 고개를 저었다. "그렇게 믿기엔 그를 너무나 잘 알아."

 제이스를 바라보는 메이리스의 눈에 처음으로 분노가 아닌 슬픔이 깃들었다. "넌 클레이브의 심장부로 날아가는 화살이야, 제이스. 발렌타인의 화살. 네가 알든 모르든 간에."

 클라리는 텔레비전 소리가 새나가지 않게 방문을 닫고 사이먼을 찾으러 갔다. 사이먼은 부엌에 있었고, 수돗물을 틀어놓은 채 싱크대 위에 몸을 구부리고 서 있었다.
 "사이먼?" 부엌은 밝고 선명한 노란색이었다. 사이먼과 누나 레베카가 초등학교 때 그린 그림들이 드문드문 걸려 있었다. 레베카의 그림에서는 분명한 재능이 엿보이지만, 사람을 그린 사이먼의 그림은 머리털 뭉치가 붙은 주차요금기처럼 보였다.
 사이먼은 고개를 들지 않았지만, 클라리는 그의 어깨가 굳어진 것으로 자신이 부르는 소리를 들었다는 것을 알았다. 싱크대로 다가가 사이먼의 등에 가볍게 손을 얹었다. 얄팍한 면 티셔츠 아래로 날카로운 등뼈가 만져지자 클라리는 사이먼이 살이 빠진 건가 생각했다. 겉모습만 보아서는 알 수가 없었다. 사이먼을 바라보는 건 거울을 보는 것과도 같으니까. 매일 얼굴을 마주하는 사람은 겉모습이 조금 변해도 알아보지 못한다. "괜찮은 거야?"
 사이먼이 수도꼭지를 홱 돌려서 잠갔다. "괜찮아. 아무렇지도 않아."
 클라리는 손가락으로 사이먼의 얼굴을 돌려 자신과 마주 보게 했다. 반쯤 열린 부엌 창문으로 시원한 바람이 불어오는데도 그의 얼굴에선 식은땀이 흘렀다. 검은 머리칼이 이마에 착 달라붙었다. "안 괜찮은 거 같은데? 영화 때문이야?"

사이먼은 말이 없었다.

"미안. 내가 웃지 말았어야 하는데. 난 그냥······."

"넌 기억 안 나?" 사이먼의 목소리가 갈라졌다.

"난······." 클라리가 말끝을 흐렸다. 돌이켜보면 그날 밤, 숨이 턱에 차도록 달렸던 기억이 어렴풋이 떠올랐다. 피와 땀, 입구에 언뜻 보이던 그림자들, 아무것도 없는 공간 아래로 떨어져 내리던 순간. 뱀파이어의 창백한 얼굴들도 떠올랐다. 컴컴한 어둠을 칼로 도려낸 듯 새하얗게 떠올라 있던 얼굴들. 클라리를 잡은 제이스의 손길, 그녀의 귀에 대고 외치던 제이스의 갈라진 목소리도 기억났다. "별로. 그냥 전부 흐릿해."

사이먼의 시선이 클라리를 빠르게 지나쳤다 되돌아왔다. "네 눈엔 내가 다르게 보이지 않아?"

클라리는 사이먼의 눈을 마주 보았다. 블랙커피 빛깔의 눈망울. 검은색은 아니지만 회색이나 담갈색의 기미가 전혀 없는 진갈색 눈망울. 달라진 점이 있나? 대악마인 아바돈을 죽인 후로 자신감이 커진 것 같기는 했다. 그러나 경계심도 느껴졌다. 꼭 무슨 일이 일어나길 기다리는 사람 같았다. 아니면 무슨 일이 일어날까 봐 조심하는 사람이든가. 어쩌면 그건 죽음을 면할 수 없는 인간의 운명을 새삼 깨달았기 때문인지도 모른다. "내 눈엔 똑같은 사이먼으로 보이는데."

사이먼이 안도한 듯 눈을 내리뜨자 긴 속눈썹이 아래로 드리워졌다. 전보다 두드러진 광대뼈를 보며 클라리는 확실히 살이 빠졌다고 생각했다. 그리고 그것을 말로 표현하려는 순간, 사이먼이 몸을 기울여 그녀에게 키스했다. 사이먼의 입술이 닿자 너무 놀란 클라리는 온몸이 뻣뻣하게 굳어 건조대 모서리를 움켜잡고서야 겨우 몸을 지탱했다. 하지만 그를 밀어내지는 않았고, 용기를 얻은 사이먼은 클라리의 뒷머리를 손으로 받치며 더욱 깊게 키스했다. 그의 입술은 부드러웠다, 제이스보다도 더. 그리고 클라리의 목을 감싼 손은 따뜻하고 조심스러웠다. 그에게서 짠맛이 났다.

스르르 눈을 감은 클라리는 어둠과 열기 속을 어지러이 떠다녔다. 머리카락을 어루만지는 사이먼의 손길이 느껴졌다. 그 순간, 멍한 상태인 그녀의 귓가에 날카로운 전화벨 소리가 날아들었다. 클라리는 그 자리에서 꼼짝도 않은 사이먼에게 마치 떠밀리기라도 한 듯이 뒤로 물러났다. 혼란 속에서 둘은 생판 처음 보는 장소로 순간 이동한 사람들처럼 서로를 뚫어지게 응시했다.

사이먼이 먼저 몸을 돌려 선반 옆에 걸린 전화기로 손을 뻗었다. "여보세요?" 목소리는 평상시와 같았지만 가슴이 빠르게 오르락내리락했다. 그가 클라리에게 수화기를 내밀었다. "네 전화야."

클라리가 수화기를 받아들었다. 여전히 심장이 쿵쾅거리며 뛰고 있었다. '루크가 병원에서 전화한 거야. 엄마한테 무슨 일이 일어난 게 틀림없어.'

클라리가 마른침을 꿀꺽 삼켰다. "루크예요?"

"이사벨이야."

"이사벨?" 클라리는 싱크대에 기대 그녀를 응시하는 사이먼을 올려다보았다. 볼에 피었던 홍조는 거의 사라지고 없었다. '네가 어떻게⋯⋯ 아니, 어쩐 일이야?"

울고 있기라도 했는지 이사벨의 목소리가 흔들렸다. "제이스 혹시 거기 있니?"

클라리는 수화기를 귀에서 떼어 쳐다봤다가 다시 귀로 가져갔다. "제이스? 아니. 제이스가 왜 여기 있겠어?"

이사벨이 한숨을 내쉬는 소리가 전화선을 타고 흘러왔다. "있잖아…… 제이스가 사라졌어."

2
사냥꾼의 달

　마야 로버츠는 아름다운 소년을 절대 믿지 않았다. 제이스 웨이랜드를 처음 보았을 때 그를 믿지 않은 것도 그래서였다.
　마야의 오빠 대니얼은 엄마의 꿀색 피부와 커다란 검은 눈을 타고났지만, 나비 날개에 불을 붙이고 그 나비가 날아가다 타죽는 모습을 지켜보는 그런 부류의 인간이었다. 그는 마야 역시 괴롭혔는데, 처음에는 작고 하찮은 일부터 시작했다. 겉으로는 보이지 않는 부분을 꼬집는다거나 마야가 쓰는 샴푸를 쏟아내고 통에 표백제를 채워둔다거나 하는 식이었다. 그런 일이 있을 때마다 엄마와 아빠에게 달려가 일렀지만 그들은 마야의 말을 믿지 않았다. 대니얼을 본 사람이라면 누구도 그런 말을 믿지 않았다. 사람들은 아름다움을 결백함이나 무해함과 혼동했다. 중학교 3학년 때 대니얼은 마야의 팔을 부러뜨렸다. 마야는 집에서 도망쳐 나왔지만 부모님에게 끌려 집으로 돌아왔다. 그리고 고등학교 1학년 때 대니얼이 뺑소니차에 치여 즉사하자, 무덤가에 부모님과 나란히 서 있으면서 마야는 걷잡을 수 없는 안도감을 느꼈다. 그러면서도 한편으로는 그런 자신의 모습에 수치심을 느꼈다. 오빠의 죽음을 기뻐한 죄로 하늘에서 벌을 내릴지도 모른다고 생각했다.

　이듬해, 신은 정말로 벌을 내렸다. 마야 앞에 조던이 나타난 것이다. 긴 검은 머리에 호리호리한 몸매, 해진 청바지와 로커 셔츠 차림을 하고 소녀처럼 긴 속눈썹을 지닌 아이였다. 마야는 조던이 자신에게 관심을 보이리라고 꿈에도 생각지 않았다. 그런 유형의 남자애들은 창백한 얼굴에 최신 스타일 안경을 쓴 비쩍 마른 여자애들을 좋아하니까. 하지만 조던은 마야의 통통한 몸매가 마음에 드는 듯했고, 키스를 하는 중간에도 끊임없이 그녀가 아름답다고 속삭였다. 처음 몇 달은 꿈을 꾸는 것 같았지만, 마지막 몇 달은 악몽 속에 사는 것 같았다. 조던은 점점 그녀를 소유하려 들었고 일거수일투족을 조종하려 들었다. 화가 나면 소리를 지르고 마야의 뺨을 후려치기까지 했다. 마야가 헤어지자는 말을 꺼내던 날엔, 마야의 집 안뜰까지 따라 들어와서 그녀를 떠밀어 쓰러뜨리는 바람에 후다닥 집 안으로 달려 들어가 문을 걸어 잠가야 했다.

　마야는 다른 아이와 키스하는 장면을 일부러 조던에게 보여주었다. 둘의 관계가 끝났다는 것을 확실히 보여줄 참이었다. 키스한 남자애의 이름은 기억나지 않지만, 그날 밤 집으로 돌아가던 길만은 분명하게 기억했다. 집에서 가까운 공원을 가로질러 지름길을 걸어가던 그때, 가느다란 빗방울이 머리를 적시고 진흙이 철벅철벅 청바지로 튀었다. 마야는 회전목마 뒤에서 갑자기 튀어나온 검은 형체도 기억했다. 축축하게 젖은 거대한 늑대가 그녀를 진흙 위로 쓰러뜨렸다. 늑대의 주둥이가 다가오는 순간 목에 극심한 통증이 밀려왔다. 비명을 지르고 몸부림을 치면서 입안에서 피 맛을 느꼈다. 마야는 머릿속으로 이렇게 외쳤다. '말도 안 돼. 불가능한 일이야.' 뉴저지에는 늑대가 살지 않았다. 그녀가 살고 있는 평범한 교외 마을에는, 21세기에는.

마야의 비명에 근처의 집들이 불을 밝히기 시작했다. 성냥불을 켜는 것처럼 창문에 하나둘 불이 들어왔다. 늑대는 비로소 마야를 놓아주었다. 핏줄기와 찢긴 살점이 주둥이에 범벅이 되어 있었다.

마야가 스물네 바늘을 꿰매고 분홍빛 침실로 돌아오자, 엄마는 근심 어린 얼굴로 주변을 맴돌았다. 응급실 의사는 커다란 개에게 물린 것 같다고 했지만, 마야는 그게 아니란 사실을 잘 알았다. 늑대가 사라지기 직전, 마야의 귓가에 뜨거운 입김과 함께 익숙한 음성이 들려왔기 때문이다. "넌 이제 내 거야. 영원히 내 거라고."

마야는 그 뒤로 조던을 다시 보지 못했다. 살던 아파트에서 가족 모두가 이사해버렸고, 친구들도 그가 어디로 갔는지 알지 못했다. 다음 보름에 지독한 고통이 시작되었을 때에도 마야는 그리 놀라지 않았다. 살을 찢는 고통이 다리를 타고 오르내리고 마술사가 숟가락을 구부리듯 등뼈가 휘며 네 발로 땅을 디뎠다. 잇몸에서 이가 툭툭 튕겨져 나와 바닥으로 후드득 떨어져 내리는 순간 그녀는 정신을 잃었다. 아니, 정신을 잃었다고 생각했다. 마야는 집에서 수 킬로미터 떨어진 곳에서 벌거벗은 몸으로 피를 뒤집어쓴 채 깨어났다. 목의 흉터가 맥박 치듯 펄떡펄떡 뛰고 있었다. 그날 밤 마야는 맨해튼으로 가는 기차에 몸을 실었다. 힘든 결정은 아니었다. 보수적인 교외 마을에서는 혼혈로 사는 것도 쉽지 않았다. 그곳 사람들이 늑대인간에게 무슨 짓을 할지는 신만이 알 터였다.

함께 생활할 무리를 찾는 일은 그렇게 어렵지 않았다. 맨해튼에만도 여러 무리가 있었다. 마야는 차이나타운에 있는 옛 경찰서를 본거지로 삼는 도심의 무리에 합류했다. 무리의 리더는 계속 바뀌었다. 맨 처음에는 키토였고 그다음엔 베로닉, 그다음엔 가브리엘, 그리고 지금은 루크다. 가브리엘도 괜찮았지만 마야는 루크가 더 편했다. 믿음직스러운 외모에 따스한 푸른 눈을 지녔고, 지나치게 잘생기지도 않아서 마주 보는 순간 반감이 드는 일도 없었다. 마야는 현재의 무리와 함께 지내는 데 아무 불만이 없었다. 허름한 경찰서에서 잠을 자며 보름달이 뜨지 않는 밤이면 카드놀이를 하고 중국 음식을 먹었다. 보름달이 뜨는 밤이면 공원을 돌아다니며 사냥을 하고, 다음 날 사냥꾼의 달로 몰려가 변신의 여파를 알코올로 씻어냈다. 사냥꾼의 달은 도시의 지하에 있는 늑대인간 바 중에서 제일 괜찮은 곳이었다. 에일 맥주도 팔았고, 스무 살이 넘었는지 신분증을 확인하지도 않았다. 늑대인간이 되면 빨리 어른이 되었다. 한 달에 한 번 털이 자라고 송곳니가 돋기만 하면, 인간 세상의 나이와 상관없이 누구라도 사냥꾼의 달에서 술을 마실 수가 있었다.

이제 가족 생각을 하는 일은 거의 없었지만, 길고 검은 코트를 걸친 금발 소년이 성큼성큼 바 안으로 들어온 순간 마야는 온몸이 뻣뻣하게 굳어졌다. 소년은 대니얼하고 전혀 닮지 않았다. 대니얼은 꿀색 피부에 끝이 살짝 구불거리는 검은 머리였지만 이 소년은 새하얀 피부에 금발이었다. 그러나 호리호리한 몸이나 걷는 모습이 먹이를 노리는 표범을 닮은 것도 그렇고, 한 치의 의심도 없이 자기 매력을 자신하는 태도도 똑같았다. 마야는 경련하듯 잔을 움켜쥐며 속으로 같은 말을 되뇌었다. '그는 죽었어. 대니얼은 죽었다고.'

소년이 들어서자, 배의 고물에 파도가 부딪혀 포말로 부서지듯 실내에 한바탕 웅성거림이 휩쓸고 지나갔다. 소년은 마치 아무것도 모른다는 듯이 태연하게 부츠 발로 스툴을 끌어당겨 앉았다. 웅성거림이 잦아들어 조용해진 실내에서 마야는 소년이 싱글몰트 위스키를 주문하는 소리를 들었다. 소년은 손목을 매끈하게 꺾어 단숨에 반을 마셨다. 잔 안의 음료는 그의 머리 색깔과 같은 어두운 황금빛이었다. 그가 손을 뻗어 잔을 내려놓을 때 마야는 그의 손목과 손등에 회오리치듯 두껍게 새겨진 검은 마크들을 보았다.

마야 옆에 앉은 배트가 나지막이 '네피림'이라고 중얼거리는 소리가 들렸다. 배트와는 한때 사귀는 사이였지만 지금은 그냥 친구 사이다.

'그랬구나.' 소년은 늑대인간이 아니었다. 그는 섀도우 헌터였다. 심원한 세계의 비밀 경찰대이자, 코브넌트의 비호 아래 법률을 수호하는 자들. 섀도우 헌터는 되고 싶다고 해서 되는 것이 아니었다. 오로지 섀도우 헌터로 태어난 자만이 섀도우 헌터가 될 수 있었다. 그들의 피야말로 그들의 존재 자체였다. 섀도우 헌터에 대해서는 무수한 소문이 떠돌았지만 호의적이지 않은 것들이 대부분이었다. 건방지고 오만하며 잔인하다, 다운월드 사람들을 깔보고 멸시한다. 늑대인간이 섀도우 헌터보다 싫어하는 것은 그리 많지 않았다. 뱀파이어 정도나 있을까.

사람들은 섀도우 헌터가 악마를 죽이는 자들이라고 했다. 마야는 세상에 악마가 실제로 존재하며 그들이 어떤 일을 저지르는지 처음으로 들었던 순간을 똑똑하게 기억했다. 머리가 지끈거리며 아파왔다. 뱀파이어나 늑대인간이 질병에 걸린 사람들일 뿐이라는 건 그녀도 잘 알고 있었다. 하지만 천국이니 지옥이니 하는 헛소리뿐만 아니라 천사와 악마까지 믿으라고 하면서 신이 정말로 존재하는지, 죽은 다음에 어디로 가는지는 아무도 확실하게 말해주지 못한다는 것이 어쩐지 공정치 못하게 느껴졌다. 마야는 이제 악마의 존재를 믿었다. 그들이 저지른 짓을 똑똑히, 그것도 여러 차례 목격했으니 부정할 수가 없었다. 하지만 그런 사실을 부정할 필요가 없던 때로 돌아갈 수만 있다면 더 바랄 것이 없을 듯했다.

소년이 팔꿈치에 체중을 싣고 몸을 기울이며 말했다. "그러니까 여기

선 실버 불릿(미국 맥주 쿠어스 라이트의 별칭—옮긴이)을 팔지 않는다는 얘기군요. 좋지 않은 게 너무 많이 연상돼서 그런가?" 가늘어진 소년의 눈이 초승달처럼 반짝거렸다.

바텐더인 '괴짜 피트'가 소년을 쳐다보며 역겹다는 듯이 머리를 흔들었다. 소년이 섀도우 헌터만 아니었다면 당장에 밖으로 내쫓았을 것이다. 그 대신 피트는 바의 반대쪽 끝으로 가서 잔을 닦는 일에 열중했다.

"그건 말이야, 더럽게 맛없는 맥주라서 팔지 않는 거야." 무슨 일에든 참견하지 않고는 못 배기는 배트가 대신 대답했다.

반짝이는 눈을 가늘게 뜨며 소년이 배트를 보고 환하게 웃었다. 배트가 비웃듯이 쳐다보면 대부분 사람들은 그렇게 환히 웃지 못한다. 배트는 키가 2미터에 가까웠고, 은가루가 닿은 얼굴 반쪽엔 심한 흉터가 있는 남자였다. 그는 낡은 철창 안에서 잠을 자며 경찰서에서 생활하는 무리에 속해 있지 않았다. 자기 아파트가 따로 있었고 직업까지 있었으며, 한때는 마야의 충실한 남자 친구이기도 했다. 용커스에 있는 자신의 집 차고에서 점집을 운영하는 이브라는 이름의 빨간 머리 마녀에게 반해 그녀를 차버리기 전까지는.

"그러는 넌 뭘 마시는데?" 모욕하듯 배트에게 얼굴을 바짝 가까이 들이대며 소년이 물었다. "해장술…… 다들 그런 거야?"

"지금 그 말 재밌으라고 한 거야?" 이제 바 안의 모두가 둘의 대화에 귀를 기울였다. 배트가 이 기분 나쁜 자식을 때려눕히기로 마음먹으면 그의 뒤를 따를 작정으로.

"배트, 그만해." 마야가 나섰다. 그녀는 그곳에서 배트의 능력을 의심하는 사람이 자기뿐인지 궁금했다. 하지만 배트를 가로막은 것은 그 때문이 아니었다. 소년의 눈빛 때문이었다.

배트는 마야의 말을 못 들은 척했다. "그런 거야?"

"당연한 걸 뭘 물어보시나?" 마야가 마치 투명인간이라도 된다는 듯이 소년의 시선이 마야를 스쳐 배트에게 향했다. "얼굴은 어쩌다 그 꼴이 됐는지 말해줄 생각은 없겠지? 꼭……."

그러더니 배트에게 다가가 무어라고 속삭였지만 너무 작아서 마야에게는 들리지 않았다. 다음 순간 마야의 눈에 들어온 것은 배트가 소년의 턱을 산산조각 내고도 남을 만한 주먹을 휘두르는 모습이었다. 하지만 소년은 이미 그 자리에 있지 않았다. 배트의 주먹이 소년의 잔을 벽으로 날려 산산조각 내는 동안 그는 2미터는 떨어진 곳에 서서 낄낄대고 있었다.

마야가 눈을 깜빡거리기도 전에 괴짜 피트가 옆으로 다가와 배트의 멱살을 움켜쥐었다. "됐어. 그만해. 잠깐 나가서 바람 좀 쐬고 오지 그래?"

배트가 몸을 비틀어 피트의 손에서 빠져나왔다. "바람을 쐬고 오라고요? 방금 저 자식 말……."

"들었어." 피트가 낮은 목소리로 말했다. "저 자식은 섀도우 헌터야. 그쯤 하고 나갔다 와."

배트가 욕설을 뱉으며 바텐더에게서 멀어졌다. 비상구를 향해 저벅저벅 걸어가는 그의 어깨가 분노로 뻣뻣하게 굳어 있었다. 그가 나간 뒤에 요란하게 문이 닫혔다.

소년은 웃음을 그치고 분개한 표정으로 피트를 노려봤다. 가지고 놀려던 장난감을 빼앗긴 듯한 얼굴이다. "그럴 필요까진 없었는데. 내 일은 내가 알아서 한다고."

피트가 섀도우 헌터를 가만히 응시하다 마침내 입을 열었다. "내가 걱정하는 건 우리 가게야. 문제 일으키고 싶지 않으면 다른 데 가서 놀아, 섀도우 헌터."

"문제 일으키고 싶지 않다고는 안 했는데." 소년이 다시 의자 위로 주저앉았다. "게다가 아직 잔도 다 비우지 못했거든."

술로 얼룩진 바의 벽을 흘깃 쳐다보며 마야가 말했다. "내가 보기엔 다 비운 거 같은데."

소년은 잠시 멍한 표정을 지었으나, 곧 황금빛 눈동자에 재미있다는 듯이 호기심의 불꽃이 피어올랐다. 그 모습이 대니얼과 어찌나 닮았는지 마야는 멀찍이 물러나고픈 충동을 느꼈다. 소년이 마야에게 대꾸하기도 전에 피트가 황갈색 음료를 소년 쪽으로 밀어주었다. "여기 있어." 그러고는 마야를 흘깃 보았다. 꾸짖는 눈빛으로.

"피트······." 마야가 입을 뗐지만 끝까지 말하지는 못했다. 출입문이 쾅 하고 열리면서 배트가 입구에 나타났기 때문이다. 그의 셔츠와 소맷부리가 피로 흠뻑 젖었다는 사실을 알기까지는 잠시 시간이 걸렸다.

마야는 스툴에서 미끄러져 그에게 뛰어갔다. "배트! 다친 거야?"

잿빛으로 변한 얼굴에 꼬아놓은 전선처럼 은색 흉터가 불룩하게 튀어나왔다. "습격이야. 골목에서 어린애가 죽었어. 사방에 피가 흥건해." 배트는 고개를 저으며 자기 몸을 내려다보았다. "내 피가 아냐. 난 괜찮아."

"시체라고? 누구······."

배트의 대답은 주변의 소동에 묻혀 들리지 않았다. 모두 자리를 박차고 일어나 우르르 입구로 몰려갔다. 카운터 뒤에서 나온 피트도 무리를 헤치고 앞으로 나아갔다. 오직 섀도우 헌터 소년만이 술잔 위로 머리를 수그린 채 제자리에 남아 있었다.

입구로 몰려든 사람들 틈으로 마야는 골목의 회색 포장도로가 피로 흠뻑 젖은 것을 언뜻 보았다. 갈라진 도로의 틈새로 아직 굳지 않은 피가 붉은 덩굴손처럼 흘러내렸다. "목이 잘린 거야?" 안색을 되찾은 배트에게 피트가 물었다. "하지만 어떻게……."

"골목에 누군가 있었어요. 그 옆에 무릎을 꿇고 앉아서 들여다보고 있더라고요." 긴장된 목소리로 배트가 말했다. "사람 같지 않았어요. 그림자 같다고 해야 하나. 아무튼 날 보더니 내뺐어요. 그때까진 살아 있었는데. 거의 숨이 넘어가기 직전이었지만. 아무튼 곧바로 달려갔는데……."

배트가 어깨를 으쓱했다. 아무렇지도 않은 듯 가벼운 몸짓이었지만, 목의 힘줄들이 굵은 나무뿌리처럼 불거져 있었다. "아무 말도 못하고 바로 숨을 거뒀어요."

"뱀파이어." 문 옆에 서 있던 가슴이 풍만한 늑대인간이 말했다. 마야의 기억으론 아마벨이라 불리는 여자였다. "밤의 아이들 짓이야. 그놈들이 아니면 누가 이런 짓을 하겠어."

배트가 그녀를 쳐다보더니 몸을 돌려 바 안으로 저벅저벅 걸어 들어갔다. 그는 섀도우 헌터 소년이 앉은 곳으로 가 등 뒤에서 재킷을 움켜잡았다. 아니, 그러려고 손을 뻗었지만 소년이 먼저 일어나 날렵하게 빙글 돌아섰다. "뭐가 문제야, 늑대인간?"

배트는 여전히 손을 쭉 뻗고 있었다. "귀머거리야, 네피림?" 그가 으르렁거렸다. "골목에서 소년이 죽었다고. 우리 중 하나가."

"늑대인간을 말하는 거야, 아님 또 다른 다운월드 사람을 말하는 거야?" 소년의 금빛 눈썹이 아치 모양으로 휘었다. "나한테는 전부 비슷해서 말이야."

낮게 으르렁거리는 소리가 들렸다. 소리의 진원지가 괴짜 피트인 것을 알고 마야는 깜짝 놀랐다. 그는 바 안으로 돌아와 있었고, 사람들에게 둘러싸인 채 섀도우 헌터 소년에게 시선을 고정하고 있었다. "아직 어린아이였어. 이름은 조지프고." 피트가 말했다.

모르는 아이였지만, 피트가 이를 악무는 걸 보고 마야는 가슴이 철렁 내려앉았다. 이들은 당장이라도 싸움을 벌일 기세였다. 섀도우 헌터 소년이 제정신이라면 미친 듯이 도망쳐야 할 시점이었다. 하지만 그는 그러지 않았다. 그 자리에 그대로 서서 건방진 미소를 띤 채 황금빛 눈으로 사람들을 쳐다보고 있었다. "늑대인간 소년?"

"우리 무리 중 하나였어. 열다섯 살밖에 안 된 어린애라고."

"그래서 나한테 정확히 뭘 원하는 거지?"

피트가 믿을 수 없다는 듯이 소년을 노려보았다. "넌 네피림이잖아. 클레이브는 이런 상황에서 우릴 보호할 의무가 있어."

지극히 오만한 표정으로 소년이 천천히 실내를 둘러보았다. 피트의 얼굴에 붉은빛이 퍼져나갔다.

"무엇으로부터 보호를 해달라는 건지 알 수가 없는데. 끔찍한 실내 장식이나 곰팡이 문제 같은 걸 빼면 말이야. 하지만 곰팡이 같은 건 표백제로 간단히 해결할 수 있다고."

"이 가게 앞에 '시체'가 있어." 배트가 단어를 명확하게 발음했다. "그런 건 너희가……."

"글쎄, 그 친구라면 보호하기 너무 늦은 거 아닌가? 이미 죽었다니 말이야."

피트는 여전히 소년을 노려보고 있었다. 양쪽 귀가 뾰족하게 솟았고 송곳니 때문에 말소리가 명확하게 들리지 않았다. "조심하는 게 좋을 거야, 네피림. 조심하는 게."

소년이 어두운 눈으로 그를 바라보았다. "그럴까?"

"그래서 아무것도 하지 않겠다는 말이야, 지금?" 배트가 다시 물었다.

"난 술을 마저 마실 생각인데." 소년이 카운터에 놓인 반쯤 빈 술잔을 눈으로 가리키며 말했다. "괜찮다면 말이야."

"이게 협정을 맺은 지 한 주도 안 되어 클레이브가 보이는 입장이로군. 다운월드 사람의 죽음 따윈 아무것도 아니란 얘긴가?" 피트가 역겹다는 듯이 말했다.

소년의 얼굴에 떠오른 미소를 보자 마야는 등골이 서늘해졌다. 무당벌레의 날개를 잡아 뽑기 전에 보인 대니얼의 표정이 정확히 그랬다.

"자기들이 일을 저질러 놓고 그 뒤처리는 클레이브가 해주길 바라다니. 우리가 마치 신경을 쓰기라도 한다는 듯이 말이야. 멍청한 늑대인간 하나가 자기 몸으로 골목에다 피 칠갑을 하기로 결정했다고 해서······."

그리고 나서 그 단어를 입에 올렸다. 늑대인간들이 자신을 일컬을 때 절대로 사용하지 않는, 늑대와 인간 여자 사이의 부적절한 관계를 암시하는 불쾌하고 더러운 단어.

누구보다도 먼저, 배트가 섀도우 헌터 소년에게 몸을 날렸다. 하지만 소년은 이미 그 자리에 없었다. 비틀거리던 배트가 휙 돌았고 주변의 무리가 헉 하고 숨을 들이쉬었다.

마야의 입이 쩍 벌어졌다. 섀도우 헌터 소년은 어느새 카운터 위에 올라가 있었다. 다리를 벌리고 굳건하게 서 있는 모습이 마치 하늘의 신성한 정의를 실현하기 위해 파견될 준비를 마친 복수의 천사 같았다. 섀도우 헌터의 본분은 바로 그것이 아니었던가. 잠시 후 그가 손을 내밀더니 손가락을 자신 쪽으로 까딱거렸다. 마야가 놀이터에서 보았던, '와서 잡아봐'라는 의미가 담긴 손짓이었다. 다음 순간, 모두가 그에게 덤벼들었다.

배트와 아마벨이 카운터 위로 기어오르자 소년이 빙글 하고 돌았다. 속도가 어찌나 빠른지 카운터 뒤쪽 거울에 비친 그의 모습이 흐릿해질 정도였다. 그가 발을 뻗는다 싶었는데 다음 순간 배트와 아마벨이 박살 난 유리 조각 세례를 받은 채 바닥에서 신음하고 있었다. 소년의 웃음소리가 마야의 귀에 들려왔다. 누군가 그를 바닥으로 끌어 내렸을 때조차도 그는 웃고 있었다. 쉽사리 끌어 내려진 걸로 봐서는 자진해서 끌려간 듯했다. 그다음부터는 휘두르는 팔과 다리의 물결에 가려 소년의 모습은 보이지 않았다. 그런데도 마야의 귀에는 여전히 그의 웃음소리가 들리는 듯했다. 칼날로 보이는 금속 물건이 번쩍 빛을 발하는 순간에도. 마야가 짧게 숨을 들이켰다.

"그만하면 됐어."

루크의 목소리였다. 심장박동처럼 고르고 차분한 목소리. 리더의 목소리는 신기하게도 어디서든 곧바로 알아들었다. 마야가 돌아보자, 한 손으로 벽을 짚고 바 입구에 선 루크의 모습이 보였다. 그는 피곤해 보이는 정도를 넘어서, 무엇인가 안에서부터 그를 허물어뜨린 것처럼 피폐해 보였다. 그런데도 목소리만은 여전히 고요했다. "그만하고 그 아이를 놔줘."

다들 섀도우 헌터 소년을 놓아주고 뒤로 물러났지만 배트만은 여전히 꼼짝하지 않았다. 한 손으로 소년의 셔츠 자락을 움켜쥔 채 다른 손에는 단검을 들고 있었다. 소년은 얼굴이 피투성인데도 전혀 구조를 필요로 하는 사람의 표정이 아니었다. 그는 웃고 있었다. 바닥에 흩어진 유리 조각만큼이나 위험해 보이는 미소였다.

"아이가 아니에요. 섀도우 헌터라고요." 배트가 말했다.

"섀도우 헌터도 얼마든지 이곳에 올 수 있어. 우리와 동맹을 맺은 자들이야." 루크는 감정 없는 어조로 말했다.

"이 자식은 상관이 없다고 했어요." 배트가 화를 내며 말했다. "조세프 일이……."

"나도 알아." 루크가 조용히 대꾸했다. 그의 시선이 금발 소년에게 움직였다. "싸움을 걸러 온 거냐, 제이스 웨이랜드?"

소년이, 제이스가, 미소를 짓자 입술의 상처가 벌어지며 핏방울이 주르륵 흘렀다. "루크."

섀도우 헌터의 입에서 리더의 이름이 흘러나오자 배트가 깜짝 놀라 제이스의 셔츠 자락을 놓았다. "몰랐어요."

"알아야 할 건 아무것도 없어." 눈에 깃든 피로의 기색이 목소리에도 스며들었다.

괴짜 피트가 나직이 으르렁거렸다. "저 자식은 클레이브가 늑대인간 소년의 죽음 따위는 전혀 상관하지 않는다고 했다고요. 협정을 맺은 지 이제 일주일이에요, 루크."

"제이스는 클레이브의 대변인이 아니야. 그리고 마음이 있었다고 해도 아무것도 할 수 없었어. 그렇지?"

루크가 제이스를 쳐다보았다. 제이스의 얼굴이 창백해졌다. "그걸 어떻게……."

"무슨 일이 있었는지 알아. 메이리스하고 말이야."

제이스의 표정이 굳어졌다. 그 순간 마야는 대니얼을 닮은 잔인한 즐거움 아래 숨겨진 그늘을 보았다. 어둡고 고뇌에 찬, 대니얼보다는 마야 자신의 눈빛을 더욱 떠올리게 하는 그늘이었다. "누구한테 들었어요? 클라리가 그러던가요?"

"클라리는 아니야." 처음 듣는 이름이었지만 그 목소리에서 루크에게, 그리고 섀도우 헌터 소년에게 특별한 사람이라는 것을 알 수 있었다. "난 무리의 리더야, 제이스. 여기저기서 소식을 들어. 이제 그만 일어나. 피트의 사무실에 가서 얘기 좀 하자."

제이스가 잠시 망설이다가 어깨를 으쓱했다. "좋아요. 하지만 저한테 스카치 한 잔 빚졌어요. 다 못 마셨으니까."

"이제 더는 생각나는 곳도 없는데." 클라리는 실망한 듯이 한숨을 내쉬며 메트로폴리탄 미술관 계단에 주저앉아 5번가로 멍하니 시선을 던졌다.

"그래도 생각은 좋았어." 사이먼이 옆에 앉으며 긴 다리를 앞으로 뻗었다. "무기와 사냥을 좋아하는 자식이잖아. 그러니 뉴욕에서 가장 큰 무기 전시관에 있을 가능성도 적지 않지. 나도 무기와 갑옷관에 들르는 건 언제든 환영이니까. 게임 전략 아이디어를 얻을 수 있거든."

클라리가 놀란 눈으로 사이먼을 쳐다봤다. "너 아직도 에릭, 커크, 매트랑 게임하는 거야?"

"물론이지. 안 할 이유가 없잖아."

"난 네가 게임에 흥미를 잃은 줄 알았지. 그때 이후로……."

현실의 삶이 게임과 비슷해진 이후로. 좋은 편, 나쁜 편, 비열한 마술, 그리고 게임에서 이기려면 반드시 찾아내야 하는 마법에 걸린 중요한 물건까지. 그들의 현실은 이제 그 모든 것을 갖추고 있었다. 그러나 게임에서는 늘 좋은 편이 승리하고, 나쁜 놈을 물리친 다음에 보물을 집으로 가져온다. 반면 현실에서는 좋은 편이 보물을 잃었다. 클라리에게는 이따금 누가 나쁜 편이고 누가 좋은 편인지도 분명치 않았다.

사이먼을 바라보자 불현듯 슬픔이 밀려왔다. 사이먼이 게임을 그만둔다면 그건 클라리 탓이었다. 지난 몇 주간 그에게 일어난 모든 일이 그렇듯이. 클라리는 그날 아침 그녀에게 키스하기 직전, 싱크대 위로 몸을 수그리고 있던 사이먼의 창백한 얼굴을 기억했다.

"사이먼……."

"요즘은 하프 트롤 목사가 자기 가족을 죽인 오크들에게 복수하는 게임을 하고 있지." 사이먼이 명랑하게 말했다. "진짜 재밌어."

클라리가 웃는 순간 전화벨이 울렸다. 주머니에서 전화기를 꺼내 서둘러 열었다. 루크였다.

"아직 못 찾았어요." 루크가 인사도 하기 전에 클라리가 먼저 말했다.

"알아. 내가 찾았거든."

클라리가 허리를 곧추세웠다. "설마요. 정말 루크한테 갔단 말이에요? 바꿔줄 수 있어요?" 사이먼의 날카로운 시선을 의식하고 클라리가 목소리를 낮췄다. "괜찮은 거예요?"

"거의."

"무슨 뜻이에요? 거의라뇨?"

"늑대인간 무리에게 싸움을 걸었어. 여기저기 조금 찢기고 멍들었지."

클라리가 눈을 반쯤 내렸다. 왜 제이스는 늑대인간들에게 싸움을 건 것일까? 무슨 생각으로? 하지만 그게 바로 제이스였다. 충동이 일면 덤프트럭한테 싸움을 걸고도 남았다.

"이쪽으로 좀 와야 할 거 같구나. 누군가 알아듣게 타일러야 할 텐데 내 힘으로는 안 돼서 말이야."

"지금 어딘데요?"

루크는 헤스터 가에 있는 사냥꾼의 달이라는 바에 있었다. 글래머로 모습을 변화시켰을지 궁금했다. 클라리는 휴대전화를 닫고 나서 눈썹을 추켜세우고 자신을 쳐다보는 사이먼에게로 돌아앉았다.

"그래서, 탕자가 돌아왔대?"

"비슷해." 클라리가 힘겹게 일어섰다. 다리를 쭉 펴면서 차이나타운까지 지하철로 가는 데 시간이 얼마나 걸릴지를 계산했다. 루크가 택시를 타라며 준 돈을 쓰려다 그러지 않기로 마음을 정했다. 교통 체증에 걸리기라도 하면 지하철로 가는 것보다 시간이 오래 걸릴 터였다.

"⋯⋯ 같이 갈까?" 사이먼이 일어서며 말했지만 클라리의 귀에는 마지막 두 단어만 들렸다. 한 계단 아래 서 있는 그는 클라리와 눈높이가 거의 같았다. "어떻게 생각해?"

클라리가 입을 열었다 재빨리 다물었다. "어⋯⋯."

사이먼이 체념한 듯이 말했다. "내가 좀 전에 한 말, 하나도 안 들었지?"

"미안." 클라리가 순순히 인정했다. "제이스한테 정신이 가 있었어. 좀 다쳤나 봐."

사이먼의 갈색 눈이 어두워졌다. "그래서 지금 그 자식 상처 싸매주려고 달려가는 거야?"

"루크가 그쪽으로 와달라고 했어. 너도 같이 갔으면 좋겠는데."

사이먼이 구둣발로 계단을 걸어찼다. "나도 갈 거야. 하지만 왜? 루크 혼자서는 그 자식을 인스티튜트로 돌려보내지 못한대?"

"아마도. 하지만 그보다도 제이스가 왜 그러는지 나한테는 말해줄지도 모른다고 생각해서."

"오늘 밤에 너랑 뭔가 재밌는 걸 할까 했는데. 영화를 보든가 시내에서 저녁을 먹든가."

 클라리가 사이먼을 물끄러미 쳐다봤다. 저 멀리 미술관 분수대에서 물이 튀는 소리가 들려왔다. 클라리는 사이먼의 집 부엌을 떠올렸다. 그녀의 머리칼을 쓰다듬던 그의 젖은 손도. 그토록 생생하게 떠오르는데도 모든 것이 멀게만 느껴졌다. 실제로 일어난 일이 아니라, 그 일을 담은 사진을 떠올리듯이. 클라리가 입을 열었다.

 "제이스는 내 오빠야. 가봐야 해."

 사이먼은 한숨을 내쉴 기운조차 없어 보였다. "알았어. 같이 가, 그럼."

 사무실은 톱밥이 흩뿌려진 좁은 복도 끝에 있었다. 톱밥을 이리저리 휘저은 발자국들이 찍혀 있었고, 맥주가 아닌 게 분명한 검은 액체가 점점이 떨어져 있었다. 어딜 가도 실내에는 연기 냄새와 고기 냄새가 떠돌았다. 물론 루크에게 말할 생각은 없었지만, 클라리는 그것이 젖은 개 냄새와 비슷하다는 생각을 하지 않을 수 없었다.

 "지금 기분이 썩 좋진 않아." 문 앞에서 루크가 말했다. "맨손으로 우리 무리의 반 정도를 죽일 뻔해서 내가 괴짜 피트의 사무실 안에 가둬놨거든. 나한테는 말을 안 해." 루크가 어깨를 으쓱했다. "그래서 널 떠올렸지."

 난처한 얼굴을 하고 있는 클라리와 사이먼을 루크가 번갈아 쳐다보았다. "왜 그래?"

 "제이스가 어떻게 여기 올 생각을 했는지, 도저히 믿을 수가 없어요." 클라리가 말했다.

 "전 루크가 괴짜 피트란 이름을 가진 사람하고 아는 사이라는 게 믿기지 않는데요." 사이먼이 말했다.

"난 많은 사람을 안단다. 엄밀히 따지면 괴짜 피트는 '사람'이 아니지만, 내가 그런 말을 할 처지는 아니고."

그러고는 문을 활짝 열었다. 스포츠 팀 로고가 들어간 깃발들이 벽에 걸려 있고 창문은 없는 평범한 사무실이었다. 종이가 흩어진 책상 위에 작은 텔레비전이 놓여 있고, 사방으로 갈라져서 무늬가 있는 대리석처럼 보이는 의자에 제이스가 앉아 있었다.

문이 열리는 순간 제이스는 책상에서 노란 연필을 집어 홱 던졌다. 연필은 공기를 가르며 날아가 루크의 머리를 스치고 벽에 박혀 파르르 떨렸다. 루크의 눈이 휘둥그레졌다.

제이스가 희미하게 웃었다. "죄송해요, 다른 사람인 줄 알았어요."

클라리는 심장이 조여드는 느낌이었다. 며칠 만에 보는 제이스는 어딘가 달라 보였다. 갓 생긴 상처와 멍 때문은 아니었다. 얼굴의 피부가 더욱 달라붙어 뼈가 도드라져 보였다.

루크가 손을 들어 클라리와 사이먼을 가리켰다. "손님이 찾아왔어."

제이스의 시선이 그들에게 움직였다. 그림처럼 표정 없는 눈이었다. "연필이 하나뿐인 게 아쉽군."

"제이스." 루크가 입을 열었다.

"저 자식은 나가라고 하세요." 제이스가 턱으로 사이먼을 가리켰다.

"말도 안 되는 소리 하지 마." 클라리가 버럭 화를 냈다. 제이스는 알렉의 목숨을 구한 것이 사이먼이라는 사실을 벌써 잊었단 말인가? 사이먼은 알렉뿐만 아니라 모두의 목숨을 구한 거나 마찬가지였다.

"나가, 먼데인." 제이스가 문을 가리키며 소리쳤다.

사이먼이 손을 저었다. "됐어. 난 복도에서 기다릴게." 그가 나가면서 문을 부서져라 닫고 싶은 걸 억지로 참는 게 눈에 보였다.

클라리가 제이스에게 돌아섰다. "꼭 그렇게……." 한바탕 퍼부으려고 입을 열었지만 그의 얼굴을 보는 순간 그만 입이 다물어졌다. 제이스는 무장해제를 당한 사람처럼 이상하게도 약해 보였다.

"불쾌하게 굴어야 하냐고?" 제이스가 클라리 대신 말을 맺었다. "늘 그렇진 않아. 오직 양어머니가 다시는 집에 발을 들이지 말라면서 내쫓은 날에만 그렇지. 보통 땐 놀라울 정도로 착하게 굴어. 믿기지 않으면 확인해보든가. '일' 자로 끝나지 않는 요일에 와서."

루크가 얼굴을 찌푸렸다. "메이리스와 로버트를 특별히 좋아하는 건 아니지만, 메이리스가 그런 말을 했다는 건 믿을 수가 없어."

제이스가 놀라서 물었다. "메이리스와 로버트를 아세요?"

"함께 서클에 있었으니까. 이곳의 인스티튜트를 맡고 있다는 말을 들었을 땐 좀 놀랐지. 반란 이후에 관대한 처분을 약속받고 클레이브와 거래를 한 것 같더구나. 반면 호지는…… 그에게 무슨 일이 있었는지는 모두가 아니까."

루크는 잠시 침묵을 지켰다. "메이리스가 무엇 때문에 널 내쫓는지는 말하지 않았니?"

"제가 마이클 웨이랜드의 아들인 줄 알고 있었다는 제 말을 믿지 않는다고 했어요. 계속해서 발렌타인과 연락을 주고받았을 거라고요. 죽음의 잔이 그의 손에 들어가도록 도왔을 거라고 말이에요."

"그랬다면 네가 왜 여기 남았겠어? 어째서 발렌타인과 함께 가지 않았겠느냐고." 클라리가 말했다.

"첩자 노릇을 하기 위해 남았다고 생각하는 거 같아. 은혜를 원수로 갚을 놈이라는 거지. 말은 하지 않았지만 생각은 분명히 그랬어."

"발렌타인의 첩자?" 루크가 경악했다.

"저에 대한 애정 때문에 메이리스와 로버트가 제 말을 무조건 믿을 걸로 발렌타인이 생각한다는 거죠. 메이리스는 그 해결책으로 애정을 거두기로 한 거고."

"애정은 그런 식으로 작용하지 않아." 루크가 머리를 가로저었다. "스위치처럼 탁 하고 꺼버릴 수 없거든. 부모인 경우에는 더더욱."

"친부모가 아니잖아요."

"부모와 자식의 관계는 혈연으로만 맺어지는 게 아니야. 지난 7년간 그들은 누가 뭐래도 네 부모였어. 메이리스는 상처를 받은 것뿐이야."

"상처요? 상처받은 게 메이리스라고요?" 제이스가 믿을 수 없다는 듯이 말했다.

"메이리스는 발렌타인을 사랑했어. 우리 모두가 그랬지. 그러나 발렌타인은 메이리스에게 심한 상처를 주었어. 메이리스는 그 아들도 똑같이 그럴까 봐 두려운 거야. 네가 그들에게 거짓말을 해온 게 아닌가 걱정하는 거라고. 그 오랜 세월 동안 너라고 생각한 사람이 책략이나 속임수로 만들어진 허상일까 봐. 그러니 네가 메이리스를 안심시켜줘야 해."

제이스의 얼굴에 고집스러움과 놀라움이 반씩 섞여 있었다. "메이리스는 어른이잖아요! 제가 안심시켜줄 필요는 없다고요."

"제발 그만 좀 해, 제이스." 클라리가 입을 열었다. "모든 사람한테 완벽을 기대할 순 없어. 어른들도 때로는 실수를 한다고. 인스티튜트로 돌아가서 메이리스하고 다시 차근차근 얘기를 해봐. 남자답게."

"난 남자답고 싶은 생각이 전혀 없는데. 내면의 악마와 맞서지 못하고 다른 사람을 탓하는 고뇌에 찬 10대라면 모를까."

"그건 아주 잘하고 있어." 루크가 말했다.

"제이스." 둘이 본격적으로 다투기 전에 클라리가 서둘러 끼어들었다. "인스티튜트로 돌아가야 해. 알렉과 이지도 생각해야지. 두 사람 마음이 어떻겠어?"

"메이리스가 알아서 하겠지. 내가 도망쳤다고 꾸며대든가."

"그런 말을 믿을 거 같아? 이사벨이랑 통화했는데 제정신이 아닌 거 같았어."

"이사벨은 늘 그러는데, 뭐." 말은 그렇게 해도 기분이 조금 나아진 듯 제이스는 의자 뒤로 기대앉았다. 턱과 광대뼈의 멍이 형태 없는 마크처럼 두드러져 보였다.

"날 믿지 않는 곳으로는 돌아가지 않을 거야. 이제 열 살짜리 꼬마도 아니니까. 혼자서도 얼마든지 살 수 있어."

루크는 확신하지 못하는 표정이었다. "어디로 가려고? 생활은 어떻게 하고?"

제이스가 눈을 번득였다. "전 열일곱 살이에요. 성인이나 다름없다고요. 성인 섀도우 헌터라면 누구든……."

"성인이라면 그렇지만 넌 아니잖아. 클레이브에서 급여를 받기엔 아직 어리지. 그리고 라이트우드 부부는 법적으로 널 보호할 의무가 있어. 그들이 의무를 거부하면 누군가 다른 사람이 지정되거나, 아니면……."

"아니면 뭐요?" 제이스가 벌떡 일어났다. "이드리스의 고아원에라도 가게 되나요? 만난 적도 없는 다른 가족에게 떠넘겨지든가? 먼데인 세계에서 직업을 구하고 그들처럼 살 수도 있어요."

"아니, 그럴 수 없어." 클라리가 말했다. "그건 내가 잘 알아. 나도 그들 중 하나였으니까. 넌 직업을 구하기엔 너무 어려. 게다가 네가 가진 기술은…… 글쎄, 살인을 업으로 하는 킬러들은 대부분 너보다 나이가 많아. 그리고 전부 범죄자들이라고."

"난 살인자가 아냐."

"먼데인 세계에선 정확히 그렇게 불릴걸." 루크가 말했다.

입을 꾹 다문 제이스의 표정이 굳어졌다. 클라리는 루크의 말이 정곡을 찔렀다는 걸 알았다.

"모르셔서 그래요." 제이스의 목소리가 돌연 절박하게 바뀌었다. "전 돌아갈 수 없어요. 메이리스는 저한테서 발렌타인을 증오한다는 말을 듣길 원해요. 전 그럴 수가 없어요."

제이스가 턱을 치켜들었다. 루크에게서 조소나 경악에 찬 응답을 듣게 되리라 반쯤 기대하듯 이를 앙다물고 그에게 눈을 고정했다. 세상 누구보다도 발렌타인을 증오할 이유가 많은 사람이 바로 루크였다.

"알아." 루크가 입을 열었다. "나도 한때 그를 사랑했으니까."

제이스가 안도하듯 한숨을 토해내는 모습을 보고 클라리는 불현듯 모든 것이 이해되었다. '그래서 제이스가 여기로 온 거야. 싸움을 걸러 온 게 아니라 루크를 만나러. 루크는 이해할 테니까.' 클라리는 제이스가 하는 행동이 전부 정신이 나갔거나 무분별하지만은 않았다는 사실을 다시 한 번 속으로 되뇌었다. 그저 그렇게 보일 뿐이었다.

"아버지를 증오한다고 억지로 주장할 필요는 없어. 메이리스를 안심시키기 위해서라고 해도. 그건 메이리스가 이해를 해야 하는 문제니까." 루크가 말했다.

클라리는 제이스의 표정을 읽으려고 얼굴을 자세히 들여다보았지만, 아주 잠깐 배운 외국어로 쓰인 책을 읽는 기분이었다. 클라리가 물었.

"메이리스가 정말로 다시는 돌아오지 말라고 말한 거야? 아니면 그런 뜻으로 말한 거라고 짐작하고 인스티튜트를 나온 거야?"

"한동안 다른 곳에 가 있는 게 좋을 거 같다고 했어. 그게 어딘지는 말하지 않았지만."

루크가 물었다. "말할 기회를 주긴 했고? 제이스, 네가 원한다면 얼마든지 우리 집에 있어도 좋아. 그 점만은 분명히 알아둬."

클라리는 가슴이 철렁 내려앉았다. 제이스와 한집에서 얼굴을 맞대고 산다고 생각하자 기쁨과 공포가 뒤섞인 감정이 차올랐다.

"고마워요." 목소리엔 흔들림이 없었지만 저도 모르게 제이스의 시선이 클라리에게 향했다. 두 눈에 그녀와 똑같은 당혹감이 서려 있었다. '루크, 어떨 땐 정말 루크가 조금만 덜 너그러운 사람이었으면 좋겠다는 생각이 들어요. 조금만 더 눈치가 있거나.' 클라리는 속으로 생각했다.

루크가 말을 이었다. "하지만 그러기 전에 인스티튜트로 돌아가서 메이리스와 좀 더 얘기를 나눠보는 게 좋을 것 같구나. 무슨 일이 있는 건지 자세히 물어보고. 내 생각엔 메이리스가 말하지 않은 게 더 있는 것 같아. 너한테 그리 반가운 소식은 아닐 거라는 예감이 든다만."

제이스가 클라리에게서 시선을 떼며 거친 목소리로 말했다. "좋아요. 하지만 조건이 있어요. 혼자 가고 싶지 않아요."

"나도 같이 갈 거야." 클라리가 재빨리 말했다.

"알아." 제이스가 나지막이 대꾸했다. "나도 그래주길 바랐어. 하지만 루크도 함께 갔으면 좋겠어요."

루크는 깜짝 놀랐다. "제이스, 난 여기서 15년을 살았지만 인스티튜트에 한 번도 발을 들인 적이 없어. 메이리스가 반가워하지 않을 거야."

"부탁이에요." 목소리는 낮고 조용했지만 클라리는 제이스가 그 한 단어를 입 밖에 내기 위해 얼마나 기를 쓰고 자존심을 눌러야 했는지 잘 알았다.

"좋아." 루크가 짧게 고개를 끄덕였다. 원하든 아니든 임무를 다해야 할 때 무리의 우두머리가 보여주는 몸짓이었다. "나도 함께 가지."

피트의 사무실에서 나온 사이먼은 복도 벽에 기댄 채 자신을 처량하게 생각하지 않으려고 이를 악물었다. 그날은 기분 좋게 시작했다. 아니, 비교적 좋은 편이었다. 초반에는 드라큘라 영화 때문에 속이 울렁거리고 기절할 것 같았다. 꾹꾹 누르며 잊으려고 기를 써온 모든 욕망과 감정이 한꺼번에 터져 나와 걷잡을 수 없었다. 하지만 울렁거림이 긴장을 날려버렸는지, 정신을 차려보니 그토록 오랫동안 갈망해온 대로 클라리에게 키스를 하고 있었다. 그 어떤 일도 상상하던 대로 일어나는 법은 없다고들 하지만 그건 틀린 말이었다. 게다가 클라리도 키스로 응답했는데…….

하지만 이제 클라리는 저 안에 제이스와 함께 있고, 사이먼은 지렁이를 한 사발 삼킨 사람처럼 뱃속이 뭉치고 뒤틀린 채 홀로 밖에 서 있었다. 최근 들어 이렇게 토할 것 같은 기분을 자주 느꼈다. 클라리를 향한 감정의 정체를 알고 나서도 이러지는 않았는데. 사이먼은 한 번도 클라리에게 부담을 주거나 감정을 지나치게 드러내지 않았다. 그는 굳게 믿고 있었다. 언젠가 클라리가 꿈에서 깨어나 동화 속 왕자나 영화 속 영웅을 바라지 않게 되면 사이먼과 자신이 얼마나 잘 어울리는 커플인지 깨닫게 될 거라고. 그리고 클라리는 사이먼뿐만 아니라 어느 누구에게도 관심이 없는 듯했다.

적어도 제이스를 만나기 전까지는 그랬다. 사이먼은 루크의 집 현관 계단에 앉아 제이스가 누구인지, 그가 어떤 일을 하는지 설명하던 클라리의 모습을 분명히 기억했다. 그녀가 이야기하는 동안 제이스는 자신의 손톱을 들여다보며 우월한 존재인 양 거만한 표정을 짓고 있었다. 기이한 문신이 가득한 금발의 소년, 윤곽이 뚜렷하고 예쁘장한 얼굴을 한 그 소년을 클라리가 어떤 눈으로 보는지 관찰하느라 사이먼은 정신이 없었다. 남자치고는 예뻐도 너무 예쁜 얼굴이지. 사이먼은 그렇게 생각했지만 클라리는 아니었다. 클라리는 마치 영화 속에서 튀어나온 영웅을 바라보듯 제이스를 보았다. 클라리가 누군가를 그런 식으로 바라보는 모습은 한 번도 본 적이 없었다. 그리고 만일 그런 식으로 본다면 그 대상은 자신일 거라고 믿었다. 하지만 현실은 그렇지 않았고, 사이먼은 상상했던 것보다 훨씬 깊이 상처를 받았다.

제이스가 클라리의 오빠란 사실을 알게 되었을 때는, 총살형을 선고받고 사격대 앞으로 걸어 나갔다 마지막 순간에 집행을 유예받은 죄수가 된 기분이었다. 세상은 다시 가능성으로 가득 차올랐다. 그러나 이제 사이먼은 확신할 수가 없었다.

"안녕." 키가 그리 크지 않은 누군가가 바닥의 핏자국을 피해가며 복도를 따라 조심스레 걸어왔다. "루크 만나려고 기다리는 거야? 지금 안에 있어?"

"그런 건 아냐. 아니, 그런 건가? 내 친구가 안에 같이 있거든." 사이먼이 문 앞에서 비키며 말했다.

그 앞으로 막 걸어온 사람은 걸음을 멈추고 그를 빤히 쳐다봤다. 밝은 갈색의 부드러운 피부를 가진 소녀는 열여섯 살 정도로 보였다. 금빛이 도는 갈색 머리칼은 머리에 바짝 붙여 수십 갈래로 땋았고, 얼굴은 완벽한 하트 모양에 가까웠다. 가는 허리와 풍만한 엉덩이가 두드러지는 탄탄하고 굴곡 있는 몸매였다. "바에서 난동을 부린 그 자식? 그 섀도우 헌터?"

사이먼이 어깨를 으쓱했다.

"이렇게 말해서 미안한데, 네 친구 정말 재수 없더라."

"내 친구 아니야. 그리고 그 말엔 나도 완전히 동의해."

"하지만 친구가 저 안에 있다고……."

"그 자식 여동생을 기다리는 거야. 제일 친한 친구거든."

"여동생도 저 안에 같이 있다고?" 소녀가 엄지손가락을 세워 문 쪽을 가리켰다. 금과 동으로 세공된 고풍스러운 반지가 손가락마다 끼워져 있었다. 청바지는 낡았지만 깨끗했고, 고개를 돌릴 때 보니 셔츠 칼라 바로 위에 흉터가 있었다. 소녀가 투덜대듯 말했다.

"재수 없는 오빠에 대해서라면 내가 좀 알지. 그게 걔 잘못은 아니니까."

"맞아. 하지만 그 자식이 유일하게 말을 듣는 사람이 바로 걔거든."

"그다지 말을 들을 타입 같진 않아 보이던데." 흘끔거리는 사이먼의 얼굴을 소녀가 똑바로 쳐다보았다. 그녀의 얼굴에 재미있다는 표정이 얼핏 스쳤다. "내 흉터 보는 거야? 내가 물린 자리가 바로 거기야."

"물려? 그러니까 그 말은 네가……."

"늑대인간이야. 여기 있는 모두가 그래. 너랑 저 재수 없는 자식이랑 그 여동생만 빼고."

"하지만 원래부터 그런 건 아니잖아? 내 말은, 늑대인간으로 태어난 건 아니지 않느냐고."

"우리 모두가 그런걸. 그게 바로 네 섀도우 헌터 친구들과 우리가 다른 점이지."

"뭐?"

재의 도시 59

소녀의 얼굴에 미소가 스쳤다. "우린 한때 평범한 인간이었다고."

사이먼은 아무 말도 하지 않았다. 잠시 후 소녀가 손을 내밀었다. "난 마야라고 해."

"사이먼이야." 그가 마야의 손을 맞잡았다. 건조하고 부드러웠다. 버터를 바른 토스트 같은 황갈색 속눈썹 아래로 마야가 그를 올려다보았다.

"제이스가 재수 없는 자식인 건 어떻게 알아? 아니, 어떻게 알게 됐냐고 물어야 하나?"

마야가 손을 거두며 대답했다. "바를 왕창 부숴놓고 내 친구 배트를 때려눕혔거든. 그 자식 주먹에 몇 명은 정신을 잃었어."

"다들 괜찮은 거야?" 사이먼은 더럭 걱정이 되었다. 제이스는 전혀 동요한 기색이 없었지만, 사이먼이 아는 제이스는 하루아침에 몇 명을 죽이고도 아무렇지 않게 바로 와플을 먹으러 갈 인간이었다. "병원에는 간 거야?"

"마법사한테. 일반 의사는 소용없어, 우리 같은 사람들한테는."

"다운월드 사람들?"

마야가 눈썹을 올렸다. "누군가 너한테 용어들을 전부 가르친 모양이구나?"

사이먼이 놀라서 물었다. "내가 그들이나 너희 중 하나가 아니란 걸 어떻게 알았어? 섀도우 헌터나 다운월드 사람이나 또……."

마야가 고개를 가로젓자 땋은 머리채가 까닥까닥 움직였다. "그냥 온몸에서 느껴져. 네가 '인간'이라는 게."

그녀의 어조가 어찌나 강한지 사이먼은 불현듯 오싹해졌다. "루크에게 할 말이 있는 거면 내가 문을 두드려줄까?" 사이먼 자신이 생각하기에도 그다지 설득력 없는 질문 같았다.

마야가 어깨를 으쓱했다. "그냥 매그너스가 사건 장소를 확인하러 왔다고만 전해줘." 사이먼의 얼굴에 놀란 표정이 떠올랐는지 마야가 이렇게 덧붙였다.

"매그너스 베인이라고, 마법사야."

'나도 알아'라고 말하고 싶었지만 사이먼은 입을 다물었다. 방금 전에 나눈 대화만으로도 충분히 기묘한 상황이었다. "그래."

마야가 돌아서서 걸음을 떼다가 멈추더니 한 손을 문기둥 위에 얹었다. "그 자식을 설득할 수 있을 거라고 생각해? 여동생이 말이야."

"만약 그럴 수 있는 사람이 존재한다면, 그건 개뿐일 거야."

"좋네. 동생을 그 정도로 사랑한다니."

"그러게." 사이먼이 대꾸했다. "그러기도 정말 힘들지."

3
심문관

 클라리가 처음으로 인스티튜트를 보았을 때 그녀의 눈에 비친 것은 지붕이 무너지고 노란 경찰 테이프로 출입문이 봉해진 채 허물어져가는 교회 건물이었다. 하지만 이젠 글래머를 걷어내고 인스티튜트의 본모습을 보기 위해 정신을 집중할 필요가 없었다. 우뚝 솟은 고딕 양식의 대성당 건물, 짙푸른 하늘을 찌르는 첨탑의 모습은 길 건너에서도 또렷이 보였다.
 루크는 말이 없었다. 표정을 보니 마음이 편치 않은 모양이었다. 계단을 오르던 제이스가 습관대로 셔츠 주머니에 손을 넣었다 빈손을 꺼내며 어이없다는 듯이 웃었다. "깜박했네. 나올 때 메이리스가 열쇠를 받아간 걸."
 "물론 그랬겠지." 루크가 인스티튜트 문을 마주하고 섰다. 그는 문틀 아래 새겨진 상징을 가볍게 쓰다듬었다. "이드리스의 의사당 문과 똑같군. 다시 보게 되리라고는 생각도 못했는데."
 감회에 젖은 루크를 방해하고 싶진 않았지만 클라리는 현실적인 문제부터 해결해야 했다. "열쇠가 없으면 어떻게……."

"열쇠가 꼭 필요한 건 아니야. 거주자를 해칠 의도가 없는 네피림이라면 인스티튜트는 누구에게라도 문을 열게 되어 있으니까."

"그들이 우리를 해칠 의도가 있다면요?" 제이스가 중얼거렸다.

루크의 입꼬리가 살짝 뒤틀렸다. "그렇다 해도 달라질 건 없겠지."

"그렇죠. 클레이브는 늘 영악한 속임수를 쓰니까." 아랫입술이 부어올라 제이스의 말소리가 분명하지 않았고, 왼쪽 눈에는 보라색 멍이 들었다.

'왜 상처를 치유하지 않았지?' 클라리는 궁금했다. "메이리스가 네 스텔레도 압수했어?"

"나올 때 아무것도 들고 나오지 않았어. 메이리스와 로버트한테 받은 건 아무것도 갖고 나오고 싶지 않았으니까."

루크가 걱정스러운 눈으로 쳐다보았다. "섀도우 헌터는 항상 스텔레를 지니고 있어야 해."

"새로 구하면 되죠." 제이스가 말하면서 인스티튜트의 문에 손을 얹었다. "클레이브의 이름으로 이 성스러운 장소로 들어가게 해줄 것을 청합니다. 천사 라지엘의 이름으로 제 임무를 다하도록 축복을……."

문이 벌컥 열리고 컴컴한 실내가 들여다보였다. 나뭇가지처럼 팔을 펼친 키 큰 촛대가 군데군데에서 실내를 희미하게 밝히고 있었다.

"이거 참 편리한데요. 생각보다 축복을 얻기도 쉬운 모양이고. 좀 색다른 임무를 말하고 축복을 달라고 할 걸 그랬나?"

"천사는 네 임무가 뭔지 알고 있어. 굳이 소리 내어 말할 필요가 없단다, 조너선."

클라리는 제이스의 얼굴에 스치는 감정을 본 것 같았다. 불확실함과 놀라움. 그리고 안도감? 하지만 제이스는 이렇게만 말했다. "그렇게 부르지 마세요. 그건 제 이름이 아니니까."

세 사람은 텅 빈 신자석과 언제나 불을 밝혀두는 제단을 지나 안쪽으로 걸어 들어갔다. 루크는 흥미롭게 주위를 둘러보다 금박을 입힌 새장처럼 생긴 엘리베이터가 도착하자 깜짝 놀랐다. "이건 메이리스 생각이었을 거야. 완벽하게 메이리스의 취향이군."

"제가 이곳에 왔을 때부터 있던 거예요." 엘리베이터 문을 철컥 닫으며 제이스가 말했다. 엘리베이터가 올라가는 짧은 시간 동안 아무도 입을 열지 않았다. 클라리는 신경질적으로 스카프의 술을 만지작거렸다. 나중에 전화하겠다며 사이먼을 집으로 돌려보낸 일이 은근히 마음에 걸렸다. 커널 가를 큰 걸음으로 걸어가던 사이먼의 굳은 어깨에서 그가 내팽개쳐진 기분이라는 걸 알 수 있었다. 하지만 루크가 제이스를 위해 메이리스에게 간청하는 자리에 사이먼을, 그러니까 먼데인을 데려간다는 건 상상할 수 없었다. 상황을 더욱 악화시키리라는 것은 불을 보듯 뻔한 사실이었다.

엘리베이터가 덜컹거리며 멈춘 다음 밖으로 나오자, 고양이 처치가 입구에서 그들을 기다리고 있었다. 목에는 찌그러진 빨간 리본을 달고 있었다. 제이스가 허리를 굽혀 손등으로 고양이의 머리를 쓰다듬었다. "메이리스는 어디 있어?"

가르랑거림과 으르렁거림의 중간 정도 되는 소리를 내며, 처치가 복도를 따라 타박타박 앞서 걸었다. 셋은 고양이를 따라 걸었다. 제이스는 묵묵히 걷기만 했지만 루크는 호기심이 역력한 표정으로 주위를 흘끔거렸다. "이 안을 보게 될 줄은 정말 몰랐어."

클라리가 물었다. "생각하던 거하고 비슷한가요?"

"런던과 파리의 인스티튜트에 가본 적이 있는데 크게 다르진 않구나. 약간……."

"약간 뭐요?" 몇 걸음 앞서가던 제이스가 물었다.

"더 서늘하지만." 루크가 대답했다.

제이스는 아무런 말도 없었다. 처치는 도서관 앞에 다다르자 더는 아무 데도 가지 않겠다는 듯이 제자리에 털썩 주저앉았다. 두꺼운 나무문 안에서 희미하게 목소리가 들렸지만 제이스는 노크 없이 문을 활짝 열고 성큼성큼 안으로 들어갔다.

안에서 누군가 외치는 소리가 들렸다. 순간적으로 클라리는 호지인가 하는 생각이 들어 심장이 바짝 조여들었다. 그는 곁을 맴돌던 갈까마귀 후긴과 함께 그 안에서만 머물렀다. 그리고 그 새는 호지의 명령으로 클라리의 눈을 도려내려고 했다.

물론 그것은 호지의 목소리가 아니었다. 무릎 꿇은 천사 둘이서 등으로 균형을 잡고 있는 거대한 책상 뒤로, 이사벨과 같은 먹빛 머리에 알렉처럼 마르고 강단 있는 몸매를 한 여인이 앉아 있었다. 단정하고 수수한 검은 슈트 차림과는 대조적으로 손가락에 밝은색 반지를 여러 개 낀 여인이었다.

그녀 옆에는 또 한 사람이 서 있었다. 그 호리호리한 10대 소년은 가냘픈 체격에 검은 곱슬머리, 꿀색 피부를 갖고 있었다. 그가 그들을 보려고 돌아서자 클라리는 놀라서 저도 모르게 외쳤다. "라파엘?"

소년은 잠시 충격을 받은 표정이었지만, 이내 새하얗고 뾰족한 이를 드러내며 웃어 보였다. 그가 뱀파이어란 사실을 떠올리면 놀라운 일은 아니었지만. 그가 제이스를 향해 말했다. "저런, 무슨 일이 있었던 거야, 형제? 꼭 갈기갈기 찢어놓으려고 덤벼드는 늑대들에게 당한 꼴인데?"

"엄청난 추리력인걸? 아니면 무슨 일이 있었는지 들은 건가?"

라파엘이 싱긋 웃어 보였다. "소문을 좀 듣지."

책상 뒤에 앉은 여인이 자리에서 일어섰다. "제이스, 무슨 일이니? 왜 이렇게 일찍 돌아왔어? 난 네가 거기 머무는 줄……." 그녀의 시선이 제이스를 지나 루크와 클라리에게 옮겨갔다. "당신들은 누구죠?"

"제이스의 동생이에요." 클라리가 말했다.

메이리스의 시선이 클라리에게 머물렀다. "그래, 그런 것 같구나. 발렌타인과 닮았어." 그러고는 다시 제이스에게 돌아섰다. "동생을 데려온 거니? 먼데인도? 여긴 지금 안전하지 않아. 특히 먼데인은……."

루크가 희미한 미소를 지으며 말했다. "난 먼데인이 아닌데."

처음으로 루크를 자세히 본 메이리스의 표정이 서서히 당혹스러움에서 놀라움으로 변해갔다. "루션?"

"오랜만이야, 메이리스."

메이리스의 얼굴은 미동도 하지 않았다. 갑자기 몇 년은 늙어버린 듯 루크보다도 나이가 들어 보였다. 그녀가 조심스럽게 자리에 앉았고, 책상 위에 손을 얹으며 입을 열었다. "루션, 루션 그레이마크."

호기심 많은 새처럼 초롱초롱한 눈으로 상황을 지켜보던 라파엘이 루크에게로 돌아섰다. "가브리엘을 죽인 자로군."

'가브리엘이라니?' 클라리는 당혹스러운 기분으로 루크를 보았다. 루크가 어깨를 살짝 으쓱했다. "그래. 그가 그 전의 리더를 죽인 것처럼. 늑대인간 무리는 그런 식으로 살아가지."

그 말에 메이리스가 고개를 들었다. "무리의 리더라고?"

"당신이 무리를 이끌고 있다면 얘기를 좀 나눠야 할 거 같은데." 라파엘은 조심스러운 눈빛이었지만 상냥하게 머리를 살짝 기울이며 루크를 향해 말했다. "지금 당장은 아니더라도 말이야."

"그쪽으로 누군가 보내지. 최근에 좀 바빴어. 상황을 꼼꼼히 챙기지 못했을 거야."

"그랬지." 라파엘은 짧게 대꾸하고는 메이리스에게 돌아섰다. "우리 일은 다 끝난 거죠?"

메이리스가 가까스로 입을 열었다. "밤의 아이들이 살해 사건에 연루된 게 아니라는 말은 믿도록 하지. 다른 증거가 밝혀지지 않는 한 그럴 수밖에 없으니까."

라파엘이 인상을 썼다. "밝혀진다? 그거 별로 좋아하지 않는 말인데." 그러고 나서 돌아선 라파엘의 윤곽이 점점 흐릿해져 갔다. 그 모습에 클라리는 소스라치게 놀랐다. 마치 가장자리가 희미해진 사진 같았다. 라파엘의 투명해진 왼손 너머로 호지가 항상 책상 위에 보관하던 금속 지구본이 그대로 보였다. 손과 팔이, 가슴과 어깨가 차츰 투명해지다가 마침내 깨끗이 지워버린 것처럼 흔적도 없이 사라지는 광경을 보고 클라리는 조그맣게 탄성을 질렀다. 메이리스가 안도의 한숨을 내쉬었다.

클라리는 입을 다물지 못했다. "죽은 거예요?"

"누구, 라파엘?" 제이스가 물었다. "그렇지 않아. 저건 라파엘의 영상일 뿐이야. 인스티튜트 안으로 직접 들어올 수는 없거든."

"어째서?"

"이곳은 신성한 장소이고 라파엘은 저주를 받았으니까." 메이리스가 대답을 하며 루크에게 시선을 옮겼지만 냉랭한 눈빛은 조금도 누그러지지 않았다. "당신이 이곳 무리의 리더라고? 전혀 놀랍지 않군. 그게 당신 방식이니까. 그렇지?"

메이리스의 어조에 깃든 냉소를 무시하며 루크가 물었다. "라파엘은 오늘 살해당한 어린 녀석 때문에 불려온 건가?"

"그 애하고 죽은 마법사 때문에. 시내에서 이틀 간격으로 살해당했어."

"그런데 왜 라파엘이 불려온 거지?"

"마법사는 피를 전부 잃었지. 늑대인간 소년을 살해한 자는 피를 빼내는 도중에 방해를 받은 것 같고. 자연히 밤의 아이들에게 의심이 갈 수밖에. 좀 전의 뱀파이어는 자신들이 한 짓이 아니라는 걸 알리러 온 거야."

"그 자식 말을 믿으세요?" 제이스가 물었다.

"지금은 너랑 클레이브의 문제를 의논할 때가 아닌 것 같구나, 제이스. 루션 그레이마크가 있는 자리에서는 더더욱."

"이젠 루크라고 불러. 루크 개러웨이." 루크가 조용히 말했다.

메이리스가 고개를 가로저었다. "거의 못 알아볼 뻔했어. 꼭 먼데인처럼 보여."

"그게 바로 내가 원하는 바야."

"우린 모두 당신이 죽은 줄 알았어."

"그러길 바란 거지." 여전히 차분한 목소리로 루크가 말했다. "내가 죽었기를 말이야."

메이리스는 뭔가 날카로운 것을 삼킨 듯한 표정이었다. "모두 자리에 앉는 게 좋겠군." 메이리스가 가까스로 입을 열며 책상 앞에 놓인 의자를 가리켰다.

모두 자리에 앉고 나자 그녀는 다시 입을 열었다. "자, 이제 이곳을 찾은 이유를 말해주겠어?"

"제이스는 클레이브 앞에서 재판을 받길 원해. 난 제이스를 위해 기꺼이 증언할 의사가 있고. 그날 밤 렌웍에 발렌타인이 나타났을 때 나도 같이 있었어. 맞서 싸우다 서로를 거의 죽일 뻔했지. 제이스의 말이 진실이라는 건 내가 보증할 수 있어."

"당신 말이 얼마나 도움이 될지 모르겠어."

"난 늑대인간이지만 한때는 섀도우 헌터였어. 필요하다면 그 검 앞에 설 수도 있어."

'검 앞에 선다고?' 왠지 불길하게 들리는 소리였다. 클라리는 제이스를 쳐다보았다. 제이스는 깍지 낀 손을 무릎에 얹은 채 차분히 앉아 있는 것처럼 보였지만, 폭발하기 직전의 팽팽한 긴장감이 그를 휘감고 있었다. 클라리의 시선을 느낀 제이스가 입을 열었다.

"영혼의 검이야. 두 번째 죽음의 도구지. 재판에서 섀도우 헌터가 거짓말을 하는지 아닌지 확인하는 데 사용돼."

"당신은 섀도우 헌터가 아니야." 메이리스는 제이스가 아무 말도 하지 않은 것처럼 루크를 향해 말했다. "오랫동안 클레이브의 법에 따르지 않고 살았어."

"당신도 한때 클레이브의 법에 따르지 않고 살았지." 루크의 말에 메이리스의 볼이 붉게 달아올랐다. "이제 아무도 믿지 못하는 단계는 지났을 거라고 생각했어, 메이리스."

"어떤 일은 영원히 잊지 못해." 메이리스의 목소리가 위험스러울 정도로 부드럽게 들렸다. "자신의 죽음을 가장한 일이 발렌타인의 가장 큰 거짓말이라고 생각해? 매력이 곧 진실함이라고 믿는 거야? 나도 한때 그런 줄 알았어. 하지만 내가 틀렸어." 벌떡 일어나 여윈 손으로 책상을 짚으며 메이리스가 말했다.

"발렌타인은 서클을 위해 목숨을 바칠 거라면서 우리한테도 똑같이 하길 바랐어. 우린 정말로 그렇게 했을 거야. 한 명도 빠짐없이. 난 정말 그러기 직전까지 갔었고." 그녀의 시선이 제이스와 클라리를 훑고 다시 루크에게 고정되었다.

"당신도 기억할 거야. 발렌타인은 반란이 별거 아니라는 듯이 말했어. 전투라고 부를 수도 없을 정도라고, 서클의 막강한 힘에 대항하는 비무장 사절단 몇 명이 고작일 거라고. 알리칸테로 달려가면서 나는 단숨에 승리를 거둘 거라고 굳게 믿었어. 그래서 알렉도 그냥 집에 남겨두고 갔지. 조슬린에게 봐달라고 부탁했지만 조슬린은 그럴 수 없다고 했어. 이제는 그 이유를 잘 알지. 조슬린은 알고 있었던 거야. 당신도 마찬가지고. 그런데도 우리한테 경고를 해주지 않았어."

"발렌타인이 얼마나 위험한지 수없이 경고했어. 들으려고 하지 않은 건 당신들이었지."

"발렌타인을 말하는 게 아니야. 반란을 말하는 거지! 50명이 500명의 다운월드 사람들과 맞서게 내버려두다니."

"무장하지 않은 다섯 명만 있는 줄 알았을 때 당신들은 그들을 기꺼이 살육할 생각이었어." 루크가 나지막이 말했다.

메이리스가 책상 위에 놓인 손을 꽉 움켜쥐었다. "살육당한 건 우리였어. 그 학살의 현장에서 발렌타인이 우릴 이끌어주길 바랐지만 발렌타인은 그 자리에 나타나지 않았어. 합의의 전당은 이미 포위당한 상황이었지. 우린 발렌타인이 죽은 줄 알고 목숨을 던져 마지막 돌격을 감행할 참이었어. 그런데 문득 알렉이 떠오르는 거야. 내가 죽으면 우리 알렉은 어떻게 되나." 메이리스는 목이 메어 말을 멈췄다. "그래서 난 무기를 버리고 클레이브에 투항했어."

"옳은 일을 한 거야, 메이리스."

메이리스가 이글거리는 눈으로 루크를 노려보았다. "날 위하는 척하지 마, 늑대인간. 당신이 아니었다면……."

"루크에게 소리 지르지 말아요!" 의자에서 튀어 오를 듯 클라리가 날카롭게 외쳤다. "발렌타인을 믿은 건 애초에 메이리스 잘못이에요."

"내가 그걸 모른다고 생각하니?" 메이리스의 목소리가 거칠어졌다. "클레이브가 우릴 조사하면서 그 점을 아주 확실히 알게 해줬지. 영혼의 검이 있었으니 우리가 거짓말을 하면 알았을 거야. 하지만 그들도 우리 입을 열진 못했어. 그 어떤 것도 그렇게 할 수는 없었지. 그 일이 있기 전까지는."

"무슨 일이 있었지? 아무리 생각해도 알 수가 없었어. 그들이 무슨 말로 당신들을 발렌타인에게서 돌아서도록 만들었는지."

"진실." 메이리스가 대답했다. 몹시도 피로한 음성이었다. "발렌타인이 그날 전당에서 죽지 않았고, 우리를 죽게 내버려둔 채 도망쳤다는 사실. 나중에 발렌타인이 자기 집에서 불에 타서 숨졌다는 소식을 전해 들었지. 심문관은 그의 뼈까지 보여주었어. 새까맣게 탄 식구들의 뼈도. 물론 그것도 다 거짓이었지만……."

메이리스가 말꼬리를 흐렸다가 곧 기운을 되찾고 굳은 목소리로 말을 이었다. "어차피 그땐 모든 게 무너져 내린 후였어. 서클에 있던 사람들은 마침내 서로에게 입을 열기 시작했지. 전투가 있기 전에 발렌타인은 날 한쪽으로 데려가서 서클 멤버 중에서 날 가장 믿는다고 털어놓았어. 그가 가장 신임하는 부관이 바로 나라고 말이야. 나중에 클레이브의 조사 과정에서 발렌타인이 모두에게 똑같은 말을 했다는 사실이 드러났지."

"여자가 한을 품으면 오뉴월에도 서리가 내린다지." 제이스가 클라리에게만 들릴 정도로 작게 중얼거렸다.

"발렌타인은 클레이브뿐만 아니라 우리까지 속였어. 우리 충성심과 애정을 이용한 거야. 우리한테 널 보내면서 그랬던 것처럼." 메이리스가 제이스를 똑바로 쳐다봤다. "이제 그가 돌아왔고, 죽음의 잔을 손에 넣었어. 발렌타인은 그 오랜 세월 동안 이 모든 걸 계획해온 거야. 그러니 널 믿는 위험은 감수할 수가 없구나, 제이스. 미안하다."

제이스는 아무런 말이 없었다. 그의 얼굴에는 어떤 표정도 드러나지 않았지만, 메이리스가 말하는 동안 안색이 점점 창백해져 턱과 볼의 멍이 더욱 두드러졌다.

"그럼 이제 어떻게 할 거지? 제이스가 어떻게 해주길 바라는 거야? 어디로 가라는 거지?" 루크가 물었다.

메이리스의 눈길이 잠시 클라리에게 머물렀다. "동생에게 가 있으면 되잖아? 가족은······."

"이사벨이 제이스의 가족이죠." 클라리가 메이리스의 말을 끊었다. "알렉과 맥스도 그렇고. 그들에겐 뭐라고 할 거죠? 제이스를 내쫓으면 그들은 평생 메이리스를 증오할 거예요."

메이리스의 눈이 클라리에게 머물렀다. "네가 뭘 안다고?"

"전 알렉과 이사벨을 알아요." 클라리는 생각하고 싶지 않은 발렌타인의 얼굴을 떠올렸지만 재빨리 지워버렸다. "가족은 혈연으로만 이루어지는 게 아니잖아요. 발렌타인은 제 아버지가 아니에요. 루크가 제 아버지죠. 알렉과 맥스와 이사벨이 제이스의 가족인 것처럼. 제이스를 그들에게서 떼어놓으면 영원히 아물지 않는 상처가 남을 거예요."

놀라움과 감탄이 섞인 눈으로 루크가 클라리를 바라봤다. 메이리스의 눈빛이 순간 흔들렸다. 의혹이 스친 건가?

"클라리, 그만해." 제이스가 조용히 말했다. 희망이 꺾인 목소리였다. 클라리가 메이리스에게 몸을 돌렸다.

"그 검을 사용하면 되잖아요."

메이리스는 잠시 어리둥절한 표정으로 클라리를 쳐다봤다. "그 검?"

"영혼의 검 말이에요. 섀도우 헌터가 거짓말을 하는지 아닌지 확인해 준다는 검. 그걸 제이스한테 사용하면 되잖아요."

"좋은 생각인데요." 제이스의 목소리에 활기가 되살아났다.

"클라리, 검을 사용하는 데 어떤 절차가 따르는지 넌 알지 못해. 그 검을 사용할 수 있는 사람은 심문관뿐이야." 루크가 말했다.

제이스가 앞으로 다가앉았다. "그럼 심문관을 부르세요. 전 이 일을 완전히 마무리 짓고 싶어요."

"안 돼." 루크가 날카롭게 대꾸했지만 메이리스는 제이스를 빤히 쳐다봤다.

메이리스가 마지못해 입을 열었다. "벌써 이쪽으로 오는 중이야."

"메이리스." 루크의 목소리가 갈라졌다. "설마 당신이 부른 건 아니겠지!"

"내가 부른 게 아니야! 추방자 전사들과 포털, 살해 사건에 관한 보고를 받고도 클레이브가 가만히 있을 거라고 생각했어? 호지가 그런 짓을 했는데? 발렌타인 덕분에 우린 이제 전부 조사 대상이 됐다고."

충격으로 하얗게 질린 제이스의 얼굴을 보고 메이리스가 말을 마무리했다. "심문관은 제이스를 감옥에 보낼 수도 있어. 마크를 빼앗을지도 모른다고. 내 생각에는 제이스가……."

"심문관이 왔을 때 없는 편이 낫다고? 그래서 제이스를 내쫓으려고 안달이었군." 루크가 그녀의 말을 마무리했다.

"심문관이 누구죠? 무슨 일을 하는데요?" 클라리가 물었다. 고문으로 악명 높던 스페인의 종교재판 장면이 머릿속에 떠올랐다. 그 채찍과 고문대가.

"클레이브를 위해 섀도우 헌터들을 조사하는 일을 해. 네피림이 법률을 따르게 하는 게 심문관의 가장 큰 임무지. 반란 후에 서클 멤버들을 조사한 것도 심문관이었어."

"호지 선생님에게 저주를 걸고 메이리스를 이곳으로 보낸 것도요?" 제이스가 물었다.

"우리를 추방하고 호지를 벌하겠다는 결정을 내린 사람이 바로 심문관이었어. 우리한테는 털끝만큼의 애정도 없고 네 아버지를 증오해."

"전 아무 데도 안 가요. 제가 없으면 심문관이 가족에게 무슨 짓을 할지 어떻게 알아요? 식구들이 모의해서 절 빼돌렸다고 생각할 거예요. 메이리스를 처벌할 거라고요. 메이리스뿐만 아니라 알렉, 이사벨, 맥스까지 전부 다." 여전히 몹시 창백한 얼굴로 제이스가 말했다.

메이리스는 아무 말도 없었다.

"메이리스, 어리석게 굴지 마. 제이스가 없으면 심문관은 당신한테 책임을 물을 거야. 제이스를 여기 머물게 하고 검 앞에서 재판을 받게 하는 게 좋아. 신뢰의 표시가 될 테니까."

"제이스를 여기 있게 한다고요? 말도 안 돼요, 루크!" 클라리가 외쳤다. 검 앞에서 재판을 받게 하자는 건 애초에 클라리의 생각이었지만, 이제 그녀는 그 말을 꺼낸 것을 후회하고 있었다. "심문관이란 사람, 정말 끔찍하게 들리는데요."

"하지만 여기서 심문관을 만나지 않으면 제이스는 두 번 다시 이곳으로 돌아올 수 없어. 물론 섀도우 헌터도 될 수 없지. 좋든 싫든 심문관은 법의 오른팔이야. 제이스가 클레이브의 일원으로 남길 원하는 이상, 심문관에게 협력하는 것 외에는 달리 방법이 없어. 그리고 제이스한테는 반란 후의 서클 멤버들에게는 없었던 유리한 점이 있으니까."

"그게 뭐지?" 메이리스가 물었다.

루크가 희미하게 웃었다. "당신과 달리 진실을 말하고 있다는 점."

메이리스가 힘겹게 숨을 한 번 들이쉬고 제이스를 향해 돌아섰다. "결국 네가 결정할 문제인 것 같구나. 재판을 원한다면 심문관이 올 때까지 여기 있어도 좋아."

"여기 있겠어요." 분노의 기색이 전혀 묻어나지 않는 제이스의 확고한 목소리에 클라리는 깜짝 놀랐다. 그는 메이리스 너머 어딘가를 바라보는 듯했다. 눈 안에 불꽃이 비치는 것처럼 빛이 깜빡거렸다. 그 순간, 클라리는 제이스가 자기 아버지와 아주 많이 닮아 보인다는 생각을 하지 않을 수 없었다.

4
둥지 안의 뻐꾸기

"오렌지 주스, 당밀, 달걀은 유통기한이 몇 주나 지났고, 상추처럼 보이는 것도 있는데."

"상추?" 클라리가 사이먼의 어깨 너머로 냉장고 안을 들여다보았다. "아. 저건 모차렐라 치즈야."

사이먼이 몸서리를 치며 루크의 냉장고 문을 발로 차서 닫았다. "피자 시킬까?"

"이미 시켰어." 무선전화기를 들고 부엌으로 들어오며 루크가 말했다. "야채 피자 큰 거 한 판, 콜라 세 개. 그러고 나서 병원에도 전화해봤는데, 조슬린한테는 아무 변화가 없다는 구나." 전화기를 내려놓으며 루크가 덧붙였다.

"아." 클라리는 루크의 부엌에 있는 식탁 앞에 앉았다. 루크는 상당히 깔끔한 편이지만, 지금 식탁은 열어보지 않은 우편물들과 사용한 접시 더미로 뒤덮여 있었고, 의자 뒤에는 루크의 녹색 더플코트가 걸려 있다. 청소를 도와야 한다는 건 알았지만, 클라리에게는 그럴 힘이 남아 있지 않았다. 루크의 부엌은 작은 데다 원래부터 약간 어두웠다. 선반에 양념

이나 향신료가 하나도 없는 것만 봐도 알 수 있듯이, 루크는 요리를 즐기는 편이 아니었다. 그는 양념 대신 커피와 차통을 넣어두는 용도로 선반을 사용했다.

루크가 식탁의 접시들을 개수대로 옮기는 동안 사이먼이 클라리 옆으로 와서 앉았다. "괜찮아?" 사이먼이 목소리를 낮춰 물었다.

"괜찮아." 클라리가 가까스로 웃어 보였다. "엄마가 오늘 당장 깨어날 거라고 기대하진 않았어. 왠지 엄마가 뭔가를 기다리고 있다는 기분이 들어."

"뭘 기다리는데?"

"그건 나도 모르겠어. 잃어버린 물건 같은 거? 아니면 어떤 사람?" 클라리가 루크를 쳐다봤지만 그는 개수대에서 더러운 접시들을 북북 문질러 닦는 데 열중하고 있었다.

사이먼은 이상하다는 듯이 클라리를 쳐다보다 어깨를 으쓱했다. "그건 그렇고 인스티튜트에선 꽤 격렬한 대화가 오간 거 같던데?"

클라리가 몸을 떨었다. "알렉과 이사벨의 어머니는 정말 무섭더라."

"그 사람 이름이 뭐라고 했지?"

"메이―리스." 루크의 발음을 흉내 내며 클라리가 말했다.

"옛날 섀도우 헌터 이름이야." 루크가 수건에 손을 닦으며 말했다.

"그리고 제이스는 거기 남아서 심문관인가 뭐가 하는 사람을 만나기로 했고? 정말 거기 있고 싶대?" 사이먼이 물었다.

"섀도우 헌터로 남고 싶다면 그러는 수밖에 없어." 루크가 대답했다. "섀도우 헌터이자 네피림의 일원이라는 사실은 제이스에게 전부나 마찬가지야. 이드리스에 있을 때 그런 섀도우 헌터를 본 적이 있어. 그걸 빼앗기면……."

귀에 익은 초인종 소리가 들려왔다. 루크가 수건을 조리대 위로 던졌다. "곧 돌아올게."

루크가 부엌에서 나가자마자 사이먼이 입을 열었다. "루크가 한때 섀도우 헌터였다고 생각하면 기분이 이상해. 늑대인간이라는 사실보다 더."

"정말? 왜?"

사이먼이 어깨를 으쓱했다. "늑대인간에 대해서는 오래전부터 들어 왔잖아. 이미 알고 있는 존재라고. 루크가 한 달에 한 번씩 늑대로 변한다, 그래서 뭐. 하지만 섀도우 헌터는 무슨 종교 집단 같단 말이지."

"섀도우 헌터는 종교 집단이 아니야."

"분명히 그런 면이 있어. 악마를 쫓는 일이 삶의 전부잖아. 섀도우 헌터를 제외하면 전부 낮춰 보고 말이야. 우릴 먼데인이라고 부른다고. 마치 자기들은 인간이 아니라는 듯이. 일반인들과 어울리지도 않고, 같은 장소에 가지도 않고, 같은 농담을 알지도 못하고. 자신들이 우리 위에 있는 존재라고 생각하잖아." 사이먼은 늘씬한 다리 하나를 접어 올려 청바지 무릎의 구멍에 난 실밥을 비비 꼬았다.

"오늘 다른 늑대인간도 만났어."

"설마 사냥꾼의 달에서 괴짜 피트랑 어울린 거야?" 클라리의 가슴속에서 불안한 감정이 일었지만 이유를 콕 집어 말할 수는 없었다. 걷잡을 수 없이 밀려드는 스트레스 때문일 거라고 클라리는 짐작했다.

"아니, 우리 또래 정도 되는 여자애였어. 이름이 마야라고 하던데."

"마야?" 루크가 하얀 피자 상자를 들고 부엌 안으로 들어왔다. 그가 식탁에 상자를 내려놓자 클라리가 뚜껑을 열었다. 뜨거운 빵 반죽, 토마토소스, 치즈 냄새가 피어올랐고, 그제야 얼마나 배가 고팠는지 깨달은 클라리는 루크가 접시를 내주기도 전에 한 조각을 허겁지겁 떼어냈다. 루크가 싱긋 웃으며 자리에 앉더니 고개를 설레설레 흔들었다.

"마야도 루크의 무리에 있죠?" 피자를 한 조각 뜯어내며 사이먼이 물었다.

루크가 고개를 끄덕였다. "그래. 좋은 아이야. 병원에 가 있는 동안 서점을 봐달라고 몇 번 부른 적이 있지. 급료 대신 책을 주기로 하고."

사이먼이 피자를 베어 물며 루크를 쳐다보았다. "재정 상황이 안 좋은 거예요?"

루크가 어깨를 으쓱했다. "나한테 돈은 별로 중요하지 않아. 무리는 스스로 생활하고."

클라리가 입을 열었다. "엄마는 돈이 바닥나면 늘 아빠의 주식을 판다고 했어요. 제가 아빠로 알고 있던 아빠가 아니고, 발렌타인이 주식을 갖고 있을 리도 없는데……."

"갖고 있던 보석을 하나씩 판 거야. 발렌타인이 모겐스턴가에서 대대로 내려오던 장신구와 보석을 네 엄마한테 줬거든. 작은 거라도 경매에 내놓으면 비싼 값으로 팔렸을 거야." 루크가 한숨을 내쉬었다. "이제 그것들도 전부 사라졌지만. 발렌타인이 너희 집을 엉망으로 만들었을 때 찾아내서 가져갔을 테니까."

"어쨌든 클라리 어머니가 조금이라도 만족감을 느끼셨다면 좋겠네요. 발렌타인의 물건을 팔아치운 걸로요." 사이먼이 세 번째 조각을 집으면서 말했다. 클라리는 그렇게 많이 먹으면서도 배탈 한 번 나지 않고 살도 찌지 않는 10대 소년들의 신체 능력이 정말로 놀라웠다.

"기분이 굉장히 이상하셨을 거 같아요. 오랜만에 메이리스를 만났으니." 클라리가 루크에게 말했다.

"그렇게 이상하진 않았어. 그때하고 많이 다르지 않았으니까. 말이 되는지 모르겠지만, 그 어느 때보다도 메이리스다웠는걸."

클라리는 루크의 말을 정확하게 이해했다. 메이리스 라이트우드의 모습은 호지가 보여주었던 사진 속의 늘씬한 검은 머리 소녀를 떠올리게 했다. 도도하게 턱을 살짝 치켜든 소녀.

"메이리스가 정말로 루크가 죽었길 바랐을 거라고 생각하세요?" 클라리가 물었다.

루크가 미소를 지었다. "설사 그랬다 해도 증오 때문은 아닐 거야. 그들 입장에선 내가 죽은 편이 훨씬 편리하고 골치도 덜 아프니까. 난 살아 있기만 한 게 아니라 도심의 무리를 이끌고 있잖아. 그들에게 반가운 일은 아니지. 그들의 임무는 다운월드 사람들 사이의 평화를 유지하는 건데, 과거에 섀도우 헌터였던 데다 복수의 칼날을 들이댈 이유가 엄청나게 많은 내가 떡하니 나타났으니. 와일드카드로 드러날까 봐 걱정도 되겠지."

"아닌가요?" 사이먼이 물었다. 피자는 이미 바닥났기 때문에 사이먼은 손을 뻗어 클라리가 남긴 빵 껍질을 집었다. 그는 클라리가 껍질을 싫어한다는 걸 잘 알았다. "와일드카드 말이에요."

"난 와일드한 면이 전혀 없는데. 오히려 둔감한 편이지. 둔감한 중년."

"한 달에 한 번씩 늑대로 변해서 사냥감을 찢어발긴다는 점만 빼면요." 클라리가 말했다.

"그보다 더 끔찍할 수도 있었어. 내 나이 남자들은 값비싼 스포츠카를 굴리고 슈퍼모델과 잠을 자는 걸로 유명하거든."

"이제 겨우 서른여덟이잖아요. 아직 중년은 아니죠." 사이먼이 지적했다.

"그렇게 말해주니 고맙구나, 사이먼." 루크가 피자 상자를 열었다가 한 조각도 남지 않은 것을 발견하고 한숨을 쉬며 뚜껑을 닫았다. "피자는 다 먹어치웠어도 말이다."

"다섯 조각밖에 안 먹었어요." 의자를 뒤로 기울여 뒤쪽 다리로만 균형을 잡으며 사이먼이 항의했다.

"바보야, 피자 한 판이 몇 조각이라고 생각하는 거야?" 클라리는 정말로 궁금했다.

"다섯 조각 이하는 밥이 아니라 간식이지." 사이먼이 불안한 듯 루크를 쳐다봤다. "설마 늑대로 변해서 절 잡아먹으려는 건 아니겠죠?"

"그럴 생각은 전혀 없어. 넌 힘줄도 많고 소화도 잘 안 될 거다." 루크가 일어나서 피자 상자를 쓰레기통에 넣었다.

"하지만 코셔(유대교 율법에 따라 만든 음식―옮긴이)식이잖아요."

"유대교도 늑대인간을 알게 되면 반드시 너한테 보내주마." 루크가 개수대에 기댔다. "좀 전에 네가 한 질문에 답을 하자면 클라리, 메이리스를 오랜만에 보게 되어 기분이 이상하긴 했지만 메이리스 때문이라기보다는 주변 환경 때문이었어. 이곳 인스티튜트는 이드리스에 있는 합의의 전당과 너무도 비슷하더구나. 그레이북에 있는 룬 문자들의 힘이 주위를 감싸는 게 느껴졌어. 지난 15년간 그렇게 잊으려고 발버둥을 쳤는데 말이야."

"성공하셨나요? 그것들을 잊는 거 말이에요." 클라리가 물었다.

"세상엔 절대로 잊을 수 없는 것들이 있단다. 그레이북의 룬 문자들은 단순한 그림이 아니야. 자신의 일부, 피부의 일부가 되지. 섀도우 헌터로서의 정체성은 영원히 사라지지 않아. 핏속에 흐르는 재능과도 같지. 혈액형을 바꾸지 못하는 것처럼 그것 역시 바꿀 수 없단다."

"저도 마크를 받아야 하지 않나 생각하고 있었어요." 클라리가 말했다.

사이먼이 갉아먹던 빵 껍질을 내려놓았다. "농담하는 거야?"

"내가 왜 그런 농담을 하겠어? 그리고 왜 마크를 받으면 안 되는데? 나도 섀도우 헌터야. 보호받을 수 있는 수단은 전부 동원하는 게 좋다고 생각해."

"무슨 보호?" 사이먼이 뒤로 기울이고 있던 의자를 꽝 하고 내려놓았다. "섀도우 헌터와 관련된 일은 전부 끝난 줄 알았는데. 이제 보통의 삶으로 되돌아가려던 거 아니었어?"

루크가 부드러운 음성으로 말했다. "글쎄, 보통의 삶이라는 게 있기나 한지 모르겠구나."

클라리는 자신의 팔에 제이스가 그린 유일한 마크를 내려다보았다. 여전히 레이스처럼 하얀 곡선들이 남아 있었지만 흉터라기보다는 흔적에 가까웠다. "나도 당연히 이 이상한 세계에서 멀어지고 싶어. 하지만 그것들이 날 따라오면? 선택의 여지가 없는 거라면 어떻게 하냐고."

"멀어지고 싶은 생각이 별로 없는 거겠지." 사이먼이 중얼거렸다. "제이스가 관련된 한은 그러고 싶지 않을 테니까."

루크가 목청을 가다듬었다. "네피림들은 대개 마크를 받기 전에 여러 단계의 훈련을 거쳐. 일정한 교육을 받기 전까지는 권하고 싶지 않구나. 물론 마크를 받을지 말지도 전적으로 네가 결정할 문제지만. 그래도 네가 꼭 가지고 있어야 할 게 있어. 섀도우 헌터라면 반드시 지녀야 하는 거지."

"엄청 재수 없고 오만한 태도요?" 사이먼이 말했다.

"스텔레 말이야. 섀도우 헌터는 스텔레를 지니고 있어야 해."

"루크도 갖고 있어요?" 클라리가 놀라서 물었다.

루크는 아무 대꾸도 없이 부엌을 나갔다. 잠시 후에 돌아온 그의 손에는 검은 천으로 감싼 물건이 들려 있었다. 식탁에 내려놓은 다음 천을 벗기자 반짝이는 지팡이처럼 생긴 물건이 모습을 드러냈다. 불투명한 크리스털로 만든 스텔레였다.

"예뻐요." 클라리가 말했다.

"그렇게 생각한다니 기쁘구나. 네가 그걸 가졌으면 하거든."

"가져요? 하지만 이건 루크 거잖아요." 깜짝 놀란 클라리가 물었다.

루크가 고개를 저었다. "네 엄마 거야. 네가 우연히라도 찾아낼까 봐 집에 보관하고 싶지 않다면서 맡아달라고 했거든."

클라리가 스텔레를 집었다. 사용할 땐 빨갛게 달아오르지만, 손에 닿는 느낌은 서늘했다. 스텔레는 이상한 물건이었다. 무기가 될 정도로 길지도 않았고, 쉽게 다루는 그림 도구가 될 정도로 짧지도 않았다. 그 묘한 크기에 익숙해지려면 시간이 좀 지나야 할 것 같았다.

"제가 가져도 돼요?"

"물론이지. 오래된 모델이긴 하다만. 거의 20년 전에 만들어진 거니까. 요즘은 디자인이 많이 세련됐을 거야. 그래도 충분히 쓸 만해."

사이먼은 클라리가 스텔레를 지휘봉처럼 잡고 둘 사이의 허공에 보이지 않는 모양을 그리는 모습을 지켜보았다. "할아버지가 나한테 낡은 골프채를 주시던 때가 생각나네."

클라리가 웃으면서 손을 내렸다. "넌 그걸 한 번도 쓰지 않았잖아."

"너도 그걸 사용할 일이 없었으면 좋겠어." 클라리가 뭐라고 대꾸하기도 전에 사이먼은 얼른 다른 데로 눈을 돌렸다.

마크에서 검은 연기가 회오리쳐 올라오면서 자신의 살이 타는 냄새가 났다. 아버지는 스텔레를 손에 들고 그의 곁에 서 있었다. 불 속에 오래 넣어둔 부지깽이처럼 스텔레의 끝이 벌겋게 달아올랐다. "눈을 감아라, 조너선. 고통은 오직 네가 허락했을 때만 느끼는 거야." 아버지가 말했다. 하지만 제이스의 손은 마음과 달리 스텔레를 피해 달아나려고 온 힘을 다해 몸부림치는 것처럼 저절로 뒤틀렸다. 손에서 뼈 하나가 딱 하고 부러지는 소리가 들렸다. 그리고 또 하나가…….

번쩍 눈을 뜬 제이스가 눈을 깜빡이며 어둠을 응시했다. 아버지의 목소리가 바람에 날리는 연기처럼 희미해졌다. 입안에서 통증이 느껴지며 피 맛이 났다. 입술 안쪽을 깨문 모양이었다. 제이스는 힘겹게 일어나 앉았다.

뼈가 부러지는 소리가 또다시 들려오자 제이스는 저도 모르게 손을 내려다보았다. 하지만 손은 멀쩡했고, 이윽고 그 소리는 방 밖에서 들려오는 것이라는 사실을 깨달았다. 누군가 망설이듯 조심스럽게 방문을 두드리고 있었다.

침대에서 내려서자 차가운 바닥이 맨발에 닿으며 으스스 한기가 들었다. 옷을 입은 채로 잠이 든 모양이었다. 제이스는 구겨진 셔츠를 못마땅하게 내려다보았다. 어쩌면 아직까지 늑대 냄새가 남아 있을지도 몰랐다. 온몸 구석구석 아프지 않은 데가 없었다.

또다시 노크 소리가 들렸다. 제이스가 큰 걸음으로 걸어가서 방문을 활짝 열어젖혔다. 그러고는 놀라 눈을 껌뻑였다. "알렉?"

청바지 주머니에 손을 쑤셔 넣은 알렉이 시선을 의식하듯 어깨를 으쓱했다. "깨워서 미안. 엄마가 널 데려오라고 해서. 도서관으로 오래."

"지금?" 제이스가 알렉을 빤히 쳐다봤다. "아까 네 방에 갔는데 없더라."

"나갔어." 알렉은 자세히 말하고 싶지 않은 듯했다.

제이스가 헝클어진 머리를 손으로 빗어 넘기며 말했다. "알았어. 금방 셔츠만 갈아입고." 제이스는 옷장으로 걸어가 깔끔하게 개놓은 셔츠들 사이에서 남색 긴팔 셔츠를 꺼내고, 입고 있던 셔츠를 조심조심 벗었다. 상처에서 흐른 피가 굳는 바람에 셔츠가 피부에 달라붙어 있었다.

알렉이 시선을 다른 데로 돌렸다. "무슨 일이 있었던 거야?" 목소리가 이상스레 위축되어 있었다.

"늑대인간 무리한테 싸움을 걸었어." 셔츠 안으로 머리를 밀어 넣은 제이스가 알렉을 따라 복도로 나섰다. "목에 뭔가 묻었는데." 알렉의 목을 자세히 들여다보며 제이스가 말했다.

알렉이 재빨리 목을 가렸다. "뭐?"

"뭔가에 물린 자국 같아. 하루 종일 뭐하고 다닌 거야?"

"아무것도." 알렉은 얼굴이 시뻘게져서 여전히 목을 꽉 감싼 채 복도를 따라 걷기 시작했다. 제이스가 알렉의 뒤를 따랐다. "좀 걷고 싶어서 공원에 갔어. 머리도 식힐 겸."

"그리고 거기서 뱀파이어를 만났고?"

"뭐? 아냐! 그냥 넘어진 거야."

"목을 땅에 박으면서?" 알렉이 못 말리겠다는 듯이 한숨을 내쉬자 제이스는 그쯤에서 그만하기로 했다. "근데 갑자기 머리는 왜 식혀?"

"왜겠어? 너랑 엄마 때문이지. 네가 나간 다음에 엄마가 와서 왜 그렇게 화가 났는지 설명해줬어. 호지 선생님에 대해서도. 그나저나 엄청나게 고마워. 호지 선생님 얘기, 나한테 안 해줘서."

"미안. 차마 입이 떨어지지가 않았어." 이번에는 제이스가 얼굴을 붉혔다.

"상황이 좋지 않아." 마침내 목에서 손을 뗀 알렉이 돌아서서 제이스를 비난의 눈초리로 바라보았다. "네가 뭔가를 숨기는 것처럼 보인다고. 발렌타인에 관한 것들 말이야."

제이스가 우뚝 걸음을 멈추었다. "너도 거짓말이라고 생각하는 거야? 발렌타인이 내 아버지인 줄 몰랐다는 걸?"

"아냐!" 제이스의 물음 때문인지, 아니면 그의 격렬한 어조 때문인지, 알렉은 깜짝 놀란 듯했다. "난 네 아버지가 누군지 전혀 관심 없어. 나한텐 중요하지 않은 문제라고. 넌 여전히 똑같은 사람이니까."

"그게 누구든 말이지." 미처 자신을 제어하기도 전에 제이스의 입에서 쌀쌀맞은 말이 튀어 나갔다.

"내 말은, 네가 가끔 무모할 때가 있다는 뜻이야. 내뱉기 전에 한 번만 생각하고 말을 하라고. 여기서 널 적으로 여기는 사람은 없잖아, 제이스." 알렉이 달래듯이 말했다.

"충고는 고마워. 이제 나 혼자 갈게."

"제이스."

괴로워하는 알렉을 남겨두고 제이스는 저만치 앞으로 걸어 나갔다. 그는 다른 사람들이 자신을 걱정하는 게 싫었다. 그럴 때면 정말로 걱정해야 할 일이 있는 듯한 기분이 들었다.

도서관 문은 반쯤 열려 있었다. 제이스는 문을 두드리지 않고 안으로 들어갔다. 그곳은 제이스가 인스티튜트에서 제일 좋아하는 장소였다. 목재와 놋쇠 부품, 오랜 친구처럼 그를 기다리며 벽을 따라 늘어선 가죽과 벨벳 장정의 책들이 조화를 이루어 마음을 편안하게 해주었다. 하지만 문을 활짝 여는 순간 차가운 냉기가 제이스를 맞았다. 가을과 겨울 내내 꺼질 줄 모르던 거대한 벽난로는 불씨가 사그라진 채 잿더미만 쌓여 있었다. 전등이 모두 꺼진 실내에 빛이라고는 좁은 비늘창과 탑 꼭대기의 채광창을 통해 들어오는 것이 전부였다.

제이스는 어쩔 수 없이 호지를 떠올렸다. 호지가 여기 있었다면 벽난로에 장작이 활활 타오르고 가스등이 환하게 켜져 마룻바닥에 황금빛 그림자가 가득했을 것이다. 호지 자신은 한쪽 어깨에 휴고를 얹고 옆에는 책을 낀 채 난롯가의 안락의자에 구부정하게 앉아 있을 테고. 하지만 호지의 낡은 안락의자에는 다른 누군가가 앉아 있었다. 마른 체격에 온통 잿빛인 사람. 코브라가 몸을 풀듯 유연하게 자리에서 일어난 그 사람은 차갑게 웃으며 제이스에게 돌아섰다.

짙은 회색 망토를 걸친 여인이었다. 고풍스러운 망토는 부츠 윗부분까지 내려왔고, 그 아래로 몸에 딱 붙는 청회색 슈트를 입고 있었다. 좁고 곧추선 깃은 목 안으로 파고들 것처럼 꽉 조였고, 무색에 가까운 창백한 금발은 뒤로 바짝 묶였으며, 회색 눈에는 아무런 감정도 담겨 있지 않았다. 그녀의 시선이 천천히 움직여 진흙이 튄 지저분한 청바지에서 멍든 얼굴을 거쳐 눈에 고정되기까지, 제이스는 마치 얼음물이 닿는 것처럼 그 시선을 몸으로 느꼈다.

얼음 아래 갇힌 불꽃처럼, 그녀의 눈에서 뜨거운 무언가가 한순간 반짝였다 사라졌다. "네가 그 아이지?"

제이스가 입을 열려는 순간 다른 사람이 먼저 대답했다. "네, 심문관님. 이 아이가 조너선 모겐스턴입니다."

제이스의 뒤에 메이리스가 들어와 있었다. 제이스는 메이리스의 발소리를 전혀 듣지 못했는데, 아래를 내려다보니 메이리스는 구두 대신 슬리퍼를 신고 있었다. 무늬가 들어간 긴 실크 로브를 입은 그녀는 입을 굳게 다문 채였다.

심문관은 바람에 날리는 연기처럼 제이스를 향해 움직였다. 그리고 제이스의 앞에 와서 멈춘 다음 손을 들어 올렸는데, 희고 긴 손가락이 꼭 알비노 거미 같다고 그는 생각했다. "날 똑바로 보거라, 애야." 심문관이 긴 손가락으로 제이스의 턱을 억지로 들어 올렸다. 믿을 수 없을 정도로 강한 힘이 느껴졌다.

"너는 날 심문관님이라고 불러야 해. 그 외에는 어떤 이름도 안 돼." 페인트가 갈라진 것처럼 눈 주위에는 가는 주름이 가득했다. 또 양쪽 입가에서 시작된 주름은 턱으로 길게 이어졌다. "알겠니?"

그때까지 제이스에게 심문관은 멀게만 느껴지는, 반쯤은 신화적인 존재였다. 클레이브는 그녀의 정체는 물론이고 수많은 임무를 모두 비밀로 유지했다. 제이스는 심문관이 침묵의 형제들과 비슷할 거라고 상상했다. 독자적인 힘을 가졌으며 신비에 싸인 인물일 거라고. 이처럼 노골적이고 적개심이 가득한 사람이리라고는 상상도 하지 못했다. 심문관의 시선은 제이스가 두른 자신감과 농담의 갑옷을 사정없이 베어냈다.

"제 이름은 애가 아니라 제이스인데요. 제이스 웨이랜드."

"넌 웨이랜드라는 이름에 대해 아무런 권한도 없어. 너는 조너선 모겐스턴이야. 웨이랜드라는 이름을 고집하면 거짓말쟁이가 될 뿐이지, 네 아버지처럼."

"전 아버지와 비슷하다기보다는 나름의 개성을 지닌 거짓말쟁이라고 생각하는 편인데요."

"그렇군." 심문관의 창백한 입술이 희미한 미소로 살짝 휘어졌다. "넌 권위를 참지 못해. 꼭 네 아버지처럼 말이야. 두 사람의 이름과 관련된 천사 루시퍼처럼." 심문관이 갑자기 제이스의 턱을 사납게 움켜쥐었고, 손톱이 살 속으로 날카롭게 파고들었다. "지옥 구덩이로 던져지면서 루시퍼는 반항의 대가를 받았지." 그녀의 숨결은 식초만큼이나 시큼했다. "네가 만일 내 권위에 맞선다면 그의 운명을 부러워하게 될 거라고 약속하마."

심문관이 제이스를 놓아주고 뒤로 한 걸음 물러섰다. 손톱이 파고든 부분에서 핏방울이 흐르는 게 느껴졌다. 분노로 손이 부들부들 떨렸지만 제이스는 피를 닦아내지 않았다.

"이모젠." 메이리스가 말문을 열다가 얼른 호칭을 고쳐 불렀다. "헤런데일 심문관님. 제이스는 검 앞에서 재판을 받겠다고 했어요. 그러니 이 아이 말이 진실인지 아닌지는 곧 아시게 될 겁니다."

"자기 아버지에 관한 얘기 말인가요? 물론이지요. 나도 그러리라는 건 알아요." 헤런데일 심문관이 메이리스 쪽으로 고개를 돌리자 뻣뻣한 깃이 목 안으로 더 깊이 파고들었다.

"메이리스, 알다시피 클레이브는 이번 일을 유감스럽게 생각하고 있어요. 당신과 로버트는 인스티튜트의 관리자니까 말이에요. 지난 몇 년 동안 비교적 기록이 깨끗했다는 사실을 고맙게 생각해야 할 거예요. 최근까지는 악마 소요도 거의 없었고, 지난 며칠간도 별 사건 없이 조용했으니까. 이드리스에서도 아무 보고가 없고. 그래서 클레이브가 관대한 태도를 보인 거예요. 우린 때로 당신들이 정말로 발렌타인과 모든 관계를 끊은 건지 의혹이 들기도 했지요. 그런데 알고 보니 발렌타인이 당신들에게 덫을 놓았고, 당신들은 그 안에 뛰어든 꼴이었군요. 좀 더 똑똑하게 굴었어야 했는데."

"덫 같은 건 없었어요." 제이스가 끼어들었다. "제 아버지는 두 분이 저를 마이클 웨이랜드의 아들로 믿으면 받아들여줄 거라고 생각한 거예요. 그뿐이에요."

심문관이 말하는 바퀴벌레를 보듯 제이스를 쳐다보았다. "뻐꾸기라는 새에 대해 알고 있나, 조너선 모겐스턴?"

심문관으로 일하는 것이 즐거울 리야 없겠지만, 그 일 때문에 이모젠 헤런데일의 정신에 문제가 생긴 게 아닌지 제이스는 의아했다. "무슨 새요?"

"뻐꾸기." 심문관이 답했다. "뻐꾸기가 기생 동물이라는 걸 아나? 뻐꾸기는 다른 새의 둥지에 알을 낳지. 알을 깨고 나온 뻐꾸기 새끼는 다른 새들을 둥지 밖으로 밀어내. 불쌍한 어미 새는 자기 새끼들을 죽이고 그곳을 차지한 거대한 뻐꾸기 새끼를 배불리 먹이려고 죽을힘을 다해 벌레들을 물어오지."

"거대하다고요? 지금 저보고 뚱뚱하다고 하신 거예요?"

"그만큼 몸집이 크다는 뜻이야."

"전 뚱뚱하지 않은데요."

메이리스가 어깨를 쫙 펴며 말했다. "전 동정을 원하지 않아요, 이모젠. 죽은 친구의 아들을 키웠다고 클레이브가 저나 남편을 처벌할 거라곤 믿지 않아요. 숨기고 한 일도 아니고."

제이스가 말했다. "전 라이트우드 가족에게 해가 되는 일을 한 적이 없어요. 열심히 배우고 열심히 훈련했어요. 아버지에 대해 뭘 알고 싶으시든, 아버진 절 섀도우 헌터로 키웠고 전 이곳에 있을 자격이 있어요."

"내 앞에서 네 아비를 두둔할 생각은 하지 마라. 난 발렌타인을 잘 아니까. 그는 세상 누구보다도 부도덕한 자였어. 그건 지금도 변함없지만."

"부도덕? 요즘 누가 그런 말을 쓰죠?"

심문관이 뭔가를 가늠하듯 눈을 가늘게 뜨고 제이스를 응시했다. 색깔 없는 속눈썹이 아래로 축 늘어졌다. 이윽고 그녀가 입을 열었다. "오만한 아이로구나. 참을성이라곤 없는 아이야. 네 아버지가 그렇게 행동하라고 가르쳤나?"

"아버지한테는 아니죠." 제이스가 짤막하게 대꾸했다.

"그럼 아버지를 흉내 내는 거로구나. 발렌타인은 내가 만난 사람 가운데 가장 오만하고 무례한 자야. 아들도 꼭 자기처럼 기른 모양이군."

"맞아요." 제이스가 참지 못하고 말했다. "전 어렸을 때부터 사악한 두목이 되는 훈련을 받았죠. 파리 날개를 잡아 뽑고, 식수원에 독을 푸는 건 유치원 때 이미 다 떼었고요. 교육 과정이 약탈과 강간으로 넘어가기 전에 아버지가 자신의 죽음을 꾸며냈기에 망정이지, 안 그랬으면 세상 누구도 무사하지 못했을걸요."

메이리스의 입에서 공포의 신음이 흘러나왔다. "제이스……."

심문관이 메이리스의 말을 잘랐다. "그리고 제 아버지와 똑같이 성질을 참지 못해. 라이트우드 부부가 응석을 받아줘서 못된 성향이 걷잡을 수 없이 커져버렸어. 외모는 천사처럼 보일지 모르겠다만, 조너선 모겐스턴, 나는 네가 어떤 아이인지 정확히 알아."

"제이스는 아직 어린애일 뿐이에요." 메이리스가 지금 제이스를 변호한 걸까? 제이스가 메이리스를 흘긋 보았지만 그녀는 시선을 피했다.

"발렌타인도 한때는 어린애일 뿐이었지요. 자, 이제 금발로 덮인 네 머릿속을 헤집어 진실을 캐내기 전에 일단 그 성질부터 가라앉혀야겠구나. 그러기에 최적인 장소를 알고 있지."

제이스가 눈을 깜박거렸다. "제 방으로 돌아가라는 말인가요?"

"널 고요의 도시 감옥으로 보낼 거야. 거기서 하룻밤을 지내고 나면 훨씬 협조적인 태도를 보이리라 생각한다만."

메이리스가 놀라서 숨을 들이켰다. "이모젠, 그럴 순 없어요."

"그럴 수 있어요." 심문관의 눈이 예리하게 번쩍였다. "더 할 말 있나, 조너선?"

제이스는 할 말을 잃고 심문관을 빤히 쳐다봤다. 고요의 도시는 수없이 많은 층으로 이루어져 있고, 제이스는 맨 위의 두 층, 즉 문서들을 보관하는 곳과 형제들이 회의를 여는 곳을 제외하고는 발을 들인 적이 없었다. 감옥은 도시의 맨 아래층, 섀도우 헌터 수천 명이 고요히 잠들어 있는 묘지 아래로 죄질이 나쁜 범죄자들을 수용하는 곳이었다. 악한으로 변한 뱀파이어, 코브넌트를 어긴 마법사, 다른 섀도우 헌터를 해친 섀도우 헌터. 제이스는 그중 어디에도 속하지 않았다. 그런데 어떻게 감옥에 보낼 수가 있을까?

"아주 현명해, 조너선. 고요의 도시에서 얻을 최고의 가르침을 이미 터득하기 시작한 것 같구나." 심문관이 해골처럼 히죽 웃어 보였다. "입을 다무는 법 말이야."

클라리가 루크를 도와 저녁상을 치우고 있을 때 또다시 초인종 소리가 들렸다. 클라리는 몸을 곧추세우며 루크를 쳐다봤다. "누구 올 사람 있어요?"

루크가 인상을 쓰며 수건으로 손을 닦았다. "아니. 너희는 여기서 기다려." 그는 부엌을 나서며 선반으로 팔을 뻗어 번쩍이는 물건을 집어 들었다.

"방금 그 칼 봤어?" 사이먼이 식탁에서 일어나며 휘파람을 불었다. "무슨 문제라도 있나?"

"항상 문제에 대비하는 거 같아. 요즘엔 말이야." 클라리가 말했다. 부엄 문틈으로 내다보니 열린 현관문 앞에 루크가 서 있었다. 뭐라고 하는지는 똑똑히 들리지 않았지만 화난 목소리는 아니었다.

사이먼이 클라리의 어깨를 잡고 뒤로 끌어냈다. "미쳤어? 문에서 물러나. 악마 같은 게 들이닥치면 어쩌려고 그래?"

"그럼 루크를 도와야지." 클라리가 어깨에 얹힌 사이먼의 손을 보고 싱긋 웃었다. "뭐야, 갑자기 보호자라도 된 거야? 귀엽네."

"클라리!" 루크가 거실에서 그녀를 불렀다. "이쪽으로 좀 와볼래? 소개할 사람이 있어."

클라리가 사이먼의 손등을 토닥이고 옆으로 치웠다. "금방 올게."

루크는 팔짱을 끼고 문틀에 기대서 있었으며, 칼은 어느새 사라지고 없었다. 소녀 하나가 입구 계단에 서 있는 모습이 보였다. 고불거리는 갈색 머리를 여러 갈래로 땋았고, 황갈색 코르덴 재킷을 입었다.

"이쪽이 아까 말한 마야야." 루크가 말했다.

소녀가 클라리를 쳐다봤다. 소녀의 녹색 눈에 현관 불빛이 스며들어 황록색 기운이 묘하게 감돌았다. "클라리, 맞지?"

클라리는 그렇다고 대답했다.

"그러니까 사냥꾼의 달을 엉망으로 만든 금발 소년이 네 오빠?"

"제이스야." 지나친 호기심이 마음에 안 들어 클라리는 퉁명스럽게 대꾸했다.

"마야?" 클라리의 뒤쪽에서 사이먼의 목소리가 들렸다. 사이먼은 청 재킷 주머니에 손을 찔러 넣고 서 있었다.

"맞아. 사이먼이지? 이름 기억하는 데는 소질이 없지만 네 이름은 기억해." 소녀가 클라리 너머로 사이먼에게 미소를 지었다.

"잘됐네. 이제 모두 친구가 된 건가?" 클라리가 말했다.

루크가 헛기침을 하며 똑바로 섰다. "마야가 며칠간 서점을 봐주기로 했단다. 서로 얼굴을 알아두면 좋을 것 같아서 불렀어. 마야가 들락거려도 걱정은 하지 말고. 열쇠를 갖고 있으니까."

"주변에 혹시 이상한 낌새가 있는지도 살필게요. 악마나 뱀파이어, 뭐 그런 것들 말이에요." 마야가 말했다.

"고마워. 엄청 안심이 되네." 클라리가 대꾸했다.

마야가 눈을 깜빡거렸다. "지금 그거 비꼬는 거야?"

"다들 예민해져서 그래." 사이먼이 끼어들었다. "집 안에 아무도 없을 때 내 여자 친구를 누군가 지켜준다면 나로서는 아주 기쁠 거 같아."

루크는 눈썹을 치켜세웠지만 아무 말도 하지 않았다. 클라리가 얼른 입을 열었다. "사이먼 말이 맞아. 퉁명스럽게 굴어서 미안해."

"괜찮아." 마야의 표정이 누그러졌다. "네 엄마 얘기 들었어. 정말 안됐어."

"나도 그렇게 생각해." 클라리는 마야에게 대답을 한 뒤 부엌으로 돌아왔다. 식탁 의자에 주저앉아 양손에 얼굴을 묻자, 잠시 뒤 루크도 부엌으로 들어왔다.

"미안하다. 누군가를 만날 기분이 아니었나 보구나."

클라리가 손가락 사이로 루크를 쳐다봤다. "사이먼은 어디 있어요?"

"마야하고 얘기하고 있어." 루크가 말했다. 그러고 보니 클라리의 귀에도 집 안 어딘가에서 이야기를 나누는 둘의 목소리가 웅얼거림처럼 들려왔다. "지금 같은 때 너한테 친구가 있으면 좋을 거라고 생각했는데 말이다."

"사이먼이 있잖아요."

루크가 코에 걸린 안경을 밀어 올리며 물었다. "사이먼이 널 여자 친구라고 부르는 것 같던데, 내가 맞게 들은 건가?"

당혹스러워하는 루크의 표정을 보고 클라리는 하마터면 웃음을 터트릴 뻔했다. "그런 것 같아요."

"새로운 소식인가, 아니면 내가 들었는데 잊어버린 건가?"

"저도 오늘 처음 들었는걸요." 클라리는 얼굴에서 손을 떼어내 가만히 들여다보았다. 눈 모양의 룬, 모든 섀도우 헌터의 오른손 손등에 그려진 그 룬을 떠올렸다. "누군가의 여자 친구, 누군가의 동생, 누군가의 딸. 전부 이전엔 몰랐던 사실이에요. 전 아직도 제가 누군지 잘 모르겠어요."

"그걸 정확히 아는 사람이 몇이나 되겠니." 루크가 말하는 순간, 현관문이 닫히고 부엌으로 돌아오는 사이먼의 발소리가 들렸다. 차가운 밤공기가 부엌으로 흘러들었다.

"오늘 여기서 자고 가도 돼요? 집에 가기엔 좀 늦은 거 같아서요." 사이먼이 물었다.

"언제든 환영이지." 루크가 손목시계를 슬쩍 들여다보았다. "나도 가서 좀 자야겠다. 새벽 6시까지 병원에 도착하려면 5시에는 일어나야 하니까."

"왜 6시까지 가야 하는데?" 루크가 부엌을 나가자 사이먼이 물었다.

"병원 면회 시간이 그때부터거든. 너, 소파에서 잘 필요 없어. 그러기 싫으면 말이야."

"난 내일도 너랑 이 집에 있어도 괜찮은데." 눈을 덮은 검은 머리칼을 성가시다는 듯이 흔들어 넘기며 사이먼이 말했다. "전혀 상관없어."

"알아. 내 말은 '소파에서' 자지 않아도 된다는 뜻이었어. 네가 그러고 싶다면 몰라도."

"그럼 어디서······." 사이먼이 말꼬리를 흐리다가 눈이 둥그레졌다. "아."

"손님방에 있는 건 더블 침대거든."

사이먼은 얼굴이 벌게져 재킷 주머니에서 손을 빼냈다. 제이스였으면 아무렇지 않은 척했겠지만, 사이먼은 그럴 엄두조차 나지 않았다. "괜찮겠어?"

"괜찮아."

사이먼이 부엌을 가로질러 클라리의 입술에 가볍고 서툰 키스를 하자 클라리가 웃으면서 자리에서 일어났다. "부엌에선 그만." 그러고는 사이먼의 손목을 잡고 부엌을 나가 자신이 사용하는 손님방으로 향했다.

5
아버지의 죄

　고요의 도시 감옥의 어둠은 제이스가 아는 어떤 어둠보다 짙었다. 감방의 천장이나 바닥은 물론 눈앞에 있는 손의 윤곽조차 구분되지 않았다. 침묵의 형제들에게 이끌려 그곳으로 내려올 때 횃불에 비친 모습을 얼핏 본 것이 전부였다. 그들은 제이스를 범죄자 취급하며 감방 문의 빗장을 열고 그를 안으로 들여보냈다. 아니, 어쩌면 그들은 제이스를 정말 범죄자로 알고 있을지도 몰랐다.
　감방 바닥에는 판석이 깔렸고, 삼면의 벽은 바위를 잘라 만든 돌로 세워졌으며, 나머지 한쪽 벽에는 금은 합금 창살이 촘촘하고 단단하게 박혀 있다는 것을 제이스는 알았다. 창살에 문이 나 있고, 동쪽 벽에 기다란 금속 가로대가 박혀 있다는 것도 알았다. 침묵의 형제들이 그 가로대에 은빛 수갑 한쪽을 채우고 그의 손목에 다른 한쪽을 채웠기 때문이다. 수갑을 찬 채로는 말리의 유령처럼 덜그럭거리며 몇 걸음 옮기는 게 다였다. 생각 없이 팔을 잡아당기자 수갑을 찬 오른쪽 손목의 살갗이 벗겨졌다. 왼손잡이인 것이 그나마 다행이라는 생각이 한줄기 빛처럼 떠올랐다. 지금으로서는 크게 달라질 게 없어도, 싸움에 유리한 손이 자유롭다는 점은 위안이 되었다.

　제이스는 손가락으로 벽을 스치며 다시 한 번 감방 안을 천천히 걷기 시작했다. 시간을 알 수 없으니 마음이 불안했다. 이드리스에 살 때 아버지는 태양의 각도, 오후에 드리워지는 그림자 길이, 밤하늘에 떠오른 별의 위치로 시간을 가늠하는 방법을 알려주었다. 하지만 감방 안에서는 별이 보이지 않았다. 하늘을 다시 보게 될지도 의문이었다.

　그러다 멈칫했다. 어째서 그런 걱정을 하는 거지? 당연히 제이스는 하늘을 다시 보게 될 터였다. 클레이브는 그의 목숨을 원하는 게 아니었다. 사형은 살인자들에게나 내려지는 형벌이었다. 그럼에도 끈덕지게 달라붙는 두려움은 예기치 못하게 찾아드는 격렬한 통증처럼 갈비뼈 아래에서 펄떡거렸다. 제이스는 발작적인 공포를 느끼는 경우가 거의 없었다. 알렉이라면 제이스가 겁을 조금 더 내는 것이 훨씬 이득일 거라고 말했으리라. 그처럼 두려움은 제이스와는 거리가 멀었다.

　메이리스의 말이 떠올랐다. '넌 어둠을 무서워하는 법이 없었어.'

　그 말은 사실이었다. 지금 이곳엔 어딘가 부자연스러운 구석이 있었다. 이처럼 불안을 느끼는 건 전혀 제이스답지 않았다. 어둠 외에 분명히 무언가가 더 있었다. 제이스는 다시 얕은 숨을 들이쉬었다. 그날 밤만 그곳에서 버티면 되었다. 단 하룻밤만. 그러면 끝이었다. 제이스가 한 걸음 앞으로 내딛자 수갑이 을씨년스럽게 쩔렁거렸.

　느닷없이 공기를 가르고 날아든 소리에 제이스는 그 자리에 얼어붙었다. 날카로운 울부짖음, 극심한 공포로 터져 나오는 비명. 바이올린 소리처럼 점점 높고 가늘고 날카로워지다 어느 순간 뚝 끊겼다. 제이스는 욕설을 내뱉었다. 귀가 계속 울렸고, 입안에서 씁쓸한 쇠 맛 같은 공포의 맛이 느껴졌다. 두려움에도 맛이 있을 줄 누가 알았겠는가? 제이스는 감방 벽에 등을 바짝 붙이고 마음을 진정시켰다.

또다시 소리가 들려왔다. 이번에는 더욱 컸고, 뒤이어 비명이 터졌다. 또 한 번. 위쪽에서 뭔가 우르르 무너져 내리는 소리가 들리자 제이스는 저도 모르게 고개를 움츠렸다. 하지만 곧 지상에서 몇 층 아래 있다는 사실을 기억해냈다. 다시 한 번 무너져 내리는 소리가 들렸고, 제이스의 머릿속에 그림이 떠오르기 시작했다. 묘의 문이 열리고 몇백 년 묵은 섀도우 헌터의 시신들이 비틀거리며 몰려나오는 그림. 말라비틀어진 힘줄로 간신히 연결된 해골들이 살점 하나 없는 앙상한 손으로 고요의 도시의 새하얀 바닥을 짚으며 몸을 끌고 다가오는 모습.

그만해! 제이스는 눈앞에 떠오른 영상을 물리치려고 기를 썼다. 죽은 자들은 돌아오지 않는다. 돌아온다고 해도 제이스와 같은 네피림의 시신들이다. 학살당한 형제자매들이다. 그들을 두려워할 이유는 전혀 없었다. 그런데 어째서 이토록 공포를 느끼는 걸까? 제이스는 손톱이 손바닥을 파고들 정도로 주먹을 꽉 쥐었다. 제이스는 공포 따위에 굴복하지 않았다. 공포는 얼마든지 뭉개버릴 수 있었다. 제이스가 숨을 크게 들이쉬어 폐 안에 공기를 가득 채우는 순간, 또 다른 비명이 무시무시할 정도로 크게 들려왔다. 가슴에 차 있던 공기가 거친 소리를 내며 입 밖으로 빠져나왔고, 무언가 무너져 내리는 소리가 아주 가까이에서 들려왔다. 그리고 갑작스레 환한 불빛이 그의 눈을 찔렀다.

다음 순간 비틀거리며 다가오는 제러마이어가 눈에 들어왔다. 오른손에는 타오르는 횃불을 쥐었고, 담황색 망토의 후드는 벗겨져 공포로 괴기스럽게 뒤틀린 얼굴이 드러났다. 꿰매져 있던 입은 소리 없는 비명을 담아 활짝 열렸고, 뜯어진 실밥이 피투성이가 된 채 갈기갈기 찢긴 입술에 매달려 있었다. 불빛 아래 검게 보이는 선혈이 그의 얇은 로브에 마구 튀어 있었다. 팔을 뻗은 채 비틀비틀 걸어온 제러마이어는 제이스가 믿기지 않는 시선으로 바라보는 가운데 바닥으로 푹 고꾸라졌다. 제러마이어의 몸이 바닥에 내동댕이쳐지고 뼈가 산산이 부서지는 소리가 귀에 울렸다. 그의 손에서 횃불이 떨어져 감방 문 근처에 있는 얕은 배수로까지 타닥거리며 굴러왔다.

제이스는 재빨리 꿇어앉아 사슬이 허락하는 한 멀리 손을 뻗었지만 횃불까지 닿지는 않았다. 이쪽을 향한 제러마이어의 생기 없는 얼굴이 사그라지는 불빛에 비쳐 언뜻 보였다. 벌어진 입에서 피가 흘렀고, 이가 있던 자리에 검게 남은 울퉁불퉁한 그루터기가 보였다.

무거운 돌덩이가 가슴을 짓누르는 것 같았다. 침묵의 형제들은 입을 벌리는 법이 없었다. 말을 하지도, 소리 내어 웃지도, 비명을 지르지도 않았다. 하지만 이제 제이스는 좀 전에 들은 것이 반세기 동안 소리 한 번 내지 않던 사람들의 비명이었음을, 고대로부터 전해 내려오는 침묵의 룬보다도 강력한 공포가 쥐어 짜낸 소리였음을 확신했다. 하지만 어떻게 이런 일이 생길 수 있을까? 그리고 다른 형제들은 어디에 있을까?

제이스는 도와달라고 소리를 지르고 싶었지만 여전히 무언가가 가슴을 내리눌러 숨을 제대로 쉴 수가 없었다. 다시 한 번 횃불을 향해 힘껏 팔을 뻗자 수갑을 찬 손목에서 작은 뼈 하나가 똑 부러졌다. 날카로운 고통이 팔을 타고 올라왔지만, 필요한 만큼 손을 뻗을 수는 있었다. 제이스는 횃불을 낚아챈 다음에 몸을 일으켜 세웠다. 하지만 불꽃이 되살아나는 순간, 또 다른 소리가 들려왔다. 탁한 소리였다. 무언가 질질 끌려오는 듯한 섬뜩하고 기분 나쁜 소리. 목덜미의 털이 바늘처럼 곤두섰다. 횃불을 뻗어 앞쪽을 비추자 손이 떨려서 벽에 비친 빛 그림자가 정신없이 춤을 췄다.

앞쪽에는 아무것도 없었다.

그러나 안도감 대신 공포가 한층 강렬해졌다. 물속에 있는 것처럼 숨이 턱까지 차올라 입을 크게 벌리고 공기를 들이마셨다. 공포는 제이스에게 너무도 낯선 감각이었고, 그래서 더욱 끔찍했다. 대체 그에게 무슨 일이 일어난 걸까? 갑자기 겁쟁이가 되기라도 했단 말인가?

제이스는 고통이 모든 걸 잊게 해줄까 싶어 수갑을 세게 잡아당겨 보았지만 소용이 없었다. 또다시 소리가 들려왔다. 쿵 소리가 난 다음 스르륵 미끄러지는 소리가 이번엔 아주 가까운 곳에서 들려왔다. 또 다른 소리도 들렸다. 스르륵 미끄러지는 소리 뒤로 작은 속삭임이 끊임없이 들려왔던 것이다. 그처럼 불길한 소리는 여태 들어본 적이 없었다. 공포로 반쯤 정신이 나간 제이스는 벽까지 비틀비틀 물러나 떨리는 손으로 횃불을 치켜들었다.

한순간 주변이 대낮처럼 환해지며 모든 것이 제대로 보였다. 감방 안, 빗장이 쳐진 문, 판석이 깔린 바닥, 바닥에 쓰러진 제러마이어의 시신. 그리고 그 바로 뒤에 문이 하나 있었다. 그 문이 천천히 열리더니, 문 밖으로 무언가가 힘겹게 몸을 끌고 나왔다. 그것은 검고 거대하며 형체가 없었다. 우묵한 어둠 속에서 이글거리는 눈이 사나우면서도 재밌다는 표정으로 제이스를 주시했다. 그러다 앞으로 왈칵 밀려 나왔고, 회오리치는 수중기 구름이 제이스의 눈앞에서 해일처럼 거대하게 일어났다. 제이스가 마지막으로 본 것은, 어둠이 녹색과 푸른색으로 너울거리는 횃불을 집어삼키는 모습이었다.

사이먼과의 키스는 기분이 좋았다. 어느 여름날 책과 레모네이드를 챙겨 그물 침대에 누워 있는 것 같았고, 아무리 계속해도 질리거나 걱정되거나 당황스럽거나 성가시지 않았다. 소파 침대의 금속 틀이 등에 자꾸 배긴다는 점만 빼면.

"아야." 클라리가 몸을 비틀어 피하려 했지만 성공하지 못했다.

"나 때문에 그런 거야?" 사이먼이 옆으로 비키며 걱정스러운 표정으로 물었다. 아니면 안경을 벗은 그의 눈이 두 배는 크고 짙어서 그런 표정으로 보인 걸지도 몰랐다.

"아냐, 침대 때문에. 무슨 고문 기구 같아."

"몰랐네." 사이먼이 우울하게 말했다. 클라리는 바닥에 떨어진 베개를 주워 둘의 몸 아래로 밀어 넣었다.

"당연히 넌 모르지." 클라리가 웃으면서 말했다. "어디까지 했더라?"

"내 얼굴은 대략 지금 있는 위치에 있었지만, 네 얼굴은 지금보다 훨씬 내 얼굴에 가까이 있었어. 내 기억엔 그렇다고."

"로맨틱하기도 하지." 클라리가 잡아당기자 사이먼이 팔꿈치로 균형을 잡으며 위로 올라왔다. 둘의 몸이 겹쳐지자 얇은 셔츠를 뚫고 사이먼의 심장박동이 느껴졌다. 보통 때는 안경으로 가려지는 사이먼의 긴 속눈썹이 그가 키스하려고 머리를 기울이는 순간 그녀의 뺨을 스쳤다. 클라리가 불안정하게 웃음을 터트렸다. "이러는 거 이상해?" 클라리가 속삭였다.

"아니. 내 생각엔 말이야, 어떤 일을 오랫동안 상상하면 실제로 그 일이 일어났을 때……"

"김새는 기분이라고?"

"아냐, 아냐!" 사이먼이 몸을 일으키고 확신에 찬 눈으로 클라리를 쳐다보았다. "그런 생각은 하지도 마. 김새는 거하고는 정반대 느낌이라고. 이건……"

웃음이 터지려는 걸 억누르며 클라리가 사이먼의 말을 가로막았다. "무슨 말인지 알겠어. 그 말도 안 듣는 편이 낫겠다."

사이먼이 눈을 내리뜨며 입꼬리를 올려 웃어 보였다. "알았어. 뭔가 멋진 말로 표현하고 싶지만 머릿속에 떠오르는 거라고는……."

클라리가 싱긋 웃었다. "나랑 자고 싶다는 생각뿐이라고?"

"그만해." 사이먼이 클라리의 손을 잡아 침대에 고정하고 그녀를 심각하게 내려다보았다. "널 사랑한다고."

"그래서 나랑 자고 싶지 않다고?"

클라리의 손을 놓아주며 사이먼이 말했다. "그런 말이 아니잖아."

클라리가 웃으면서 양손으로 그의 가슴을 밀어냈다. "나 좀 일어날게."

사이먼이 깜짝 놀란 표정을 지었다. "그것만 생각하는 건 아니고……."

"그래서 그런 거 아냐. 잠옷으로 갈아입으려고. 양말까지 신고 이러니까 분위기가 영 안 나네." 서랍에서 잠옷을 꺼내 욕실로 향하는 클라리를 사이먼이 애처롭게 바라보았다. 클라리는 방문을 닫으며 장난스러운 표정을 지어 보였다. "금방 올게."

사이먼이 뭐라고 웅얼거렸지만 문 닫는 소리에 묻혀버렸다. 이를 닦은 뒤 수돗물을 틀어놓고 클라리는 오랫동안 거울에 비친 자신의 모습을 바라보았다. 머리카락은 헝클어지고 볼은 발갰다. 사랑에 빠지면 얼굴이 발갛게 상기된다고 했던가? 아니면 임신한 여자가 그렇다고 했나? 정확히 기억나진 않지만 어쨌든 사랑에 빠지면 어딘가 달라 보여야 했다. 더구나 이토록 길고 진지한 키스는 처음이었다. 안전하고 즐겁고 편안한 느낌이었다고 클라리는 혼잣말을 했다.

물론 클라리의 생일에 제이스와 키스한 적이 있었지만 그때는 전혀 안전하고 즐겁고 편안한 느낌이 아니었다. 마치 몸속에서 이전에는 몰랐던, 피보다 더욱 뜨겁고 달콤하고 씁쓸한 액체가 흐르는 관 하나가 뚫리는 듯한 느낌이었다. '제이스 생각은 하지 마.' 속으로 매몰차게 말했지만 거울에 비친 그녀의 눈빛은 어두워졌다. 마음은 원치 않아도 몸이 기억한다는 것을 클라리는 알았다.

클라리는 얼굴에 차가운 물을 끼얹고 잠옷으로 손을 뻗었다. 아주 잘했군. 클라리는 잠옷 바지만 가져온 사실을 깨닫고 속으로 혀를 찼다. 사이먼은 좋아할지 모르겠지만 아직 윗도리 없이 한 침대에 눕기에는 이른 감이 있었다. 방으로 돌아가니 사이먼은 침대 한가운데 떡하니 드러누워 긴 베개를 사람인 양 끌어안고 잠들어 있었다. 클라리는 웃음이 나오려는 걸 겨우 참았다.

"사이먼……." 조용히 부르는데 클라리의 휴대전화에서 문자 메시지가 왔음을 알리는 벨소리가 날카롭게 울렸다. 전화기는 침대 옆 탁자에 놓여 있었다. 클라리는 전화기를 들어 이사벨에게서 문자 메시지가 온 것을 확인했다.

이사벨의 메시지가 있는 데까지 서둘러 화면을 내린 뒤, 클라리는 상상이 아니라는 것을 확인하기 위해 메시지를 두 번 읽었다. 그러고는 코트를 꺼내러 옷장으로 달려갔다.

"조너선."

느리고, 어둡고, 통증처럼 익숙한 목소리가 암흑 속에서 들려왔다. 눈을 떴지만 여전히 깜깜한 암흑뿐이었다. 몸이 떨려왔다. 정신을 차리니 얼음장처럼 차가운 돌바닥에 웅크린 채 누워 있었다. 기절한 모양이었다. 자신의 나약함과 허약함에 제이스는 분노가 솟구쳤다.

반대편으로 몸을 돌리니 수갑이 채워진 손목이 욱신거렸다. "거기 누구예요?"

"네 아버지 목소리도 못 알아듣는 거냐, 조너선." 목소리가 다시 들려오자 이번엔 제이스도 바로 알아들었다. 오래된 강철 같은, 억양 없는 매끈한 음성. 허둥지둥 몸을 일으켰지만 바닥에 흥건하게 고인 무언가에 부츠가 죽 미끄러져 돌벽에 어깨를 세게 박았다. 철로 만든 풍경 소리처럼 쇠사슬이 짤랑거렸다.

"다친 거냐?"

위쪽에서 환하게 타오르는 불빛 때문에 제이스는 눈이 시렸다. 눈물을 참으며 눈을 깜빡거리자, 창살 밖 제러마이어의 시체 옆에 선 발렌타인의 모습이 보였다. 한 손에 들린 마법의 불이 눈부신 빛을 감방 전체에 드리웠다. 벽에 남은 오래된 핏자국들이 제이스의 눈에 들어왔다. 그리고 갓 흐른 피도, 제러마이어의 입에서 흘러나와 작은 호수를 이룬 피도 보였다. 제이스는 뱃속이 뒤틀리고 뭉치는 느낌이 들면서, 기절하기 직전에 본 형체 없는 검은 존재와 타오르는 보석 같던 눈을 떠올렸다.

"그건 어디 있어요? 그게 뭐였죠?" 숨이 막힌 제이스가 겨우 물었다.

"다친 게로구나. 누가 널 여기 가두라고 지시했지? 클레이브냐? 라이트우드야?" 발렌타인이 철창으로 다가섰다.

"심문관이요." 제이스는 자신의 몸을 내려다보았다. 바지와 셔츠에 피가 묻어 있었지만 누구의 피인지 알 수 없었다. 수갑 아래서도 피가 조금씩 흘러나왔다.

발렌타인이 창살 사이로 제이스를 물끄러미 응시했다. 제이스는 정식으로 전투복을 갖춰 입은 아버지의 모습을 아주 오랜만에 보았다. 악마의 독에서 피부를 보호하고 자유롭게 움직일 수 있게 해주는 두꺼운 가죽의 섀도우 헌터 전투복. 팔과 다리에 상형문자와 룬 문자로 뒤덮인 합금 보호대가 달려 있었다. 넓은 띠가 가슴을 가로질렀고, 어깨 위로 검이 솟아 번쩍거렸다. 발렌타인이 쭈그려 앉아 서늘한 검은 눈을 제이스에게 맞췄다. 제이스는 발렌타인의 눈에 분노의 기색이 전혀 없는 것을 보고 깜짝 놀랐다.

"심문관은 곧 클레이브나 마찬가지야. 라이트우드는 이런 일이 일어나게 해서는 안 됐어. 나라면 그 누구도 네게 이런 짓을 하게 내버려두지 않았을 거다."

제이스는 등을 벽에 바짝 붙여 사슬이 허락하는 한 아버지에게서 멀찍이 떨어졌다. "절 죽이러 왔나요?"

"널 죽인다고? 내가 왜 널 죽이겠니?"

"그럼 제러마이어는 왜 죽였죠? 우연히 지나다 들렀더니 제러마이어가 죽어 있더라, 따위의 이야기는 지어낼 생각도 마세요. 아버지가 죽인 거 다 아니까."

발렌타인이 처음으로 제러마이어의 시신에 흘깃 눈길을 주었다. "물론 내가 죽였지. 나머지 침묵의 형제들도. 어쩔 수가 없었다. 나한테 필요한 걸 그들이 갖고 있었으니까."

"뭐요? 인간에 대한 예의?"

"이거." 발렌타인이 날렵한 동작으로 어깨에 걸린 칼집에서 검을 빼들었다. "맬러텍."

제이스는 목구멍으로 올라오는 놀라움의 탄성을 꿀꺽 삼켰다. 거대하고, 날이 무겁고, 날개 모양의 자루가 달린 은빛 검. 제이스는 그것이 어떤 검인지 잘 알았다. 침묵의 형제들의 회의실, 말하는 별들 위에 걸려 있던 검이다. "침묵의 형제들에게서 빼앗은 거군요?"

"그들의 것이 아니었다. 모든 네피림의 것이지. 에덴동산에서 아담과 이브를 내몰 때 천사가 사용한 검이고. '에덴동산의 동쪽에 천사들을 세우시고 빙빙 도는 불칼을 두시어……'" 발렌타인이 검을 바라보며 성서의 구절을 인용했다.

제이스가 마른 입술을 혀로 훔쳤다. "그걸로 뭘 하려고요?"

"너에 대한 믿음이 생기고 네가 날 믿는다는 확신이 들면, 그때 얘기해주마."

"아버질 믿는다고요? 렌윅에서 포털을 빠져나간 다음에 내가 쫓아가지 못하게 부숴버린 사람을요? 클라리를 죽이려고 한 사람을요?"

"네 동생은 절대 해치지 않아." 분노가 깃든 목소리로 발렌타인이 말했다. "널 절대 해치지 않는 것처럼."

"지금까지 제게 한 일은 전부 절 해치는 일이었는데도요! 절 보호한 건 라이트우드 가족이었어요!"

"널 여기 가둔 사람은 내가 아니야. 널 협박하고 믿지 않은 사람도. 그건 라이트우드와 클레이브의 친구들이지." 발렌타인이 잠시 말을 멈췄다. "그들의 형편없는 대우에도 여전히 냉철함을 유지하고 있는 네가 아버지는 자랑스럽구나."

제이스가 놀라서 고개를 쳐들었다. 너무 빨리 드는 바람에 현기증이 일었고, 당겨진 손목이 욱신거렸다. 애써 통증을 참고 있으니 잠시 후 호흡이 원래대로 돌아왔다. "뭐라고요?"

"렌윅에서 내가 잘못 생각했다는 걸 이제야 깨달았다." 발렌타인이 말을 이었다. "널 어릴 때의 모습으로 기억하고 있었던 것. 내가 이드리스에 남겨두고 온, 내 모든 말에 순종하던 어린아이로 말이다. 하지만 렌윅에서 내가 마주한 건 독립적이고 용감하고 고집불통인 젊은이였지. 그런데도 난 여전히 너를 어린애처럼 대했어. 그러니 네가 반항한 건 당연한 일이었다."

"반항이라고요? 난……." 제이스는 목구멍이 죄어 말을 잇지 못했다. 심장박동과 같은 리듬으로 손목이 욱신거리기 시작했다.

발렌타인이 다시 입을 열었다. "내 과거를 네게 설명할 기회가 없었구나. 내가 왜 그런 일들을 해야 했는지 말이다."

"설명할 건 아무것도 없어요. 아버지는 조부모님을 죽였어요. 어머니를 감금했고. 자신의 목적을 이루기 위해 다른 섀도우 헌터들을 살해했죠." 제이스의 입에서 흘러나오는 단어 하나하나에 독기가 서려 있었다.

"넌 절반의 사실만 알 뿐이다, 조너선. 네가 어려서 이해할 수 없기에 거짓말을 한 거야. 이제는 진실을 알려주어도 좋을 만큼 나이가 들었구나."

"그럼 진실을 말해주시죠."

발렌타인이 창살 사이로 팔을 뻗어 제이스의 손 위에 자신의 손을 얹었다. 거칠고 굳은살이 박인 손. 제이스가 열 살 때 느끼던 것과 똑같은 감촉이었다.

"널 믿고 싶구나, 조너선." 발렌타인이 입을 뗐다. "믿어도 되겠니?"

제이스는 대답을 하고 싶었지만 입이 떨어지지 않았다. 쇠로 된 띠가 가슴을 옥죄듯 숨 쉬기가 힘들어졌다. "나도 그러고 싶다고요……." 제이스가 조그맣게 중얼거렸다.

그때 위쪽에서 무슨 소리가 들렸다. 철문이 쾅 하고 닫히는 소리 같았다. 뒤이어 누군가의 발소리, 소곤거리는 소리가 돌벽에 부딪혀 메아리쳤다. 발렌타인이 일어서며 마법의 불을 감싸 쥐자, 불빛이 희미해지면서 그의 모습도 그림자처럼 보였다. "생각보다 빠르군." 발렌타인이 중얼거리며 창살 사이로 제이스를 내려다보았다.
　제이스가 발렌타인 뒤쪽으로 시선을 주었지만 흐릿한 불빛 너머엔 시커먼 어둠만 가득했다. 제이스는 아까 보았던 형체 없는 존재, 회오리치는 어둠 같던 존재를 떠올렸다. "뭐죠? 뭐가 오고 있는 거죠?" 무릎걸음으로 비틀비틀 나오며 제이스가 물었다.
　"가야겠구나. 하지만 아직 우리 얘긴 끝나지 않았어."
　제이스가 창살 쪽으로 손을 내밀었다. "풀어주세요. 오고 있는 게 무엇이건 싸울 수 있어야 하니까."
　"지금 널 풀어주는 건 결코 친절을 베푸는 일이 아니야." 발렌타인이 마법의 불을 완전히 감싸자, 깜박거리던 불빛이 꺼지며 갑자기 주변이 깜깜해졌다. 제이스가 창살을 향해 몸을 던지자 부러진 손에 격통이 밀려들었다.
　"안 돼요!" 제이스가 소리쳤다. "아버지, 제발요."
　"나를 만나고 싶다면, 어디서 날 찾을 수 있는지 알게 될 거다."
　이제 감방 안에는 서둘러 사라지는 발렌타인의 발소리와 창살 아래로 풀썩 주저앉는 제이스의 거친 숨소리만 남아 있었다.

　도심으로 가는 지하철 안에서 클라리는 가만히 앉아 있을 수가 없었다. 승객이 거의 없는 차량 안을 오락가락하는 동안 목에 걸린 아이팟 헤드폰이 덜렁거렸다. 이사벨이 전화를 받지 않자 걱정이 되어 미칠 지경이었다.
　사냥꾼의 달에서 본 제이스의 모습이 떠올랐다. 피투성이가 되어 분노로 이를 드러내고 으르렁거리던 모습은, 인간을 보호하고 다운월드 사람들을 통제하는 섀도우 헌터보다는 늑대인간에 더 가까웠다.

96번가 지하철역의 계단을 달려 올라간 클라리는 거대한 회색 그림자 같은 인스티튜트가 서서히 모습을 드러내는 길모퉁이에 가까워지자, 그때서야 속도를 늦춰서 걷기 시작했다. 지하철과 지하도 안의 공기가 무척 뜨거웠기에 인스티튜트 정문으로 이어지는 콘크리트 길을 걷는 동안에는 목 뒤에 솟았던 땀이 식으며 오싹한 한기가 느껴졌다.

문틀에 달린 거대한 초인종 줄로 손을 뻗다 클라리는 잠시 망설였다. 그녀는 섀도우 헌터였다. 라이트우드 가족과 마찬가지로 인스티튜트 안으로 들어갈 권리가 있었다. 클라리는 마음을 굳히고 문손잡이에 손을 얹으며 제이스가 하던 말을 떠올렸다. "저는 천사의 이름으로……."

문이 벌컥 열리고, 수십 개의 작은 촛불이 반짝이는 어두운 실내가 들여다보였다. 신자석을 황급히 가로지르는 클라리를 비웃기라도 하듯 촛불들이 깜빡거렸다. 클라리는 엘리베이터 안으로 들어서서 문을 닫은 다음, 떨리는 손으로 버튼을 누르고 애써 마음을 진정시켰다. 제이스의 일을 걱정하는 건지, 아니면 제이스와 얼굴을 마주할 일을 걱정하는 건지 자기 자신에게도 설명할 수 없었다. 코트 깃에 묻힌 얼굴이 매우 창백하고 작아 보였고, 짙은 녹색 눈을 부릅뜬 채 창백한 입술을 잘근잘근 씹고 있었다. '전혀 예쁘지 않아' 하고 우울하게 생각하던 클라리는 억지로 그 생각을 밀어냈다. 어떻게 보이는지가 뭐가 중요해? 제이스는 상관하지 않았다. 아니, 상관할 수 없었다.

엘리베이터가 철거덩 멈추자 클라리는 문을 당겨 열었다. 처치가 입구에서 기다리고 있다가 뚱하게 한 번 야옹 울며 그녀를 맞았다.

"왜 그래, 처치?" 조용한 복도에 클라리의 목소리가 부자연스러울 정도로 크게 울렸다. 순간, 건물 안에 아무도 없는 게 아닐까 하는 생각이

들었고, 불현듯 소름이 돋았다. "집에 아무도 없니?"

처치가 돌아서서 복도를 따라 걷기 시작했다. 텅 빈 음악실과 도서관을 지나 모퉁이를 돌더니 닫힌 방문 앞으로 가서 털썩 주저앉았다. '자, 다 왔어' 하고 말하는 표정이었다.

클라리가 노크를 하기도 전에, 문이 벌컥 열리며 청바지에 보라색 스웨터를 입은 맨발의 이사벨이 문간에 모습을 드러냈다. 이사벨은 클라리를 보고 깜짝 놀랐다. "누군가 걸어오는 소리가 들린 거 같긴 했는데, 너일 줄은 정말 몰랐어. 여기서 뭐하는 거야?"

클라리가 이사벨을 빤히 쳐다봤다. "나한테 문자 보냈잖아. 심문관이 제이스를 감옥에 처넣었다고."

"클라리!" 이사벨이 복도를 흘깃거리며 입술을 깨물었다. "당장 달려오란 뜻은 아니었어."

클라리가 경악했다. "감옥이라며!"

"그래, 하지만……." 이사벨이 어쩔 수 없다는 듯이 한숨을 내쉬고 옆으로 물러서며 클라리에게 들어오라고 손짓했다. "들어오는 게 낫겠다. 그리고 넌, 저리 가." 처치에게 손을 흔들었다. "가서 엘리베이터나 지켜."

처치가 무서운 표정을 짓더니, 잠을 자려는지 배를 깔고 드러누워 눈을 감았다.

"고양이들이란, 정말." 이사벨이 중얼거리며 문을 닫았다.

"안녕, 클라리." 정돈되지 않은 이사벨의 침대 위에 알렉이 다리를 흔들며 앉아 있었다. "어쩐 일이야?"

클라리는 번쩍거리고 어수선한 화장대 앞에 놓인 의자로 가서 앉았다. "이사벨이 문자를 보냈어. 제이스한테 무슨 일이 생겼는지 들었어."

이사벨과 알렉이 의미심장한 눈빛을 주고받았다. "그만해, 알렉. 클라리도 알아야 하잖아. 하지만 당장 달려올 줄은 몰랐다고!"

클라리가 울컥해서 외쳤다. "달려오는 게 당연한 거 아니야? 제이스는 괜찮아? 도대체 심문관은 무슨 이유로 제이스를 감옥에 처넣은 거야?"

"정확히 말하면 감옥은 아니야. 제이스는 지금 고요의 도시에 있어." 허리를 세워 똑바로 앉은 알렉이 이사벨의 베개 하나를 무릎 위로 끌어다놓고 가장자리의 구슬 장식을 무심히 만지작거렸다.

"고요의 도시? 왜?"

알렉이 주춤거리다 입을 열었다. "지하에 감방이 있거든. 재판을 받기 위해 이드리스로 이송되기 전에 범죄자들이 머무는 곳이야. 정말 나쁜 짓을 한 자들 말이야. 살인자, 변절한 뱀파이어, 협정을 지키지 않은 섀도우 헌터 같은 자들. 제이스는 지금 거기 있어."

"살인자들과 함께 갇혀 있다고?" 클라리가 화를 내며 벌떡 일어났다. "지금 제정신이야? 어떻게 아무 일도 없다는 듯이 가만히 있을 수가 있어?"

알렉과 이사벨이 다시 한 번 시선을 교환했다. "딱 하룻밤만 거기서 보내는 거야." 이사벨이 입을 열었다. "그리고 지금 거긴 제이스 말고 아무도 없어. 우리도 물어봤다고."

"하지만 왜? 제이스가 뭘 어쨌는데?"

"심문관에게 불손하게 말대꾸를 한 모양이야. 내가 아는 건 그게 전부야." 알렉이 말했다.

이사벨이 화장대 끝에 걸터앉았다. "믿을 수가 없어, 정말."

"심문관이 제정신이 아니네." 클라리가 말했다.

"그렇지 않아." 알렉이 말했다. "제이스가 먼데인 군대에 있었다면 상관에게 바락바락 말대꾸를 하고도 무사했을 것 같아? 절대 아니지."

"전쟁 중일 땐 아니겠지. 하지만 제이스는 군인도 아니잖아."

"우린 모두 군인이야. 제이스뿐만 아니라 섀도우 헌터들은 전부. 우리 한텐 명령 체계가 있고, 심문관은 거의 맨 꼭대기에 있는 사람이라고. 제이스는 맨 아래 있고. 예의를 좀 지켰어야 했어."

"제이스가 감옥에 있는 게 당연하다고 생각한다면 나보고는 왜 오라고 한 건데? 너희 생각에 동조하게 하려고? 이유를 모르겠어. 내가 어떻게 해주길 바라는 거야?"

"제이스가 감옥에 있는 게 당연하다고는 안 했어." 이사벨이 날카롭게 대꾸했다. "클레이브의 최고위층 인사에게 말조심을 했어야 한다는 거지." 이사벨이 목소리를 낮춰 덧붙였다. "어쩌면 네가 도울 수 있을지도 모른다고 생각했어."

"돕는다고? 어떻게?"

"전에도 말했지만, 제이스는 걸핏하면 자신을 죽음으로 몰아넣으려는 사람처럼 행동해. 자기 자신을 돌보는 법을 배워야 한다고. 심문관에게 협조하는 것도 그중 하나야." 알렉이 말했다.

"제이스가 그렇게 하도록 내가 도울 수 있다고?" 클라리가 믿을 수 없다는 듯이 말했다.

"제이스를 설득하는 게 가능할지 모르겠지만, 네가 제이스에게 살아야 할 이유 같은 걸 상기시켜줄 수도 있지 않을까?" 이사벨이 말했다.

알렉이 베개를 내려다보다가 가장자리에 달린 술을 홱 잡아 뜯었다. 구슬들이 소나기처럼 이사벨의 담요 위로 와르르 쏟아졌다.

이사벨이 얼굴을 찌푸렸다. "알렉, 그러지 마."

클라리는 이사벨에게 자신이 아니라 그들이 제이스의 가족이라고, 자신의 말보다 그들의 말이 제이스에게 더 중요한 영향을 미칠 거라고 말하고 싶었다. 하지만 귓가에서 제이스의 목소리가 계속 메아리쳤다. 난 어딘가에 속해 있다고 느낀 적이 없었어. 하지만 너랑 있으면 그런 느낌이 들어.

"고요의 도시에 가면 제이스를 볼 수 있는 거야?"

"심문관에게 협조하라고 제이스를 설득할 거야?" 알렉이 물었다.

클라리가 잠시 생각하다 입을 열었다. "제이스 말부터 들어보고 싶어."

알렉이 뜯어진 베개를 내려놓고 인상을 쓰며 일어섰다. 그가 입을 열려는 순간, 누군가 방문을 두드렸다. 이사벨이 화장대에서 내려와 문을 열러 갔다.

검은 머리의 자그마한 소년이 문 너머에 서 있었다. 안경 뒤로 눈이 반쯤 가려졌고, 청바지에 헐렁한 스웨터를 입었으며, 한 손에는 책을 들었다. "맥스, 자고 있는 줄 알았는데." 이사벨이 놀란 목소리로 말했다.

"무기실에 있었어." 소년이 말했다. 막내인 모양이었다. "그런데 도서관에서 소리가 들리잖아. 누군가 계속 인스티튜트에 연락을 하려고 하나 봐." 소년이 이사벨 뒤에 있는 클라리를 보고는 물었다. "누구야?"

"클라리야. 제이스 여동생." 알렉이 대답했다.

맥스의 눈이 동그래졌다. "제이스는 형제가 없는 줄 알았는데."

"우리 모두 그런 줄 알았지." 이사벨의 의자에 걸쳐둔 스웨터를 집어 들며 알렉이 말했다. 스웨터 안으로 거칠게 머리를 쑤셔 넣자 정전기가 일면서 알렉의 머리칼이 연한 검은색 후광처럼 부스스 일어났다. "도서관에 가보는 게 좋겠어."

"나도 같이 가. 아무래도 무슨 일이 있는 것 같으니까." 이사벨은 서랍에서 희미하게 반짝이는 밧줄처럼 돌돌 말린 금빛 채찍을 꺼내 손잡이를 허리띠에 밀어 넣었다.

"부모님은 어디 계셔?" 클라리가 물었다.

"몇 시간 전에 신고가 들어와서 나가셨어. 센트럴 파크에서 요정이 살해됐대. 심문관도 함께 나갔고." 알렉이 상황을 설명했다.

"너희는 가고 싶지 않았던 거야?"

"갈 수가 없었어." 이사벨이 두 갈래로 땋은 머리를 말아 올려 작은 유리칼을 찔러 넣었다. "맥스 좀 봐줘. 알았지? 금방 돌아올 테니까."

"하지만……." 클라리가 항의하려고 입을 열었다.

"금방 온다니까." 이사벨이 재빨리 복도로 나가자 알렉도 뒤따라 나갔다. 그들이 나가고 방문이 닫히자 클라리는 침대에 앉아 염려스러운 눈빛으로 맥스를 바라보았다. 클라리는 어린아이와 함께 있어본 적이 거의 없었다. 조슬린은 클라리가 아르바이트로 아기 보는 일을 하는 것조차 허락하지 않았기에, 클라리는 아이들에게 어떻게 말을 걸면 좋은지, 아이들이 좋아하는 것은 무엇인지 전혀 알지 못했다. 그나마 눈앞에 있는 자그마한 소년이 그 나이 때의 사이먼과 닮았다는 점이 약간 도움이 되었다. 비쩍 마른 팔과 다리도 그렇고, 얼굴에 비해 너무 커 보이는 안경도 비슷했다.

맥스도 클라리를 신중하게 흘끔거렸다. 수줍은 시선이 아니라 사려 깊고 침착한 시선이었다. "몇 살이에요?" 마침내 맥스가 말문을 열었다.

클라리가 당황하며 되물었다. "몇 살로 보이는데?"

"열네 살."

"열여섯 살인데 키가 작아서 사람들이 더 어리게 봐."

맥스가 고개를 끄덕였다.

"나도 그런데. 난 아홉 살인데 사람들은 일곱 살로 보거든요."

"내 눈엔 아홉 살로 보이는데. 손에 든 건 뭐니? 책?"

맥스가 뒤로 감추고 있던 손을 앞으로 내보였다. 슈퍼에서 카운터 옆에 놓고 파는 잡지와 비슷한 넓고 납작한 책이었다. 표지에는 일본어 글자가 쓰였고 그 아래 영어가 들어가 있었다.

클라리가 웃으며 말했다. "《나루토》네. 만화를 좋아하나 보구나. 어디서 샀어?"

"공항에서요. 그림은 재밌는데 어떻게 읽는 건지 모르겠어요."

"이리 줘봐." 클라리가 책을 펼치며 맥스에게 설명했다. "이건 오른쪽에서 왼쪽으로, 거꾸로 넘기며 읽어야 해. 각 페이지는 시계 방향으로 읽어야 하고. 무슨 말인지 알아?"

"당연하죠." 맥스가 말했다. 순간적으로 클라리는 맥스의 기분을 상하게 한 건 아닌지 더럭 걱정이 되었다. 하지만 책을 받아서 휙휙 넘겨 보는 맥스의 표정은 밝기만 했다. "이건 9권이에요. 이걸 읽기 전에 1권부터 8권까지 먼저 읽어야 할 거 같아요."

"그러는 게 좋을 거야. 누군가와 미드타운 코믹스(뉴욕의 만화책 전문 서점―옮긴이)나 포비든 플래닛(만화책, 포스터, 장난감을 파는 가게―옮긴이)에 다녀와야겠네."

"포비든 플래닛이라고요?" 맥스가 어리둥절한 표정을 지었지만, 클라리가 미처 설명을 하기 전에 방문이 벌컥 열리고 이사벨이 헐레벌떡 들어왔다.

"누군가 인스티튜트에 연락을 하려고 했던 게 맞았어." 클라리가 묻기도 전에 이사벨이 먼저 입을 열었다. "침묵의 형제. 뼈의 도시에 무슨 일이 생긴 거 같아."

"무슨 일?"

"나도 자세한 건 모르겠어. 침묵의 형제가 도움을 요청했단 말은 들어본 적이 없는걸." 걱정의 기색이 역력한 목소리로 이사벨이 말하더니 맥스에게 돌아섰다. "맥스, 네 방에 가서 나오지 말고 있어, 알았지?"

맥스가 턱에 힘을 줬다. "누나랑 형은 나가는 거야?"

"그래."

"고요의 도시로?"

"맥스……"

"나도 갈래."

이사벨이 고개를 가로저었다. 머리 뒤에 꽂힌 칼의 자루가 번쩍거렸다. "절대 안 돼. 넌 아직 어려."

"누나도 열여덟 살이 안 됐잖아!"

이사벨이 불안하고 초조한 눈으로 클라리를 돌아보았다. "클라리, 이쪽으로 잠깐 와줄래?"

클라리가 의아해하며 일어서자 이사벨이 그녀의 손목을 낚아채 방 밖으로 끌고 나간 뒤 재빨리 방문을 닫았다. 맥스가 문에 몸을 부딪치는 소리가 쿵 하고 들렸다.

"젠장." 이사벨이 문손잡이를 잡은 채 말했다. "내 스텔레 좀 꺼내줘. 주머니 안에 있을 거야."

클라리는 몇 시간 전에 루크에게 받은 스텔레를 급하게 꺼냈다. "내 걸로 해."

이사벨은 스텔레를 가볍게 몇 번 휘두르는 것으로 방문에 '잠금' 룬을 새겨 넣었다. 이사벨이 얼굴을 찡그리며 문에서 물러나 클라리에게 스텔레를 돌려줄 때까지도 방 안에서 맥스가 항의하는 소리가 들려왔다.

"네가 스텔레를 갖고 있는 줄은 몰랐네."

"우리 엄마 거였어." 말을 내뱉자마자 클라리는 속으로 자신을 나무랐다. 엄마 '거였어'가 아니라 엄마 '거야'지.

"그렇구나." 이사벨이 주먹으로 문을 쾅 하고 쳤다. "맥스, 배고프면 작은 탁자 서랍에 먹을 거 있으니까 꺼내 먹어. 최대한 빨리 돌아올게."

문 안에서 성난 목소리가 빽 하고 소리를 지르자, 이사벨은 어깨를 으쓱하고 돌아서서 빠른 걸음으로 복도를 따라 걸었다. 클라리가 이사벨 옆에서 걸어가며 물었다. "메시지에는 뭐라고 되어 있었는데? 그냥 문제가 생겼다고?"

"공격을 받았다고. 그게 전부야."

알렉이 도서관 밖에서 그들을 기다리고 있었다. 그는 옷 위에 검은 가죽으로 된 섀도우 헌터 전투복을 입었다. 손목 덮개는 팔을 덮었고, 목과 손목에는 마크들이 회오리쳤으며, 저마다 다른 천사의 이름이 붙은 검들이 허리띠에 매달려 번쩍거렸다.

"준비됐어?" 알렉이 이사벨에게 물었다. "맥스는?"

"걱정 안 해도 돼." 이사벨이 팔을 내밀었다. "마크 그려줘."

알렉이 이사벨의 손과 손목 안쪽에 룬 문자를 그리면서 클라리를 힐끗 쳐다보았다. "그만 집에 가보는 게 좋지 않을까? 심문관이 돌아왔을 때 여기 혼자 있고 싶진 않을 테니까."

"나도 너희랑 같이 갈래." 말이 제멋대로 흘러나왔다.

이사벨은 뜨거운 커피를 식히듯 마크가 생긴 피부 위를 후후 불며 말했다. "꼭 맥스 같네."

"맥스는 아홉 살이야. 난 너랑 같은 나이고."

"하지만 넌 훈련을 받은 적이 없잖아." 알렉이 목소리를 높였다. "괜히 상황만 더 나빠질 거야."

"그렇지 않을걸. 고요의 도시 안에 들어가본 적 있어?" 클라리가 물었다. "난 들어가봤어. 어떻게 들어가는지도 알고, 그 안이 어떻게 생겼는지도 알아."

알렉이 허리를 펴고 똑바로 서면서 스텔레를 집어 넣었다. "내 생각에……."

이사벨이 알렉의 말을 잘랐다. "클라리 말에도 일리가 있네. 본인이 원한다면 같이 가는 게 좋겠어."

알렉이 놀란 표정을 지었다. "지난번에 악마를 만났을 때 클라리는 겁을 내면서 비명을 질렀다고." 클라리가 날카롭게 노려보는 것을 느끼고 알렉이 해명하듯 클라리를 쳐다보았다. "미안, 하지만 사실이잖아."

"클라리도 배울 기회가 있어야지. 제이스가 늘 하는 말이 있잖아. 우리가 위험을 찾아 나서지 않아도 때로는 위험이 우릴 찾아온다고."

"날 맥스처럼 가두진 못할 거야." 알렉의 마음이 흔들리는 것을 보고 클라리가 덧붙였다. "난 어린애도 아니고, 뼈의 도시가 어디 있는지도 알아. 너희 없이도 혼자 찾아갈 수 있어."

알렉은 고개를 설레설레 흔들면서 여자들이 어쩌고 하는 말을 중얼거렸다. 이사벨이 클라리에게 손을 내밀었다. "스텔레 줘봐. 너도 마크를 받을 때가 된 거 같다."

6
재의 도시

이사벨은 클라리에게 양 손등에 하나씩, 두 개의 마크만을 그려주었다. 모든 섀도우 헌터의 손을 장식하는 눈 모양 마크 하나, 그리고 엇갈리게 놓인 두 개의 낫 모양 마크 하나. 낫 모양 마크는 보호의 룬이라고 이사벨이 말해주었다. 스텔레가 처음 피부에 닿았을 때는 타는 듯한 느낌이 들었지만, 세 사람이 택시를 잡아타고 도심을 향해 달리는 동안 통증이 점점 희미해지다가, 2번가에 도착해 차에서 내렸을 때는 물에서 튜브를 끼기라도 한 것처럼 손과 팔이 가벼워졌다.

연철로 된 아치를 지나 마블 공동묘지 안으로 들어가는 동안에도 세 사람은 묵묵히 걷기만 했다. 지난번에 왔을 때는 제러마이어를 따라 서둘러 지나갔지만, 이번에는 벽에 새겨진 이름들이 클라리의 눈에 들어왔다. 영블러드, 페어차일드, 스러시크로스, 나이트와인, 레이븐스카. 이름 옆에는 룬 문자가 그려져 있었다. 섀도우 헌터는 가문마다 다른 모양의 상징을 지니는데, 웨이랜드는 대장장이 망치, 라이트우드는 횃불, 발렌타인은 별이었다.

뜰 중앙에 있는 천사 조각상의 발치에는 웃자란 풀들이 마구 엉켜 있었다. 천사는 눈을 감았고, 죽음의 잔을 상징하는 돌 잔의 손잡이를 가느다란 손으로 감쌌으며, 냉정한 표정의 얼굴에는 먼지와 때가 얼룩져 있었다.

클라리가 입을 열었다. "지난번에 왔을 땐 제러마이어가 저 조각상에 룬을 그려서 도시로 통하는 문을 열었어."

"침묵의 형제들이 쓰는 룬은 쓰지 않는 게 나아." 알렉이 말했다. 그의 얼굴이 어두워졌다. "여기까지 왔으면 형제들이 우리가 온 걸 알아채야 하는데. 걱정되네."

알렉이 허리띠에서 단검을 뽑아 손바닥을 그었다. 얕은 상처 위로 피가 배어 나오자 알렉은 주먹을 쥐어 돌 잔 안으로 피를 똑똑 떨어뜨렸다. "네피림의 피는 열쇠 같은 역할을 해."

천사 조각상의 눈꺼풀이 활짝 열렸다. 클라리는 자신을 노려보는 눈동자를 보게 되리라 기대했지만, 그 안에는 겉과 똑같은 화강암만 들어 있었다. 몇 초 후 천사의 발치에서부터 잔디가 갈라지기 시작했다. 검은 선이 뱀의 등처럼 굽이치며 갈라지다 발 앞에서 검은 구멍이 열리는 순간, 클라리는 뒤로 펄쩍 뛰었다.

구멍 안을 들여다보니 어둠 속으로 계단이 뻗어 있었다. 지난번에는 일정한 간격으로 꽂힌 횃불이 계단을 밝히고 있었지만 지금은 시커먼 암흑뿐이었다.

"뭔가 이상해." 클라리의 말에 누구도 이의를 제기하지 않았다. 제이스가 준 마법의 불을 주머니에서 꺼내 머리 위로 들자, 손가락 사이로 빛이 쏟아졌다. "가자."

알렉이 클라리 앞으로 나섰다. "내가 먼저 갈 테니까 내 뒤로 와. 이사벨, 맨 뒤를 맡아."

셋은 천천히 아래로 내려갔다. 사람의 발길로 뭉툭해진 계단에 클라리의 젖은 부츠가 자꾸만 미끄러졌다. 계단을 내려가자 짧은 터널이 이어졌고, 그곳을 지나니 거대한 홀이 나왔다. 준보석이 박힌 하얀 아치들이 늘어선 공동묘지. 동화에 나오는 버섯 모양의 집처럼 어둠 속에 묘들이 서 있었고, 마법의 불빛이 강하지 않아 먼 곳의 묘들은 어둠에 잠겼다.

알렉이 끝없이 이어지는 묘들을 우울하게 바라보았다. "고요의 도시에 발을 들이리라고는 꿈에도 생각지 못했는데. 죽어서도 말이야."

"나라면 발을 못 들여도 별로 슬프지 않을 것 같은데." 클라리가 입을 열었다. "제러마이어가 죽은 섀도우 헌터를 어떻게 하는지 얘기해줬어. 시신을 태운 뒤 그 재를 써서 도시의 대리석을 만든다고." 악마 사냥꾼의 피와 뼈는 그 자체만으로 악마를 막는 강력한 힘을 갖고 있어. 클레이브는 죽은 후에도 대의를 위해 봉사하지.

"그건 명예로 여겨지는 일이야. 너희 먼데인들도 시신을 화장하면서 뭘 그래." 이사벨이 말했다.

'그렇다고 그 사실이 오싹하지 않은 건 아니잖아.' 클라리는 생각했다. 그곳에서는 재와 연기의 냄새가 강하게 풍겼다. 지난번에 왔을 때도 그랬지만, 이번에는 상한 과일 냄새 같은 진한 악취가 섞여 있었다.

알렉도 그 냄새를 느꼈는지 얼굴을 찌푸리며 허리띠에서 천사의 검을 뽑았다. "아라시엘." 알렉이 천사의 이름을 속삭이자 검에 빛이 들어오면서 주변이 더욱 밝아졌다. 그들은 두 번째 계단을 발견하고 검의 불빛에 의지해 짙은 어둠 속으로 내려갔다. 마법의 불이 죽어가는 별처럼 손안에서 깜빡거리자, 클라리는 건전지가 다 된 손전등처럼 전력이 바닥나서 그런가 싶었다. 이토록 으스스한 곳에서 깜깜한 암흑 속으로 던져진다고 생각하니 걷잡을 수 없는 공포가 밀려왔다.

 상한 과일 냄새는 점점 더 강해졌다. 계단을 내려가자 또 하나의 긴 터널이 나타났고, 그곳을 지나니 뼈로 깎은 첨탑으로 둘러싸인 별실이 나왔다. 클라리도 잘 아는 곳이었다. 바닥에는 은색 별들이 흩뿌려진 색종이 조각처럼 새겨져 있었고, 중앙에는 검은 탁자가 자리를 잡고 있었다. 매끈한 탁자 표면에 거무스름한 액체가 흥건하게 고여 실개천처럼 바닥으로 흘러내렸다.

 클라리가 침묵의 형제들 앞에 섰던 날, 뒤쪽 벽에는 묵직한 은빛 검이 걸려 있었다. 이제 검이 사라진 그 자리에 선홍색 피가 거대한 부채 모양으로 튀어 있었다.

 "저거 피 아니야?" 이사벨이 속삭였다. 무서워서가 아니라 충격을 받은 듯했다.

 "그런 것 같은데." 알렉의 눈이 방 안을 훑었다. 페인트처럼 진한 어둠 속에서 무언가가 계속 움직이는 것만 같았다. 알렉이 천사의 검을 꽉 움켜쥐었다.

 "도대체 무슨 일이 있었던 거지?" 이사벨이 다시 입을 열었다. "침묵의 형제들은 불멸의 존재인 줄 알았는데……."

 클라리가 몸을 돌려 마법의 불로 첨탑 사이의 이상한 그림자들을 비추는 것을 보고 이사벨이 말꼬리를 흐렸다. 그림자 하나의 모양이 유난히 이상했다. 클라리는 마음속으로 마법의 불이 더 밝았으면 좋겠다고 생각했고, 그러자 불이 더욱 환하게 타오르며 먼 곳까지 강렬한 빛을 쏘아 보냈다.

 낚싯바늘에 꿰인 지렁이처럼 첨탑에 침묵의 형제가 매달려 있었다. 손은 대리석 바닥에 닿을락 말락 늘어졌고 피는 무늬를 그리며 흘러내렸다. 목이 부러진 모양이었다. 시신 아래 피가 흥건하게 고여 있었고, 굳기 시작한 피는 불빛 아래에서 검게 보였다.

이사벨이 놀라서 헉 하고 숨을 들이쉬었다. "알렉, 저거 보여?"

알렉의 목소리는 단호했다. "보여. 그리고 이보다 더한 것도 봐왔고. 내가 걱정하는 건 제이스야."

이사벨이 앞으로 걸어가 검은 현무암 탁자의 표면을 손으로 쓸었다. "이건 갓 흘린 피야. 무슨 일인지는 몰라도 얼마 전에 일어났다는 뜻이야."

알렉이 첨탑에 매달린 시신으로 다가갔다. 피 웅덩이 주변으로 발자국들이 어지럽게 나 있었다. "발자국이야. 누군가 달려갔어." 알렉이 이사벨과 클라리에게 따라오라고 손짓했다. 이사벨은 피 묻은 손을 부드러운 가죽 다리 보호대에 닦은 뒤 알렉을 따라갔다.

발자국은 좁은 터널까지 이어졌다. 알렉이 멈춰서 주위를 둘러볼 때도 클라리는 참지 못하고 그를 밀친 다음 앞으로 나가 은백색 빛줄기가 앞쪽까지 뻗어나가도록 했다. 터널 끝에 여닫이문이 있었고, 그 문은 살짝 열려 있었다.

제이스. 클라리는 제이스가 가까이에 있다는 것을 느낄 수 있었다. 문을 향해 급히 다가가자 딱딱한 바닥을 두드리는 부츠 소리가 크게 울려 퍼졌다. 이사벨이 부르는 소리가 들렸고, 잠시 후 두 사람이 클라리 뒤로 달려왔다. 문을 열고 들어가자 돌로 된 넓은 방이 나왔는데, 바닥에 깊이 박힌 철창 때문에 공간이 반으로 나뉘어 있었다. 철창 건너편에 누군가 쓰러진 것이 보였다. 감방 바로 바깥에는 침묵의 형제 하나가 사지를 뻗고 고꾸라져 있었다.

클라리는 보는 순간 그가 죽었다는 것을 알아차렸다. 잘못된 방향으로 비틀어서 관절이 부러진 인형처럼 누운 모양이 이상했다. 양피지색 로브는 반쯤 찢어졌고 상처가 난 얼굴은 극심한 공포로 일그러졌어도, 클라리는 그가 누군지 금세 알아보았다. 제러마이어였다.

클라리는 시신 옆을 지나 감방 문으로 다가갔다. 간격이 좁은 창살이 쳐져 있었고 한쪽에는 경첩이 달렸는데, 자물쇠나 손잡이는 보이지 않았다. 뒤에서 알렉이 클라리를 부르는 소리가 들렸지만 클라리는 감방 문에만 신경을 집중했다. 눈으로 봐서는 열 길이 없어 보였다. 침묵의 형제들은 보이는 것보다는 보이지 않는 것을 다루는 자들이었다. 클라리는 한 손으로 마법의 불을 들고 다른 손으로는 어머니의 스텔레를 꺼냈다.

철창 너머에서 소리가 들렸다. 소리 죽인 헐떡임, 또는 속삭임 같은 소리였다. 어느 쪽인지 확실하지 않았지만 소리의 출처가 무엇인지는 알았다. '제이스.' 클라리는 마음속으로 '열기' 룬을 떠올리며 감방 문에 스텔레를 휘둘렀다. 검고 뾰족뾰족한 모양의 룬이 금속 위에 나타나기 시작할 때에도 계속해서 룬을 떠올렸다. 스텔레가 닿은 부분이 지글거리며 녹아내리기 시작했다. '열어.' 클라리가 마음속으로 외쳤다. '열어, 열어, 열어!'

천이 쫙 찢기는 소리가 감방 안을 갈랐다. 경첩이 완전히 뜯겨나가고 도개교가 내려가듯 감방 안으로 문이 쓰러지자 이사벨이 외마디 비명을 질렀다. 또 다른 소리들도 들려왔다. 쇠에서 쇠가 풀리는 소리, 조약돌 한 줌이 떨어져 내리듯 시끄럽게 달그락거리는 소리. 클라리가 고개를 수그리며 감방 안으로 들어갔다. 발밑에서 쓰러진 감방 문이 흔들거렸다.

마법의 불빛이 자그마한 감방 안을 대낮처럼 환히 비췄다. 금, 은, 강철, 갖가지 금속으로 만든 수갑이 모두 열려 바닥에 떨어져 있었지만 클라리의 눈에는 들어오지도 않았다. 그녀의 시선은 오직 한쪽 구석에 쓰진 형체에 머물렀다. 옅은 머리카락과 쭉 뻗은 손이 보였고, 그 옆에 열린 수갑이 떨어져 있었다. 살갗이 벗겨진 손목은 피투성이에 멍이 들었다.

클라리가 무릎을 꿇고 스텔레를 내려놓은 뒤 조심스레 그의 몸을 돌렸다. 제이스였다. 볼에 멍이 들고 얼굴이 창백했지만, 눈꺼풀 아래서 눈알이 움직이는 것이 느껴졌고 목에서 맥박이 뛰고 있었다. 살아 있었다.

안도감이 뜨거운 물결처럼 클라리를 훑으며, 그때까지 그녀를 버티게 해준 팽팽한 긴장감을 날려버렸다. 마법의 불이 바닥으로 떨어져서 환하게 타올랐다. 클라리가 제이스의 이마로 흘러내린 머리칼을 부드럽게 쓸어 넘겼다. 형제는 물론 사촌 하나 없는 클라리에게는 그렇게 다정한 몸짓이 낯설었다. 그녀는 누군가의 상처를 싸매준 적도, 긁힌 무릎에 입을 맞춰준 적도, 누군가를 보살펴준 적도 없었다. 제이스를 다정하게 어루만지는 것은 잘못이 아니라고 클라리는 되뇌었다. 제이스가 눈꺼풀을 떨며 신음을 흘릴 때에도 손길을 거둘 마음은 들지 않았다. 제이스는 클라리의 오빠였다. 마음을 쓰는 것이 당연했다.

제이스가 눈을 떴다. 동공이 넓게 퍼져 있었다. 넘어지면서 머리라도 부딪힌 걸까. 제이스의 눈이 클라리에게 고정되면서 멍한 표정이 떠올랐다. "클라리. 여기서 뭐하는 거야?"

"널 찾으러 왔지." 사실이었으므로 클라리는 그렇게 말했다.

제이스의 얼굴에 경련이 일었다. "너 정말 여기 있는 거야? 나 죽은 거, 죽은 거 아니지?"

"아냐." 클라리가 제이스의 옆얼굴을 살며시 쓰다듬었다. "기절한 것뿐이야. 넘어지면서 머리를 부딪친 것 같지만."

제이스가 볼에 얹힌 클라리의 손 위에 자신의 손을 포갰다. "그럴 만한데." 거의 들리지 않을 정도로 작은 목소리여서 클라리는 그가 정말로 그렇게 말했는지 확신할 수 없었다.

"어떻게 된 거야?" 알렉이 머리를 숙이며 낮은 입구 안으로 들어왔고, 이사벨이 바로 뒤따라 들어왔다. 클라리가 화들짝 놀라서 손을 거두다 자신의 행동을 속으로 나무랐다. 그녀는 아무것도 잘못한 게 없었다.

제이스가 힘겹게 일어나 앉았다. 얼굴은 온통 잿빛이고 셔츠에는 피가 튀어 있었다. 알렉이 걱정스러운 표정으로 제이스 옆에 무릎을 꿇으며 물었다. "괜찮은 거야? 무슨 일이 있었던 거야? 기억할 수 있어?"

제이스가 다치지 않은 손을 들어 올렸다. "한 번에 하나씩만 물어, 알렉. 안 그래도 머리가 깨질 거 같으니까."

"대체 누가 이런 거야?" 이사벨의 목소리에 당혹감과 분노가 배어 있었다.

"누가 그런 거 아니야. 내가 수갑을 풀려다 그런 거지." 피부가 전부 벗겨지다시피 한 손목을 내려다보며 제이스가 얼굴을 찡그렸다.

"이리 줘봐." 클라리와 알렉이 동시에 손을 내밀며 말했다. 눈이 마주치자 클라리가 먼저 손을 내렸다. 알렉은 제이스의 손목을 잡고 스텔레를 빠르게 휘둘러 피가 흐르는 상처 바로 아래에 치유의 룬인 이라체를 그렸다.

"고마워." 제이스가 손을 거두며 말했고, 벌어졌던 상처가 벌써 붙기 시작했다. "제러마이어가……"

"죽었어." 클라리가 말했다.

"알아. 살해당했지." 알렉이 내민 도움의 손길을 무시하고 제이스가 벽을 짚으며 스스로 일어섰다.

"침묵의 형제들이 서로를 죽인 거야?" 이사벨이 물었다. "이해할 수가 없어. 그들이 왜 그런 짓을……."

"침묵의 형제들이 그런 게 아냐. 정확히 뭔지는 모르겠지만 뭔가가 그들을 죽였어." 갑작스러운 통증으로 제이스가 얼굴을 찌푸렸다. "머리가……."

클라리가 초조한 듯이 말했다. "얼른 가는 게 좋겠어. 그들을 죽인 게 무엇이든 다시……."

"돌아와서 우릴 죽이기 전에?" 제이스가 클라리 대신 말을 맺으며 피투성이 셔츠와 멍든 손을 내려다보았다. "아마 사라졌을 거야. 그가 다시 데려올 수도 있겠지만."

"누가 뭘 다시 데려와?" 알렉이 물었지만 제이스는 말이 없었다. 잿빛 얼굴이 종잇장처럼 하얘지며 주르르 미끄러지기 시작한 제이스를 알렉이 재빨리 잡았다. "제이스……."

"괜찮아. 일어설 수 있어." 그렇게 말하면서도 제이스는 알렉의 소맷자락을 꽉 부여잡고 있었다.

"내가 보기엔 일어서는 데 벽의 도움이 필요한 것 같은데. 그건 '일어서는' 게 아니지."

"맞아, '기대는' 거지." 제이스가 알렉에게 말했다. "'기댄다'는 '일어선다' 바로 전 단계고."

"입씨름 좀 그만해." 이사벨이 횃불을 발로 차며 말했다. "여기서 얼른 나가야 해. 저 밖에 돌아다니는 게 침묵의 형제들을 살해할 정도로 위험한 놈들이라면 우리 정도는 눈을 감고도 해치울 거라고."

"이지 말이 맞아. 얼른 나가자." 클라리가 마법의 불을 집어 들며 일어섰다. "제이스, 걸을 수 있겠어?"

"나한테 기대면 돼." 알렉이 그의 팔을 어깨에 두르자 제이스가 완전히 몸을 기댔다. "가자. 밖에 나가면 널 제대로 고쳐줄게."

감방 문까지 천천히 걸어가던 제이스가 뒤틀린 채 누운 제러마이어의 시신 앞에서 걸음을 멈추었다. 이사벨이 무릎을 꿇어 제러마이어의 일그러진 얼굴 위로 갈색 후드를 덮어주었다. 이사벨이 일어나자 모두 침울한 얼굴이었다.

"침묵의 형제가 뭔가를 두려워하는 건 본 적이 없어. 공포라는 걸 아예 느끼지 못하는 줄 알았는데." 알렉이 말했다.

"공포를 느끼지 않는 사람은 없어." 제이스는 여전히 안색이 창백했고 다친 팔을 가슴으로 올리고 있었지만 육체적 고통 때문만은 아닌 것 같았다. 그는 무언가로부터 도망쳐 자기 안으로 숨어버린 사람처럼 멍해 보였다.

네 사람은 왔던 길을 되짚어 컴컴한 복도를 지난 뒤, 말하는 별들이 있는 별실로 이어지는 좁은 계단을 올랐다. 별실에 다다르자 클라리는 들어올 때는 느끼지 못했던 피 냄새와 탄내가 진동한다는 것을 깨달았다. 알렉에게 기댄 제이스는 공포와 혼란이 뒤섞인 표정으로 주위를 두리번거렸다. 맞은편 벽에 심하게 튄 핏자국을 쳐다보는 제이스에게 클라리는 "제이스, 보지 마"라고 말했지만, 그 말을 내뱉고 나자 곧 바보가 된 기분이었다. 제이스는 악마 사냥꾼이었다. 그보다 더 끔찍한 장면도 수없이 봤을 터였다.

제이스가 고개를 가로저었다. "뭔가 잘못됐어."

"모든 게 잘못됐지." 알렉이 아치들의 숲을 머리로 가리켰다. "저쪽이 가장 빠른 길이야. 가자."

뼈의 도시를 빠져나가는 동안 그들은 말을 거의 하지 않았다. 어둠 속에서 무언가가 그들을 노리며 숨어 있기라도 하듯 모든 그림자가 살아 움직이는 것만 같았다. 이사벨은 소리 죽여 뭔가 중얼거리고 있었는데, 무슨 말인지 확실하진 않았지만 라틴어 같은 고대의 언어인 듯했다.

　도시 밖으로 연결되는 계단에 이르렀을 때, 클라리는 조용히 안도의 한숨을 내쉬었다. 한때 아름다웠던 뼈의 도시는 이제 끔찍한 곳으로 변해버렸다. 마지막 계단을 오르던 클라리는 눈을 찌르는 환한 불빛에 소리를 질렀다. 계단 입구의 천사 조각상이 대낮처럼 환한 빛을 배경으로 어렴풋이 보였다. 클라리는 다른 사람들을 쳐다보았지만 다들 그녀만큼이나 혼란스러운 표정이었다.

　"벌써 해가 뜰 리는 없잖아? 우리가 여기 얼마나 있었지?" 이사벨이 중얼거리듯 물었다.

　알렉이 손목시계를 확인했다. "그렇게 오래는 아냐."

　제이스가 뭐라고 말했지만 너무 작아서 아무에게도 들리지 않았다. 알렉이 귀를 가까이 대며 물었다. "뭐라고?"

　"마법의 불이라고." 제이스가 좀 더 목소리를 높였다.

　이사벨이 서둘러 계단을 올라가자 클라리가 그 뒤를 따랐고, 알렉은 제이스를 부축하며 힘겹게 계단을 올라갔다. 계단 꼭대기에서 걸음을 멈춘 이사벨은 클라리가 부르는데도 꿈쩍하지 않았다. 잠시 뒤 이사벨 옆으로 올라선 클라리 역시 깜짝 놀라 주위를 둘러보았다. 정원 가득 새도우 헌터가 모여 있었다. 20, 30명쯤 될까. 검은 전투복 차림에 마크를 그렸고 모두 마법의 불을 들었다.

　검은 전투복에 망토를 걸치고 후드를 뒤로 젖힌 메이리스가 맨 앞에 서 있었다. 그 뒤로 클라리가 처음 보는, 팔과 얼굴에 네피림의 마크를 새긴 남녀 새도우 헌터 수십 명이 열을 지어 서 있었다. 흑단 같은 피부를 지닌 잘생긴 남자 하나가 클라리에게서 이사벨로, 그리고 계단을 올라와 예상치 못한 빛과 마주하고 눈을 깜빡이며 서 있는 제이스와 알렉에게로 시선을 옮겼다. 그가 말했다.

"맙소사. 메이리스, 벌써 누가 와 있는데요."

이사벨을 발견한 순간 메이리스의 입이 소리 없이 벌어졌다. 잠시 후 다시 닫히더니 분필로 그은 것처럼 입술이 가늘고 하얗게 변했다.

"알아, 말릭." 메이리스가 입을 열었다. "우리 애들이야."

7
죽음의 검

정원에 도열한 섀도우 헌터들 사이에서 놀라움의 탄성이 번져나갔다. 사람들이 후드를 벗자 클라리는 제이스와 알렉, 이사벨의 표정에서 섀도우 헌터들이 그들에게 낯익은 얼굴들이란 사실을 알아차렸다.

"세상에." 메이리스가 도저히 믿기지 않는다는 표정으로 알렉에게서 제이스에게로, 그리고 클라리를 건너뛰어 이사벨에게로 시선을 옮겼다. 메이리스가 입을 여는 순간, 제이스는 알렉에게서 떨어져 뒤로 물러난 다음 주머니에 손을 꽂고 섰다. 이사벨은 손에 든 채찍을 신경질적으로 비비 꼬았다. 그러는 동안 알렉은 휴대전화를 만지작거렸다. 도대체 이런 상황에서 누구한테 전화를 하는 건지 상상이 가지 않았지만.

"여기서 뭐하고 있는 거냐, 알렉? 이사벨? 고요의 도시에서 구조 요청이 있어서……."

"저희가 받았어요." 알렉이 입을 열었다. 그의 시선이 섀도우 헌터들 사이를 불안하게 떠돌았다. 클라리는 알렉의 심정이 이해가 가고도 남았다. 클라리 역시 이렇게 많은 성인 섀도우 헌터들이 한자리에 모인 것은 본 적이 없었다. 한 사람, 한 사람 유심히 쳐다보니 사람들 사이의 차

이점이 눈에 들어왔다. 나이와 인종, 전체적인 외모는 제각각이었지만 내면에 강한 힘을 품고 있다는 인상만큼은 모두 같았다. 클라리는 자신을 살피며 평가하는 그들의 은근한 시선을 느꼈다. 은빛 머리가 물결치는 한 여인은 노골적으로 클라리를 뚫어지게 쳐다봤다. 클라리가 눈을 깜빡이며 시선을 돌리는 순간, 알렉이 다시 입을 열었다.

"인스티튜트에 아무도 없고 호출할 사람도 없어서요. 그래서 저희가 직접 온 거예요."

"알렉."

"어쨌든 이젠 중요하지 않아요." 알렉이 메이리스의 말을 가로막았다. "전부 죽었으니까. 침묵의 형제들 말이에요. 전부 죽었어요. 살해당했다고요."

이번에는 모여 선 사람들에게서 그 어떤 소리도 들려오지 않았다. 그들은 영양을 발견한 사자 떼처럼 그대로 얼어붙었다.

"죽었다고?" 메이리스가 알렉의 말을 반복했다. "침묵의 형제들이 죽었다니, 그게 무슨 소리야?"

"무슨 말인지 명확한 것 같은데요."

긴 회색 코트 차림의 여인이 메이리스 옆으로 갑자기 모습을 드러냈다. 깜빡거리는 불빛 때문인지 그녀는 에드워드 고리의 삽화처럼 보였다. 날카로운 각도의 선, 뒤로 바짝 당겨 묶은 머리, 얼굴에서 도려낸 까만 구멍 같은 눈. 그 여자는 기다란 은빛 사슬이 달린 큼지막한 마법의 불을 들고 있었는데, 사슬의 고리는 클라리가 이제껏 본 가운데에서 가장 가느다란 손가락에 걸려 있었다.

"그들이 전부 죽었다고?" 그녀가 직접 알렉에게 물었다. "도시 안에 산 사람이 하나도 없단 말이지?"

알렉이 머리를 가로저었다. "저희는 한 명도 보지 못했습니다, 심문관님."

'이 사람이 바로 심문관이군.' 클라리는 속으로 생각했다. 확실히 심문관은 태도가 마음에 들지 않는다는 이유만으로 10대 소년을 지하 감옥에 처넣을 사람처럼 보였다.

"너희는 보지 못했다?" 심문관이 알렉의 말을 반복했다. 두 눈이 단단한 구슬처럼 반짝거렸다. 심문관이 메이리스에게 돌아섰다. "생존자가 있을지도 모르겠군요. 사람들을 들여보내 샅샅이 확인하라고 해야겠어요."

메이리스가 입술을 꽉 다물었다. 클라리는 메이리스에 대해 아는 바가 거의 없었지만, 누군가의 지시를 받는 일을 썩 좋아하지 않는다는 것만큼은 알 수 있었다. "알겠습니다."

메이리스가 나머지 섀도우 헌터들에게 돌아섰다. 그제야 클라리는 그들의 수가 생각보다 많지 않다는 사실을 깨달았다. 갑작스러운 출현에 놀란 나머지 엄청나게 많다고 느꼈지만, 사실 서른 명보다는 스무 명에 가까운 수였다.

메이리스가 낮은 소리로 말릭에게 무엇인가 지시하자, 말릭이 고개를 끄덕이고는 은빛 머리 여인의 팔을 잡아 뼈의 도시 입구로 섀도우 헌터들을 이끌었다. 마법의 불을 손에 든 그들이 하나둘 계단을 내려가자 대낮처럼 환했던 정원은 서서히 어두워졌다. 맨 마지막으로 은빛 머리 여인이 반쯤 내려가다 돌아서서 클라리를 쳐다보았다. 무언가 간절히 털어놓고 싶은 사람처럼 그녀의 눈빛에는 강렬한 열망이 담겨 있었다. 하지만 여인은 이내 후드를 올리고 어둠 속으로 사라졌다.

메이리스가 침묵을 깼다. "대체 누가 침묵의 형제들을 살해할 생각을 했을까요? 침묵의 형제들은 전사도 아니고, 전투 마크도 지니지 않았는데."

심문관이 대꾸했다. "어리숙하게 굴지 말아요, 메이리스. 이건 계획 없이 저질러진 습격이 아니라고요. 침묵의 형제들은 전사는 아니어도 관리자로서 주요 임무를 훌륭히 수행했죠. 목숨을 간단히 빼앗을 수 없는 존재라는 건 두말할 필요도 없고. 뼈의 도시에서 무언가를 노린 자가 이를 위해 침묵의 형제들을 살해하는 일까지 불사한 거예요. 계획된 범죄라고요."

"어떻게 확신하죠?"

"우리를 센트럴 파크로 불러내 헛수고를 하게 만들었잖아요. 요정 아이의 죽음 말이에요."

"헛수고라고 생각하진 않아요. 먼저 살해된 아이들처럼 그 요정도 피를 전부 빼앗겼어요. 이번 사건은 밤의 아이들과 다른 다운월드 사람들 사이에 심각한 문제를 일으킬 수도……."

"주의를 딴 데로 돌리기 위한 수작이에요." 심문관이 오만한 어조로 말했다. "그는 우리를 인스티튜트 밖으로 끌어내 침묵의 형제들이 도움을 청해도 달려오지 못하게 하려던 거였어요. 아주 교묘한 방법이죠. 그야 언제나 교묘했지만."

"그라뇨?" 질문을 던진 건 이사벨이었다. 이사벨은 얼굴이 매우 창백했고 머리카락이 검은 날개처럼 휘날렸다. "그 말은……."

제이스의 다음 말에 클라리는 전류에 감전되기라도 한 듯한 충격을 받았다. "발렌타인이에요. 죽음의 검을 가져갔어요. 침묵의 형제들을 살해한 건 바로 그것 때문이에요."

제이스의 말이 흡족했는지 심문관의 얼굴에 희미한 미소가 떠올랐다.

알렉이 깜짝 놀라 제이스를 빤히 쳐다보았다. "발렌타인? 발렌타인이 왔단 말은 안 했잖아."

"아무도 묻지 않았으니까."

"침묵의 형제들을 죽인 건 발렌타인이 아닐 거야. 시신이 갈기갈기 찢겨 있었다고. 누구도 그런 일을 혼자 저지를 순 없어."

"악마의 도움을 받았겠지. 전에도 그랬으니까. 죽음의 잔으로 보호를 받게 되었으니 더 위험한 악마들까지 소환했을 거야. 래브너보다 훨씬 위험한 악마들." 심문관이 입술을 비틀며 덧붙였다. 심문관이 클라리를 쳐다보진 않았지만 클라리는 그 말에 정신이 번쩍 들었다. 자신이 누군지 알아보지 못하기를, 자신이 거기 있다는 사실을 눈치채지 못하길 바라던 희망이 무참히 깨졌다. "한심한 추방자들보다 더."

"그건 저도 모르겠어요." 제이스는 매우 창백했고 열이 오른 듯 광대뼈 부근이 발갰다. "하지만 분명히 발렌타인이 왔어요. 제가 봤거든요. 감방에 내려와 제 꼴을 비웃었을 때 그 검을 갖고 있었어요. 끔찍한 영화 같았죠. 콧수염을 비비 꼬지는 않았지만."

클라리가 걱정스러운 눈빛으로 제이스를 쳐다봤다. 말이 너무 빨랐고 서 있는 모습도 불안정했다.

심문관은 그 사실을 눈치채지 못한 것 같았다. "그러니까 네 말은, 발렌타인이 직접 그렇게 말했다는 거냐? 천사의 검을 손에 넣으려고 침묵의 형제들을 죽였다고?"

"또 무슨 말을 했니? 어디로 간다고는 안 했어? 죽음의 도구들로 뭘 할 건지 말하지 않았어?" 메이리스가 재빨리 물었다.

제이스가 고개를 가로저었다.

코트 자락을 연기처럼 휘날리며 심문관이 제이스에게 다가갔다. 회색 눈과 회색 입술이 일자로 가늘어졌다. "난 그 말을 믿지 않아."

제이스가 심문관을 가만히 쳐다보았다. "그럴 줄 알았어요."

"클레이브도 네 말을 믿지 않을 거야."

알렉이 버럭 소리를 질렀다. "제이스는 거짓말쟁이가 아니에요."

"머리를 좀 굴려보렴, 알렉산더." 제이스에게서 눈을 떼지 않은 채 심문관이 말했다. "잠시 네 친구에 대한 의리를 밀어놓고 생각해봐. 발렌타인이 아들의 감방으로 찾아와서 영혼의 검에 대해 수다를 떨면서 그걸로 뭘 할지, 아니면 그가 어디로 갈지 말해주지 않았을 가능성이 얼마나 될까?"

"S'io credesse che mia risposta fosse a persona che mai tornasse al mando……." 클라리는 알지 못하는 언어로 제이스가 말했다.

"단테로구나." 심문관은 재미있다는 듯이 말했다. "〈지옥편〉이지. 넌 아직 지옥에 있지 않아, 조너선 모겐스턴. 하지만 클레이브 앞에서도 계속 거짓말을 한다면 차라리 지옥에 있기를 바라게 될 거다."

심문관이 다른 사람들에게 돌아섰다. "조너선 모겐스턴이 검 앞에서 재판을 받기 전날 영혼의 검이 사라진 게 이상하지 않나요? 검을 가져간 자가 그 아버지란 사실은 어때요?"

제이스는 충격을 받은 것 같았다. 그런 생각은 해본 적조차 없었는지 놀라서 입까지 약간 벌어졌다. "그 검은 저 때문에 가져간 게 아니에요. 자기가 필요해서 가져간 거지. 제가 재판을 받는다는 건 알지도 못했을 걸요."

"어쨌든 얼마나 편리하게 됐니. 발렌타인을 위해서도 말이야. 아들이 자기 비밀을 발설할 염려를 하지 않아도 되니."

"정말 그러네요. 아버지가 엄청 두려워했거든요. 자기가 원래는 발레

리나가 되고 싶어했다는 사실을 제가 떠벌일까 봐." 제이스의 말에 심문관은 그를 노려보기만 했다. "아버지의 비밀 같은 건 몰라요. 말해준 적도 없었다고요." 제이스의 목소리가 약간 누그러졌다.

심문관은 따분한 눈빛으로 제이스를 보았다. "널 보호하려고 가져간 게 아니라면 무엇 때문에 가져갔지?"

"죽음의 도구잖아요." 클라리가 끼어들었다. "강력한 힘을 지녔어요. 죽음의 잔처럼요. 발렌타인은 힘을 원하는 사람이고요."

"죽음의 잔은 즉각적인 쓰임새가 있는 물건이야. 그걸로 군대를 만들 수 있으니까. 하지만 영혼의 검은 재판에 쓰이는 물건이지. 발렌타인이 관심을 가질 이유가 없어." 심문관이 대꾸했다.

메이리스가 입을 열었다. "클레이브의 안정을 위협하려고 가져간 건지도 몰라요. 우리 사기를 꺾으려고. 우리 힘으로는 자기를 막을 수 없다는 걸 증명하려고 말이에요." 그럴듯한 지적이었지만 메이리스의 목소리에는 확신이 없었다. "중요한 건……."

중요한 것이 무엇인지는 누구도 듣지 못했다. 그 순간 제이스가 뭔가 물으려는 사람처럼 손을 올리다 놀라는 표정으로 잔디밭에 주저앉았기 때문이다. 알렉이 급히 다가갔지만 제이스는 걱정 말라며 손을 휘저었다. "내버려둬. 난 괜찮아."

"괜찮지 않아." 클라리가 알렉 옆으로 앉으며 말했다. 클라리를 바라보는 제이스의 눈동자는 불빛 아래서도 커다랗고 검었다. 제이스의 손목을 보자, 알렉이 그렸던 이라체가 흔적도 없이 사라졌다는 사실을 알 수 있었다. 효과가 나타나고 있음을 보여주는 하얀 선도 남지 않았다. 클라리는 알렉과 눈이 마주쳤고, 알렉의 눈에도 똑같은 불안감이 떠올라 있는 것을 보았다.

"뭔가 잘못된 것 같아. 심각하게." 클라리가 말했다.

"치유 룬이 필요한가 보군." 심문관은 이처럼 중요한 순간에 상처를 입은 제이스가 못마땅하다는 표정이었다. "이라체나……."

"이미 해봤지만 듣지 않아요. 제 생각엔 악마의 영향이 아닌가 싶은데요." 알렉이 말했다.

"악마의 독 같은 거 말이냐?" 제이스에게 다가가려고 메이리스가 움직였지만 심문관이 가로막았다.

"일부러 저러는 거예요. 저 아인 지금 뼈의 도시 감옥에 있어야 할 몸이에요."

알렉이 벌떡 일어섰다. "어떻게 그런 말을…… 제이스를 보세요! 제대로 서지도 못한다고요. 의사에게 보여야 해요. 아니면……."

"침묵의 형제들은 모두 죽었어. 먼데인 병원에라도 데려가겠다는 거냐?"

"아뇨. 제 생각엔 매그너스에게 데려가는 게 좋겠어요." 알렉의 목소리가 굳어졌다.

이사벨이 코웃음인지 재채기인지 분간하기 힘든 소리를 내고는 먼 산을 바라보았다. 심문관이 눈을 깜빡이며 알렉을 쳐다보았다. "매그너스?"

"마법사예요. 정확히 말하면 브루클린의 대마법사요." 알렉이 대답했다.

메이리스가 입을 열었다. "매그너스 베인 말이니? 그 유명한……."

"대악마와 싸웠을 때 절 치유해준 사람이에요. 침묵의 형제들은 아무것도 하지 못했지만 매그너스가……."

"말도 안 되는 소리 하지 마라. 넌 조너선이 도망치는 걸 도우려는 거야."

"도망칠 기운도 없잖아요. 안 보이세요?" 이사벨이 소리쳤다.

"매그너스는 절대로 제이스가 도망치는 걸 허용하지 않을 거예요. 클레이브의 뜻을 거스르는 일에는 관심이 없으니까요." 알렉이 이사벨에게 진정하라는 눈빛을 보내며 말했다.

"매그너스가 어떻게 막는다는 거지? 조너선은 섀도우 헌터야. 감금하기 쉬운 대상이 아니지." 심문관의 목소리에서 신랄한 냉소가 뚝뚝 떨어졌다.

"매그너스에게 직접 물어보시는 게 좋을 것 같은데요." 알렉이 말했다.

심문관이 가는 입술을 일자로 만들며 미소를 지었다. "좋아. 지금 어디 있지?"

알렉이 전화기를 흘끔 보았다가 다시 심문관을 쳐다보았다. "여기 있어요." 그러고는 목소리를 높였다. "매그너스! 매그너스, 이리 나와요."

매그너스가 입구로 성큼성큼 들어오자 심문관마저도 눈썹을 치켜세웠다. 대마법사는 검은 가죽 바지에 보석을 박은 M자 모양 버클이 달린 벨트를 둘렀고, 프로이센 군복 스타일의 암청색 재킷 안에 레이스 셔츠를 입었다. 그는 머리끝에서 발끝까지 온통 번쩍거렸다. 즐거움, 그리고 다른 무언가가 담긴 시선이 알렉의 얼굴에 잠시 머물다가 잔디 위에 쓰러져 있는 제이스에게 옮겨갔다. "죽었어요? 죽은 것 같네."

"죽지 않았어요." 메이리스가 날카롭게 대꾸했다.

"확인해봤어요? 원하시면 발로 차줄 수도 있는데." 매그너스가 제이스에게 성큼성큼 다가갔다.

"그만둬요!" 심문관이 매섭게 소리쳤다. 클라리가 3학년 때 매직펜으로 멍하니 책상에 낙서하던 클라리에게 그만두라고 소리치던 담임 선생님의 목소리와 비슷했다. "죽진 않았지만 조금 다쳤어요. 당신의 치유 기술이 필요해요. 조너선은 심문을 받을 정도로 건강해져야 하니까." 심문관이 투덜대듯 말했다.

"좋아요. 하지만 비용을 청구할 겁니다."

"제가 지불할 거예요." 메이리스가 말했다.

심문관은 눈도 깜박하지 않았다. "좋아요. 하지만 인스티튜트에는 머물 수 없어요. 검은 사라졌어도 심문은 예정대로 진행할 테니 그때까진 감시 아래 있어야 해요. 도주 위험이 높은 아이니까요."

"도주 위험이라고요?" 이사벨이 물었다. "마치 제이스가 고요의 도시에서 도망치려 했다는 듯이 말씀하시는데……"

"저 아인 지금 감방 안에 있지 않아. 그렇지 않니?"

"그건 억지예요! 그럼 저 아래서 죽은 사람들하고 같이 있어야 한다는 말인가요?"

"억지? 억지라고 했나? 네 오빠와 네가 구조 요청 때문에 뼈의 도시로 달려왔다는 말을 내가 믿을 거라고 생각하는 거냐? 너희가 말한 '불필요한' 감금에서 조너선을 풀어주러 온 게 아니라고? 저 아이를 인스티튜트에 머물게 하면 너희가 또 풀어주지 않을 거라고? 네 부모를 속인 것처럼 나도 쉽게 속일 수 있다고 생각하는 거냐, 이사벨 라이트우드?"

이사벨의 얼굴이 시뻘게졌다. 이사벨이 입을 열기 전에 매그너스가 끼어들었다.

"그건 전혀 문제가 되지 않아요. 제이스를 우리 집에 감금하는 건 아주 쉬우니까."

심문관이 알렉에게 돌아섰다. "네 마법사는 조너선이 클레이브에 아주 중요한 증인이라는 사실을 잘 알고 있겠지?"

"매그너스는 '제' 마법사가 아닌데요." 알렉의 볼이 빨갛게 달아올랐다.

"전 과거에도 클레이브의 죄수들을 맡은 적이 있어요." 매그너스가 말했다. 농담하는 기색이 전혀 없는 목소리였다. "기록을 찾아보면 그 분야에서 제가 월등한 실적을 자랑한다는 걸 확인할 수 있을 겁니다. 일에 있어서는 최고죠."

그저 클라리의 상상인 걸까, 아니면 매그너스의 시선이 정말로 메이리스에게 머문 걸까? 하지만 클라리가 궁금해할 틈은 없었다. 심문관이 즐거움인지 역겨움인지 모를 날카로운 소리를 내질렀기 때문이다.

"그렇게 해요, 그럼. 저 아이가 말할 수 있을 정도로 회복되면 나한테 바로 알려요, 물어볼 게 수없이 많으니까."

"물론이죠." 매그너스가 대답을 하긴 했지만, 심문관의 말을 귀담아 듣는 것 같지는 않았다. 매그너스는 잔디밭을 우아하게 건너가 제이스를 내려다보았다. 엄청 마르고 훤칠한 매그너스를 올려다보다가, 클라리는 번쩍이는 그의 곁에서 별빛조차 힘을 잃는 것을 보고 깜짝 놀랐다. "말은 할 수 있나?" 매그너스가 제이스를 가리키며 클라리에게 물었다.

클라리가 입을 열기 전에 제이스가 먼저 눈을 떴다. 멍하고 어지러운 표정으로 마법사를 올려다보며 제이스가 물었다. "여긴 웬일이에요?"

매그너스가 제이스에게 씩 웃어 보이자 뾰족하게 깎은 다이아몬드처럼 이빨이 반짝거렸다.

"안녕, 룸메이트."

2부
지옥의 입구

내 앞에 창조된 것은 영원한 것뿐이니,
나는 영원히 남으리라.
여기 들어오는 너희는 모든 희망을 다 버릴지어다.

— 단테의 《신곡》 중 〈지옥편〉에서

8
실리코트

꿈속에서 클라리는 어린아이로 돌아가, 코니아일랜드 산책로 근처의 좁은 해안을 걷고 있었다. 핫도그와 구운 땅콩 냄새가 코를 찔렀고 아이들의 고함 소리도 들려왔다. 멀리서 파도가 밀려오고, 회청색 바다 표면이 햇빛으로 반짝였다.

클라리는 자신의 모습을 멀리서 바라보았다. 몸보다 큰 아동용 잠옷을 입고 있어 바지 끝이 땅에 질질 끌렸다. 젖은 모래가 발가락 사이에서 뽀드득뽀드득 소리를 냈고 머리카락은 목덜미에 축 늘어졌다. 맑고 푸른 하늘에 구름 한 점 없었지만, 멀리 보이는 희미한 형체를 향해 물가를 따라 걷는 동안 온몸이 덜덜 떨렸다.

가까이 다가가자, 카메라 렌즈의 초점을 맞춘 것처럼 갑자기 형체가 선명해졌다. 클라리의 어머니였다. 어머니는 발렌타인이 렌윅에 데려갔을 때 입혀둔 것과 똑같은 흰색 원피스 차림으로 반쯤 허물어진 모래성의 잔해 안에 무릎을 꿇고 앉아 있었다. 소금과 바람에 오래 노출되어 휘고 색이 바랜 나무 조각을 손에 들고 있었다.

"날 도와주러 온 거니?" 어머니가 고개를 들며 말했다. 풀어 내린 머리카락이 바람에 나부껴 원래 나이보다 어려 보였다. "해야 할 일은 너무 많은데 시간이 없구나."

클라리는 목에 걸린 덩어리를 꿀꺽 삼켰다. "엄마…… 보고 싶었어요, 엄마."

조슬린이 웃어 보였다. "엄마도 우리 딸 보고 싶었지. 하지만 난 죽은 게 아니잖니. 그냥 잠을 자고 있는 거지."

"어떻게 해야 깨울 수 있죠?" 클라리가 울음을 터트렸지만 어머니는 걱정스러운 표정으로 먼 바다만 바라볼 뿐이었다. 하늘이 어두워지며 회색으로 변했고 검은 구름은 무거운 돌처럼 보였다.

"이리 와." 조슬린의 말에 클라리가 다가가자 그녀가 다시 입을 열었다. "팔을 펴보렴."

조슬린이 손에 들고 있던 나무 조각으로 클라리의 피부 위에 무언가를 그렸다. 나무가 피부에 닿자 스텔레가 닿을 때처럼 따끔거리면서 두꺼운 검은 선이 남았다. 조슬린이 그린 룬은 처음 보는 것이었지만 그 순간 클라리의 마음이 차분하게 가라앉았다.

"이건 어떤 힘이 있죠?"

"널 보호해줄 거야." 클라리의 팔을 놓으며 조슬린이 말했다.

"무엇에서요?"

조슬린은 대답 없이 자꾸 바다만 쳐다보았다. 클라리도 몸을 돌려 파도가 쓸려가는 모습을 바라보았다. 쓰레기 더미와 해초 더미, 펄떡이는 물고기가 해변에 남았다. 물은 거대한 파도가 되어 산처럼, 곧 무너져 내릴 눈 더미처럼 크게 솟아올랐다. 산책로에서 들려오던 아이들의 고함 소리가 비명으로 바뀌자 클라리는 경악했다. 파도의 단면이 피막처럼 투명하고, 그 너머로 바다의 표면 아래서 검고 형체 없는 거대한 존재들이 솟구쳐 오르는 것이 보였다. 클라리가 손을 들어 올렸고…….

그러고는 잠에서 깨어나 숨을 몰아쉬었다. 심장이 고통스러울 정도로 심하게 뛰었다. 클라리는 루크의 집 손님방의 침대 위에 누워 있었고, 오후의 햇살이 커튼을 뚫고 방 안을 어슴푸레 밝히고 있었다. 땀에 젖은 머리칼이 목에 찰싹 달라붙었고 팔은 불에 덴 것처럼 쓰라렸다. 침대에서 일어나 곁에 놓인 스탠드를 켠 클라리는 팔뚝에 그려진 검은 마크를 보고도 놀라지 않았다.

부엌에 가니 루크가 아침으로 남겨둔 데니시 빵이 기름기가 밴 상자 안에 들어 있었고, 냉장고에는 메모가 붙어 있었다. '병원에 간다.'
클라리는 사이먼을 만나러 가는 길에 빵을 먹었다. 5시에 베드퍼드의 전철역 앞에서 만나기로 되어 있었다. 약속 장소에 사이먼이 보이지 않아 가슴이 철렁했지만, 클라리는 곧 6번가에 있는 레코드 가게를 떠올렸다. 사이먼은 신보 코너에서 음반들을 살펴보고 있었다. 한쪽 소매가 찢어진 적갈색 코르덴 재킷에, 헤드폰을 쓴 소년과 닭이 춤을 추는 로고가 들어간 푸른 티셔츠를 입었다. 클라리를 보자 사이먼이 싱긋 웃어 보였다. "에릭이 우리 밴드 이름을 '모조 파이'로 바꾸자는데." 사이먼이 인사 대신 말했다.
"원래 이름은 뭐였지? 잊어버렸네."
"샴페인 관장제." '요 라 텡고'의 시디를 고르며 사이먼이 말했다.
"바꾸는 게 낫겠다. 그건 그렇고 네 티셔츠, 그거 무슨 뜻인지 알아."
"아닐걸." 사이먼은 시디를 계산하려고 앞쪽으로 들고 갔다. "넌 착한 아이거든."

밖으로 나오니 바람이 차고 상쾌했다. 클라리는 줄무늬 스카프를 턱까지 끌어 올렸다. "전철역 앞에 네가 없어서 걱정했어."

사이먼은 니트 모자를 당겨 쓰며 눈이 부신지 눈살을 찌푸렸다. "미안. 이걸 사려던 게 생각나서. 난……."

"됐어. 네 잘못 아니야. 내가 문제지. 요즘 걸핏하면 깜짝깜짝 놀라거든."

"네가 겪은 일을 생각하면 무리도 아니지, 뭐. 뼈의 도시에서 일어난 일은 지금도 믿기지가 않아. 네가 거기 있었다는 사실도."

"루크도 그러더라. 그 얘길 듣고 얼마나 기겁하던지."

"당연하지." 둘은 맥캐런 공원을 가로지르고 있었다. 옅은 갈색으로 변한 잔디, 주변으로 쏟아지는 황금빛 햇살, 끈이 풀려 나무 사이로 뛰어다니는 개. '내 삶은 완전히 변해버렸는데 세상은 여전히 똑같네' 하고 클라리는 생각했다.

"그 일 이후에 제이스랑 얘기해봤어?" 사이먼이 아무렇지 않은 듯이 물었다.

"아니. 이사벨이랑 알렉하고는 몇 번 통화했어. 둘한테 들어보니까 잘 지내는 것 같더라."

"제이스가 너한테 와달라고 한 거야? 그래서 우리가 지금 가고 있는 거고?"

"와달라고 해야만 가니?" 매그너스의 집이 있는 거리로 들어서며 클라리는 목소리에 짜증이 묻어나지 않게 조심했다. 그 거리에는 부유한 예술가들을 위해 스튜디오로 개조한 낮은 창고 건물이 늘어섰고, 거리에는 비싼 차들이 주차되어 있었다.

매그너스의 집에 가까워지자, 호리호리한 형체 하나가 현관 계단에서 일어나는 것이 보였다. 알렉이었다. 섀도우 헌터 옷에 자주 사용되는 질기고 반질반질한 재질의 길고 검은 외투를 입고 있었다. 손과 목은 룬 문자로 뒤덮였고, 주변이 희미하게 반짝이는 것으로 보아 모습이 보이지 않게 글래머를 쓴 듯했다.

"먼데인을 데려오는 줄은 몰랐는데." 알렉의 푸른 눈이 불안하게 사이먼을 흘끔거렸다.

"이래서 내가 너희를 좋아한다니까. 언제나 환영받는 기분이 들거든."

"그러지 마, 알렉. 문제 될 거 없잖아? 처음 오는 것도 아니고."

알렉이 과장되게 한숨을 쉬며 어깨를 으쓱하고 둘을 계단으로 이끌었다. 아파트 문을 연 그는 가느다란 은빛 열쇠를 둘에게 보이고 싶지 않다는 듯 재빨리 가슴의 호주머니 안으로 넣었다. 낮에 보니 아파트 안은 영업시간이 아닌 나이트클럽 분위기가 났다. 어둡고 지저분하며 의외로 작아 보였다. 벽지가 발리지 않은 벽에는 번쩍이는 페인트가 드문드문 칠해져 있었고, 일주일 전에 요정들이 춤을 추던 바닥은 마루청이 휘어지고 반질반질 닳았다.

"안녕, 안녕." 매그너스가 미끄러지듯 그들에게 다가왔다. 바닥까지 닿는 녹색 실크 가운을 걸치고, 은색 망사 셔츠와 블랙진을 입고 있었다. 왼쪽 귀에서는 붉은 보석이 윙크하듯 반짝거렸다.

"알렉, 우리 자기. 클라리. 그리고 쥐 소년." 매그너스가 가볍게 절을 하자 사이먼은 심기가 불편한 듯했다. "어떻게들 오셨나?"

"제이스를 보러 왔어요. 잘 지내죠?" 클라리가 물었다.

"글쎄, 제이스가 원래 저렇게 바닥에 누워 꼼짝을 안 하나?"

"뭐라고요?" 알렉이 놀라서 입을 열자 매그너스가 웃음을 터트렸다.

"하나도 안 웃겨요."

"넌 정말 골려먹기 쉬워. 네 친구는 아주 잘 지내니까 걱정 마. 뭐, 자꾸 내 물건들을 다른 데로 치우고 청소를 해대서 성가시긴 하지만. 물건들이 어디 박혔는지 당최 찾을 수가 없단 말이지. 쟤, 강박증이 아주 심해."

"제이스는 주변이 정돈되어 있는 걸 좋아해요." 수도자의 방 같던 제이스의 방을 떠올리며 클라리가 말했다.

"난 아니야." 매그너스가 알렉을 곁눈질했다. 알렉은 인상을 쓰며 둘 사이에 시선을 고정하고 있었다. "제이스는 저 안에 있으니까 들어가보든지." 매그너스가 방 끝에 있는 문을 가리켰다.

'저 안'은 중간 크기의 서재로, 얼룩진 벽으로 둘러싸였고 창문에는 벨벳 커튼이 드리워져 있었다. 우둘투둘한 베이지색 카펫 위에는 통통하고 울긋불긋한 빙산처럼 천을 씌운 안락의자들이 아무렇게나 놓여 있었으며, 놀라울 만큼 아늑했다. 진분홍색 소파에는 시트와 담요가 덮여 있었고, 그 옆에 옷이 가득한 더플백이 있었다. 두툼한 커튼이 쳐진 실내에는 빛이 전혀 들지 않았고, 유일한 조명은 깜빡이는 텔레비전 화면에서 흘러나오는 환한 빛이었다. 텔레비전은 전원에 연결되어 있지 않았다.

"무슨 프로 하고 있어?" 매그너스가 물었다.

"〈패션 불변의 법칙〉이란 프로요." 안락의자에 대자로 늘어진 형체에서 귀에 익은 느릿한 목소리가 흘러나왔다. 잠시 몸을 앞으로 내밀기에 클라리는 제이스가 일어나서 그들에게 인사를 하려는 줄 알았다. 그러나 제이스는 텔레비전 화면에 시선을 고정한 채 고개를 설레설레 흔들기만 했다. "허리선이 높은 카키 바지? 누가 저런 걸 입는데?" 그러곤 몸을 돌려 매그너스를 쏘아보았다. "엄청난 초능력을 지녔으면서 그걸 겨우 텔레비전 재방송을 보는 데 쓰다니. 이런 낭비가 어디 있어요."

"게다가 요즘은 티보(방송을 녹화했다가 원하는 시간에 볼 수 있는 장치―옮긴이)로도 볼 수 있는데 말이야." 사이먼이 지적했다.

"내 방식이 더 싸게 먹혀." 매그너스가 손뼉을 딱 치자 방이 한순간에 환해졌다. 제이스가 다시 뒤로 누우며 팔로 얼굴을 가렸다. "그런 건 마법을 쓰지 않고 할 수 없어요?"

"텔레비전 광고만 잘 봐도 마법 없이 할 수 있다는 걸 알 텐데 말이지." 사이먼이 말했다.

"그만들 해." 분위기가 점점 악화되자 클라리가 나서서 그들을 말렸다. 그리고 팔을 내리고 전등을 바라보며 화난 듯이 눈을 깜빡거리는 제이스를 쳐다봤다. "우리 얘기 좀 해. 다 같이 말이야. 앞으로 어떻게 할 건지."

"난 〈프로젝트 런웨이〉를 보려고 했는데. 이거 다음에 한대." 제이스가 말했다.

"아니, 넌 그거 안 봐. 이걸 먼저 해결해야지." 매그너스가 손가락을 딱 하고 튕기자 텔레비전이 꺼지면서 연기가 피어올랐다.

"갑자기 내 문제를 해결하는 데 관심이 생긴 거예요?"

"내 아파트를 하루 빨리 되찾는 데 관심이 있어. 하루 종일 청소를 해 대는 너 때문에 아주 피곤하거든. 얼른 일어나." 매그너스가 위협적으로 다시 손가락을 튕겼다.

"안 그랬다간 다음번에 연기를 뿜는 건 네가 될지도 몰라." 사이먼이 즐거운 듯이 말했다.

"내 손짓에 더 이상 의미를 부연할 필요는 없어. 그 자체만으로도 더

없이 명확하니까." 매그너스가 말했다.

"알았어요." 제이스가 의자에서 일어났다. 맨발이었고, 상처가 아직 낫는 중인지 보랏빛이 도는 은빛 선이 손목에 희미하게 남아 있었다. 피곤해 보이기는 해도 아픈 것 같지는 않았다. "원탁회의라도 할까요. 원한다면 얼마든지 해드리죠."

"원탁, 좋지. 사각 탁자보단 나랑 훨씬 잘 어울리거든." 매그너스가 밝은 목소리로 말했다.

매그너스가 거실로 나가 마법을 쓰자, 거대한 원형 탁자 하나와 등받이가 높은 나무 의자 다섯 개가 나타났다.

"와, 멋진데요. 어떻게 아무것도 없는 데서 이런 걸 만들어내죠?" 클라리가 의자에 살짝 앉으며 말했다. 의자는 놀랍도록 편안했다.

"만들어내는 건 불가능해. 어디선가 가져와야지. 예를 들어 이건 5번가에 있는 고가구점에서 왔어. 그리고 이건……." 별안간 김이 모락모락 나는 종이컵 다섯 개가 눈앞에 나타났다. "브로드웨이의 딘 앤 델루카에서 온 거고."

"훔친 거 아닌가?" 사이먼이 컵을 하나 들고 플라스틱 뚜껑을 열었다. "와, 모카치노네. 돈은 낸 거예요?"

"물론. 금전등록기 안에 마법으로 달러를 만들어뒀지." 매그너스가 말하는 동안 제이스와 알렉이 킥킥거렸다.

"정말요?"

"아니." 매그너스가 자기 커피의 뚜껑을 열었다. "하지만 그러는 게 마음 편하다면 그런 척해도 좋아. 자, 그럼 첫 번째 안건으로 들어갈까?"

클라리는 양손으로 종이컵을 감쌌다. 훔친 커피이지만 따뜻하고 카페인이 가득했다. 정 마음에 걸리면, 나중에 지나갈 때 팁 항아리에 1달러를 넣어주면 된다.

"무슨 일이 벌어지고 있는 건지부터 얘기해보면 어때요?" 커피의 거품을 불며 클라리가 말했다. "제이스, 뼈의 도시에서 일어난 일은 발렌타인이 꾸민 거라고 했지?"

제이스가 자기 커피를 응시했다. "그래."

알렉이 제이스의 팔에 손을 얹었다. "무슨 일이 있었던 거야? 발렌타인을 봤어?"

활기 없는 목소리로 제이스가 말을 이었다. "감방 안에 있는데 침묵의 형제들의 비명 소리가 들렸어. 그러고 나서 얼마 뒤에 발렌타인이 내려왔고. 그것과…… 그것과 함께 말이야. 그게 뭔지는 나도 모르겠어. 이글거리는 눈이 달린 연기 같은 거였는데, 전에는 본 적이 없는 악마야. 발렌타인이 창살 가까이 다가오더니……."

"뭐라 그랬어?" 알렉의 손이 제이스의 어깨로 스윽 올라갔다. 뒤이어 매그너스가 헛기침을 하자 알렉이 곧장 손을 내렸고 얼굴이 달아올랐다. 사이먼은 입을 대지 않은 자신의 커피를 내려다보며 히죽 웃었다.

"맬러택. 발렌타인은 그 영혼의 검을 손에 넣으려고 침묵의 형제들을 죽였다고 했어."

매그너스가 얼굴을 찌푸렸다. "알렉, 어젯밤 침묵의 형제들이 도움을 요청했을 때 말이야. 다들 어디 있었어? 어째서 인스티튜트엔 아무도 없었지?"

알렉은 매그너스의 질문에 놀라는 것 같았다. "어젯밤 센트럴 파크에서 다운월드 사람 하나가 살해당했어요. 요정 아이였는데, 몸에 피가 하나도 남아 있지 않았대요."

"심문관은 그것도 내 탓이라고 할걸. 공포 정치가 계속되고 있다고." 제이스가 말했다.

매그너스가 일어나서 창가로 걸어갔다. 커튼을 젖히자 빛이 들어와, 매를 닮은 옆모습이 검게 보였다. "피라……. 이틀 전에 꿈을 꿨어. 뼈로 만든 탑들이 서 있는 도시가 온통 피로 뒤덮이는 꿈. 거리에는 피가 물처럼 흘러들고 말이야." 매그너스가 혼잣말을 중얼거렸다.

사이먼이 제이스에게 휙 돌아앉았다. "창가에 서서 피에 관해 중얼거리는 거, 매그너스가 늘 하는 거야?"

"가끔은 소파에 앉아서 그러던데." 제이스가 대꾸했다.

알렉이 둘을 째려보고는 물었다. "매그너스, 왜 그래요?"

"피 말이야. 우연일 리가 없어." 매그너스가 거리를 내려다보았다. 저 멀리 도시의 윤곽 너머로 해가 빠르게 지고 있었다. 붉은 기운이 감도는 금빛과 은빛의 선들이 하늘을 가로지르며 아름다운 무늬를 수놓았다. "이번 주만 해도 다운월드 사람이 여럿 살해됐다고. 사우스 스트리트 항구의 아파트에서는 마법사가 살해됐고, 며칠 전에는 사냥꾼의 달에서 늑대인간이 살해됐지. 역시 목이 잘려 있었고 말이야."

"뱀파이어가 한 짓처럼 들리는데요." 별안간 하얗게 질린 사이먼이 말했다.

"아닐 거야. 라파엘은 밤의 아이들 짓이 아니라고 완강하게 주장했어." 제이스가 말했다.

"그럼 사실이겠네. 아주 믿을 만한 녀석이니까." 사이먼이 빈정대듯 중얼거렸다.

"이번엔 라파엘 말이 사실일 거야." 매그너스가 다시 커튼을 치며 말하자, 그의 여윈 얼굴에 그늘이 졌다. 매그너스가 탁자로 돌아왔을 때 클라리는 그의 손에 녹색 천으로 싸인 묵직한 책이 들려 있는 것을 보았다. 몇 분 전만 해도 없던 책이었다.

"두 곳 모두에서 악마의 기운이 느껴졌어. 내 생각에 이 세 죽음의 책임은 다른 사람에게 있는 것 같아. 라파엘이나 뱀파이어 종족이 아니라 발렌타인 말이야."

클라리의 시선이 제이스에게 향했다. 제이스는 입술을 꾹 다물었다가 "왜 그렇게 생각하죠?"라고만 물었다.

"심문관은 요정 살해가 딴 곳으로 주의를 돌리기 위한 수단이라고 했어요. 컨클레이브의 방해를 받지 않고 고요의 도시를 습격하기 위한 거라고." 클라리가 재빨리 말했다.

"주의를 딴 데로 돌리려면 더 쉬운 방법이 얼마든지 있어." 제이스가 말했다. "그리고 요정을 적으로 돌리는 건 지혜롭지 못한 일이야. 특별한 이유가 없었다면 굳이 요정을 죽이지 않았을 거야."

"특별한 이유가 있었지." 매그너스가 말했다. "요정 아이에게 원하는 게 있었거든. 이전에 죽인 마법사와 늑대인간에게 그랬던 것처럼."

"그게 뭔데요?" 알렉이 물었다.

"그들의 피." 매그너스가 녹색 책을 펼쳤다. 얇은 양피지에 불꽃처럼 빛나는 글자들이 쓰여 있었다. "아, 여기 있군." 매그너스는 뾰족한 손톱으로 책장을 톡톡 두드리며 고개를 들었다. 알렉이 책을 보려고 몸을 기울였다. "넌 읽을 수 없을 거야. 악마의 언어로 쓰였거든. 퍼개틱어."

"그래도 그림은 알아보겠는데요. 저건 맬러택이잖아요. 전에 책에서 봤어요." 알렉이 은색 검을 그린 삽화를 가리켰다. 클라리도 아는 검이었다. 고요의 도시의 벽에 걸려 있다가 사라진 검.

"지옥의 전환 의식. 그게 발렌타인이 하려는 거야."

"지옥의 뭐요?" 클라리가 인상을 쓰며 물었다.

"마법의 물건은 모두 특정한 힘과 연계되어 있어." 매그너스가 설명했다. "영혼의 검은 너희 섀도우 헌터들이 사용하는 천사의 검처럼 천사의 힘과 연계되어 있지. 하지만 천 배 이상 강해. 천사의 이름이 아니라 천사 자체에서 나오는 힘이니까. 발렌타인은 그 검의 연계를 바꾸려는 거야. 천사가 아닌 악마의 힘을 가진 검으로 만들려는 거지."

"질서 선 속성에서 질서 악 속성으로 바뀌는 거군요!" 사이먼이 신이 나서 말했다.

"〈던전 앤드 드래곤〉이라는 게임을 말하는 거예요. 그냥 무시하세요." 클라리가 말했다.

"천사의 검인 맬러택은 발렌타인이 사용하는 데 한계가 있어. 하지만 천사의 힘에 필적할 만한 악마의 힘을 가진 검이 된다면, 발렌타인은 그걸로 더 많은 일들을 할 수 있지. 악마도 마음대로 부리고. 죽음의 잔으로 보호를 받을 뿐만 아니라 악마를 불러들여 자기 명령에 따르게 하는 거지."

"악마 군대?" 알렉이 말했다.

"이 사람, 군대에 너무 집착하는 거 아냐?" 사이먼이 말했다.

"심지어 악마들을 이드리스까지 데려갈 수도 있어." 매그너스가 말을 맺었다.

"발렌타인이 왜 거기 가고 싶어하죠? 악마 사냥꾼들이 사는 데잖아요. 섀도우 헌터들이 악마들을 전멸시키지 않을까요?" 사이먼이 물었다.

"악마들은 다른 차원에서 건너와." 제이스가 말했다. "우린 얼마나 많은 악마가 존재하는지 정확히 모른다고. 아마 헤아릴 수 없을 정도로 많을 거야. 무한하다고 말해도 될 정도로. 보호막이 막아주곤 있지만 만약 한꺼번에 들이닥친다면……."

무한. 클라리는 경악하지 않을 수 없었다. 아바돈 같은 존재가 수백, 수천이 넘는다고 상상해보았다. 갑자기 핏기가 가시며 온몸에 소름이 쫙 끼쳤다.

"이해가 안 돼요. 지옥의 전환 의식과 살해된 다운월드 사람들이 무슨 관계가 있죠?" 알렉이 물었다.

"전환 의식을 하려면 영혼의 검을 시뻘겋게 달궜다가 네 번 식혀야 하는데, 식힐 때는 꼭 다운월드 아이의 피에 식혀야 하거든. 한 번은 마법사 아이의 피에, 한 번은 달의 아이의 피에, 한 번은 밤의 아이의 피에, 한 번은 요정 아이의 피에." 매그너스가 설명했다.

"맙소사. 그럼 아직 끝난 게 아니잖아요? 한 명을 더 죽여야 하니까."

"두 명이지. 늑대인간 소년 때는 임무를 완수하지 못했으니까. 피를 얻기 전에 누군가 방해를 했잖아." 매그너스가 책을 탁 하고 덮자 먼지가 뽀얗게 일어났다. "발렌타인의 최종 목표가 무엇이건 검은 이미 반 이상 바뀐 거나 다름없어. 벌써 몇 가지 능력을 얻었을 거라고. 어쩌면 이미 악마들을 불러들이기 시작했을……."

"그랬다면 소동에 대한 보고가 들어오지 않았을까요? 악마의 활동 수치도 높아지고?" 제이스가 말했다. "하지만 심문관은 반대로 말했어요. 전부 조용하다고."

"그럴 수도 있지. 발렌타인이 악마들을 다 자기한테 불러들였다면 주변이 조용할 수밖에."

모두가 서로를 빤히 쳐다봤다. 아무도 입을 열지 못하고 있는데, 느닷없이 날카로운 소음이 공기를 갈랐다. 깜짝 놀란 클라리가 뜨거운 커피를 손목에 쏟았고, 입에서 짤막한 비명이 터져 나왔다.

"어머니예요." 알렉이 전화기를 확인하고 말했다. "금방 돌아올게요." 창가로 가서 고개를 수그리고 통화하는 알렉의 목소리는 너무 낮아서 뭐라고 하는지 들리지 않았다.

"어디 봐." 사이먼이 클라리의 손을 잡으며 말했다. 뜨거운 액체에 덴 피부는 벌겋게 성이 나 있었다.

"괜찮아. 별거 아냐." 클라리가 대답했다.

사이먼이 클라리의 손을 들어 상처에 입을 맞췄다. "이젠 아프지 않을 거야."

클라리가 깜짝 놀라 신음을 내뱉었다. 사이먼이 이런 행동을 한 적은 한 번도 없었지만, 이거야말로 남자 친구들이 하는 행동이 아닌가. 클라리가 손을 빼며 탁자 너머를 흘깃 보니, 제이스가 금빛 눈을 이글거리며 둘을 쳐다보고 있었다.

"넌 섀도우 헌터야. 상처가 나면 어떻게 해야 하는지 알잖아." 제이스가 탁자 위로 스텔레를 밀어주었다. "이걸 써."

"됐어." 클라리가 스텔레를 도로 밀며 말했다.

제이스가 스텔레 위로 손을 탕 하고 내려쳤다. "클라리……."

"클라리가 필요 없다잖아. 하하." 사이먼이 말했다.

"하하?" 제이스가 믿을 수 없다는 듯이 쳐다보았다. "지금 그걸 공격이라고 하는 거야?"

알렉이 곤혹스러운 표정을 지으며 탁자로 돌아왔다. "어떻게 되어가고 있어요?"

"〈낭비할 인생은 하나뿐〉이란 드라마에 갇힌 거 같은데, 무지 지루해." 매그너스가 대답했다.

알렉이 머리를 흔들어 눈 위로 흘러내린 머리카락을 넘겼다. "엄마한테 지옥의 전환에 대해 얘기했어요."

"메이리스가 뭐라고 했는지 맞혀볼까? 네 말을 믿지 않는다고 했지? 모든 건 내 탓이고." 제이스가 말했다.

알렉이 인상을 썼다. "그렇지 않아. 엄만 컨클레이브 회의에서 그 문제를 논의하고 싶다고 했어. 하지만 지금은 심문관이 엄마 말에 귀를 기울이지 않는대. 아무래도 심문관이 주도권을 잡은 모양이야. 엄마는 엄청 화난 목소리였다고."

알렉의 전화가 다시 울렸다. "미안. 이사벨이야. 잠깐만." 그러고는 전화기를 들고 다시 창가로 걸어갔다.

제이스가 매그너스를 힐끗 보았다. "사냥꾼의 달에서 죽은 늑대인간 말이에요, 매그너스 말이 맞는 거 같아요. 시신을 발견한 사람이 그 애 옆에 누군가 있었다고 했거든요. 자기를 보더니 달아나더라고."

매그너스가 고개를 끄덕였다. "발렌타인이 피를 빼는 도중에 방해를 받은 모양이군. 아마 다른 늑대인간 아이에게 똑같은 짓을 하려고 들 거야."

"루크에게 알려줘야겠어요." 클라리가 자리에서 반쯤 일어났다.

"잠깐만." 기이한 표정으로 전화를 들고 알렉이 돌아왔다.

"이사벨이 뭐래?" 제이스가 물었다.

알렉이 머뭇거리다 입을 열었다. "실리코트의 여왕이 우리한테 접견을 요청했대."

"아, 그러서. 마돈나는 나한테 다음 월드 투어 공연 때 백댄서를 해달라던데." 매그너스가 말했다.

알렉은 어리둥절한 표정을 지었다. "마돈나가 누구예요?"

"실리코트의 여왕이 누구죠?" 클라리가 물었다.

"요정의 여왕이야. 이쪽 지역 여왕이긴 하다만." 매그너스가 대답했다.

제이스가 양손에 머리를 파묻었다. "이사벨한테 안 된다고 그래."

"이사벨은 좋은 생각이라고 하던데." 알렉이 항의하듯 말했다.

"그럼 안 된다고 두 번 말해."

알렉이 얼굴을 찌푸렸다. "그게 무슨 소리야?"

"이사벨이 가끔 반짝이는 아이디어를 낸다는건 알아. 하지만 어떤 건 재앙 그 자체잖아. 지난번에 지하로 내려가야 했을 때, 폐기된 지하철 터널로 돌아다니자고 한 게 누구였지? 그 거대한 쥐들에 대해 얘기해 볼……"

"아, 쥐 얘기는 꺼내지 않았으면 좋겠는데." 사이먼이 끼어들었다.

"그거하곤 달라. 이사벨은 실리코트에 가야 한다고 생각해." 알렉이 말했다.

"맞아. 그거하곤 다르지. 이건 이사벨이 지금껏 떠올린 아이디어 중에서도 최악이야."

"이사벨이 실리코트의 기사를 알아. 여왕이 우리를 만나고 싶어한다는 것도 그 기사한테 들었나 봐. 엄마와 내가 통화하는 걸 이사벨도 들었거든. 발렌타인과 영혼의 검에 대한 우리 의견을 잘 얘기하면, 실리코트가 같은 편이 되어줄지도 모른다는 생각이 들었대. 어쩌면 우리랑 연합해서 발렌타인과 맞설지도 모르고."

"거긴 안전한 곳이야?" 클라리가 물었다.

"당연히 안전하지 않지." 클라리가 마치 세상에서 제일 멍청한 질문을 하기라도 한 것처럼 제이스가 말했다.

클라리가 제이스를 쏘아보았다. "난 실리코트에 대해 아무것도 몰라. 뱀파이어나 늑대인간이라면 또 모를까. 그런 거에 대해서는 영화만 해도 아주 많으니까. 하지만 요정은 어린애들이나 믿는 거잖아. 나도 여덟 살 때는 핼러윈 복장으로 요정 차림을 했는걸. 엄마가 제비꽃 모양 모자를 만들어줬고."

사이먼이 팔짱을 낀 채 의자에 기대앉았다. "기억나. 난 트랜스포머였잖아. 디셉티콘."

"우리 용건으로 돌아가면 안 될까?" 매그너스가 입을 열었다.

"좋아요." 알렉이 말했다. "이사벨은 요정들의 요청을 무시하지 않는 게 좋다고 생각해요. 나도 거기엔 전적으로 동의하고. 대화를 나누고 싶다는데 해가 될 게 뭐가 있겠어요? 그리고 실리코트가 우리 편이 되면 클레이브도 우리 말을 귀담아들을 수밖에 없어요."

제이스가 까칠한 웃음소리를 냈다. "요정은 '인간'을 돕지 않아."

"섀도우 헌터는 정확히 말하면 인간이 아니잖아." 클라리가 말했다.

"그들에겐 똑같아." 제이스가 대답했다.

"설마 뱀파이어보다 끔찍하겠어? 너흰 요정들하곤 별문제 없었잖아." 사이먼이 중얼거렸다.

피부 아래서 뭔가 자라고 있는 걸 발견하기라도 한 것처럼 제이스가 사이먼을 쳐다봤다.

"별문제 없었다고? 우리가 요정들 손에 목숨을 잃지 않았다는 말을 그렇게 한 거야?"

"그게 아니라······."

사이먼의 말을 무시하며 제이스가 곧 말을 이었다.

"요정은 악마와 천사의 자손이야. 천사의 아름다움과 악마의 사악함을 모두 지녔지. 뱀파이어는 자기 영역 안으로 들어온 자를 공격하지만, 요정은 다리가 그루터기만 남을 때까지 춤을 추게 만들어 죽인다고. 한밤중에 수영을 하게 꾀어내서는 물속으로 당겨 폐가 터질 때까지 비명을 지르게 만들고, 눈 속에 요정 가루를 가득 부은 다음 눈알을 뽑아……."

"제이스! 그만해. 세상에, 알았으니까 그만하라고." 클라리가 말허리를 자르며 쏘아붙였다.

"늑대인간이나 뱀파이어를 속이는 건 어렵지 않아. 특별히 똑똑한 종족은 아니니까. 하지만 수백 년을 산 요정은 뱀처럼 교활한 존재야. 거짓말은 할 수 없지만 기발한 방식으로 진실을 토해내게 하는 걸 열렬히 즐긴다고. 상대가 제일 원하는 걸 알아내서 그걸 주지만, 그 선물에는 반전이 있어서 애초에 그걸 원했다는 걸 후회하게 만들지."

제이스가 한숨을 푹 내쉬었다. "요정들은 남을 돕는 일에는 관심이 없어. 도움을 가장해 해를 입히는 일이라면 모를까."

"우리가 그 두 가지를 분간하지 못할 정도로 똑똑하지 못하다고 생각하는 거야?" 사이먼이 물었다.

"난 네가 쥐로 변하는 사고를 당할 만큼 똑똑하지 못하다고 생각해."

사이먼이 제이스를 노려보았다. "우리가 뭘 하든 네 생각이 그렇게 중요하진 않을 것 같은데. 어차피 넌 우리하고 같이 가지도 못하잖아. 넌 아무 데도 못 가니까."

제이스가 거칠게 의자를 쓰러뜨리며 일어났다. "나 없이는 절대 클라리를 실리코트에 데려갈 수 없으니 그런 줄 알아!"

클라리가 제이스를 빤히 쳐다보았다. 분노로 얼굴이 벌겋게 달아오른 채 이를 앙다물었고 목에서는 힘줄이 툭툭 불거졌다. 제이스는 클라리와도 시선을 마주치지 않았다.

"내가 보호하면 돼." 알렉은 상처를 입은 표정이었다. 제이스가 알렉의 능력을 의심해서 그런 건지 다른 이유 때문인지 클라리는 알 수 없었다.

"알렉, 안 돼." 제이스가 알렉의 눈을 쳐다보았다.

알렉이 마른침을 삼키고 입을 열었다. "가야 돼." 그 말은 마치 사과하는 것처럼 들렸다. "제이스, 실리코트의 요청을 무시하는 건 어리석은 짓이야. 게다가 이사벨은 우리가 갈 거라고 벌써 말했을걸."

"가게 놔두지 않을 거야. 절대로. 필요하면 널 바닥에 메다꽂아서라도 막을 거야." 제이스가 위협하듯이 말했다.

"아, 그것도 무지 재밌을 것 같긴 한데 말이야, 다른 방법도 있거든." 매그너스가 팔을 휙 흔들어 실크 소매를 걷었다.

"다른 방법이 어디 있어요? 이건 클레이브의 명령이라고요. 내 맘대로 슬그머니 빠져나가거나 할 수 있는 게 아니잖아요." 제이스가 대꾸했다.

"넌 안 되지만 난 되거든." 매그너스가 씩 웃었다. "내 빠져나가기 능력에 대해선 100퍼센트 믿어도 좋아, 섀도우 헌터. 엄청나게 장대하고 기억에 길이길이 남을 능력이지. 심문관의 계약서에는 특별한 마법을 걸어두었으니, 내가 원하면 얼마든지 널 잠깐 동안 놓아줄 수 있어. 다른 네피림이 너 대신 잡혀 있기만 하면 말이야."

"다른 네피림을 어디서 찾아…… 아." 알렉이 순순히 말했다. "나 말이군요."

제이스가 눈썹을 치켜세웠다. "뭐야, 이젠 실리코트에 가고 싶지 않다는 거야?"

알렉이 얼굴을 붉혔다. "나보다는 네가 가는 게 낫잖아. 넌 발렌타인의 아들이니까. 여왕이 정말로 만나고 싶은 건 너일 거라고. 게다가 넌 사람을 끄는 매력도 있고."

제이스가 알렉을 매섭게 쏘아보았다.

"지금은 딱히 그런 거 같지 않지만." 알렉이 정정했다. "대체로 그렇잖아. 요정은 매력에 약하고."

"거기다 네가 여기 머물면, 드라마 〈길리건의 섬〉 시즌 1도 있으니 마음껏 볼 수 있지." 매그너스가 거들었다.

"어느 누가 그런 제안을 거부하겠어." 제이스가 말했다. 그는 여전히 클라리를 쳐다보지 않았다.

"이사벨하고는 거북이 연못 옆에 있는 공원에서 만나면 돼. 이사벨이 실리코트로 들어가는 비밀 입구를 알아. 공원에서 너희를 기다리고 있을 거야." 알렉이 말했다.

"마지막으로 이거 하나 명심해." 매그너스가 반지 낀 손가락을 제이스에게 휘두르며 말했다. "실리코트에서 목숨을 잃는 일 따위는 없도록 하라고. 네가 죽으면 내가 해명해야 할 일이 많아지니까."

그 말에는 제이스도 웃고 말았다. 즐거움이 깃든 미소라기보다는 칼집에서 뽑혀 나온 칼날의 번득임에 가까운, 아주 불안한 미소였다. "내가 거기서 죽지 않아도 매그너스는 어쩐지 그렇게 되리란 예감이 드는데요."

수북하게 자란 이끼와 풀이 거북이 연못을 녹색 레이스처럼 둘러싸고 있었다. 잔잔한 수면에 오리들이 떠다니며 여기저기 잔물결을 일으켰고, 물고기가 은빛 꼬리를 흔들며 간간이 보조개를 만들었다. 나무로 지은 작은 망루가 물 위로 솟아 있고, 이사벨이 연못 저편을 물끄러미 응시하며 그 안에 앉아 있었다. 이사벨은 말 그대로 동화 속 공주 같았다.

자신을 구해줄 누군가를 기다리며 탑 꼭대기에 갇혀 있는 공주. 물론 전통적인 공주와는 확연히 다른 행동을 보이겠지만. 채찍과 부츠와 칼을 지닌 이사벨은 자신을 탑 속에 가두려는 자가 누구든 당장 토막을 내서 그걸로 다리를 만들고는 태연하게 밟고 나와 자유의 몸이 될 것이다. 그동안에도 머리 모양 하나 흐트러지지 않을 테고. 바로 그런 점 때문에 아무리 노력해도 클라리는 이사벨이 좋아지지 않았다.

"이지." 연못에 다가서며 제이스가 이사벨을 부르자, 이사벨이 튕기듯 일어나 돌아서며 눈부시도록 환하게 웃었다.

"제이스!" 날듯이 달려온 이사벨이 제이스를 껴안았다. 저런 게 바로 오빠를 대하는 여동생의 행동이라고 클라리는 생각했다. 뻣뻣하고 어색하고 기이한 게 아니라 행복하고 사랑이 넘치는 행동. 제이스가 이사벨을 안아주는 모습을 바라보며 클라리는 행복하고 사랑이 넘치는 표정을 슬쩍 연습해 보았다.

"너 괜찮아? 눈이 좀 몰린 거 같은데." 사이먼이 걱정스러운 듯이 물었다.

"괜찮아." 클라리는 연습을 포기했다.

"정말 괜찮아? 너 얼굴이 약간…… 일그러졌어."

"먹은 게 좀 잘못됐나 봐."

이사벨이 걷기 시작하자 제이스가 한 발 뒤에서 따라 걸었다. 이사벨은 긴 검은색 원피스에 부츠 차림이었는데, 원피스는 위에 걸친 이끼 색깔의 부드러운 벨벳 코트보다도 길었다.

"믿을 수가 없어! 매그너스를 어떻게 설득했기에 제이스를 놓아준 거야?" 이사벨이 흥분해서 외쳤다.

"알렉하고 맞바꿨어." 클라리가 대답했다.

이사벨은 약간 놀란 것 같았다. "완전히 바꾼 건 아니겠지?"

"몇 시간 동안만이야. 내가 돌아가지 않으면 어떻게 될지 모르지만. 그렇게 되면 알렉을 계속 데리고 있어야겠지. 구매 선택권이 있는 임대라고 생각하면 되겠네."

이사벨의 얼굴에 의구심이 어렸다. "엄마랑 아빠가 알면 좋아하지 않을 텐데."

"범죄 용의자를 풀어주는 대신 소닉(게임 캐릭터—옮긴이)의 게이 버전처럼 생기고 〈치티 치티 뱅뱅〉의 차일드 캐처처럼 옷을 입는 마법사한테 네 오빠를 넘긴 일 말이야? 당연히 좋아하지 않으시겠지." 사이먼이 말했다.

제이스가 사이먼을 가만히 쳐다보다 입을 열었다. "네가 아직까지 여기 있는 특별한 이유라도 있는 거야? 널 실리코트에 데려가도 괜찮을지 모르겠어서 말이야. 요정들은 먼데인을 싫어하거든."

사이먼이 눈알을 굴렸다. "또 시작이군."

"뭐가?" 클라리가 물었다.

"내가 저 자식 기분을 상하게 할 때마다 '먼데인 금지' 어쩌고 하는 조항을 들먹이잖아." 사이먼이 제이스를 향해 손가락을 들어 올렸다. "잊었나 본데, 지난번에 날 데려가지 않으려고 했을 때 너희 목숨을 구한 게 바로 나였어."

"물론 그랬지. 딱 한 번." 제이스가 대꾸했다.

"요정 궁정은 정말로 위험한 곳이야." 이사벨도 거들었다. "네 활 솜씨도 크게 도움이 되지 않을 거야. 그런 종류의 위험이 아니거든."

"내 몸은 내가 알아서 챙겨." 사이먼이 말했다. 어디선가 강한 바람이 불어와서 발아래 구르는 낙엽들을 날려 보냈다. 사이먼이 몸을 떨며 재킷 주머니 안으로 손을 깊숙이 찔러 넣었다.

"억지로 갈 필요 없어." 클라리가 입을 열었다.

사이먼이 신중한 표정으로 그녀를 쳐다보았다. 클라리는 루크의 집에서 사이먼이 조금의 망설임도 없이 자신을 '여자 친구'라고 불렀던 일을 떠올렸다. 다른 사람이 뭐라고 하든 사이먼은 자신이 무엇을 원하는지 잘 알았다. "아냐. 가고 싶어."

제이스가 나지막이 신음을 뱉었다. "좋아, 그럼. 이제 가면 되겠네. 특별 대우 같은 건 기대하지 마, 먼데인."

"좀 긍정적으로 생각하지 그래. 요정들이 인간 제물을 원하면 언제든 날 내놓을 수 있잖아. 너희는 전부 자격이 안 될 테니까." 사이먼이 말했다.

제이스의 얼굴이 환해졌다. "매를 먼저 맞겠다고 나서는 사람이 있는 건 언제나 반가운 일이지."

"자, 얼른 가자. 곧 문이 열릴 거야." 이사벨이 재촉했다.

클라리는 주위를 둘러보았다. 해는 완전히 사라졌고, 크림색 달이 하늘에 떠올라 연못에 그림자를 던지고 있었다. 한쪽 가장자리가 어둠에 잠겨 꼭 반쯤 감긴 눈같이 보였다. 밤바람에 나뭇가지들이 서로 부딪히며 속이 빈 뼈처럼 달그락거렸다.

"어디로 가야 하는데? 문은 어디 있어?" 클라리가 물었다.

이사벨이 비밀을 속삭이듯 미소를 지었다. "나만 따라와."

진흙에 깊은 발자국을 남기며 이사벨이 물가를 향해 걷기 시작했다. 뒤따라 걷던 클라리는 청바지를 입고 와서 다행이라고 생각했다. 이사벨이 코트와 원피스를 무릎까지 끌어 올리고 걷자 부츠 위로 늘씬하고 하얀 다리가 그대로 드러났다. 피부는 온통 넘실거리는 검은 불꽃과도 같은 마크로 뒤덮여 있었다.

이사벨 뒤에서 걷던 사이먼이 진흙에 미끄러지며 욕을 내뱉었다. 제이스가 반사적으로 사이먼을 잡았지만 사이먼은 팔을 확 뺐다. "네 도움은 필요 없어."

"그만 좀 해." 연못가의 얕은 물을 발로 튀기며 이사벨이 소리쳤다. "둘 다, 아니 셋 다 그만해. 실리코트에선 하나로 뭉치지 않으면 죽은 목숨이나 다름없다고."

"하지만 난 아무것도······." 클라리가 입을 열었다.

"넌 아무 짓도 하지 않았는지 모르지만 저 둘이 저렇게 행동하도록 그냥 두잖아." 이사벨이 못 봐주겠다는 듯이 제이스와 사이먼을 가리켰다.

"내가 어떻게 행동하라고 둘한테 지시할 순 없잖아!"

"왜 없어? 네가 그렇게 계속 여자로서의 장점을 전혀 활용하지 않는다면, 도대체 널 어떻게 해야 좋을지 정말 모르겠다." 이사벨이 연못 쪽을 향하다 다시 돌아섰다. "그리고 잊기 전에 말해두는데, 제발 부탁이니까 지하에 있는 동안은 아무것도 먹거나 마시지 마. 이건 모두에게 하는 말이야, 알았지?" 이사벨이 단호하게 덧붙였다.

"지하라고? 지하란 말은 아무도 안 했는데." 사이먼이 걱정스레 중얼거렸다.

이사벨이 팔을 번쩍 들고 연못 안으로 첨벙첨벙 걸어 들어갔다. 녹색 벨벳 코트가 거대한 수련 잎처럼 활짝 펼쳐졌다. "서둘러. 달이 움직이기 전에 들어가야 하니까."

달이 어쩐다고? 클라리는 머리를 절레절레 흔들며 연못으로 발을 내디뎠다. 물이 맑고 얕아 발목 주위로 헤엄치는 작고 검은 물고기들이 별빛 아래 훤히 들여다보였다. 연못으로 더 깊이 들어간 클라리는 너무 추위 이를 악물었다. 클라리 뒤로 잔물결 하나 일으키지 않으며 제이스가 우아한 동작으로 걸어 들어왔고, 그 뒤로는 사이먼이 사방으로 물을 튀기고 욕을 해대며 첨벙첨벙 들어왔다. 연못 중앙에 다다르자 이사벨이 멈춰 섰고, 갈비뼈가 있는 곳까지 물이 닿았다. 이사벨이 클라리 쪽으로 팔을 뻗었다. "멈춰."

클라리도 걸음을 멈췄다. 바로 앞의 수면에 비친 달그림자가 커다란 은빛 접시처럼 물 위에서 아른거렸다. 물론 클라리도 그것이 정상적인 움직임이 아니라는 사실은 알았다. 수면에 비치는 달그림자는 다가가면 가까워지는 게 아니라 멀어져야 정상이다. 하지만 눈앞의 그림자는 바닥에 닻을 내리기라도 한 것처럼 수면에서 꼼짝하지 않았다.

"제이스, 네가 먼저 가. 얼른." 이사벨이 그에게 손짓했다.

제이스가 클라리 곁을 스쳐 지나가자 젖은 가죽과 숯 냄새가 났다. 그는 돌아서서 클라리에게 미소를 짓더니 뒷걸음으로 달그림자까지 가서 그 안으로 발을 들였다. 그러고는 사라졌다.

"저건 절대 정상이 아냐." 사이먼이 반갑지 않은 듯이 말했다.

클라리가 뒤를 돌아보자, 사이먼은 겨우 엉덩이 깊이에서 팔짱을 낀 채 몸을 떨고 있었다. 클라리는 사이먼에게 웃어 보이고는 뒤로 한 걸음 물러섰다. 일렁거리는 은빛 그림자로 다가가자 얼음처럼 차디찬 물에 정신이 아찔했다. 클라리는 사다리 꼭대기에서 균형을 잃은 사람처럼 잠시 불안정하게 기우뚱거리다 뒤로 넘어졌고, 그러자 달그림자가 그녀를 꿀꺽 삼켰다.

요란하게 떨어져 비틀거리는 클라리를 잡아주는 손길이 느껴졌다. 제이스였다. "조심해." 이 말을 하고 제이스는 손을 놓아주었다.

흠뻑 젖은 클라리의 셔츠에서 물이 줄줄 흘렀고, 머리카락은 얼굴에 찰싹 달라붙었다. 게다가 물을 한껏 머금은 옷은 믿을 수 없을 정도로 무거웠다.

그들은 굴처럼 파낸 복도에 서 있었다. 희미하게 빛을 내는 이끼가 유일한 조명이었다. 복도 한쪽 끝에 커튼처럼 엉킨 덩굴이 드리워졌고, 털이 많은 덩굴손들이 죽은 뱀처럼 천장에서부터 길게 늘어져 있었는데, 클라리는 곧 그것들이 나무뿌리라는 걸 알아차렸다. 그러니까 그들은 땅속으로 들어온 것이다. 숨을 내쉴 때마다 뽀얀 입김이 뿜어져 나올 정도로 공기가 차가웠다.

"추워?" 제이스도 흠뻑 젖었다. 이마와 뺨에 달라붙은 머리칼이 창백했다. 청바지와 재킷에서 물이 흘렀고, 하얀 셔츠는 속이 훤히 비쳐서 마크의 검은 선들과 어깨에 난 희미한 상처까지 모두 보였다.

클라리는 얼른 시선을 돌렸다. 속눈썹에 물방울이 맺혀 눈물이 차오른 것처럼 시야가 부옜다. "괜찮아."

"괜찮지 않은 것 같은데." 제이스가 바짝 다가오자 온기가 전해졌다. 그의 따스한 온기가 흠뻑 젖은 옷을 뚫고 얼어붙은 살갗을 녹여주었다.

그때 검은 형체가 빠른 속도로 내려와 쿵 하고 떨어졌다. 사이먼이었다. 역시나 홀딱 젖은 그가 엉거주춤 일어나며 미친 듯이 주변을 두리번거렸다. "내 안경."

"내가 갖고 있어. 자, 여기." 클라리가 안경을 내밀었다. 사이먼이 축구 경기를 할 때면 클라리가 안경을 챙기곤 했다. 어찌된 일인지 사이먼의 안경은 늘 그의 발 앞으로 떨어져서 부서지는 운명을 면치 못했다.

사이먼이 안경을 쓰고 렌즈에 묻은 흙을 손가락으로 닦아냈다. "고마워."

둘을 쳐다보는 제이스의 시선이 무거운 짐처럼 느껴져 클라리는 사이먼도 같은 느낌인지 궁금했다. 사이먼이 인상을 쓰며 일어서는 순간, 이사벨이 옆으로 떨어지며 우아하게 착지했다. 출렁이는 긴 머리에서 물이 뚝뚝 흐르고 벨벳 코트는 흠뻑 젖어 어깨를 무겁게 내리눌렀지만, 이사벨은 전혀 개의치 않는 듯했다. "오우, 재밌는데."

"안 되겠어. 올해 크리스마스에는 사전을 선물해야지." 제이스가 말했다.

"왜?"

"'재밌다'가 무슨 뜻인지 좀 찾아보라고. 넌 그 단어의 뜻을 정확히 모르는 거 같아."

머리를 앞으로 모아 빨래를 짜듯이 물기를 빼내며 이사벨이 말했다. "왜 남의 기분에 찬물을 끼얹고 그래?"

"아직 모르나 본데, 찬물은 이미 흠뻑 뒤집어썼어." 제이스가 주변을 둘러보았다. "이제 어디로 가면 돼?"

"아무 데로도 안 가. 여기서 기다리면 그쪽에서 데리러 올 거야." 이사벨이 대답했다.

클라리가 미심쩍은 듯이 물었다. "우리가 온 걸 어떻게 아는데? 초인종 같은 걸 눌러야 하는 거 아니야?"

"실리코트는 자기네 땅에서 일어나는 모든 일을 알아. 그러니 우리가 여기에 온 걸 모를 수가 없지."

사이먼이 의심스러운 눈빛으로 이사벨을 쳐다봤다. "넌 어떻게 그렇게 요정과 실리코트에 대해 잘 알아?"

놀랍게도 사이먼의 질문에 이사벨이 얼굴을 붉혔다. 잠시 후, 덩굴 커튼이 젖혀지고 요정 하나가 긴 머리를 휘날리며 걸어 나왔다. 클라리는 매그너스의 파티에서 요정들을 본 적이 있었다. 춤을 추고 음료를 마시는 모습을 보며 그들이 지닌 서늘한 아름다움과 신비로운 야성에 깊은 인상을 받았다. 눈앞에 나타난 요정도 별로 다르지 않았다. 냉정하고 날카로우면서도 사랑스러운 얼굴 주변으로 암청색 천 같은 머리칼이 곧게 드리워졌다. 덩굴풀이나 이끼와 같은 빛깔의 녹색 눈은 나뭇잎 모양이었고, 반점인지 문신인지 모를 나뭇잎 무늬가 한쪽 광대뼈 위에 그려져 있었다. 겨울나무의 껍질과도 비슷한 은색이 도는 갈색 갑옷을 입었는데, 몸을 움직일 때마다 갑옷에서 다채로운 빛깔의 광채가 났다. 토탄 같은 검은색, 이끼 같은 녹색, 재 같은 회색, 하늘 같은 푸른색.

이사벨이 요정의 이름을 부르며 그에게 펄쩍 뛰어들었다. "멜리온!"

"아." 사이먼은 짧은 신음을 내뱉었지만 재미있다는 기색이 역력했다. "그래서 이사벨이 그렇게 잘 알았군."

멜리온이 근엄하게 내려다보며 부드럽게 이사벨을 옆으로 떼어냈다. "지금은 애정 표현을 할 때가 아냐." 멜리온이 모두에게 말했다. "실리코트의 여왕님께서 네피림 세 분과 접견을 요청하셨습니다. 가시겠습니까?"

클라리가 사이먼을 보호하듯이 어깨에 손을 얹었다. "이 친구는요?"

"먼데인은 궁정 출입이 허락되지 않습니다." 멜리온이 무표정한 얼굴로 대답했다.

"누군가 그 말을 좀 일찍 해줬으면 좋았을걸. 이제 난 온몸에서 덩굴이 자라날 때까지 여기서 기다려야 하는 건가?" 사이먼이 누구에게랄 것도 없이 말했다.

멜리온이 잠시 생각해보더니 대꾸했다. "그것도 굉장히 즐거울 것 같습니다만."

"사이먼은 평범한 먼데인이 아니에요. 내 말을 믿어도 좋아요." 제이스의 말에 모두가 깜짝 놀랐지만, 그래도 사이먼만큼 놀라지는 않았다. 입도 벙긋 못하고 제이스를 쳐다보는 모습에서 클라리는 사이먼이 얼마나 놀랐는지를 알 수 있었다. "우리와 함께 여러 번 전투를 치렀어요."

"딱 한 번이란 뜻이겠지. 내가 쥐였을 때까지 치면 두 번이고." 사이먼이 중얼거렸다.

클라리가 여전히 사이먼의 어깨에 손을 얹은 채로 말했다. "사이먼이 함께 가지 않으면 실리코트에 가지 않겠어요. 접견을 청한 건 당신들의 여왕이에요. 애초에 우리가 원해서 온 게 아니라고요."

멜리온의 녹색 눈에 음흉한 즐거움이 번득였다. "정 그러시다면. 실리코트가 손님들의 요구를 존중하지 않는다는 말은 듣고 싶지 않으니까요."

멜리온은 몸을 돌려 복도를 걷기 시작했고, 그들이 따라오는지 한 번도 확인하지 않았다. 이사벨이 얼른 멜리온 곁으로 다가갔고 제이스와 클라리, 그리고 사이먼은 말없이 그 뒤를 따랐다.

"요정이랑 데이트해도 괜찮은 거야?" 마침내 클라리가 입을 열었다. "이사벨의 부모님은 이사벨하고 저, 이름이 뭐더라……."

"멜리온." 사이먼이 알려주었다.

"멜리온과 함께 다니는 거에 대해 아무 말씀도 안 하셔?"

"둘이 정말로 함께 '다니는'지는 잘 모르겠는데." 제이스가 빈정대듯 단어를 강조했다. "대부분은 집 안에 머물거든. 이 경우엔 지하에 머문다고 해야겠지만."

"넌 반대하는 모양이지?" 사이먼이 나무뿌리를 옆으로 밀쳐내며 말했다. 그들은 흙으로 된 복도를 지나 매끈한 돌로 덮인 복도로 들어섰다. 나무뿌리들이 천장에 덮인 돌 사이를 비집고 나왔고, 바닥에는 반들반들하고 단단한 돌이 깔려 있었는데, 대리석은 아니지만 보석을 빻아 그린 것처럼 반짝이는 무늬와 결이 들어가 있었다.

"반대하고 말고 할 것도 없어. 요정들은 가끔 인간들과 장난삼아 사귀기도 하지만, 늘 얼마 못 가 내팽개치거든. 보통은 상대가 지쳐 나가떨어질 때까지 그냥 둬."

그 말에 클라리는 등골이 서늘했다. 그 순간 이사벨의 웃음소리가 들려왔고, 클라리는 제이스가 목소리를 낮춘 이유를 알았다. 이사벨의 목소리가 돌벽에 부딪혀 사방으로 튕겨 나갔다.

"자기, 너무 재밌다!" 바로 다음 순간 돌 사이에 부츠 굽이 낀 이사벨이 넘어지려 하자, 멜리온은 표정 하나 변하지 않고 그녀를 잡아 바로 세워주었다.

"어떻게 인간들은 그렇게 높은 걸 신고 걸어 다니는지 도무지 이해가 안 돼."

"18센티미터 이하는 절대 금지. 이게 내 좌우명이야." 이사벨이 관능적인 미소를 지었다.

멜리온이 무표정하게 이사벨을 응시했다.

"구두 굽 말이야. 말장난인거 알지? 그러니까……."

"얼른 가지. 여왕님께서 기다리실 거야." 요정 기사는 이사벨에게 눈길 한 번 주지 않고 복도를 따라 가버렸다.

"요정은 유머 감각이 없다는 걸 깜박했네." 다른 사람들이 다가오자 이사벨이 중얼거렸다.

"글쎄, 딱히 그런 거 같지 않던데." 제이스가 말했다. "시내에 가면 '핫 윙'이란 픽시 클럽도 있잖아. 내가 직접 가본 건 아니지만."

사이먼이 제이스를 보며 뭔가 물으려다 생각을 바꾸었다. 그가 탁 소리를 내며 입을 닫는 순간 복도가 끝나고 넓은 방이 나왔다. 단단히 다진 흙바닥에 높은 기둥이 줄줄이 세워졌고, 선명하고 밝은 빛깔의 꽃과 덩굴이 기둥마다 휘감겨 있었다. 기둥 사이에는 부드러운 푸른색의 얇은 천이 걸렸다. 햇불 하나 보이지 않는데도 방 안에는 빛이 가득해서, 흙과 돌로 지은 지하 공간이라기보다는 볕 좋은 여름날의 야외 전시장 같은 분위기가 났다.

그것이 클라리의 첫인상이었고, 두 번째 인상은 방 안에 사람들이 가득하다는 것이었다. 방 전체에 기묘하고도 감미로운 음악이 흘렀는데, 어딘지 모르게 거슬리는 음조가 섞여 있었다. 음식으로 치면 레몬주스에 꿀을 섞은 것과 비슷했다. 한쪽에서는 요정들이 둥글게 모여 음악에 맞춰 춤을 추고 있었다. 발은 땅에 거의 닿지 않았고 파랑, 검정, 갈색, 선홍색, 황갈색, 흰색 등 다채로운 빛깔의 머리칼이 깃발처럼 나부꼈다.

클라리는 요정을 왜 아름다운 종족이라 부르는지 알 것 같았다. 하얗고 사랑스러운 얼굴에 연보라색, 황금색, 푸른색 날개를 단 그들은 정말로 아름다웠다. 이토록 아름다운 존재가 누군가를 해칠 의도를 지녔다고? 도저히 믿을 수가 없었다. 조금 전까지만 해도 거슬리던 음악은 이제 더없이 달콤하게 들렸고, 클라리는 음악에 맞춰 머리를 흔들며 발을 구르고 싶은 충동을 느꼈다. 그렇게만 하면 요정들과 같이 땅에 발이 닿지 않을 정도로 가벼워질 거라고 음악이 클라리에게 소곤댔다. 그녀는 앞으로 한 걸음 내디뎠다.

그 순간 손 하나가 클라리를 확 잡아당겼다. 돌아보니, 제이스의 황금빛 눈동자가 고양이처럼 번쩍이며 클라리를 노려보고 있었다.

"저들과 같이 춤을 추면 죽을 때까지 멈추지 못해." 제이스가 나지막이 말했다.

 클라리는 눈을 깜빡이며 제이스를 처다보았다. 꿈속을 헤매다 갑자기 깨어난 사람처럼 정신이 혼미하고 몽롱했다. 말소리조차 똑똑치 않았다. "뭐어?"

 제이스가 성마른 신음을 뱉었다. 언제 꺼냈는지 한 손에 스텔레를 쥐고 있었고, 클라리의 손목을 잡더니 잽싸게 팔 안쪽에 마크를 그렸다. "이제 다시 저들을 봐."

 주변을 둘러본 클라리는 그대로 얼어붙고 말았다. 요정들의 얼굴은 여전히 사랑스러웠지만, 거기에는 흉포하게까지 느껴지는 교활한 빛이 숨어 있었다. 분홍색과 파란색 날개를 단 소녀가 자기 쪽으로 오라고 손짓을 하는데, 손가락이 나무의 잔가지로 되어 있고 손가락 끝에는 꽉 다물린 이파리가 달렸으며 두 눈은 홍채나 동공 없이 전부 까맸다. 소녀 옆에서 춤추고 있는 소년은 거무죽죽한 녹색 피부에 관자놀이에는 구불거리는 뿔이 돋았고, 춤을 추며 돌자 외투가 벌어져 빈 흉곽뿐인 가슴이 드러났다. 축제 기분을 내려고 그랬는지 갈비뼈 군데군데에는 리본이 묶여 있었다. 클라리는 뱃속이 뒤틀렸다.

 "계속 걸어." 제이스에게 떠밀린 클라리가 비틀거리며 앞으로 걸어갔다. 제대로 중심을 잡고 나니 사이먼이 걱정되어 주위를 두리번거렸다. 사이먼은 저 앞에서 걷고 있었고 이사벨이 그를 단단히 잡고 있었는데, 이번만큼은 전혀 신경이 거슬리지 않았다. 사이먼이 홀로 걷는다면 과연 무사히 통과할지가 의문이었으니까.

 춤추는 요정들을 지나 방의 끝에 다다른 그들은 푸른 실크 커튼을 젖히고 밖으로 나갔다. 밤이나 도토리의 껍질로 만든 것처럼 반들거리는 갈색 복도가 나왔다. 그곳에 들어서니 안심이 되었다. 이사벨이 사이먼을 놓아주자 사이먼은 우뚝 걸음을 멈췄다. 클라리가 다가가서 보니 이사벨이 스카프로 그의 눈을 가려놓은 것이었다. 사이먼이 더듬거리며 매듭을 풀고 하는 걸 보고 클라리가 재빨리 손을 뻗었다. "내가 해줄게." 클라라가 스카프를 풀어 이사벨에게 돌려주며 감사의 표시로 고개를 까딱할 때까지 사이먼은 그 자리에 가만히 서 있었다.

사이먼이 머리를 쓸어 넘겼다. 스카프가 닿았던 곳이 축축했다. "음악이 굉장하던데. 컨트리 음악 같기도 하고 로큰롤 같기도 하고."

멈춰 서서 그들을 기다리던 멜리온이 얼굴을 찌푸렸다. "마음에 들지 않던가요?"

"너무 심하게 마음에 들었죠." 클라리가 말했다. "이건 뭔가요? 무슨 테스트라도 되나요? 아님 그냥 장난?"

멜리온이 어깨를 으쓱했다. "요정들의 글래머에 인간들은 쉽게 걸려들어도 네피림은 그렇지 않아서요. 보호 수단이 있을 거라고 생각했죠."

"물론이죠." 제이스가 비취 빛깔이 나는 멜리온의 눈을 똑바로 응시했다.

멜리온은 어깨를 가볍게 으쓱하더니 다시 걷기 시작했다. 사이먼이 클라리 곁에서 묵묵히 걷다 입을 열었다. "그래서 내가 놓친 게 뭐야? 벌거벗고 춤추는 여자들?"

클라리는 요정의 휑한 흉곽을 떠올리며 몸을 떨었다. "유쾌한 광경은 하나도 없었어."

"요정의 연회에서 인간도 즐길 수 있는 방법이 있어." 둘의 대화를 엿듣던 이사벨이 끼어들었다. "이파리라든가 꽃잎 같은 표지를 받아서 밤새 지니고 있으면 돼. 그럼 다음 날 아침에도 멀쩡하지. 아니면 요정 하나를 동반하든가……." 이사벨이 멜리온을 흘긋 보았지만, 그는 이미 나뭇잎으로 만들어 벽에 고정해놓은 막 앞으로 가서 그들을 기다리고 있었다.

"여왕님의 접견실입니다. 북쪽 궁정에 계시다가 죽은 아이 문제로 이쪽에 오셨습니다. 전쟁이 일어난다면 직접 선포하시길 원하니까요."

가까이에서 보니 녹색 막은 덩굴을 촘촘히 엮어 만든 것으로 호박색 매듭이 중간중간 맺혀 있었다. 멜리온이 덩굴 막을 가르고 맞은편에 있는 방 안으로 그들을 이끌었다. 제이스가 고개를 수그리며 제일 먼저 들어섰고, 그를 따라 들어간 클라리가 호기심 어린 눈으로 주위를 둘러보았다.

방 안은 수수하게 꾸며져 있었다. 동쪽 벽에 옅은 색 천이 걸렸고, 유리병 안에는 도깨비불이 반짝거렸다. 아름다운 여인 하나가 소파에 비스듬히 기대어 있었는데, 여왕을 보필하는 요정들이 그 주위를 에워싸고 있었다. 작은 꼬마 요정에서부터 동공이 없는 까만 눈만 아니라면 아름다운 인간 소녀라고 해도 믿을 만한 요정까지 아주 다양했다.

"여왕 폐하, 네피림을 데려왔나이다." 멜리온이 절을 하며 아뢰었다.

여왕이 일어나 앉자, 주홍색의 길다란 머리카락이 여왕의 주위에서 나부꼈다. 꼭 미풍에 흔들리는 가을 단풍 같았다. 푸른 눈은 유리처럼 맑았지만 시선은 칼날처럼 날카로웠다. "셋은 네피림이지만 하나는 먼 데인이로구나."

멜리온이 움찔했지만 여왕은 그쪽으로 시선조차 주지 않았다. 두 눈은 오직 섀도우 헌터들에게 못 박혀 있었다. 클라리는 그녀의 시선이 몸에 닿는 것을 느꼈다. 사랑스러운 외모에도 불구하고 여왕에게서는 연약함이 조금도 느껴지지 않았다. 밝은 빛을 뿜어내는 별처럼 환하고 눈이 부셔 마주 보기가 힘들 정도였다.

"저희 사과를 받아주십시오, 여왕 폐하." 제이스가 여왕과 일행들 사이로 나서며 말했다. 말투는 조심스럽고 사려 깊었다. "먼데인을 데려온 것은 저희 책임입니다. 저희가 그에게 신세를 진 일이 있어 그를 보호하고 있습니다. 그래서 어쩔 수 없이 데려왔습니다."

재미난 광경을 지켜보는 새처럼 여왕이 머리를 한쪽으로 살짝 기울였다. 모두의 시선이 제이스에게 집중되었다. 여왕이 중얼거렸다. "신세를 졌다? 먼데인에게?"

"제 목숨을 구했습니다." 제이스가 그렇게 말하자 사이먼은 놀라움으로 몸이 굳어졌다. 클라리는 제발 겉으로 티가 나지 않기만을 마음속으로 빌었다. 제이스가 거짓말을 하는 것은 아니었다. 사이먼을 데려온 이유가 그것이 아닐 뿐이지, 사이먼이 제이스의 목숨을 구한 것은 사실이었다. 클라리는 요정들이 기발한 방식으로 진실을 말하길 즐긴다던 제이스의 말을 이해하기 시작했다.

"부디 저희의 사정을 헤아려주십시오, 폐하. 폐하께서는 아름다운 외모만큼이나 친절한 분이라는 말을 들어왔는데, 이 정도의 아름다움이라면 그 친절함에 끝이 없을 듯합니다만."

여왕이 뽐내듯이 웃으며 몸을 내밀자, 빛나는 머리가 앞으로 쏟아지며 얼굴에 그림자가 졌다. "네 아버지만큼이나 매력적이구나, 조너선 모겐스턴." 바닥에 흩어진 쿠션을 가리키며 여왕이 말했다. "이리 와서 내 곁에 앉아라. 마음껏 먹고 마시며 휴식을 취하라. 이야기는 목을 축인 다음에 하는 것이 제격이지."

제이스가 당황하는 표정을 지었다. 잠시 망설이자 멜리온이 제이스에게 다가가 속삭였다. "실리코트의 여왕님께서 하사하시는 것을 거절하는 건 현명하지 못합니다."

멜리온이 여왕의 소파 근처에 놓인 실크 쿠션으로 그들을 이끌었다. 날카로운 뿌리 같은 것이 튀어나와 등을 쑤실 거라고 반쯤 예상하며 클라리가 조심스레 자리에 앉았다. 여왕이 보면 즐거워할 광경이겠지만 다행히 그런 일은 일어나지 않았다. 쿠션은 아주 편안했다. 클라리는 다른 사람들처럼 뒤로 편히 기대앉았다.

푸르스름한 피부의 픽시 하나가 은잔이 네 개 놓인 쟁반을 들고 그들에게 다가왔다. 잔에는 장미 꽃잎이 동동 뜬 금빛 액체가 들어 있었다. 그들은 잔을 하나씩 집어 들었고, 사이먼은 옆쪽으로 잔을 내려놓았다.

"맛보고 싶지 않아요?" 픽시가 물었다.

"지난번에 마셨던 요정 음료가 몸에 받지 않았거든요."

음료에서는 장미보다 진하고 달콤하며 자극적인 향기가 났다. 클라리가 장미 꽃잎을 건져 엄지와 검지로 뭉개자 진한 향이 물씬 풍겼다. 제이스가 클라리의 팔을 거칠게 떠밀며 낮게 으르렁거렸다.

"절대 마시지 마."

"하지만……."

"내 말 들어."

클라리도 사이먼처럼 잔을 내려놓았다. 엄지와 검지가 분홍빛으로 얼룩져 있었다.

"자, 이제 됐구나." 여왕이 말했다. "멜리온이 전한 말로는 어젯밤 공원에서 우리 아이를 죽인 범인을 너희가 안다고 하던데. 요정 아이의 몸에 피가 하나도 남지 않았다면, 범인은 뻔하지만 말이다. 그 뱀파이어의 이름이라도 알려주겠다는 것이냐? 어쨌든 법을 어긴 책임은 뱀파이어 전체에게 돌아가니 그에 합당한 처벌을 받아야 해. 우리라고 특별히 다르진 않으니까 말이다. 보이는 건 그렇지 않을지 몰라도."

"그만 좀 하시죠. 뱀파이어 짓이 아니니까." 이사벨이 말했다.

제이스가 이사벨을 쏘아보았다. "이사벨 말은 그러니까, 뱀파이어가 범인이 아니라는 것을 거의 확신한다는 뜻입니다. 범인은 뱀파이어가 의심을 사도록 꾸며서 자신이 한 일이라는 사실을 숨기려고 한 것 같습니다."

"증거가 있느냐?"

제이스의 목소리는 차분했지만 클라리에게 스친 어깨는 긴장으로 굳어 있었다. "어젯밤 침묵의 형제들도 살해되었습니다. 하지만 그 누구도 피를 빼앗기지 않았어요."

"그게 죽은 우리 아이와 무슨 상관이 있지? 네피림의 죽음은 네피림에겐 비극이지만 내게는 아무것도 아니야."

왼손에 따끔한 통증을 느낀 클라리가 내려다보니, 작은 꼬마 요정 하나가 달려가 쿠션 사이로 쏙 숨는 것이었다. 손가락에서 빨간 핏방울이 솟아오르자 클라리는 인상을 쓰며 손가락을 입으로 가져갔다. 꼬마 요정은 귀엽지만 엄청 사나웠다.

"영혼의 검도 도둑맞았습니다. 맬러택을 아시지요?"

"섀도우 헌터에게 진실을 말하게 만드는 검 말이냐? 우리 요정들에게는 필요 없는 물건이지." 여왕이 의미심장하게 웃었다.

"그 검을 가져간 자가 발렌타인 모겐스턴입니다. 발렌타인이 침묵의 형제들을 죽이고 검을 가져갔지요. 요정을 죽인 것도 발렌타인이라고 생각하고 있습니다. 검을 전환하기 위해 요정 아이의 피가 필요했던 겁니다. 자신에게 필요한 도구로 만들기 위해서요."

"여기서 멈추지 않을 거예요. 피가 더 필요하니까요." 이사벨이 덧붙였다.

안 그래도 올라간 여왕의 눈썹이 더욱 높이 치솟았다. "요정의 피가 더 필요하다고?"

"아뇨." 제이스가 이사벨을 홱 돌아보았다. 클라리로서는 알 수 없는 표정이 그의 얼굴에 떠올라 있었다. "다운월드 사람들의 피가 더 필요하다는 겁니다. 늑대인간과 뱀파이어의 피가……."

여왕의 눈에 빛이 반사되어 반짝거렸다. "그건 우리가 염려할 일이 아닌 것 같구나."

"발렌타인이 요정 아이도 죽였잖아요. 보복하고 싶지 않으세요?" 이사벨이 물었다.

여왕의 시선이 나방의 날개처럼 그녀를 스쳐 지나갔다. "지금 당장은 아니야. 우린 인내심이 강한 종족이지. 세상의 모든 시간을 가졌으니까. 발렌타인 모겐스턴은 우리의 오랜 적이지만 우리에겐 그보다 더 오랜 적도 있다. 그러니 얼마든지 기다리며 지켜볼 마음이 있어."

"발렌타인은 악마를 소환하고 있습니다. 군대를 결성해서……." 제이스가 말했다.

"악마라." 여왕이 가볍게 말했다. 뒤에서는 신하들이 잡담을 하고 있었다. "악마들은 너희 책임이야. 그렇지 않나, 섀도우 헌터? 우리 모두의 위에 군림하는 것도 바로 그 때문이지. 너희가 악마들을 처치하니까."

"저는 클레이브를 대신해서 폐하께 명령을 전하러 온 것이 아닙니다. 접견에 응한 것은 폐하께서 진실을 알고 나면 저희를 도와주실 거라 생각했기 때문입니다."

"그래서 이곳에 왔다고?" 여왕이 앞으로 나오자 긴 머리카락이 물결치며 일어났다. "잊지 마라, 섀도우 헌터. 우리 중 일부는 클레이브의 규

율에 짜증이 나 있어. 너희 전쟁에서 너희를 위해 싸우는 데 신물이 난 게지."

"하지만 이건 저희만의 전쟁이 아닙니다. 발렌타인은 다운월드 사람들을 악마보다 더 증오해요. 우리를 패배시키고 난 뒤에는 다운월드 사람들을 쓸어내려고 할 겁니다."

여왕의 눈이 제이스를 꿰뚫을 듯이 쳐다보았다. 제이스가 말을 이었다. "발렌타인이 공격해오면 섀도우 헌터가 경고했다는 사실을 기억해주십시오."

잠시 침묵이 흘렀다. 신하들도 모두 입을 다물고 여왕을 지켜보았다. 마침내 여왕이 쿠션에 기댄 채 은잔을 들어 한 모금 마셨다. "네 부모에 대해 경고를 하다니. 인간들은 부모에게 애정을 지니는 종족으로 알았건만, 너는 아버지인 발렌타인에게 전혀 충성심이 없는 것 같구나."

제이스는 아무 말도 하지 않았다. 어쩐 일인지 말문이 막힌 것만 같았다. 여왕이 부드러운 목소리로 말을 이었다. "아니면 발렌타인을 향한 네 적의가 그저 허세일 뿐이든지. 사랑은 인간을 거짓말쟁이로 만들지."

"저흰 아버지를 사랑하지 않아요. 증오하죠." 제이스가 겁이 날 정도로 계속 침묵을 지키자 클라리가 나섰다.

"정말 그럴까?" 여왕은 지루한 표정이었다.

"가족 간의 결속이 어떤 건지 잘 아시지 않습니까, 폐하." 목소리를 되찾은 제이스가 말했다. "가족은 덩굴처럼 단단히 달라붙어 있지요. 하지만 때로는 너무 단단하게 달라붙어 상대를 죽이기도 합니다."

여왕의 속눈썹이 파르르 떨렸다. "클레이브를 위해 네 아버지를 배신하겠다는 거냐?"

"그렇습니다, 폐하."

여왕이 고드름처럼 싸늘하고 맑은 소리를 내며 웃었다. "발렌타인의 작은 실험이 자신을 공격하게 되리란 걸 누가 알았을까?"

클라리는 제이스를 보았지만, 제이스의 표정으로 미루어 여왕의 말이 무슨 뜻인지는 그 역시 알지 못하는 듯했다.

입을 연 것은 이사벨이었다. "실험이라고요?"

여왕은 이사벨에게 시선을 주지 않은 채 빛을 뿜어내는 푸른 눈을 제이스에게 못 박고 있었다. "요정은 비밀을 품은 종족이지. 우리 자신의 비밀뿐만 아니라 다른 이들의 비밀까지. 다음번에 아버지를 만나거든 네 몸속에 어떤 피가 흐르고 있는지 물어보거라, 조너선."

"다음번에 그를 만나면 아무것도 묻지 않을 계획이었습니다. 하지만 폐하께서 원하신다면 그렇게 하지요."

여왕의 입술이 휘면서 미소로 바뀌었다. "내 생각에 넌 거짓말쟁이 같구나. 하지만 매력적인 거짓말쟁이야. 내가 네게 이런 약속을 할 정도로 말이다. 네가 아버지에게 그걸 물으면 너희가 발렌타인을 공격할 때 내 능력이 닿는 한 모든 도움을 주겠다고 약속하마."

제이스가 미소를 지었다. "과연 폐하는 그 미모만큼이나 관대하시군요."

클라리는 토할 것 같은 소리를 냈지만, 여왕은 기분이 좋아 보였다.

"그럼 이제 저희는 그만 돌아가는 게 좋겠습니다." 제이스가 입도 대지 않은 음료를 이사벨의 잔 옆에 놓고 일어섰다. 다른 사람들도 제이스를 따라 일어섰다. 이사벨은 이미 덩굴 커튼 옆으로 이동하여 누군가에게 쫓기는 사람 같은 표정을 한 멜리온에게 말을 걸고 있었다.

"잠깐. 너희 중 하나는 이곳에 남아야겠구나." 여왕이 일어섰다.

입구를 향해 걸어가던 제이스가 우뚝 멈추어 여왕을 돌아보았다. "무슨 말씀이신지요?"

여왕이 한 손을 들어 클라리를 가리켰다. "우리 음식이나 음료에 입을 댄 인간은 우리 것이 된다는 건 알고 있겠지, 섀도우 헌터?"

클라리가 소스라치듯 놀랐다. "전 한 모금도 마시지 않았어요!" 그러고는 제이스에게 돌아섰다. "거짓말을 하는 거야."

"요정들은 거짓말을 하지 않아." 제이스의 얼굴에 혼란과 염려의 빛이 연달아 스쳤다. "뭔가 착각하신 듯합니다, 폐하."

"저 아이의 손가락을 살펴보고 혀로 손가락을 핥지 않았다고 말해보렴."

사이먼과 이사벨이 뚫어지게 쳐다보자 클라리는 자신의 손을 힐끔 보았다. "피를 핥았죠. 꼬마 요정이 손가락을 깨물어서 피가 났는데……."

손가락에 묻은 주스와 섞여 달콤했던 피 맛이 기억났다. 더럭 겁이 나서 입구 쪽으로 걸어갔지만, 보이지 않는 손이 클라리를 안쪽으로 밀어내는 것만 같았다. 클라리가 공포에 사로잡혀 제이스를 쳐다봤다. "사실이야."

제이스의 얼굴이 붉어졌다. "이런 수법을 쓸 걸 짐작했어야 했는데. 대체 왜 이러는 겁니까? 우리한테 뭘 원해요?" 장난기가 완전히 가신 목소리로 제이스가 여왕에게 물었다.

거미 털처럼 보드라운 목소리로 여왕이 대답했다. "호기심이 생겨서 말이지. 내 땅에서 젊은 섀도우 헌터를 가까이 접할 기회는 흔치 않거든. 우리처럼 너희 조상도 거슬러 올라가면 천국에 닿게 되지. 그 사실이 호기심을 자극하는구나."

"당신들과 달리 우린 지옥과는 아무 관련이 없습니다." 제이스가 말했다.

"하지만 너희는 영원히 살지 못해. 나이를 먹고 죽게 되지. 그게 지옥이 아니고 무엇이란 말이냐?" 여왕이 거만하게 말했다.

"섀도우 헌터를 관찰하려 하신다면 전 별로 쓸모가 없을 거예요." 클라리가 끼어들었다. 꼬마 요정에게 물린 곳이 욱신거렸고, 비명을 지르거나 울고 싶은 걸 억지로 참고 있었다. "전 악마 사냥에 대해선 아무것도 몰라요. 훈련을 받은 적도 없다고요. 잘못 고르셨어요."

처음으로 여왕이 클라리를 똑바로 보았다. 클라리는 여왕의 시선을 피해 뒤로 물러서고 싶었다. "사실을 말하자면 클라리사 모겐스턴, 너야말로 가장 적합한 대상이다." 클라리가 당황하는 것을 보고 여왕이 눈을 반짝거렸다. "네 아버지가 변화시킨 덕분에 넌 보통 섀도우 헌터들과는 다른 존재가 되었어. 특별한 재능을 지녔지."

"재능이라고요?" 클라리는 혼란스러웠다.

"말로 표현되지 않는 언어의 재능이지. 네 오빤 천사의 재능을 지녔고. 네 아버지가 그 부분은 확실히 해두었더구나. 네 오빠가 아직 어렸을 때, 네가 태어나기도 전에 말이야."

"전 아버지에게 아무것도 받지 못했어요. 이름조차도." 클라리가 말했다.

제이스도 클라리와 똑같이 어리둥절한 표정이었다. "요정들은 거짓말을 하지 않지만, 거짓말에 속을 순 있죠. 속임수나 농담에 넘어가신 듯합니다, 폐하. 저나 제 동생에겐 특별한 점이 아무것도 없으니까요."

"자신들의 재능을 쉽게도 얕보는구나." 여왕이 웃으면서 말했다. "그래도 네가 평범한 인간 소년이 아니란 사실은 너도 알고 있지 않느냐, 조녀선······." 여왕이 클라리에게서 제이스에게로, 그리고 이사벨에게서 다시 제이스에게로 시선을 옮겼다. 이사벨이 벌리고 있던 입을 탁 하고 소리 나게 닫았다. "모르고 있는 걸까?" 여왕이 중얼거렸다.

"이곳에 동생을 남겨두고 가지 않을 거라는 건 압니다." 제이스가 말했다. "그럼 이제 저와 제 동생한테 알아낼 건 아무것도 없는 것 같으니, 동생을 풀어주는 은혜를 청해도 되겠습니까? 재미는 실컷 봤을 테니까?" 목소리는 정중하고 물처럼 잔잔했지만 그의 눈은 그렇게 말하고 있었다.

여왕이 소름 끼치는 미소를 활짝 지어 보였다. "키스로 저 아이가 풀려날 수 있다고 한다면 어떻게 하겠느냐?"

"제이스한테 키스를 받으시겠다고요?" 클라리가 놀라서 물었다.

여왕이 폭소를 터트렸고, 신하들도 즉시 여왕을 흉내 내며 킥킥거렸다. 그것은 고통에 찬 동물이 내지르는 날카로운 비명과도 비슷했다. 우우거리고 찍찍거리며 꽥꽥거리는 소리가 기이하게 섞여 있었다.

"조너선의 매력은 인정한다만 그 키스는 저 애를 풀어주지 못할 것이다."

넷은 놀라서 서로의 얼굴을 쳐다보았다. "제가 멜리온에게 키스할 수도 있는데요." 이사벨이 제안했다.

"그건 안 돼. 내 신하 가운데 누구와도 안 돼."

멜리온이 멀쩍이 떨어지자 이사벨이 일행을 쳐다보며 팔을 저었다. "말해두지만, 난 너희 중 누구하고도 키스 안 해."

"그럴 필요는 없을 거 같은데. 키스 한 번으로 끝나는 거라면……."

사이먼이 클라리에게 성큼 다가서자 클라리는 놀라움으로 얼어붙었고, 사이먼이 팔을 잡자 밀쳐내고 싶은 충동을 가까스로 눌렀다. 키스를 해보지 않은 사이는 아니었지만, 그것이 완전히 편안하게 느껴진다 해도 지금 같은 상황에서는 묘한 일이 될 터였고, 사이먼과의 키스는 클라리가 완전히 편안하게 느끼는 일도 아니었다. 물론 논리적으로 가장 합당한 해답인 것은 분명했다. 클라리는 저도 모르게 어깨 너머의 제이스에게 시선을 주었다가 성난 얼굴로 이쪽을 노려보는 제이스의 모습을 보았다.

"아니. 그것도 내가 원하는 것이 아니다." 크리스털처럼 청명한 목소리로 여왕이 말했다.

이사벨이 눈알을 굴렸다. "아, 진짜. 그만 좀 해요. 방법이 정 없으면 내가 사이먼한테 키스할게요. 전에도 해봤는데 그렇게 나쁘지 않았으니까."

"고마워. 엄청 으쓱해지네." 사이먼이 말했다.

"저런." 날카로운 여왕의 어투에 잔인한 즐거움이 묻어났다. 클라리는 여왕이 원하는 것은 키스가 아니라 단지 그들이 고통으로 몸부림치는 광경을 지켜보는 것이 아닐까 궁금해졌다. "안타깝지만 그것도 소용이 없을 것 같구나."

"전 먼데인하고 절대 키스 못해요. 차라리 썩어 없어질 때까지 여기 있는 게 낫지." 제이스가 말했다.

"영원히 여기 있겠다고? 영원은 끔찍하게 긴데." 사이먼이 말했다.

제이스가 눈썹을 치켜세웠다. "그럴 줄 알았어. 넌 내가 키스해주길 바라는 거야, 그렇지?"

사이먼은 짜증스럽다는 듯이 손을 저었다. "당연히 아니지. 하지만……."

"사람들 말이 틀리지가 않네. 곤경 앞에선 이성애자가 없다더니."

"'무신론자'가 없다지, 멍청아. 곤경 앞에 무신론자 없다!" 사이먼이 버럭 화를 냈다.

여왕이 앞으로 나와 앉으며 냉담하게 말했다. "너희를 지켜보는 일은 참으로 즐겁다만, 저 아이를 풀어줄 키스는 저 애가 가장 원하는 키스야." 여왕의 얼굴에 잔인한 즐거움이 피어오르며 목소리가 더욱 날카로워졌다. 단어 하나하나가 클라리의 귀에 바늘처럼 박혔다. "오직 그것뿐이지."

사이먼은 클라리가 한 대 치기라도 한 듯한 얼굴이었다. 클라리는 손을 뻗어 사이먼을 잡아주고 싶었지만 그녀 자신도 너무 충격을 받아 얼어붙은 듯 꼼짝하지 못했다.

"대체 왜 이러시는 거죠?" 제이스가 물었다.

"내 생각에는 내가 네게 은혜를 베푼 것 같은데."

제이스는 얼굴을 붉혔지만 반박하지 않았고, 클라리와도 시선을 마주치지 않았다.

사이먼이 말문을 열었다. "그건 말도 안 돼요. 둘은 남매 사이잖아요."

여왕이 살짝 어깨를 실룩였다. "욕망은 혐오감으로 사그라지지 않지. 친절을 베풀듯이 누군가에게 베풀 수 있는 것도 아니고. 내 말은 내 마법과 묶여 있으니 곧 진실이 밝혀질 것이다. 저 애가 그의 키스를 원하지 않는다면 이곳에서 풀려나지 못하겠지."

사이먼이 화난 목소리로 뭐라고 하는 것 같았지만, 클라리의 귀에는 들리지 않았다. 머릿속에서 성난 벌 떼가 한꺼번에 날갯짓을 하는 것처럼 귓속이 윙윙거렸다. 사이먼은 격노한 얼굴로 클라리에게 돌아섰다. "할 필요 없어, 클라리. 이건 속임수야."

"속임수가 아냐. 시험이지." 제이스가 말했다.

"사이먼 넌 어떤지 모르겠지만, 난 클라리를 데리고 여기서 나가고 싶어." 이사벨의 목소리에는 날이 서 있었다.

"그럼 넌 실리코트의 여왕이 요구하면 알렉이랑도 키스할 수 있단 말이야?"

"당연하지. 실리코트에 영원히 갇히는 것보단 낫잖아? 그리고 그게 뭐 대수라고 그래? 그냥 키스일 뿐인데."

"맞아." 제이스는 그렇게 말하면서 클라리에게 다가갔고, 클라리는 곁눈으로 제이스가 다가오는 것을 보았다. 제이스가 클라리의 어깨를 잡고 자신과 마주 보도록 돌려세웠다. "이건 그냥 키스일 뿐이야." 목소리는 냉정했지만 손길은 매우 부드러웠다. 제이스가 이끄는 대로 돌아선 클라리가 그를 올려다보았다. 실내가 어두워서인지, 아니면 다른 이유 때문인지 제이스의 눈빛이 몹시도 어두웠다. 커다래진 동공에 그녀의 모습이 개미만 하게 비쳤다. 클라리는 제이스의 눈을 가만히 들여다보았다.

제이스가 입을 열었다. "원한다면 눈을 감고 영국을 생각하든가."

"영국에는 가본 적도 없는걸." 그렇게 말했지만 클라리는 눈을 감았다. 푹 젖어 피부에 달라붙은 축축하고 근질거리는 옷, 동굴 속처럼 들큼하면서도 서늘한 공기, 클라리의 어깨에 놓여 온기를 뿜는 제이스의 손이 새삼스럽게 느껴졌다. 그리고 다음 순간, 제이스가 클라리에게 키스했다.

처음에는 스치듯 닿았지만, 이내 제이스의 입술에 눌려 클라리의 입술이 저절로 벌어졌다. 해바라기가 태양을 따라 몸을 돌리듯 클라리는 의지와 상관없이 유연하게 팔을 뻗어 제이스의 목을 휘감았다. 제이스가 그녀를 안고 머리칼 속에 손가락을 파묻었다. 조심스럽게 시작한 키스는 불길에 휩싸인 불쏘시개처럼 한순간 격렬하게 변했다. 사방에서 탄성이 일었지만, 혈관을 관통하는 물결에 휩쓸려 무중력 상태에 빠진 클라리에게는 아무런 의미도 없는 소리로 다가왔다.

클라리의 머리카락을 헤집던 손이 그녀의 등뼈로 스르륵 미끄러졌다. 어깨뼈를 단단히 누르는 손바닥의 압력이 느껴졌다. 제이스가 부드럽게 몸을 떼더니 자신의 목에서 클라리의 손을 풀고 뒤로 물러났다. 클라리는 당장이라도 쓰러질 것만 같았다. 팔이나 다리, 또는 꼭 있어야 할 소중한 무언가가 몸에서 뜯겨 나간 느낌이었다. 클라리는 얼떨떨하고 놀란 채로 제이스를 빤히 쳐다보았다. 제이스는 어떤 기분일까? 아무 느낌도 없었던 걸까? 아무런 느낌도 없었다면 견디지 못할 것만 같았다.

제이스가 클라리를 쳐다보았다. 제이스의 표정에서 렌윅에서 보았던 눈빛, 그와 고향 사이에 놓인 포털이 산산조각 나버렸을 때의 눈빛을 보았다. 제이스는 짧은 순간 클라리를 봤다가 곧바로 시선을 돌렸다. 목의 근육이 움직였고 주먹은 꽉 움켜쥔 채였다.

"이 정도면 됐나요?" 제이스가 여왕과 신하들을 향해 돌아서며 물었다. "즐길 만하던가요?"

여왕이 손으로 미소를 가리며 말했다. "상당히 즐거웠다. 하지만 너희 둘만큼은 아닌 것 같구나."

"인간의 감정을 구경하는 게 그렇게 즐거운 건 당신들에겐 없는 것이기 때문이죠."

"그만해, 제이스." 이사벨이 그렇게 말하고 클라리에게 돌아섰다. "이제 갈 수 있는 거야? 움직일 수 있어?"

입구를 향해 걷는 클라리에게는 아무런 저항도 느껴지지 않았다. 하지만 그녀는 조금도 놀라지 않았다. 덩굴 커튼에 손을 얹고 사이먼을 돌아보자, 그가 마치 처음 보는 사람처럼 클라리를 빤히 쳐다보았다.

"가야 해. 너무 늦기 전에." 클라리가 입을 뗐다.

"이미 너무 늦었어." 사이먼이 말했다.

멜리온이 그들을 공원으로 데려다주는 동안 누구 하나 입을 열지 않았다. 클라리는 멜리온의 등이 무언가 못마땅한 듯이 뻣뻣하게 굳어 있다고 생각했다. 그들이 첨벙첨벙 연못가로 걸어가자, 멜리온은 이사벨에게조차 인사하지 않고 일렁이는 달그림자 안으로 사라져버렸다.

사라지는 멜리온을 이사벨이 노려보았다. "저 자식하곤 완전히 끝났어."

제이스가 억눌린 웃음소리를 내며 젖은 재킷의 깃을 올렸고, 모두가 몸을 떨었다. 싸늘한 밤공기에 흙과 풀과 현대 문명의 냄새가 실려 왔다. 공원 주변의 도시에서 뿜는 강렬한 빛이 고리처럼 공원을 에워쌌고, 연못의 물이 조용하게 못의 가장자리에 부딪혔다. 연못 저편으로 이동한 달그림자는 그들이 두려운 듯이 파르르 떨고 있었다.

"얼어 죽기 전에 얼른 가자." 이사벨이 축축한 코트를 바짝 당겨 여몄다.

"브루클린까지 가려면 한참 걸릴 텐데. 택시를 타는 게 낫지 않을까?" 클라리가 말했다.

"아니면 다 같이 인스티튜트로 가든가." 이사벨이 제안을 하고는 제이스의 표정을 보더니 얼른 덧붙였다. "아무도 없을 거야. 단서를 찾느라 모두들 뼈의 도시에 가 있어. 잠깐 들러서 마른 옷으로 갈아입는 데 얼마나 걸리겠어? 그리고 인스티튜트는 아직도 네 집이야, 제이스."

"좋아." 제이스가 바로 대답하자 이사벨은 놀란 듯했다. "어차피 내 방에서 가져갈 물건도 있으니까."

클라리는 망설였다. "난 그냥 사이먼하고 택시로 가는 게 나을 거 같아." 그러면 가는 동안 택시 안에서 사이먼에게 설명을 할 수 있을 것 같왔다. 실리코트에서 있었던 일은 사이먼이 생각하는 것과는 다르다는 사실을 말이다.

손목시계에 물이 들어갔는지 살피던 제이스가 고개를 들었다. "그건 좀 힘들겠는데. 사이먼이 먼저 가버렸거든."

"사이먼이 뭐?" 클라리가 홱 돌아섰지만 연못가에는 그들 셋뿐이었다. 클라리는 언덕으로 올라가 멀리 보이는 사이먼을 소리쳐 불렀다. 사이먼은 공원에서 큰길로 이어지는 콘크리트 보도를 성큼성큼 걷고 있었다. 클라리가 또다시 그의 이름을 불렀지만 사이먼은 돌아보지 않았다.

9
죽음은 우리를 지배하지 못하리

이사벨 말대로 인스티튜트는 텅 비어 있었다. 거의 텅 비었다고 해야 정확하겠지만. 로비에 놓인 빨간 소파에는 맥스가 잠들어 있었다. 안경이 얼굴에 삐뚜름하게 걸려 있는 걸 보니 잠들 생각이 없었던 것이 분명했다. 책이 펼쳐진 채로 바닥에 떨어져 있고, 발은 불편한 자세로 소파 아래에 늘어졌으며, 발에는 스니커즈가 신겨져 있었다.

클라리의 가슴이 곧장 녹아들었다. 맥스는 아홉 살이나 열 살 때의 사이먼과 너무도 닮았다. 커다란 안경에 난처한 듯이 깜빡거리는 눈. 그리고 그 귀.

"맥스는 고양이 같아. 어디서든 잠이 들거든." 제이스가 맥스의 안경을 벗겨 가까이에 있는 조그마한 테이블에 올려놓았다. 이전에는 본 적이 없는 표정이 제이스의 얼굴에 떠올랐다. 강렬한 보호 본능에서 비롯된 그 온화한 표정에 클라리는 깜짝 놀랐다.

"맥스 물건은 그냥 놔둬. 괜히 진흙만 잔뜩 묻히지 말고." 이사벨이 젖은 외투의 단추를 풀며 뿌루퉁하게 말했다. 원피스는 늘씬한 몸에 찰싹 달라붙었고, 허리의 가죽 벨트는 물기를 머금어 색깔이 짙어졌으며, 채

찍의 손잡이가 벨트 위로 튀어나와 번쩍거렸다. 이사벨이 인상을 썼다. "감기 기운이 있나 봐. 뜨거운 물에 샤워나 해야겠어."

복도를 따라 멀어지는 이사벨을 바라보며 제이스는 마지못해 감탄하듯 말했다. "이사벨을 보면 그 시가 떠오른다니까. '이사벨은, 이사벨은 걱정을 하지 않아요. 이사벨은 비명을 지르거나 허둥대지도 않지요.'"

"너도 비명을 지르고 싶을 때가 있어?" 클라리가 물었다.

"가끔." 제이스가 젖은 코트를 벗어 이사벨의 코트 옆에 걸었다. "어쨌든 뜨거운 샤워에 대해서만큼은 이사벨 말이 맞아. 나도 그게 간절하거든."

"난 갈아입을 옷이 없는걸." 클라리는 불현듯 혼자 있고 싶어졌다. 얼른 휴대전화를 꺼내 사이먼의 번호를 누르고 그가 괜찮은지 확인하고 싶었다. "난 그냥 여기서 기다릴게."

"무슨 소리야. 내 티셔츠를 빌려주면 되잖아." 제이스의 골반에 걸린 젖은 청바지가 묵직하게 아래로 처지자, 마크가 그려진 창백한 피부가 티셔츠 아래로 살짝 드러났다.

클라리가 눈길을 돌렸다. "내 생각엔 그러지 않는 게……."

"얼른 와. 너한테 보여주고 싶은 게 있어." 제이스의 목소리는 단호했다.

클라리는 제이스를 따라 방으로 가면서 몰래 휴대전화를 확인했지만 사이먼은 전화하지 않았다. 가슴속에서 얼음이 얼어붙는 기분이었다. 2주 전까지만 해도 클라리와 사이먼이 마지막으로 싸운 것은 몇 년이나 지난 얘기였다. 하지만 이제 사이먼은 계속해서 클라리에게 화가 나 있는 것 같았다.

제이스의 방은 클라리가 기억하는 모습 그대로였다. 수도자의 방처럼 세간이 단출하고 깔끔하게 정돈되어 있었다. 제이스가 어떤 사람인지 보여주는 물건은 하나도 없었다. 벽에는 포스터 한 장 붙어 있지 않았고, 침대 옆의 탁자에는 책 한 권 놓여 있지 않았다. 침대를 덮은 이불조차 무늬 없는 흰색이었다.

제이스가 서랍에서 푸른색 긴팔 티셔츠를 꺼내 클라리에게 던져주었다. "빨래하다 줄어든 거야. 그래도 좀 크겠지만……." 그가 어깨를 으쓱했다. "난 샤워하러 간다. 필요한 거 있으면 소리 질러."

셔츠를 방패처럼 가슴 앞에 들고 클라리가 고개를 끄덕였다. 제이스는 뭔가 말하려다 어깨를 한 번 더 으쓱하더니 욕실로 들어가 문을 닫았다.

클라리는 침대 위에 주저앉아 셔츠를 무릎에 얹고 전화를 꺼내 사이먼의 번호를 눌렀다. 벨소리가 네 번 울리고 음성 메시지로 넘어갔다. "안녕하세요, 사이먼의 전화입니다. 저는 지금 전화를 받을 수 없거나 피하고 있는 중입니다. 메시지를 남기시려면……."

"뭐하는 거야?"

욕실 입구에 제이스가 서 있었다. 열려 있는 문 뒤에서 샤워기가 시끄럽게 물을 쏟아냈고, 욕실 안에는 김이 잔뜩 서려 있었다. 셔츠를 벗은 제이스는 맨발이었고, 물기를 머금은 청바지는 골반에 낮게 걸려 엉덩이뼈 위의 움푹한 홈이 드러났다.

클라리가 급히 전화기를 닫아 침대 위에 놓았다. "그냥. 시간을 확인하느라."

"침대 옆에 시계 있잖아." 제이스가 손가락질을 했다. "먼데인한테 전화한 거지?"

"사이먼이야." 클라리가 제이스의 셔츠를 양손으로 둘둘 뭉쳤다. "그렇게 매번 사이먼한테 못되게 굴 필요 없잖아. 사이먼은 널 한 번 이상 도와줬어."

제이스는 생각에 잠긴 듯이 눈을 반쯤 감았다. 욕실이 김으로 가득 차면서 제이스의 머리카락이 더욱 구불거렸다. "그리고 넌 사이먼이 가버려서 죄책감이 드는 거고. 그 자식한테 전화해도 상관없어. 어차피 네 전화는 받지 않을 테니까."

클라리는 분노의 기색을 감추려고 하지 않았다. "어떻게 그렇게 잘 아는데? 그 정도로 사이먼이랑 가까운 사이도 아니면서."

"그 자식이 내빼기 전에 표정을 봤으니까. 넌 다른 데를 보고 있어서 못 봤지만 난 봤어."

클라리는 꿉꿉한 머리를 쓸어 넘겼다. 옷이 들러붙어 피부가 가려웠고, 몸에서는 연못 바닥 냄새 같은 것이 났다. 클라리는 실리코트에서 자신을 바라보던 사이먼의 얼굴을 떠올렸다. 그녀를 증오하듯 쳐다보던 그 눈빛을.

"너 때문이야. 그런 식으로 키스하면 안 되는 거였어." 클라리의 가슴 속에서 돌연 분노가 솟구쳤다.

문틀에 기대서 있던 제이스가 그 말을 듣고 몸을 세웠다. "그럼 어떻게 키스했어야 하는데? 다르게 하면 마음에 들겠어?"

"아니." 무릎에 놓인 클라리의 손이 가늘게 떨렸다. 차갑고, 하얗고, 물에 불어 쪼글쪼글한 손. 클라리는 떨림을 멈추려고 깍지를 꼈다. "그냥 네가 키스하는 거 원하지 않았다고."

"우리 둘 다 선택의 여지가 없었잖아."

"정말 이해가 안 돼!" 클라리가 버럭 소리를 질렀다. "여왕 말이야. 왜 우리한테 그런 일을 시킨 거야? 그렇게 해서 얻는 게 뭐냐고."

"여왕이 뭐라고 하는지 들었잖아. 나한테 은혜를 베푸는 거라고."

"하지만 사실이 아니잖아."

"사실이야. 몇 번을 말해야 알겠어? 요정은 거짓말을 하지 않아."

클라리는 매그너스의 집에서 제이스가 한 말을 떠올렸다. 상대가 제일 원하는 걸 알아내서 그걸 주지만, 그 선물에는 반전이 있어서 애초에 그걸 원했다는 걸 후회하게 만들지.

"그럼 여왕이 잘못 안 거야."

"잘못 알지 않았어." 제이스가 씁쓸하게 말했다. "여왕은 우리가 서로를 어떻게 바라보는지 눈치채고 우리를 악기처럼 연주한 것뿐이야."

"난 아냐." 클라리가 속삭였다.

"뭐?"

"널 보지 않는다고." 깍지를 풀자 손가락에 붉은 자국이 남았다. "적어도 그러지 않으려고 애써."

제이스의 눈이 가늘어지며 속눈썹 사이로 황금빛 섬광이 번득이자, 클라리는 제이스를 처음 보았을 때가 떠올랐다. 치명적인 황금빛 사자를 떠올리게 하던 그 모습이.

"어째서?"

"어째서인 거 같아?" 클라리가 되물었다. 목소리가 너무 작아 마치 속삭임처럼 들렸다.

"이유가 뭐야?" 제이스가 떨리는 목소리로 물었다. "왜 사이먼 때문에 그렇게 마음을 졸이냐고. 왜 나를 자꾸 밀어내고 가까이 가지 못하게……."

"왜냐하면 '불가능한' 일이니까." 그러지 않으려고 기를 썼는데도 클라리의 말은 울부짖음처럼 흘러나왔다. "너도 나만큼 잘 알 거야!"

"네가 내 동생이기 때문에."

클라리는 말없이 고개를 끄덕였다.

"그럴지도 모르지. 그래서 딴 데로 마음을 돌리려고 오랜 친구인 사이먼을 이용하기로 한 건가?"

"그런 거 아냐. 난 사이먼을 사랑해."

"루크를 사랑하듯 말이지. 엄마를 사랑하듯이."

"아냐. 내 마음에 대해 아는 척하지 마." 클라리의 음성은 고드름처럼 차갑고 뾰족했다.

제이스의 입가가 실룩거렸다. "네 말은 못 믿어."

클라리가 일어섰고, 제이스의 눈을 쳐다볼 수 없어서 어깨에 난 가느다란 별 모양 흉터에 시선을 고정했다. 오래전에 입은 부상의 흔적. 흉터와 살해로 점철된 삶. 너는 전혀 접해보지 않았지. 호지는 전에 그렇게 말했다.

"제이스, 대체 왜 이러는 거야?"

"나한테 거짓말을 하니까. 너 자신한테도 그렇고."

제이스의 눈에 분노가 이글거렸다. 그의 손은 바지 주머니에 들어가 있었지만, 클라리는 제이스가 주먹을 쥐고 있다는 걸 알았다. 가슴속에서 무언가 툭 터지면서 클라리의 입에서 말이 쏟아져 나왔다.

"무슨 말을 듣고 싶은데? 진실? 좋아, 진실은 이거야. 난 널 사랑해야 하는 것처럼 사이먼을 사랑하고, 네가 아니라 사이먼이 내 오빠이길 바라지만 할 수 있는 건 아무것도 없다는 거. 그리고 그건 너도 마찬가지야! 아니면 다른 방법이라도 있어? 그렇게 똑똑하면 어디 한번 말해보든가."

놀란 제이스가 숨을 들이쉬었다. 그 모습에 클라리는 그가 이런 고백을 듣게 되리라고는 꿈에도 생각하지 못했다는 것을 알았다. 제이스의 표정이 그렇게 말하고 있었다.

클라리는 금세 냉정을 되찾았다. "미안해. 진심이 아니었어."

"아니, 미안하지 않아. 제발 미안해하지 마."

제이스가 황급히 다가오다 발이 꼬여 넘어질 뻔했다. 비틀거림과는 거리가 먼 제이스가, 어딘가에 발이 걸리는 법이라고는 없던, 우아하지 않은 동작이라고는 취한 적이 없던 제이스가. 그의 손이 클라리의 얼굴을 감싸기 위해 바짝 다가오자, 클라리는 뒤로 물러나야 한다는 것을 알면서도 얼어붙은 채 그를 올려다보았다.

"넌 몰라." 제이스의 목소리가 떨렸다. "이런 느낌은 처음이야. 내가 이런 느낌을 가질 수 있으리라고는 생각도 못했어. 내가 자라온 환경도 그렇고 아버지는……."

"사랑은 파괴다." 클라리가 덤덤하게 말했다. "알아. 기억해."

"난 내 마음의 일부가 망가졌다고 생각했어." 제이스는 자신의 입으로 '내 마음'이란 단어를 말한 것을 믿을 수 없다는 표정이었다. "영원히. 하지만 넌……."

"제이스. 제발." 클라리가 자신의 뺨에 놓인 제이스의 손을 잡았다. "부질없는 일이야."

"그렇지 않아." 제이스의 목소리에서 절박함이 묻어났다. "우리 둘 다 그렇게 느낀다면……."

"우리가 어떻게 느끼는지는 중요하지 않아. 우리가 할 수 있는 건 아무것도 없어." 클라리는 자신의 목소리가 멀리서 들려오는 낯선 사람의 목소리 같다고 생각했다. 비탄에 잠긴 사람의 목소리. "둘이서 어디 가서 살겠어? 어떻게 살아?"

"아무에게도 말하지 않으면 돼."

"언젠가는 알려질 거야. 가족에게 거짓말하고 싶지도 않고. 넌 아니야?"

제이스가 씁쓸하게 말했다. "무슨 가족? 메이리스와 로버트는 이미 날 증오하는걸, 뭐."

"그렇지 않아. 그리고 난 루크한테 절대 말 못해. 엄마는 어떻고? 엄마가 깨어나면 뭐라고 말해? 우리가 원하는 건, 우리가 사랑하는 모두를 역겹게 할 거야."

"역겹다고?" 클라리에게 떠밀리기라도 한 것처럼 제이스는 그녀의 얼굴에서 손을 떨어뜨렸다. 목소리가 멍했다. "우리가 서로에게 느끼는 감정, 내가 느끼는 이 감정이 너한텐 역겹게 느껴지는 거야?"

제이스의 표정을 보고 클라리는 숨을 죽였다. "아마도. 잘 모르겠어."

"그럼 처음부터 그렇다고 말을 했어야지."

"제이스……."

제이스가 뒤로 물러났다. 면전에서 문을 쾅 닫아버린 것처럼 표정이 순식간에 변했다. 다른 표정으로 클라리를 바라본 적이 있다는 걸 믿기 어려울 정도였다. "그렇다면 괜히 쓸데없는 소릴 했네." 딱딱하고 격식을 차린 목소리였다. "다시는 키스하지 않을 거야. 믿어도 좋아."

서랍장에서 수건을 꺼낸 제이스가 다시 욕실로 돌아가는 동안 클라리의 심장이 천천히, 아무 목적 없이 공중제비를 돌았다. "제이스, 뭐하는 거야?"

"샤워나 마저 하려고. 너 때문에 뜨거운 물이 다 떨어졌으면 엄청 짜증 날 거 같아." 제이스가 욕실 안으로 들어가 문을 발로 차서 닫았다.

침대에 털썩 드러누운 클라리는 천장을 빤히 올려다보았다. 천장은 욕실로 돌아간 제이스의 표정만큼이나 텅 비어 있었다. 몸을 굴려 엎드리니 제이스의 푸른 셔츠 위에 누워 있었고, 셔츠에는 그의 냄새가 배어 있었다. 비누와 연기와 비릿한 피 냄새. 아주 어렸을 때는 좋아하는 담요로 온몸을 돌돌 말곤 했다. 그때처럼 클라리는 제이스의 셔츠로 몸을 말고 눈을 감았다.

꿈속에서 클라리는 반짝이는 물을 내려다보고 있었다. 물은 커다란 거울처럼 밤하늘을 담은 채 멀리까지 뻗어 있었다. 수면은 거울처럼 단단하여 그 위로 걸을 수도 있었다. 클라리는 걸으면서 밤공기를 한껏 들이마셨다. 젖은 잎사귀와 도시의 냄새가 콧속으로 스며들었다. 저 멀리 도시가 보였고, 등으로 장식한 요정 궁전처럼 반짝거렸다. 걸음을 내딛을 때마다 발밑이 거미줄 모양으로 갈라지며 물이 튀듯 은빛 유리가 튀었다.

하늘이 점점 환해지기 시작했고, 군데군데 타오르는 성냥 대가리처럼 불꽃이 피어올랐다. 하늘에서 뜨거운 석탄 덩어리가 비 오듯 쏟아지자 깜짝 놀란 클라리는 머리를 감싸려고 팔을 치켜들었다. 덩어리 하나가 바로 앞으로 떨어졌지만, 그것이 땅에 부딪혔을 때는 소년으로 변해 있었다. 제이스였다. 그는 온통 금빛으로 번쩍거렸다. 금빛 눈과 금빛 머리, 그리고 어떤 새의 날개보다도 넓고 깃털이 많은 백금빛 날개까지.

제이스가 고양이처럼 미소 지으며 클라리의 뒤쪽을 가리켰다. 클라리가 돌아보자 사이먼을 닮은 흑발 소년이 날개를 펼친 채 서 있었다. 날개의 깃털은 한밤처럼 까맸고 양쪽 끝에는 피가 묻어 있었다.

클라리가 헉하고 숨을 들이쉬며 잠에서 깨어났다. 제이스의 셔츠가 손에 둘둘 감겨 있었다. 침대 옆의 좁은 창으로 들어온 빛이 어두운 방 안을 어슴푸레 밝혔다. 침대에서 몸을 일으키자, 머리가 무겁고 목덜미가 뻐근했다. 방 안을 천천히 둘러보던 클라리는 어둠 속에서 반짝이는 고양이 눈 같은 것에 소스라치게 놀랐다.

침대 옆 안락의자에 제이스가 앉아 있었다. 청바지와 회색 스웨터를 입고 머리는 거의 다 마른 듯했다. 제이스의 손에는 금속처럼 번쩍이는 물건이 들려 있었다. 무기인가? 하지만 클라리는 제이스가 인스티튜트 안에서 무기를 들고 앉아 있어야 할 이유를 떠올릴 수 없었다.

"잘 잤어?"

클라리가 고개를 끄덕였다. 입안이 텁텁했다. "왜 안 깨웠어?"

"쉬도록 두는 게 좋을 거 같아서. 죽은 사람처럼 잤거든. 침까지 흘리던데." 제이스가 덧붙였다. "내 셔츠에다."

클라리가 잽싸게 입을 가렸다. "미안."

"침 흘리는 사람을 구경하는 거, 흔치 않잖아. 그것도 완전히 널브러져서 자는 사람은 더더욱. 입은 있는 대로 헤 벌리고."

"시끄러워."

침대를 더듬거려 전화기를 찾은 클라리는 뭐가 떠 있을 줄 알면서도 다시 한 번 확인했다. 부재중 전화 0통. 그다음에 시간을 확인하고는 깜짝 놀랐다. "새벽 3시나 됐네. 사이먼은 괜찮을까?"

"안 괜찮을 것 같은데. 시간하곤 상관없는 문제지만." 제이스가 말했다.

클라리는 휴대전화를 바지 주머니에 꽂았다. "옷 갈아입을래."

하얗게 칠한 제이스의 욕실은 이사벨의 욕실보다 크진 않아도 훨씬 깨끗했다. 인스티튜트에 있는 방들은 모두 비슷한 모양이지만, 적어도 그 안에서는 혼자가 될 수 있었다. 클라리는 젖은 셔츠를 벗어 수건걸이에 걸고 세수를 한 다음, 심하게 구불거리는 머리를 빗었다.

제이스의 셔츠는 많이 컸지만 피부에 닿는 느낌이 부드러웠다. 소매를 접고 방으로 돌아오니, 제이스가 아까와 똑같은 자리에 앉아 반짝이는 물건을 손에 들고 우울하게 내려다보고 있었다.

클라리가 안락의자 등받이에 몸을 기대며 물었다. "그게 뭐야?"

제이스는 대답 대신 물건을 보여주었다. 깨진 거울 조각이었다. 그러나 얼굴이 비쳐 보이는 대신 파릇한 풀과 푸른 하늘, 앙상한 가지의 모습이 담겨 있었다.

"그걸 갖고 있는 줄은 몰랐네. 포털 조각이잖아."

"이거 때문에 들른 거야. 가져가려고." 제이스의 목소리에는 갈망과 증오가 섞여 있었다. "아버지가 보일지도 모른다는 생각이 자꾸 들어. 보고 있으면 혹시 무슨 일을 꾸미고 있는지 알 수 있을지도 모르잖아."

"하지만 발렌타인은 거기 없잖아? 여기 뉴욕에 있는 거 아니었어?"

제이스가 고개를 저었다. "매그너스가 계속 추적했는데 여기엔 없는 거 같대."

"매그너스가 추적을 했다고? 그건 몰랐네. 어떻게……."

"괜히 대마법사가 아니야. 매그너스는 도시 전체, 그리고 그 너머까지 힘을 발휘해. 그 범위 안에서는 어디에 뭐가 있는지 어느 정도 감지할 수 있어."

클라리가 코웃음을 쳤다. "제다이 기사처럼 포스의 동요라도 느끼나 보지?"

제이스가 휙 돌아보며 인상을 썼다. "농담이 아냐. 처음 마법사가 살해된 뒤에 매그너스는 그 일을 조사하기 시작했어. 내가 매그너스의 집에서 지낼 때, 물건이 있으면 추적하기가 더 쉽다면서 아버지 물건을 가지고 있지 않냐고 묻더라고. 그래서 모겐스턴 가의 반지를 줬지. 도시에서 발렌타인이 느껴지면 알려주겠다고 했는데 아직까지 아무 소식이 없네."

"그냥 반지를 갖고 싶었던 게 아닐까? 장신구를 주렁주렁 달고 다니잖아."

"가지라고 해. 나한텐 쓸모없으니까." 제이스가 거울 조각을 움켜쥐었다. 뾰족한 끝이 피부에 파고들어 피가 고이자, 클라리는 놀라서 그를 쳐다봤다.

"조심해야지." 클라리가 몸을 구부려 제이스의 손에서 포털 조각을 빼앗은 다음, 벽에 걸린 그의 재킷 주머니에 넣었다. 조각의 가장자리가 핏자국으로 거무스름하게 물들었고, 제이스의 손바닥에는 붉은 줄이 생겼다.

"이제 그만 매그너스의 집에 가보는 게 좋겠어. 알렉이 거기 너무 오래 있었잖아." 클라리는 최대한 부드럽게 말했다.

"별로 개의치 않을 거 같은데." 제이스는 그렇게 말하면서도 순순히 일어나 벽에 세워둔 스텔레를 집었다. 피가 나는 오른손 손등에 치유의 룬을 그리면서 제이스가 다시 입을 열었다.

"물어보고 싶은 게 있었어."

"뭔데?"

"고요의 도시에서 날 감방 밖으로 꺼내줬을 때 말이야, 어떻게 한 거야? 어떻게 감방 문을 열었어?"

"그냥 '열기' 룬을 그렸을 뿐이야. 그리고……."

시끄러운 벨소리가 클라리의 말을 가로막았다. 주머니에 손을 넣었지만 전화기가 내기에는 너무 크고 날카로운 소리라는 것을 깨달았다. 클라리가 당황해서 주위를 두리번거렸다.

"인스티튜트 초인종 소리야." 제이스가 재킷을 집으며 말했다. "얼른 가자."

로비에 다다를 즈음, 가운을 입은 이사벨이 방문을 벌컥 열었다. 그녀는 이마 위로 분홍색 실크 수면 안대를 밀어 올리며 멍한 표정을 지었다.

"지금은 새벽 3시라고!" 이사벨은 이게 다 제이스의 탓이라는 듯이, 아니면 클라리의 탓이거나, 어쨌든 두 사람을 책망하는 듯한 어조로 말했다. "새벽 3시에 남의 집 초인종을 누르는 인간이 어디 있어?"

"심문관일 거야." 갑작스러운 한기를 느끼며 클라리가 말했다.

"심문관이면 그냥 들어오지. 섀도우 헌터라면 누구나 마찬가지야. 인스티튜트는 먼데인과 다운월드 사람들의 출입만 통제해." 제이스가 말했다.

클라리는 심장이 쪼그라드는 것 같았다. "사이먼! 사이먼일 거야!"

"맙소사." 이사벨이 하품을 했다. "이런 터무니없는 시간에 사람을 깨우는 게 자신의 사랑을 증명해 보이기 위해서라고? 전화로 할 순 없는 거야? 먼데인 남자는 정말이지 못 말리게 멍청해."

로비에는 아무도 없었다. 맥스는 제 방으로 돌아간 모양이었다. 이사벨이 성큼성큼 걸어가서 벽에 붙은 스위치를 올렸다. 안쪽 어딘가에서 쿵 하는 소리가 희미하게 들려왔다. "자, 엘리베이터가 올라와." 이사벨이 말했다.

"술 취했으면 어디 다른 데 가서 뻗어야지, 자존심도 없나. 그 자식 좀 실망인데." 제이스가 말했다.

클라리의 귀에는 제이스의 말이 들어오지도 않았다. 공포감이 차오르면서 피가 느리게 흐르는 것 같았다. 클라리는 자신의 꿈이 떠올랐다.

천사, 얼음, 날개에 피가 묻은 사이먼. 몸이 부르르 떨렸다.

이사벨이 측은한 눈으로 클라리를 쳐다보았다. "춥긴 춥네." 그러더니 옷걸이에 팔을 뻗어 푸른 벨벳 외투를 내렸다. "자, 이거 입어."

외투를 걸친 클라리는 옷깃을 바짝 여몄다. 옷이 좀 길었지만 따뜻했고, 새틴을 댄 후드도 달려 있었다. 클라리는 엘리베이터 문이 보이도록 후드를 뒤로 젖혔다.

문이 열렸지만 엘리베이터 안은 텅 비어 있었다. 거울로 된 양쪽 벽에 클라리의 창백하고 놀란 얼굴만 비쳤다. 클라리가 주저 없이 안으로 들어갔다.

이사벨이 당황한 얼굴로 클라리를 쳐다봤다. "뭐하는 거야?"

"사이먼이 온 거야. 확실해." 클라리가 말했다.

"하지만……."

제이스가 얼른 클라리 옆으로 들어서서 문을 잡고는 이사벨에게 외쳤다. "빨리 타, 이지." 이사벨은 땅이 꺼져라 한숨을 쉬더니 엘리베이터 안으로 들어섰다.

침묵 속에서 아래층으로 내려가는 동안 클라리는 제이스와 눈을 맞추려 했지만, 제이스는 그녀에게 시선을 주지 않았다. 제이스는 긴장하면 나오는 습관대로 나지막이 휘파람을 불면서 거울에 비친 자신의 모습을 곁눈질하고 있었다. 클라리는 실리코트에서 자신을 붙잡은 제이스의 손이 가늘게 떨리던 것을 기억했다. 사이먼의 표정과 클라리에게서 멀어져 공원 언저리의 어둠 속으로 사라지던 그의 뒷모습도 떠올랐다. 불현듯 가슴속에 공포가 똬리를 틀었지만 그 이유를 알 수는 없었다.

엘리베이터 문이 열리고, 촛불이 켜진 대성당의 신자석이 눈앞에 나타났다. 제이스를 밀치며 밖으로 나간 클라리는 좌석 사이의 좁은 통로로 달려갔다. 질질 끌리는 외투 자락에 발이 걸려 넘어질 뻔하자, 초조한 손길로 옷자락을 올리고 넓은 문을 향해 단숨에 달려갔다. 문 안쪽에 팔뚝만 한 청동 빗장이 걸려 있었다. 클라리가 제일 높은 빗장으로 손을 뻗는 순간, 초인종 소리가 다시 한 번 건물을 흔들었다. 뒤에서 이사벨이 제이스에게 뭔가 속삭이는 소리를 들으며 클라리는 서둘러 빗장을 뽑았다. 제이스가 클라리의 손 위에 자신의 손을 얹어 함께 빗장을 열었다.

밤바람이 안으로 훅 들어와 촛불들이 꺼질 것처럼 깜빡거렸고, 도시의 냄새가 바람에 실려 들어왔다. 소금과 연기, 식어가는 콘크리트와 쓰레기 냄새. 그 밑으로 새 동전에서 나는 구리 냄새처럼 익숙한 냄새도 흘러들었다.

처음에는 계단에 아무도 없다고 생각했다. 그러나 눈을 깜박이고 다시 보니 라파엘이 서 있었다. 검은 고수머리를 바람에 날리며, 하얀 셔츠를 풀어헤쳐 목의 흉터를 드러내고, 팔에는 시신을 안고 있었다. 어리둥절해서 바라보던 클라리는 그렇게 생각했다. 시신. 죽은 사람. 늘어진 밧줄처럼 팔과 다리를 축 늘어뜨리고 고개를 뒤로 젖힌 채 갈기갈기 찢긴 목을 드러내고 죽어 있는 사람. 제이스가 클라리의 팔을 꽉 붙잡는 것이 느껴졌고, 그제야 그녀는 좀 더 자세히 들여다보았다. 피에 젖은 코르덴 재킷과 푸른 티셔츠가 눈에 익었다. 클라리는 비명을 질렀다.

비명은 소리가 되어 나오지 못했다. 무릎이 꺾여 바닥으로 주저앉는 클라리를 제이스가 잡아 일으켰다.

"보지 마." 클라리의 귓가에 제이스가 말했다. "제발, 보지 말라고." 하지만 클라리는 피가 엉긴 사이먼의 갈색 머리, 찢긴 목, 대롱거리는 손목에 난 깊은 상처에서 눈을 뗄 수가 없었다. 숨을 쉬기가 힘들었고 시야가 점점 검게 변했다.

문 옆에 걸린 촛대를 잡아채서 거대한 창처럼 라파엘을 겨눈 것은 이사벨이었다. "사이먼한테 무슨 짓을 한 거야?" 그 순간 이사벨의 목소리는 자기 어머니의 목소리만큼이나 또랑또랑하고 위엄이 있었다.

"El no es muerto." 감정 없는 목소리로 대꾸한 라파엘은 사이먼을 클라리의 발치에 아주 조심스럽게 내려놓았다. 라파엘이 얼마나 힘이 센지 클라리는 잊고 있었다. 그의 몸은 가냘팠지만 뱀파이어의 놀라운 힘을 지녔다. 입구를 밝힌 촛불 아래에서 보니 사이먼의 셔츠 앞쪽은 피로 흠뻑 젖어 있었다.

"그러니까 그 말은……." 클라리가 말문을 열었다.

"죽지 않았어." 제이스가 클라리의 팔을 더욱 꽉 잡으며 말했다. "사이먼은 죽지 않았다고."

클라리는 제이스의 손길을 힘껏 뿌리치고 바닥에 주저앉았다. 사이먼의 머리를 무릎 위로 들어 올리느라 피범벅인 살갗에 손이 닿아도 전혀 역겹지 않았다. 오직 겁에 질린 어린아이처럼 무섭기만 했다. 다섯 살적 엄마가 아끼던 램프를 깨뜨렸을 때처럼. '이걸 다시 붙일 방법은 어디에도 없어.' 그때 머릿속의 목소리가 그렇게 말했다.

"사이먼." 그의 얼굴에 손을 얹으며 클라리가 속삭였다. 안경은 이미 사라지고 없었다. "사이먼, 나야."

"듣지 못해. 죽어가고 있으니까." 라파엘이 말했다.

클라리가 고개를 홱 쳐들었다. "하지만 좀 전에……."

"아직은 죽지 않았다고 했지. 하지만 10분 안에 사이먼의 심장은 느려지다가 멈출 거야. 이미 보이지도 들리지도 않는 상태니까."

무의식중에 클라리는 사이먼을 꽉 끌어안았다. "병원으로 데려가야 해. 아니면 매그너스를 부르든가."

"그래 봤자 소용없어." 라파엘이 말했다. "너희는 이해 못해."

"그래." 제이스가 말했다. 끝이 뾰족한 실크처럼 부드러우면서도 날카로운 목소리였다. "우린 이해 못해. 그러니까 설명을 제대로 해야 할 거야. 안 그러면 우리가 널 사기꾼 흡혈귀로 간주하고 심장을 도려낼 거거든. 지난번에 만났을 때 그랬어야 했는데."

라파엘이 싸늘하게 웃었다. "나를 해치지 않겠다고 맹세한 걸로 아는데, 섀도우 헌터. 그새 잊었나?"

"그 맹세, 끝까지 안 했어." 제이스가 그날의 기억을 되살려주었다.

"난 아예 시작도 안 했고." 이사벨이 위협하듯 촛대를 휘둘렀다.

라파엘은 이사벨을 무시한 채 계속 제이스만 쳐다보았다. "너희가 친구를 찾으러 뒤모트에 침입했던 밤을 잊지 않았지. 그래서 호텔에서 그를 발견했을 때 이리로 데려온 거야. 죽을 때까지 피를 빨리도록 두지 않고. 그가 허락 없이 들어왔으니 죽인다 해도 우린 법을 어기는 게 아니지. 하지만 너희 거란 걸 알기 때문에 살려둔 거야. 네피림과 전쟁을 하고 싶은 생각은 없으니까."

"사이먼이 거길 들어갔다고?" 클라리가 믿기지 않는다는 듯 말했다. "그런 미친 짓을 했을 리가 없어."

"하지만 했는걸." 라파엘이 희미하게 웃으며 말했다. "우리처럼 될까 봐 겁을 먹고 있었지. 되돌릴 방법을 알고 싶어했어. 기억하는지 모르겠지만, 너희가 쥐로 변한 사이먼을 구하러 왔을 때 사이먼이 날 깨물었잖아."

"아주 진취적인 자세였지. 인정해." 제이스가 말했다.

"그때 내 피를 삼켰을 거야. 알다시피 우린 그런 식으로 힘을 전달해. 피를 통해서."

피를 통해서. 클라리는 사이먼이 텔레비전에서 뱀파이어 영화를 보고 기겁을 하던 모습과 맥캐런 공원에서 태양을 보고 눈을 찡그리던 모습을 떠올렸다. "사이먼은 너희처럼 변할 거라 생각했어. 정말로 그런지 알아보러 간 거야."

"맞았어." 라파엘이 대꾸했다. "안타까운 건, 사이먼이 아무 짓도 하지 않았다면 내 피의 효력은 저절로 사라졌을 거란 점이지. 하지만 이제……." 그가 축 늘어진 사이먼을 의미심장하게 가리켰다.

"이제 뭐?" 이사벨이 날카롭게 물었다. "이제 죽는다고?"

"그리고 다시 살아나겠지. 뱀파이어가 될 거야."

"뭐라고?" 충격으로 이사벨의 눈이 휘둥그레지며 손에 들린 촛대가 앞으로 기우뚱했다. 촛대가 바닥에 떨어지기 직전에 붙잡은 사람은 제이스였다. 제이스는 암울한 눈빛으로 라파엘에게 돌아섰다.

"거짓말하지 마."

"뱀파이어의 피를 마셨어. 그러니 죽었다가 밤의 아이로 다시 태어나게 돼. 내가 온 이유도 그래서야. 사이먼은 이제 내 거라고." 목소리는 어떤 감정도 내비치지 않았지만, 요긴한 협상 카드를 손에 넣고 라파엘이 얼마나 기뻐하고 있을지 클라리는 상상할 수 있었다.

"방법이 정말 없는 거야? 되돌릴 길이 아예 없어?" 두려움과 당황스러움이 스민 목소리로 이사벨이 물었다. 클라리는 대화를 주도하는 것이 자신이 아니라 그 둘이라는 사실이 이상하다고 생각했다. 제이스와 이사벨은 그만큼 사이먼을 애틋하게 생각하지 않는데. 하지만 두 사람은 클라리를 위해 나선 것이다. 말 한마디 못하고 있는 그녀를 위해.

"목을 베고 심장을 불속에 던져 넣는 방법이 있지만 그러고 싶진 않을 테고."

"안 돼!" 클라리가 사이먼을 꽉 끌어안으며 외쳤다. "건드리기만 했단 봐."

"난 건드릴 이유가 없는데." 라파엘이 말했다.

"너한테 말한 거 아니야." 클라리는 고개를 들지 않았다. "생각도 하지 마, 제이스. 꿈도 꾸지 말라고."

정적이 흘렀다. 이사벨이 걱정스레 숨을 들이쉬는 소리가 들렸다. 라파엘은 물론 전혀 숨을 쉬지 않았다. 제이스가 잠시 머뭇거리다 입을 열었다. "클라리, 사이먼이 뭘 원하겠어? 이게 정말 사이먼이 원하는 일일까?"

클라리가 고개를 홱 쳐들었고 제이스는 그녀를 내려다보고 있었다. 세 갈래로 나뉜 금속 촛대는 여전히 그의 손에 들려 있었다. 그 순간 클라리의 머릿속에 한 장면이 스쳤다. 제이스가 사이먼 위로 올라타고 촛대의 날카로운 끝을 가슴팍에 박아 넣어 피가 분수처럼 솟구치는 장면.

"가까이 오지 마!" 클라리가 버럭 소리를 질렀다. 그 소리가 얼마나 컸는지 건물 앞으로 지나가던 사람들이 깜짝 놀라 돌아보았다.

제이스의 얼굴이 새하얗게 질렸다. 금빛 원반처럼 휘둥그레진 눈은 사람의 눈이 아닌 것 같았다. "클라리, 너 설마……."

별안간 사이먼이 헉하고 숨을 들이쉬었다. 가슴이 솟구치며 몸이 활처럼 휘었다. 클라리는 비명을 지르며 그를 품 안으로 더욱 끌어당겼다. 깜짝 놀란 것처럼 활짝 열린 두 눈은 초점 없이 흐릿했다. 사이먼이 손을 들어 올렸다. 클라리의 얼굴을 어루만지려는 건지, 아니면 누군지 확인하려고 더듬거리려는 건지, 클라리는 확실치 않았다.

클라리가 조심스레 사이먼의 손을 그의 가슴 위에 얹고 깍지를 끼어 잡았다. "사이먼, 나야. 클라리." 셔츠에서 묻은 피뿐만 아니라 자신도 모르게 흘린 눈물로 손이 흥건하게 젖어 미끈거렸다. "사이먼, 사랑해."

사이먼이 클라리의 손을 꽉 움켜쥐었다. 그는 거칠게 숨을 한 번 내쉬고는, 다시는 숨을 쉬지 않았다.

사랑해. 사랑해. 사랑해. 사이먼의 몸이 축 늘어지자, 그에게 마지막으로 한 말이 클라리의 귓속에서 메아리쳤다. 이사벨이 뭐라고 하는 것 같았지만 들리지 않았고 거센 파도 소리가 귓속을 가득 메웠다. 이사벨이 조심스레 클라리의 손을 사이먼의 손에서 풀어놓으려 했지만, 엉킨 손들은 떨어질 생각을 하지 않았다. 이사벨의 행동을 물끄러미 바라보던 클라리는 놀랍기만 했다. 그렇게 꽉 붙잡고 있는 것 같지 않은데.

포기하고 일어선 이사벨이 성난 얼굴로 라파엘을 향해 돌아서서 소리를 질러댔지만, 그 역시 클라리의 귀에는 들리지 않았다. 그러다 중간 즈음에서 스위치를 올린 것처럼 말소리가 들려왔다. 마침내 제대로 된 주파수를 잡은 라디오처럼.

"그럼 이제 어쩌라는 거야?" 이사벨이 소리를 질렀다.

"묻어야지."

제이스가 촛대를 들어 올렸다. "하나도 재미없어."

"재밌으라고 한 말이 아니야." 전혀 동요하지 않은 목소리로 라파엘이 말했다. "우린 그렇게 만들어져. 피를 빨리고 피를 마시고 묻히지. 스스로 무덤을 파헤치고 나올 때 뱀파이어가 탄생하는 거야."

이사벨이 역겹다는 듯이 신음 소리를 냈다. "난 못할 것 같은데."

"못하는 자들도 있어." 라파엘이 말했다. "무덤 밖으로 나올 수 있게 아무도 도와주지 않으면 생쥐처럼 그 안에 갇혀서 나오지 못하지."

클라리의 목에서 소리가 터져 나왔다. 비명처럼 거친 흐느낌이었다. "사이먼을 땅속에 묻을 순 없어."

"그럼 이 상태로 계속 있게 돼." 라파엘이 무자비하게 말했다. "죽었지만 완전히 죽지는 않은 상태. 영원히 깨어나지도 않고."

모두가 클라리를 내려다보고 있었다. 이사벨과 제이스는 숨죽인 채 그녀의 대답을 기다렸다. 라파엘은 무관심하고, 심지어 따분해 보이기까지 한 얼굴이었다.

"네가 인스티튜트로 들어오지 않는 건 그럴 수 없기 때문이야, 그렇지?" 클라리가 입을 열었다. "이곳은 신성한 장소인데 너흰 그렇지 못하니까."

"그건 지금……." 제이스가 입을 열었지만 라파엘이 손을 들어 그의 말을 잘랐다.

"시간이 그리 많지 않다는 걸 알려줘야겠군. 묻는 데 시간이 오래 걸릴수록 스스로 무덤을 헤치고 나오기가 힘들어져."

클라리가 사이먼을 내려다보았다. 찢긴 피부만 아니라면 잠을 자고 있다고 해도 믿을 것 같았다. "사이먼을 묻어줘. 하지만 유대인 묘지여야 해. 그리고 사이먼이 깨어날 때 나도 곁에 있고 싶어."

라파엘이 눈을 빛냈다. "그다지 좋은 광경은 아닐 텐데."

"상관없어." 클라리가 이를 악물었다. "얼른 움직여. 동틀 때까지 몇 시간 안 남았으니까."

10
멋지고 비밀스러운 곳

공동묘지는 퀸스 외곽에 있었다. 아파트 건물은 사라지고 생강 쿠키처럼 분홍, 하양, 파랑으로 칠해진 빅토리아풍 가옥이 줄을 이었다. 넓은 거리에는 사람이 하나도 없었고, 묘지로 이어지는 길에는 가로등이 하나밖에 없었다. 자물쇠가 채워진 정문을 스텔레로 여는 데 잠시 시간이 걸렸고, 라파엘이 땅을 파도 눈에 띄지 않을 으슥한 지점을 찾는 데 또 한동안 시간이 흘렀다. 마침내 나지막한 언덕 꼭대기에서 적당한 자리를 발견했다. 나무들이 빽빽하게 자라나 아래쪽 길에서는 보이지 않는 곳이었다. 클라리와 제이스, 이사벨은 글래머를 써서 보이지 않아도, 사이먼의 시신이나 라파엘은 무언가로 가려줘야만 했다.

길 반대편 등성이에 비석들이 여러 겹으로 서 있고, 대부분 비석에는 유대교를 상징하는 다윗의 별이 꼭대기에 새겨져 있었다. 우유처럼 하얗고 매끄러운 비석들이 달빛 아래 어슴푸레 빛났다. 저 멀리 호수가 보였는데, 수면에는 주름처럼 반짝이는 잔물결이 일었다. 클라리는 멋진 곳이라고 생각했다. 꽃을 들고 찾아와 고인의 삶을 추억하며 앉아 있기 좋은 곳이라고. 한밤중에 어둠을 틈타 관이나 예식도 없이 얕은 무덤에 친구를 묻기 좋은 곳이 아니라.

"고통스러워했어?" 클라리가 라파엘에게 물었다.

땅을 파던 라파엘이 고개를 들고 《햄릿》에 나오는 무덤 파는 사람처럼 삽의 손잡이에 몸무게를 싣고 기우뚱하게 섰다. "뭐라고?"

"사이먼 말이야. 고통스러워했냐고. 피를 빨릴 때."

"피를 빨리는 건 죽는 방법 중에는 나쁜 편이 아니야." 라파엘이 부드러운 목소리로 말했다. "마약을 하는 것과도 같지. 잠에 빠져드는 것처럼 기분이 좋아져."

아찔한 현기증이 밀려들어 클라리는 곧 기절할 것만 같았다.

"클라리." 제이스의 목소리가 그녀를 몽상에서 끌어냈다. "이리 와. 보고 있을 필요 없어."

제이스가 손을 내밀었다. 어깨 너머로 채찍을 들고 서 있는 이사벨이 보였다. 그들은 사이먼의 시신을 담요로 감싸, 그것을 지키라는 듯이 이사벨의 발치에 놓아두었다. '그것'이 아니라 '그'지. 사이먼. 클라리는 매섭게 자기 자신을 일깨웠다.

"사이먼이 깨어날 때 여기 있고 싶어."

"알아. 금방 돌아오면 돼." 제이스는 클라리가 움직이지 않자, 축 늘어진 팔을 잡고 빈터를 벗어나 언덕 아래로 내려갔다. 무덤이 시작되는 부근에 커다란 바위들이 놓여 있었다. 그중 하나에 걸터앉은 제이스가 재킷의 지퍼를 끝까지 올렸다. 날씨가 놀랄 정도로 쌀쌀했다. 여름이 지나고 처음으로 입김이 뿜어져 나왔다.

클라리는 제이스 옆의 바위에 걸터앉아 물끄러미 호수를 내려다보았다. 라파엘이 땅을 파는 소리가 규칙적으로 들려왔다. 라파엘은 사람이 아니었고 일하는 속도가 엄청 빨라서 무덤 하나 파는 것쯤은 오래 걸리지 않을 듯했다.

찌르는 통증이 뱃속을 후벼 팠다. 클라리는 배를 잡으며 허리를 꺾었다. "속이 안 좋아."

"알아. 그래서 이리로 데려온 거야. 라파엘 발에다 토할 거 같아서."

클라리가 조그맣게 신음 소리를 냈다.

"그랬다면 그 자식 얼굴에서 그 능글맞은 웃음이 싹 사라졌을 텐데. 생각해봐야겠군."

"그만해." 통증이 조금 잦아들었다. 클라리는 고개를 들어, 별의 바다에 떠 있는 이 빠진 은빛 달을 보았다. "전부 내 잘못이야."

"네 잘못 아냐."

"그래, 맞아. 이건 '우리' 잘못이야."

제이스가 클라리 쪽으로 몸을 돌렸다. 뻣뻣해진 어깨선은 그가 화가 났음을 말해주었다. "어째서?"

클라리가 잠시 제이스를 조용히 쳐다보았다. 제이스는 머리를 자를 때가 된 것 같았다. 덩굴이 너무 길게 자라면 덩굴손이 돌돌 말리는 것처럼, 달빛을 받아 백금색으로 반짝이는 그의 머리카락도 둥글게 말려 구불거렸다. 얼굴과 목의 흉터들은 금속성 잉크로 아로새긴 것 같았다. 제이스가 아름답다고, 클라리는 우울하게 생각했다. 클라리나 조슬린과는 닮은 구석이 전혀 없었다. 표정도, 광대뼈 높이도, 턱의 모양도, 입술의 굴곡도. 심지어 그는 발렌타인과도 닮지 않았다.

"왜?" 제이스가 입을 열었다. "왜 그렇게 쳐다보는데?"

클라리는 제이스의 품 안으로 뛰어들어 흐느끼고 싶었지만, 한편으로는 주먹으로 연거푸 때려주고 싶기도 했다. "요정 궁전에서 그 일만 없었다면 사이먼은 지금 살아 있을 거야."

제이스가 땅으로 손을 뻗어 풀을 거칠게 잡아 뽑았다. 흙과 함께 뿌리째 뽑힌 풀들을 옆으로 던지며 그가 말했다. "어쩔 수 없었잖아. 재미로 그런 것도 아니고, 사이먼에게 상처를 주려고 그런 것도 아니었어." 그가 엷은 미소를 지었다. "그리고 넌 내 동생인걸."

"그런 식으로 말하지 마."

"뭐, 동생?" 제이스가 머리를 흔들었다. "내가 꼬마였을 때 말이야, 어떤 단어든 빠르게 반복해서 말하다 보면 단어의 의미가 사라진다는 걸 깨달았지. 난 눈을 말똥말똥하게 뜨고 누워서 같은 단어를 몇 번이고 속삭였어. 설탕, 거울, 속삭임, 어둠, '동생'." 그가 부드럽게 말했다. "넌 내 동생이야."

"몇 번을 말해도 소용없어. 진실은 변하지 않아."

"네가 말하지 못하게 해도 소용없어. 그것도 변하지 않는 진실이야."

"제이스!" 또 다른 목소리가 그의 이름을 불렀다. 알렉이었다. 급히 달려왔는지 약간 숨을 헐떡였고, 한 손에는 검은 비닐봉지를 들었다. 그의 뒤로 크고 말랐으며 번쩍거리는 매그너스가 검은색 긴 가죽 코트를 박쥐 날개처럼 펄럭이며 성큼성큼 걸어왔다. 알렉이 제이스 앞으로 다가와서 봉지를 내밀었다. "말한 대로 피를 가져왔어."

제이스는 봉지 안을 들여다보더니 코를 찡그렸다. "어디서 가져왔는지 물어봐도 돼?"

"그린포인트에 있는 정육점에서." 매그너스가 옆으로 다가섰다. "이슬람식으로 도축해서 피를 빼거든. 동물 피야."

"어쨌든 피는 피니까." 제이스가 일어서서 클라리를 내려다보며 잠시 망설였다. "좋은 광경이 아니라는 라파엘의 말은 거짓말이 아니야. 넌 여기 있어도 돼. 이사벨한테 내려와서 같이 있으라고 할 테니까."

클라리가 제이스를 올려다보았다. 달빛을 받은 나뭇가지가 제이스의 얼굴에 그림자를 드리웠다. "뱀파이어가 태어나는 걸 본 적이 있어?"

"없어. 하지만……."

"그럼 너도 모르는 거잖아?" 클라리가 일어서자 이사벨의 푸른 코트가 땅에 늘어져 주름이 잡혔다. "나도 거기 있고 싶어. 있어야 돼."

그림자에 가려 제이스의 얼굴이 조금밖에 보이지 않았지만, 깊은 인상을 받은 표정이었다. "네가 할 수 있는 일은 아무것도 없다는 말은 안 하는 게 좋겠지. 가자."

제이스와 클라리보다 약간 앞서 걷던 매그너스와 알렉은 티격태격하는 것처럼 보였다. 그들이 빈터로 되돌아왔을 때 라파엘은 커다란 직사각형의 땅을 발로 밟아 다지고 있었다. 사이먼의 시신은 사라졌고, 발목에 금빛 채찍을 휘감은 이사벨은 몸을 가늘게 떨며 땅바닥에 앉아 있었다.

"정말 춥네. 하룻밤 사이에 겨울이 온 것 같아." 이사벨의 묵직한 코트를 여미며 클라리가 말했다. 적어도 벨벳은 따뜻했다. 가장자리에 사이먼의 피가 얼룩졌다는 사실을 애써 모른 척해야 했지만.

"겨울이 아니라 다행이지." 나무에 삽을 기대놓으며 라파엘이 말했다. "겨울에는 땅이 얼어서 강철처럼 단단해. 도저히 파헤치지 못하는 경우도 있지. 그러면 그 어린 새는 굶주린 채 몇 달을 땅속에서 기다려야 해. 다시 태어나기 전에 말이야."

"그렇게 불러? 어린 새라고?" 클라리가 물었다. 어쩐지 너무 다정하게 들려서 뱀파이어와는 어울리지 않았다. 새끼 오리가 연상되었다.

"그래. 아직 태어나지 않았거나 이제 막 태어난 뱀파이어들을 가리키는 말이지." 라파엘은 매그너스를 발견하더니 깜짝 놀랐다. 그러고는 재빨리 원래의 표정을 되찾았다. "대마법사. 여기서 당신을 보게 될 줄은 몰랐는걸."

"궁금해서 말이야." 매그너스가 고양이 눈을 번쩍이며 말했다. "밤의 아이가 태어나는 광경은 본 적이 없거든."

라파엘은 나무에 기댄 제이스를 힐끗 보았다. "저명인사를 친구로 뒀군, 섀도우 헌터."

"지금 자기 자신을 두고 말하는 거야?" 제이스가 부츠 끝으로 흙을 밀어 땅을 평평하게 만들었다. "잘난 척이 너무 심한 거 아냐?"

"아마 날 보고 한 말일 거야." 알렉이 말하자 모두가 놀라서 쳐다보았다. 알렉은 농담을 하는 일이 거의 없었다. 알렉이 신경질적으로 웃으며 말했다. "미안. 긴장해서 그런가 봐."

"긴장할 거 없어." 매그너스가 팔을 뻗어 알렉의 어깨를 감싸려 했지만, 알렉이 잽싸게 비키는 바람에 팔은 그대로 떨어졌다.

"이제 뭘 해야 하는 거지?" 자기 몸을 꽉 끌어안으며 클라리가 물었다. 몸의 모든 구멍으로 냉기가 스며드는 듯했다. 늦여름 날씨라고 하기엔 너무도 추웠다.

라파엘이 이를 눈치채고 옅은 미소를 지었다. "뱀파이어가 태어나는 순간엔 항상 기온이 떨어져. 어린 새는 주변에 살아 있는 것들의 힘을 빨아들이거든. 무덤을 뚫을 에너지를 얻으려고."

클라리가 화가 난 듯이 라파엘을 노려보았다. "넌 추운 것 같지 않은데?"

"난 살아 있지 않으니까." 라파엘이 무덤에서 물러나며 다른 사람들에게 손짓을 했다. 클라리는 눈앞의 무덤을 평범한 무덤으로 생각하려고 기를 썼다. "공간을 내줘. 그 위에 올라서 있으면 사이먼이 뚫고 나오지 못해."

모두 황급히 뒤로 물러났다. 그때 이사벨이 클라리의 팔꿈치를 잡기에 돌아보니 그녀의 얼굴이 새하얗게 질려 있었다. 클라리가 물었다. "왜 그래? 뭐가 잘못됐어?"

"전부 다. 클라리, 어쩌면 사이먼을 그냥 보내주는 게……."

"죽게 내버려둔다는 뜻이겠지." 클라리는 이사벨의 손을 뿌리쳤다. "당연히 넌 그렇게 생각하겠지. 너희와 같지 않은 사람들은 전부 죽는 게 낫다고 생각할 테니까."

이사벨의 얼굴에 고뇌의 빛이 떠올랐다. "절대 그렇지 않아."

그 순간, 클라리가 한 번도 들어본 적이 없는 소리가 공기를 갈랐다. 땅속 깊은 곳에서 들려오는, 규칙적으로 무언가를 두드리는 소리. 세상의 심장박동 소리가 별안간 밖으로 들리게 되기라도 한 것 같았다.

'무슨 일이 일어나는 거지?' 그렇게 생각하는 순간, 발밑의 땅이 요동치는 바람에 클라리는 무릎을 땅에 대고 넘어졌다. 거센 파도가 이는 바다처럼 무덤이 사납게 출렁거렸다. 무덤 표면에 파문이 일더니 폭발하듯 갈라지며 사방으로 흙덩이가 튀었다. 개미집처럼 흙이 봉곳 솟아올랐고, 활짝 펼친 손 하나가 중앙을 뚫고 나왔다.

"사이먼!" 달려 나가는 클라리를 라파엘이 홱 뒤로 잡아당겼다.

"놔! 도와줘야 하잖아." 클라리는 벗어나려고 몸부림을 쳤지만, 라파엘의 손은 마치 강철 같았다.

"스스로 하는 게 좋아. 그러는 편이 나아."

"너한텐 그렇겠지! 나한텐 아니야." 있는 힘껏 라파엘의 손을 뿌리치고 달려가는 순간, 무덤이 위로 솟아올라 클라리는 뒤로 넘어졌다. 구부정한 형체 하나가 무덤을 빠져나오려고 기를 쓰고 있었다. 흙투성이 손가락을 맹수의 발톱처럼 구부려 흙 속 깊숙이 찔러 넣었고, 밖으로 드러난 팔은 흙과 피로 얼룩져 있었다. 무너져 내리는 흙더미에서 빠져나온 형체는 몇 미터 기어오더니 바닥으로 쓰러졌다.

"사이먼." 클라리가 속삭이듯 말했다. 물론 그것은 사이먼이었다. 클라리가 허둥지둥 일어나서 사이먼에게 달려가는 동안 흙 속으로 스니커즈가 푹푹 빠졌다.

"클라리! 뭐하는 거야?" 제이스가 소리쳤다.

흙 속에 빠진 클라리가 발목을 삐끗하며 사이먼 옆으로 넘어졌다. 사이먼은 죽은 듯이 꼼짝 않고 누워 있었다. 흙 범벅인 머리칼은 지저분하고 여기저기가 엉켰으며, 안경은 사라지고 티셔츠는 찢겨 피에 젖은 살갗이 드러났다.

"사이먼." 클라리가 팔을 뻗어 그의 어깨에 손을 얹었다. "사이먼, 괜찮……"

클라리의 손가락 아래서 사이먼의 몸이 긴장하는 것이 느껴졌다. 근육이 바짝 조여들며 피부가 쇠처럼 단단해졌다. "……은 거야?" 클라리는 겨우 말을 맺었다.

사이먼이 천천히 고개를 돌리자 클라리는 그의 눈을 보았다. 생명이 깃들지 않은, 텅 빈 눈이었다. 다음 순간 사이먼이 날카로운 비명을 내지르며 몸을 굴려 클라리에게 덤벼들었다. 먹잇감을 공격하는 뱀처럼 날랜 움직임이었다.

"사이먼!" 클라리가 바닥으로 쓰러지며 외쳤지만, 사이먼의 귀에는 그 외침이 들리지 않는 듯했다. 클라리의 위로 다가오는 사이먼의 얼굴은 알아볼 수 없을 정도로 일그러졌고, 입술이 말려 백골로 만든 바늘 같은 송곳니가 달빛 아래 어슴푸레 빛났다. 겁에 질린 클라리가 그를 차

내려 했지만, 사이먼은 클라리의 어깨를 잡고 땅으로 내리눌렀다. 손은 피투성이에 손톱도 부러졌지만 힘은 놀라울 정도로 강했다. 클라리의 새도우 헌터 근육도 그 힘을 당해내진 못했다. 어깨뼈들이 고통스럽게 삐걱거리는 가운데 사이먼이 그녀 위로 몸을 굽혔다.

그러더니 갑자기 사이먼의 몸이 뒤로 젖혀져 조약돌처럼 가볍게 날아갔다. 숨을 헐떡이며 벌떡 일어난 클라리는 라파엘의 어두운 시선과 마주했다. "사이먼한테서 떨어져 있으라고 했지." 라파엘은 멀지 않은 거리에서 웅크리고 경련하는 사이먼 옆에 무릎을 꿇었다.

클라리가 숨을 들이쉬었다. 그 숨은 흐느낌처럼 들렸다. "내가 누군지 모르나 봐."

"알지만 상관없는 거야." 라파엘이 어깨 너머로 제이스를 보았다. "굶주렸어. 피를 마셔야 해."

창백한 얼굴로 무덤가에 꼼짝 않고 서 있던 제이스가 앞으로 나와 공물을 바치듯 말없이 봉지를 내밀었다. 빼앗듯이 봉지를 받아든 라파엘이 봉지를 쭉 찢자 붉은 액체를 담은 비닐 몇 개가 떨어졌고, 그는 중얼거리면서 하나를 집어 날카로운 손톱으로 찢었다. 흙이 묻은 하얀 셔츠 앞자락에 핏방울이 튀었다.

피 냄새를 맡은 사이먼이 몸을 웅크리며 애처롭게 울부짖었다. 여전히 몸은 경련을 일으켰고, 손은 흙 속에 박혀 있었으며, 눈동자는 뒤로 넘어가 흰자위가 허옇게 드러났다. 라파엘이 피가 든 봉지를 들어 사이먼의 얼굴에 똑똑 떨어뜨리자 새하얀 얼굴이 진홍빛으로 얼룩졌다.

"자, 여기." 라파엘이 자장가를 부르듯이 부드럽게 말했다. "마셔, 어린 새. 마시라고."

그러자 열 살 때부터 채식주의자였던 사이먼이, 유기농이 아닌 우유는 마시지도 않던, 주삿바늘만 봐도 기절하던 사이먼이 라파엘의 가냘픈 갈색 손에서 봉지를 낚아채 이로 찢었다. 그리고 꿀꺽꿀꺽 몇 모금 만에 마시더니 또다시 울부짖으며 봉지를 옆으로 내던졌다. 라파엘이 두 번째 봉지를 들려주며 주의를 주었다. "너무 빨리 마셔선 안 돼. 속이 안 좋아져." 물론 사이먼은 들은 체도 하지 않고 혼자 힘으로 봉지를 찢어 탐욕스럽게 마셨다. 입가로 흐른 피가 목으로 흘러내려 손 위로 후드득 떨어졌고, 두 눈은 꼭 감겨 있었다.

라파엘이 클라리를 돌아보았다. 제이스도, 그리고 다른 사람들도 그녀를 뚫어져라 쳐다보고 있었다. 공포와 역겨움이 담긴 표정이 모두의 얼굴에 서려 있었다.

"다음에 먹을 땐 이번처럼 지저분하지 않을 거야." 라파엘이 차분하게 말했다.

'지저분하다고.' 클라리는 비틀비틀 돌아서서 그곳을 벗어났다. 제이스가 그녀를 불렀지만, 무시하고 계속 걷다가 빽빽하게 자란 나무 근처까지 와서는 달리기 시작했다. 언덕을 반쯤 내려갔을 무렵, 통증이 그녀를 덮쳤다. 클라리는 무릎을 꿇고 엎드려 뱃속에 든 것을 쥐어짜듯 게워 냈다. 그리고 겨우 진정이 되자, 엉금엉금 기어가 바닥에 쓰러졌다. 누군가의 무덤 위일 테지만 그런 것은 상관없었다. 서늘한 흙 위에 뜨거운 얼굴을 댄 클라리는 난생처음으로 그런 생각을 했다. 죽은 자들은 결국, 운이 없는 자들이 아닐지도 모른다고.

11
연기와 철

베스 이스라엘 병원의 집중치료병동에 들어서면 사진에서 본 남극 대륙이 떠올랐다. 춥고 먼 느낌이 들었고, 모든 것은 회색 아니면 흰색, 또는 연한 파란색이었다. 병실 벽은 흰색, 조슬린의 머리 주위로 구불구불 이어지는 튜브와 침대 근처에 한 줄로 늘어선 삐삐거리는 기계들은 회색, 가슴까지 덮인 담요는 연한 파란색, 조슬린의 얼굴은 창백한 흰색이다. 방 안에서 유일하게 색감이 살아 있는 것은 남극에 꽂힌 깃발처럼 새하얗고 넓은 베개에 펼쳐진 어머니의 빨간 머리카락뿐이었다.

개인 병실 요금을 루크가 어떻게 감당하고 있는지 클라리는 알지 못했다. 돈이 어디서 들어오는지, 어떻게 돈을 손에 넣는지도. 3층에 있는 꺼림칙한 매점으로 커피를 사러 간 루크가 돌아오면 물어봐야겠다고 생각했다. 빛깔도 냄새도 타르 같은 그 커피에 루크는 중독된 것만 같았다.

의자를 침대 옆으로 끌어당기자 금속 다리가 끽 소리를 내며 바닥에 긁혔다. 느릿느릿 의자에 앉은 클라리는 치마의 주름을 손으로 쓸어내렸다. 이상하게도, 어머니를 보러 오면 잘못을 저질러 야단을 맞기 직전처럼 긴장이 되고 입안이 바짝 말랐다. 아마 이렇게 활기 없고 무표정한 얼굴은 어머니가 분노를 폭발하기 직전에만 보았기 때문일 것이다.

"엄마." 클라리가 손을 뻗어 어머니의 왼손을 잡았다. 발렌타인이 튜브를 꽂았던 손목에는 여전히 그 자국이 남아 있었다. 거칠고 갈라지고 물감과 테레빈유가 튀어 있던 어머니의 손은 마른 나무껍질 같은 느낌이 났다. 목으로 무언가가 넘어오는 것을 느끼며 클라리는 어머니의 손을 꼭 쥐었다.

"엄마, 나……." 그녀가 목청을 가다듬었다. "루크는 엄마가 내 말을 들을 수 있다고 했어요. 정말인지는 모르겠지만, 어쨌든 엄마한테 말하고 싶어서 왔어요. 엄마가 대꾸를 하지 않아도 괜찮으니까. 하고 싶은 이야기는……." 클라리가 다시 한 번 목으로 올라오는 덩어리를 삼키며 창으로 눈길을 돌렸다. 건물 맞은편의 벽돌담 끄트머리로 푸른 하늘이 약간 보였다.

"사이먼 얘기예요. 사이먼한테 문제가 생겼거든요. 내 잘못으로 생긴 일이에요."

클라리는 이제 어머니의 얼굴을 보고 있지 않았다. 이야기가 쏟아져 나왔다. 제이스와 다른 섀도우 헌터들을 만난 일, 죽음의 잔을 찾아다닌 일, 호지의 배신과 렌윅에서 벌어진 전투, 발렌타인이 클라리와 제이스의 아버지라는 사실을 알게 된 일. 그리고 그보다 더 최근의 일도 이야기했다. 으슥한 밤중에 뼈의 도시를 찾은 일, 영혼의 검, 제이스를 향한 심문관의 증오, 은빛 머리의 여인. 클라리는 실리코트에 갔던 것도 얘기했다. 여왕의 요구에 대해, 그다음에 사이먼에게 어떤 일이 일어났는지에 대해. 말하는 동안 뜨거운 눈물이 목을 타고 흘렀지만, 모든 이야기를 쏟아내 누군가에게 짐을 덜고 나니 마음은 한결 가벼웠다. 그 누군가가 자신의 말을 듣지 못하는 사람이라도.

"한마디로, 내가 아주 훌륭하게 모든 걸 엉망으로 만들어버렸다는 거예요. 엄마가 전에 그랬죠. 과거의 일을 돌아보며 뭔가 바꿀 수 있기를 간절히 바란다면 그건 어른이 되었단 증거라고. 그럼 저도 이제 어른이 된 거네요. 난 그냥, 그러니까……." 그런 일이 생겼을 때 엄마가 내 곁에 있을 거라고 생각했어요. 목이 멘 클라리가 말을 잇지 못하고 있을 때, 누군가 뒤에서 헛기침을 했다.

클라리가 돌아보자 루크가 컵을 들고 문간에 서 있었다. 병원의 형광등 불빛 아래에서 보니, 그가 얼마나 피로에 절어 있는지가 뚜렷이 보였다. 머리엔 희끗희끗 흰머리가 섞였고, 푸른 플란넬 셔츠는 여기저기 구겨져 있었다.

"얼마나 오래 거기 서 계신 거예요?"

"오래 있지 않았어. 커피 가져왔다." 루크가 컵을 내밀었지만 클라리는 손을 저었다.

"전 그 커피 싫어요. 발 맛이 나는 거 같아서."

루크가 미소를 지었다. "발 맛이 어떤지 네가 어떻게 알아?"

"그냥 알아요." 클라리가 어머니의 차가운 볼에 입을 맞추고 일어섰다. "엄마, 안녕."

루크의 푸른 픽업트럭은 병원 아래 있는 콘크리트 주차장에 세워져 있었다. 도로로 들어섰을 때 루크가 입을 열었다.

"병원에서 한 말, 나도 들었다."

"그런 것 같았어요." 클라리는 화난 기색이 전혀 없었다. 어머니한테 한 말 중에서 루크가 끝까지 모를 내용은 하나도 없었다.

"사이먼한테 일어난 일은 네 잘못이 아니야."

루크의 말이 클라리에게도 들렸지만 벽이라도 쳐졌는지 단어들이 귓속으로 들어오지 못하고 튕겨져 나가는 것 같았다. 호지가 발렌타인에게 돌아섰을 때 벽이 쳐진 것처럼. 이번에는 그 어떤 것도 벽을 뚫지 못했고 클라리는 아무것도 느낄 수가 없었다. 얼음으로 감싸인 것처럼 무감각했다.

"클라리, 내 말 들었니?"

"말씀은 고맙지만, 당연히 제 잘못이에요. 사이먼한테 일어난 일은 전부 다요."

"그 애가 호텔로 돌아간 게 너한테 화가 났기 때문이라서? 사이먼이 호텔로 돌아간 건 그것 때문이 아니야, 클라리. 예전에도 비슷한 일이 있었다고 들었다. 반쯤 변한 사람들을 '다클링'이라고 부른다던데. 사이먼은 자신도 어쩌지 못하는 강한 충동에 이끌려서 호텔로 되돌아간 거야."

"라파엘의 피를 마셨기 때문에 그런 거죠. 제가 아니었으면 애초에 그런 일은 일어나지도 않았어요. 제가 사이먼을 그 파티에 데려가지만 않았다면."

"안전한 곳인 줄 알고 데려간 거지. 너도 함께 갔고. 사이먼을 혼자 위험한 곳으로 들여보낸 게 아니잖니. 그런 식으로 자신을 고문하지 마라." 브루클린 다리로 들어서며 루크가 말했다. 다리 아래로 강물이 은회색 천처럼 흐르고 있었다. "그래 봐야 소용없잖니."

클라리는 의자 뒤로 기대앉으며 녹색 후드 니트의 소매 안으로 손가락을 넣었다. 목 언저리에서 풀린 실이 볼을 간질였다.

"사이먼을 그렇게 오래 알아왔지만, 사이먼이 있으려고 한 곳은 늘 한 곳이었어. 거기 있겠다고 죽을 것처럼 싸웠고."

"거기가 어딘데요?"

"네가 있는 곳. 그거 기억하니? 너 열 살 때 농장에 갔다가 나무에서 떨어져서 팔이 부러졌잖아. 그때 사이먼이 너랑 같이 앰뷸런스를 타고 가겠다고 난리를 부렸지. 기어이 거기 올라탈 때까지 발길질하고 소리 지르고."

"루크는 웃었고, 엄만 루크의 어깨를 쳤었죠."

"안 웃을 수가 있어야지. 그 정도로 결의가 굳은 열 살짜리 꼬마를 보는 일이란 흔치 않거든. 꼭 투견 같았다니까."

"안경을 쓴 데다 돼지풀 알레르기가 있는 투견이 있다면요."

"그런 충성심에는 값을 매길 수가 없단다." 루크가 진지하게 말했다.

"저도 알아요. 그러니까 더 심란하게 만들지 마세요."

"클라리, 난 사이먼이 자기 의지로 결정했다는 말을 하는 거야. 넌 지금 네가 '너 자신이라는' 이유로 비난을 하고 있어. 그건 누구의 잘못도 아니고, 넌 아무것도 바꿀 수가 없어. 넌 사이먼에게 진실을 말했고 사이먼은 스스로 결정해서 행동했어. 우리에겐 선택의 자유가 있잖니. 그걸 우리에게서 빼앗아갈 권리는 아무도 없지. 사랑이라는 이름으로도 말이야."

"그게 바로 문제예요. 누군가를 사랑하면 선택의 여지가 없어진다는 거." 클라리는 제이스가 사라졌다는 이사벨의 전화를 받던 순간을 기억했다. 심장이 쪼그라드는 느낌이었다. 그녀는 망설이거나 생각할 겨를도 없이 인스티튜트로 달려갔다. "사랑이 선택권을 앗아가니까."

"그래도 다른 것보단 그 편이 훨씬 낫단다." 루크가 플랫부시로 차를 몰며 그렇게 말했지만 클라리는 대꾸도 없이 멍하니 창밖만 내다보았다. 다리에서 빠져나오자마자 마주한 곳은 브루클린 내에서도 그다지 아름답지 않은 지역으로, 보기 흉한 건물과 자동차 정비소가 양쪽 길가에 늘어서 있었다. 평소에는 그리 좋아하지 않았지만, 그날만큼은 클라리의 기분과 주변 경관이 잘 어울렸다.
 "그나저나 연락은 해봤니?" 화제를 바꾸는 게 낫겠다고 생각했는지 루크가 입을 열었다.
 "사이먼한테요? 그럼요."
 "제이스한테 연락해봤냐고 물은 거였어."
 "아." 제이스는 그녀에게 수차례 전화를 하고 메시지를 남겼다. 클라리는 그의 전화를 받지 않았고 전화를 해주지도 않았다. 제이스와 말을 하지 않는 것은 사이먼에게 일어난 일에 대한 속죄 행위이자 클라리가 생각해낼 수 있는 가장 끔찍한 벌이었다. "아뇨. 안 했어요."
 루크는 조심스레 말했다. "해보는 게 좋지 않을까? 잘 있는지만 확인하면 되잖아. 제이스도 힘든 시간을 보내고 있을 텐데."
 클라리가 몸을 뒤척였다. "매그너스와 통화하지 않았어요? 발렌타인과 영혼의 검 전환 의식에 대해 매그너스에게 이야기하는 거 들었어요. 제이스가 잘 있다는 말도 들었을 텐데요."
 "매그너스는 제이스의 몸 상태만 알 뿐이야. 마음이 어떤지는……."
 "그만하세요. 전 전화 안 해요." 너무 냉랭한 목소리에 클라리 자신도 깜짝 놀랐다. "지금 전 사이먼 곁에 있어야 해요. 사이먼도 마음이 날아갈 듯이 가벼운 건 아니라고요."
 루크가 한숨을 내쉬었다. "사이먼이 자신의 상태를 받아들이기 힘들어하면, 아마……."
 "당연히 힘들어하죠!" 클라리가 비난하듯 쏘아보았지만 루크는 운전에 집중하느라 보지 못했다. "다른 사람은 몰라도 루크만은 그게 어떤 기분인지 잘 알잖아요?"

"하루아침에 괴물이 된 기분?" 씁쓸하다기보다는 피곤한 음성이었다. "그래. 아주 잘 알지. 사이먼이 나와 얘기하고 싶어하면 기꺼이 전부 들려줄 수 있어. 지금은 절대로 그러지 못할 거 같겠지만, 사이먼은 반드시 극복할 거야."

클라리가 눈을 찡그렸다. 차 뒤쪽으로 해가 지고 있어서 백미러가 황금처럼 빛났고, 그 빛이 너무 밝아 눈이 시렸다. "사이먼의 경우는 루크와 달라요. 루크는 늑대인간이 존재한다는 걸 자라면서부터 알고 있었잖아요. 사이먼은 자신이 뱀파이어란 사실을 누군가에게 털어놓기 전에 뱀파이어가 실제로 존재한다는 사실부터 믿게 만들어야 한다고요."

루크는 뭔가 더 말하려다 그만두었다. "네 말이 맞다." 그들은 이제 윌리엄스버그의 켄트 가를 달리고 있었다. 한산한 거리 양쪽으로 창고형 건물들이 우뚝 솟아 있었다.

"사이먼에게 주려고 가져온 게 있는데. 거기 수납함에 있어. 필요할지도 몰라서 말이다."

클라리가 수납함을 열어보고 인상을 썼다. 병원 대기실에 꽂혀 있는 반질거리는 종이로 만든 소책자가 들어 있었다. 《부모에게 커밍아웃하는 법》." 클라리가 소리 내어 소책자 제목을 읽었다. "루크. 이건 말도 안 돼요. 사이먼은 게이가 아니라 뱀파이어라고요."

"알아. 하지만 말하기 힘든 진실을 부모에게 어떻게 말할지가 그 책의 주된 내용이잖니. 거기 적힌 조언 중에 하나를 그대로 적용해도 되고, 아니면 그냥 일반적인 조언들을 들어두는 것도……."

"루크!" 클라리가 버럭 소리를 지르자 루크가 깜짝 놀라 끼익 차를 세웠다. 루크의 집 바로 앞이었다. 왼쪽에서 이스트 강이 거무스름하게 반짝였고, 하늘은 농도가 다른 어둠으로 물들어 있었다. 그리고 그보다 짙은 그림자 하나가 현관 앞에 웅크리고 앉아 있었다.

루크가 눈을 가늘게 떴다. 그는 늑대로 변하면 시력이 완벽해지지만 인간일 때는 근시로 남아 있다고 말한 적이 있었다. "저거……?"

"사이먼이에요. 맞아요." 클라리는 윤곽만 보고도 그 사실을 알았다. "가서 얘기 좀 할게요."

"물론이지. 난 그럼, 볼일이 있어서. 살 게 좀 있거든."

"뭐요?"

루크가 클라리에게 그만 가보라고 손짓하며 말했다. "식료품. 30분 정도 걸릴 거야. 바깥에 있지 말고 집 안으로 들어가서 문을 잠가."

"알아요."

클라리는 트럭이 멀어지는 것을 보고는 돌아서서 집을 향해 걸었다. 심장이 쿵쿵 뛰었다. 피가 튄 채 휘청거리는 사이먼을 루크의 집에서 깨끗이 씻기고 집에 데려다준 끔찍했던 그날 새벽 이후, 전화 통화는 여러 번 했지만 직접 보는 것은 처음이었다. 클라리는 사이먼을 인스티튜트로 데려가야 한다고 생각했지만 물론 그것은 불가능했다. 사이먼은 이제 교회나 시나고그 안에 두 번 다시 발을 들이지 못한다.

그날, 사이먼이 거센 바람을 마주하고 걷는 사람처럼 잔뜩 움츠린 채 대문으로 걸어가는 모습을 클라리는 트럭 뒷좌석에서 지켜봤다. 현관 불이 자동으로 들어오자 햇빛인 줄 알고 움찔 물러나는 사이먼을 보며 클라리는 조용히 오열했다. 팔뚝에 새겨진 기묘한 마크 위로 눈물이 뚝뚝 떨어졌다. "클라리." 제이스가 조용히 부르며 클라리의 손을 잡으려 했지만, 사이먼이 움찔하며 불빛에서 멀어진 것처럼 클라리는 움찔하며 제이스에게서 멀어졌다. 클라리는 제이스에게 손을 대지 않을 것이다.

다시는 털끝 하나 손대지 않을 것이다. 그것이 사이먼에게 지은 죄를 속죄하는 길이었다.

루크의 현관 계단을 오르는 클라리는 입안이 마르고 목이 메며 눈물이 쏟아질 것만 같았지만 눈물을 보이면 사이먼의 기분을 더욱 악화시킬 뿐이었으므로 이를 악물고 눈물을 참았다. 사이먼은 어둠에 잠긴 구석에 앉아 클라리를 바라보고 있었다. 어둠 속에서 그의 눈이 번득였다. 사이먼의 눈이 원래 저렇게 번득였는지 기억이 나질 않았다. "사이먼?"

부드럽고 우아한 동작으로 사이먼이 한 번에 일어서자, 클라리는 등골이 서늘해졌다. 사이먼과 전혀 상관없는 특성을 하나만 꼽으라면, 그건 바로 우아함이었다. 이전과 다른 점은 또 있었다.

"놀라게 했다면 미안해." 사이먼이 낯선 사람에게 말하듯 예의를 갖춰 조심스럽게 말했다.

"괜찮아. 난 그냥…… 오래 기다렸어?"

"별로. 난 이제 해가 기울어야 돌아다닐 수 있잖아. 어제는 창밖으로 손을 내밀었다가 손가락이 숯덩이가 되는 줄 알았다니까. 다행히 상처는 금방 아물었지만."

클라리가 더듬더듬 열쇠를 찾아 재빨리 문을 열었다. 창백한 빛이 현관 밖으로 쏟아져 나왔다. "루크가 꼭 안에 들어가 있으래."

"어둠이 내리면 위험한 것들이 돌아다니니까." 사이먼이 클라리를 지나 안으로 들어가며 말했다.

거실에는 따스하고 노란 빛이 가득했다. 클라리는 문을 닫고 자물쇠를 채웠다. 이사벨의 푸른 코트가 아직도 문 옆 옷걸이에 걸려 있었다. 핏자국을 지울 수 있는지 세탁소에 가져가서 물어볼 생각이었지만 아직 기회가 없었다. 클라리는 코트를 물끄러미 쳐다보다 마음을 굳게 먹고 사이먼을 돌아보았다.

사이먼은 재킷 주머니에 어색하게 손을 넣고 거실 한가운데 섰고, 아버지가 입던 낡은 티셔츠와 청바지를 입고 있었다. 모든 것이 클라리가 알던 그대로인데도 꼭 낯선 사람처럼 느껴졌다. "안경." 현관에서 사이먼을 보고 낯설게 느꼈던 이유를 뒤늦게 깨달은 클라리가 말했다. "안경 안 썼네."

"안경 쓴 뱀파이어 본 적 있어?"

"본 적은 없지만……."

"이젠 안경 필요 없어. 뱀파이어들은 원래 시력이 좋은가 봐." 사이먼이 소파에 앉았고 클라리가 그 옆에 약간 떨어져서 앉았다. 가까이에서 보니 사이먼의 피부가 얼마나 창백한지가 확실히 보였다. 피부 아래 섬세한 무늬로 퍼진 푸른 혈관이 뚜렷이 드러났다. 안경이 없으니 눈은 더욱 크고 짙어 보였고, 속눈썹은 검은 잉크로 그어놓은 선과 같았다. "집 안에선 물론 쓰고 다녀야 해. 안 그러면 엄마가 기절초풍할 테니까. 봐서 콘택트렌즈를 낀다고 말할 생각이야."

"다 말해야지." 클라리는 생각보다 훨씬 확고한 목소리로 말했다. "네 상태를 언제까지고 숨길 순 없잖아."

"숨겨봐야지." 사이먼이 검은 머리를 손으로 빗어 넘기며 입술을 비틀었다. "나도 어떻게 해야 좋을지 모르겠어. 엄마는 계속 음식을 가져다주고 난 계속 그걸 창밖으로 버리고 있다고. 이틀 동안은 방에만 처박혀 있었지만 독감 환자 행세를 얼마나 더 할 수 있겠어? 엄만 결국 날 병원에 데려갈 거고, 그럼 그땐 어쩌지? 난 심장이 뛰지 않잖아. 의사는 내가 죽었다고 할 거야."

"아니면 의학계의 기적이 되든가."

"하나도 재미없어."

"그러게, 난 그냥……."

"계속 피 생각만 나. 꿈에도 나온다고. 깨고 나서도 그 생각뿐이고. 이러다 조만간 소름 끼치게 감상적인 시라도 쓰겠어."

"매그너스가 준 거 있지 않아? 다 떨어지거나 그런 건 아니지?"

"내 방 미니 냉장고 안에 넣어뒀어. 하지만 이제 세 병밖에 남지 않았어." 불안한지 목소리가 가늘어졌다. "떨어지고 나면 어떡하지?"

"그럴 일은 없어. 우리가 더 구해줄 거니까." 클라리는 실제 마음보다 더 자신 있게 대답했다. 매그너스에게 양의 피를 대는 친절한 공급업자에게 언제든 부탁할 수 있겠지만, 그에 관련된 모든 일을 떠올리자 속이 메스꺼워졌다. "있잖아, 루크도 네가 어머니한테 사실대로 털어놓는 게 좋겠다고 했어. 영원히 속일 수는 없으니까."

"숨길 수 있을 때까지 숨길 거니까."

"루크를 봐." 클라리가 절박하게 말했다. "너도 얼마든지 평범하게 살 수 있어."

"그럼 우린? 넌 뱀파이어 남자 친구 괜찮아?" 사이먼이 씁쓸하게 웃었다. "로맨틱한 피크닉을 수없이 다닐 것 같은데. 피크닉에서 넌 버진(virgin, 무알콜 칵테일을 가리키기도 하지만 처녀라는 뜻도 있다—옮긴이) 피나콜라다를 마시고 난 처녀 피를 마시고 말이야."

"그냥 일종의 장애라고 생각해. 장애를 안고 사는 법을 배우면 되잖아. 많은 사람들이 그렇게 살고 있고."

"난 사람이 아닌 거 같은데, 더 이상."

"나한테는 그대로야. 아무튼, 인간이라는 존재는 좀 과대평가된 경향이 있어."

"제이스한테 '먼데인' 소리는 안 듣겠군, 이제. 손에 든 건 뭐야?" 클라리의 왼손에 들린 책자를 보고 사이먼이 물었다.

"아, 이거?《부모에게 커밍아웃 하는 법》."

사이먼의 눈이 동그래졌다. "나한테 하고 싶은 얘기가 있는 거야?"

"나 보려고 가져온 거 아니야. 너한테 주려고 가져왔지." 클라리가 책자를 내밀었다.

"난 엄마한테 커밍아웃할 필요도 없는걸, 뭐. 이미 내가 게이라고 생각하니까. 스포츠에는 관심도 없고 여자를 제대로 사귄 적도 없다고. 엄마가 아는 한은 그렇다는 거지."

"하지만 뱀파이어라고 커밍아웃해야 하잖아. 루크는 여기에 나온 예들을 어머니한테 말할 때 활용하면 좋을 거라고 했어. 게이라는 말 대신 '언데드'를 넣어서……."

"알았어, 알았다고." 사이먼이 소책자를 펼쳤다. "자, 그럼 널 엄마라고 생각하고 연습한다." 그가 목청을 가다듬었다.

"엄마, 할 말이 있어요. 전 언데드예요. 언데드라는 존재에 대해 편견을 갖고 있을지도 모르겠어요. 제가 언데드라고 생각하면 불편할 수 있다는 것도 알아요. 하지만 언데드 역시 엄마나 저와 다르지 않다는 걸 말하고 싶어요." 사이먼이 잠시 멈췄다. "뭐, 아무래도 엄마보다는 저랑 더 비슷하다고 해야겠지만."

"사이먼."

"알았어, 제대로 한다고." 그가 연습을 계속했다. "무엇보다도 중요한 건 제가 이전과 똑같은 사람이라는 사실이에요. 제가 언데드라는 점은 저한테 가장 중요한 부분이 아니에요. 저의 일부일 뿐이죠. 두 번째로 중요한 건 제 선택이 아니었다는 점이에요. 저는 그렇게 태어났어요."

사이먼이 눈을 가늘게 뜨고 책자 너머로 클라리를 쳐다봤다. "미안, 저는 그렇게 '다시' 태어났어요."

클라리가 한숨을 쉬었다. "장난처럼 하면 어떻게 해?"

"그래도 네가 날 유대인 묘지에 묻었다는 건 말할 수 있겠다." 책자를 던져놓으며 사이먼이 말했다. "작은 것부터 시작할래. 누나한테 말하는 거부터."

"내가 같이 가줄까? 언니한테 설명하는 것도 좀 거들고."

놀라서 쳐다보는 사이먼의 모습에서, 클라리는 그가 두르고 있는 씁쓸한 유머라는 갑옷에 균열이 생긴 것을 보았다. 그리고 그 아래에 깔린 두려움도. "그럴 수 있겠어?"

"난……." 클라리가 입을 여는데, 끼익하는 타이어 소리가 고막을 찢을 것처럼 들려오더니 뒤이어 유리 깨지는 소리가 들렸다. 클라리가 벌떡 일어나 창가로 달려가자 사이먼도 옆으로 달려갔다. 클라리는 커튼을 젖히고 바깥을 자세히 살폈다.

루크의 픽업트럭이 잔디밭에 서 있었다. 모터는 여전히 돌아가고, 마찰로 찢긴 타이어 조각이 보도에 흩어져 있었다. 트럭의 전조등 하나가 환하게 켜졌고, 다른 하나는 완전히 부서졌다. 앞쪽 그릴에 검은 얼룩이 묻었고, 앞바퀴 아래 희끄무레한 것이 웅크리고 누워 있었다. 클라리는 목구멍으로 왈칵 신물이 넘어오는 것을 느꼈다. 루크가 사람을 친 건가?

창의 먼지를 긁어내듯 황급히 글래머를 걷어내고 다시 보니 차 밑에 깔린 것은 사람이 아니었다. 매끈하고 허연 애벌레처럼 생긴 것이 판에 꽂힌 벌레처럼 경련을 일으키고 있었다.

운전석 문이 벌컥 열리고 루크가 뛰어내렸다. 바퀴 아래 깔린 물체를 무시하고 잔디를 쏜살같이 가로질러 현관으로 향하는 그를 눈으로 따라가니, 어둠 속에 거무스레한 형체가 엎드려 있는 것이 보였다. 윤곽으로 보아 사람이었다. 작은 몸집에 밝은색 머리를 땋은 소녀.

"그 늑대인간 소녀잖아, 마야라는." 사이먼이 깜짝 놀란 목소리로 말했다. "무슨 일이지?"

"나도 모르겠어." 클라리가 책장 꼭대기에 엎어둔 스텔레를 꺼내자, 둘은 계단을 뛰어 루크가 있는 곳으로 달려갔다. 웅크리고 앉은 루크는 마야의 어깨를 손으로 받치고 조심스레 그녀를 계단 옆쪽으로 기대게 했다. 마야의 셔츠 앞부분이 찢어졌고 어깨에 난 깊은 상처에서 피가 울컥 솟았다.

사이먼이 갑자기 우뚝 멈춰 서자, 사이먼과 충돌할 뻔한 클라리는 깜짝 놀라 화난 표정으로 그를 쏘아보았다. 그러다 곧 사이먼이 멈춘 이유를 깨달았다. 피. 그는 피가 두려웠던 것이다. 피를 보는 것이.

"마야는 괜찮아." 마야가 머리를 돌리며 신음하는 것을 보고 루크가 말했다. 가볍게 뺨을 치자 마야는 가까스로 눈을 떴다. "마야. 마야, 내 말 들리니?"

마야는 잠시 눈을 깜빡이다가 고개를 끄덕였다. 정신이 멍한 것 같았다. "루크?" 그녀가 힘없이 말했다. "무슨 일이 있었던 거예요?" 그러고는 몸을 움찔했다. "어깨가……."

"널 안으로 데려가야겠다." 루크가 마야를 번쩍 안아 올렸다. 클라리는 루크가 서점에서 일하는 사람치고는 놀랍도록 힘이 세다고 생각했던 사실을 새삼 떠올렸다. 지금은 진짜 이유를 알지만, 예전에는 무거운 책 상자들을 날라서 그런 거라고 생각했었다. "클라리, 사이먼. 얼른 들어가."

모두 안으로 들어갔다. 낡을 대로 낡은 회색 벨벳 소파 위에 마야를 눕힌 루크가 사이먼에게 담요를, 클라리에게는 젖은 수건을 가져오라고 시켰다. 클라리가 돌아오자 마야는 쿠션을 등에 받치고 기대앉아 있었다. 열이 오른 사람처럼 얼굴이 벌게져서는 긴장한 듯이 빠른 말로 루크에게 밖에서 있었던 일을 설명하고 있었다.

"잔디밭을 가로질러 걷고 있는데 무슨 냄새가 났어요. 뭔가 썩은 쓰레기 냄새요. 그래서 돌아섰는데 그게 공격을 해왔어요."

"뭐가 공격을 해와?" 클라리가 루크에게 수건을 건네며 물었다.

마야가 얼굴을 찡그렸다. "뭔지 보진 못했어. 날 쓰러뜨리고는…… 발로 차내려고 했지만, 놈이 너무 빨랐어."

"내가 봤어." 루크가 생기 없는 목소리로 말했다. "집으로 차를 몰고 오는데 네가 잔디밭을 가로질러 가는 게 보이더구나. 그다음에 그걸 봤지. 어둠 속에서 네 뒤를 바짝 따라가던 놈. 차창 밖으로 소리쳤지만 넌 듣질 못했어. 잠시 뒤에 그게 널 쓰러뜨렸고."

"마야를 뒤따라간 게 뭔데요?" 클라리가 물었다.

"드레박 악마." 루크의 목소리가 어두웠다. "놈들은 앞을 보지 못하고 냄새로 사냥감을 추적해. 내가 잔디밭으로 차를 몰고 들어가서 뭉개버렸지."

클라리가 창밖의 트럭을 흘깃 내다보았다. 바퀴 아래서 경련하던 그것은 사라지고 없었다. 악마는 죽고 나면 자신이 속한 차원으로 돌아가니 놀라운 일은 아니었다.

"그게 왜 마야를 공격했죠?" 문득 무슨 생각이 떠올라 클라리는 목소리를 낮췄다. "발렌타인 짓일까요? 주문에 필요한 늑대인간의 피를 얻으려고? 지난번에 방해를 받아서……"

"그건 아닐 거다." 루크가 말했다. "드레박 악마는 피를 빨지도 않고, 고요의 도시에서 본 것 같은 소동은 절대로 일으키지 못해. 대부분 첩자나 전령이지. 내 생각엔 마야가 우연히 그들 앞을 가로막은 것 같아." 루크가 몸을 굽혀서 눈을 감고 조그맣게 끙끙거리는 마야를 살폈다. "어깨를 보게 소매를 좀 걷어 올릴 수 있겠니?"

마야는 입술을 깨물며 고개를 끄덕이고는 팔을 뻗어 스웨터의 소매를 말아 올렸다. 어깨 바로 아래에 길게 베인 상처가 보였다. 피는 팔 쪽으로 흘러내려 굳었고, 벌겋고 들쭉날쭉한 상처를 따라 검은 바늘처럼 생긴 것들이 흉측하게 박혀 있었다. 클라리가 헉하고 숨을 들이켰다.

마야가 공포에 질려 자기 팔을 내려다보았다. "저게 대체 뭐예요?"

"드레박 악마는 이빨이 없는 대신 독이 있는 돌기를 가졌지." 루크가 말했다. "돌기 몇 개가 네 피부에 박혀 부러진 모양이다."

마야가 이를 맞부딪치며 떨기 시작했다. "독이라고요? 그럼 저 이제 죽어요?"

"빨리 처치하면 그럴 일은 없어." 루크가 마야를 안심시켰다. "돌기들을 빼내야 하는데 좀 아플 거야. 참을 수 있겠니?"

고통으로 얼굴이 일그러진 마야가 가까스로 고개를 끄덕이며 말했다. "어서 빼주세요."

"뭘 빼?" 담요를 안고 거실로 들어오던 사이먼이 마야의 상처를 본 순간, 담요를 떨어뜨리며 저도 모르게 뒤로 물러났다. "저게 뭐죠?"

"피를 보니까 비위가 상해, 먼데인?" 마야가 입술을 비틀어 살짝 미소를 짓다가 곧 고통스러운 신음을 내뱉었다. "아, 아파요."

"알아." 루크는 팔 아래쪽을 조심스럽게 수건으로 감싸고 나서 허리띠에서 날이 가는 칼을 꺼냈다. 마야가 칼을 보더니 눈을 질끈 감았다.

"필요한 일을 해주세요. 하지만 다른 사람들이 지켜보는 건 싫어요." 마야가 작은 목소리로 말했다.

"알았다." 루크가 사이먼과 클라리를 돌아보았다. "너희 둘은 부엌에 가 있어. 인스티튜트에 연락해서 무슨 일이 있었는지 알리고. 누군가 보내라고 해. 침묵의 형제는 못 올 테니, 의료 훈련을 받은 사람이나 마법사가 와야 할 거야."

서서히 보랏빛으로 변해가는 마야의 팔과 루크가 든 칼을 보고, 사이먼과 클라리는 얼어붙은 채 루크를 빤히 쳐다볼 뿐 움직이지 않았다. "어서 가!" 루크가 더욱 날카롭게 외치고 나서야 둘은 부엌을 향해 사라졌다.

12
증오

 냉장고에 기댄 클라리는 언짢을 때면 늘 그렇듯 입술을 잘근잘근 깨물었다. 사이먼은 그런 클라리를 물끄러미 바라보았다. 클라리가 얼마나 작은지, 얼마나 가냘프고 연약한지 곧잘 잊곤 했지만, 지금처럼 그녀를 감싸 안아주고 싶은 순간이 오면 오히려 너무 꽉 끌어안았다가 다치게 할지도 모른다는 두려움에 선뜻 행동으로 옮기기가 어려웠다. 더구나 지금은 자신이 얼마나 힘이 센지 정확히 알지도 못하는 상황이었다.
 제이스라면 그러지 않으리란 걸 사이먼은 알았다. 사이먼은 제이스가 둘 중 하나, 또는 둘 모두가 산산이 부서지지 않을까 싶을 정도로 클라리를 꽉 끌어안고 키스하는 모습을 본 적이 있었다. 뱃속이 울렁거렸지만 도저히 눈을 뗄 수가 없는 광경이었다. 제이스는 마치 클라리를 자기 안으로 넣으려는 사람처럼, 둘을 포개어 하나로 만들려는 사람처럼 꽉 끌어안았다.
 물론 클라리는 강했다. 사이먼이 생각하는 것보다도 훨씬 더. 그녀는 섀도우 헌터의 힘과 능력을 지녔다. 하지만 그런 건 중요하지 않았다. 사이먼과 클라리의 관계는 여전히 깜빡이는 촛불처럼 아슬아슬했고 달갈 껍질처럼 연약했다. 그리고 그 관계가 깨지거나 망가지게 그냥 둔다면 자신의 마음도 산산조각 날 것이라는 사실을 사이먼은 알았다. 다시는 회복하지 못할 것이다.

"사이먼." 클라리의 목소리가 그를 다시 지상으로 끌어내렸다. "사이먼, 내 말 듣고 있는 거야?"

"뭐? 아, 듣고 있었지, 그럼." 사이먼은 개수대에 기대면서 클라리의 말에 계속 귀를 기울이는 척했다. 하지만 수도꼭지에서 똑똑 떨어지는 물방울이 또다시 그의 주의를 빼앗았다. 은빛 물방울은 떨어지기 직전에 완벽한 눈물 모양을 이루며 너무도 아름답게 반짝였다. 뱀파이어의 시력은 참 희한했다. 사이먼은 반짝이는 물방울, 꽃 모양으로 금이 간 보도, 길에 흘러내린 기름의 광채 같은 평범하기 짝이 없는 것들에 자꾸만 시선을 빼앗겼다. 그런 것들을 처음 보기라도 하듯이 말이다.

"사이먼!" 클라리가 화난 목소리로 다시 불렀다. 사이먼이 정신을 차리고 보니 클라리가 분홍색 금속 물건을 자신에게 내밀고 있었다. "제이스한테 네가 전화해줬으면 좋겠다고."

그 말에 사이먼은 얼른 정신을 차렸다. "'나더러' 제이스한테 전화를 하라고? 제이스는 날 싫어해."

"아냐, 그렇지 않아." 클라리는 그렇게 말했지만, 스스로도 그 말을 완전히 믿지 않는다는 것을 사이먼은 그녀의 눈빛으로 알았다. "어쨌든 난 제이스하고 말하고 싶지 않아. 부탁이야."

"알았어. 뭐라고 말하면 돼?" 사이먼은 전화기를 받고 제이스의 번호를 찾았다.

"좀 전에 있었던 일을 얘기해줘. 그럼 알아서 할 거야."

제이스는 세 번째 벨에 전화를 받았는데, 급하게 받았는지 숨을 헐떡거렸다. "클라리." 그가 느닷없이 이름을 부르기에 깜짝 놀랐지만, 전화기에 클라리의 이름이 떴을 거라는 당연한 사실이 떠올랐다. "클라리, 너 괜찮은 거야?"

사이먼은 망설였다. 전화기 너머로 들리는 제이스의 어조에는 냉소나 방어의 기색이 조금도 없었고 염려만이 가득했다. 사이먼은 제이스가 이런 투로 말하는 걸 처음 들었다. 둘만 있을 땐 늘 이런 식으로 말하는 걸까? 사이먼은 클라리를 힐끗 쳐다보았다. 클라리는 녹색 눈을 크게 뜨고 무의식적으로 오른손 중지의 손톱을 잘근잘근 깨물면서 사이먼이 전화하는 모습을 지켜보고 있었다.

"클라리." 제이스가 다시 말했다. "네가 날 일부러 피하는 줄 알았어."

사이먼은 순간적으로 짜증이 확 밀려왔다. '넌 클라리의 오빠일 뿐이야'라고 전화기에 대고 외치고 싶었다. '클라리는 네 게 아니야. 그런 목소리로 말할 권리가 너한텐 없다고.'

"그건 맞아." 마침내 사이먼이 차가운 목소리로 말했다. "클라리는 계속 널 피하는 중이야. 난 사이먼이고."

정적이 길게 이어지자 사이먼은 제이스가 전화기를 떨어뜨렸나 생각했다.

"여보세요?"

"그래." 제이스의 목소리는 가을 낙엽처럼 바싹 마르고 서늘했다. 상처받기 쉬운 사람 같은 연약한 분위기는 온데간데없이 사라졌다. "설마 나랑 수다나 떨려고 전화한 건가. 생각보다 엄청 외로운 모양이네, 먼데인."

"나도 너한테 전화 같은 거 하고 싶지 않아. 클라리 부탁을 받고 전화한 거야."

"클라리는 괜찮아?" 제이스의 목소리는 여전히 딱딱하고 냉정했지만, 가을 낙엽에 서리가 내려 반짝이는 얼음이 덮인 것처럼 조금 날카로워졌다. "무슨 일이 생긴 거면……."

"클라리는 잘 있어." 사이먼은 목소리에 분노를 싣지 않으려고 애썼다. 최대한 간단하게 그날 밤의 사건과 마야의 상태를 설명했다. 제이스는 말없이 끝까지 듣더니 몇 가지를 짧게 지시했다. 사이먼은 멍하니 들으면서 고개를 끄덕이다가 제이스가 자신을 볼 수 없다는 사실을 떠올렸다. 그래서 말을 꺼내기 시작했지만 곧 아무 소리도 들리지 않는다는 것을 깨달았다. 제이스가 전화를 끊은 것이다. 사이먼은 아무 말 않고 휴대전화를 클라리에게 내밀었다. "이리로 오겠대."

클라리가 개수대로 쓰러지듯 몸을 기댔다. "지금?"

"그래. 매그너스랑 알렉도 올 거야."

"매그너스?" 클라리가 멍한 표정으로 되묻고는 말을 이었다. "아, 제이스는 매그너스 집에 있지. 인스티튜트에 있는 걸로 착각했네. 당연히 인스티튜트에 있을 리가 없지. 난……."

그때 거실에서 들려온 끔찍한 비명이 그녀의 말을 잘랐다. 클라리는 눈이 휘둥그레졌고, 사이먼은 목덜미의 솜털이 철사처럼 바짝 곤두서는 것만 같았다. "괜찮아. 루크가 마야한테 상처 입힐 리 없어." 사이먼이 달래듯이 말했다.

"아니, 상처 입히고 있어. 어쩔 수 없으니까." 클라리가 대꾸하며 고개를 저었다. "요즘은 모든 게 그래. 어쩔 수 없는 일들뿐이야." 마야가 다시 비명을 지르자, 클라리는 괴로운지 조리대 가장자리를 꽉 움켜쥐며 소리쳤다. "정말 싫어! 전부 다 싫다고! 늘 겁에 질려 있는 것도, 늘 쫓기는 것도, 다음엔 또 누가 다칠까 걱정하는 것도. 옛날로 다시 돌아갈 수만 있다면 소원이 없겠어!"

"하지만 그럴 수 없잖아. 그 누구도 옛날로 돌아가지 못해. 그래도 넌 대낮에 돌아다닐 수나 있지."

클라리가 입을 벌린 채 사이먼에게 돌아섰다. 크게 뜬 그녀의 눈은 어두웠다. "사이먼, 난 그런 뜻이 아니라……."

"알아." 사이먼은 목 안에 무언가 걸린 것 같은 기분을 느끼며 뒤로 물러났다. "나가서 어떻게 되고 있는지 보고 올게." 클라리가 뒤따라 나오지 않을까 잠깐 생각했지만, 사이먼이 나오고 나서 부엌문은 그대로 닫혔다.

거실에는 불이란 불은 모두 켜져 있었다. 얼굴이 흙빛이 된 마야는 담요를 가슴까지 덮고 소파에 누워 눈을 꾹 감고 있었다. 오른팔에는 헝겊 뭉치를 대고 있었는데, 헝겊 한쪽이 피로 흠뻑 젖어 있었다.

"루크는 어디 있어?" 사이먼은 묻고 나서 멈칫했다. 목소리가 생각보다 너무 강하고 냉정하게 나왔기 때문이다. 마야는 굉장히 고통스러워 보였다. 눈은 푹 꺼져 눈 밑이 거무죽죽했고, 고통을 참느라 입술을 굳게 다물고 있었다. 겨우 눈을 뜬 마야가 사이먼을 바라봤다.

"사이먼." 마야가 속삭이듯 말했다. "잔디밭에서 차를 빼려고 나가셨어. 이웃들이 이상하게 생각할까 봐."

사이먼은 창밖을 살짝 내다보았다. 차를 진입로로 돌리는지 전조등 불빛이 집 안을 훑고 지나갔다. "좀 괜찮아? 루크가 그건 다 빼냈어?"

마야가 천천히 고개를 끄덕이며 갈라진 입술로 작게 속삭였다. "너무 피곤해. 그리고 목이 말라."

"물 가져올게." 식탁 옆에 있는 작은 탁자에 물병과 유리잔들이 놓여 있었다. 사이먼은 잔 하나에 미지근한 물을 가득 부어 마야에게 가져갔다. 사이먼의 손이 가늘게 떨리고 마야가 잔을 받을 때 물이 약간 흘렀다. 마야가 고개를 들어 고맙다는 말을 하려는 순간 둘의 손가락이 맞닿았고, 그러자 그녀가 손을 확 빼는 바람에 유리잔이 공중으로 날아갔다. 잔은 탁자 모서리에 부딪혀 반질거리는 나무 바닥에 물을 뿌리며 산산조각이 났다.

"마야? 괜찮아?"

마야가 움칠거리며 사이먼을 피해 소파에 어깨가 꽉 눌릴 때까지 뒤로 물러났다. 입술이 말려 올라가 이가 드러났고, 눈은 노란빛을 띠며 번쩍였다. 궁지에 몰린 개처럼 목구멍에서 낮게 으르렁거리는 소리가 올라왔다.

"마야?" 충격을 받은 사이먼이 다시 그녀의 이름을 불렀다.

"뱀파이어." 마야가 으르렁거렸다.

마야에게 뺨을 맞기라도 한 것처럼 사이먼은 고개가 확 돌아가는 느낌이었다. "마야."

"인간인 줄 알았는데, 너 괴물이구나. 피를 빠는 거머리."

"인간 맞아. 아니, 그러니까 인간이었다고. 며칠 전에 뱀파이어가 됐어." 사이먼은 현기증이 일고 속이 울렁거렸다. "너처럼 나도······."

"나랑 비교할 생각은 하지도 마!" 마야가 가까스로 일어나서 앉은 자세를 취했다. 섬뜩한 노란 눈은 역겨움을 가득 담은 채 사이먼에게 고정되었다. "난 여전히 인간이야. 살아 있는 인간. 하지만 넌 아냐. 피를 먹으며 사는 죽은 존재라고."

"동물 피를······."

"인간의 피를 먹을 수 없어서 그런 거지. 인간을 해쳤다간 섀도우 헌터들이 널 산 채로 불태울 테니까."

"마야." 사이먼은 분노와 간청이 반반씩 어린 목소리로 그녀의 이름을 불렀다. 사이먼이 한 걸음 다가가자 마야가 손을 홱 들어 올렸다. 맹수처럼 갈고리 모양의 날카로운 발톱이 튀어나오더니 믿을 수 없을 정도로 길어졌다. 발톱이 사이먼의 뺨을 할퀴자, 사이먼은 비틀비틀 뒷걸음질하며 뺨에 손을 가져갔다. 뺨에서 흘러내린 피가 입속으로 들어갔다. 찝찔한 피를 맛보자 배가 꾸르륵거렸다.

마야는 이제 무릎을 올리고 웅크린 채 소파 팔걸이에 앉았다. 날카로운 발톱들이 회색 벨벳 소파에 깊은 구멍을 내며 박혔다. 계속해서 나지막하게 으르렁거렸고, 길어진 귀는 머리에 딱 붙었으며, 날카롭고 뾰족한 이가 드러났다. 사이먼의 이처럼 바늘같이 가는 게 아니라, 개의 이빨처럼 강하고 끝이 뾰족했다. 마야의 팔을 덮었던 피 묻은 헝겊이 바닥으로 떨어지자 돌기가 박혔던 구멍들이 보였고, 피가 조금씩 솟아올라 상처 밖으로 흘러내렸다.

아랫입술에 찌르는 듯한 통증이 느껴지자 사이먼은 송곳니가 나왔다는 사실을 알았다. 사이먼의 일부는 마야와 맞붙어 그녀를 쓰러뜨리고 살갗에 이빨을 박아 넣어 뜨거운 피를 꿀꺽꿀꺽 마시고 싶어했다. 하지만 나머지는 비명을 지르고 있는 느낌이었다. 사이먼은 마야를 밀어내듯 손을 내밀고 한 걸음, 한 걸음 뒷걸음질을 쳤다.

마야가 온몸을 긴장시켜 튀어 오르려는 순간, 부엌문이 벌컥 열리면서 클라리가 뛰어 들어왔다. 탁자 위로 몸을 날려 고양이처럼 가볍게 착지한 클라리는 은백색의 번쩍이는 무언가를 들고 있었다. 그녀가 팔을 올릴 때 사이먼은 그것이 새의 날개처럼 우아한 곡선으로 휘어진 단검이라는 걸 알아보았다. 쌩하니 날아간 단검은 마야의 머리카락을 스치고 소파에 깊숙이 박혔다. 마야는 몸을 빼려다가 깜짝 놀랐다. 칼이 그녀의 소맷자락을 물고 소파에 박혔기 때문이다.

클라리가 칼을 휙 잡아 뺐다. 루크의 칼이었다. 클라리는 부엌문을 열고 나와 거실에서 벌어지는 광경을 목격한 순간, 루크가 무기를 숨겨두는 사무실로 곧장 달려갔다. 마야는 쇠약하고 아픈 상태지만 살인을 저지르고 남을 정도로 사나워 보였다. 클라리는 마야의 능력을 믿어 의심치 않았다.

"도대체 이게 무슨 짓이야?" 마치 멀리서 들려오는 목소리 같았다. 강철처럼 단단한 목소리에 클라리 자신도 깜짝 놀랐다. "늑대인간, 뱀파이어, 너희 모두 다운월드 사람이잖아."

"늑대인간은 인간이나 다른 늑대인간을 해치지 않아. 뱀파이어는 살인자야. 사냥꾼의 달에서 소년을 죽인 놈처럼."

"그건 뱀파이어 짓이 아니야." 클라리는 자신의 확고한 어조에 마야의 얼굴이 하얗게 질리는 걸 보았다. "그리고 다운월드에서 안 좋은 일이 있을 때마다 이렇게 서로를 탓하는 걸 그만둔다면, 네피림도 너희 말에 귀를 기울이고 정말로 손을 쓰기 시작할 거라고." 클라리는 말을 마치고 사이먼에게 돌아섰다. 그의 볼에 심하게 베인 상처는 벌써 아물기 시작해서 옅은 붉은색 선으로 변했다. "괜찮아?"

"어. 난 괜찮아." 사이먼이 들릴락 말락 하는 목소리로 대답했다. 클라리는 사이먼의 눈빛에서 그가 마음에도 상처를 입었다는 걸 알았다. 마야에게 한바탕 욕설을 퍼붓고 싶었지만 억지로 참았다.

클라리는 다시 마야에게 돌아섰다. "사이먼이 너처럼 꽉 막힌 아이가 아니어서 다행인 줄 알아. 안 그랬으면 클레이브에 알려서 너희 무리 전체에 책임을 물었을 테니까."

마야가 성난 목소리로 외쳤다. "넌 몰라. 뱀파이어는 악마 에너지에 감염된 존재야."

"그건 늑대인간도 마찬가지잖아! 많이는 몰라도 그 정도는 알아." 클라리가 대꾸했다.

"그게 바로 문제야. 악마 에너지가 우릴 변화시켰어. 서로 다른 존재가 됐다고. 그걸 병이라 부르든 뭐라 부르든 네 자유지만, 뱀파이어를 만든 악마와 늑대인간을 만든 악마는 서로 불화하는 종이란 말이야. 이 둘은 서로를 증오해. 그래서 우리 핏속에도 서로에 대한 적개심이 흘러. 그건 우리도 어쩔 수 없다고. 늑대인간과 뱀파이어는 절대 친구가 될 수 없어." 마야가 사이먼을 쳐다봤다. 활활 타오르는 그녀의 눈빛에 분노와 또 다른 무언가가 담겨 있었다. "너도 곧 날 증오하게 될 거야. 루크도 마찬가지고. 네 힘으로는 어쩔 수 없어."

"루크를 증오하게 된다고?" 사이먼의 얼굴이 잿빛이 되었다.

클라리가 사이먼을 안심시키려고 입을 열기도 전에 현관문이 쾅 하고 열렸다. 루크일 거라고 생각하며 돌아보았지만, 루크가 아니라 제이스였다. 제이스는 온통 검은색으로 몸을 감싸고 있었고, 좁은 골반에 두른 허리띠에는 천사의 검 두 개가 꽂혀 있었다. 곧 알렉과 매그너스가 뒤따라 들어왔는데, 매그너스는 유리 가루로 장식한 듯한 긴 망토를 걸치고 있었다.

제이스의 금빛 눈동자가 레이저처럼 정확하게 클라리에게 고정되었다. 그동안 일어난 모든 일에 대해 제이스가 후회나 염려, 부끄러움의 기색을 보일 거라 생각했다면 그건 클라리의 오산이었다. 제이스는 오로지 화난 사람처럼 보였고, 짜증스럽다는 듯이 날카롭게 말했다. "대체 지금 뭐하는 거야?"

클라리는 자신의 모습을 흘깃 내려다보았다. 손에 칼을 쥐고 여전히 탁자 위에 서 있었다. 등 뒤로 칼을 감추고 싶은 충동이 일었지만 억지로 눌러 참았다. "일이 좀 있었지만 내가 알아서 해결했어."

"그래." 제이스의 목소리에 냉소가 뚝뚝 흘렀다. "그 칼 사용법을 알기나 하는 거야, 클라리사? 네 몸뚱이나 옆에서 구경하는 애먼 사람 몸뚱이에 구멍을 내지는 않았고?"

"아무도 안 다쳤어." 클라리가 이를 악물고 답했다.

"소파를 찔렀지." 마야가 멍한 목소리로 말하며 눈을 감았다. 볼은 여전히 열 기운으로 붉었지만 얼굴의 나머지 부분은 놀랄 정도로 창백했다.

사이먼이 걱정스러운 눈으로 마야를 쳐다보았다. "마야가 점점 안 좋아지는 것 같아."

매그너스가 뒤에서 헛기침을 했다. 사이먼이 움직이지 않자 그가 성가셔 죽겠다는 듯이 말했다. "저리 비켜, 먼데인." 매그너스는 망토 자락을 뒤로 날리며 거실을 성큼성큼 가로질러 마야가 누운 소파로 다가갔다. "이쪽이 내 환자 같은데?"

마야가 흐릿한 눈으로 매그너스를 올려다보았다.

"난 매그너스 베인이라고 해." 매그너스는 부드러운 목소리로 달래듯 말하면서 반지가 줄줄이 끼워진 손을 앞으로 뻗었다. 양손 사이에서 푸른 섬광이 춤을 추기 시작했다. 마치 생체발광 생물들이 물속에서 춤을 추는 것만 같았다. "널 치료하러 온 마법사야. 내가 온다는 말을 못 들은 거야?"

"당신이 누군지 알아요. 그런데 너무…… 너무…… 반짝거리시네요." 마야는 어리둥절한 표정이었다.

알렉이 기침에 억눌린 웃음 소리를 냈다. 매그너스의 가느다란 손이 마야 주변에서 어슴푸레 빛나는 푸른 막을 엮어냈다.

제이스는 웃지 않았다. "루크는 어디 있어?"

"밖에." 사이먼이 대답했다. "잔디밭에서 트럭을 빼러 나갔어."

제이스와 알렉이 짧게 시선을 교환했다.

"재밌네." 제이스가 입을 열었다. 하지만 전혀 재밌지 않은 목소리였다. "계단을 올라올 때 못 봤는데."

가느다란 덩굴손처럼 클라리의 가슴속에서 공포가 서서히 몸을 풀기 시작했다. "픽업트럭은 봤어?"

"진입로에 세워져 있던데. 불은 꺼졌고." 알렉이 말했다.

알렉의 말에 마야를 치료하는 데 집중하던 매그너스까지 고개를 들었다. 매그너스를 둘러싼 그물 모양의 마법의 막 때문에 그의 얼굴이 흐릿하게 보였다. "마음에 안 들어." 먼 곳에서 말하는 것처럼 목소리가 울렸다. "드레박 악마의 공격이 있었잖아. 그놈들은 무리를 지어 돌아다닌다고."

제이스는 이미 천사의 검으로 손을 뻗었다. "가서 확인해보고 올게요. 알렉, 넌 여기 있으면서 아무도 들어오지 못하게 해."

클라리가 탁자에서 뛰어내렸다. "나도 갈래."

"안 돼." 제이스는 클라리가 따라오는지 확인하지도 않고 문을 향해 뚜벅뚜벅 걸어갔다.

클라리가 갑자기 속도를 내어 제이스보다 먼저 달려가 문을 가로막았다. "기다려."

클라리는 제이스가 자신을 뚫고 지나가기라도 할 듯 멈추지 않고 계속 걸어갈 거라고 생각했다. 그러나 제이스는 코앞까지 와서 멈췄다. 얼마나 바짝 다가왔는지 제이스가 말하는 동안 그의 숨결에 자신의 머리칼이 날리는 게 느껴질 정도였다. "필요하다면 널 쓰러뜨리고 지나갈 거야, 클라리사."

"그렇게 부르지 마."

"클라리." 제이스가 나지막이 그녀의 이름을 부르자, 클라리는 그 목소리가 너무나 친밀하게 들려 온몸에 전율이 일었다. 제이스의 금빛 눈동자는 금속처럼 단단하게 보였다. 클라리는 제이스가 정말로 자신을 쓰러뜨릴지, 그리고 그렇게 자신을 쓰러뜨리고 손목을 잡아 꼼짝 못하게 한다면 기분이 어떨지 불현듯 궁금해졌다. 제이스에게 싸움은 섹스나 마찬가지였다. 그런 식으로 자신을 붙잡는 제이스를 떠올리자 뜨거운 피가 뺨으로 확 몰리는 느낌이 들었다.

클라리가 숨을 몰아쉬며 말했다. "루크는 나한테 삼촌이나 다름없어. 너랑은 아무 상관없지만."

제이스의 얼굴에 잔인한 미소가 스쳤다. "너한테 삼촌이면 나한테도 삼촌이지, 사랑하는 동생. 그리고 루크는 우리 중 누구와도 피가 섞이지 않았어."

"제이스."

"게다가 지금 너한테 마크 새기고 있을 시간도 없어." 제이스는 황금빛 눈으로 천천히 클라리를 훑었다. "네가 가진 거라곤 그 칼뿐이잖아. 악마와 마주치면 그런 칼은 쓸모도 없어."

클라리가 문 옆의 벽에다 칼을 콱 박아 넣자 제이스가 깜짝 놀랐다. "그래서? 넌 천사의 검이 두 개나 되잖아. 하나 주면 되지."

"아, 제발 좀! 차라리 내가 갈게." 사이먼이었다. 석탄처럼 검은 눈을 이글거리며 양손을 주머니에 넣고 서 있었다.

"사이먼, 안 돼." 클라리가 말했다.

"적어도 난 여기서 이렇게 사랑싸움이나 하며 시간을 낭비하진 않아." 사이먼은 이렇게 말하고는 클라리에게 문에서 비키라고 손짓했다.

제이스가 입술을 꾹 다물었다. "그럼 모두 같이 가." 그러고는 놀랍게도 천사의 검을 하나 뽑아 클라리에게 건넸다. "받아."

"이름이 뭐야?" 클라리가 문에서 비키며 물었다.

"나키어."

재킷을 부엌에 두고 문밖으로 나오는 순간, 이스트 강에서 불어오는 차가운 바람이 클라리의 얇은 셔츠 속으로 파고들었다. "루크?" 클라리가 소리쳐 불렀다. "루크!"

루크의 픽업트럭은 진입로에 주차되어 있었다. 문 하나가 활짝 열려 있었고, 실내등이 켜진 채로 희미하게 차 안을 비추었다. 제이스가 인상을 썼다. "열쇠가 그대로 꽂혀 있어. 엔진은 계속 돌아가고 있고."

사이먼이 현관문을 닫았다. "그걸 어떻게 알아?"

"소리가 들리니까." 제이스가 사이먼을 빤히 쳐다보았다. "잘 들어보면 네 귀에도 들릴걸, 흡혈귀." 그러고는 제이스가 계단을 경중경중 뛰어 내려가자, 조그맣게 킬킬거리는 소리가 바람에 실려 들려왔다.

"흡혈귀보단 먼데인이 나은 거 같은데." 사이먼이 중얼거렸다.

"소용없어. 네가 원하는 대로 불러줄 제이스가 아냐." 클라리가 청바지 주머니에서 매끈하고 서늘한 돌을 꺼냈다. 마법의 불이었다. 들어 올리자 작은 태양을 쥔 것처럼 손가락 사이로 빛이 쏟아져 나왔다. "가자."

제이스가 말한 대로였다. 트럭은 엔진이 돌아가고 있었고, 가까이 다가가자 가스 냄새가 났다. 클라리는 가슴이 덜컥 내려앉았다. 루크는 열쇠를 꽂고 문을 열어둔 채로 차를 떠날 사람이 아니었다. 무슨 일이 벌어지지 않는 한은.

제이스가 트럭 주위를 돌다가 얼굴을 찡그렸다. "불을 좀 더 가까이 대봐." 제이스는 무릎을 꿇고 잔디를 쓸어보더니 재킷 안주머니에서 클라리도 아는 물건을 꺼냈다. 섬세한 룬으로 뒤덮인 반들거리는 금속 물건, 바로 센서였다. 제이스가 잔디 위로 센서를 움직이자 딸각거리는 소리가 시끄럽게 들렸다. 방사능 측정기가 미친 듯이 울려대는 소리와 비슷했다. "악마의 활동이 분명히 감지돼. 수치도 높고."

"마야를 공격한 놈의 흔적은 아닐까?" 사이먼이 물었다.

"그렇게 보기엔 수치가 너무 높아. 악마가 한 놈 이상 얼쩡거렸다는 뜻이지." 제이스가 자리에서 일어나 딱딱하게 말했다. "너희 둘은 집 안으로 들어가는 게 좋겠다. 알렉을 내보내. 알렉은 전에도 이런 상황을 접해봤으니까."

"제이스." 클라리가 다시 화를 내려는 순간, 무언가가 그녀의 시선을 끌었다. 길 건너, 바위로 뒤덮인 강둑 옆에서 휙휙 움직이는 것이 있었다. 그런데 어딘가 이상했다. 빛을 받는 각도도 그렇고, 움직이는 속도도 그렇고, 인간이라고 하기에는 너무 긴 것도 그렇고…….

클라리가 황급히 그곳을 가리켰다. "저기 봐! 강가에 뭔가 있어!"

시선을 옮긴 제이스가 짧게 숨을 들이켰다. 그러고는 달리기 시작했고, 사이먼과 클라리도 제이스를 따라 달렸다. 아스팔트가 깔린 켄트 가를 건너 풀이 우거진 물가로 향했다. 마법의 불이 흔들리며 강둑 곳곳에 빛을 던졌다. 잡초가 자란 풀밭에는 콘크리트 조각과 깨진 유리, 쓰레기 더미가 널려 있었다. 강물이 분명히 보이는 곳까지 다다랐을 때 바닥에 쓰러진 사람의 형체가 눈에 들어왔다.

루크였다. 등이 굽은 두 개의 검은 형체가 얼굴을 가리고 있었지만, 그 정도도 못 알아볼 클라리가 아니었다. 루크는 바닥에 등을 대고 누워 있었는데, 물에서 너무 가까워서 구부정한 놈들이 그의 머리를 물속으로 처넣고 있는 줄 알았다. 하지만 다음 순간 쉭쉭 소리를 내며 놈들이 뒤로 물러났고, 자갈이 깔린 강둑 위에 루크의 머리가 놓인 것이 보였다. 얼굴은 온통 잿빛이었고, 고개가 축 늘어져 있었다.

"라움 악마야." 제이스가 속삭였다.

사이먼이 눈을 크게 떴다. "마야를 공격한 악마와 같은 놈들이야?"

"아냐. 훨씬 끔찍해." 제이스가 사이먼과 클라리에게 자신의 뒤로 오라고 손짓했다. "너희 둘은 뒤로 물러나 있어." 그가 천사의 검을 들어 올렸다. "이스라피엘!" 하고 외치자, 검에 빛이 들어오면서 주변을 환하게 비췄다. 제이스가 검을 휘두르며 가까이에 있는 악마를 향해 달려갔다. 검의 불빛에 악마의 끔찍한 모습이 그대로 드러났다. 허여멀건 피부는 비늘로 뒤덮였고, 입이 있어야 할 자리에는 검은 구멍이 뻥 뚫렸으며, 눈은 두꺼비처럼 툭 튀어나왔다. 팔 끝에는 손 대신 촉수가 달렸다. 악마가 그 촉수들을 제이스에게 휘둘렀다. 믿을 수 없을 정도로 빠른 속도였다.

하지만 제이스는 더 빨랐다. 싹둑 하는 소름 끼치는 소리와 함께 이스라피엘이 악마의 촉수를 베어내 공중으로 날려 보냈다. 날아간 촉수는 클라리의 발 앞으로 툭 떨어져 꿈틀거렸다. 회백색이었고 끝에 새빨간 빨판들이 달렸는데, 빨판 안에는 작고 바늘처럼 뾰족한 이빨들이 촘촘하게 박혀 있었다.

사이먼이 구역질하는 소리를 냈다. 역겹기는 클라리도 마찬가지였다. 경련하는 촉수 덩어리를 발로 차서 지저분한 풀밭 저편으로 날려 보냈다. 고개를 드니 제이스가 그놈과 엉겨 붙어 강가를 뒹굴고 있었다. 제이스가 악마의 남은 촉수와 잘린 손목에서 뿜어져 나오는 검은 피를 피하느라 이리저리 몸을 비틀 때마다, 천사의 검에서 뿜어져 나온 빛이 우아하게 아치 모양을 그리며 강으로 날아가 물 위에서 산산이 부서졌다. 클라리는 망설였다. 루크에게 가봐야 할까, 제이스를 도우러 달려가야 할까? 그 순간 사이먼이 "클라리, 조심해!"라고 외치는 소리가 들렸고, 돌아보니 두 번째 악마가 그녀를 향해 곧장 돌진해왔다.

허리띠에서 천사의 검을 뺄 시간도, 검의 이름을 외칠 시간도 없었다. 클라리가 손을 앞으로 뻗는 순간, 악마가 그녀를 쓰러뜨렸다. 클라리는 비명을 지르며 뒤로 넘어져 울퉁불퉁한 바닥에 어깨를 세게 부딪혔다. 미끈거리는 촉수들이 그녀의 살갗을 스쳤다. 촉수 하나가 그녀의 팔을 휘감아 고통스러울 정도로 꽉 조였고, 다른 하나는 위로 쭉 뻗어 목을 감았다. 클라리는 목을 감은 촉수를 떼어내려고 미친 듯이 몸부림치고 발길질을 해댔다. 폐가 터질 것처럼 고통스러웠다.

그러다 별안간 조이던 힘이 사라졌다. 악마가 그녀를 놓아준 모양이었다. 클라리는 캑캑대며 숨을 한껏 들이마시고, 몸을 굴려 무릎을 땅에 대고 일어나 앉았다. 악마는 반쯤 몸을 웅크린 채 동공 없는 검은 눈으로 그녀를 뚫어져라 쳐다봤다. 다시 달려들 준비를 하는 걸까? 클라리는 재빨리 천사의 검을 빼들고 외쳤다.

"나키어." 빛줄기가 손가락에서부터 뻗어나갔다. 천사의 검을 들어보는 건 이번이 처음이었다. 손안에서 검의 자루가 진동하는 것이 느껴졌다. 마치 검이 살아나는 느낌이었다. "나키어!" 클라리는 비틀거리며 일어서서 크게 소리치고는 검을 뻗어 라움 악마를 겨눴다.

놀랍게도 다음 순간 악마는 클라리가 두렵다는 듯이 촉수를 흔들며 잽싸게 뒤로 물러났다. 물론 악마가 클라리를 두려워한다는 건 있을 수 없는 일이겠지만. 클라리는 자신을 향해 달려오는 사이먼을 보았다. 그는 손에 쇠파이프 같은 것을 들고 있었다. 사이먼의 뒤로 제이스가 몸을 일으키는 모습도 보였다. 맞서 싸우던 악마는 죽었는지 온데간데없이 사라졌다. 두 번째 라움 악마는 입을 크게 벌리고 거대한 올빼미처럼 괴로움에 찬 울음소리를 내지르더니, 느닷없이 몸을 돌려 촉수를 흔들며 강둑으로 달려가 물속으로 뛰어들었다. 거무스름한 물이 크게 한 번 솟구치고는 끝이었다. 거품 방울조차 수면으로 떠오르지 않았다.

제이스가 클라리 곁으로 달려왔다. 그는 악마의 검은 피를 잔뜩 묻힌 채 허리를 꺾고 숨을 헐떡거렸다. "어떻게…… 된 거야?" 제이스가 숨을 고르며 겨우 물었다.

"모르겠어. '나한테 덤벼들어서 싸우려고 했는데 너무 빨라서…… 그러다 갑자기 달아나버렸어. 뭔가 무서운 걸 본 것처럼."

"괜찮아?" 사이먼이 클라리 옆에 가까스로 멈춰 서며 물었다. 조금도 헐떡이지 않는 사이먼을 보자 클라리는 그가 더 이상 숨을 쉬지 않는다는 사실이 새삼 떠올랐다. 사이먼은 두껍고 긴 파이프 하나를 손에 든 채 걱정스러운 표정으로 서 있었다.

"그건 어디서 났어?" 제이스가 물었다.

"전신주에서 잡아 뽑았어." 사이먼 스스로 생각해도 놀라운 모양이었다. "아드레날린이 솟구치면 못하는 게 없나 봐."

"아니면 저주받은 자의 부정한 힘을 갖고 있거나." 제이스가 말했다.

"그만해, 둘 다." 클라리가 쏘아붙이자 사이먼은 불쌍한 표정을, 제이스는 짓궂은 표정을 지어 보였다. 클라리가 둘을 밀치고 강둑으로 걸어갔다. "루크를 잊은 거야?"

루크는 여전히 의식이 없었지만 숨은 쉬고 있었다. 마야처럼 얼굴이 아주 창백했고, 셔츠 어깨 부분이 찢어졌다. 클라리가 피에 젖은 셔츠 자락을 조심조심 들어 올리자, 악마의 촉수가 닿았던 부분에 동그랗고 빨간 상처들이 모여 있었다. 상처마다 피와 검은 액체가 조금씩 흘러나오는 것을 본 클라리가 놀라 숨을 들이켰다. "얼른 안으로 옮기자."

사이먼과 제이스가 축 늘어진 루크를 들고 계단을 오르자, 매그너스가 현관에서 그들을 기다리고 있었다. 마야를 루크의 침대로 옮겨놓은 터라, 마야가 누웠던 소파에 루크를 눕혔다.

"괜찮을까요?" 클라리가 소파 주위를 맴돌며 물었다. 매그너스는 양손 사이에 어른거리는 푸른 불꽃을 일으키고 있었다.

"괜찮아질 거야. 라움의 독은 드레박의 돌기보다 좀 더 까다롭지만 치료하는 데는 문제없어." 그러고는 클라리에게 저리 가라는 몸짓을 했다. "내가 일을 하도록 네가 물러나 준다면 말이야."

클라리는 마지못해 안락의자로 가서 털썩 주저앉았다. 제이스와 알렉은 창가에서 머리를 맞대고 이야기하고 있었다. 제이스의 손짓으로 보아 조금 전의 일을 설명하는 듯했다. 불편해 보이는 사이먼은 부엌문 옆에 기대어 깊은 생각에 빠져 있었다. 클라리는 힘없이 늘어진 루크의 잿빛 얼굴을 보고 싶지 않아서, 사이먼에게 시선을 준 채 익숙한 부분과 낯선 부분을 찾아보았다. 안경을 쓰지 않은 사이먼의 눈은 두 배로 커 보였고, 갈색보다 검은색에 가까울 정도로 색이 짙었다. 피부는 하얀 대리석처럼 창백하고 매끈한데, 관자놀이 부근에 짙은 혈관이 비쳐 보였고, 광대뼈가 또렷하게 드러났다. 머리카락도 전보다 색이 짙어져서 하얀 얼굴과 극명하게 대조를 이루었다. 클라리는 라파엘의 호텔에서 뱀파이어 무리와 마주쳤을 때 매력적이지 않거나 못생긴 뱀파이어는 없는 걸까 궁금했다. 그때는 육체적인 매력이 없는 사람은 뱀파이어가 될 수 없는 규칙 같은 게 있나 보다고 생각했지만, 이제는 뱀파이어의 특질 자체에 그런 변화가 포함되어 있을지도 모른다는 생각이 들었다. 우둘투둘한 피부를 매끈하게 하고, 눈과 머리카락에 색과 윤기를 더하는 변화. 어쩌면 그것은 뱀파이어란 종족이 진화를 통해 얻게 된 이점일지도 모른다. 아름다운 외모는 먹잇감을 유혹하는 데 도움이 될 테니 말이다.

클라리는 사이먼이 검은 눈을 크게 뜨고 자신을 빤히 쳐다보는 것을 느꼈다. 공상에서 깨어난 클라리가 매그너스 쪽으로 시선을 돌리니, 매그너스는 이미 자리에서 일어났고 푸른빛은 사라지고 없었다. 루크는 여전히 눈을 감고 있었지만, 안색이 제대로 돌아왔고 호흡도 고르고 깊었다.

"좋아졌네요!" 클라리가 외치자 알렉과 제이스, 사이먼이 상태를 보러 서둘러 다가왔다. 사이먼이 그녀의 손안으로 자신의 손을 밀어 넣자, 클라리는 안도감을 느끼며 그의 손을 꽉 잡았다.

"이제 루크는 살아나는 건가요?" 근처 의자에 주저앉는 매그너스에게 사이먼이 물었다. 매그너스는 지칠 대로 지쳐 보였고, 얼굴은 일그러지고 푸르스름했다. "확실해요?"

"그래, 확실해. 난 브루클린의 대마법사야. 일은 아주 확실하게 하지." 매그너스의 눈길이 제이스에게 향했다. 제이스는 알렉에게 뭔가 말하고 있었지만 목소리가 너무 낮아 다른 사람에겐 들리지 않았다.

"일 얘기가 나왔으니 말인데." 매그너스가 딱딱하게 굳은 목소리로 말을 이었다. 클라리는 매그너스가 그런 목소리로 말하는 걸 처음 들었다. "너희가 대체 무슨 생각으로 이러는지 알 수가 없네. 살을 파고든 발톱을 깎는 일만큼이나 하찮은 일들이 생길 때마다 나한테 전화를 해대니 말이야. 대마법사로서 난 시간당 비용이 아주 높아. 나보다 낮은 마법사 중엔 훨씬 적은 비용으로 일을 해줄 자들도 수없이 많다고."

클라리가 놀라서 눈을 깜빡이며 말했다. "우리한테 지금 돈을 받겠다는 거예요? 루크는 친구잖아요!"

매그너스가 셔츠 주머니에서 가느다란 푸른색 담배를 하나 꺼냈다. "내 친구는 아니지. 네 어머니가 널 데려와서 기억의 마법을 새로 걸 때 루크도 몇 번 왔지만 그렇게 만난 게 다야." 매그너스가 담배 끝을 손으로 스치자 여러 색깔의 불꽃이 피어올랐다. "내가 너희를 돕는 게 친절한 마음에서 우러나온 행동이라고 생각하는 거야? 아니면 너희가 아는 마법사가 나밖에 없는 건가?"

마법사의 짧막한 연설을 듣는 동안 분노가 끓어오른 제이스의 눈이 호박색에서 금색으로 변했다. "아뇨." 제이스가 마침내 말문을 열었다. "하지만 우리 친구와 데이트하는 마법사는 당신밖에 없거든요."

모두가 제이스를 뚫어지게 쳐다봤다. 알렉은 공포에 질려서, 매그너스는 화가 나서, 클라리와 사이먼은 깜짝 놀라서.

제일 먼저 입을 연 것은 알렉이었다. "왜 그런 소릴 하는 거야?" 목소리가 떨렸다.

이해가 안 된다는 듯 제이스가 되물었다. "그런 소리라니?"

"내가…… 우리가…… 데이트한다는…… 그건 사실이 아니야." 목소리를 떨지 않으려고 애쓰느라 알렉의 음성이 몇 옥타브씩 오르락내리락했다.

제이스가 알렉을 빤히 쳐다봤다. "매그너스와 데이트하는 사람이 '너'라는 말은 하지 않았는데. 그런데도 누구를 말하는지 정확히 알아듣다니, 좀 웃긴걸."

"우린 데이트하는 사이가 아니야." 알렉이 다시 한 번 말했다.

"그래? 그럼 넌 모든 사람한테 그렇게 다정하게 구는 거야?" 매그너스가 입을 열었다.

"매그너스." 알렉이 애원하듯 마법사를 쳐다봤다. 그러나 매그너스는 이제 진력이 나는지 더는 못 참겠다는 표정이었다. 팔짱을 끼고 뒤로 기대어 눈을 가늘게 뜨고 앞에서 펼쳐지는 장면을 말없이 지켜보았다.

알렉이 제이스에게 돌아섰다. "설마 네가 그런 생각을……."

제이스는 알 수 없다는 표정으로 고개를 저었다. "내가 이해할 수 없는 건, 왜 매그너스와의 관계를 그토록 철저하게 숨겼느냐는 거야. 말을 한다고 해도 난 아무렇지 않았을 텐데."

알렉을 안심시키려고 한 말이었지만 의도한 효과를 내지는 못했다. 알렉은 얼굴이 파랗게 질려서 입을 다물어버렸다.

제이스가 매그너스에게 돌아섰다. "매그너스가 얘기 좀 해줘요. 난 정말 아무렇지도 않다고."

"아." 매그너스가 조용히 말했다. "내 생각에 그 뜻만큼은 확실하게 전달된 것 같은데."

"그럼 왜……." 제이스의 얼굴에 당혹스러운 기색이 역력했다.

클라리는 매그너스가 사실을 말하고 싶은 강렬한 충동과 싸우고 있다는 것을 알아차렸다. 불현듯 알렉이 안쓰러워진 클라리가 사이먼의 손을 놓으며 말했다. "제이스, 이제 그만해."

"뭘 그만해?" 루크가 물었다. 클라리가 획 돌아보자 루크가 일어나서 소파에 앉아 있었다. 고통 때문에 얼굴을 약간 찡그린 것만 빼고는 건강해 보였다.

"루크!" 소파로 달려가 껴안으려다가 루크가 어깨에 손을 얹은 것을 보고 클라리는 마음을 바꿨다. "무슨 일이 있었는지 기억나요?"

"아니, 거의 기억이 안 나." 루크가 한 손으로 얼굴을 쓸어내렸다. "트럭까지 간 건 기억나는데. 뭔가가 어깨를 세게 쳐서 옆으로 쓰러졌고, 무지막지한 고통이 밀려왔거든. 어쨌든 그리고 나서 기절을 한 모양인데, 정신이 들고 보니 다섯 사람이 소리를 지르고 있잖아. 대체 무슨 일이야?"

"아무것도 아니에요." 클라리, 사이먼, 알렉, 매그너스, 그리고 제이스까지, 놀랍도록 한목소리로 합창하듯 대답했다. 두 번은 있기 힘들 정도로 완벽한 일치였다.

루크는 눈썹을 휙 추켜세웠지만, "알았어"라고 한마디만 하고 입을 다물었다.

마야가 루크의 침대에서 자고 있어서 루크는 계속 소파를 쓰겠다고 했다. 클라리가 자신의 침대를 쓰라고 권했지만, 루크는 말을 듣지 않았다. 결국 포기한 클라리는 담요를 꺼내기 위해 벽장으로 향했다. 높은 선반에서 이불을 내리는데 뒤에서 인기척이 느껴졌다. 돌아서서 누군지 알아보고 깜짝 놀라, 들고 있던 담요를 바닥에 떨어뜨렸다.

제이스가 있었다. "놀라게 해서 미안해."

"됐어." 클라리가 허리를 굽혀 담요를 주웠다.

"솔직히 말하면 미안하지 않아. 네가 감정을 표현하는 건 며칠 만에 처음 봤으니까."

"며칠 동안 얼굴도 못 봤잖아."

"그게 누구 탓이지? 네가 전화를 받지 않았잖아. 그리고 난 마음대로 널 보러 올 처지가 아니고. 잊었는지 모르겠지만, 나 감옥에 있어."

"감옥은 아니지." 클라리는 허리를 펴며 최대한 가볍게 말했다. "매그너스와 함께 지내잖아. 그리고 〈길리건의 섬〉도 있고."

제이스는 〈길리건의 섬〉 출연자들이 해부학적으로 불가능해 보이는 일들을 하곤 한다고 알려주었다.

클라리가 한숨을 내쉬었다. "매그너스랑 가봐야 하는 거 아니야?"

제이스가 입술을 비틀었다. 눈 뒤에서 무언가 갈라진 듯 고통의 불꽃이 튀었다. "얼른 보내지 못해 안달이네."

"아냐." 눈을 마주 볼 자신이 없어 클라리는 담요를 껴안으며 제이스의 손만 쳐다봤다. 흉터가 남은 늘씬한 손가락은 아름다웠고, 모겐스턴 반지를 끼었던 오른손 집게손가락에는 하얀 반지 자국이 남아 있었다. 어루만지고 싶은 열망이 극으로 치달아 클라리는 담요를 놓고 비명을 지르고 싶었다. "내 말은 그런 뜻이 아니라고. 널 증오하지 않아, 제이스."

"나도 널 증오하지 않아."

클라리가 안도하며 제이스를 올려다보았다. "다행이네."

"널 증오할 수 있었으면 좋겠어." 제이스가 말했다. 목소리는 가벼웠고 별일 아니라는 듯 반쯤 웃고 있었지만, 눈빛은 고통으로 가득했다. "널 증오하고 싶어. 증오하려고 노력도 해봤어. 그렇게만 되면 훨씬 견디기 쉬울 거 같아서. 어떨 땐 정말로 네가 밉다고 생각하다가도 네 얼굴만 보면 난……."

담요를 하도 꽉 잡아서 손에 감각이 없어졌다. "넌 뭐?"

"어떨 거 같아?" 제이스가 고개를 저었다. "넌 아무것도 말해주지 않는데 왜 나만 매번 내 감정을 전부 얘기해야 하지? 꼭 벽에다 머리를 들이박는 기분이야. 벽에 머리를 박으면 멈출 수나 있지."

클라리는 입술이 떨려 말하기가 힘들었다. "난 쉬운 것 같아? 네 생각엔 내가……."

"클라리?" 사이먼이었다. 새로 얻은 능력을 발휘해 소리 없이 우아하게 복도로 걸어와 그녀를 깜짝 놀라게 했다. 너무 놀란 클라리는 또다시 담요를 떨어뜨렸다. 얼른 고개를 돌렸지만 그땐 이미 자신의 표정을 사이먼에게 들키고 난 후였다. 눈가에 맺힌 반짝이는 물기까지. "알았어." 사이먼이 긴 침묵 끝에 입을 열었다. "방해해서 미안해." 사이먼이 도로 거실로 돌아가자, 클라리는 눈물 때문에 흐려진 시선으로 그의 뒷모습을 쫓았다.

"젠장." 클라리가 제이스에게 돌아섰다. "대체 너 왜 그래?" 의도했던 것보다 더 사나운 목소리가 튀어나왔다. "왜 모든 걸 망쳐버리는 거야?" 클라리는 제이스의 가슴에 담요를 확 떠밀어 안기고는 사이먼을 찾으러 거실로 나갔다.

사이먼은 이미 문밖에 있었다. 클라리는 문이 쾅 닫히도록 놔두고 뛰어나가, 사이먼이 계단을 내려가기 전에 따라잡았다. "사이먼! 어디 가는 거야?"

내키지 않는다는 듯이 사이먼이 돌아섰다. "집에. 늦었잖아. 해 뜰 때까지 여기 있고 싶지 않아."

해가 뜨려면 아직 멀었기 때문에 별로 설득력 있게 들리지 않았다. "어머니를 피하고 싶으면 얼마든지 여기 있어도 된다는 거, 알잖아. 내 방에서 자도 되고."

"그건 별로 좋은 생각이 아닌 것 같아."

"왜? 안 가도 되는데 굳이 가려는 이유를 모르겠어."

사이먼이 미소를 지었다. 서글픔과 또 다른 무언가가 스며 있었다.

"세상에서 제일 끔찍한 게 뭔지 알아?"

클라리가 눈을 깜빡이며 사이먼을 보았다. "아니."

"사랑하는 사람을 믿지 못하는 거."

클라리가 사이먼의 팔에 손을 얹었다. 사이먼은 팔을 빼지는 않았지만 클라리의 손길에 어떤 반응도 하지 않았다. "네 말은……."

"그래." 사이먼이 먼저 말했다. "너 말이야."

"넌 나 믿잖아."

"그럴 수 있다고 생각했어. 하지만 넌 함께할 수 있는 사람하고 함께하려고 노력하기보단, 그럴 수 없는 사람을 갈망하는 쪽을 더 원하는 거 같더라."

아닌 척을 해봐야 소용없었다. "시간을 좀 줘. 극복할 시간이 필요한 것뿐이야. 마음을 추스를 시간."

"내 말이 틀렸다고는 안 할 거지?" 사이먼이 물었다. 현관등의 희미한 불빛을 받아 눈이 아주 크고 검게 보였다. "이번에는."

"이번엔 아니야. 미안해."

"미안해하지 마." 사이먼은 클라리가 뻗은 손을 외면하고 계단을 향해 걸어갔다. "적어도 그건 진실이니까."

'그 대가가 무엇이건 간에.' 클라리는 주머니에 손을 찔러 넣은 채 사이먼이 어둠 속으로 완전히 모습을 감출 때까지 그의 뒷모습을 바라보았다.

매그너스와 제이스는 결국 그곳에서 하룻밤을 보내게 되었다. 매그너스가 마야와 루크의 상태를 조금 더 지켜보고 싶다고 했기 때문이다. 제이스는 루크의 피아노 앞에 앉아서 클라리 쪽으로는 시선을 주지 않고 열심히 악보를 들여다보고 있었다. 클라리는 지루해하는 매그너스와 몇 분간 어색하게 대화를 나누고, 일찍 잠자리에 들겠다며 방으로 들어갔다.

클라리는 좀처럼 잠이 오질 않았다. 제이스가 조용히 연주하는 피아노 소리가 벽을 뚫고 들려왔지만, 그 때문에 잠들지 못한 것은 아니었다. 클라리는 사이먼 생각을 했다. 더 이상 집처럼 느껴지지 않을 곳으로 떠나가던 사이먼을. 그리고 '널 증오하고 싶어'라고 말할 때 제이스의 목소리에서 느껴지던 절망감도 떠올랐다. 아직 제이스를 사랑하는 알렉이 매그너스와의 관계를 알리고 싶어하지 않기에 제이스 앞에서 입을 다문 매그너스도 떠올랐다. 진실을 말하고 났을 때 매그너스가 느꼈을 만족감도, 그런데도 매그너스는 말하지 않았다는 사실도, 그래서 알렉이 계속 거짓말을 하고 둘은 아무런 관계가 아닌 것처럼 행동했다는 사실도 떠올랐다. 그리고 그것이 알렉이 원하기 때문이라는, 매그너스가 그만큼 알렉을 소중히 여기기 때문이라는 사실도 함께. 그러니 실리코트 여왕의 말은 진실일지도 모르겠다. 사랑은 사람을 거짓말쟁이로 만들었다.

13
반역의 천사들

　라벨의 〈밤의 가스파르〉는 세 개의 악장으로 나뉜다. 제이스는 1악장을 연주하고 부엌으로 가서 루크의 전화기로 어딘가에 전화를 걸었다. 그러고는 다시 피아노로 돌아와 연주를 계속했다.
　3악장을 반 정도 연주했을 때 빛줄기 하나가 루크의 잔디밭을 쓸고 지나갔다. 그 빛은 곧바로 사라지고 주위는 다시 어둠에 잠겼지만, 제이스는 벌떡 일어나 재킷을 집었다.
　소리 없이 현관문을 닫고는 한 번에 두 개씩 계단을 뛰어 내려갔다. 보도 옆 잔디밭에 오토바이 한 대가 엔진을 털털거리며 서 있었다. 오토바이는 묘하게 살아 있다는 느낌이었다. 본체 위로 굽이치는 파이프는 울룩불룩 튀어나온 혈관을 닮았고, 희미하게 빛을 내는 하나뿐인 전조등은 번득이는 눈을 닮았다. 오토바이는 거기에 기대어 호기심 어린 눈으로 제이스를 바라보는 소년만큼이나 살아 있는 듯했다. 소년은 갈색 가죽 재킷을 걸치고 구불거리는 검은 머리를 옷깃까지 늘였는데, 가늘게 뜬 눈 위로도 머리카락이 흘러내렸다. 제이스는 하얀 이를 드러내며 빙글거리는 소년을 보면서, 그도 오토바이도 정말로 살아 있는 것은 아니란 사실을 다시금 떠올렸다. 둘 다 악마의 에너지로 움직이는 존재일 따름이었다.

"라파엘." 제이스가 인사를 건네듯 그의 이름을 불렀다.

"요청한 대로 이걸 끌고 왔지."

"그러게."

"악마의 오토바이 같은 물건을 어디에 쓰려는지 몹시 궁금하긴 해. 무엇보다 이건 코브넌트가 허락하지 않는 물건이고, 네가 이미 하나를 갖고 있다는 소문도 있어서 말이야."

"맞아. 나한테도 하나 있긴 하지." 제이스가 순순히 인정했다. 그는 주위를 돌며 모든 각도에서 오토바이를 살폈다. "하지만 인스티튜트 옥상에 있어서 지금 당장 쓸 수가 없거든."

라파엘이 나지막이 킬킬거렸다. "우리 둘 다 인스티튜트에서 환영받지 못하는 존재인 모양이군."

"너희 흡혈귀들은 여전히 긴급 수배 대상인가?"

라파엘이 몸을 옆으로 기울여 섬세한 동작으로 침을 뱉었다. "우리한테 모든 혐의를 뒤집어씌웠어. 늑대인간, 요정, 심지어 마법사의 죽음까지. 우린 마법사의 피는 마시지 않는다고 말했는데도 말이야. 마법사의 피는 씁쓸하기도 하지만 간혹 이상한 변화를 유발해." 그가 성난 목소리로 말했다.

"메이리스한테 얘기해봤어?"

"메이리스." 라파엘이 눈을 반짝였다. "메이리스에게 말하고 싶어도 할 수가 없어. 이제 모든 결정을 심문관이 내리거든. 문의나 요청은 모두 심문관을 통해야만 해. 상황이 좋지 않아, 친구. 아주 좋지 않다고."

"그러게 말이야. 하지만 우린 친구가 아냐. 사이먼 일을 클레이브에 알리지 않은 건 네 도움이 필요해서야. 네가 마음에 들어서가 아니라."

라파엘이 싱긋 웃어 보이자, 이가 어둠 속에서 하얀 광채를 발했다. "넌 날 마음에 들어해." 그러고는 한쪽으로 머리를 살짝 기울였다. "그런데 좀 이상하군. 클레이브의 눈 밖에 났으니 어딘가 달라 보일 줄 알았는데 말이야. 이젠 그들의 사랑스러운 아들이 아니잖아. 그러니 네 오만함이 조금은 사라졌을 줄 알았는데, 전혀 아니네."

"난 일관성을 중요하게 여기거든. 그건 그렇고 오토바이를 내놓을 거야, 말 거야? 해가 뜰 때까지 몇 시간밖에 남지 않았어."

"날 집까지 태워줄 생각은 없는 모양이지?" 라파엘이 우아한 동작으로 오토바이에서 물러나자 목에 걸린 금목걸이가 번쩍했다.

"없는데." 제이스가 오토바이에 올라탔다. "해 뜨는 게 걱정이라면 지하실에서 재워줄 순 있어."

"음." 라파엘이 생각에 잠겼다. 그는 제이스보다 키나 몸집 면에서 어려 보이지만, 눈을 보면 제이스보다 훨씬 더 나이 들어 보였다. "그럼 이제 우린 대등한 관계가 된 건가, 새도우 헌터? 사이먼 일에 대한 빚을 청산했으니."

제이스가 강 쪽으로 오토바이를 돌리며 시동을 걸었다. "이봐, 흡혈귀. 우린 절대 대등한 관계가 될 수 없어. 뭐, 이 일을 시작으로 노력은 해볼 수 있겠지."

제이스는 날씨가 달라진 뒤로 오토바이를 탄 적이 없었다. 얇은 재킷과 청바지 차림으로 강에서 불어오는 매서운 바람을 맞자 깜짝 놀랐다. 몸이 부르르 떨렸지만 그나마 가죽 장갑이라도 끼고 나와 다행이었다.

해가 떨어진 지 얼마 되지 않았는데 세상은 이미 빛깔을 잃었다. 강물은 은회색, 하늘은 회청색, 수평선은 페인트로 두껍게 칠해놓은 선처럼 검은색이었다. 윌리엄스버그 다리와 맨해튼 다리를 따라 불빛들이 화려하게 반짝거렸다. 겨울이 오려면 아직 몇 달이나 남았는데도 대기에서는 눈의 기운이 느껴졌다.

지난번에 강 위를 날 때는 클라리와 함께였다. 제이스의 허리에 클라리의 팔이, 제이스의 재킷 아래에 클라리의 맞잡은 두 손이 놓여 있었다. 그때는 춥지 않았는데. 제이스는 오토바이를 크게 기울이다가 한쪽으로 휘청했다. 심하게 기울어졌을 때 자신의 그림자가 물에 튕겨져 나오는 모습을 본 것만 같았다. 몸을 일으켜 중심을 잡자 눈에 그것이 들어왔다. 측면은 검은 금속이고 어떤 표시나 불빛도 없는 배였다. 물을 베는 칼날처럼 뱃머리가 좁고 날렵했는데, 그 배를 보는 순간 제이스는 여위고 빠르며 치명적인 상어가 떠올랐다.

제이스는 브레이크를 밟으며 조심스레 아래로 날아갔다. 물 위에 떠다니는 나뭇잎처럼 소리 없이 아주 가볍게 날았다. 제이스가 아래로 내려가는 느낌이라기보다는 배가 그를 맞이하러 위로 떠오르는 느낌이었다. 솟구치는 파도에 실려 두둥실 떠오르는 것 같았다. 오토바이는 갑판에 바퀴가 닿고 나서도 천천히 조금 더 달리고 난 후에야 멈추었다. 엔진을 끌 필요는 없었다. 털털거리던 오토바이는 제이스가 내리자 잠시 그르렁거리다 조용해졌다. 제이스가 흘깃 뒤를 돌아보니, 그 자리에서 꼼짝 말라는 명령을 들은 강아지처럼 오토바이가 불만스러운 표정으로 그를 노려보는 것만 같았다.

제이스는 오토바이를 향해 씩 웃어 보였다. "돌아올 거야. 배부터 좀 확인하고."

확인할 것이 아주 많았다. 제이스는 왼편으로 물을 두고 갑판 위에 있었는데, 갑판은 물론이고 갑판을 두른 금속 난간까지 모든 것이 검은색으로 칠해져 있었다. 심지어는 길고 좁게 지은 선실의 창문도 까맸다. 배는 생각보다 컸는데, 길이가 풋볼 경기장 정도는 되었다. 이런 배는 본 적이 없었다. 요트라고 하기에는 크고, 군함이라고 하기에는 작았다. 모든 것이 검게 칠해진 배도 처음이었다. 아버지가 어디서 이런 배를 구했는지 궁금했다.

오토바이를 그 자리에 두고 천천히 갑판을 둘러보기 시작했다. 구름이 걷힌 하늘에서 별들이 밝은 빛을 쏟아냈다. 양쪽으로 보이는 도시도 환하게 불을 밝혀, 제이스는 마치 빛으로 만든 좁고 텅 빈 복도에 서 있는 느낌이었다. 발소리가 공허하게 갑판을 울리자, 불현듯 발렌타인이 정말 이곳에 있을까 하는 의구심이 들었다. 이 정도로 철저하게 버려진 느낌이 드는 곳은 별로 없었다.

제이스는 뱃머리에서 잠시 멈추고 맨해튼과 롱아일랜드를 흉터처럼 가르며 지나가는 강물을 바라보았다. 꼭대기가 은색으로 빛나는 회색 물살이 곳곳에 일었고, 물이 있는 곳에서만 부는 강하고 일정한 바람이 불어왔다. 제이스는 팔을 벌려 재킷 자락이 날개처럼 펄럭이게 두었다. 머리카락이 얼굴을 후려쳤고, 눈에는 눈물이 핑 돌았다.

이드리스의 저택 옆에는 호수가 있었다. 거기서 제이스는 아버지에게 배를 타는 법과 바람과 물의 언어, 부력과 공기의 언어를 배웠다. '사람이라면 누구나 배를 탈 줄 알아야 하지.' 아버지는 그렇게 말했다. '섀도우 헌터라면 누구나'가 아니라 '사람이라면 누구나'라고. 발렌타인이 그런 식으로 말한 것은 손에 꼽을 정도로 적었다. 그 기억을 떠올리니, 자신이 어떤 존재이건 간에 여전히 인류의 한 부분이라는 사실이 새삼스러웠다.

눈이 시려 뱃머리에서 돌아서는데 선실의 검은 유리창 사이에 문이 나 있는 것이 보였다. 재빨리 가서 열어보니 잠겨 있었다. 스텔레를 꺼내 빠른 동작으로 '열림' 룬을 그려 넣자, 항의하듯 삐걱 소리를 내며 문이 열리고 불그스름한 녹가루가 떨어졌다. 고개를 수그려 나지막한 입구 안으로 들어서니, 희미하게 불을 밝힌 철제 계단이 나왔다. 오랫동안 사용하지 않은 곳 특유의 냄새와 녹내가 콧속으로 스며들었다. 앞으로 걸음을 내딛자 뒤에서 문이 쾅 하고 닫히며 어둠이 그를 집어삼켰다.

제이스는 욕을 하며 마법의 불을 꺼내려고 주머니에 손을 넣었다. 장갑이 갑자기 거추장스럽게 느껴졌고, 추위에 곱은 손가락은 잘 움직이지 않았다. 선실 안은 갑판보다 더 추웠고, 공기도 얼음처럼 차가웠다. 그러나 주머니에서 손을 빼며 몸을 떤 건 추위 때문만이 아니었다. 뒷머리가 쭈뼛거리고 신경이 죄다 곤두섰다. 뭔가 이상했다.

마법의 불을 치켜들자 불빛이 쏟아져 눈물이 더욱 고였다. 부연 시야 너머로 호리호리한 소녀가 서 있는 것이 보였다. 두 손을 가슴 위로 포개고, 주위를 에워싼 검은 금속과 대조되는 붉은 머리칼을 흩날리고 있었다.

제이스의 손이 파르르 떨리자, 아래쪽 어둠에 숨어 있던 반딧불 한 무리가 날아오른 듯 마법의 불빛이 사방으로 흩어졌다. "클라리?"

클라리가 새하얀 얼굴로 입술을 떨며 물끄러미 제이스를 응시했다. 여기서 뭐하고 있는 거지? 배에는 어떻게 탄 거야? 질문들은 목구멍 안에서 사라져버리고 격렬한 공포가 그를 사로잡았다. 지금껏 느꼈던 그어떤 공포보다도 끔찍했다. 클라리에게 무슨 일이 생긴 것이 분명했다. 한 걸음 앞으로 나아가자 그녀가 가슴에서 손을 떼어 그에게 내밀었다. 손에 피가 흥건했다. 하얀 드레스의 앞쪽도 진홍색 턱받이를 한 것처럼 온통 피에 젖었다.

　제이스는 앞으로 축 늘어지는 클라리를 한 팔로 잡았다. 품 안으로 쓰러진 그녀를 지탱하느라 마법의 불을 떨어뜨릴 뻔했다. 클라리의 심장박동이 느껴졌고, 부드러운 머리카락이 그의 뺨을 간질였다. 모든 것이 익숙했다. 그러나 향기만은 달랐다. 클라리를 떠올리면 코끝을 스치는, 비누 향과 깨끗한 순면 냄새는 사라지고 오로지 피와 쇠 냄새뿐이었다. 클라리의 머리가 뒤로 젖혀지며 눈알이 넘어가 흰자위가 드러났다. 거세게 뛰던 심장박동이 느려지더니 서서히 멈추기 시작했다.

　"안 돼!" 제이스가 클라리의 몸을 흔들었다. 클라리의 머리가 그의 팔에서 굴러 내릴 정도로 거세게 흔들었다. "클라리! 정신 차려!" 제이스가 다시 클라리를 흔들자, 이번에는 그녀의 속눈썹이 파르르 떨렸다. 식은땀이 솟듯 안도감이 제이스를 휩쓸고 지나갔다. 그러나 잠시 후 눈을 뜬 그녀의 눈동자는 더 이상 녹색이 아니었다. 불투명하면서 빛이 나는 하얀색, 컴컴한 길을 비추는 전조등 불빛처럼 눈부신 하얀색, 제이스의 마음속에서 아우성치는 백색소음만큼이나 하얀색이었다. '전에도 저 눈을 본 적 있어.' 제이스는 그렇게 생각했고, 다음 순간 파도처럼 솟아오른 어둠이 그를 덮치면서 정적이 찾아왔다.

　어둠에 뚫린 구멍처럼 불빛들이 깜박거렸다. 제이스는 눈을 감고 호흡을 가다듬었다. 입안에서 비릿한 피 맛이 났다. 차가운 금속 표면 위에 누운 건지 냉기가 피부까지 스며들었다. 100부터 거꾸로 세어가면서 호흡이 차분해지기를 기다렸다 천천히 다시 눈을 떴다.

　깜깜한 건 변함없었지만, 눈앞의 어둠은 별들이 흩뿌려진 평범한 밤하늘로 바뀌어 있었다. 제이스는 등을 바닥에 대고 갑판에 누워 있었다.

재의 도시　273

뱃머리 부근에 불쑥 솟아오른 브루클린 다리의 그림자가 갑판에 드리워졌다. 끙끙거리며 힘겹게 몸을 일으키던 제이스는 그대로 얼어붙었다. 인간이 분명한 또 하나의 그림자가 그를 내려다보고 있었기 때문이다.

"머리를 세게 박았더구나." 악몽 속에서 들려오곤 하던 목소리였다. "좀 어떠냐?"

제이스는 일어나 앉았다가 곧바로 후회했다. 속이 왈칵 뒤집히는 것만 같았다. 지난 열 시간 내에 무언가 먹었다면 분명히 모두 게워냈을 테지만, 아무것도 먹지 않았기에 입안에 신물만 가득 고이고 말았다.

"끔찍해요."

발렌타인이 미소를 지었다. 깔끔한 재색 슈트 차림으로, 납작하게 눌러놓은 종이 상자 위에 앉아 있었다. 이드리스 저택의 우아한 마호가니 책상 앞에 앉아 있기라도 한 것처럼. "또 하나 당연한 질문을 해야겠구나. 어떻게 나를 찾았지?"

"아버지가 보낸 라움 악마한테서 알아냈죠. 그 악마의 심장이 어디 있는지 알려준 게 아버지잖아요. 위협했더니 불어버리던걸요. 뭐 그리 똑똑한 놈들은 아니지만 강에 있는 배에서 왔다는 걸 말해줄 정도는 됐죠. 고개를 드니 물 위에 떠 있는 배의 모습이 어렴풋이 보였어요. 자기도 아버지가 불러들인 거라고 했지만 그건 이미 아는 사실이고."

"그랬군." 발렌타인이 미소를 숨기며 말했다. "다음번에 들를 때는 내게 미리 알리는 게 좋겠구나. 내 경비대와 쓸데없이 싸움을 벌일 필요는 없으니까."

"경비대요?" 제이스는 차가운 난간에 몸을 기대며 깨끗하고 서늘한 공기를 깊이 들이마셨다. "악마를 말하는 거겠죠. 그 검으로 불러들인 악마들."

"아니라고는 하지 않겠다. 루션의 짐승들이 내 추방자 군단을 파괴했지만, 난 그들을 더 만들 시간도 마음도 없었어. 이제 죽음의 잔을 손에 넣었으니 추방자들은 필요 없지. 다른 것들이 있으니까."

제이스는 클라리를 떠올렸다. 자신의 품에서 죽어가던 피에 젖은 클라리. 그가 한 손으로 이마를 짚었다. 난간이 닿았던 부분이 서늘했다.

"계단에 있던 그거, 클라리가 아니죠?"

"클라리?" 발렌타인은 약간 놀란 듯했다. "네가 본 게 그거냐?"

"그게 아니면 뭐죠?" 제이스는 애써 태연한 척 되물었다. 자신의 것이든 남의 것이든 비밀과 함께 살아가는 일이 익숙하지 않거나 불편한 건 아니지만, 클라리를 향한 감정은 너무 가까이 들여다보면 견디기 어려웠다.

게다가 제이스가 지금 상대하는 건 발렌타인이었다. 그는 모든 것을 자세히 들여다보고 연구하고 자신에게 유리한 쪽으로 돌리는 방법을 궁리했다. 그런 면에서 발렌타인은 실리코트의 여왕을 떠올리게 했다. 냉정하고 위협적이고 계산적인 면이 서로 닮았다.

"네가 계단에서 마주친 건 두려움의 악마 애그러먼이다. 애그러먼은 상대가 가장 두려워하는 모습을 취하지. 상대의 공포로 배를 불린 후 그의 목숨을 빼앗아. 그때까지 살아 있다면 말이다. 대부분은 그 전에 벌써 공포에 질려 죽어버리지. 네가 그 정도로 오래 버틴 건 축하받을 일이야."

"애그러먼이라고요?" 제이스가 깜짝 놀라 물었다. "그건 대악마잖아요. 그놈을 어떻게 손에 넣었죠?"

"어리고 오만한 마법사에게 돈을 주고 불러들이게 했지. 그 아이는 자기가 그린 펜타그램 안에 악마가 머무는 한 그 악마를 자기 마음대로 부릴 수 있다고 생각했어. 불행히도 그 아이의 가장 큰 두려움은 소환한 악마가 펜타그램의 보호막을 뚫고 자신을 공격하는 것이었지. 애그러면 이 밖으로 나오면서 정확히 그 일이 벌어졌고."

"그렇게 죽은 거군요."

"누가 그렇게 죽어?"

"그 마법사요. 이름은 일리아스고, 나이는 열여섯이죠. 하지만 아버진 이미 알고 있었죠? 지옥의 전환 의식을……."

발렌타인이 껄껄 웃었다. "그동안 꽤 바빴던 모양이로구나. 그럼 내가 왜 루션의 집으로 악마들을 보냈는지도 알고 있겠지?"

"마야를 데려가기 위해서겠죠. 마야는 늑대인간 소녀고, 아버지는 마야의 피가 필요하니까."

"드레박 악마들을 보낸 건 루션의 아파트를 염탐하기 위해서였지. 루션이 하나를 죽였지만, 다른 하나는 돌아와서 어린 늑대인간이 그곳에 있다고 보고하더구나."

"그래서 마야를 잡아오라고 라움 악마를 보냈죠." 제이스는 갑자기 심한 피로감을 느꼈다. "마야는 루크가 아끼는 아이고, 아버지는 루크에게 상처를 주고 싶어하니까." 말을 잠시 멈췄다가 느릿한 어조로 말을 이었다. "아무리 그래도 그건 너무 야비한 짓 아닌가요."

눈에서 분노의 불꽃이 번쩍 일었지만 발렌타인은 다음 순간 고개를 뒤로 젖히며 호탕하게 껄껄 웃었다. "그 고집 하난 마음에 드는구나. 나와 많이 닮았어." 발렌타인이 자리에서 일어나더니 제이스에게 손을 내밀었다. "자, 갑판을 좀 걷자. 너에게 보여줄 게 있어."

마음 같아선 그 손을 물리치고 싶었지만, 쪼개질 듯 아픈 머리를 생각하면 혼자 힘으로 일어설 자신이 없었다. 게다가 아버지의 화를 너무 일찍 돋우는 건 좋은 생각이 아니었다. 칭찬하듯 말했지만 발렌타인은 반항적인 행동에 인내심이 많은 사람이 결코 아니었다.

발렌타인의 손은 시원하고 건조했다. 그 손을 맞잡으니 묘하게 안심이 되었다. 제이스가 일어서자 손을 놓아준 발렌타인은 주머니에서 스텔레를 꺼냈다. "상처부터 치유하자." 그가 제이스를 향해 손을 뻗었다.

제이스는 뒤로 물러났다. 하지만 물러서기 전에 잠시 망설이는 것을 발렌타인은 놓치지 않았을 것이다. "아버지 도움은 필요 없어요."

발렌타인이 스텔레를 치우며 말했다. "좋을 대로 하려무나." 발렌타인이 앞장서서 걷기 시작했고, 잠시 후 제이스가 천천히 따라갔다. 제이스는 아버지를 잘 알았다. 발렌타인은 제이스가 따라오는지 확인하지 않을 테지만, 당연히 따라왔으리라 생각하고 이야기를 시작할 것이다.

제이스의 예상대로였다. 곁에 다다르니 아버지는 이미 무언가를 이야기하고 있었다. 발렌타인은 키가 크고 어깨가 넓은 남자로는 드물게, 느슨하게 뒷짐을 지고 편안하면서도 기품 있게 걸었다. 거센 바람을 마주하며 걷는 사람처럼 몸을 앞으로 수그렸다.

"⋯⋯ 내 기억이 맞다면 넌 밀턴의 《실낙원》을 잘 알고 있겠지?"

"열 번인가 열다섯 번은 읽게 했으니까요. 지옥에서 군림하는 것이 천국에서 시중을 드는 것보다 낫다, 기타 등등."

"논 세르비암." 발렌타인이 말했다. "'나는 아무도 섬기지 않을 것이다.' 루시퍼가 부패한 권력에 대항하는 천사들의 무리와 함께 달릴 때 그들의 깃발에 새겨진 글귀가 바로 그것이었지."

"그래서 요점이 뭔가요? 아버지는 악마의 편이라는 거?"

"어떤 이들은 밀턴 자신이 악마의 편이라고 말했어. 그가 신보다 사탄을 훨씬 흥미롭게 그린 건 사실이니까." 뱃머리 근처에 다다르자 발렌타

재의 도시 277

인이 걸음을 멈추고 난간에 몸을 기댔다.

제이스도 그곳으로 가서 섰다. 배는 이스트 강의 다리들을 지나 스테이튼 섬과 맨해튼 사이의 넓게 트인 구역으로 나아가고 있었다. 도심의 금융 지구를 밝히는 불빛들이 강물에 비치는 마법의 불빛처럼 희미하게 아른거렸다. 하늘에는 다이아몬드 가루가 흩뿌려진 것 같았고, 매끈한 흑판처럼 보이는 강물 아래에는 비밀이 숨겨져 있을 것만 같았다. 물고기의 지느러미(아니면 인어의 지느러미)인 것이 분명한 은빛 섬광이 여기저기서 그 흑판을 갈랐다. '나의 도시.' 제이스는 실험하듯 속으로 중얼거려보았지만, 여전히 맨해튼의 마천루가 아닌 알리칸테의 유리 탑이 머릿속에 떠올랐다.

잠시 후 발렌타인이 입을 열었다. "조너선, 왜 나를 찾아온 거냐? 뼈의 도시에서 너를 본 후 나를 향한 증오가 누그러들지 않을지도 모른다고 생각했다. 그래서 널 거의 포기하고 있었지."

발렌타인의 어조는 늘 그렇듯 흔들림이 없었지만, 어딘가 모르게 약간 다르게 느껴졌다. 상처받은 것까지는 아니어도 제이스가 찾아온 이유가 진정으로 궁금한 듯했다. 제이스에게 그를 놀라게 할 능력이 있다는 사실을 깨닫기라도 한 듯이.

제이스는 강물을 바라보았다. "실리코트의 여왕이 아버지한테 물어보라고 한 말이 있어서요. 제 몸 안에 어떤 피가 흐르는지 물어보라고 했죠."

발렌타인의 얼굴에 놀라움의 표정이 퍼졌다. "요정의 여왕과 얘기를 나눴다고?"

제이스는 아무런 대꾸도 하지 않았다.

"그게 바로 요정들의 방식이야. 그들의 입에서 나오는 모든 말에는 하나 이상의 의미가 있지. 여왕이 다시 묻거든, 네 몸속에 천사의 피가 흐른다고 말해주거라."

"다른 모든 새도우 헌터처럼요." 제이스가 실망해서 말했다. 그는 더 나은 대답을 바랐다. "실리코트의 여왕에게 거짓말을 하는 건 아니겠죠?"

발렌타인이 날카롭게 대꾸했다. "물론 아니지. 그리고 넌 그런 질문이나 하려고 여기 온 게 아니야. 조너선, 진짜 이유가 뭐냐?"

"누군가와 얘기를 해야 했어요." 제이스는 아버지만큼 능란하게 속내를 감추지 못했다. 목소리에서 고통이 느껴졌다. "라이트우드 가족은…… 그들에게 난 골칫덩이일 뿐이에요. 루크는 이제 날 증오할 거고요. 심문관은 날 죽이지 못해 안달이에요. 알렉은 나 때문에 상처를 받은 모양인데 이유가 뭔지 도통 모르겠고."

"그리고 네 동생은?" 발렌타인이 물었다. "클라리사는 어떠냐?"

'왜 모든 걸 망쳐버리는 거야?' 라고 외치던 그녀의 모습이 떠올랐다. "클라리도 절 마음에 들어하지 않아요." 제이스가 잠시 망설이다 말을 이었다. "뼈의 도시에서 아버지가 그랬죠, 진실을 말할 기회가 없었다고. 전 그 말을 믿지 않아요. 그 점은 분명히 알아두세요. 하지만 '왜' 그랬는지 말할 기회는 드리죠."

"단순히 '왜'라고만 물어선 안 된다, 조너선." 아버지의 어조에 제이스는 깜짝 놀랐다. 불길이 쇠를 단련하듯 긍지를 더욱 굳건하게 만드는 겸손함 같은 것이 어려 있었다. "무수히 많은 진실이 있으니까."

"침묵의 형제들은 왜 죽였죠? 죽음의 검은 왜 가져갔어요? 무슨 일을 꾸미고 있는 거예요? 왜 죽음의 잔만으론 만족하지 못하죠?" 다른 질문이 나오기 전에 제이스는 얼른 입을 다물었다. '왜 두 번이나 날 남겨놓

고 떠났어요? 더는 자신의 아들이 아니라고 해놓고 왜 내게 돌아온 거죠?'

"내가 뭘 원하는지 알지 않니. 속속들이 썩은 클레이브는 부수고 다시 지어야만 해. 이드리스는 타락한 종족들의 영향력에서 자유로워져야 하고, 지구는 악마의 위협에서 보호받아야 하지."

"악마의 위협 얘기가 나왔으니 말인데요." 제이스가 주변을 힐긋 둘러보았다. 그에게 다가오는 애그러먼의 거대한 검은 그림자를 보게 되리라 기대하듯이. "전 아버지가 악마를 증오하는 줄 알았는데, 이젠 하인으로 쓰고 계시네요. 래브너, 드레박, 애그러먼. 모두 아버지가 고용한 일꾼들이잖아요. 경비나 집사처럼. 혹시 요리사로도 쓰고 계시나요?"

발렌타인이 손가락으로 난간을 톡톡 두드리다 입을 열었다. "내가 악마와 한편이란 뜻은 아니다. 코브넌트는 쓸모없고 법은 허위로 가득하다고 생각하지만 나는 네피림이야. 자신의 정부에 동의하는 자만이 애국자가 될 수 있는 건 아니지 않니? 진정한 애국자가 되려면 동의하지 않는다고 말할 수 있어야 해. 사회적 지위보다 자신의 국가를 더욱 사랑한다고 말할 수 있어야 하지. 나는 내가 한 선택 때문에 비방을 받고 숨어 살았어. 이드리스에서도 쫓겨났고. 하지만 지금도, 그리고 앞으로도 영원히 난 네피림이다. 내 몸속에 흐르는 피를 바꿀 수는 없으니까. 물론 바꾸고 싶지도 않지만 말이다."

'난 바꾸고 싶어요.' 제이스는 속으로 이렇게 말하며 클라리를 떠올렸다. 그러나 그 말이 사실이 아니라는 걸 알기에 강물로 시선을 떨어뜨렸다. 사냥을, 악마를 죽이는 일을, 자신이 지닌 능력을 포기하는 건 불가능했다. 제이스는 전사였다. 그것 외에는 아무것도 아니었다.

"너는 어떠냐?" 발렌타인이 물었다. 제이스는 아버지가 자신의 표정을 읽을까 봐 얼른 고개를 돌렸다. 아버지와 단둘이 있는 것은 정말로 오랜만이었다. 한때 그는 자신의 얼굴보다 아버지의 얼굴을 더 잘 알았다. 자신의 감정을 절대로 숨길 수 없다고 느끼는 단 한 사람이 바로 발렌타인이었다. 단 한 사람이 아니라면 적어도 첫 번째 사람인 건 분명했다. 클라리도 이따금 그가 유리로 만든 사람인 양 제이스의 속을 훤히 들여다볼 때가 있었다.

"저도 그래요." 제이스가 대답했다.

"영원히 섀도우 헌터로 남을 거냐?"

"네. 결국 아버지가 만든 대로죠."

"좋아. 내가 듣고 싶었던 답이다." 발렌타인이 다시 난간에 몸을 기대며 하늘을 올려다보았다. 은백색 머리에 드물게 섞인 검은 머리가 보였는데, 전에는 한 번도 눈에 띈 적이 없었다. "이건 전쟁이다. 조너선. 문제는, 어느 편에서 싸우느냐지."

"우리가 전부 한편에서 싸운다고 생각했는데요. 악마의 세계에 맞서 싸우는 거라고요."

"그럴 수만 있다면 정말 좋겠지. 아직도 이해하지 못하는 거냐? 클레이브가 이 세상에 득이 되는 일을 최우선으로 여기고 자신의 일에 최선을 다한다면, 도대체 내가 왜 그들과 맞서 싸우려 들겠니? 그럴 이유가 어디 있어?"

'권력 때문이겠죠.' 제이스는 이렇게 생각했지만 아무런 말도 하지 않았다. 더 이상은 무슨 말을 해야 할지, 무엇을 믿어야 할지 확신이 서지 않았다.

"클레이브가 계속 이런 식으로 나가면 악마들은 클레이브의 약점을 간파하고 공격할 거야. 타락한 종족들과 놀아나느라 정신이 없던 클레이브는 그들을 물리칠 상태가 못 되고. 결국 악마들이 모든 걸 파괴하고 아무것도 남지 않게 될 거다."

　타락한 종족들. 불편하면서도 익숙한 느낌이 드는 단어였다. 그 단어는 제이스의 어린 시절 추억을 불러왔다. 불쾌하지만은 않은 추억이었다. 제이스가 아버지와 이드리스를 떠올리면 늘 똑같은 광경이 따라왔다. 시골 저택 앞에 펼쳐진 푸른 잔디, 잔디를 비추는 강렬한 태양, 허리를 구부려 잔디에서 제이스를 안아 올려 집 안으로 데려가던, 키가 크고 어깨가 벌어진 검은 옷을 입은 사람. 제이스가 아주 어렸을 때인 게 분명한데도 절대로 잊히지 않았다. 막 베어낸 진녹색 잔디에서 피어오르는 풀 내음도, 햇빛이 쏟아져 아버지의 머리카락이 새하얀 후광처럼 보이던 모습도, 아버지의 품에 안겨 집 안으로 들어가며 한없이 안심되던 마음도.

　"루크는……." 제이스가 가까스로 입을 열었다. "루크는 타락한 종족이 아니에요."

　"루션은 달라. 그는 한때 섀도우 헌터였으니까." 발렌타인의 음성은 잔잔하면서도 단호했다. "조너선, 난 지금 특정한 다운월드 사람에 관해 말하는 게 아니다. 세상에 존재하는 모든 생명의 생존에 관해 말하는 거야. 천사가 네피림을 선택한 데에는 이유가 있어. 이 세상에 존재하는 최고의 종족이기 때문이지. 그렇기 때문에 우리에게 세상을 구할 운명이 내려진 거란다. 우린 세상에서 가장 신에 가까운 종족이야. 따라서 어떤 희생을 치르더라도 세상이 파괴되는 것을 막아야만 해."

　제이스가 난간에 팔꿈치를 기댔다. 그곳에 있으니 몹시 추웠다. 매서운 바람이 옷 속으로 파고들었고, 손가락 끝은 감각이 없었다. 하지만 마음속으로는 녹색 언덕과 푸른 강물과 꿀색 돌로 지은 웨이랜드 저택을 보고 있었다.

"구약성서에 보면요, 사탄이 이런 말로 아담과 이브를 유혹해 죄를 짓게 만들죠. '너희도 신처럼 될 거야.' 결국 둘은 그 일로 에덴동산에서 쫓겨나고 말아요."

잠시 말이 없던 발렌타인이 껄껄 웃었다. "봐라, 조너선. 이래서 네가 필요하다는 거다. 자만의 죄악을 저지르지 못하게 막아주니까."

"죄악에는 종류가 아주 많죠." 제이스가 몸을 일으켜 아버지를 마주 보았다. "아버지, 아직 악마에 대한 제 질문에는 답을 하지 않으셨어요. 그들을 소환하고 한 패가 된 일을 어떻게 정당화할 작정이죠? 클레이브에 맞서 싸우라고 그들을 보내기라도 할 건가요?"

"당연히 그래야지." 발렌타인이 조금의 망설임도 없이 말했다. 적들에게 발설할지도 모를 누군가에게 계획을 드러내는 것이 현명한 일인지 잠시도 생각하지 않았다. 이토록 승리를 자신하는 아버지의 모습이 제이스에게는 무엇보다도 충격이었다.

"클레이브에게는 이성이 통하지 않아. 무력만이 통할 뿐이지. 난 추방자들의 군대를 만들려고 했다. 죽음의 잔으로 새로운 섀도우 헌터 군대를 만들 생각도 했어. 하지만 그건 수년이 걸리는 일이고, 내겐 그만한 시간이 없다. 우리 인류에겐 그만한 시간이 없어. 한데 죽음의 검으로는 순종적인 악마의 군대를 만들 수 있지. 그들은 나의 도구가 되어 내 명령에 무조건 따르게 될 거다. 선택의 여지가 없어. 그리고 모든 일이 끝나고 나면 난 그들에게 자멸을 명할 거야. 당연히 그들은 내 명에 따를 거고." 발렌타인이 감정 없는 목소리로 말했다.

제이스는 난간을 얼마나 세게 움켜쥐었는지 손가락이 저리기 시작했다. "아버지에게 반대하는 새도우 헌터들을 모조리 학살할 수는 없어요. 그건 살인이라고요."

"그럴 필요는 없을 거다. 맞설 세력의 실체를 보고 나면 클레이브는 항복을 할 테니까. 그들은 자멸의 길을 걸을 정도로 무분별하지 않아. 그리고 그들 중엔 나를 지지하는 자들이 있어." 발렌타인의 음성에는 오만한 기색이 전혀 없었다. 오로지 차분한 확신만이 담겨 있었다. "때가 되면 앞으로 나설 거다."

"아버지가 클레이브를 너무 과소평가하는 것 같은데요. 그들이 얼마나 아버지를 증오하는지 잘 모르시나 보네요." 제이스는 애써 침착하게 말했다.

"생존이 걸린 문제에 증오쯤은 아무것도 아니지." 발렌타인이 허리띠로 손을 움직였다. 검의 자루가 희미한 빛을 내고 있었다. "내 말을 그냥 믿으라는 게 아니야. 네게 보여주고 싶은 게 있다고 하지 않았니. 바로 이거다."

발렌타인은 검을 뽑아 제이스에게 내밀었다. 제이스는 뼈의 도시에 갔을 때 말하는 별이 있는 별실에서 맬러택을 보았다. 발렌타인의 어깨 위로 솟아 있던 그 검의 자루도 보았다. 하지만 가까이에서 찬찬히 살핀 적은 한 번도 없었다. 천사의 검. 그 짙은 은빛 검에서 흐릿하게 광채가 났다. 마치 물로 만들기라도 한 것처럼 빛이 위로 미끄러지고 안으로 뚫고 들어가는 것만 같았다. 검의 자루에 불꽃처럼 붉은 빛이 환하게 반짝였다.

제이스는 입안이 바짝 말랐다. "멋진데요."

"잡아보렴." 발렌타인은 아들에게 가르친 대로 자루가 앞으로 오게 해서 검을 내밀었다. 별빛 아래서 천사의 검이 거무스름하게 아른거렸다.

　제이스는 망설였다. "그럴 수……."

　"받아." 발렌타인이 검을 제이스의 손에 들려주었다.

　손가락이 검을 감싸는 순간, 빛 한 줄기가 자루 끝으로 쌩하니 치솟았다가 칼날이 있는 검의 중심부로 내달았다. 제이스가 아버지를 슬쩍 쳐다봤지만, 발렌타인의 얼굴에는 아무런 표정도 떠오르지 않았다.

　기분 나쁜 통증이 팔을 타고 가슴까지 퍼졌다. 무거워서가 아니었다. 검은 전혀 무겁지 않았다. 다만 제이스를 아래쪽으로 끌어당기려 했다. 배를 뚫고 푸른 강물을 뚫고 단단하지 않은 지구 표면을 뚫고 저 아래로. 폐에서 숨이 모두 빠져나간 느낌이었다. 제이스는 고개를 들어 주위를 둘러보았다.

　그리고 변해버린 밤의 모습을 보았다. 하늘에는 가느다란 금줄로 짜인 그물이 덮여 어슴푸레 빛났고, 어둠에 박힌 못대가리처럼 별들이 그물 사이로 밝은 빛을 쏟아냈다. 제이스는 멀어지는 하늘을 바라보며 아름다움에 잠시 넋을 잃었다. 하지만 다음 순간 밤하늘이 유리처럼 쫙 갈라지며 한 떼거리의 검은 형체가 파편들 사이로 쏟아져 나왔다. 구부정하고 뒤틀리고 울퉁불퉁하고 얼굴이 없는 형체들이 소리 없는 비명을 내지르자, 제이스의 정신은 마비될 것만 같았다. 다리가 여섯인 말들이 칼바람을 일으키며 그의 옆으로 쌩하니 지나갔다. 발굽들이 갑판에 닿을 때마다 시뻘건 불똥이 튀었고, 말 위에는 설명할 수 없이 기괴한 형상들이 타고 있었다. 머리 위에서는 눈이 없고 가죽 같은 날개를 단 생물체가 찢어지는 외마디 소리를 지르고 독성이 있는 녹색 점액을 뚝뚝 흘리며 빙글빙글 돌고 있었다.

　제이스는 난간 위로 몸을 구부리고 걷잡을 수 없이 헛구역질을 했다.

검은 여전히 그의 손에 들려 있었다. 아래쪽에서 일렁이는 물은 독이 든 스튜처럼 악마들로 들끓었다. 솥뚜껑만 한 시뻘건 눈이 있고 가시로 뒤덮인 악마들이 요동치는 촉수들에 휘감겨 아래로 끌려 내려가며 발버둥을 쳤다. 다리가 열 개인 물거미가 인어의 퍼덕이는 꼬리에 이빨을 박아 넣자 인어가 필사적으로 비명을 내질렀고, 거미의 빨간 눈알이 핏방울처럼 번들거렸다.

검이 소리를 내며 갑판 위로 떨어졌다. 별안간 모든 소음과 광경이 사라지고 다시 고요한 밤이 찾아왔다. 제이스는 난간에 매달려 믿을 수 없다는 표정으로 물을 내려다보았지만, 물속에는 아무것도 없었다. 수면을 흔드는 건 바람뿐이었다.

"뭐였죠?" 제이스가 속삭이듯 말했다. 목구멍이 사포로 문지른 것처럼 껄끄러웠다. 사나운 표정으로 아버지를 보았지만, 아버지는 허리를 굽혀 제이스가 떨어뜨린 검을 줍고 있었다. "아버지가 소환한 악마들인가요?"

"아니야." 발렌타인이 맬러택을 검집에 넣었다. "검으로 세상 끄트머리까지 불러들인 악마들이다. 이곳의 보호막이 가장 얇기 때문에 내 배도 이곳으로 끌고 온 거야. 네가 본 건 보호막 저편에서 내 명령을 기다리고 있는 나의 군대다." 발렌타인의 눈빛이 진지해졌다. "아직도 클레이브가 항복하지 않을 거라고 생각하는 거냐?"

제이스는 눈을 감았다. "전부는 아니어도…… 라이트우드 가족은 굴복하지 않을 거예요."

"네가 그들을 설득하면 돼. 네가 나와 함께한다면 그들을 해치지 않겠다고 맹세하마."

제이스의 감은 눈 안에서 어둠이 붉은색으로 변하기 시작했다. 잿더미가 된 발렌타인의 옛날 집과, 그가 만나보지 못한 조부모의 검게 그을린 뼈들이 떠올랐다. 또 다른 얼굴들도 떠올랐다. 알렉과 이사벨과 맥스의 얼굴, 그리고 클라리의 얼굴까지.

"이미 그들에게 너무 많은 상처를 줬어요. 더 이상 어떤 일도 일어나선 안 돼요. 어떤 일도." 제이스가 작게 속삭였다.

"물론이지. 무슨 말인지 알아." 다른 사람들이 이해하지 못하는 것을 발렌타인은 이해한다는 사실에 제이스는 깜짝 놀랐다. "네 친구들과 가족이 해를 입은 게 모두 네 탓이라고 생각하지?"

"제 탓이에요."

"그래, 맞다." 제이스가 놀라 고개를 들었다. 동의를 얻었다는 놀라움과 함께 공포와 안도감이 똑같은 양으로 차올랐다.

"정말 그런가요?"

"물론 고의는 아니었지. 너는 나와 같은 부류야. 우리는 사랑하는 모든 것에 나쁜 영향을 주고 파괴하지. 하지만 거기에는 이유가 있어."

"무슨 이유요?"

발렌타인이 하늘을 슬쩍 쳐다보았다. "너와 나는 더 높은 목적을 위한 존재들이기 때문이지. 세상에서 우리 주의를 앗아가는 것들은 말 그대로 방해물일 뿐이야. 그것들 때문에 정해진 길에서 벗어나면 우린 어김없이 벌을 받게 돼."

"우리한테 소중한 사람들도 모두 벌을 받고요? 그건 그들에게 너무 가혹한 거 아닌가요?"

"운명이란 절대로 공평하지 않아. 너는 자신보다 훨씬 강한 물살에 휘말려 있어, 조너선. 흐름을 거스르려고 발버둥을 치면 네 자신뿐만 아니라 너를 구하려는 이들까지 물속으로 빠뜨리게 돼. 흐름을 따라 헤엄쳐

라. 그래야 목숨을 구해."

"클라리는……."

"나와 함께하면 네 동생도 해를 면할 거야. 그 아이를 지키기 위해서라면 세상 끝까지라도 가마. 함께 이드리스로 데려갈 생각이다. 거기선 어떤 일도 일어나지 않을 테니까. 약속하마."

"알렉은요? 이사벨하고 맥스는?"

"그 아이들도 내 보호를 받게 될 거다."

제이스가 나지막이 말했다. "루크는요?"

발렌타인은 잠시 망설이다 입을 열었다. "네 친구들은 전부 보호받을 거야. 왜 나를 믿지 못하는 거냐, 조너선? 그들을 구할 길은 이것뿐이다. 내 말을 믿어."

제이스는 입이 떨어지지 않았다. 눈을 다시 질끈 감았다. 마음속에서 가을의 추위와 여름의 추억이 싸움을 벌이고 있었다.

"마음을 정했니?" 발렌타인이 물었다. 그의 모습은 보이지 않았지만 제이스는 그가 마지막으로 묻고 있다는 걸 알았다. 발렌타인의 목소리에 갈망이 묻어났다.

제이스가 눈을 떴다. 하얀 별빛에 눈이 부셔 잠시 아무것도 보이지 않았다. 이윽고 그가 입을 열었다. "네, 아버지. 마음을 정했어요."

3부
분노의 날

> 분노의 날, 불타오르는 그날,
> 예언자와 무녀가 말하길,
> 세상천지가 재로 변하리라 하였다.
> ― 에이브러햄 콜스

14
담대함의 룬

 클라리가 잠에서 깨어났을 때 창문에서 빛이 쏟아져 들어오고 있었다. 왼쪽 뺨에 날카로운 통증을 느낀 그녀는 돌아눕고 나서야 그 이유를 알았다. 스케치북을 깔고 잠이 들어서 모서리가 얼굴을 파고든 것이다. 이불에 펜이 떨어져 검은 얼룩이 퍼졌다. 클라리는 일어나 앉아 볼을 문지르다 샤워를 하러 욕실로 갔다.
 욕실 안에는 곳곳에 어젯밤의 흔적이 남아 있었다. 피에 젖은 헝겊들이 휴지통 안에 처박혀 있었고, 세면대에는 핏자국이 말라붙어 있었다. 클라리는 몸을 떨며 그레이프프루트 향 바디워시를 들고 샤워 부스 안으로 들어섰다. 좀처럼 가라앉지 않는 불안감을 박박 문질러 씻어내고 싶었다.
 샤워를 끝낸 클라리는 루크의 가운을 입고 젖은 머리에 수건을 두른 채 욕실 문을 열었다. 그러자 한 손에 수건을 움켜쥐고 다른 손으로는 반짝이는 머리채를 붙잡은 매그너스와 딱 마주쳤다. 그 머리 그대로 잠이 든 모양인지, 뾰족하게 세운 머리 한쪽이 푹 꺼져 있었다. "도대체 여자들은 샤워를 왜 그렇게 오래하는 거야? 인간 여자든, 섀도우 헌터 여자든, 마법사 여자든 똑같아. 기다리다가 아주 늙어 죽겠어."

매그너스가 들어가게 옆으로 비키면서 클라리가 물었다. "그런데 도대체 몇 살이나 된 거예요?"

매그너스가 한쪽 눈을 찡긋했다. "사해가 그저 약간 기분 나쁜 호수였던 시절에도 살고 있었다고만 알아둬."

클라리는 눈알을 굴렸다.

매그너스가 손을 휘저으며 그녀를 쫓았다. "이제 그만 네 예쁜 엉덩이 좀 치워줄래. 난 저 안에 들어가야 하거든. 머리가 엉망이라서 말이야."

"제 바디워시 다 쓰면 안 돼요. 비싼 거라고요." 클라리는 이렇게 말하고, 부엌으로 가서 사방을 뒤져 필터를 찾아 커피를 내렸다. 커피메이커에서 나는 부글거리는 소리와 커피 향기가 불안한 기분을 가라앉혀주었다. 세상에서 커피만 사라지지 않는다면 견디지 못할 정도로 나쁜 일은 없을 것 같았다.

클라리는 옷을 갈아입으려고 방으로 돌아갔고, 10분 후 푸른색과 녹색이 섞인 줄무늬 스웨터와 청바지를 입고 거실로 돌아와 루크를 흔들어 깨웠다. 그가 끙 소리를 내며 일어나 앉는데, 머리는 온통 헝클어졌고 얼굴에는 눌린 자국이 났다.

"몸은 좀 어때요?" 클라리가 이 빠진 머그잔을 내밀었다. 잔에는 김이 모락모락 피어오르는 커피가 가득 담겨 있었다.

"이제 괜찮아." 루크가 찢긴 셔츠를 내려다보았다. 찢어진 끝자락은 피로 얼룩져 있었다. "마야는 어디 있니?"

"루크 방에서 자고 있어요. 기억 안 나요? 거기서 자게 두라고 했잖아요." 클라리가 소파 팔걸이에 걸터앉으며 말했다.

루크가 눈을 비비자, 눈 밑에 거무스름한 그림자가 생겼다. "어젯밤 일은 그다지 또렷하지가 않구나. 트럭을 옮기러 나간 것까지는 기억나는데."

"숨어 있던 악마들이 루크를 공격했어요. 제이스와 제가 해결했고요."

"드레박 악마가 더 있었어?"

"아뇨." 클라리가 잠시 주춤했다. "제이스가 라움 악마라고 하던데요."

"라움 악마라고?" 루크가 똑바로 일어나 앉았다. "그건 좀 심각한데. 드레박 악마는 위험한 해충 정도에 불과하지만 라움 악마는······."

"걱정 마세요. 저희가 해결했어요."

"너희가 해결했다고? 제이스가 죽였다는 말이겠지? 클라리, 난 네가······."

"그런 게 아니에요." 클라리가 고개를 저었다. "그러니까······."

"매그너스는 어디 있었니? 왜 너희와 함께 가지 않았어?" 루크가 말을 잘랐다. 언짢은 기색이 역력했다.

"난 마야를 치료하고 있었소. 그래서 못 나갔지." 매그너스가 그레이프프루트 향을 강하게 풍기며 거실 안으로 들어왔다. 수건으로 머리를 감싸고, 양옆으로 은색 줄이 들어간 푸른색 새틴 운동복을 입었다. "고마워해야 하는 거 아닌가?"

"물론 고맙게 생각해요." 루크는 화가 나는 동시에 웃음을 참느라 기를 쓰고 있는 듯했다. "난 그저 클라리에게 무슨 일이 생기기라도 하면······."

"내가 같이 나갔다면 마야는 죽었을 거요." 매그너스가 의자에 털썩 주저앉으며 말했다. "나 없이도 클라리랑 제이스 둘이서 가뿐하게 처리했더구먼. 그렇지?" 매그너스가 클라리를 향해 몸을 돌렸다.

클라리는 당혹스러웠다. "그러니까 그게, 그냥 그렇게 됐어요."

"뭐가 그렇게 돼?" 마야였다. 전날 밤의 옷차림 그대로, 티셔츠 위로 루크의 커다란 플란넬 셔츠를 걸친 마야가 뻣뻣하게 거실로 들어와 조심스럽게 의자에 앉았다. "지금 이거 커피 냄새 맞지?" 그녀가 코를 찡긋거리며 기대에 차서 물었다.

늑대인간 소녀가 저토록 예쁜 얼굴에 굴곡 있는 몸매까지 지녔다는 것은 정말이지 불공평했다. 덩치는 산만하고 몸은 털로 뒤덮이고 귀 밖으로도 털이 비죽비죽 튀어나와야 하는 거 아닌가? '그리고 이게 바로 내가 여자 친구를 사귀지 못하고 항상 사이먼하고만 붙어 다니는 이유야. 감정을 자제해야 해.' 클라리는 속으로 조용히 덧붙인 후 자리에서 일어났다. "커피 좀 가져다줄까?"

"좋지. 우유하고 설탕 넣어서!" 마야가 고개를 끄덕이고 부엌으로 향하는 클라리에게 외쳤다. 그러나 김이 나는 머그잔을 들고 클라리가 다시 거실로 돌아왔을 때 마야는 얼굴을 찡그린 채 앉아 있었다. "어젯밤 일이 기억나지 않아. 하지만 사이먼과 무슨 일이 있었던 것 같은데, 뭔지 모르겠지만 마음에 자꾸 걸리는 게……."

"네가 사이먼을 죽이려고 했잖아. 그거 때문일 거야." 클라리가 소파 팔걸이에 걸터앉으며 말했다.

마야는 얼굴이 창백해져서 자신의 커피 잔을 빤히 내려다보았다. "잊고 있었네. 사이먼은 이제 뱀파이어지." 마야가 고개를 들어 클라리를 쳐다봤다. "사이먼을 해칠 생각은 없었어. 난 그냥……."

"그냥 뭐?" 클라리가 눈썹을 치켜세웠다.

마야의 얼굴에 진홍색 기운이 천천히 퍼졌다. 그녀가 곁에 있는 탁자에 잔을 내려놓았다.

"좀 눕는 게 어때? 끔찍한 깨달음이 찾아드는 순간에 난 그러고 있으면 도움이 되던데." 매그너스가 조언했다.

별안간 마야의 눈에 눈물이 차올랐다. 클라리가 깜짝 놀라 매그너스를 쳐다보았다. 그도 클라리만큼이나 충격을 받은 듯했다. 클라리가 루크를 보며 나지막이 다그쳤다. "어떻게 좀 해보세요." 제아무리 매그너스가 번쩍이는 푸른 불꽃으로 치명적인 부상을 치료할 수 있다고 해도, 울고 있는 10대 소녀를 다루는 데는 루크가 나왔다.

루크가 담요를 차고 일어나려고 하는데, 현관문이 요란하게 열리면서 제이스가 안으로 들어왔다. 그의 뒤로 알렉이 하얀 상자를 들고 따라 들어왔다. 매그너스가 황급히 머리에서 수건을 풀어 안락의자 뒤로 떨어뜨렸다. 젤과 스프레이를 바르지 않아 광택 없고 곧게 뻗은 머리칼이 어깨까지 늘어졌다.

늘 그렇듯 클라리의 눈은 곧바로 제이스에게 향했다. 그녀 자신도 어쩔 수가 없었지만 적어도 눈치챈 사람은 없는 듯했다. 제이스는 신경이 곤두서고 긴장한 듯이 보였지만, 눈 아래에 검은 그림자가 드리워진 것이 많이 지쳐 보였다. 제이스의 눈이 표정 없이 클라리를 스쳐 지나가 마야에게 멈췄다. 조용히 울고 있던 마야는 그들이 들어오는 소리도 듣지 못한 모양이었다. "모두들 기분이 좋아 보이는데요. 이대로 계속 가는 게 어때요?" 제이스가 입을 열었다.

마야가 눈물을 훔치며 중얼거렸다. "젠장. 섀도우 헌터 앞에서 우는 거 정말 싫은데."

"그럼 다른 데 가서 울어. 우리도 얘기하는 동안 네가 옆에서 훌쩍거리는 거 원하지 않으니까." 그렇게 말하는 제이스의 목소리엔 온기가 하나도 없었다.

"제이스." 루크가 경고하듯 말문을 열었으나, 마야는 이미 자리에서 일어나 거실을 가로질러 부엌 안으로 들어갔다.

클라리가 제이스를 향해 몸을 돌렸다. "얘기? 우린 아무 얘기도 안 하고 있었는데?"

"이제 할 거야." 제이스가 피아노 의자에 털썩 주저앉아 다리를 뻗으며 말했다. "매그너스가 나한테 소리를 지르고 싶어하거든. 그렇지 않아요, 매그너스?"

"맞아." 알렉에게서 억지로 시선을 떼어낸 매그너스가 제이스를 노려보았다. "너 어디 갔었어? 집 안에 있으라고 분명히 말했을 텐데."

"선택의 여지가 없는 거 아니었어요?" 클라리가 물었다. "매그너스가 있는 곳에 반드시 함께 있어야 하는 거 아니었냐고요. 그러니까 그 마법 때문에."

"원래는 그렇지." 매그너스가 퉁명스럽게 대꾸했다. "하지만 어젯밤 그 난리를 치르느라 내 마법이…… 모두 바닥났거든."

"바닥나요?"

"그래." 매그너스는 더욱 화가 난 듯했다. "브루클린의 대마법사라도 한도 끝도 없이 마법을 쓸 수 있는 건 아니야. 나도 인간일 뿐이라고. 뭐, 반만 인간이긴 하지만."

"그래도 마법이 바닥났다는 건 알았을 거 아닙니까?" 루크가 부드럽게 물었다.

"그랬죠. 그래서 저 쥐새끼 같은 자식한테 집 안에 있겠다고 맹세하라고 시켰고." 매그너스가 제이스를 쏘아보았다. "이제 섀도우 헌터들이 그렇게 떠벌리던 섀도우 헌터 맹세라는 게 얼마나 가치 없는 건지 잘 알게 되었소."

"제대로 맹세하게 하는 법을 알고 있었어야죠." 제이스가 조금도 주눅 들지 않고 말했다. "천사를 걸고 맹세해야 유효해요."

"사실이에요." 알렉이 말했다. 집 안으로 들어와서 처음으로 한 말이었다.

"당연히 사실이죠." 제이스가 손대지 않은 마야의 잔을 들어 커피를 한 모금 마시고는 인상을 썼다. "윽, 설탕 넣었네."

"밤새 어디 있었어? 알렉이랑 같이 있었던 거야?" 매그너스가 뚱하게 물었다.

"잠이 안 와서 산책하러 갔어요. 돌아와 보니 이 자식이 우울하게 문 앞에서 서성이고 있잖아요." 제이스가 알렉을 가리켰다.

매그너스의 얼굴이 환해졌다. "밤새 거기 있었어?" 그가 알렉에게 물었다.

"아뇨. 집에 갔다 왔죠. 다른 옷을 입었잖아요. 보세요."

모두가 보았다. 알렉은 전날 입었던 것과 똑같은 짙은 색 스웨터와 청바지를 입고 있었다. 그래도 클라리는 알렉의 말을 믿어주기로 했다. "상자에 든 건 뭐야?" 클라리가 물었다.

"아. 이거." 잊고 있었다는 듯이 알렉이 손에 든 상자를 쳐다봤다. "도넛 좀 사왔어요. 드실 분?" 그가 상자를 열어 탁자 위에 놓았다.

알고 보니 모두가 도넛을 원했다. 제이스는 두 개나 먹었다. 루크는 클라리가 집어준 도넛을 단숨에 먹어치우고 어느 정도 기운을 되찾았는지 몸을 일으켰다. "이해가 안 되는 게 하나 있어." 루크가 말했다.

"딱 하나요? 저희보다 훨씬 앞서 계신데요." 제이스가 말했다.

"내가 들어오지 않아서 너희 둘이 날 찾으러 나갔다고 했지?" 루크는 클라리한테서 제이스에게로 시선을 옮겼다.

"셋이에요. 사이먼도 함께 나갔어요." 클라리가 대답했다.

루크가 언짢은 표정을 지었다. "좋아. 너희 셋이 함께 나갔어. 밖에는 악마가 둘 있었고, 클라리 말로는 너희는 한 놈도 죽이지 않았다고 했어. 그럼 대체 무슨 일이 있었던 거냐?"

"저랑 붙은 악마는 죽일 수도 있었는데 내빼버렸어요." 제이스가 말했다. "안 그랬으면……"

"하지만 어째서 내뺐지? 놈들은 둘이고 너희는 셋이라 수적으로 밀린다고 느꼈나?" 알렉이 물었다.

"기분 상하게 할 생각은 없지만 말이야, 너희 셋 중에서 악마가 위협을 느낄 만한 건 제이스뿐이잖아." 매그너스가 말했다. "훈련받지 않은 섀도우 헌터와 겁에 질린 뱀파이어는……"

"아무래도 저 때문인 것 같아요. 제가 쫓아버렸나 봐요." 클라리가 말했다.

매그너스가 눈을 깜빡거렸다. "내가 방금……"

"제가 겁을 줘서 쫓아냈다는 말이 아니에요. 이거 때문인 것 같다는 거지." 클라리가 팔을 들어 안쪽에 그려진 마크를 모두에게 보였다.

거실이 찬물을 끼얹은 것처럼 조용해졌다. 제이스는 클라리를 빤히 응시하다 시선을 돌렸고, 알렉은 눈을 깜빡거렸다. 루크도 놀란 표정으로 마크를 쳐다보다 입을 열었다.

"이런 마크는 처음 보는데? 다른 사람들은 어때?"

"나도 처음이오. 하지만 마음에 안 드는데." 매그너스가 대꾸했다.

"저도 이게 뭔지, 무슨 뜻인지 모르겠어요." 클라리가 팔을 내리며 말했다. "하지만 그레이북에 있는 건 아니에요."

"모든 룬은 그레이북에 있어." 제이스의 목소리는 단호했다.

"이건 아니야. 내가 꿈에서 본 거거든." 클라리가 말했다.

"꿈에서 봤다고?" 클라리가 자신을 모욕하기라도 한 듯이 제이스가 크게 화를 냈다. "지금 무슨 장난하는 거야?"

"장난 아니야. 기억 안 나? 실리코트에 갔을 때 말이야."

제이스는 클라리에게 얻어맞기라도 한 얼굴이었다. 그가 입을 열기 전에 클라리가 재빨리 말을 이었다.

"우리가 실험이었다고 여왕이 그랬잖아. 우리를 다르게, 특별하게 만들기 위해 발렌타인이 우리한테 뭔가 했다고. 난 말로 표현되지 않는 언어의 재능을 지녔고, 넌 천사의 재능을 지녔다고."

"그건 요정들이 하는 허튼소리야."

"요정은 거짓말을 하지 않아, 제이스. 말로 표현되지 않는 언어란 룬을 뜻하는 거야. 각각의 룬은 다른 의미를 지녀. 그런데 룬은 말하는 게 아니라 그리는 거잖아." 제이스가 의심스러운 표정을 지었지만 모른 체하며 클라리가 말을 이었다. "네가 고요의 도시 감옥에 갇혔을 때 어떻게 감방 문을 열었느냐고 내게 물었던 거 기억해? 난 그냥 열림의 룬을 썼다고 대답했고."

"그게 다야?" 알렉이 놀란 얼굴로 물었다. "내가 바로 뒤에 들어갔는데, 누군가 경첩이 떨어져 나가도록 문을 잡아 뜯은 것처럼 보였어."

"내가 그린 룬은 문만 연 게 아니야. 감방 안에 있는 건 모두 열었어. 제이스의 수갑도 열고." 클라리는 숨을 한 번 들이마시고 말을 이었다. "여왕의 말은 그러니까, 내가 보통 룬보다 강력한 룬을 그릴 수 있다는 뜻인가 봐. 새로운 룬도 만들고."

제이스가 고개를 가로저었다. "누구도 새로운 룬을 만들지 못해."

"클라리는 할 수 있는지도 모르잖아. 클라리 팔에 그려진 저 룬은 처음 보는 거고." 알렉이 사려 깊게 말했다.

"알렉 말이 맞아. 클라리, 가서 스케치북을 가져오겠니?" 루크가 말했다.

클라리가 놀라서 루크를 쳐다봤다. 루크의 회청색 눈은 피곤하고 퀭해 보였지만, 여섯 살이던 클라리에게 놀이터의 정글짐 아래서 기다리고 있다가 그녀가 떨어지면 반드시 잡아주겠다고 약속하던 날 그랬던 것처럼 확고한 기운이 감돌았다. 그는 언제나 그랬다.

"알겠어요. 가져올게요."

방으로 가려고 부엌으로 들어서는데, 마야가 비참한 표정으로 조리대 앞에 앉아 있었다. "클라리, 잠깐 얘기 좀 할 수 있을까?" 마야가 의자에서 벌떡 일어나며 물었다.

"방에서 뭘 좀 가져와야 하는데."

"저기, 어제 사이먼하고 있었던 일은 미안하게 생각해. 제정신이 아니었어."

"아, 그래? 그럼 늑대인간은 뱀파이어를 증오할 수밖에 없는 운명이니 뭐니 한 건 다 뭐야?"

마야는 화가 나는지 후 하고 숨을 뱉었다. "그건 사실이야. 하지만…… 굳이 그렇게 되는 과정을 서두를 필요는 없다는 거지."

"나한테 설명할 거 없어. 사이먼한테 해야지."

마야가 다시 얼굴을 붉혔고, 볼이 진홍색으로 달아올랐다. "나랑은 말하려고 하지 않을 거야."

"그렇지 않을걸. 사이먼은 마음이 꽤 너그럽거든."

마야가 클라리를 더욱 유심히 쳐다보았다. "저, 캐물으려는 건 아닌데, 혹시 너희 둘 사귀니?"

이번엔 클라리가 얼굴을 붉히며, 붉은 기운을 약간이라도 가려줄 주근깨가 있다는 사실에 감사했다. "그게 왜 궁금한데?"

마야가 어깨를 으쓱했다. "처음 본 날 사이먼은 너를 제일 친한 친구라고 했거든. 그런데 두 번째 본 날에는 여자 친구라고 부르더라. 그래서 너희 둘이 그 왜, 멀어졌다 가까워졌다 하는 사이인가 궁금했어."

"그런 셈이야. 처음엔 그냥 친구였지만. 말하자면 엄청 길어."

"그렇구나." 붉은 기운이 사라진 마야의 얼굴에 강인한 소녀의 미소가 되돌아왔다. "네가 운 좋은 애라는 것만 알아둬. 사이먼이 뱀파이어가 되었다고 해도 말이야. 넌 섀도우 헌터니까 온갖 이상한 것들에 익숙하잖아. 그런 것쯤은 전혀 당황스럽지 않겠지."

"당황스러워." 생각보다 더 날카로운 목소리로 클라리가 대꾸했다. "난 제이스가 아니야."

마야의 미소가 더욱 커졌다. "제이스 같은 사람이 세상에 또 있겠어? 자신도 그 사실을 잘 아는 것 같던데."

"그게 무슨 뜻이야?"

"제이스를 보면 옛날 남자 친구가 떠올라. 어떤 남자들은 여자를 볼 때 섹스를 하고 싶다는 눈으로 쳐다보잖아? 제이스는 여자를 볼 때 이미 섹스를 했고 엄청나게 좋았지만 이제는 그저 친구일 뿐이라는 눈으로 쳐다봐. 여자는 더 원하는데 말이야. 사람을 미치게 만들지. 내 말 무슨 뜻인지 알겠어?"

'알아.' 클라리는 이렇게 생각했지만 말은 다르게 했다. "아니."

"하긴 넌 동생이니까 잘 모르겠다. 하지만 내 말 믿어. 정말 그래."

"그만 가봐야겠어." 그러고는 걸음을 옮기던 클라리가 부엌문 앞에서 무언가 떠올라 돌아섰다. "그 사람은 어떻게 됐어?"

마야가 눈을 깜박거렸다. "누구?"

"옛날 남자 친구 말이야. 제이스를 보면 생각난다는."

"아." 마야가 말했다. "날 늑대인간으로 만든 게 바로 걔야."

"자, 가져왔어요." 클라리가 스케치북과 색연필 상자를 들고 거실로 돌아왔다. 그리고 사용하는 일이 거의 없는 식탁 의자를 끌고 왔다. 루크는 항상 부엌이나 사무실에서 식사를 했고, 식탁 위는 종이와 청구서로 뒤덮여 있었다. 스케치북을 앞에 놓고 앉자, 클라리는 마치 아트 스쿨에서 시험을 치르는 기분이었다. "뭘 그릴까요?"

"뭐가 떠오르는데?" 제이스는 여전히 피아노 의자에 구부정하게 앉아 있었다. 전날 밤에 한숨도 못 잔 얼굴이었다. 그 뒤편으로 알렉이 피아노에 비스듬히 기대어 있었는데, 거기가 매그너스한테서 가장 먼 곳이라 그런 것 같았다.

"제이스, 그만해라." 루크가 몸을 곧추세우고 앉았지만 힘이 드는 듯했다. "클라리, 새로운 룬 문자를 그릴 수 있다고 했지?"

"그런 것 같다고 했죠."

"그럼 한번 그려보았으면 좋겠구나."

"지금요?"

루크가 희미하게 미소를 지었다. "다른 생각이 없다면 말이다."

클라리가 스케치북을 펼치고 빈 종이를 빤히 쳐다보았다. 이토록 종이가 텅 빈 것처럼 느껴지기도 처음이었다. 모두가 꼼짝 않고 자신을 바라보고 있었다. 매그너스는 호기심 어린 눈으로 차분하게, 알렉은 자신의 문제에 빠져서 건성으로, 루크는 기대에 찬 얼굴로, 제이스는 무서울 정도로 아무런 감정을 담지 않고 바라보았다. 제이스는 그녀를 증오했으면 좋겠다고 말했다. 어쩌면 그가 성공했을지도 모른다는 생각이 들었다.

클라리가 색연필을 내려놓았다. "이런 식으로 그리라고 해서 그려지는 게 아니에요. 뭔가 아이디어가 있어야 해요."

"어떤 아이디어?" 루크가 물었다.

"전 이미 존재하는 룬들도 어떤 게 있는지 잘 모르잖아요. 그러니까 의미라든가 단어 같은 게 있어야 그에 해당하는 룬을 그릴 수 있어요."

"우리도 모든 룬을 알고 있는 건 아니야." 알렉이 말문을 열었지만 놀랍게도 제이스가 그의 말을 잘랐다.

"그럼 '담대함'은 어때?" 제이스가 조용히 말했다.

"담대함?" 클라리가 제이스의 말을 반복했다.

"용기에 대한 룬들은 있지만, 두려움을 없애주는 룬은 없잖아. 하지만 네 말대로 네가 새로운 룬을 그릴 수 있다면……." 제이스가 주위를 힐긋 둘러보다가 알렉과 루크가 놀란 얼굴을 하고 있는 것을 보았다. "난 그냥 그런 룬이 없다는 게 떠올랐을 뿐이에요. 해로운 것도 아니고."

클라리가 루크를 바라보자 그가 어깨를 으쓱하며 말했다. "좋아."

클라리는 상자에서 진회색 색연필을 꺼내 들고 그 끝을 종이 위에 댔다. 형태와 선과 소용돌이 모양을 생각하며 그레이북의 상징들을 떠올렸다. 말로 표현하기에는 너무도 완벽한, 결함 하나 없는 고대 언어의 형상을. 머릿속에서 작은 목소리가 들려왔다. '천국의 언어를 말할 수 있다고 생각하는 넌 누구지?'

연필이 움직였다. 클라리가 움직이는 건 아니었지만 연필이 종이 위로 미끄러지며 선 하나를 그렸다. 심장이 두근거리는 게 느껴졌다. 클라리는 엄마의 모습을 떠올렸다. 캔버스 앞에 꿈꾸듯이 앉아 잉크와 유화 물감으로 자신만의 세계를 창조해내는 엄마의 모습. 클라리는 생각했다. '내가 누구지? 난 조슬린 프레이의 딸이야.' 연필이 다시 움직였고, 그녀는 숨을 죽였다. 나지막이 중얼거리고 있었다. "담대함…… 담대함." 연필이 움직이며 고리 모양을 그렸다. 이제 연필이 그녀를 이끄는 것이 아니라 그녀가 연필을 이끌었다. 룬을 완성한 클라리는 연필을 내려놓고 잠시 결과물을 응시했다.

강하게 소용돌이치는 선들로 이루어진 룬은 독수리처럼 대담하고 날렵한 모양이었다. 클라리는 스케치북에서 종이를 뜯어내 모두가 볼 수 있게 들어 올렸다. "여기요." 루크가 깜짝 놀란 표정을 짓자 클라리는 만족감을 느꼈다. 그러니까 루크 역시 클라리를 믿지 않았던 것이다. 제이스도 놀랐는지 눈이 조금 커졌다.

"멋진데." 알렉이 입을 열었다.

제이스가 의자에서 일어나 걸어오더니 클라리의 손에서 종이를 받아 들었다. "근데 효과가 있을까?"

제이스가 정말로 궁금한 건지, 심술을 부리는 건지 클라리는 의구심이 들었다. "무슨 말이야?"

"이게 효과가 있는지 우리가 어떻게 아냐고. 지금은 그냥 그림일 뿐이잖아. 종이한테서 두려움을 없애는 건 불가능한 일이고. 종이가 두려움을 느끼는 것도 아니니까. 우리 중 누군가에게 실험해봐야 진짜 룬인지 알 수 있어."

"글쎄, 그게 좋은 생각인지 모르겠구나." 루크가 말했다.

"엄청나게 좋은 생각이에요." 탁자에 종이를 내려놓고 제이스가 재킷을 벗기 시작했다. "내 스텔레를 쓰면 되겠네. 나한테 이거 그려줄 사람?"

"그건 별로 좋은 생각이 아닌데." 매그너스가 중얼거렸다.

루크가 일어서며 말했다. "제이스, 넌 안 그래도 '두려움'이라는 말이 세상에 존재하지 않는 사람처럼 행동하잖니. 이 룬이 효과가 있더라도 우린 알아보지 못할 거다."

알렉이 억눌린 웃음소리를 냈고 제이스는 억지로 미소를 지었다. "저도 '두려움'이란 말이 있다는 건 알아요. 다만 저한테 적용되는 말이 아니라고 생각할 뿐이죠."

"그러니까 문제라는 거야." 루크가 말했다.

"그럼 루크한테 실험해보면 어때요?" 클라리의 말에 루크가 고개를 저었다.

"다운월드 사람한테는 효과가 없어. 늑대인간이 되게 하는 악마의 질환이 마크의 효과를 억제하거든."

"그럼······."

"나한테 해요." 알렉이 불쑥 말했다. "나한테 도움이 되는 룬 같으니까." 그러고는 재킷을 벗어 피아노 의자에 던져놓고 제이스 앞으로 걸어갔다. "자, 내 팔에 그려."

제이스가 클라리를 흘깃 보았다. "네가 직접 해야 하는 거면 직접 하든가."

클라리가 고개를 저었다. "아냐. 마크를 그리는 건 나보다 네가 나을 거야."

제이스가 어깨를 으쓱했다. "알렉, 소매를 걷어봐."

제이스의 말에 따라 알렉이 소매를 걷어 올렸다. 팔 위쪽에는 이미 영구 마크가 새겨져 있었다. 완벽한 균형을 의미하는 우아한 소용돌이무늬 마크였다. 제이스가 신중하게 알렉의 팔에 '담대함'의 룬을 그리는 동안 모두가, 심지어 매그너스까지도 몸을 기울이고 쳐다보았다. 스텔레가 자국을 남기며 살갗을 태우자 알렉이 움찔했다. 제이스는 마크를 완성하자 스텔레를 도로 주머니에 넣고 잠시 자신의 작품을 감상했다.
"어쨌든 보기는 좋네. 효과가 있건 없건."

알렉이 새로 생긴 마크에 손가락을 대보고 고개를 들자, 모두가 그를 뚫어지게 쳐다보았다.

"어때?" 클라리가 물었다.

"뭐가?" 알렉이 소매를 내려 마크를 덮었다.

"기분이 어떠냐고. 뭔가 다른 거 같아?"

알렉이 생각해보는 것 같았다. "별로."

제이스가 양손을 들어 올렸다. "그럼 효과가 없는 거네."

"꼭 그런 건 아니지." 루크가 입을 열었다. "마크가 효과를 발휘할 일이 없기 때문인지도 모르니까. 여기엔 알렉이 두려워하는 게 아무것도 없잖아."

매그너스가 알렉을 흘깃 보고는 눈썹을 추켜세웠다. "왁."

제이스가 히죽거렸다. "잘 생각해봐. 공포증 한두 개는 있을 거 아냐. 뭐가 제일 두려워?"

알렉이 잠시 생각에 잠겼다가 입을 열었다. "거미."

클라리가 루크에게 돌아섰다. "어디 거미 없어요?"

루크가 화난 듯이 말했다. "나한테 거미가 어디 있겠니? 내가 거미 같은 걸 수집할 사람으로 보인단 말이냐?"

"기분 상하게 하고 싶진 않지만, 약간 그래 보이는데요." 제이스가 말했다.

"저기, 아무래도 바보 같은 실험인 거 같아요." 알렉이 시큰둥하게 말했다.

"어둠은 어때?" 클라리가 제안했다. "지하실에 가두면 되는데."

"난 악마 사냥꾼이야. 어둠 따윈 무서워하지 않는다고." 알렉이 화를 참으며 말했다.

"혹시 모르잖아."

"아니라니까."

초인종이 울리는 바람에 클라리는 알렉의 말에 대꾸할 수 없었다. 그녀가 루크를 바라보았다. "사이먼일까요?"

"그건 불가능하지. 대낮이잖아."

"아, 맞다." 클라리는 또 잊고 있었다. "제가 나가볼까요?"

"아냐." 루크가 짧게 신음을 내뱉으며 자리에서 일어났다. "아마 서점 문이 닫혀 있어서 물으러 온 사람일 거다."

루크가 걸어가서 현관문을 활짝 열었고, 그의 어깨가 놀라움으로 뻣뻣하게 굳어졌다. 귀에 익은 여자의 성난 목소리가 들렸고, 잠시 후 이사벨과 메이리스가 루크를 밀치며 안으로 성큼 들어섰다. 그들 뒤로, 위협적인 분위기를 풍기는 심문관이 들어왔고, 마지막으로 훤칠하고 건장한 남자가 안으로 들어섰다. 검은 머리에 피부는 올리브색이며 새까맣고 무성한 턱수염을 기른 남자였다. 클라리는 남자를 알아보았다. 호지의 낡은 사진에서 본 사람이었다. 로버트 라이트우드, 바로 알렉과 이사벨의 아버지였다.

매그너스가 머리를 홱 들어 올렸다. 제이스는 눈에 띄게 창백해졌지만 아무런 감정도 드러내지 않았다. 알렉은 여동생에게서 어머니에게, 그리고 다시 아버지에게 천천히 시선을 옮기다 마침내 매그너스를 바라보았다. 맑고 푸른 눈망울에 굳은 결의가 떠오르며 색이 더욱 짙어졌다. 그가 한 걸음 앞으로 나가서 부모님과 모두의 사이에 섰다.

루크의 거실에서 큰아들을 보고 깜짝 놀란 메리리스가 알렉을 빤히 쳐다보았다. "알렉, 너 대체 여기서 뭐하는 거니? 내가 분명히 말하지……."

"어머니." 말을 자르는 알렉의 목소리는 매몰차지는 않지만 확고하고 완강했다. "아버지, 드릴 말씀이 있어요." 그가 미소를 지어 보였다. "저, 사귀는 사람이 있어요."

로버트 라이트우드가 화난 표정으로 아들을 쳐다보았다. "알렉, 지금은 그런 얘기를 나눌 때가 아닌 거 같구나."

"지금 해야 해요. 중요한 얘기예요. 평범한 사람과 사귀는 게 아니거든요." 알렉의 입에서 말이 쏟아져 나오는 동안 그의 부모는 혼란스러운 얼굴이었다. 이사벨과 매그너스는 똑같이 경악한 표정으로 알렉을 뚫어지게 바라보고 있었다. "저는 다운월드 사람과 사귀고 있어요. 실은 마법……."

매그너스의 손가락이 알렉 쪽으로 번개처럼 움직였다. 알렉의 주변으로 희미하게 아지랑이가 피어오르고, 눈알이 뒤로 넘어간 알렉이 나무처럼 바닥에 쓰러졌다.

"알렉!" 메리리스가 손으로 입을 틀어막았다. 제일 가까이 서 있던 이사벨이 알렉의 곁에 무릎을 꿇었다. 하지만 알렉은 벌써 몸을 움직거리기 시작했고, 곧이어 눈꺼풀이 떨리더니 눈을 떴다. "뭐가…… 대체…… 내가 왜 바닥에 누워 있는 거죠?"

"훌륭한 질문이야. 좀 전에 그건 다 뭐야?" 이사벨이 그를 쏘아보았다.

"뭐가 뭐야?" 알렉이 일어나 앉으며 머리를 감싸 쥐다 돌연 불안한 표정을 지었다. "잠깐, 내가 뭐라고 그랬어? 정신을 잃기 전에 말이야."

제이스가 코웃음을 쳤다. "너도 알다시피, 클라리가 한 게 효과가 있는지 모두 궁금했잖아? 그거 효과가 아주 좋은 거 같아."

알렉은 극심한 공포에 빠진 듯했다. "내가 뭐라 그랬는데?"

"누군가와 사귄다고 했다. 그게 왜 그렇게 중요한지는 분명하게 말하지 않았다만." 알렉의 아버지가 말했다.

"아니에요. 그러니까 전 아무하고도 사귀지 않는다고요. 그리고 중요하지도 않아요. 제가 누군가와 사귄다고 해도 중요한 문제가 아니라고요. 사귀지는 않지만."

매그너스는 지능이 한참 떨어지는 사람을 보듯이 알렉을 쳐다보다 입을 열었다. "알렉은 정신이 혼미한 상태랍니다. 아마 독소 부작용이지요. 대단히 유감스러운 일이지만, 곧 괜찮아질 겁니다."

"악마 독소라고요?" 메이리스의 목소리가 날카로워졌다. "악마의 습격에 대해서는 아무런 신고도 받지 못했는데. 루션, 대체 무슨 일이야? 여긴 당신 집이잖아. 악마의 습격이 있으면 반드시 보고를 해야 한다는 걸 알고 있을 텐데?"

"루크도 당했어요. 의식이 없었다고요." 클라리가 말했다.

"아주 편리하군. 모두가 의식을 잃지 않으면 정신이 혼미한 상태이니 말이야." 심문관의 칼날 같은 목소리가 모두의 입을 틀어막았다. "늑대인간, 당신은 조너선 모겐스턴이 당신 집에 있으면 안 된다는 사실을 잘 알고 있겠지? 마법사의 집에 갇혀 있어야 할 몸이니까."

"아시겠지만, 저도 이름이 있답니다." 그리고 나서 매그너스는 심문관의 말을 가로막는 게 현명하지 못하다고 판단한 듯 서둘러 덧붙였다.

"뭐, 그리 중요한 문제는 아니지만. 아니, 그냥 못 들은 걸로 하시죠."

"당신 이름은 알아요, 매그너스 베인." 심문관이 말했다. "맡은 임무에 한 번 실패했으니, 다시는 기회가 없을 줄 알아요."

"임무에 실패했다고요?" 매그너스가 인상을 썼다. "저 아이를 여기에 데려온 거 때문에 그러는 겁니까? 내가 서명한 계약서에는 자유재량으로 저 아이를 어디든 데려갈 수 있다고 되어 있어요."

"그 때문이 아니에요. 어젯밤에 저 아이가 제 아버지를 만나러 가게 그냥 두었기 때문이지."

충격으로 아무도 입을 열지 못했다. 알렉은 허둥지둥 일어서며 제이스와 눈을 맞추려 했지만, 제이스는 돌아보지 않았다. 얼굴이 가면처럼 굳어졌다.

"말도 안 돼요." 루크가 소리쳤다. 클라리는 루크가 그토록 화를 내는 모습을 본 적이 없었다. "제이스는 발렌타인이 어디 있는지도 모릅니다. 그만 좀 몰아대시죠."

"그게 바로 내가 하는 일이에요, 늑대인간. 내 임무라고요." 심문관은 그렇게 말하고 제이스에게 돌아섰다. "사실대로 말해보렴. 그럼 모든 게 훨씬 수월할 거다."

제이스가 턱을 치켜들었다. "할 말 없는데요."

"죄가 없으면 결백을 증명하면 되지 않니? 어젯밤에 어디 갔는지 우리에게 얘기해주렴. 발렌타인의 작은 유람선에 대해서도 말이야."

클라리는 제이스를 빤히 쳐다보았다. '산책하러 갔어요'라고 그는 말했지만, 그건 아무 의미도 없는 말이었다. 클라리는 심장이 저 아래로 철렁 내려앉는 기분이었다. 속이 뒤틀렸다. '세상에서 제일 끔찍한 게 뭔지 알아? 사랑하는 사람을 믿지 못하는 거.' 사이먼은 그렇게 말했다.

제이스가 입을 꾹 다물고 있자, 로버트 라이트우드가 저음의 목소리로 말했다. "이모젠, 당신 말은 발렌타인이 지금…… 그가 어제……."

"배를 타고 이스트 강 한가운데 있었다는 말이냐고요?" 심문관이 말했다. "맞아요. 그 말이에요."

"그래서 추적이 안 된 거로군. 그 물 때문에…… 그게 내 주문을 방해한 거야." 매그너스가 반은 혼잣말로 중얼거렸다.

"발렌타인이 강에서 뭘 하고 있는 거죠?" 루크가 당혹스러운 듯 물었다.

"조너선에게 물어봐요." 심문관이 말했다. "뱀파이어 무리의 리더에게 빌린 오토바이로 그 배까지 날아갔다 왔으니까. 그렇지 않니, 조너선?"

제이스는 아무 말도 하지 않았고, 아무 표정도 드러내지 않았다. 그러나 심문관은 뭔가를 더욱 갈구하는 표정이었다. 방 안의 긴장감으로 배를 불리기라도 하듯이.

"재킷 주머니에 손을 넣어서, 네가 인스티튜트를 떠난 뒤로 줄곧 지니고 다닌 그 물건을 꺼내."

제이스가 천천히 그녀의 말에 따랐다. 클라리는 그의 손안에서 청회색으로 어른거리는 그 물건을 알아보았다. 바로 깨진 포탈의 조각이었다.

"그거 이리 내." 심문관이 거칠게 거울 조각을 빼앗자 제이스가 움찔했다. 유리 끝에 살갗이 베여 손바닥에 피가 고였다. 메이리스가 작게 비명을 질렀지만 움직이지는 않았다.

"네가 이걸 가지러 인스티튜트로 돌아갈 줄 알았지." 심문관은 만족스럽다는 듯이 웃고 있었다. "네 감상적인 기질 때문에 이걸 거기 남겨두지 못할 거라고 말이다."

"그게 뭐죠?" 로버트 라이트우드의 목소리에 당혹감이 묻어났다.

"거울 형태의 포털 조각이에요. 포털이 파괴되면 마지막 목적지의 모습이 보존되지요." 심문관이 거미 다리 같은 긴 손가락으로 거울 조각을 돌렸다. "이 경우에는 웨이랜드 시골 저택이고."

제이스의 눈이 거울의 움직임을 좇았다. 작은 조각 안에 푸른 하늘이 갇혀 있었다. 클라리는 이드리스에도 비가 내리는지 궁금했다.

차분한 어조에 어울리지 않는 난폭한 몸짓으로 심문관이 갑자기 거울 조각을 바닥으로 내던졌다. 바닥에 부딪힌 포털 조각이 산산이 부서지자, 제이스가 헉하고 숨을 들이쉬었지만 움직이지 않았다.

회색 장갑을 벗고 무릎을 꿇은 심문관이 깨진 조각들을 휘저어 뭔가를 찾아냈다. 얇은 종이 한 장이었다. 그러고는 일어나서 모두가 볼 수 있게 검은 잉크로 두꺼운 룬을 그린 종이를 들어 보였다. "종이에 추적의 룬을 그려서 거울과 뒷받침 사이에 끼워두었죠. 그걸 저 아이 방에 다시 가져다 놓았고." 그러고는 제이스를 향해 말했다. "알아채지 못했다고 해도 속상해하지 말거라. 너보다 나이가 많고 현명한 어른들도 클레이브의 머리는 못 당하니까."

"저를 염탐한 건가요?" 제이스의 목소리에 분노의 기색이 흘렀다. "클레이브가 하는 일이 그런 건가요? 동료 섀도우 헌터의 사생활을 침해하고……."

"입조심해라, 조너선. 여기서 법을 어긴 게 너만은 아니니까." 심문관이 차가운 시선으로 방 안의 모두를 훑었다. "고요의 도시에서 널 꺼내주고, 마법사의 통제에서 널 자유롭게 해준 네 친구들도 너랑 똑같은 짓을 한 셈이지."

"제이스는 친구가 아니에요. 우리 가족이라고요." 이사벨이 소리쳤다.

"내가 너라면 말을 조심할 거다, 이사벨 라이트우드. 공모자로 간주될 수도 있으니까." 심문관이 말했다.

"공모자라고요?" 이렇게 외친 건 놀랍게도 로버트 라이트우드였다. "저 아인 우리 가족을 깨뜨리려는 당신을 막으려는 것뿐이에요. 세상에, 이모젠, 아직 애들일 뿐이잖아요."

"애들이라고요?" 심문관이 냉혹한 시선을 로버트에게 보냈다. "서클이 클레이브를 파괴하려는 음모를 꾸밀 때 당신들이 애들이었던 것처럼요? 내 아들이 그……." 심문관이 혼신의 힘을 다해 자신을 통제하듯 숨을 들이쉬며 말을 멈췄다.

"그러니까 이게 다 결국 스티븐 때문이군요." 루크의 목소리에 동정심이 묻어났다. "이모젠……."

심문관의 얼굴이 일그러졌다. "스티븐하고는 상관없어요! 이건 법에 관한 문제예요!"

메이리스는 가는 손가락이 뒤틀리도록 양손을 꽉 맞잡았다. "제이스는요. 이제 어떻게 되는 거죠?"

"내일 나와 함께 이드리스로 돌아갈 거예요. 이제 메이리스에겐 그 이상 알 권리가 없어요." 심문관이 대답했다.

"어떻게 그곳으로 데려갈 수가 있죠? 언제 돌아오는데요?" 클라리가 물었다.

"클라리, 그러지 마." 제이스가 간청하듯 말했지만 클라리는 물러서지 않았다.

"문제는 제이스가 아니에요. 발렌타인이지!"

"그만해, 클라리! 너 자신을 위해 제발 그만하라고!" 제이스가 크게 소리쳤다.

클라리는 저도 모르게 움찔하며 물러났다. 제이스는 한 번도 그런 식으로 소리를 지른 적이 없었다. 어머니의 병원에 끌고 갔을 때에도 그러지는 않았다. 자신이 움찔하는 모습에 돌연 표정이 바뀌는 제이스를 보면서 클라리는 어떻게든 자신의 행동을 돌이킬 수 있으면 좋겠다고 생각했다.

클라리가 뭐라고 대꾸하기 전에 루크가 그녀의 어깨에 손을 얹었다. 그는 자신의 삶에 관해 말해주던 그날처럼 어두운 목소리로 말했다. "저 아이가 제 아버지에게 갔다면, 발렌타인이 어떤 자인지 잘 알면서도 갔다면, 그건 우리가 저 아이의 기대를 저버렸기 때문이지 저 아이가 우리 기대를 저버린 게 아니에요."

"궤변은 그만둬요, 루션. 먼데인만큼이나 유약해졌군요." 심문관이 말했다.

"심문관님 말씀이 옳아요." 팔짱을 끼고 이를 악문 채 소파 끝에 걸터앉은 알렉이 말했다. "제이스는 우리한테 거짓말을 했어요. 거기엔 변명의 여지가 없죠."

제이스가 놀라 입이 벌어졌다. 다른 사람은 몰라도 알렉만은 자기편이라고 확신하고 있었을 테니 놀라는 건 당연했다. 이사벨도 경악해서 자신의 오빠를 노려보았다. "알렉, 어떻게 그런 말을 할 수가 있어?"

"법은 법이야, 이지." 알렉이 이사벨의 시선을 피하며 말했다. "어쩔 수 없어."

그 말에 이사벨이 충격과 분노를 참지 못하고 작게 소리를 지르며 문밖으로 뛰쳐나갔다. 그녀가 나간 뒤에도 문은 활짝 열려 있었다. 메이리스가 따라 나가려고 하자 로버트가 나지막이 말하며 그녀를 가로막았다.

 매그너스가 자리에서 일어났다. "나도 이만 가보라는 신호 같군." 클라리는 그가 알렉하고 눈을 맞추려 하지 않는다는 것을 알아보았다. "만나서 반가웠다고 말해야겠지만, 실은 그렇지가 않거든요. 상당히 어색한 만남이었어요. 그리고 솔직히, 당분간은 이 중에 누구와도 마주치는 일이 없었으면 좋겠군요."

 매그너스가 큰 걸음으로 거실을 가로지르는 동안 알렉은 땅만 뚫어져라 쳐다보고 있었다. 이번에는 문이 쾅 소리를 내며 닫혔다.

 "두 명 기권이네." 제이스가 분위기에 어울리지 않게 즐거운 듯이 말했다. "다음 차례는 누구죠?"

 "그만하고 손을 이리 내." 심문관이 말했다.

 제이스가 양손을 내밀자 심문관은 어디선가 스텔레를 꺼내 그의 손목 둘레에 마크를 그리기 시작했다. 그녀가 손을 떼자, 엇갈려 놓인 제이스의 손목에 불꽃으로 된 팔찌 같은 것이 채워져 있었다.

 클라리가 소리를 질렀다. "뭐하는 거예요? 상처가 나잖아요."

 "난 괜찮아, 동생." 목소리는 차분했지만 제이스는 클라리를 마주 보지 못했다. "손을 빼려고만 하지 않으면 불에 데지 않아."

 "그리고 너는⋯⋯." 놀랍게도 심문관이 클라리에게 돌아서며 입을 열었다. 이제까지 심문관은 클라리가 세상에 존재하지 않는 것처럼 행동해왔다. "조슬린 아래 자란 덕에 네 아버지의 영향을 받지 않았으니 운이 좋은 줄 알거라. 그래도 네 행동은 계속 주시할 거야."

 루크가 클라리의 어깨를 더욱 꽉 붙잡았다. "협박하는 겁니까?"

 "클레이브는 협박 같은 건 하지 않아요. 약속을 하고 그걸 지킬 뿐이지." 심문관이 유쾌한 어조로 말했다. 유쾌해 보이는 건 심문관뿐이었다. 나머지는 포탄이라도 떨어진 듯이 충격을 받은 얼굴이었다. 제이스만 빼고. 제이스는 으르렁거리듯 이를 드러내고 있었지만 그 자신도 의식하지 못하는 듯했다. 마치 덫에 걸린 사자 같았다.

"가자, 조너선. 내 앞에서 걸어. 도망치려고 한 발만 움직여도 등에 칼이 박힐 줄 알아." 심문관이 말했다.

묶인 손으로 힘겹게 손잡이를 돌리는 제이스를 보며 클라리는 비명을 참기 위해 이를 악물어야 했다. 이윽고 문이 열리고 제이스와 심문관이 사라졌다. 라이트우드 가족이 그 뒤를 따랐고, 알렉의 시선은 끝까지 땅에만 박혀 있었다. 모두가 떠나고 문이 닫히자 거실에는 클라리와 루크만 남았다. 믿기지 않는 현실 앞에 할 말을 잃은 채로.

15
독사의 이빨

"이제 어쩌면 좋죠?" 라이트우드 가족이 나가고 난 뒤에 클라리가 입을 열었다.

루크는 마치 반으로 쪼개지려는 머리를 붙잡듯 양손으로 꽉 누르며 말했다. "커피. 커피가 필요해."

"아까 드렸잖아요."

루크가 손을 내리며 한숨을 내쉬었다. "그걸로는 부족해."

클라리는 루크를 따라 부엌으로 들어갔다. 루크는 커피를 따르고 식탁에 앉아 심란한 듯 머리를 쓸어 넘겼다. "좋지 않아. 아주 좋지 않아."

"그렇게 생각하세요?" 클라리는 커피를 더 마신다는 생각조차 할 수 없었다. 이미 모든 신경이 곤두설 대로 곤두서 있었다. "제이스를 이드리스로 데려가면 어떻게 되는 거죠?"

"클레이브 앞에서 재판을 받겠지. 아마 유죄로 판정이 날 거고. 그럼 처벌을 받게 되겠지. 제이스는 아직 어리니까 저주까지는 내리지 않겠지만, 마크는 압수당할 거야."

"그러면 어떻게 되죠?"

루크가 클라리의 시선을 피했다. "제이스의 마크를 떼어내 섀도우 헌터 자격을 박탈하고 클레이브 밖으로 내쫓을 거야. 제이스는 먼데인이 되는 거지."

"그렇게 되면 제이스는 죽어요. 차라리 죽으려고 들 거라고요."

"내가 그걸 모를 것 같니?" 루크는 커피를 마저 마시고는 잔을 침울하게 바라보다 내려놓았다. "하지만 클레이브는 달라지지 않아. 발렌타인을 잡을 수 없으니 그 아들이라도 잡겠다는 거지."

"저는요? 전 발렌타인의 딸이잖아요."

"넌 그들의 세계에 속해 있지 않아. 제이스랑은 다르지. 그렇긴 해도 한동안은 조용히 지내는 게 좋을 거야. 농장에 가 있으면 좋으련만."

"제이스를 저렇게 둘 순 없잖아요! 전 아무 데도 안 가요." 클라리가 경악해서 소리쳤다.

"알아." 루크가 손을 내저으며 말했다. "농장에 가라는 말이 아니라 그럴 수 있으면 좋겠다는 거야. 이제 이모젠이 발렌타인의 거처를 알아냈으니 무슨 일이든 벌어질 거다. 전쟁이 일어날지도 모르고."

"심문관이 발렌타인을 죽이고 싶어해도 전 상관없어요. 죽이고 싶다면 얼마든지 그러라고 하세요. 전 제이스만 돌아오면 돼요."

"그게 쉬울 것 같진 않구나. 제이스가 혐의를 받고 있는 일을 실제로 했다면 더더욱."

클라리가 버럭 화를 냈다. "뭐예요, 제이스가 침묵의 형제들을 죽였다고 생각하는 거예요?"

"당연히 아니지. 내 말은, 이모젠이 목격했다는 그 일을 제이스가 실제로 한 것 같다는 뜻이야. 아버지를 보러 간 거 말이다."

갑자기 생각난 듯 클라리가 물었다. "제이스가 우리 기대를 저버린 게 아니라 우리가 제이스의 기대를 저버렸다는 건 무슨 뜻이죠? 루크는 제이스를 비난하지 않는다는 말인가요?"

"그렇기도 하고 아니기도 해." 루크는 지쳐 보였다. "발렌타인을 만나러 간 건 어리석은 짓이었어. 발렌타인은 믿을 만한 사람이 아니니까. 하지만 라이트우드 부부는 제이스에게 등을 돌리면서 제이스가 어떻게 하길 바란 거지? 제이스는 여전히 부모가 필요한 아이야. 그들이 제이스를 받아주지 않으면 제이스는 당연히 자신을 받아줄 누군가를 찾게 되어 있어."

"전 루크한테 그 역할을 기대할 줄 알았어요."

루크는 말할 수 없이 슬픈 표정이 되었다. "나도 그럴 줄 알았단다."

부엌에서 아주 희미하게 목소리가 들려왔다. 거실에서 고함을 치던 일은 마무리가 된 모양이었다. 나가야 할 시간이었다. 마야는 급히 갈겨 쓴 쪽지를 접어 루크의 침대 위에 놓고, 20분간 애를 써서 겨우 열어둔 창문으로 다가갔다. 창을 통해 시원한 바람이 들어왔다. 전형적인 초가을의 하루로, 하늘은 그지없이 높고 푸르렀으며, 공기 중에 희미하게 연기 냄새가 떠돌았다.

서둘러 창턱으로 올라서서 아래를 내려다보았다. 늑대인간이 되기 전이었다면 겁먹었을 높이였다. 하지만 마야는 어깨의 상처를 한번 떠올리고는 곧바로 뛰어내렸고, 웅크린 자세로 뒷마당의 콘크리트 바닥에 착지했다. 몸을 일으키고 슬쩍 돌아보았지만 문을 벌컥 여는 사람도, 돌아오라고 소리치는 사람도 없었다.

마야는 가슴을 찌르는 실망감을 애써 억눌렀다. 집 안에 있을 때도 크게 관심이 없었으니 그녀가 사라졌다는 사실을 알 리가 없었다. 마야는 루크의 뒷마당과 골목을 가르는 높은 철조망 울타리를 기어오르며 그렇게 생각했다. 늘 그랬듯이 마야는 눈에 띄지 않는 존재였다. 그녀를 조금이라도 중요한 존재로 대해준 건 사이먼뿐이었다.

울타리 아래로 훌쩍 뛰어내려 켄트 가로 향하며 마야는 사이먼 생각에 얼굴이 어두워졌다. 클라리에게는 전날 밤의 일이 기억나지 않는다고 했지만 그건 사실이 아니었다. 그녀가 흠칫 놀라 사이먼에게서 물러났을 때 그의 얼굴에 떠오른 표정은 눈꺼풀 안쪽에 아로새긴 장면처럼 또렷하게 기억났다. 정말로 이상한 것은 그 순간 사이먼이 인간으로 보였다는 점이다. 그녀가 알아온 어떤 인간보다도 더 인간처럼 보였다.

마야는 루크의 집 앞으로 지나가지 않으려고 길을 건넜다. 거리는 거의 텅 비어 있었다. 브루클린 주민들은 일요일 늦잠을 즐기고 있는 모양이었다. 베드퍼드 가에 있는 지하철역으로 향하는 동안 마야의 마음은 계속 사이먼에게 가 있었다. 사이먼을 생각하면 가슴이 아렸다. 정말 오랜만에 믿고 싶은 사람을 찾았는데, 사이먼이 그걸 불가능하게 만들어버렸다.

'그를 믿는 게 불가능하다면서 어째서 만나러 가는 거지?' 마음 한구석에서 속삭임이 들려왔다. 속삭임은 늘 대니얼의 목소리였다. '시끄러워. 친구가 될 수 없다고 해도 사과 정도는 할 수 있잖아.' 마야가 단호하게 말했다.

누군가가 웃었다. 왼편에 솟은 높은 공장 벽에 웃음소리가 부딪혀 메아리쳤다. 두려움이 엄습하며 심장이 조여들었다. 마야가 홱 돌아섰지만 거리에는 아무도 없었다. 강변을 따라 개를 산책시키는 노파의 모습이 눈에 들어왔지만, 노파의 웃음소리가 여기까지 들릴 리는 없었다.

마야는 빠르게 걷기 시작했다. 그녀는 어떤 인간보다 빨리 걸을 수 있었다. 빨리 달릴 수 있는 건 두말할 필요도 없었다. 팔이 욱신거리는 지금 같은 상태로도 강도나 강간범 따위는 전혀 두렵지 않았다. 도시로 온 지 얼마 안 된 어느 날 밤 센트럴 파크를 걸을 때의 일이었다. 칼을 든 10대 소년 둘이 덤벼들었지만 그들은 마야의 상대가 되지 못했다. 그때 배트가 말리지 않았다면 아마 그 둘은 목숨을 잃었을 것이다.

'그런데 지금 왜 이렇게 공포를 느낄까?' 마야는 뒤를 힐끔 돌아보았다. 노파는 사라지고 없었고, 거리는 텅 비어 있었다. 앞쪽으로는 버려진 설탕 공장이 우뚝 솟아 있었다. 돌연 그 길에서 벗어나고 싶은 충동을 느낀 마야는 몸을 수그리고 옆 골목으로 들어섰다.

정신을 차려보니 두 건물 사이의 좁은 공간 안이었다. 쓰레기와 빈 병이 나뒹굴었고, 쥐들이 돌아다녔다. 머리 위로 지붕이 낮게 드리워져 터널 안에 있는 기분이었다. 벽돌로 쌓은 건물 벽에는 작은 창문들이 뚫려 있었는데, 유리는 대부분 박살이 나 있었다. 창문 안으로 폐기된 공장의 바닥과 끝없이 늘어선 금속 보일러, 화덕, 그리고 박쥐들이 보였다. 공기 중에는 설탕 탄내가 배어 있었다. 마야는 쿵쾅거리는 가슴을 진정시키며 한동안 벽에 기대어 있었다. 그리고 겨우 진정됐다고 생각한 순간, 어둠 속에서 익숙한 목소리가 들려왔다. 하지만 그것은 마야가 절대로 두 번 다시 들을 수 없다고 여겼던 목소리였다.

"마야?"

마야가 휙 돌아섰다. 그는 골목 입구에 서 있었다. 뒤쪽에서 빛이 쏟아져 그의 아름다운 얼굴 주변으로 머리카락이 후광처럼 반짝였다. 속눈썹이 길게 드리워진 검은 눈이 신기하다는 듯이 마야를 쳐다보고 있었다. 청바지 차림에 쌀쌀한 날씨에도 짧은 소매 티셔츠를 입은 그는 여전히 열다섯 살로 보였다.

"대니얼." 마야가 속삭였다.

그가 마야에게 다가왔지만 발소리는 전혀 들리지 않았다. "오랜만이야, 동생."

마야는 달아나고 싶었지만 발이 떨어지지 않았다. 그녀는 벽 안으로 들어가기라도 할 듯이 몸으로 벽을 세게 밀었다. "하지만 오빤 죽었어."

"그리고 넌 장례식에서 눈물 한 방울 흘리지 않았지. 오빠를 위해 울어주지도 않은 거야?"

"오빤 괴물이었어. 날 죽이려고 했어." 마야가 속삭이듯 말했다.

"노력이 부족했지." 그는 길고 날카로운 물건을 손에 들고 있었다. 그 물건이 은빛 불꽃처럼 희미하게 반짝거렸지만, 공포로 시야가 흐려진 눈에는 그게 뭔지 정확히 보이지 않았다. 그가 점점 다가오자 마야는 바닥에 주저앉았다. 다리는 더 이상 그녀를 지탱하지 못했다.

대니얼이 마야 곁에 무릎을 꿇었다. 이제 그가 무엇을 들었는지가 똑똑히 보였다. 대니얼은 깨진 유리창의 날카로운 끝 부분을 부러뜨려 들고 있었다. 공포가 파도처럼 마야를 덮쳤지만, 오빠 손에 들린 무기 때문이 아니었다. 텅 비어 있는 그의 눈 때문이었다. 훤히 들여다보이는 눈 안에는 암흑 말고는 아무것도 없었다. "엄마, 아빠한테 고자질하기 전에 네 혀부터 자를 거라고 했던 말, 기억나?" 그가 물었다.

공포로 마비된 마야는 오빠를 노려보기만 했다. 혀를 베는 유리의 감촉, 입안 가득 차오르는 피 맛이 벌써부터 느껴졌다. 차라리 얼른 죽었으면 싶었다. 그 어떤 것도 이 공포와 두려움보다는 나았다.

"그만해, 애그러먼." 마야의 머릿속에 들어찬 구름을 뚫고 남자의 목소리가 들렸다. 대니얼의 목소리는 아니었다. 부드러우면서도 세련된, 틀림없는 사람의 목소리였다.

"알겠습니다, 발렌타인 님." 대니얼이 실망스럽다는 듯이 작게 한숨을 내쉬었다. 그러더니 대니얼의 얼굴이 희미해지다 곧 무너지기 시작했다. 다음 순간 그가 사라졌고, 그녀를 짓누르던 공포도 사라졌다. 마야가 다급히 숨을 들이마셨다.

"좋아. 아직 숨을 쉬는군." 다시 남자의 목소리가 들렸고, 이번에는 짜증이 묻어났다. "애그러면, 몇 초만 늦었어도 죽을 뻔했잖아."

마야가 고개를 들었다. 그 남자가, 발렌타인이, 옆에서 그녀를 지켜보고 있었다. 키가 크고 몸은 온통 검은색으로 감쌌는데, 장갑과 밑창이 두꺼운 부츠까지도 검은색이었다. 발렌타인이 부츠 끝으로 마야의 턱을 들어 올렸다. 그리고 냉담하고 형식적인 목소리로 물었다. "몇 살이지?"

마야를 내려다보는 좁은 얼굴은 윤곽이 뚜렷하고 색이 전부 빠져버린 듯한 모습이었다. 눈은 검고 머리는 새하얘서 꼭 흑백사진을 보는 것 같았다. 목 왼쪽, 코트 깃 바로 위에 나선형의 마크가 새겨져 있었다.

"당신이 발렌타인?" 마야가 속삭였다. "하지만 당신은······."

부츠 발이 손 위로 떨어지면서 찌르는 통증이 팔을 타고 올라왔다. 마야가 비명을 질렀다.

"몇 살이냐고 물었다."

"몇 살이냐고요?" 주변의 쓰레기 악취에 손의 통증이 더해지면서 마야는 속이 확 뒤집혔다. "엿이나 먹어요."

빛으로 만든 막대기가 손안에 나타나는가 싶더니, 그가 눈 깜짝할 사이에 마야의 얼굴을 내리쳤다. 뺨을 가로지르며 타는 듯한 통증이 일었다. 얼굴을 감싸 쥐자 손가락 사이로 피가 흘러나왔다.

"자!" 발렌타인이 변함없이 정확하고 차분한 목소리로 물었다. "몇 살이지?"

"열다섯. 열다섯 살이에요."

마야는 눈으로 보았다기보다는 느낌으로, 그가 미소를 짓고 있다는 걸 알았다. "완벽하군."

인스티튜트에 도착하자마자 심문관은 제이스를 라이트우드 가족에게서 떼어내 훈련실로 끌고 갔다. 거울로 된 훈련실 벽에 자신의 모습이 비치자 제이스는 충격으로 몸이 굳었다. 지난 며칠 동안 거울을 볼 기회가 없었고, 어젯밤은 특별히 끔찍했다. 눈 주위가 거무스름하고, 셔츠에는 마른 피와 이스트 강변의 진흙이 묻어 있었으며, 얼굴은 퀭하고 표정은 딱딱했다.

"자신의 외모에 감탄하는 중인가?" 심문관의 목소리가 제이스를 몽상에서 불러냈다. "클레이브가 이 일을 마무리 지은 다음에도 그렇게 예뻐 보이는지 두고 보렴."

"제 외모에 너무 집착하시는 거 같은데요." 제이스가 다소 안심하며 거울에서 돌아섰다. "혹시 저한테 매력을 느껴서 이런 일들을 벌이신 건가요?"

"역겹게 굴지 마." 손목에 매달린 회색 주머니에서 심문관이 긴 금속 막대 네 개를 꺼냈다. 천사의 검이었다. "넌 내 아들뻘 되는 나이야."

"스티븐." 제이스는 루크의 말을 기억했다. "그게 아드님 이름이죠?"

심문관이 제이스를 향해 휙 돌아섰다. 손에 들린 천사의 검들이 분노로 부들부들 떨렸다. "그 이름을 함부로 입에 올리지 마."

한순간 제이스는 심문관이 정말로 자신을 죽이려 한다고 생각했다. 그러나 그녀는 서서히 냉정을 회복했고, 그동안 제이스는 얌전히 입을 다물고 있었다. 심문관이 제이스를 쳐다보지 않은 채 검을 들어 한 곳을 가리켰다. "방 한가운데로 가서 서."

제이스는 심문관의 말에 따랐다. 거울은 보지 않으려고 했지만 그 안에 비친 두 사람의 모습이 곁눈으로 슬쩍 보였다. 서로를 비추는 거울들 안에서 수많은 심문관이 수많은 제이스를 위협하며 서 있었다.

제이스는 묶인 손을 내려다보았다. 손목과 어깨는 욱신거리는 단계를 넘어서 날카로운 통증이 느껴졌다. 그런데도 심문관이 검을 들어 '조피엘'이라고 부르고 반질거리는 마룻널에 박아 넣는 동안 제이스는 얼굴 한 번 찡그리지 않고 기다렸다. 하지만 아무 일도 일어나지 않았다.

"쾅?" 결국 제이스가 입을 열었다. "뭔가 일어나야 하는 거 아닌가요?"

"입 닥쳐." 심문관이 단호하게 외쳤다. "그 자리에 그대로 서 있어."

제이스는 심문관이 옆으로 걸어가 두 번째 검을 '하라헬'이라고 부르고 마룻바닥에 박아 넣는 것을 호기심 어린 눈으로 지켜보았다. 세 번째 검인 '샌달폰'이 꽂혔을 때에야 비로소 심문관이 무엇을 하는지 알았다. 첫 번째 검은 제이스의 남쪽에 꽂혔고, 두 번째 검은 동쪽에, 세 번째는 북쪽에 꽂혔다. 그녀는 제이스를 가운데 두고 사방을 표시하고 있었다. 기억을 더듬어보았지만 무슨 뜻인지 떠오르지 않았다. 클레이브의 의식이 분명한데 배운 적이 없는 것이었다. 심문관이 마지막 검인 '타하리얼'을 들 즈음, 제이스의 손바닥에 땀이 배어나고 양손이 맞닿은 부분이 뜨거워졌다.

심문관이 몸을 곧게 펴며 만족스러운 표정을 지었다. "됐어."

"뭐가 돼요?" 제이스의 물음에 심문관이 손을 들어 올렸다.

"아직 끝나지 않았다, 조너선. 한 가지가 더 남았어." 심문관은 남쪽에 꽂힌 검으로 걸어가서 그 앞에 무릎을 꿇었다. 그리고 재빨리 스텔레를 꺼내더니 검 바로 아래에 룬 문자를 하나 그렸다. 심문관이 몸을 일으키자, 깨지기 쉬운 섬세한 종에서 날 법한 날카로우면서도 아름다운 고음의 차임벨 소리가 들렸다. 네 개의 검에서 강렬한 빛이 뿜어져 나와 제이스는 눈을 감고 고개를 돌렸다. 잠시 후 다시 고개를 돌리니, 빛으로 짜인 필라멘트 우리 안에 갇혀 있었다. 필라멘트는 가만히 있지 않고 조명을 받은 빗줄기처럼 움직였다.

눈이 부신 빛의 장벽 너머로 심문관의 모습이 흐릿하게 보였다. 그녀에게 외치는 제이스의 목소리가 물줄기를 통과한 것처럼 진동했다. "이게 뭐죠? 뭘 한 거예요?"

심문관이 웃었다.

제이스가 화를 내며 한 걸음 앞으로 다가섰다. 그리고 또 한 걸음. 그러다 빛의 장벽에 어깨가 스쳤고, 전기 펜스에 닿은 것처럼 찡한 충격이 몸 전체로 퍼졌다. 손을 쓰지 못하니 우스꽝스러운 자세로 벌렁 넘어지는 수밖에 없었다.

심문관이 다시 깔깔거렸다. "밖으로 나오려고 하면 그보다 더한 충격을 받게 될 거다. 클레이브는 이런 징벌을 '말라기 배열'이라고 부르지. 천사의 검이 제자리에 있는 한 이 벽은 절대 부서지지 않아." 제이스가 무릎걸음으로 검에 다가가는 걸 보고 그녀가 덧붙였다. "나라면 그 검들을 건들지 않을 거다. 그랬다간 목숨을 잃을 테니까."

"하지만 당신은 건드릴 수 있잖아요." 목소리에서 증오를 걷어내지 못한 채 제이스가 외쳤다.

"맞아. 하지만 그러지 않을 거야."

"그럼 식사는요? 물은?"

"때가 되면 가져다줄 거다, 조너선."

제이스가 일어났다. 뿌연 벽 너머에서 심문관이 자리를 뜨려고 몸을 돌리고 있었다.

"제 손은요." 제이스가 손을 내려다보았다. 타오르는 금속이 살 속으로 파고들어 수갑 주위에 피가 맺혔다.

"발렌타인을 만나러 가기 전에 미리 생각을 했어야지."

"이런다고 위원회의 보복이 더 두려워지는 건 아니에요. 당신보다 그들이 더 끔찍할 순 없으니까."

"아, 넌 위원회로 가지 않아."

심문관의 고요한 어조가 제이스는 마음에 들지 않았다.

"위원회로 가지 않는다니, 그게 무슨 말이죠? 내일 저를 이드리스로 데려간다고 하지 않았나요?"

"널 아버지한테 돌려보낼 생각이야."

제이스는 충격을 받아 다시 한 번 바닥으로 쓰러질 뻔했다. "아버지한테요?"

"그래. 널 죽음의 도구들과 맞바꿀 계획이지."

제이스가 심문관을 빤히 쳐다봤다. "농담이시겠죠."

"전혀. 그게 재판보다 훨씬 간단해. 너는 물론 클레이브에서 추방당하게 되겠지만." 그제야 생각났다는 듯이 그녀가 덧붙였다. "그건 이미 알고 있을 거고."

제이스가 머리를 절레절레 흔들었다. "사람을 잘못 보셨어요. 그 점을 아셨으면 좋겠네요."

심문관의 얼굴에 짜증이 스쳤다. "이젠 결백한 척해도 소용없다는 걸 잘 알 텐데, 조너선."

"제가 아니라 제 아버지 말이에요."

제이스를 만난 이후 처음으로 심문관의 얼굴에 혼란의 그림자가 드리워졌다. "무슨 말을 하는 건지 모르겠군."

"아버지는 죽음의 도구들과 저를 맞바꾸지 않을 거예요. 검이나 잔을 내주느니 눈앞에서 제가 살해되는 모습을 지켜보는 쪽을 택하겠죠." 말에 담긴 의미는 씁쓸했지만 제이스의 어조는 무미건조했다.

심문관이 고개를 가로저었다. "넌 이해하지 못해." 목소리에 묘한 분노가 배어 있었다. "자식들은 절대 모르지. 자식에 대한 부모의 사랑은 무엇과도 비교할 수 없다는 걸 말이야. 부모의 사랑보다 강렬한 사랑은 세상 어디에도 존재하지 않아. 어떤 아버지도, 심지어 발렌타인이라고 해도 금속 조각 때문에 자기 자식을 희생하지 않아. 그것이 아무리 강력한 힘을 가졌다고 해도 말이야."

"아버지를 잘 모르시는군요. 심문관님 면전에 대고 비웃으며 제 시체를 이드리스로 보내는 비용을 대겠다고 할걸요."

"말도 안 되는 소리……."

"맞아요. 다시 생각해보니 비용도 알아서 하라고 그러겠네요."

"역시 넌 발렌타인의 아들이야. 넌 아버지가 죽음의 도구들을 잃게 되길 바라지 않아. 그건 너한테도 손실일 테니까. 남은 평생을 범죄자의 아들로 불명예스럽게 살고 싶지 않겠지. 그러니 무슨 말이든 지껄여서 내 결정을 흔들어놓으려는 거고. 하지만 나한테는 통하지 않아."

"그런 게 아니에요." 심장이 거세게 날뛰었지만 제이스는 차분하게 말하려고 기를 썼다. 자신의 말이 사실이라는 걸 심문관이 믿도록 만들어야 했다. "절 증오하시는 건 알아요. 제가 아버지처럼 거짓말쟁이라고 생각하시겠죠. 하지만 지금 제가 하는 말은 틀림없는 사실이에요. 아버지는 자신이 하는 일에 확고한 믿음을 갖고 있다고요. 아버지를 악하다고 생각하시겠지만, 아버지는 자신이 옳다고 생각해요. 신의 일을 하고 있다고 생각한다고요. 저 때문에 그 일을 포기하진 않을 거예요. 어젯밤 절 추적하셨으니 아버지가 뭐라고 했는지 다 들으셨을 거 아니에요."

"네가 발렌타인과 얘기하는 건 봤지만, 소리는 들리지 않았어."

제이스가 낮게 욕을 내뱉었다. "거짓말이 아니라는 걸 맹세할 수 있어요. 아버지는 검과 잔으로 악마들을 불러들여 마음대로 조종하고 있어요. 저 때문에 시간을 낭비하는 사이에 군대를 키우고 있다고요. 아버지가 거래에 응하지 않을 거라는 걸 알게 될 때쯤엔 그 군대를 당해낼 힘이……."

심문관이 역겹다는 듯이 신음하며 돌아섰다. "네 거짓말엔 정말 신물이 나는구나."

등을 돌리고 성큼성큼 문으로 걸어가는 심문관을 바라보며 제이스가 믿을 수 없다는 듯이 숨을 들이쉬었다. "제발요!"

문 앞에서 걸음을 멈춘 심문관이 제이스를 돌아보았다. 제이스는 오직 심문관의 각진 얼굴, 뾰족한 턱과 우묵한 관자놀이가 흐릿하게 보일 뿐이었다. 회색 옷은 어둠에 묻혀서 허공에 두개골만 둥둥 떠 있는 것처럼 보였다. "널 네 아버지에게 돌려보내는 게 좋아서 그러는 거라고는 생각하지 마라. 그건 발렌타인 모겐스턴한테 과분한 처사니까."

"그럼 어떤 처사가 적당하죠?"

"죽은 자식을 품에 안게 하는 거. 죽은 아들을 속수무책으로 바라보는 게 어떤 기분인지 알게 하는 거. 주문으로도, 마법으로도, 지옥과의 거래로도 되살릴 수 없다는 걸 알 때 어떤 기분인지." 심문관이 돌연 말을 멈췄다. "그도 알아야 해." 그녀가 속삭이듯 말을 마치고 문을 할퀴듯이 밀어서 열었다. 딸각 소리를 내며 문이 닫히자, 혼란스러운 눈으로 그녀를 좇던 제이스는 손목에 타오르는 통증을 느끼며 방 안에 홀로 남았다.

클라리가 인상을 쓰며 전화를 끊었다. "받지 않아요."
"누구한테 한 거니? 사이먼한테?" 다섯 잔째 커피를 마시는 루크를 클라리가 걱정스럽게 바라보았다. 카페인을 너무 많이 복용하면 부작용이 생긴다고 하지 않았나? 경련이나 그 비슷한 증상을 일으킬 기색은 아직 없었지만, 클라리는 만일에 대비해 커피메이커 코드를 몰래 뽑아 놓았다.
"아뇨. 사이먼한테 낮에 전화하면 기분이 좀 이상해요. 햇빛으로 나오지만 않으면 상관없다고는 하는데."
"그럼······."
"이사벨한테요. 제이스 일이 어떻게 되고 있는지 물어보려고요."
"전화 안 받아?"
"안 받아요." 배에서 꾸르륵 소리가 나자 냉장고에서 복숭아 맛 요구르트를 꺼내온 클라리는 아무 맛도 느끼지 못하면서 기계적으로 숟가락을 입으로 가져갔다. 그렇게 반쯤 먹었을 때 갑자기 무슨 생각이 떠올랐다. "마야. 괜찮은지 확인해봐야겠어요. 제가 보고 올게요."
"아니, 우리 무리에 속한 아이니까 내가 가는 게 나아. 아직도 기분이 엉망이면 달래주기도 해야 하고. 금방 올게."
"금방 온다는 말은 하지 마세요. 사람들이 그 말을 할 때마다 불안해지니까."
루크가 씁쓸한 미소를 지어 보이고 복도 저편으로 사라졌다. 그러나 몇 분 만에 어리둥절한 표정을 지으며 부엌으로 되돌아왔다. "마야가 가버렸구나."

"가버려요? 그게 무슨 말이에요?"

"집에서 몰래 빠져나갔다고. 이걸 남겨놓았어." 루크가 식탁 위로 접힌 종이를 던졌고, 클라리는 인상을 쓰며 종이에 휘갈겨진 글씨들을 읽었다.

'죄송해요. 제가 저지른 일을 돌이키러 가요. 애써주셔서 고맙습니다. 마야.'

"저지른 일을 돌이키러 가요? 이게 무슨 말이죠?"

루크가 한숨을 내쉬었다. "네가 아는 줄 알았지."

"걱정되세요?"

"라움 악마는 사냥감을 찾아 물어오는 일을 해. 소환한 자의 명령에 따라 사람을 찾아 대령하지. 마야를 계속 추적할지도 몰라."

"아, 어쩌면 마야가 사이먼을 보러 간 건지도 모르겠어요." 클라리가 작은 목소리로 말했다.

루크가 놀라서 쳐다보았다. "마야가 사이먼의 집을 알아?"

"그건 모르겠어요. 하지만 둘이 꽤 가까워 보였거든요. 그러니 알지도 모르죠." 주머니에서 휴대전화를 꺼내며 클라리가 말했다. "전화해볼게요."

"낮에 전화하면 기분이 이상하다면서."

"지금 벌어지고 있는 일들보단 덜 이상해요." 벨이 세 번 울리고 난 뒤, 잠에 취한 사이먼의 목소리가 들렸다.

"여보세요?"

"나야." 루크를 등지고 돌아서며 클라리가 말했다. 대화 내용을 숨기려 해서가 아니라 습관적으로 나온 행동이었다.

"나 이제 야행성인 건 알고 있겠지? 낮엔 계속 잔다고." 침대에서 돌아눕는지 사이먼이 쿵 소리를 냈다.

"집이야?"

"집 아니면 어디겠어?" 정신이 드는지 목소리가 날카로워졌다. "왜 그래? 무슨 일 있어?"

"마야가 사라졌어. 메모를 남겼는데 너희 집으로 간 것 같아."

사이먼이 어리둥절한 목소리로 말했다. "그럴 리가. 정말 우리 집으로 오는 거라면 아직 도착하지 않았어."

"집에 식구들 있어?"

"아니. 엄만 일하러 갔고, 레베카 누난 학교 갔어. 너 정말 마야가 여기로 올 거라고 생각하는 거야?"

"아무튼 마야가 나타나면 전화……."

"클라리." 사이먼이 다급한 목소리로 그녀의 말을 잘랐다. "잠깐만. 누가 집으로 들어오려고 하는 거 같아."

감옥 안에서 시간이 흐르는 동안 제이스는 자신을 에워싼 은빛 벽을 무심한 눈으로 바라보았다. 손가락에 감각이 사라지기 시작했고 그건 분명히 좋지 않은 신호였지만, 별로 신경이 쓰이지 않았다. 그가 이곳에 갇혔다는 사실을 라이트우드 가족이 아는지 궁금했다. 누군가 우연히 훈련실에 올라왔다가 이곳에 갇힌 그를 발견할 가능성이 있는지. 물론 그럴 가능성은 없었다. 심문관은 그렇게 엉성한 사람이 아니었다. 죄수를 적절하게 처리하기 전까지 훈련실 출입을 금지시켰을 것이다. 화가 나거나 하다못해 걱정이라도 되어야 하지만 여전히 남의 일처럼 느껴졌다. 더 이상 어떤 것도 현실로 느껴지지 않았다. 클레이브도, 코브넌트도, 법도, 아버지도.

 그곳에 누군가 있음을 알리는 조용한 발소리가 제이스의 주의를 환기시켰다. 바닥에 누워 천장을 보고 있던 제이스는 재빨리 몸을 일으키고 주위를 둘러보았다. 그리고 빛의 장벽 너머로 거무스름한 형체를 보았다. 심문관이 그를 좀 더 비웃어주려고 돌아온 것이 틀림없었다. 대응하려고 마음을 다잡던 제이스는 검은 머리에 익숙한 얼굴이 나타나자 깜짝 놀라고 말았다.

 어쩌면 제이스가 중요하게 여길 것이 아직 남아 있는지도 몰랐다. "알렉?"

 "그래." 장벽 저편에서 알렉이 무릎을 꿇고 앉았다. 흐르는 물을 통해 바라보는 것처럼 분명하게 보이면서도 빛줄기가 파동을 일으킬 때마다 얼굴이 흔들리고 흐릿해졌다. "도대체 이건 뭐야?" 알렉이 벽을 건드리려고 손을 뻗었다.

 "그러지 마." 제이스가 팔을 뻗다가 벽에 닿기 전에 재빨리 거두었다. "충격이 올 거야. 통과하려고 하면 죽을지도 모르고."

 알렉이 낮게 휘파람을 불며 손을 치웠다. "심문관이 아주 작정을 했네."

 "물론이지. 내가 좀 위험한 범죄자거든. 소식 못 들었나 보네." 신랄한 어투에 움찔하는 알렉을 보면서 제이스는 비열하게도 잠시 기분이 좋았다.

 "심문관도 범죄자라고 하진 않았잖아."

 "맞아, 난 아주 못된 어린애일 뿐이야. 온갖 나쁜 짓은 다 하는. 고양이를 발로 차고 수녀한테 무례한 몸짓을 하고 말이지."

 "농담 좀 그만해. 지금 심각한 상황이라고." 알렉의 눈빛이 어두웠다.

"대체 무슨 생각으로 발렌타인을 찾아간 거야? 정말이지 널 이해할 수가 없다."

제이스는 신랄한 농담이 몇 가지 더 떠올랐지만 입을 움직이기가 귀찮았다. 그는 너무도 지쳐 있었다. "발렌타인이 내 아버지라서?"

알렉은 속으로 숫자를 세며 마음을 가라앉히는 것 같았다. "제이스."

"만일 너희 아버지였다면, 넌 어떻게 했을 것 같아?"

"우리 아버지? 우리 아버지라면 발렌타인 같은 짓은……."

제이스가 고개를 번쩍 쳐들었다. "너희 아버지도 '그런 짓'을 했어! 우리 아버지와 서클에 있었다고! 너희 어머니도 마찬가지고! 우리 부모님들은 모두 똑같아. 유일하게 다른 점이라면 너희 부모님은 잡혀서 벌을 받았고 우리 부모님은 그렇지 않다는 것뿐이지!"

알렉은 얼굴이 굳어졌지만 "유일하게 다른 점이라고?"라고 한마디만 하고 말았다.

제이스가 손을 내려다보았다. 손목에 채워진 타오르는 수갑은 이렇게 오래 사용하는 것이 아니었다. 수갑 아래로 군데군데 굵은 핏방울이 맺혔다.

"내 말은, 발렌타인을 보러 가고 싶다고 생각한 네가 이해되지 않는다는 뜻이야. 발렌타인이 클레이브에 한 짓뿐만 아니라 너한테 한 짓도 잘 아니까." 알렉이 입을 열었다.

제이스는 아무 말이 없었다.

"오랫동안 넌 아버지가 죽었다고 생각했어. 발렌타인이 그렇게 생각하게 만들었다고. 열 살 꼬마한테 그게 어떤 일인지 죄다 잊었는지 모르겠지만, 난 아니야. 널 사랑하는 사람이라면 그런 짓은 할 수 없어."

붉은 실이 풀어지듯 손목에 맺힌 핏방울이 선을 그리며 손으로 흘러내렸다. 제이스가 나지막이 말문을 열었다. "발렌타인이 그랬어. 클레이브에 등을 돌리고 자기 편에 선다면, 그렇게 하기만 한다면, 내가 소중히 여기는 사람들은 털끝 하나도 다치지 않게 하겠다고. 너, 이사벨, 맥스, 클라리, 그리고 너희 부모님도."

"털끝 하나 다치지 않게 하겠다고?" 알렉이 조롱하듯 말했다. "그러니까 직접 해치지는 않겠다는 거야? 엄청 고맙네."

"발렌타인이 어떤 일을 할 수 있는지 난 두 눈으로 똑똑히 봤어. 어떤 악마들을 소환할 수 있는지 말이야. 그가 클레이브에 맞설 악마의 군대를 불러들이면 전쟁이 일어날 거야. 전쟁이 일어나면 사람이 다쳐. 죽는다고." 제이스는 잠시 망설였다. "만약 소중한 사람들을 모두 구할 기회가 있다면……."

"하지만 정확히 그게 무슨 뜻이지? 발렌타인의 말을 얼마나 믿을 수 있어?"

"천사를 걸고 맹세하면 지킬 거야. 그건 분명해."

"네가 클레이브에 등을 돌리고 발렌타인 편에 선다면 그런다는 거겠지."

제이스가 고개를 끄덕였다.

"네가 싫다고 해서 발렌타인이 엄청 열 받았겠는걸."

제이스는 피가 흐르는 손목을 바라보다 고개를 들어 알렉을 빤히 쳐다보았다. "뭐?"

"네가 싫다고 해서……."

"그 말은 들었어. 내가 싫다고 했는지 네가 어떻게 알아?"

"당연히 싫다고 했겠지. 아니야?"

제이스는 아주 천천히 고개를 끄덕였다.

"내가 널 좀 알지." 엄청난 자신감이 배어 있는 목소리였다. 알렉이 자리에서 일어났다. "심문관한테도 발렌타인의 계획을 얘기한 거지? 심문관은 신경도 쓰지 않았고?"

"신경 쓰지 않았다기보단 내 말을 믿지 않는 것 같았어. 발렌타인 문제를 해결할 계획이 있다고 했거든. 형편없는 계획이라는 게 문제지만."

알렉이 고개를 끄덕였다. "그 얘기는 나중에 듣자. 먼저 해야 할 일이 있으니까. 널 거기서 나오게 할 방법부터 찾아봐야지."

"뭐?" 제이스는 알렉의 말이 믿기지 않아 머리가 살짝 어지러웠다. "넌 '저 자식을 감옥에 처넣으시오' 편에 서기로 한 줄 알았는데. '법은 법이야, 이지.' 그건 다 뭐였어?"

알렉이 충격을 받은 얼굴이었다. "설마 그 말을 진심으로 들은 건 아니겠지? 심문관이 날 믿게 하려고 그런 거잖아. 안 그러면 이지나 맥스처럼 온종일 감시당할 거 아냐. 심문관은 두 사람이 네 편이라는 걸 안다고."

"너는? 너도 내 편이고?" 막무가내로 묻고 있다는 건 알았지만 알렉의 대답은 제이스에게 말할 수 없이 큰 의미를 지녔다.

"난 네 편이야. 언제나." 알렉이 대답했다. "당연한 거 아니야? 물론 법도 존중하지. 하지만 심문관이 너한테 한 짓은 법하고는 아무 상관이 없어. 무슨 사연이 있는지는 몰라도 심문관이 널 증오하는 건 개인적인 감정이야. 클레이브하고는 상관없이 말이야."

"내가 부추겼잖아. 나도 어쩔 수 없었지만. 포악한 관료들은 도저히 참을 수가 없어."

알렉이 고개를 저었다. "그것 때문도 아니야. 이건 해묵은 증오라고. 내가 알아."

제이스가 뭐라고 대꾸하려는 순간 대성당의 종들이 울리기 시작했다. 그곳은 지붕에서 가까워서 종소리가 크게 들렸다. 제이스는 천장을 흘 깃 올려다보면서, 서까래 아래서 천천히 원을 그리며 날고 있는 휴고를 보게 되리라 반쯤 기대했다. 휴고는 아치 모양의 석조 천장과 서까래 사이의 공간을 좋아했다. 부드러운 나무에 발톱을 박는 게 좋아서 그런 줄 알았는데, 이제 보니 그곳은 염탐하기에 아주 좋은 위치였다.

형체 없는 비밀스러운 생각 하나가 머릿속에서 윤곽을 잡아가기 시작했지만, 제이스는 이렇게만 말했다. "루크가 심문관한테 스티븐이라는 아들 얘기를 했지. 아들에 대한 앙갚음을 하는 거냐고. 내가 아들 얘기를 물었더니 심문관이 기겁을 하더라. 어쩌면 날 그토록 증오하는 이유하고도 관련이 있을지 몰라."

종소리가 멈췄다. 알렉이 입을 열었다. "그럴지도 모르지. 어머니나 아버지한테 물어볼 수도 있겠지만 자세한 얘기는 해주지 않을 거야."

"아냐, 두 분한테 말고 루크한테 물어봐."

"지금 나더러 브루클린까지 갔다 오라는 거야? 인스티튜트 밖으로 나가는 것조차 불가능한데."

"이사벨 전화를 쓰면 되잖아. 클라리한테 문자를 보내봐. 루크한테 물어보라고."

"알았어." 알렉이 잠시 멈췄다. "더 전할 말은 없어? 클라리한테 말이야. 이사벨 말고."

"없어." 제이스가 말했다. "아무것도."

"사이먼!" 클라리가 전화기를 움켜쥐며 루크에게 돌아섰다. "누군가 집 안으로 들어오려고 한대요."

"밖으로 나오라고 해."

"못 나가." 사이먼의 목소리가 굳어졌다. "타 죽고 싶지 않은 이상."

"낮이잖아요." 클라리가 루크에게 외쳤지만 그는 이미 실수를 알아채고 무언가를 찾아 주머니를 뒤적이고 있었다. 루크가 차 열쇠를 들어 보였다.

"우리가 거기로 간다고 해. 도착할 때까지 방문 잠그고 꼼짝하지 말라고."

"들었지? 방 안에서 꼼짝하지 마."

"알았어." 긴장한 목소리였다. 전화기 너머로 긁히는 소리가 나더니 무거운 것이 쿵 하고 떨어지는 소리가 들렸다.

"사이먼!"

"난 괜찮아. 문 앞에 물건들 좀 쌓느라고."

"물건?" 현관 밖으로 나서던 클라리는 얄팍한 스웨터 아래로 냉기가 스며들자 몸을 떨었다. 뒤에서 루크가 현관문을 잠갔다.

"책상하고 침대 같은 거." 목소리에 만족스러운 기색이 묻어났다.

"침대?" 클라리가 루크의 트럭에 올라타고 안전벨트를 한 손으로 더듬거리는 동안 루크는 황급히 트럭을 출발시키고 켄트 가로 내달렸다. 루크가 달리면서 손을 뻗어 벨트를 채워주었다. "침대를 어떻게 들어 올렸어?"

"잊었구나. 뱀파이어의 괴력을."

"무슨 소리가 들리나 물어봐." 루크가 말했다. 트럭이 거리를 질주하고 있었다. 브루클린 강변도로의 상태만 괜찮다면 그것도 그리 나쁘지 않을 테지만, 움푹 파인 곳을 지날 때마다 클라리는 깜짝깜짝 놀랄 수밖에 없었다.

"무슨 소리 들려?" 숨을 가다듬고 클라리가 물었다.

"현관문 열리는 소리가 들렸어. 누군가 발로 차서 연 것 같아. 그러고 나서 유사리언이 번개처럼 달려 들어와 침대 밑에 숨었거든. 낯선 사람이 집 안에 들어왔다는 뜻이야."

"지금은?"

"지금은 조용한데."

"그럼 좋은 거 아니야?" 클라리가 루크에게 돌아섰다. "지금은 아무 소리도 안 들린대요. 가버렸나 봐요."

"그럴지도 모르고." 루크는 의심스러운 얼굴이었다. 그들은 이제 고속도로를 달려 사이먼의 동네로 향하고 있었다. "아무튼 전화는 끊지 마."

"사이먼, 뭐하고 있어?"

"그냥. 방 안에 있는 건 전부 문 앞으로 밀어 놨으니까 이제 유사리언을 온풍구 밖으로 나오게 하려고."

"그냥 두지 그래."

"엄마한테 이걸 전부 어떻게 설명할지 걱정이다." 그러고 나서 전화가 뚝 끊겼다. 딸깍 소리가 나더니 아무 소리도 들리지 않았다. 화면에 '통화 종료' 메시지가 떴다.

"안 돼! 안 돼!" 클라리는 떨리는 손으로 재다이얼 버튼을 눌렀다.

사이먼이 곧바로 전화를 받았다. "미안. 유사리언이 할퀴는 바람에 전화기를 떨어뜨렸어."

안도감과 함께 뜨거운 것이 목구멍으로 왈칵 넘어왔다. "아니야. 너만 괜찮으면……."

그 순간 해일이 들이닥치는 듯한 요란한 소리가 나면서 사이먼의 목소리가 묻혀버렸다. 클라리가 전화기를 멀찍이 떼어서 보았다. 화면에는 여전히 '통화 중'이란 메시지가 떠 있었다.

"사이먼!" 클라리가 소리를 질렀다. "사이먼, 내 말 들려?"

요란한 소리가 멈췄다. 곧이어 뭔가 와장창 깨지는 소리가 들리더니 고음의 섬뜩한 울부짖음이 들려왔다. 유사리언? 그리고 나서 무거운 것이 바닥으로 쿵 하고 떨어졌다.

"사이먼?" 클라리가 속삭였다.

잠시 후 달그락거리는 소리가 나고 느릿한 목소리가 그녀의 귓가에 들렸다. "클라리사." 재밌다는 듯이 말했다. "통화 상대가 너라는 걸 짐작했어야 하는데."

클라리는 눈을 질끈 감았다. 롤러코스터가 첫 번째 하강을 할 때처럼 심장이 저 아래로 떨어져 내리는 느낌이었다. "발렌타인."

"'아버지'란 뜻이겠지." 정말로 언짢은 음성이었다. "부모를 이름으로 부르는 현대의 풍습이 못마땅하구나."

"훨씬 무례한 말로 부를 수도 있어요." 그녀가 쏘아붙였다. "사이먼은 어디 있죠?"

"뱀파이어 소년을 말하는 거냐? 훌륭한 집안의 섀도우 헌터 소녀에게는 적절치 않은 친구라는 생각이 드는데. 이제부터는 네 친구 선택에 관여를 좀 해야겠구나."

"사이먼한테 무슨 짓을 한 거예요?"

"아무것도 하지 않았어." 발렌타인이 즐겁다는 듯이 말했다. "아직까지는."

그리고 전화를 끊었다.

재의 도시 339

알렉이 훈련실로 돌아왔을 때 제이스는 손목의 통증을 잊으려고 춤추는 소녀들을 상상하며 바닥에 누워 있었다. 효과는 별로 없었지만.

"뭐해?" 희미하게 반짝이는 감옥 벽에 최대한 가까이 무릎을 꿇으며 알렉이 물었다. 제이스는 알렉이 이런 질문을 할 때는 정말로 궁금해서 물어보는 것이고, 한때는 이것이 귀엽게 느껴졌다는 사실을 떠올리려고 애썼다. 그러나 실패했다.

"바닥에 누워서 몸부림 좀 쳐보려고." 제이스가 투덜대듯 말했다. "그러고 나면 긴장이 좀 풀리거든."

"정말? 아…… 빈정대는 거구나. 좋은 징조네." 알렉이 말했다. "일어나 앉아봐. 그 안으로 뭐 좀 굴려 보내게."

제이스는 너무 급하게 일어나 앉는 바람에 머리가 어지러웠다. "알렉, 그러지 마."

알렉은 공 던지는 아이처럼 양손으로 무언가를 굴려 보냈다. 빨갛고 동그란 무언가가 반짝이는 커튼을 뚫고 굴러와 제이스의 무릎에 톡 부딪혔다.

"사과네." 제이스가 힘겹게 사과를 집어 올렸다. "딱 어울리는 선물이야."

"배고플 거 같아서."

"배고파." 제이스가 사과를 한 입 베어 물었다. 사과에서 흐른 즙이 손으로 흘러내려 수갑에 떨어지자 지글지글 소리가 났다. "클라리한테 문자 보냈어?"

"아니. 이사벨이 문을 안 열어줘. 방문으로 물건을 던지고 소리를 지르고 난리야. 내가 들어가면 창문으로 뛰어내리겠대. 걘 그러고도 남을 애잖아."

"그렇지."

"내가 널 배신했다고 이러는 모양이야." 알렉이 살며시 웃었다.

"당연히 그래야지."

"난 널 배신한 게 아니잖아, 바보야."

"마음이 기특하다는 거야."

"좋아. 내가 하나 더 가져온 게 있거든. 효과가 있을진 모르겠지만 시도나 해보려고." 그러고는 자그마한 금속 조각을 밀어 보냈다. 25센트 동전만 한 크기의 은빛 원반이었다.

제이스가 사과를 내려놓고 원반을 집어 들었다. "이게 뭐야?"

"도서관 책상에서 가져왔어. 엄마가 이걸로 수갑을 푸는 걸 봤는데, '열기' 룬인 거 같아. 시험해보는 게……."

제이스가 두 손가락으로 겨우 원반을 잡아 수갑으로 가져가는 걸 보고 알렉이 말을 멈췄다. 푸른 불꽃에 원반이 닿자 수갑이 깜빡거리다 사라졌다.

"고마워." 제이스가 손목을 문지르며 말했다. 손목 둘레로 팔찌처럼 살갗이 벗겨져 피가 흐르고 있었다. 이윽고 손가락에 감각이 되살아나기 시작했다. "이게 감옥 문은 열어주지 못해도 양손이 떨어져 나가는 건 막았네."

알렉이 제이스를 물끄러미 쳐다보았다. 빛의 장벽이 흔들려 알렉의 얼굴이 기름하고 걱정이 가득해 보였다. 아니, 정말로 걱정이 가득한지도 모른다. "아까 이사벨하고 얘기하다가 문득 떠오른 게 있는데 말이야. 내가 이사벨한테 창문으로 뛰어내리는 건 불가능하다고 그랬거든. 시도도 하지 말라고. 그랬다간 목숨을 잃는다고."

제이스가 고개를 끄덕였다. "오빠다운 충고네."

"그런데 과연 너라면 어떨까 궁금해지는 거야. 말 그대로 네가 날아다니는 걸 여러 번 봤잖아. 3층에서 뛰어내려도 고양이처럼 가볍게 착지하고, 땅에서 지붕으로 뛰어오르기도 하고."

"내 업적을 줄줄이 읊어준 건 고마운데, 무슨 말을 하고 싶은 건지 잘 모르겠어."

"그러니까 내 말은, 이 감옥에 벽이 네 개라는 거야. 다섯 개가 아니라."

제이스가 알렉을 빤히 쳐다봤다. "우리가 일상에서 기하학을 활용하고 있다는 호지 말이 거짓말이 아니라는 거네. 네 말이 맞아, 알렉. 이 감옥엔 벽이 네 개야. 심문관이 벽을 두 개만 세웠다면 난……."

"제이스." 알렉이 참지 못하고 외쳤다. "그런 말이 아니잖아. 이 감옥엔 지붕이 없다고. 저 천장하고 너 사이엔 아무것도 없어."

제이스가 고개를 뒤로 꺾었다. 까마득히 높은 곳에서 서까래가 어둠에 잠겨 흔들리는 것처럼 보였다. "정신 나갔군."

"그럴지도 모르지. 아니면 네 능력을 정확히 아는 거든가." 알렉은 어깨를 으쓱했다. "어쨌든 시도는 해볼 수 있잖아."

제이스가 알렉을 보았다. 그 숨김없고 정직한 얼굴을, 흔들림 없는 푸른 눈을. 그러면서 '미쳤어'라고 생각했다. 싸움이 한창일 때 제이스가 놀라운 모습들을 보여준 건 사실이지만, 그건 모두가 마찬가지였다. 섀도우 헌터의 피, 수년간의 훈련이 그런 일들을 가능하게 한다. 그러나 10미터 가까운 높이를 뛰어오른다는 건 불가능했다.

'해보지도 않았으면서 어떻게 알아?' 머릿속에서 작은 목소리가 들려왔다.

클라리의 목소리였다. 제이스는 클라리와 그녀가 그린 룬들을, 고요의 도시와 거대한 힘에 눌려 부서지듯 열린 수갑을 떠올렸다. 제이스와 클라리는 같은 피를 나눴다. 불가능하다고 여겨지는 일들을 클라리가 할 수 있다면…….

제이스는 억지로 몸을 일으켜 훈련실 안을 천천히 둘러보았다. 마루까지 닿는 거울, 벽에 걸린 다양한 무기들, 각종 칼날들의 희미한 광채가 그를 에워싼 은빛 커튼을 뚫고 내다보였다. 제이스는 허리를 굽혀 사과를 주운 다음 생각에 잠겨 쳐다보다가, 갑자기 팔을 뒤로 젖혀 있는 힘껏 던졌다. 공기를 가르고 날아간 사과가 은빛 장벽에 부딪혀 푸른 불꽃으로 녹아내렸다.

알렉이 헉 하고 숨을 들이쉬었다. 심문관은 허풍을 떤 게 아니었다. 감옥 벽을 세게 들이박으면 제이스는 목숨을 잃게 될 것이다.

알렉이 일어서자 상이 흔들렸다. "제이스, 이거 정말……."

"시끄러, 알렉. 그리고 쳐다보지 마. 도움 안 되니까."

알렉이 뭐라고 대꾸했건 제이스의 귀에는 들리지 않았다. 제이스는 서까래에 시선을 고정한 채 제자리에서 천천히 회전하고 있었다. 먼 곳을 또렷이 보게 하는 룬이 작동을 시작하자 서까래의 모습이 점점 선명하게 보였다. 부서진 가장자리, 나뭇결과 마디, 거무스름한 세월의 흔적. 그럼에도 서까래는 단단했다, 수백 년간 인스티튜트의 지붕을 떠받쳐왔을 정도로. 10대 소년의 무게 하나쯤 더해져도 끄떡없었다. 제이스는 손가락을 부드럽게 풀고는, 아버지가 가르쳐준 대로 천천히 심호흡을 했다. 날아오르듯 훌쩍 뛰어올라 서까래를 잡고 가볍게 그 위로 올라서는 자신의 모습을 마음의 눈으로 그려보았다. 그러면서 주문을 외듯 중얼거렸다. 자신은 공기를 가르며 빠르게 날아가는, 그 무엇으로도 막을 수 없는 화살처럼 가볍다고, 쉬운 일이라고 되뇌었다. 별거 아니라고.

"난 발렌타인의 화살이야. 그가 알고 있건 모르고 있건 간에." 제이스가 속삭였다.

그리고 뛰어올랐다.

16
돌 같은 심장

 클라리가 다시 사이먼의 번호를 눌렀지만 전화는 음성 메시지로 연결되었다. 뜨거운 눈물이 볼을 타고 흘러내렸다. 클라리는 전화기를 차 바닥에 던져버렸다. "젠장, 젠장."
 "거의 다 왔어." 루크가 말했다. 클라리는 고속도로를 빠져나온 것도 알아채지 못했다. 정면이 밝은 빨강인 목조 주택 앞에 차가 멈췄다. 사이먼의 집이었다. 클라리는 루크가 사이드 브레이크를 당기기도 전에 차에서 뛰어내려 집으로 달려갔다. 계단을 올라가 미친 듯이 현관문을 두드리는데 루크가 그녀의 이름을 부르는 소리가 들렸다.
 "사이먼!" 클라리가 외쳤다. "사이먼!"
 "클라리, 그만해." 루크가 곁으로 다가왔다. "이웃에서 들으면……."
 "들으라고 하세요." 허리띠에 걸린 열쇠고리를 더듬어 열쇠를 찾은 클라리는 구멍으로 밀어 넣었다. 문을 열고 조심스레 안으로 들어서자 루크가 뒤따라 들어왔다. 먼저 왼편에 있는 부엌 안을 들여다보았다. 얼룩 하나 없이 깨끗한 조리대에서 냉장고에 붙은 자석에 이르기까지 모든 게 평소와 똑같았다. 며칠 전 사이먼이 그녀에게 키스했던 개수대도 보였다. 창으로 들어온 햇빛으로 실내에 연노란 빛이 가득했다. 사이먼을 단숨에 재로 만들어버릴 빛이었다.

사이먼의 방은 복도 맨 끝이었다. 문이 조금 열려 있었고, 어둠 말고는 아무것도 보이지 않았다. 클라리는 주머니에서 스텔레를 꺼내 단단히 쥐었다. 무기는 아니어도 그렇게 쥐고 있으니 안심이 되었다. 검은 커튼이 쳐진 방 안은 깜깜했고, 빛이라고는 침대 옆 탁자에 놓인 전자시계 불빛뿐이었다. 루크가 전등 스위치로 팔을 뻗는 순간, 어둠 속에서 무언가가 튀어나와 악마처럼 쉭 소리를 내며 그에게 달려들었다.

루크가 클라리의 어깨를 잡고 옆으로 거칠게 밀어내자 클라리는 비명을 질렀다. 중심을 잡고 돌아보니, 루크가 놀란 얼굴로 털이 사방으로 뻗친 하얀 고양이를 부여잡고 있었다. 발톱이 달린 솜뭉치 같은 고양이는 길게 울부짖으며 몸부림을 쳐댔다.

"유사리언!" 클라리가 외쳤다.

루크가 고양이를 내려주었다. 유사리언은 총알처럼 루크의 다리 사이로 빠져나가 복도 끝으로 사라졌다.

"멍청한 고양이." 클라리가 말했다.

"녀석 잘못이 아니야. 고양이들은 날 싫어해." 루크가 손을 뻗어 전등 스위치를 올렸다. 클라리는 놀라서 숨을 들이쉬었다. 방 안의 모든 것은 흐트러짐 하나 없이 제자리에 있었다. 깔개는 조금도 비뚤어지지 않았고, 침대보도 깔끔하게 정돈되어 있었다.

"글래머를 쓴 건가요?"

"아닐 거다. 그냥 마법을 쓴 걸 거야." 루크가 방 한가운데로 걸어가서 주위를 골똘히 둘러보았다. 그러고는 창가로 걸어가 커튼을 젖혔을 때, 그의 발치에서 반짝이는 물건이 있었다.

"루크, 잠깐만요." 클라리가 그쪽으로 가서 무릎을 꿇고 물건을 집었다. 사이먼의 휴대전화였다. 심하게 휘었고 안테나가 꺾여 있었다. 심장이 거세게 방망이질하는 것을 느끼며 클라리는 서둘러 전화를 열었다. 화면에 금이 쫙 갔지만 거기에 찍힌 문장은 보였다. '이제 모두 손에 넣었다.'

"무슨 뜻일까요? 이제 모두 손에 넣었다?"

루크가 책상에 전화를 내려놓고 한 손으로 얼굴을 쓸었다. "아무래도 사이먼뿐만 아니라 마야까지 데려갔다는 말인 거 같구나. 전환 의식에 필요한 모든 걸 손에 넣었다는 뜻이겠지."

클라리가 루크를 물끄러미 쳐다봤다. "그럼 저나 루크에게 앙갚음을 하려고 이런 일을 벌인 게 아니라는 뜻이에요?"

"물론 그것도 발렌타인에겐 만족스러운 부산물이겠지. 하지만 그게 주된 목표는 아니야. 발렌타인의 목표는 영혼의 검의 성질을 바꾸는 거야. 그러려면……."

"다운월드 아이들의 피가 필요하고요. 하지만 마야와 사이먼은 아이가 아니잖아요. 10대지."

"그 주문이 만들어진 시기, 그러니까 영혼의 검을 악의 검으로 전환하는 주문이 만들어진 시기엔 '10대'라는 말이 없었어. 섀도우 헌터 세상에선 열여덟 살이 넘어야 성인이고, 그보다 어리면 모두 아이일 뿐이야. 그러니 발렌타인이 목표로 하는 일에서 마야와 사이먼은 아이인 거지. 요정 아이와 마법사 아이의 피는 구했으니, 늑대인간과 뱀파이어 아이의 피만 있으면 되는 거고."

클라리는 몸 안의 공기가 모두 빠져나간 느낌이었다. "그럼 미리 손을 썼어야 하는 거 아닌가요? 어째서 그들을 보호할 생각을 안 했죠?"

"지금까지 발렌타인은 편의에 따라 희생자들을 골랐어. 손쉽다는 것 외에는 어떤 이유도 없었지. 그 마법사 아이를 불러내는 건 어렵지 않았을 거야. 악마 소환을 청하는 척하면서 고용하기만 하면 되니까. 그리고 어딜 봐야 하는지만 알면 공원에서 요정을 찾는 일도 문제가 아니지. 사냥꾼의 달은 늑대인간을 만나고 싶을 때 제일 먼저 찾는 곳이고. 달라질 게 아무것도 없는데, 굳이 이런 위험하고 골치 아픈 일을 벌인다는 건……."

"제이스 때문이에요."

"제이스 때문이라니, 무슨 소리야? 제이스가 왜?"

"발렌타인이 공격하려는 게 제이스인 것 같아요. 어젯밤 그 배에서 제이스가 무슨 일을 저지른 게 분명해요. 발렌타인을 엄청 열 받게 할 만한 일요. 원래의 계획을 포기하고 새로운 계획을 세울 만큼."

루크는 이해할 수 없다는 얼굴이었다. "어째서 발렌타인이 제이스 때문에 계획을 바꿨다고 생각하는 거니?"

"누군가를 그 정도로 열 받게 할 수 있는 건 제이스뿐이거든요." 클라리의 목소리는 단호했다.

"이사벨!" 알렉이 방문을 두드렸다. "이사벨, 문 열어. 그 안에 있는 거 알아."

문이 조금 열렸다. 알렉이 틈 안으로 들여다보았지만 아무도 보이지 않았다. "형하고 얘기하고 싶지 않대." 익숙한 목소리가 들렸다.

알렉이 아래를 보자, 안경 너머로 자신을 노려보는 회색 눈동자가 보였다. "맥스, 이러지 마. 들어가게 해줘."

"나도 형하고 얘기하고 싶지 않아." 맥스가 문을 닫으려고 했지만, 알렉이 이사벨의 채찍만큼이나 날렵하게 문틈으로 발을 밀어 넣었다.

"맥스, 널 쓰러뜨리게 만들지 말고."

"그렇겐 안 될걸." 맥스가 온 힘을 다해 문을 밀었다.

"안 그럼 엄마나 아빠를 불러올 건데, 이지도 그건 원하지 않을걸? 이지, 그렇지 않아?" 알렉은 안에 있는 이사벨에게 들릴 만큼 목소리를 높여서 물었다.

"아, 정말." 이사벨은 몹시 화가 난 듯했다. "됐어, 맥스. 들여보내."

맥스가 뒤로 물러났고, 알렉이 문을 밀고 들어가자 뒤로 문이 반쯤 닫혔다. 이사벨은 침대 옆 창틀 위에 무릎을 꿇고 앉아 있었다. 왼팔에는 금빛 채찍이 감겨 있었고, 은색 룬 문자가 희미하게 새겨진 몸에 딱 붙는 셔츠와 질긴 재질의 검은 바지를 입고 있었다. 사냥 복장이었다. 부츠는 무릎까지 버클을 채웠고, 열린 창문으로 바람이 들어와 검은 머리가 휘날렸다. 알렉은 자신을 노려보는 이사벨의 모습에서 문득 휴고를 떠올렸다.

"지금 뭐하는 거야? 죽고 싶어서 그래?" 알렉이 성큼성큼 방 안을 가로지르며 물었다.

이사벨의 채찍이 풀려 나와 발목을 감자 알렉이 우뚝 걸음을 멈췄다. 이사벨이 손목을 까딱하기만 해도 그는 뒤로 벌렁 자빠질 터였다. "더 이상 가까이 오지 마, 알렉산더 라이트우드." 화가 극에 달한 목소리였다. "지금 오빠한테 자비를 베풀고 싶은 기분이 아니니까."

"이사벨."

"어떻게 그렇게 간단하게 제이스를 배신할 수 있어? 제이스가 어떤 일을 겪었는지 너무나 잘 알면서? 그리고 제이스랑은 서로를 지켜주기로 맹세까지 한 사이 아니야?"

"법을 어기지 않을 경우에만 그렇지." 알렉이 이사벨을 일깨웠다.

"그놈의 법!" 이사벨이 역겹다는 듯이 쏘아붙였다. "클레이브의 법보다 높은 게 바로 가족의 법이라고. 제이스는 우리 가족이잖아."

"가족의 법이라고? 그런 법은 처음 들어보는데." 약간 짜증이 난 알렉이 말했다. 못 들은 척 넘어가야 했지만, 동생들의 말을 바로잡아주던 평생의 습관을 떨쳐버리기란 쉽지 않았다. "네가 방금 지어낸 말 아니야?"

이사벨이 손목을 까딱했다. 다리가 번쩍 들리는 순간 알렉은 떨어질 때의 충격을 줄이려고 몸을 비틀어 손을 아래로 향했다. 그리고 떨어지고 나서는 몸을 굴려 앞에 버티고 선 이사벨을 올려다보았다. 이사벨 곁에 맥스가 서 있었다. "맥스웰, 형을 어떻게 할까? 엄마랑 아빠가 찾을 때까지 여기 이렇게 묶어둘까?" 이사벨이 물었다.

알렉은 더 참지 못하고, 손목에 있는 칼집에서 칼을 뽑아 발목에 감긴 채찍을 베어버렸다. 그리고 벌떡 일어섰다. 이사벨이 팔을 당기자 채찍이 쉭 소리를 내며 감겼다.

그때 어디선가 팽팽한 긴장을 가르며 킬킬거리는 소리가 들렸다. "됐어, 됐어. 그 정도 괴롭혔으면 충분해. 내가 이렇게 왔으니까."

이사벨의 눈이 휘둥그레졌다. "제이스!"

"그래." 제이스가 방 안으로 들어와서 문을 닫았다. "그러니까 둘이 싸울 필요 없다고." 맥스가 그의 이름을 부르며 달려들자 제이스가 움찔했다. "살살 해주라. 몸 상태가 별로거든." 부드럽게 맥스를 떼어내며 말했다.

"정말 그러네." 이사벨이 걱정스러운 눈빛으로 제이스를 훑어보았다. 손목은 온통 피투성이고, 금발은 땀에 젖어 목과 이마에 착 달라붙은 데

다가, 얼굴과 손은 먼지와 피로 얼룩졌다. "심문관이 심하게 군 거야?"

"그렇게 심하진 않았어." 제이스가 알렉과 눈을 마주쳤다. "날 무기실에 가둬놓았을 뿐이야. 알렉이 도와줘서 나왔고."

꽃이 고개를 떨구듯이 채찍이 이사벨의 손에서 축 늘어졌다. "알렉, 정말이야?"

"그래." 알렉이 일부러 과장되게 옷에서 먼지를 탁탁 털어냈다. '이제 알겠냐?'라고 덧붙이고 싶은 것을 꾹 참는 기색이었다.

"그럼 그렇다고 말을 했어야지."

"넌 날 좀 더 믿었어야 하고 말이지."

"그만해. 지금 다투고 있을 시간 없어." 제이스가 말했다. "이사벨, 네 방에 어떤 무기들이 있지? 그리고 붕대 좀 있어?"

"붕대는 왜?" 이사벨이 채찍을 내려놓고 서랍에서 스텔레를 꺼냈다. "이라체로 치유하면 되지."

제이스가 손목을 들어 보였다. "이라체는 멍에는 좋지만 여기엔 도움이 안 돼. 룬 화상이거든." 환한 불빛 아래서 보니 상처가 더욱 끔찍했다. 손목 둘레로 검게 흉터가 났고, 군데군데 갈라져서 피와 투명한 액체가 흘러나왔다. 이사벨의 얼굴이 창백해지는 걸 보고 제이스가 손을 내렸다. "그리고 무기도 필요해."

"붕대가 먼저야. 무기는 다음이고." 이사벨은 화장대 위에 스텔레를 올려놓고 연고와 거즈, 붕대를 한 아름 챙겨들고 제이스를 몰아 욕실로 들어갔다. 반쯤 열린 문틈으로 알렉이 둘을 지켜보았다. 이사벨이 스펀지로 손목을 닦아내고 하얀 거즈로 감싸는 동안 제이스는 세면대에 몸을 기대고 있었다. "좋아, 이제 셔츠 벗어봐."

"뭔가 원하는 게 있을 줄 알았지." 제이스가 재킷을 벗고 티셔츠를 머리 위로 당겨 벗으며 움찔했다. 단단한 근육을 옅은 금빛 피부가 감쌌고, 늘씬한 두 팔에는 검은 마크가 휘감기듯 새겨져 있었다. 이전의 룬 문자가 남긴 하얀 흉터가 눈송이처럼 피부를 뒤덮었다. 먼데인들은 이 흉터 때문에 그의 육체가 완벽하지 못하다고 생각하겠지만 알렉은 아니었다. 그들 모두가 이런 흉터를 갖고 있었다. 그건 명예의 상징이지 결점이 아니었다.

문틈으로 지켜보는 알렉을 보고 제이스가 말했다. "알렉, 전화기 보여?"

"화장대 위에 있어." 이사벨이 고개를 들지 않고 외쳤다. 그녀는 제이스와 목소리를 낮춰 얘기를 나누는 중이었다. 무슨 얘기인지 들리지 않았지만, 맥스가 듣고 겁을 먹을까 봐 그러는 것 같았다.

알렉이 살펴보았다. "화장대 위에 없는데."

제이스의 등에 이라체를 그리던 이사벨이 짜증스럽게 말했다. "아, 맞다. 부엌에 두고 왔지. 젠장, 가지러 내려가고 싶지 않은데. 심문관이 어슬렁거릴지도 모르잖아."

"내가 가져올게. 심문관은 나한테 관심도 없잖아. 난 너무 어리니까." 맥스가 제안했다.

"그렇긴 하지." 이사벨은 내키지 않는 듯했다. "전화는 왜 필요한데, 알렉?"

"왜 필요하긴. 그냥 필요하지." 알렉이 조바심치며 말했다.

"혹시 매그너스한테 '자기 너무 멋져' 따위의 문자나 보내려는 거라면 나한테 죽을 줄 알아."

"매그너스가 누군데?" 맥스가 물었다.

"마법사야." 알렉이 대답했다.

"아주아주 섹시한 마법사." 얼굴이 붉으락푸르락하는 알렉을 못 본 체하며 이사벨이 맥스에게 말했다.

"하지만 마법사는 나쁜 사람이잖아." 맥스는 이해할 수 없다는 표정이었다.

"내 말이." 이사벨이 맞장구를 쳤다.

"무슨 말인지 모르겠네. 암튼 전화기는 가져다줄게." 맥스가 말했다.

맥스가 방을 나간 뒤 제이스는 다시 셔츠와 재킷을 입고 침실로 돌아와, 곳곳에 쌓인 이사벨의 물건을 뒤적이며 무기를 찾기 시작했다. 제이스를 따라 돌아온 이사벨이 고개를 설레설레 흔들었다. "이제 어떻게 할 거야? 우리 전부 같이 나가? 네가 거기서 빠져나온 줄 알면 심문관이 기겁할 텐데."

"발렌타인이 심문관의 제안을 거절하면 더 그럴걸?" 제이스가 간단하게 심문관의 계획을 알려주었다. "유일한 문제는 발렌타인이 그 제안을 받아들이지 않을 거라는 거지."

"유, 유일한 문제?" 머리끝까지 화가 난 이사벨이 말까지 더듬었다. 여섯 살 이후 처음 있는 일이었다. "심문관은 어떻게 그런 짓을 꾸밀 수가 있어! 어떻게 널 그 정신병자한테 넘길 수가 있냐고! 넌 클레이브의 일원이야! 우리 가족이라고!"

"심문관은 그렇게 생각하지 않아."

"어떻게 생각하건 상관없어. 그 여잔 소름 끼치는 사이코야. 누군가 그 여자를 막아야 한다고."

"자기 계획에 치명적인 결함이 있다는 걸 알면 마음을 바꾸겠지." 제이스가 말했다. "하지만 난 그때까지 가만히 앉아서 기다릴 생각은 없어. 나갈 거야."

"쉽지 않을걸. 심문관이 인스티튜트를 철저하게 봉쇄했어. 아래층에 감시하는 사람들 있잖아? 컨클레이브 절반은 불러들인 거 같더라." 알렉이 말했다.

"날 대단한 인물로 생각하는 모양이네." 제이스가 잡지 더미를 옆으로 던지며 말했다.

"심문관의 판단이 틀리진 않은 것 같은데." 이사벨이 생각에 잠긴 듯이 제이스를 바라보았다. "정말 10미터나 뛰어올라 말라기 배열을 빠져나온 거야? 정말이야, 알렉?"

"그래." 알렉이 이사벨의 말을 확인해주었다. "그런 광경은 어디서도 본 적 없어."

"난 이런 걸 어디서도 본 적 없는데." 제이스가 25센티미터 정도 되는 단검을 바닥에서 집어 올렸다. 뾰족한 칼끝에 이사벨의 분홍색 브래지어가 걸려 있었다. 이사벨이 인상을 쓰며 홱 빼들었다.

"그런 건 중요하지 않잖아. 도대체 어떻게 한 거냐고."

"뛰어올랐지." 제이스는 그렇게 말하고 침대 밑에서 날이 두 개 달린 회전 원반을 꺼냈다. 그리고 그 위에 뒤덮인 회색 고양이털을 후 불었다. "차크람이네. 멋지다. 특히 동물 알레르기가 있는 악마를 만났을 때 아주 유용하겠어."

이사벨이 브래지어로 그를 후려쳤다. "내 물음엔 왜 대답 안 하는 거야!"

"나도 모르니까 그렇지." 제이스가 힘겹게 몸을 일으켰다. "어쩌면 실리코트의 여왕 말이 맞는지도 몰라. 시험해보지 않아 모르고 있던 능력들이 내 안에 있는지 모른다고. 클라리처럼."

이사벨의 이마에 주름이 생겼다. "클라리도 그래?"

갑자기 알렉의 눈이 둥그레졌다. "저기, 제이스. 뱀파이어 오토바이가 아직도 지붕 위에 있어?"

"그럴걸. 하지만 대낮이라 쓸모없을 거야."

"게다가 우리가 전부 타지도 못하잖아." 이사벨이 지적했다.

제이스가 차크람과 단검을 허리띠에 걸었고, 재킷 주머니 안으로 천사의 검도 여러 개 넣었다. "그건 상관없어. 너희는 안 갈 거니까."

이사벨이 소리쳤다. "우리가 안 가다니 그게 무슨 소리야?" 하지만 맥스가 들어오는 바람에 말을 멈췄다. 맥스는 이사벨의 분홍색 휴대전화를 한 손에 움켜쥐고 헐떡거리고 있었다. "맥스, 우리 영웅."

이사벨이 전화기를 건네받고는 제이스를 쳐다보았다. "좀 있다 다시 얘기해. 누구한테 전화할 거야? 클라리?"

"내가 전화해서……" 알렉이 입을 열었다.

"아냐." 이사벨이 알렉의 손을 쳐냈다. "클라리는 날 더 좋아해." 그러면서 벌써 버튼을 누르고 전화기를 귀로 가져가며 혀를 쏙 내밀었다.

"클라리? 이사벨이야. 내가…… 뭐라고?" 누군가 색을 싹 지워낸 것처럼 순식간에 핏기가 가신 이사벨이 눈을 부릅뜨며 말했다. "어떻게 그런 일이 있을 수 있어?"

"무슨 일?" 제이스가 황급히 이사벨 곁으로 다가갔다. "이사벨, 무슨 일이냐고? 클라리는……"

이사벨이 전화기를 귀에서 뗐다. 관절이 하얘지도록 전화기를 꽉 움켜쥐고 있었다. "발렌타인이 사이먼과 마야를 데려갔대. 전환 의식에 둘을 이용하려고."

제이스가 이사벨의 전화를 빼앗아 귀로 가져갔다. "차 몰고 인스티튜트로 와. 들어오진 말고. 기다리면 내가 나갈게." 그러곤 전화를 탁 닫아

재의 도시 355

알렉에게 넘겼다. "매그너스한테 전화해서 브루클린 강변에서 만나자고 해. 장소는 매그너스가 정해도 되지만 인적이 드문 곳이어야 하고. 우리가 발렌타인의 배에 오르려면 매그너스의 도움이 필요해."

"우리?" 이사벨이 활기를 되찾았다.

"매그너스, 루크, 나 말이야." 제이스가 분명히 했다. "너희 둘은 여기 남아서 나머지 일을 맡아줘. 발렌타인이 심문관의 제안에 응하지 않으면, 컨클레이브의 모든 인원을 동원해서 발렌타인을 뒤쫓아야 한다고 너희가 심문관을 설득해야 해."

"이해할 수 없어." 알렉이 입을 열었다. "일단, 여기서 어떻게 빠져나가겠다는 거야?"

제이스가 싱긋 웃었다. "잘 봐." 그러고는 창턱으로 훌쩍 뛰어올랐다. 이사벨이 놀라 비명을 질렀지만, 제이스는 이미 창문 밖으로 빠져나가 바깥쪽 턱에서 중심을 잡더니 어디론가 사라져버렸다.

깜짝 놀란 알렉이 창으로 달려가 밖을 내다보았다. 아무것도 없었다. 저 아래로 인스티튜트의 텅 빈 정원과 정문으로 이어지는 좁은 보도만 보일 뿐이었다. 거리에는 비명을 지르는 사람도, 누군가 떨어지는 광경을 보고 차를 세운 사람도 없었다. 제이스는 그렇게 흔적도 없이 사라졌다.

물소리가 그를 잠에서 끌어냈다. 육중하게 반복되는 소리였다. 단단한 곳에 물이 철썩철썩 부딪히는 소리가 끊임없이 들렸다. 마치 물이 급속도로 빠졌다가 다시 채워지는 풀장 바닥에 누워 있는 기분이었다. 입 안에서 쇠 맛이 났고, 주변에서도 쇠 냄새가 진동했다. 왼손에는 계속 통증이 느껴졌다. 사이먼이 신음하며 눈을 떴다.

그는 보기 흉한 회녹색으로 칠해진, 단단하고 울퉁불퉁한 금속 바닥에 누워 있었다. 한쪽 벽에 높은 창이 뚫려 있었고, 그 동그란 창을 통해 얼마 안 되는 햇빛이 들어왔지만 그 정도면 충분했다. 햇빛이 닿은 손가락엔 벌겋게 물집이 잡혀 있었다. 사이먼은 다시 한 번 신음하며 햇빛에서 물러나 앉았다.

그러고는 깨달았다. 그는 혼자가 아니었다. 방 안은 아주 깜깜했지만 사이먼은 어둠 속에서도 모든 걸 볼 수 있었다. 맞은편에 양손이 묶인 마야가 거대한 증기관에 매여 있었다. 여기저기 옷이 찢어졌고, 왼쪽 뺨에 커다랗게 멍이 들었으며, 땋은 머리 한쪽은 두피가 뜯겨 머리카락에 온통 피가 엉겼다. 사이먼이 일어나 앉자, 마야가 곧바로 울음을 터트렸다. "난, 네가, 죽은 줄 알았어." 경련하듯 흐느끼느라 말이 끊겼다.

"나 죽은 거 맞잖아." 사이먼이 말하면서 손을 내려다보았다. 보고 있는 동안 물집이 사라지며 통증이 차츰 잦아들었다. 피부는 이제 약간 창백한 정도였다.

"알아. 내 말은, 완전히 죽은 줄 알았다고." 마야가 얼굴 앞으로 묶인 손을 흔들며 말했다. 사이먼은 마야에게 다가가려다 뭔가에 붙잡혀 우뚝 멈춰 섰다. 발목에 채워진 수갑의 사슬이 바닥에 연결되어 있었다. 발렌타인이 아주 준비를 철저히 한 모양이었다.

"울지 마." 사이먼은 말하고 나서 곧바로 혀를 깨물었다. 이거야말로 충분히 울 만한 상황이 아닌가. "난 괜찮아."

"지금이야 그렇겠지." 마야가 눈물로 젖은 얼굴을 소매로 훔치며 말했다. "그 남자, 머리가 흰 그 남자가 발렌타인 맞지?"

"봤어? 난 아무것도 못 봤는데. 우리 집 현관문이 부서져라 열리더니 거대한 형체가 화물열차처럼 들이닥쳤거든."

"발렌타인이 맞는 거지? 모두가 얘기하는 그 남자. 반란을 일으켰다는……."

"제이스하고 클라리의 아버지야. 나도 그거 말고는 잘 몰라."

"어쩐지 목소리가 낯익다 싶었어. 말하는 게 제이스랑 똑같더라." 마야는 잠시 안쓰러운 표정을 지었다. "제이스가 그렇게 재수 없는 것도 당연하네."

사이먼도 동의했다.

"그러니까 넌……." 마야가 말꼬리를 흐리다가 다시 얘기를 꺼냈다. "내 말이 이상하게 들리겠지만, 발렌타인이 나타났을 때 혹시 네가 아는 누군가랑 같이 오지 않았어? 죽은 사람 말이야, 유령처럼."

사이먼이 당혹스러운 표정으로 고개를 저었다. "아니. 왜?"

마야가 머뭇거렸다. "난 우리 오빠를 봤거든. 오빠의 유령. 발렌타인이 환각을 보게 한 것 같아."

"나한텐 그러지 않았는데. 난 클라리랑 통화하던 중이었거든. 거대한 형체가 들이닥쳐서 전화기를 떨어뜨린 건 기억나는데, 그게 전부야."

"클라리랑 통화 중이었다고?" 마야의 표정에 희망의 빛이 번졌다. "우리가 어디 있는지 알아낼지도 모르겠네. 그럼 우릴 구하러 올지도 몰라."

"그럴지도 모르지. 근데 우린 어디 있는 거야?"

"배 위. 난 이리로 끌려올 때 아직 정신이 있었거든. 시커멓고 커다란 배였어. 불빛은 하나도 없고, 사방에 그것들이 있더라. 그중에 하나가 나한테 뛰어들기에 비명을 질렀더니 발렌타인이 내 머리를 벽으로 박았어. 그래서 기절했고."

"그것들이라니?"

"악마들." 마야가 몸을 떨며 말했다. "온갖 종류의 악마들을 데려다 놨더라. 큰 놈, 작은 놈, 날아다니는 놈. 모두 발렌타인이 하라는 건 뭐든 하던걸."

"하지만 발렌타인은 섀도우 헌터잖아. 악마를 증오하는 걸로 아는데."

"글쎄, 악마들은 그걸 전혀 모르는 거 같았어. 난 발렌타인이 우리한테 뭘 하려는 건지 아무리 생각해도 모르겠어. 발렌타인이 다운월드 사람들을 증오하는 건 알지만, 겨우 두 명 죽이자고 이런 수고를 한다는 건 말이 안 되잖아?" 마야가 몸을 떨기 시작했다. 장난감 가게에서 파는 틀니 모양 장난감처럼 딱딱거리는 소리를 내며 이를 맞부딪쳤다. "섀도우 헌터들한테 뭔가 원하는 게 있는 거야. 아님 루크한테나."

'발렌타인이 뭘 하려는지 알아.' 사이먼은 속으로 이렇게 생각했지만, 이미 심란할 대로 심란한 마야에게 말해봐야 좋을 게 없었다. 그는 어깨를 흔들어 재킷을 벗어서 마야에게 던졌다. "자, 이거 걸쳐."

수갑 때문에 몸을 비틀며 마야가 가까스로 사이먼의 재킷을 어깨에 둘렀다. 그러고는 감사의 뜻을 담아 힘없이 웃어 보였다. "고마워. 넌 안 추워?"

사이먼이 고개를 저었다. 손의 상처는 이제 완전히 사라지고 없었다. "추위를 느끼지 않는걸. 더 이상은 말이야."

마야가 입을 열었다가 다시 닫았다. 눈 안에 갈등의 빛이 떠올랐다. "미안해. 어제 그런 식으로 굴어서." 마야는 말을 멈추고 숨도 쉬지 않는 것 같더니 조그맣게 말을 이었다. "난 뱀파이어가 너무 무섭거든. 이곳에 온 지 얼마 되지 않았을 때 어울려 다니던 무리가 있었어. 배트하고 둘이 더 있었는데, 스티브랑 그레그라고. 하루는 공원으로 산책하러 갔다가 다리 아래서 봉지에 든 피를 마시는 뱀파이어들과 마주쳤어. 싸움이 일어났는데, 내가 기억하는 건 딱 한 장면뿐이야. 뱀파이어 하나가 그레그를 번쩍 들어 올려 반으로 찢어버리는 장면." 목소리가 높아지더니 마야가 손으로 입을 틀어막았다. "반으로 말이야." 그녀가 속삭이며 몸을 떨었다. "몸 안의 내장들이 죄다 쏟아져 나왔어. 그리고 뱀파이어들이 그걸 먹기 시작하는 거야."

사이먼은 구토가 치밀었다. 하지만 마야의 이야기가 다른 감각, 이를테면 배고픔 같은 걸 불러일으키지 않고 자신의 속을 뒤집었다는 사실이 거의 기쁠 지경이었다. "난 그런 짓 못해. 난 늑대인간들을 좋아한다고. 루크도 좋아하고."

"알아." 마야가 입을 열었다. "넌 처음 만났을 때 '인간'이라는 느낌이 너무 강했거든. 내가 예전에 어땠는지 새삼 떠오를 정도로."

"마야, 넌 여전히 인간이야."

"그렇지 않아."

"어떤 면에서는 인간이야. 나도 그렇고."

마야가 애써 웃어 보였다. 그의 말을 믿지 않는 것 같았지만, 사이먼은 그녀를 나무랄 수가 없었다. 사이먼 자신도 그 말을 믿는다고 확신할 수 없었기 때문이다.

암회색 하늘에 먹구름이 잔뜩 끼었다. 잿빛 하늘을 배경으로 거대하게 솟은 인스티튜트는 산의 잘린 단면 같았다. 기울어진 슬레이트 지붕이 닦지 않은 은처럼 어슴푸레하게 빛났다. 정문 앞에서 후드를 쓴 사람들이 움직이는 것도 같았지만, 클라리가 확실히 알 수 있는 것은 없었다. 한 블록이나 떨어진 거리에서 먼지 낀 차창을 통해 내다보는 것은 어떤 것도 뚜렷하지 않았다.

"얼마나 지났죠?" 다섯 번인가 여섯 번째로 클라리가 물었다.

"마지막으로 물은 지 5분 지났어." 루크가 대답했다. 의자에 머리를 기댄 루크는 완전히 지친 모습이었다. 턱에는 수염이 까칠하게 자랐고, 볼은 은빛이 도는 잿빛이었으며, 눈 아래에는 검게 그림자가 졌다. 병원에서 보낸 밤들, 악마의 습격, 그리고 이 일까지, 클라리는 별안간 걱정이 되기 시작했다. 루크와 엄마가 이런 삶을 그토록 오래 숨겨온 것도 이해가 되었다. 클라리 자신도 계속 몰랐더라면 하고 바라게 되니까. "들어가 볼래?"

"아뇨. 제이스가 밖에서 기다리라고 했어요." 클라리가 다시 창밖을 내다보았다. 이제 입구에서 사람들이 오락가락하는 것이 분명하게 보였다. 그중 하나가 돌아설 때 얼핏 은빛 머리가 보인 것 같았다.

"저기 봐." 루크가 상체를 일으키며 황급히 창문을 내렸다.

클라리의 눈에는 달라진 것이 없어 보였다. "입구에 있는 사람들을 말하는 거예요?"

"아니. 보초를 서는 사람들은 아까부터 있었고, 저기 지붕을 보라고." 루크가 손가락으로 가리켰다.

클라리가 차창에 얼굴을 바짝 댔다. 대성당의 슬레이트 지붕은 고딕 양식의 첨탑, 천사 조각상, 아치 모양의 창으로 가득했다. 괴물 조각상 말고는 아무것도 보이지 않는다고 짜증스레 말하려는 찰나, 움직임 하나가 그녀의 시선을 사로잡았다. 지붕 위에 누군가 있었다. 호리호리하고 검은 형체가 첨탑들 사이로 날렵하게 움직이다가 가파른 지붕 위로 훌쩍 뛰어내려 조심조심 아래로 내려갔다. 어스름한 빛 속에서 옅은 색 머리가 청회색 빛으로 번쩍였다.

'제이스.'

클라리가 저도 모르게 트럭에서 뛰쳐나가 성당을 향해 내달리자, 루크가 뒤에서 그녀의 이름을 소리쳐 불렀다. 깎아지른 절벽과 같은 수십 미터의 거대한 성당 건물이 양옆으로 휘청거리는 것만 같았다. 지붕 끝에서 제이스가 아래를 내려다보고 있었다. 클라리는 생각했다. '그럴 리 없어. 아닐 거야. 제이스가 그럴 리 없어. 절대로.' 하지만 다음 순간 제이스는 집 앞 계단이라도 밟는 것처럼 공중으로 가볍게 발을 내디뎠다. 클라리가 비명을 내지르는 동안 제이스는 돌멩이처럼 아래로 떨어져 내렸다.

그리고 클라리 앞으로 가볍게 착지했다. 너무 놀라 입을 다물지 못한 채 클라리가 그를 뚫어져라 쳐다봤다. 제이스는 몸을 바로 세우고 그녀에게 싱긋 웃어 보였다. "지나는 길에 잠깐 들렀다고 하면, 석기시대 유머라고 할 거야?"

"어떻게…… 어떻게 한 거야?" 토할 것 같은 기분을 느끼며 클라리가 속삭이듯 물었다. 그때 루크가 트럭에서 나와 머리를 감싸 쥐고 클라리 너머를 쳐다보았다. 클라리가 돌아보니 문 앞에 서 있던 보초 두 명이 그들에게 달려오고 있었다. 한 사람은 말릭, 또 다른 사람은 그 은빛 머리 여인이었다.

"젠장." 제이스가 클라리의 손을 움켜쥐고 트럭을 향해 달렸다. 그들이 조수석에 올라타 미처 문을 닫기도 전에 루크가 차를 출발시켰다. 제이스는 클라리 앞으로 팔을 뻗어 재빨리 문을 닫았고, 트럭은 두 섀도우 헌터를 피해 방향을 돌렸다. 말릭이 투척검으로 보이는 물건을 들고 타이어를 조준하고 있었다. 제이스가 욕설을 내뱉으며 무기를 찾아 재킷을 더듬는 소리가 들렸다. 검의 날을 번쩍이며 말릭이 팔을 뒤로 젖혔다. 하지만 다음 순간 은빛 머리 여인이 몸을 부딪치며 그의 팔을 잡았다. 클라리는 숨죽인 채 몸을 틀어, 말릭이 기를 쓰고 여인을 떨쳐버리려는 모습을 지켜보았다. 그러는 동안 모퉁이를 돌아선 트럭은 차들로 혼잡한 요크 가로 들어섰고, 인스티튜트는 그들 뒤로 점점 멀어졌다.

마야는 사이먼의 재킷을 어깨에 덮은 채 증기관에 기대어 잠깐씩 잠에 빠져들었다. 사이먼은 창으로 들어온 빛이 움직이는 모습을 보면서 시간을 가늠해보려 했지만 허사였다. 보통은 휴대전화로 시간을 확인하지만 어디 갔는지 찾을 수가 없었다. 주머니를 전부 뒤져도 없는 걸 보니, 발렌타인이 침입했을 때 떨어뜨린 모양이었다.

하지만 그보다 더 중요한 문제가 있었다. 입안이 바짝 마르면서 목이 아파오기 시작한 것이다. 지금껏 경험한 모든 갈증과 배고픔이 한데 섞여 격렬한 고통의 형태로 변한 듯한 목마름이 느껴졌다. 게다가 그 고통은 앞으로 더욱 심해질 것이었다.

사이먼에게 필요한 것은 피였다. 자신의 방, 냉장고 안에 넣어둔 피를 떠올리자 살갗 아래를 뜨거운 철사로 지지는 듯한 통증이 일었다.

"사이먼?" 가까스로 고개를 든 마야가 그를 불렀다. 우둘투둘한 증기관에 닿았던 얼굴에 하얗게 움푹 들어간 자국이 생겼다. 사이먼이 지켜보는 가운데 마야의 얼굴에 핏기가 돌면서 하얗던 부분이 분홍색으로 변했다.

"피. 사이먼이 마른 혀로 입술을 훑었다. "어?"

"내가 얼마나 잤어?"

"세 시간. 아니, 네 시간 정도 되나. 이제 오후일 거야."

"망봐줘서 고마워."

망을 본 건 아니었다. 사이먼은 조금 창피한 기분이 들었다. "고맙긴."

"사이먼······."

"왜?"

"네가 끌려온 건 안됐는데, 함께 있어서 기뻐. 내 말이 무슨 뜻인지 이해할지 모르겠지만."

사이먼이 미소를 짓자 바싹 마른 아랫입술이 갈라지며 피 맛이 났다. 배가 꾸르륵거렸다. "고마워."

마야가 사이먼 쪽으로 몸을 기울이자 재킷이 어깨에서 흘러내렸다. 연한 황회색인 그녀의 눈빛은 움직일 때마다 바뀌었다. "내 손 잡을 수 있어?" 마야가 손을 내밀었다.

사이먼도 발목의 사슬을 덜그럭거리며 팔을 최대한 쭉 뻗었다. 손끝이 닿자 마야가 빙긋이 웃었다.

"감동스러운 장면이군." 사이먼이 깜짝 놀라 손을 빼며 소리가 들리는 쪽을 쳐다봤다. 어둠 속에서 들려온 목소리는 냉정하고 차분했으며, 어느 지역인지 확실하지 않은 외국어 억양이 살짝 묻어났다. 문간에 선 남자를 돌아본 마야의 얼굴이 새하얗게 질렸다. 들어오는 소리를 전혀 듣지 못했을 만큼 남자는 기척조차 없이 들어와 있었다. "달의 아이와 밤의 아이가 마침내 하나가 되다니."

"발렌타인." 마야가 속삭였다.

사이먼은 아무 말 없이 발렌타인을 쳐다보기만 했다. '이 자가 바로 클라리와 제이스의 아버지로군.' 둘 중 누구도 이 은백색 머리에 이글거리는 검은 눈을 지닌 남자와 많이 닮지 않은 것 같았다. 클라리처럼 마른 체형에 제이스처럼 느긋하고 오만한 태도로 움직였지만, 뼈대가 굵고 어깨가 넓은 건 둘 중 누구와도 닮지 않았다. 소매 하나는 너끈히 사용할 만큼 많은 무기를 착용했는데도 발렌타인은 고양이처럼 사뿐하게 걸어서 들어왔다. 은색 버클이 달린 두꺼운 가죽띠로 자루가 넓은 은빛 검을 등 뒤에 차고 있었다. 또 다른 띠는 허리에 둘러 다양한 칼과 단검, 그리고 거대한 바늘처럼 좁고 반짝이는 검들을 주렁주렁 달았다.

"일어서." 발렌타인이 사이먼에게 말했다. "등을 벽에 대고."

사이먼이 턱을 들었다. 마야가 쳐다보고 있었다. 잔뜩 겁에 질린 하얀 얼굴을 보는 순간 보호 본능이 강렬하게 일었다. 이것이 생애 마지막 순간이라면 어떻게든 발렌타인이 마야를 해치지 못하게 막으면서 맞이하고 싶었다. "그러니까 당신이 클라리의 아버지군요. 기분 상하게 하고 싶진 않지만, 클라리가 왜 아버지를 싫어하는지 알 것도 같은데요."

발렌타인은 무표정한 얼굴로 미동조차 없이 서서, 입술도 거의 움직이지 않고 이렇게 물었다. "왜지?"

"사이코인 게 분명하니까요."

발렌타인이 미소를 지었다. 살짝 비틀리는 입술 외에는 어느 곳도 움직이지 않았다. 그러고는 주먹을 들어 올렸다. 사이먼은 그 주먹이 자신에게 날아오는 줄 알고 반사적으로 몸을 움츠렸다. 그러나 발렌타인은 주먹을 날리는 대신, 손가락을 펴서 넓적한 손바닥 위에 쌓인 반짝이는 가루를 보여주었다. 그런 다음 마야에게 돌아서서 키스를 날려 보내듯 가루를 훅 불었다. 반짝이는 벌 떼처럼 마야의 몸에 가루가 내려앉았.

마야가 비명을 질렀다. 이리저리 몸을 비틀면 가루를 피할 수 있기라도 하듯이, 숨넘어갈 듯 헐떡이며 거세게 몸부림을 쳤다. 흐느낌이 섞인 비명 소리가 점점 높아졌.

"마야에게 무슨 짓을 한 거예요?" 사이먼이 소리치며 발렌타인에게 달려들었지만 사슬이 다리를 잡아당겼다. "무슨 짓을 한 거냐고요."

재의 도시 365

발렌타인이 더욱 활짝 웃으며 말했다. "은가루. 늑대인간을 태우지."

마야는 이제 경련을 멈추고 바닥에 태아 자세로 웅크린 채 조용히 훌쩍이고 있었다. 손과 팔에 벌겋게 벌어진 상처에서 피가 줄줄 흘렀다. 사이먼의 배가 다시 꾸르륵거렸다. 그런 자신이 역겹고 모든 게 지겨워져 사이먼은 쓰러지듯 벽으로 기대었다. 발렌타인이 느긋하게 손가락에 남은 가루를 털어내자, 사이먼이 입을 열었다. '나쁜 자식. 그냥 여자애일 뿐이잖아. 묶여 있으니 당신을 해치지도 못한다고, 제……."

사이먼은 숨이 콱 막혔다. 목구멍이 불타오르는 것만 같았다.

발렌타인이 껄껄 웃었다. "젠장(원문은 'for god's sake'로 뱀파이어가 된 사이먼은 '신'이란 말을 입 밖에 내지 못한다—옮긴이)? 그게 네가 하려던 말인가?"

사이먼이 대꾸가 없자, 발렌타인은 어깨 너머로 손을 뻗어 묵직한 은빛 검을 뽑아 들었다. 은빛 벽에 물이 흘러내리듯 검의 날에 빛이 흘렀다. 사이먼은 눈이 따가워 고개를 돌렸다.

"'신'이라는 단어가 네 목구멍을 틀어막듯이 천사의 검은 너를 태우지." 발렌타인의 서늘한 목소리는 크리스털처럼 날카로웠다. "이 검에 목숨을 잃는 자는 천국의 문으로 들어가게 된다고들 하더군. 그러니 나는 지금 너에게 친절을 베푸는 거다." 그가 검을 내려 사이먼의 목에 칼끝을 갖다 댔다. 발렌타인의 검은 눈에는 어떤 감정도 담겨 있지 않았다. 분노도, 동정도, 심지어 증오조차도. 파헤쳐놓은 무덤처럼 텅 비어 있었다. "마지막으로 남길 말은?"

사이먼은 무슨 말을 해야 하는지 잘 알았다. Sh'ma Yisrael, adonai elohanu, adonai echod. 이스라엘아 들으라, 주 우리 하느님, 하느님은 한 분이시다. 소리 내어 말하려 했지만 목에서 타는 듯한 통증이 일었다. 그래서 대신 "클라리" 하고 속삭였다.
 뱀파이어의 입에서 딸의 이름이 나온 것이 불쾌한지 발렌타인의 얼굴에 짜증이 스쳤다. 그가 날렵하게 손목을 움직여 검을 수평으로 들었고, 단번에 사이먼의 목을 그어버렸다.

17
에덴의 동쪽

"어떻게 한 거야?" 클라리가 이렇게 물었을 때, 루크는 핸들 위로 몸을 기울이고 전속력으로 트럭을 모는 중이었다.

"지붕에서 어떻게 뛰어내렸냐고?" 제이스가 눈을 반쯤 감으며 의자에 몸을 기댔다. 손목에는 하얀 붕대가 감겨 있고, 이마에는 마른 피가 말라붙어 있었다. "먼저 이사벨 방 창문으로 나가서 벽을 기어올랐지. 장식용 괴물 석상이 아주 훌륭한 손잡이 기능을 해주더군. 그리고 이참에 말해두는데, 내 오토바이가 없어졌더라. 틀림없이 심문관이 그걸로 호보켄까지 드라이브를 갔을 거야."

"그걸 물은 게 아니잖아. 어떻게 대성당 지붕에서 뛰어내리고도 죽지 않았느냐고."

"모르겠어." 제이스가 눈을 비비려고 손을 올리다가 클라리의 팔을 스쳤다. "넌 어떻게 그 룬 문자를 만들어냈는데?"

"나도 몰라." 클라리가 말했다. "실리코트의 여왕 말이 맞는 거지? 발렌타인이…… 발렌타인이 우리한테 뭔가 한 거야." 운전석을 힐끗 보니 루크는 왼쪽으로 트럭을 돌리는 데 열중하는 척했다.

"지금 그런 얘기를 하고 있을 때가 아닌 거 같구나." 루크가 입을 열었다. "제이스, 특별한 목적지가 있는 거냐, 아니면 그냥 인스티튜트에서 벗어나는 게 목적이었던 거냐?"

"발렌타인이 전환 의식을 위해 마야와 사이먼을 배로 데려갔어요. 곧 의식을 행하려 들 거예요." 제이스가 손목에 감은 붕대 하나를 잡아당겼다. "제가 가서 막아야 해요."

"안 돼." 루크가 날카롭게 외쳤다.

"알았어요. 그럼 '우리'가 가서 막아야 해요."

"제이스, 널 다시 그 배로 보낼 순 없어. 그건 너무 위험한 짓이야."

"방금 제가 한 일을 보셨잖아요. 그런데도 절 걱정하시는 거예요?" 제이스가 믿을 수 없다는 듯이 말했다.

"그래."

"지금 이럴 시간이 없어요. 아버지는 둘을 죽이고 나면 루크가 상상도 못하는 악마 군대를 불러들일 거예요. 그러고 나면 아무도 발렌타인을 막지 못해요."

"그렇다면 클레이브에……."

"심문관은 손 하나 까딱하지 않을 거예요. 라이트우드 가족이 클레이브에 접촉하는 것도 막아버렸다고요. 발렌타인의 계획을 알렸는데도 지원군을 부를 생각도 하지 않아요. 자기가 세운 어리석은 계획대로 밀고 나갈 생각이에요."

"어리석은 계획?" 클라리가 물었다.

제이스가 씁쓸하게 대답했다. "심문관은 아버지한테 나와 죽음의 도구들을 교환하자고 제안할 거야. 아버지가 응할 리 없다고 말했는데도 내 말을 믿지 않아." 제이스가 짧고 날카롭게 웃었다. "이사벨하고 알렉이 사이먼과 마야 일을 심문관에게 알릴 거야. 그래도 쉽게 마음을 바꾸진 않겠지만. 내 말을 믿지도 않을뿐더러, 다운월드 사람 둘을 구한다고 자신의 소중한 계획에 차질을 빚을 사람이 아니니까."

"어쨌든 그쪽에서 소식이 오기만 기다릴 순 없잖아. 당장 배로 가야 해. 네가 우릴 그 배로 데려가면……." 클라리가 말했다.

"찬물을 끼얹고 싶진 않지만, 거기까지 가려면 배가 필요하잖니. 제이스도 물 위를 걸을 수는 없을 테니까." 루크가 말했다.

그 순간 클라리의 전화가 울렸다. 이사벨이 보낸 문자였다. 내용을 확인한 클라리가 얼굴을 찌푸렸다. "강변에 있는 주소예요."

제이스가 클라리의 어깨 너머로 전화를 들여다보았다. "거기서 매그너스를 만나야 해요." 그러고는 루크에게 주소를 불러주었고, 루크는 거칠게 차를 돌려 남쪽으로 달렸다. "매그너스가 우릴 배에 오르게 해줄 거예요. 배는 보호막으로 둘러싸여 있거든요. 전에는 아버지가 원했기 때문에 배에 오를 수 있었지만, 이번에는 아니죠. 매그너스가 보호막을 처리해줘야 배에 오를 수 있어요."

"좋은 생각이 아니야." 루크가 손가락으로 핸들을 톡톡 두드렸다. "나 혼자 가고, 너흰 매그너스와 남는 게 좋겠어."

제이스의 눈에서 불이 번쩍했다. "아뇨. 반드시 제가 가야 해요."

"왜?" 클라리가 물었다.

"발렌타인은 두려움의 악마를 불러들였어." 제이스가 설명했다. "그 놈의 도움으로 침묵의 형제들을 죽인 거야. 마법사를 죽인 것도, 사냥꾼의 달 앞에서 늑대인간을 죽인 것도, 공원에서 요정 아이를 죽인 것도 그놈일 거야. 침묵의 형제들이 그토록 공포에 질린 얼굴을 한 것도 다 그놈 때문이었어. 말 그대로 공포에 질려 죽었으니까."

"하지만 피가······."

"죽인 다음에 뽑은 거야. 사냥꾼의 달 앞에서는 다른 늑대인간에게 방해를 받아 피를 충분히 얻지 못했잖아. 그래서 마야가 필요한 거고." 제이스가 머리를 쓸어 넘겼다. "두려움의 악마에게는 아무도 저항하지 못해. 머릿속으로 파고들어서 정신을 파괴하거든."

"애그러먼." 루크가 입을 열었다. 제이스와 클라리가 이야기하는 동안에는 말없이 트럭의 앞 유리만 쳐다보고 있었다. 얼굴이 잿빛이고 수척했다.

"맞아요. 발렌타인이 그렇게 불렀어요."

"그놈은 그냥 조무래기 악마가 아니야. 대악마이자 하나뿐인 '두려움의 악마' 지. 어쩌다 발렌타인이 애그러먼을 마음대로 부리게 되었을까? 대악마를 묶어두는 일은 마법사들에게도 쉽지 않은데. 그것도 펜타그램 밖에서." 루크가 짧게 숨을 들이켰다. "그 일로 마법사 아이가 죽은 거로구나? 애그러먼을 불러들이느라?"

제이스가 고개를 끄덕이고는 발렌타인이 일리아스를 속여 애그러먼을 불러들인 이야기를 간단하게 들려주었다. "죽음의 잔으로 애그러먼을 통제해요. 악마를 제압하는 힘이 확실히 있는 모양이에요. 영혼의 검과 비교할 정도는 아니어도."

"그렇다면 더더욱 널 보낼 수가 없어. 제이스, 애그러먼은 대악마야. 그놈과 맞서려면 도시의 섀도우 헌터가 모두 동원돼야 할 거다."

"애그러먼이 대악마라는 건 알아요. 하지만 그놈의 무기는 두려움이에요. 클라리가 그 룬을 그려주면 제가 놈을 잡을 수 있어요. 시도라도 해봐야죠."

"안 돼!" 클라리가 소리쳤다. "그 따위 엉터리 룬에 네 안전을 걸 순 없어. 효과가 없으면 어떡해?"

"효과 있었잖아."

트럭은 이제 다리에서 빠져나와 벽돌로 높게 지은 공장들이 줄줄이 있는 밴 브런트 가를 달리고 있었다. 창문에는 판자가 쳐졌고 문은 자물쇠로 채워져서 공장 안에 뭐가 있는지 알 길이 없었다. 건물들 사이로 희미하게 강변의 모습이 보였다.

"이번엔 제대로 안 되면?"

제이스가 고개를 돌리자, 잠시 둘의 시선이 만났다. 그의 눈은 멀리 보이는 햇살처럼 황금빛이었다. 제이스가 말했다. "그럴 리 없어."

"여기가 확실해? 매그너스는 안 보이는데." 루크가 속도를 줄여 트럭을 세우며 물었다.

클라리가 주위를 둘러보았다. 차를 세운 곳은 끔찍한 화재로 무너져 내린 듯한 거대한 공장 건물 앞이었다. 껍질뿐인 벽돌 벽은 그대로 서 있었지만, 그 안에 세워진 금속 버팀대는 휘어지고 움푹 파여 있었다. 저 멀리 맨해튼 남부의 금융 지구와, 바다 가운데 거무스름하게 솟아 있는 거버너스 섬이 보였다.

"올 거예요. 알렉한테 오겠다고 했으면 꼭 올 거예요." 클라리가 말했다.

그들은 트럭 밖으로 나왔다. 거리에는 비슷한 건물들이 줄줄이 서 있었지만, 아무리 일요일이라고는 해도 너무나 조용했다. 사람 그림자 하나 없을 뿐만 아니라, 창고를 개조한 건물들이 모여 있는 웨어하우스 지구 특유의 시끌벅적한 소음, 이를테면 후진하는 트럭 소리라든가 사람들의 외침 따위도 전혀 들리지 않았다. 서늘한 바람이 강에서 불어오고,

갈매기 울음소리만 간간이 들려올 뿐이었다. 클라리는 몸을 떨며 재킷의 지퍼를 올리고 후드를 썼다.

루크도 트럭 문을 닫은 다음 플란넬 재킷의 지퍼를 올렸다. 그리고 클라리에게 말없이 두툼한 털장갑을 내밀었다. 클라리는 장갑을 끼고 손가락을 꿈틀거려 보았다. 장갑이 너무 커서 동물의 발 같은 느낌이었다. 그녀가 주변을 둘러보았다. "잠깐만요. 제이스는 어디 있죠?"

루크가 손가락으로 한 곳을 가리켰다. 제이스가 강변에 무릎을 꿇고 있었다. 청회색 하늘과 갈색 강을 배경으로 유일하게 색상을 지닌 건 그의 밝은 머리카락뿐이었다.

"혼자 있고 싶은 걸까요?"

"그런 사치를 부릴 때가 아니지. 자, 어서 와." 루크가 성큼성큼 도로를 벗어났고, 클라리가 뒤를 따랐다. 공장 건물은 물가에 면해 있지만 바로 옆으로 자갈이 깔린 넓은 해변이 펼쳐졌다. 수초가 잔뜩 엉킨 바위로 잔물결이 밀려와 찰싹찰싹 부딪혔다. 모닥불을 피운 자리 주변으로 네모나게 통나무들이 놓여 있었고, 녹슨 캔과 빈 병이 사방에 굴러다녔다. 제이스는 재킷을 벗은 채 물가에 서 있었다. 그가 물을 향해 작고 하얀 뭔가를 던지자, 퐁 하는 소리가 나면서 물속으로 사라졌다.

"뭐하고 있어?" 클라리가 물었다.

제이스가 몸을 돌려 다가오는 그들을 바라보았다. 바람에 날린 머리칼이 얼굴을 때렸다. "메시지를 보냈어."

클라리는 살아 있는 해초 같은 덩굴손 하나가 잿빛 강물에서 솟아 나와 하얀 무언가를 움켜쥐는 모습을 본 것 같았다. 하지만 다음 순간 그것은 온데간데없이 사라졌고, 클라리는 눈만 껌벅거리며 서 있을 뿐이었다.

"누구한테?"

제이스가 인상을 썼다. "그냥." 그러고는 물가에서 돌아서서 재킷을 펼쳐둔 곳으로 성큼성큼 걸어갔다. 재킷 위에는 기다란 검 세 개가 놓여 있었다. 클라리는 제이스의 허리띠에 뾰족뾰족한 금속 원반들이 매달려 있는 것을 보았다.

이름이 불리기를 기다리는 회백색의 납작한 검들을 제이스가 부드럽게 쓰다듬었다. "무기실에 들르지 못해서 우리가 가진 무기는 이게 전부야. 매그너스가 오기 전에 준비를 해두는 게 좋을 것 같아." 그가 첫 번째 검을 들어 올렸다. "아브라리엘." 검은색이 변하며 어슴푸레하게 빛을 내기 시작했다. 그가 검을 루크에게 내밀었다.

"난 괜찮아." 루크가 재킷을 벌려 허리띠에 꽂힌 킨잘을 보여주었다.

제이스가 아브라리엘을 클라리에게 건넸고, 클라리는 말없이 그 검을 받아 들었다. 그 안에서 비밀스러운 생명이 진동하듯 검은 따뜻했다.

"카마엘." 제이스가 다음 검의 이름을 부르자 검이 부르르 떨면서 빛을 냈다. 그리고 마지막으로 세 번째 검의 이름을 불렀다. "텔란테스."

"라지엘의 이름을 사용한 적은 없어?" 검을 허리띠에 꽂고 다시 재킷을 걸친 후 일어서는 제이스에게 클라리가 물었다.

"한 번도 없지." 루크가 대답하며 매그너스가 오는지 보려고 뒤쪽 길을 살폈다. 루크의 불안이 감지되었지만 클라리가 뭐라고 하기도 전에 그녀의 휴대전화가 진동했다. 문자를 확인한 클라리는 조용히 제이스에게 전화를 건넸다. 메시지를 확인하던 제이스가 눈썹을 추켜세웠다.

"심문관이 발렌타인에게 해가 질 때까지 시간을 준 모양이에요. 죽음의 도구와 아들 중에 어느 쪽을 선택할지 결정할 시간 말이에요. 심문관과 메이리스는 몇 시간째 언쟁을 벌이고 있어서 제가 사라진 것도 아직 모른대요."

제이스가 전화를 클라리에게 돌려주었다. 둘의 손이 살짝 스치자, 클라리는 두꺼운 장갑을 꼈는데도 손을 뒤로 홱 뺐다. 제이스는 얼굴에 그늘이 졌지만 아무 말도 하지 않았다. 그 대신 루크에게 느닷없이 이렇게 물었다. "심문관의 아들이 죽었나요? 그래서 심문관이 저렇게 된 거예요?"

루크가 한숨을 내쉬고는 코트 주머니에 손을 꽂았다. "어떻게 알았니?"

"아들 이름이 나올 때마다 심문관이 날카로운 반응을 보였어요. 그때 말고는 감정을 드러내는 걸 본 적이 없는데."

루크가 다시 한숨을 쉬었다. 안경을 머리 위로 올려놓아 거센 강바람에 눈이 가늘어졌다. "심문관이 지금처럼 된 데는 여러 이유가 있어. 스티븐은 그중 하나일 뿐이야."

"상상이 안 가요. 아이들을 좋아할 사람처럼 보이지 않는데요." 제이스가 말했다.

"다른 사람의 아이는 좋아하지 않지만 자신의 아이는 달랐지. 심문관은 스티븐에게 특별한 사랑을 쏟았어. 사실 스티븐은…… 그 아이를 아는 모두에게 사랑을 받았단다. 못하는 게 없었거든. 남에게도 늘 친절하고, 그러면서도 지루하지 않고, 잘생겼는데도 미움을 사지 않는 그런 아이였어. 뭐, 다들 조금 얄미워하기는 했지."

"학창 시절을 함께 보내셨어요? 저희 엄마하고…… 발렌타인하고도요? 그래서 서로 아시는 건가요?" 클라리가 물었다.

"헤런데일 부부가 런던 인스티튜트를 담당하고 있어서 스티븐은 거기서 학교를 다녔어. 내가 스티븐을 자주 보게 된 건 우리 모두 졸업을 하고 스티븐이 알리칸테로 옮겨온 이후였지. 그리고 한때는 정말 자주 봤고." 루크가 강물과 같은 청회색 눈으로 먼 곳을 바라보았다. "스티븐이 결혼하고 난 후에 말이야."

"스티븐도 서클에 있었나요?" 클라리가 물었다.

"그때는 아니야. 스티븐이 서클에 합류한 건 내가…… 나한테 그 일이 일어난 후였지. 발렌타인은 새로운 부사령관이 필요했고 스티븐을 원했거든. 클레이브에 전적으로 충성하던 이모젠은 기겁을 하고 아들에게 마음을 바꿔달라고 사정했지만 스티븐은 듣지 않았어. 어머니와 아예 관계를 끊었지. 어머니뿐만 아니라 아버지와도 말을 하지 않았고. 스티븐은 발렌타인에게 완전히 빠진 상태였어. 발렌타인이 어딜 가든 그림자처럼 따라다녔지." 루크가 잠시 말을 멈췄다. "그런데 문제가 하나 있었어. 발렌타인은 스티븐의 아내가 그에게 어울리는 상대가 아니라고 생각했거든. 서클의 부사령관이 될 사람의 아내로는 적합하지 않다는 거였어. 가족 중에 탐탁지 않은 자가 있다고 말이야." 루크의 목소리에서 고통이 느껴져 클라리는 깜짝 놀랐다. 루크가 그 정도로 이들에게 마음을 쓰고 있는 줄은 몰랐다.

"발렌타인은 강제로 스티븐을 아마티스와 이혼하게 하고, 다른 사람과 재혼시켰어. 두 번째 아내는 열여덟 살밖에 안 된 셀린이라는 소녀였지. 이 소녀 역시 전적으로 발렌타인의 영향력 아래 있었어. 발렌타인이 시키는 일이면 아무리 이상해도 뭐든 다 하곤 했지. 그러고 나서 얼마 후에 스티븐은 뱀파이어 은신처를 습격하던 도중에 살해당하고 말았어. 그 사실을 전해들은 셀린은 자기 손으로 목숨을 끊었고. 그때가 임신 8개월이었지. 스티븐의 아버지마저 심장마비로 사망했으니 이모젠은 한꺼번에 온 가족을 잃은 셈이었어. 며느리와 손주의 재는 뼈의 도시에 묻을 수도 없었고. 셀린의 죽음은 자살이었으니까. 그래서 알리칸테 외곽의 어느 길목에 묻었지. 이모젠은 목숨을 부지했지만…… 얼음처럼 변했어. 그리고 반란에서 심문관이 살해되었을 때 그 자리를 제안받았지. 그렇게 런던에서 이드리스로 돌아왔지만, 내가 아는 한 그 뒤로는 한 번도 스티븐의 이름을 입에 올린 적이 없었어. 하지만 발렌타인을 그토록 증오하는 이유는 어렵지 않게 짐작할 수 있지."

"아버지가 손을 대면 모조리 망가지고 마니까?" 제이스가 씁쓸하게 말했다.

"그가 저지른 모든 죄에도 불구하고 여전히 그에게는 아들이 있으니까. 그리고 스티븐의 죽음이 그의 탓이라고 생각하니까."

"그건 맞아요." 제이스가 대꾸했다. "그건 아버지 탓이에요."

"발렌타인의 탓만은 아니야. 발렌타인은 스티븐에게 선택권을 줬어. 선택은 스티븐이 한 거지. 다른 건 몰라도 발렌타인은 서클에 합류시키기 위해 협박하거나 위협하는 짓은 하지 않았어. 오직 자진해서 따르는 사람만을 원했거든. 스티븐의 선택에 대한 결과는 오로지 자신의 책임인 거지."

"자유의지." 클라리가 말했다.

"자유랑은 아무 상관없어요." 제이스가 입을 열었다. "발렌타인은……."

"너한테도 선택권을 줬어, 그렇지?" 루크가 말했다. "그를 보러 갔을 때 말이다. 발렌타인은 네가 그곳에 남길 바랐지? 남아서 함께 클레이브에 맞서자고."

"맞아요. 그랬어요." 제이스가 멀리 보이는 거버너스 섬으로 눈길을 돌렸다. 그의 눈 안에 잿빛 강물이 비쳤다. 잿빛이 황금빛을 모조리 덮어버렸는지 눈은 강철 같은 색을 띠었다.

"넌 싫다고 대답했고." 루크가 말했다.

제이스가 루크를 쏘아보았다. "그 말은 그만 좀 들었으면 좋겠는데요. 내가 너무 빤히 들여다보이는 기분이 드니까."

루크가 미소를 숨기며 돌아서다 멈칫했다. "누군가 오고 있어."

정말 누군가 오고 있었다. 키가 껑충한 누군가가 검은 머리를 휘날리며 다가오고 있었다. "매그너스예요. 그런데…… 좀 달라 보이는데요." 클라리가 말했다.

매그너스가 가까이 오자, 보통은 뾰족뾰족하게 솟아 있고 화려하게 반짝이던 머리가 검은 비단처럼 아래로 깔끔하게 늘어져 있는 것이 눈에 들어왔다. 무지갯빛 가죽 바지는 온데간데없고, 단정한 구식 검은 슈트와 광택 나는 은색 단추가 달린 검은 프록코트 차림이었다. 매그너스의 고양이 눈이 호박색과 녹색으로 번쩍거렸다. "다들 내가 와서 놀란 모양이네."

제이스가 손목시계를 흘긋 보고 말했다. "안 오는 줄 알고 걱정했거든요."

"온다고 했으니 이렇게 왔잖아. 준비하는 시간이 좀 걸린 것뿐이야. 이건 모자 같은 걸로 장난치는 그런 시시한 마술이 아니야, 섀도우 헌터. 높은 수준의 마법을 써야 하는 일이라고." 매그너스가 루크에게 돌아섰다. "팔은 좀 어떻소?"

"괜찮아요. 고마워요." 루크는 누구에게든 공손했다.

"공장 옆에 주차된 게 당신 차 맞죠?" 매그너스가 손으로 가리켰다. "책방 주인 차치고는 무지하게 터프하네."

"글쎄요, 그런가요? 무거운 책 상자를 이리저리 끌고 다니고, 서가 위로 오르락내리락하고, 알파벳순으로 빠짐없이 정리하는 일들은 좀……."

 매그너스가 웃었다. "트럭 문을 좀 열어주겠소? 물론 내가 할 수도 있지만." 그가 손가락을 꿈틀거렸다. "좀 무례한 짓 같아서."

 "물론이죠." 루크가 어깨를 으쓱하고는 공장 쪽으로 걸어갔다. 클라리도 그들을 따라가려고 돌아서는데 제이스가 그녀의 팔을 잡았다. "잠깐. 너랑 할 얘기가 있어."

 클라리는 매그너스와 루크가 트럭으로 걸어가는 모습을 바라보았다. 긴 코트를 걸친 꺽다리 마법사와 청바지와 플란넬 재킷을 입은 작고 단단한 남자. 어울리지 않는 콤비 같지만 둘 다 다운월드 사람이었고, 평범한 세상과 초자연적인 세상 사이에 갇힌 존재들이었다.

 "클라리." 제이스가 그녀를 불렀다. "정신을 어디 두고 있는 거야?"

 클라리가 다시 제이스를 쳐다보았다. 그의 뒤로 해가 지고 있어서 얼굴에는 그늘이 졌고 머리는 금빛 후광처럼 번쩍거렸다. "미안."

 "가끔 넌 머릿속으로 완전히 사라져버릴 때가 있더라. 나도 따라갈 수 있었으면 좋겠어." 제이스가 손으로 그녀의 얼굴을 부드럽게 쓸었다.

 '따라오는걸. 넌 늘 내 머릿속에 있으니까.' 클라리는 그렇게 말하고 싶었지만 이렇게 말했다. "할 얘기가 있다고 했지?"

 제이스가 손을 내렸다. "나한테 담대함의 룬을 그려달라고. 루크가 돌아오기 전에."

 "왜 루크가 오기 전에 해야 하는데?"

 "루크가 반대할 거거든. 하지만 애그러먼을 물리칠 방법은 그것뿐이야. 루크는 부딪쳐보지 않아서 잘 모르지만. 난 그놈의 능력을 알아."

 클라리가 제이스의 얼굴을 빤히 쳐다보았다. "어떤데 그래?"

 제이스의 눈에서는 아무것도 읽을 수가 없었다. "세상에서 제일 두려

위하는 걸 보게 해."

"난 그게 뭔지도 모르는걸."

"내 말 믿어. 알고 싶지 않을 거야." 제이스가 아래를 슬쩍 내려다보았다. "스텔레 갖고 있지?"

"갖고 있어." 클라리가 오른손에서 장갑을 빼고 스텔레를 더듬거려 찾았다. 스텔레를 꺼내는 손이 약간 떨렸다. "어디에 그릴까?"

"심장에 가까울수록 효과가 커." 제이스가 등을 돌리고 재킷을 벗어 바닥에 떨어뜨렸다. 티셔츠를 올리자 맨살이 드러났다. "어깨뼈 위가 좋겠다."

클라리는 제이스의 어깨에 한 손을 얹고 자세를 잡았다. 어깨의 피부는 손이나 얼굴보다 연한 금빛이었고, 흉터가 없는 곳은 몹시 매끄러웠다. 스텔레로 어깨뼈를 따라가며 룬을 그리자, 그가 움찔하는 것이 느껴지며 근육이 단단해졌다. "너무 세게 누르진 마."

"미안." 클라리는 손에서 힘을 빼고, 머릿속의 룬이 팔을 타고 스텔레로 흘러들게 했다. 스텔레가 지나가며 불에 탄 것처럼 검은 선이 남았다. "자, 다 됐어."

제이스가 셔츠를 내리며 돌아섰다. "고마워." 태양은 이제 수평선 너머에서 이글거리며 하늘을 온통 핏빛으로 물들였다. 그리고 강의 가장자리를 황금색으로 바꾸어 쓰레기가 나뒹구는 볼품없는 경관에 멋을 더했다. "넌?"

"나 뭐?"

제이스가 한 걸음 다가섰다. "소매 걷어봐. 마크를 새겨줄게."

"아, 그래." 클라리는 소매를 걷고 팔을 내밀었다.

스텔레가 피부에 닿자 바늘 끝으로 살짝 긁는 것처럼 따끔거렸다. 클라리는 검은 선이 나타나는 모습을 매료된 듯 바라보았다. 그녀가 꿈속에서 받았던 마크는 가장자리만 약간 희미해졌을 뿐, 여전히 남아 있었다.

"야훼께서 그에게 말씀하셨다. 카인을 죽이는 자는 누구라도 일곱 갑절로 벌을 내리리라. 이렇게 말씀하시고 야훼께서는 카인에게 표를 찍어주시어 어느 누가 카인을 만나도 그를 죽이지 못하게 하셨다."

클라리가 소매를 내리며 돌아서자, 매그너스가 그들을 지켜보고 있었다. 강바람에 날린 검은 코트 자락이 마치 주위를 둥둥 떠다니는 것 같았다. 그의 입가에 작은 미소가 떠올랐다.

"성서도 인용해요?" 땅에서 재킷을 들어 올리며 제이스가 물었다.

"난 아주 종교적인 시대에 태어났거든. 난 늘 카인이 받은 게 최초로 기록된 마크일 거라고 생각했지. 카인은 그것으로 확실하게 보호를 받았으니까 말이야." 매그너스가 말했다.

"하지만 카인은 천사하곤 거리가 멀잖아요. 동생을 죽이지 않았나요?" 클라리가 물었다.

"우린 아버지를 죽일 계획 아닌가?" 제이스가 말했다.

"그건 다르지." 클라리는 그렇게 말했지만, 루크의 트럭이 자갈을 튀기며 물가에 멈추는 바람에 어떻게 다른지 설명할 기회는 얻지 못했다. 루크가 차창 밖으로 몸을 내밀었다.

"좋아요, 갑시다. 타요." 루크가 매그너스에게 말했다.

"우리가 탈 배가 있는 데까지 차로 가요?" 클라리가 당혹스러운 목소리로 물었다.

"무슨 배?" 매그너스가 킬킬대며 조수석에 올라탔다. 그리고 엄지로 뒤를 가리켰다. "너희 둘은 뒤로 타."

제이스가 트럭 짐칸으로 올라가서 클라리를 잡아주었다. 스페어타이어 위에 자리를 잡자, 금속 바닥에 검은색으로 그려진 원 안의 펜타그램이 보였다. 펜타그램의 팔에는 거세게 소용돌이치는 상징들이 들어가 있었는데, 클라리가 아는 룬들과는 상당히 달랐다. 그것들을 바라보고 있자니, 모국어와 비슷하지만 모국어는 아닌 언어를 이해하려 애쓰는 기분이었다.

루크가 창밖으로 몸을 내밀고 두 사람을 돌아보았다. "난 이 계획이 맘에 안 들어." 바람 때문에 목소리가 분명하게 들리지 않았다. "클라리, 넌 매그너스와 트럭에 남아 있어. 배에는 제이스와 내가 갈 거니까. 알았지?"

클라리는 고개를 끄덕이고 짐칸 구석에 몸을 움츠리고 앉았다. 제이스가 그녀 옆에 앉아서 발로 자세를 고정했다. "재밌을 거야."

"뭐가……." 클라리가 입을 열었지만 곧 트럭이 다시 움직였고, 자갈이 요란하게 달그락거려 그녀의 말이 묻혀버렸다. 트럭이 강으로 달려 나가자 클라리는 운전석 뒤쪽 창에 몸을 부딪쳤다. 루크가 그들을 전부 물에 빠뜨릴 셈인가? 의아해하며 몸을 비틀어 운전석 안을 들여다보니 눈부시도록 파란 빛기둥이 가득했다. 잠시 후 커다란 통나무를 넘어가듯 트럭이 크게 꿀렁거렸고, 그 다음에는 활강하듯 매끄럽게 앞으로 움직였다.

클라리는 무릎을 꿇고 트럭 밖을 내다보았지만, 보기 전부터 무엇을 보게 될지 알고 있었다. 그들은 검은 물결 위를 움직이고, 아니 달리고 있었다. 바퀴 아래가 수면에 닿으면서 작은 물결이 퍼져나갔다. 매그너스가 만드는 푸른 불꽃이 이따금 소나기처럼 떨어져 내렸다. 희미한 모터 소리와 갈매기 울음소리를 제외하고는 사방이 쥐 죽은 듯이 고요했다.
 클라리가 고개를 돌리자 제이스가 짐칸 저편에서 싱글거리고 있었다. "발렌타인이 감동하겠는걸."
 "글쎄, 그럴까?" 클라리가 대꾸했다. "다른 팀은 박쥐 부메랑에 벽 타기 능력까지 갖췄고, 우리는 '아쿠아 트럭'뿐인데."
 그러자 운전석에서 매그너스의 목소리가 희미하게 들렸다. "마음에 안 들면, 네피림이 물 위를 걸을 수 있는지 직접 시험해보든가. 얼마든지 환영이야."

 "들어가야 할 것 같아." 도서관 문에 귀를 바짝 붙인 이사벨이 알렉에게 가까이 다가오라고 손짓을 했다. "무슨 소리가 들려?"
 휴대전화를 단단히 쥔 알렉이 동생 옆으로 가서 몸을 기울였다. 매그너스는 새로운 소식이 있거나 무슨 일이 생기면 전화하겠다고 했는데 아직 아무런 연락이 없었다. "안 들리는데."
 "그렇지? 이젠 소리 지르는 것도 멈췄어. 발렌타인을 기다리는 거야." 이사벨이 검은 눈을 반짝였다.
 알렉이 문에서 귀를 떼고 가까이 있는 창문으로 걸어갔다. 하늘을 보니 반쯤 재로 변한 벌건 숯 같은 색이었다. "해가 지고 있어."
 이사벨이 문손잡이로 손을 뻗었다. "들어가자."
 "이사벨, 잠깐."
 "나중에 심문관이 거짓말을 할지도 모르잖아. 발렌타인이 뭐라고 했는지, 무슨 일이 있었는지 말이야. 그리고 제이스 아버지가 어떤 사람인지 보고 싶지 않아?"
 알렉이 문 앞으로 걸어왔다. "물론 보고 싶지. 그래도 이건 좋은 생각이 아니야. 왜냐하면…….”
 이사벨이 문손잡이를 아래로 내렸고, 문이 활짝 열렸다. 이사벨이 알렉을 힐끗 돌아보고는 고개를 숙이며 안으로 들어섰다. 알렉은 조용히 욕을 하며 그녀를 따라 들어갔다.
 어머니와 심문관은 커다란 책상을 사이에 두고 링 너머로 상대 선수를 노려보는 권투 선수처럼 마주 보고 서 있었다. 메이리스는 볼이 빨갛게 달아올랐고 끈에서 빠져나온 머리카락이 얼굴 주위에 흩어져 있었다. 이사벨이 '안 들어오는 게 나을 뻔했나 봐. 엄마 엄청 화나 보여'라고 말하듯이 알렉을 쳐다봤다.
 메이리스가 화난 사람처럼 보이는 반면, 심문관은 정신이 나간 사람처럼 보였다. 도서관 문이 열리는 소리에 심문관이 돌아섰고, 둘을 보고는 흉하게 입을 비틀었다. "너희 둘 여기서 뭐하는 거야?"
 "이모젠." 메이리스가 입을 열었다.
 "메이리스!" 심문관이 목소리를 높였다. "정말이지 당신하고 저 버릇없는 아이들한테 신물이 나는…….”
 "이모젠." 메이리스가 다시 심문관을 불렀다. 다급한 목소리에 심문관도 돌아보았다.
 받침대 없는 놋쇠 지구본 바로 옆으로 공기가 물처럼 일렁이고 있었다. 하얀 캔버스에 검은 물감으로 그림을 그리는 것처럼 형체 하나가 나타나기 시작하더니, 넓고 각진 어깨를 한 남자의 모습으로 변해갔다. 형상이 심하게 흔들려 알렉은 그 남자가 키가 크고 소금처럼 하얀 머리를 짧게 깎았다는 것 정도만 겨우 알아보았다.
 "발렌타인." 그를 기다리고 있었으면서도 심문관은 허를 찔린 표정이었다.

지구본 옆의 공기가 더욱 심하게 일렁거렸다. 물의 장막을 통과하듯, 일렁이는 허공 밖으로 남자가 걸어 나오자 이사벨이 헉하고 숨을 들이켰다. 제이스의 아버지는 위협적인 외모를 가진 남자였다. 180센티미터가 넘는 키에 넓은 가슴, 근육으로 싸인 단단하고 굵은 팔. 턱은 뾰족하고 얼굴은 삼각형에 가까웠다. 잘생긴 얼굴이긴 했지만 알렉이 보기에 그는 놀라울 정도로 제이스와 닮지 않았다. 아들이 지닌 연한 금빛이 전혀 없었다. 발렌타인의 왼쪽 어깨 위로는 죽음의 검이 비죽 솟아 있었다. 그 자리에 실제로 나온 것이 아니므로 무장할 필요는 없었지만, 심문관을 약 올릴 작정으로 찬 것이 분명했다. 안 그래도 심문관은 잔뜩 짜증이 나 있었다.

"이모젠." 발렌타인의 검은 눈이 재미있다는 듯이 심문관을 바라보았다. 알렉은 그 표정이 제이스와 똑같다고 생각했다. "그리고 메이리스, 나의 메이리스. 정말 오랜만이군."

메이리스가 마른침을 삼키고 가까스로 말했다. "난 당신의 메이리스가 아니에요, 발렌타인."

"저긴 메이리스의 아이들인 모양이군." 발렌타인이 메이리스의 말을 듣지 못한 것처럼 말을 이었다. 그의 눈길은 이사벨과 알렉에게 머물러 있었다. 뭔가가 신경을 잡아당기는 것처럼 알렉의 몸에 희미한 전율이 일었다. 제이스의 아버지는 공손한 태도로 평범한 말을 하고 있었지만, 공허하면서도 맹수 같은 시선은 알렉으로 하여금 동생 앞으로 걸어 나가 그 시선에서 동생을 보호하고 싶은 충동을 불러일으켰다. "메이리스를 꼭 빼닮았어."

"아이들은 그냥 내버려둬요, 발렌타인." 메이리스는 차분하게 말하려고 기를 쓰고 있었다.

"그건 공평하지 않은 것 같군. 당신이 내 아들을 그냥 내버려두지 않은 걸 생각하면 말이야." 발렌타인이 심문관에게 돌아섰다. "메시지는 받았소. 생각해낸 아이디어가 고작 그 정돈가?"

심문관은 꼼짝하지 않았다. 그러다가 도마뱀처럼 천천히 눈을 깜빡거렸다. "내 조건이 분명하게 전달되었길 바라요."

"죽음의 도구들을 건네는 조건으로 아들을 돌려받는다. 맞소? 안 그러면 그 아일 죽이겠다."

"죽여요?" 이사벨이 소리쳤다. "엄마!"

"이사벨, 조용히 해." 메이리스가 굳은 목소리로 말했다.

심문관이 이사벨과 알렉을 표독스럽게 노려보았다. "맞아요, 모젠스턴."

"그렇다면 내 대답은 이거요. 제안을 받아들이지 않겠소."

"받아들이지 않겠다고요?" 심문관은 마치 단단한 땅인 줄 알고 걸음을 내디뎠다가 발밑이 아래로 무너져 내린 사람 같은 표정을 지었다. "허세 부릴 생각 말아요, 발렌타인. 난 내가 말한 그대로 할 거니까."

"아, 그 부분에 대해선 의심하지 않소, 이모젠. 당신은 늘 일편단심으로 무자비하게 밀어붙이는 여자였지. 나 자신도 그런 성향이 있어서 아주 잘 알고 있소."

"난 당신하곤 전혀 달라요. 법에 따라……."

"아버지를 벌하기 위해 아직 10대인 아들을 죽이겠다는 거요? 그건 법하고는 아무 상관이 없소, 이모젠. 당신은 아들이 죽은 것을 내 탓으로 여기고 날 증오하지. 그래서 이런 짓을 꾸민 거고. 그렇다고 해도 아무것도 달라지지 않소. 난 죽음의 도구들을 포기하지 않을 거요. 조너선을 위해서라고 해도."

심문관은 발렌타인을 빤히 쳐다보았다. "하지만 당신 아들이잖아요. 당신 자식이라고."

"자식이라고 해도 선택은 자신의 몫이지. 당신은 그 점을 이해하지 못하더군. 난 조녀선에게 나와 뜻을 함께하면 안전을 보장하겠다고 말했소. 하지만 그 아인 내 제안을 거절하고 당신에게 돌아갔지. 그리고 내가 경고한 대로 이제 당신은 그 아이에게 복수를 할 거고. 당신은 속이 훤히 들여다보이는 여자요, 이모젠." 발렌타인이 말을 맺었다.

심문관은 발렌타인이 자신을 모욕하고 있다는 걸 눈치채지 못하는 듯했다. "죽음의 검을 내놓지 않으면 클레이브는 당신 아들의 목숨을 원할 거예요." 그녀는 마치 악몽 속에 갇힌 사람처럼 말했다. "난 그들을 막지 못한다고."

"그 점도 잘 알고 있소. 그렇대도 어쩔 수가 없지. 난 그 아이에게 기회를 줬고, 그걸 잡지 않은 건 그 아이니까."

"나쁜 자식!" 버럭 소리를 지른 이사벨은 당장이라도 달려 나갈 기세였다. 알렉이 동생의 팔을 잡고 뒤로 끌어당겼다. "머저리 같은 자식이야." 그러고는 씩씩대더니 목소리를 높여 발렌타인에게 외쳤다. "당신은……."

"이사벨!" 알렉이 이사벨의 입을 손으로 틀어막는 순간 발렌타인이 재밌다는 듯이 둘을 힐긋 쳐다보았다.

"당신이…… 그 아이에게 제안을……." 심문관은 회로에 합선을 일으킨 로봇 같았다. "그런데 그 아이가 거절을 했다고요?" 그녀가 고개를 저었다. "하지만 그 아인 당신의 스파이…… 당신의 무기……."

"그게 당신의 생각이었소?" 발렌타인은 정말로 놀란 듯했다. "난 클레이브의 비밀 따위에는 관심이 없소. 오로지 클레이브를 파괴하는 일에만 관심이 있지. 그 목적을 달성하기 위해서는 소년 하나보다 더 강력한 무기가 있어야 하고."

"그렇지만……."

"믿고 싶은 대로 믿어요." 발렌타인이 어깨를 으쓱하며 말했다. "당신은 아무것도 아니니까, 이모젠 헤런데일. 머지않아 무너질 정권의 허수아비에 불과해. 당신은 내가 원하는 어떤 것도 제안할 수 없어."

"발렌타인!" 심문관이 붙잡기라도 하겠다는 듯이 그를 향해 뛰어들었지만 그녀의 손은 물을 통과하듯 그의 몸을 지나갔다. 발렌타인은 참을 수 없이 역겹다는 표정으로 뒤로 물러나 사라졌다.

사그라지는 불꽃이 힘없이 너울대듯 하늘에 붉은 기운이 살짝 남았고, 강물은 쇳덩이처럼 거무스름하게 변했다. 클라리는 재킷을 여미며 몸을 떨었다.

"추워?" 제이스는 아까부터 짐칸 뒤쪽에서 거품이 이는 하얀 선 두 개가 물을 가르며 생겨나는 모습을 지켜보고 있었다. 이제 클라리 곁으로 다가온 그가 운전석 뒤쪽 창문에 등을 기대고 앉았다. 창문이 완전히 가려질 정도로 운전석 안은 푸른 연기로 가득했다.

"넌 안 추워?"

"난 괜찮아." 제이스가 재킷을 벗어 건넸다. 클라리는 부드러운 가죽의 감촉이 좋았고, 큰 재킷에 온몸이 감싸여 포근한 느낌이 들었다. "루크가 말한 대로 트럭 안에 있을 거지?"

"다른 방법이 있나, 뭐?"

"전혀 없지."

클라리가 장갑을 벗고 손을 내밀었고, 제이스가 그 손을 꼭 잡았다. 클

클라리는 맞잡은 두 손을 내려다보았다. 작고 끝이 네모난 그녀의 손과 길고 가는 그의 손. "사이먼을 꼭 찾아줄 거지? 분명히 그럴 거야. 난 알아."

"클라리." 제이스의 눈 안에 주변을 둘러싼 물이 비쳐 보였다. "사이먼은 어쩌면…… 그러니까 아마도……."

"아냐." 클라리의 목소리에는 한 치의 의심도 묻어나지 않았다. "사이먼은 무사할 거야. 그래야만 해."

제이스가 한숨을 내쉬었다. 그의 홍채에서 검푸른 강물이 일렁였다. 클라리는 잠시 그것이 눈물 같다고 생각했지만 아니었다. 그저 강물이 비쳐든 모습일 뿐이었다. "물어볼 게 있어." 그가 입을 열었다. "전에는 물어보기가 두려웠는데 이젠 아무것도 두렵지 않으니까."

제이스가 손을 들어 클라리의 볼을 감쌌다. 따뜻한 손이 차가운 볼에 닿자, 룬의 힘이 전달된 듯 그녀의 두려움도 사라졌다. 클라리가 턱을 들어 올리자 기대감으로 입술이 벌어졌다. 그의 입술이 그녀의 입술에 깃털이 스치듯 살짝 닿았다. 하지만 다음 순간 제이스의 눈이 휘둥그레지며 그가 뒤로 물러났다. 검은 그림자가 제이스의 눈에 비쳤고, 그것이 솟아오르며 황금빛을 지워나가고 있었다. 배의 그림자였다.

제이스가 소리를 지르며 클라리를 놓아주고 허둥지둥 일어섰다. 묵직한 재킷 때문에 비틀거리던 클라리도 겨우 일어났다. 운전석 창밖으로 푸른 불꽃이 튀어나와 배의 모습을 비췄다. 배의 측면은 우둘투둘한 검은 금속으로 되어 있는데, 한쪽에는 가느다란 사다리가 있었고 꼭대기에는 철제 난간이 둘러져 있었으며, 이상한 모양의 덩치 큰 새처럼 보이는 것들이 그 위에 올라앉아 있었다. 차가운 기운을 뿜어내는 빙하처럼 배에서 냉기가 느껴졌다. 클라리를 부르는 제이스의 입에서도 하얀 입김이 뿜어져 나왔다. 갑자기 배에서 커다란 엔진 소리가 들려와서 그의 말소리가 들리지 않았다.

클라리가 인상을 썼다. "뭐라고? 뭐라고 했어?"

제이스가 그녀를 잡더니 재킷 안으로 손을 밀어 넣었다. 그의 손끝이 맨살에 닿자 놀란 클라리가 소리를 질렀다. 제이스는 그녀의 허리띠에서 천사의 검을 뽑아 손에 쥐어주었다. "아브라리엘을 꺼내라고. 놈들이 오고 있어."

"누가 오는데?"

"악마들." 제이스가 손가락으로 가리켰지만 클라리의 눈에는 아무것도 보이지 않았다. 다음 순간 그녀가 거대하고 괴상한 새라고 생각했던 생물체들이 눈에 들어왔다. 그것들이 난간에서 하나둘씩 돌덩이처럼 떨어져 트럭을 향해 곧장 수평으로 날아왔다. 가까이 다가오자 새하고는 완전히 다른 생물체라는 것을 알 수 있었다. 익룡과도 비슷하게 생긴 흉측한 생물로, 가죽 같은 넓은 날개를 달고 뼈만 앙상한 얼굴을 하고 있었다. 입안에는 톱니 모양의 이빨이 죽 돋았고 발톱은 면도날처럼 번쩍거렸다.

제이스가 황급히 운전석 지붕 위로 올라갔다. 텔란테스가 그의 손에서 타오르듯 빛을 냈다. 한 놈이 날아들자 제이스가 검을 휘둘렀고, 달걀 꼭지가 베여나가듯 악마의 두개골이 베여나갔다. 악마는 찢어지는 비명을 질렀고, 날개를 떨며 옆으로 날아가 떨어지자 물이 부글부글 끓어올랐다.

두 번째 악마가 트럭의 보닛을 들이받으며 발톱으로 기다란 홈을 만든 다음, 앞 유리로 몸을 날려 유리에 금을 냈다. 클라리가 루크를 불렀지만 또 한 놈이 잿빛 하늘에서 그녀를 향해 쏜살같이 내려오고 있었다.

클라리는 재빨리 재킷 소매를 올려 방어의 룬이 보이게 팔을 들어 올렸다. 악마가 외마디 소리를 지르며 날개를 뒤로 펄럭거렸지만, 이미 클라리의 손이 닿을 정도로 가까이 와 있었다. 악마의 가슴에 아브라리엘을 박아 넣으며 보니, 눈이 없고 두개골 양쪽이 움푹 들어가 있었다. 악마가 터지면서 검은 연기가 피어올랐다.

"잘했어." 제이스는 운전석 지붕에서 뛰어내려 또 한 놈을 처치했다. 손에 든 단검의 자루가 검은 피로 번들거렸다.

"이게 대체 뭐야?" 클라리가 헐떡이며 날아드는 악마의 가슴에 아브라리엘을 크게 휘둘렀다. 악마가 깍깍거리며 그녀에게 날개를 펄럭였는데, 가까이에서 보니 날개 끝에 칼날처럼 날카로운 뼈들이 달려 있었다. 거기에 제이스의 재킷 소매가 걸려 쭉 찢어졌다.

"내 재킷!" 제이스가 격분하며 날아오르는 악마의 등에 검을 박아 넣었다. 악마는 찢어지는 비명을 내지르며 사라졌다. "아끼는 재킷인데."

클라리가 제이스를 쳐다보다가 쇠가 긁히는 날카로운 소리에 빙글 돌아섰다. 악마 둘이서 운전석 지붕에 발톱을 박아 넣고 뜯어내려 하고 있었다. 금속이 뜯기는 소름 끼치는 소리가 사방에 크게 울렸다. 루크가 보닛 위로 나와 두 놈에게 킨잘을 휘둘렀다. 한 놈이 옆으로 떨어지며 물에 닿기 전에 사라졌고, 다른 놈은 운전석 지붕을 발톱으로 꽉 그러쥐고 끽끽거리며 배를 향해 날아가다 터져버렸다.

주변에 악마가 없는 것을 확인하고 클라리가 운전석으로 달려가서 안을 들여다보았다. 얼굴이 잿빛이 된 매그너스가 조수석에 쓰러져 있었지만, 너무 어두워서 상처를 입었는지는 보이지 않았다.

"매그너스! 다쳤어요?" 클라리가 외쳤다.

"아니." 매그너스가 가까스로 몸을 일으키다 다시 의자로 쓰러졌다.

"좀…… 지친 것뿐이야. 배에 걸린 보호 주문이 상당히 강해. 그걸 벗겨 내고 그 상태를 유지하는 건…… 쉽지 않아." 그의 목소리가 점점 약해 졌다. "하지만 그렇게 하지 않으면 배에 발을 들이는 자는 모두 목숨을 잃지. 발렌타인만 빼고."

"우리와 같이 가는 게 낫지 않을까요?" 루크가 말했다.

"배 위에서는 보호막을 처리할 수가 없어요. 여기서 해야지. 그래야만 효과가 있소." 매그너스가 씩 웃어 보였지만 고통스러운 듯했다. "게다가 난 싸움엔 소질이 없거든. 다른 데 재능이 있지."

여전히 운전석을 내려다보고 있던 클라리가 입을 열었다. "하지만 만약 우리가……."

"클라리!" 루크가 소리쳤지만 너무 늦었다. 트럭 옆에 꼼짝 않고 매달려 있던 악마를 아무도 보지 못한 것이다. 그놈은 갑자기 솟구쳐 오르더니 옆으로 날아와 클라리의 재킷 등에 발톱을 깊숙이 박아 넣었다. 거무스름한 날개와 악취를 풍기는 뾰족한 이빨들이 곁눈으로 어렴풋이 보였다. 악마는 승리의 외침을 길게 내지르고는, 대롱거리는 클라리를 움켜쥐고 허공으로 홀쩍 날아올랐다.

"클라리!" 루크가 다시 소리치며 보닛 끝까지 달려가서, 축 늘어진 클라리를 매달고 점점 멀어지는 형체를 무력하게 바라보았다.

"죽이진 않을 거예요." 제이스가 루크의 곁으로 다가서며 말했다. "발렌타인의 명령으로 데려가는 거니까."

제이스의 말투에 루크는 간담이 서늘해졌다. 그는 옆에 선 소년을 뚫어지게 쳐다봤다. "하지만……."

루크는 말을 끝까지 맺지 못했다. 제이스가 매끄러운 동작으로 단숨에 물속으로 뛰어들었기 때문이다. 그는 지저분한 강물로 풍덩 뛰어들어 배를 향해 헤엄쳐 나갔다. 두 발이 강하게 물을 차면서 하얀 포말이 일었다.

루크가 매그너스를 돌아보았다. 깨진 유리 사이로 창백한 얼굴이 하얀 얼룩처럼 보였다. 루크가 손을 들어 보였고, 매그너스가 고개를 끄덕여 응답하는 것을 본 것 같았다. 그리고 나서 루크 역시 킨잘을 옆구리에 꽂고는, 제이스를 따라 강물 속으로 뛰어들었다.

알렉은 이사벨의 입에서 손을 떼자마자 그녀가 곧장 소리를 지를 거라고 생각했다. 하지만 이사벨은 그의 곁에 가만히 서서, 허옇게 질린 얼굴로 휘청거리는 심문관을 뚫어져라 쳐다보았다.

"이모젠." 메이리스가 입을 열었다. 아무 감정이 없는, 심지어 분노의 기색조차 없는 목소리였다.

심문관은 메이리스의 말을 듣지 못한 것 같았다. 호지의 낡은 의자로 주저앉는 순간에도 그녀의 표정에는 변화가 없었다. "세상에." 심문관이 책상을 내려다보며 입을 열었다. "내가 무슨 짓을 한 거지?"

메이리스가 이사벨을 흘깃 보며 말했다. "가서 아버지를 모셔와."

이사벨이 고개를 끄덕이고 밖으로 나갔다. 그토록 겁먹은 동생의 얼굴을 알렉은 처음 보았다.

메이리스가 심문관에게 다가가서 그녀를 내려다보았다. "무슨 짓을 한 거냐고요, 이모젠? 당신은 발렌타인에게 승리를 안겨줬어요. 그게 바로 당신이 한 짓이에요."

"아냐." 이모젠이 탄식하듯 말했다.

"당신은 제이스를 가둘 때 발렌타인이 무슨 일을 꾸미고 있는지 정확히 알고 있었어요. 당신 계획에 방해를 받을까 봐 클레이브의 개입을 원치 않은 거죠. 당신은 발렌타인에게 받은 고통만큼 되돌려주고 싶었던 거예요. 발렌타인이 당신 아들을 죽였듯이 당신도 그의 아들을 죽일 수 있다는 걸 보여주고 싶었던 거라고요. 당신은 발렌타인이 무릎을 꿇길 원한 거예요."

"맞아요……."

"하지만 발렌타인은 무릎을 꿇지 않아요. 그건 내가 확실하게 말해줄 수 있어요. 당신은 그를 절대 막지 못해요. 발렌타인이 당신 제안을 고려해보는 척한 건 이드리스에 지원군을 요청할 시간을 주지 않으려고 그런 거라고요. 그리고 이젠 정말로 너무 늦어버렸죠."

심문관이 거칠게 고개를 들었다. 흘러내린 머리카락이 얼굴 주위로 곧게 늘어졌다. 지금까지 본 것 중에서 가장 인간적인 표정이 심문관의 얼굴에 떠올라 있었지만 알렉은 결코 즐겁지 않았다. 너무 늦었다는 어머니의 말에 등골이 오싹했다.

"그렇지 않아요, 메이리스." 심문관이 다시 입을 열었다. "우린 아직……."

"아직 뭐요?" 메이리스의 목소리가 갈라졌다. "클레이브에 지원을 요청할 수 있다고요? 그들이 오려면 며칠이 걸릴 텐데 우리한텐 그만한 시간이 없어요. 우리가 발렌타인과 맞설 거라면…… 다른 선택이 없다는 걸 신만이 알지만……."

"지금 당장 가야 해요." 저음의 목소리가 둘의 대화를 방해했다. 노한 얼굴의 로버트 라이트우드가 알렉의 뒤에서 나타났다.

알렉이 아버지를 쳐다봤다. 전투복을 입은 아버지의 모습은 참으로 오랜만이었다. 아버지는 컨클레이브를 운영하면서 다운월드 사람들의 문제를 처리하는 행정적인 업무를 주로 해왔다. 검고 묵직한 전투복 차림에 등에 검을 찬 아버지를 보니, 알렉은 세상에서 아버지가 제일 크고 강하고 무서운 사람이라고 생각하던 어린 시절이 떠올랐다. 아버지는 여전히 두려운 존재였다. 루크의 집에서 있었던 당혹스러운 사건 이후 처음으로 아버지를 마주하는 것이었다. 눈을 맞추려고 했지만 로버트는 메이리스를 쳐다보고 있었다. "컨클레이브는 당장이라도 출동할 수 있어. 부두에서 배들이 대기 중이야."

심문관이 얼굴 앞으로 손을 흔들었다. "소용없어요. 숫자가 부족해요. 우린 절대……."

로버트가 심문관을 무시한 채 메이리스를 보며 말했다. "바로 출발해야 해." 심문관에게 말할 때와는 달리 목소리에 존중의 기색이 배어 있었다.

"하지만 클레이브에……." 심문관이 입을 열었다. "그들에게 보고해야 해요."

메이리스가 책상에 놓인 전화기를 심문관 쪽으로 거칠게 밀었다. "당신이 보고해요. 무슨 짓을 저질렀는지 직접 말하라고요. 그게 당신 일이니까."

심문관은 한 손으로 입을 틀어막은 채 전화기를 내려다보았다.

알렉이 그녀에게 측은한 마음을 가지려는 순간, 문이 다시 열리고 전투 복장에 금빛과 은빛으로 희미하게 반짝이는 기다란 채찍과 목제 날을 단 장검 나기나타를 양손에 들고 이사벨이 들어왔다. 그녀는 오빠를 보더니 얼굴을 찌푸렸다. "준비 안 하고 뭐하는 거야. 곧 발렌타인의 배로 출발할 건데."

알렉의 입꼬리가 슬그머니 올라갔다. 이사벨은 언제나 저렇게 단호하고 완강했다. "그거 나 주려고 가져온 거야?" 알렉이 나기나타를 가리키며 물었다.

이사벨이 팔을 홱 뺐다. "직접 가서 가져와!"

'영원히 변하지 않는 것도 있지.' 그렇게 생각하며 문으로 걸어가는 알렉의 어깨를 누군가가 잡았다. 그가 놀라서 돌아보았다.

아버지가 알렉을 내려다보고 있었다. 주름지고 피곤해 보이는 얼굴에 웃음기는 없었지만 자랑스러운 기색이 역력했다. "검이 필요하면, 내 기잠(guisarme, 중세 유럽에서 사용된 무기로 긴 창에 갈고리 날이 달렸다—옮긴이)이 현관 입구에 있으니까 그걸 쓰거라."

알렉이 놀라움을 삼키며 고개를 끄덕이고 고맙다는 말을 하려는 찰나, 뒤쪽에서 이사벨의 목소리가 들렸다.

"엄마, 여기요." 알렉이 돌아보자 이사벨이 어머니에게 나기나타를 건네고 있었다. 어머니는 검을 받아 능숙하게 돌려 쥐었다.

"고맙구나, 이사벨." 메이리스가 그렇게 말하고는 딸만큼이나 날렵한 동작으로 검을 낮춰 심문관의 가슴을 겨눴다.

이모젠 헤런데일은 충격을 받은 표정으로 눈을 깜빡이며 메이리스를 올려다보았다. "날 죽이려는 거예요, 메이리스?"

메이리스가 이를 악물며 낮게 말했다. "그럴 리가요. 도시의 섀도우 헌터는 한 명도 빠짐없이 동원해야 하는데, 거기엔 물론 당신도 포함돼요. 일어나요, 이모젠. 가서 전투준비를 해요. 지금부터 명령은 내가 내려요." 메이리스가 냉혹하게 웃어 보였다. "그리고 당신이 제일 먼저 해야 할 일은, 그 저주받을 말라기 배열에서 내 아들을 풀어주는 거예요."

어머니는 매우 당당한 모습이었다. 진정한 섀도우 헌터 전사의 모습. 한마디, 한마디가 의분으로 들끓었다. 알렉은 자랑스러운 마음이

들었다.

'이런 순간을 망쳐야 하다니.' 참으로 안타까웠지만 그가 말하지 않더라도 제이스가 사라진 사실은 곧 모두에게 알려질 것이다. 누군가 나서서 충격을 줄이는 편이 나았다.

알렉이 목청을 가다듬었다. "저기, 아셔야 할 게 있는데요……."

18
눈에 보이는 어둠

클라리는 롤러코스터를 좋아하지 않았다. 롤러코스터가 급강하할 때 심장이 뚝 떨어지는 그 느낌이 정말 싫었다. 하지만 독수리에게 잡힌 생쥐처럼 공중에 대롱대롱 매달리는 것은 그보다 열 배는 더 끔찍했다. 트럭에서 발이 떨어지고 엄청난 속도로 솟구치는 순간, 클라리는 있는 대로 비명을 질러댔다. 비명을 지르고 몸부림치다가 아래를 내려다보았고, 물 위로 얼마나 높이 올라와 있는지, 악마가 거기서 그녀를 놓아버리면 어떤 일이 벌어질지를 깨닫고는 곧바로 입을 다물었다.

클라리는 말 그대로 얼어붙어 있었다. 루크의 트럭은 파도 위를 떠다니는 장난감 자동차처럼 보였다. 도시의 불빛이 흐릿하게 뭉개져 그녀 주위에서 흔들거렸다. 지금처럼 겁을 집어먹지 않았다면 아름답게 느꼈을 광경이었다. 악마가 비스듬히 선회하여 아래로 내려가자 이제는 솟구치는 것이 아니라 떨어지고 있었다. 수십 미터 아래에 있는 차갑고 시커먼 물속으로 악마가 자신을 빠뜨릴지 모른다는 생각에 눈을 질끈 감았지만, 암흑 속에서 떨어지는 것은 더욱 끔찍했다. 그래서 다시 눈을 뜨자, 파리를 때려잡으려고 날아드는 손처럼 그들을 향해 솟아오르는 배의 검은 갑판이 보였다. 갑판을 향해 내려가며 클라리는 두 번째로 비명을 질렀다. 갑판에 뚫린 네모난 구멍을 통과하자, 그들은 이제 배 안에 있었다.

악마가 속도를 늦추며, 갑판으로 둘러싸인 배의 중앙으로 내려왔다. 검은 기계장치가 얼핏 보였는데, 작동이 가능한 건 하나도 없는 듯했다. 장비와 도구 들이 아무렇게나 놓여 있었고, 전기 시설이 있는지 몰라도 더는 작동하지 않았다. 하지만 사방에 희미한 빛이 퍼져 있었다. 이전에는 어떤 힘으로 배를 움직였든 간에, 발렌타인이 이제 다른 힘으로 배를 움직이는 것이 분명했다.

무언가가 온기를 모조리 빨아들인 것만 같았다. 배의 바닥에 다다른 악마가 고개를 움츠리며 어슴푸레한 복도로 들어서자 얼음처럼 차가운 공기가 클라리의 얼굴에 와 닿았다. 악마는 클라리를 그다지 조심스레 다루지 않았다. 모퉁이를 돌 때는 그녀의 무릎을 파이프에 세게 박는 바람에 다리를 타고 날카로운 통증이 퍼졌다. 클라리가 비명을 지르자 위쪽에서 쉭쉭거리는 웃음소리가 들렸다. 그리고 다음 순간 놈이 클라리를 놓아주었고, 클라리는 아래로 떨어지면서 손과 무릎부터 바닥에 닿기 위해 몸을 비틀었다. 시도는 좋았지만 결국 바닥에 세게 처박히며 옆으로 데굴데굴 굴러가 멈추었다. 정신이 멍했다.

클라리는 어둑한 공간의 금속 바닥에 누워 있었다. 벽이 매끈하고 문이 없는 걸 보니 창고로 쓰였던 곳인 듯했다. 위쪽이 네모나게 뚫려 있었고, 그곳으로 유일하게 빛이 스며들었다. 클라리는 온몸이 멍든 것처럼 욱신거렸다.

"클라리?" 누군가 그녀의 이름을 속삭이듯 불렀다. 클라리가 움찔하며 옆으로 돌아눕자, 검은 형체가 곁에 무릎을 꿇고 앉아 있는 것이 보였다. 어둠에 눈이 익숙해지면서 아담하고 굴곡 있는 몸매, 땋은 머리, 암갈색 눈이 보였다. 마야였다. "클라리, 너니?"

클라리는 등을 찌르는 극심한 통증을 무시하며 일어나 앉았다. "마야. 마야구나, 세상에." 클라리가 마야를 빤히 쳐다보다 주위를 둘러보았다. 그곳에는 클라리와 마야 둘뿐이었다. "마야, 사이먼은? 사이먼은 어디 있어?"

마야가 입술을 깨물었다. 손목이 온통 피투성이였고, 얼굴은 눈물 자국으로 얼룩졌다. "클라리, 정말 안됐지만……." 마야가 쉰 목소리로 작게 말했다. "사이먼은 죽었어."

물에 흠뻑 젖고 반쯤 얼어붙은 제이스가 배의 갑판 위로 올라와 쓰러졌다. 머리와 옷에서 물이 줄줄 흘러내렸다. 구름 낀 밤하늘을 올려다보며 숨을 골랐다. 흔들리는 철제 사다리를 기어오르는 건 쉬운 일이 아니었다. 손이 자꾸 미끄러지고 젖은 옷이 무거워서 더욱 힘이 들었다.

담대함의 룬이 아니었다면 아마 날아다니는 악마가 덩굴에서 벌레를 채듯 자신을 떼어내면 어떡하나 걱정했을 것이다. 다행히 놈들은 클라리를 데려간 후 모두 배로 돌아간 듯했다. 이유는 알 수 없었지만, 아버지가 하는 일의 이유를 알아내려는 시도는 포기한 지 오래였다.

하늘을 배경으로 머리 하나가 나타났다. 사다리 꼭대기에 다다른 루크였다. 그가 힘겹게 난간을 넘어 갑판 위로 떨어져 내린 뒤 제이스를 내려다보았다. "괜찮니?"

"괜찮아요." 제이스가 일어났다. 몸이 덜덜 떨렸다. 재킷도 입지 않았는데 갑판 위는 물속보다 더 추웠다. 그의 재킷은 클라리가 입고 있었다.

제이스가 주위를 둘러보았다. "안으로 들어가는 문이 있어요. 지난번에 왔을 때 있었어요. 갑판을 돌아보면 나올 거예요."

루크가 앞쪽으로 나섰다.

"제가 먼저 갈게요." 제이스가 루크 앞으로 나서며 덧붙였다. 루크는 난처한 표정으로 뭔가를 말하려다 그만두고 제이스 옆에서 걸음을 내디뎌 곡선 모양의 이물 쪽으로 다가갔다. 전날 밤 제이스가 발렌타인과 서 있던 곳이었다. 저 아래서 물살이 철썩철썩 부딪히는 소리가 들려왔다.

"네 아버지 말이다." 루크가 입을 열었다. "어제 너한테 뭐라고 하든? 어떤 약속을 했지?"

"아시잖아요. 늘 똑같죠, 뭐. 죽을 때까지 닉스 경기 티켓을 대주겠다고 하던데요." 제이스는 가볍게 얘기했지만, 전날 밤의 기억은 추위보다 더욱 맹렬하게 그 안으로 파고들었다. "클레이브를 떠나 아버지와 함께 이드리스로 돌아가면, 저나 제가 소중히 여기는 모든 사람의 안전을 보장하겠다고 했어요."

"혹시……." 루크가 잠시 망설였다. "혹시 발렌타인이 클라리를 해치는 것으로 네게 앙갚음하려는 건 아닐까?"

이물을 돌던 제이스가 멀리서 빛의 기둥처럼 서 있는 자유의 여신상을 힐끗 보았다. "우릴 배로 불러들이려고 클라리를 데려갔을 거예요. 협상 카드로."

"발렌타인에게 협상 카드가 필요한지 모르겠구나." 루크가 허리띠에서 킨잘을 뽑으며 나지막이 말했다. 제이스가 루크의 시선을 따라가다가 놀라서 그곳을 빤히 쳐다봤다.

배의 서쪽 갑판에 검은 구멍이 보였다. 금속판에 네모나게 뚫은 듯한 깊은 구멍에서 괴물들이 떼를 지어 몰려나오고 있었다. 제이스는 전날 밤 그곳에서 죽음의 검을 손에 들었을 때 보았던 광경들을 떠올렸다. 하늘과 땅이 악몽으로 변해서 미친 듯이 날뛰는 광경. 이제 그 악몽은 현실이 되어 눈 앞에 모습을 드러내고 있었다. 루크의 집 앞에서 그들을 공격했던, 뼈처럼 허연 라움 악마, 녹색 몸에 커다란 입과 뿔이 달린 오니 악마, 슬금슬금 걸어오는 큐리 악마, 집게 달린 팔이 여덟 개이고 눈구멍에 독이 흐르는 송곳니가 튀어나온 거미 악마…….

셀 수 없이 많았다. 제이스가 허리띠를 더듬어 카마엘을 뽑자 하얀 빛이 갑판으로 쏟아졌다. 악마들은 천사의 검을 보고 쉭쉭거리긴 해도 뒤로 물러나지는 않았다. 어깨뼈에 새겨진 담대함의 룬이 화끈거리기 시작했다. 제이스는 룬의 효력이 다하기 전에 얼마나 많은 악마를 죽일 수 있을지 궁금했다.

"멈춰! 멈추라고!" 루크가 제이스의 셔츠를 움켜쥐고 뒤로 끌어당겼다. "놈들이 너무 많아. 사다리로 돌아가면……."

"돌아갈 수 없어요." 제이스가 루크의 손아귀에서 빠져나오며 손가락으로 가리켰다. "양쪽 모두 막혔다고요."

정말 그랬다. 한 떼거리의 몰록 악마가 텅 빈 눈에서 불을 뿜으며 퇴로를 막고 있었다. 루크가 맹렬하게 욕을 해댔다. "옆으로 뛰어내려. 내가 막고 있을 테니까."

"루크나 뛰어내려요. 난 괜찮으니까."

루크의 머리가 뒤로 젖혀졌다. 귀가 뾰족하게 변했고, 제이스를 향해 소리칠 때 입술이 말려 올라가 날카로운 송곳니가 드러났다. "너…….." 몰록 악마가 발을 뻗고 달려드는 바람에 루크의 말이 끊겼다. 제이스가 악마의 등에 검을 찔러 넣자, 악마가 크게 울부짖으며 비틀비틀 루크 앞으로 다가갔다. 날카로운 발톱이 튀어나온 손으로 루크가 놈을 잡아 난간 너머로 집어 던졌다. "너 담대함의 룬을 새겼지?" 루크가 제이스에게 돌아서서 호박색 눈을 이글거리며 물었다.

첨벙하는 소리가 희미하게 들려왔다.

"맞아요." 제이스가 인정했다.

"맙소사. 네가 직접 그렸니?"

"아뇨. 클라리가요." 제이스의 검이 하얀 불꽃처럼 공기를 갈랐고, 드레박 악마 두 놈이 쓰러졌다. 그들 말고도 수십 놈이 더 있었다. 놈들은 침이 돋은 손을 앞으로 쭉 뻗고 휘청거리며 둘을 향해 다가오고 있었다. "아시겠지만 클라리가 그걸 잘하잖아요."

"10대들이란." 루크는 자신이 아는 가장 험한 단어를 내뱉듯이 그렇게 말하고는 몰려오는 놈들을 향해 몸을 날렸다.

"죽었다고?" 클라리는 마야가 불가리아어로 말하기라도 한 듯 그녀를 빤히 응시했다. "그럴 리가 없어."

마야는 아무 말도 하지 않았다. 어둡고 슬픈 눈으로 클라리를 바라볼 뿐이었다.

"그랬다면 내가 알았을 거야." 클라리가 주먹을 쥐고 가슴을 눌렀다. "여기에 느낌이 있었을 거라고."

"나도 한때는 그런 줄 알았어. 하지만 아니더라. 절대 알지 못해."

클라리가 급하게 일어섰다. 제이스의 재킷이 흘러내려 어깨 끝에 걸렸다. 등 쪽은 거의 갈가리 찢겨 있었다. 클라리가 어깨를 흔들어 재킷을 바닥에 떨어뜨렸다. 재킷의 등에 예리한 발톱 자국이 수없이 나 있었다. '재킷을 누더기로 만들어놨다고 제이스가 화낼 텐데.' 클라리는 생각했다. '새 옷으로 사줘야 할 거야. 그리고……'

클라리가 거친 숨을 길게 들이쉬었다. 자신의 심장박동 소리가 들리는 것 같았지만 아주 멀리 들렸다. "어떻게…… 된 거야?"

마야는 여전히 바닥에 무릎을 꿇고 있었다. "발렌타인이 우리 둘을 데려다 한방에 묶어놨어. 얼마 후에 무기를 들고 왔는데…… 아주 길고 불타오르는 것처럼 반짝이는 검이었어. 나한테 은가루를 뿌려 저항하지 못하게 하더니 발렌타인이…… 그가 사이먼의 목을 찔렀어." 마야의 목소리가 속삭임처럼 작아졌다.

"사이먼의 손목도 베어서 그릇에다 피를 받았어. 악마들이 들어와서 피를 같이 가져갔고. 사이먼은 거기 그냥 던져두고 말이야. 잡아 뜯어 속이 모두 비어져 나와 못 쓰게 된 인형처럼. 내가 비명을 질렀지. 하지만 사이먼이 죽었다는 건 알겠더라. 그리고 나선 악마 하나가 날 이곳에 데려다 놓았어."

클라리는 손등으로 입을 틀어막았다. 너무 세게 틀어막아서 입안에서 피 맛이 났다. 자극적인 피의 맛이 안개로 가득한 머리를 뚫고 의식을 깨웠다. "여기서 나가야 해."

"저기, 기분 상하게 하고 싶진 않은데." 마야가 얼굴을 찡그리며 자리에서 일어났다. "나갈 방법이 없다는 건 너무 분명하잖아. 섀도우 헌터라고 해도 말이야. 혹시 네가……."

"내가 뭐?" 클라리가 방 안을 서성거리며 물었다. "내가 제이스라면 몰라도? 알다시피 난 아니야." 그렇게 말하고 벽을 발로 차자, 그 소리가 방 안을 울렸다. 클라리는 주머니에서 스텔레를 꺼냈다. "하지만 나한텐 다른 재능이 있어."

클라리가 스텔레 끝을 벽에 대고 선을 그리기 시작했다. 검게 탄 것처럼 보이는 선들은 마치 클라리에게서 흘러나오는 것 같았다. 그리고 그녀가 느끼는 맹렬한 분노만큼이나 뜨거웠다. 스텔레 끝으로 반복해서 벽을 치자, 그 끝에서 불꽃처럼 검은 선들이 흘러나왔다. 그녀가 숨을 몰아쉬며 뒤로 물러나자 마야가 놀라서 쳐다보았다.

"세상에, 너 뭘 한 거야?"

그건 클라리도 확실히 알지 못했다. 벽은 염산 한 바가지를 들이부은 것 같은 모습이었다. 룬 주위의 금속이 축 처지면서 뜨거운 여름날 아이스크림이 녹아내리듯 뚝뚝 흘러내렸다. 클라리는 뒤로 한 걸음 물러나서, 커다란 개만 한 크기로 뚫린 구멍을 조심스레 살펴보았다. 뒤쪽으로 강철 버팀대들이 보였다. 구멍은 이제 더 이상 넓어지지 않았지만 가장자리는 여전히 지글거렸다. 마야가 클라리의 팔을 밀며 한 발 앞으로 나섰다.

"잠깐." 클라리가 갑자기 긴장했다. "금속이 녹아내렸어. 독성이 있을지도 몰라."

마야가 코웃음을 쳤다. "난 뉴저지 출신이야. 그런 건 날 때부터 익숙했어." 그녀가 구멍으로 다가가서 안을 들여다보았다. "저 안에 철로 된 통로가 보이네. 난 나가볼래." 마야가 몸을 돌려 구멍 안으로 다리를 밀어 넣고 천천히 뒤로 움직였다. 꿈틀거리며 빠져나가던 그녀는 갑자기 얼어붙었다. "아야! 어깨가 걸렸어. 좀 밀어줘." 마야가 손을 앞으로 뻗었다.

클라리는 손을 잡고 힘껏 밀어주었다. 마야의 얼굴이 처음에는 하얗게 변하다가 점점 붉어지면서 샴페인의 코르크 마개가 퐁 하고 빠지듯 몸이 뒤로 쑥 빠져나갔다. 꺅 하고 비명을 지르며 마야가 뒤로 굴렀다. 어딘가에 부딪히는 요란한 소리가 들려와 클라리는 걱정스레 구멍 안으로 머리를 밀어 넣었다. "괜찮은 거야?"

몇 미터 아래 있는 좁은 통로에 누워 있던 마야가 옆으로 천천히 돌아누워 인상을 쓰며 힘겹게 몸을 일으켰다. "발목이…… 하지만 괜찮을 거야. 알다시피 우린 상처가 빨리 아무니까."

"좋아, 그럼 이제 내 차례야." 클라리가 초조하게 스텔레를 허리에 꽂고 몸을 구부려 구멍 안으로 들어갈 준비를 했다. 통로까지 떨어질 것이 두려웠지만, 그곳에 남아 무언가를 기다리는 것은 더욱 두려웠다. 클라리는 돌아서서 다리를 구멍 안으로 집어넣었다.

그때 누군가가 그녀의 셔츠를 움켜쥐고 위로 들어 올렸고, 허리띠에서 스텔레가 빠져 바닥으로 떨어졌다. 스웨터의 테두리가 목을 조여 숨이 막혔다. 다음 순간, 그녀는 금속 바닥에 무릎을 박으며 바닥으로 떨어졌다. 헐떡이며 돌아누워 올려다보았지만, 클라리는 무엇을 보게 될지 이미 알고 있었다.

발렌타인이 클라리를 내려다보며 서 있었다. 손에 들린 천사의 검이 눈부시게 하얀 빛을 내뿜었고, 그녀의 셔츠를 잡았던 손은 주먹을 움켜쥐고 있었다. 깎은 듯한 하얀 얼굴에 경멸을 담은 냉소가 떠올랐다. "네 엄마랑 똑같구나, 클라리사. 이번엔 무슨 짓을 한 거냐?"

클라리가 고통을 참으며 일어나 앉았다. 입술이 찢어져 입안에 피가 고였다. 발렌타인을 바라보는 순간 가슴속에서 독을 품은 꽃이 피어나듯 분노가 부글부글 끓어올랐다. 이 자가, 그녀의 아버지가, 사이먼을 죽여 휴지처럼 바닥에 던져두었다. 클라리는 이전에도 누군가를 증오한 적이 있었다고 생각했지만 그건 증오가 아니었다. 지금 느끼는 이 감정이 바로 증오였다.

"그 늑대인간 소녀." 발렌타인이 얼굴을 찌푸리며 말을 이었다. "어디 있지?"

클라리가 앞으로 몸을 기울여 피가 섞인 침을 그의 신발 위에 탁 뱉었다. 역겨움과 놀라움이 섞인 날카로운 고함을 내지르며 발렌타인이 뒤로 물러나 검을 들어 올렸다. 그 순간 클라리는 그의 눈에 무방비 상태로 드러난 분노를 보았고, 발렌타인이 정말로 그녀를, 발치에 구부리고 앉은 그녀를 그 자리에서 죽이려 한다고 생각했다. 자신의 구두에 침을 뱉은 죄로.

발렌타인이 천천히 검을 내렸다. 말없이 클라리를 지나 구멍으로 걸어가서 안을 들여다보았다. 클라리는 천천히 몸을 돌려 바닥을 훑으며 엄마의 스텔레를 찾았다. 그리고 숨을 참으며 스텔레로 손을 뻗었다.

발렌타인이 돌아서다 클라리가 무엇을 하는지 보고는, 한걸음에 방을 가로질러 와서 스텔레를 멀리 차버렸다. 스텔레는 빙글빙글 돌며 날아가서 벽에 뚫린 구멍 안으로 쏙 들어갔다. 클라리는 다시 한 번 엄마를 잃은 기분이 들어 눈을 가늘게 내리떴다.

"악마들이 네 다운월드 친구를 찾아낼 거다." 발렌타인이 냉정하고 차분한 목소리로 말하면서 천사의 검을 허리에 두른 검집에 꽂았다. "도망칠 곳은 어디에도 없어. 그 누구도 절대 도망치지 못하지. 자, 일어나, 클라리사."

클라리가 천천히 일어났다. 온몸이 욱신거렸다. 다음 순간 발렌타인이 그녀의 어깨를 잡아 돌려세우자 클라리는 놀라서 숨을 들이쉬었다. 발렌타인이 날카롭고 귀에 거슬리는 소리로 휘파람을 불자, 머리 위에서 바람이 일며 가죽 날개를 퍼덕이는 소리가 들려왔다. 클라리가 짤막한 비명을 내지르며 그의 손아귀에서 벗어나려고 몸을 비틀었지만 발렌타인은 꿈쩍도 하지 않았다. 잠시 후 날개가 둘을 감싸 안았고, 그들은 함께 공중으로 날아올랐다. 발렌타인은 정말로 아버지라도 된 것처럼 그녀를 품에 안았다.

제이스와 루크는 지금쯤 죽어 있어야 마땅했다. 제이스는 그렇게 생각했지만, 어떤 이유에서인지 둘은 아직 살아 있었다. 갑판은 피로 미끈거렸고, 그도 온통 오물을 뒤집어썼다. 심지어 머리카락도 피 같은 액체로 범벅이 되어 축 늘어지고 끈적거렸으며, 피와 땀으로 눈까지 따끔거렸다. 오른팔 위쪽을 깊게 베였지만 치유의 룬을 그릴 시간이 없어서, 오른팔을 들어 올릴 때마다 타는 듯한 통증이 옆구리까지 퍼졌다.

그들은 벽이 움푹 들어간 곳에 자리를 잡고 덤벼드는 악마들과 싸웠다. 제이스는 차크람 두 개를 다 써버렸고 천사의 검 하나와 이사벨의 방에서 가져온 단검 하나만 남았다. 이걸로는 고작 몇 놈을 처리하기도 벅차건만, 그들 앞에는 한 떼거리의 악마가 버티고 있었다. 두려워해야 마땅했지만 제이스는 아무런 느낌도 없었다. 오직 악마들에 대한 역겨움과 놈들을 이리로 불러들인 발렌타인을 향한 분노만이 느껴질 뿐이었다. 하지만 두려움을 느끼지 않는 것이 좋은 일만은 아니란 사실을 희미하게나마 알았다. 심지어 그는 팔에서 얼마나 많은 피가 흘렀는지에 대해서도 신경이 쓰이지 않았다.

이를 딱딱 맞부딪치는 거미 악마가 노란 녹을 뿜어내며 빠른 걸음으로 다가왔다. 제이스는 고개를 수그렸지만 셔츠로 독이 몇 방울 튀는 것은 막지 못했다. 쉭 소리를 내며 독이 옷감을 먹어 들어갔고, 뜨겁게 달군 수십 개의 바늘이 피부를 찌르는 것처럼 따가웠다.

거미 악마가 만족스럽게 딸각거리며 또 한 번 독을 내뿜었지만, 제이스가 재빨리 고개를 수그리자 옆에서 달려들던 오니 악마가 대신 독을 맞았다. 오니 악마는 고통에 찬 비명을 내지르며 발을 쭉 뻗고 거미 악마에게 달려들었다. 두 악마가 서로 엉켜 갑판 위를 데굴데굴 굴렀다.

주변에 있던 악마들이 독을 피해 물러나자 그들과 악마들 사이에 장벽이 생겼다. 제이스는 이 기회를 틈타 루크의 곁으로 다가갔다. 루크는 거의 알아보지 못할 정도로 모습이 변해 있었다. 늑대처럼 귀가 뾰족하게 솟았고, 으르렁거리느라 입술이 말려들어 일그러진 미소를 짓는 것 같았다. 날카로운 발톱이 튀어나온 손은 악마의 피로 범벅이 되어 거무스름했다.

"난간으로 가야 해." 반은 으르렁거리는 소리로 루크가 말했다. "배에서 뛰어내려. 이놈들을 전부 죽일 순 없어. 어쩌면 매그너스가······."

"우리 둘이 그런대로 잘하고 있는 거 같은데요. 모든 상황을 고려하면." 제이스가 말하면서 천사의 검을 빙글 돌렸다. 좋지 않은 생각이었다. 손에 온통 피가 묻어 하마터면 검을 놓칠 뻔했다.

루크가 으르렁거리는 소리인지 웃음소리인지, 아니면 둘을 합친 건지 모를 소리를 냈다. 다음 순간 거대하고 형태가 없는 무언가가 하늘에서 떨어져 둘을 바닥으로 쓰러뜨렸다. 제이스는 바닥에 세게 부딪히며 천사의 검을 놓쳤다. 금속 표면을 스치고 날아간 검이 배 밖으로 떨어졌다. 제이스가 욕을 하며 비틀비틀 일어났다.

그들 위로 떨어져 내린 건 오니 악마였다. 유난히 덩치가 크고, 선실 지붕 위로 올라가 그들을 향해 뛰어내리는 꾀를 낼 정도로 똑똑한 놈이었다. 놈은 이제 루크 위에 올라앉아, 이마에 튀어나온 날카로운 엄니들을 그에게 휘둘렀다. 루크는 두툼해진 손을 쳐들어 방어했지만 이미 피로 흠뻑 젖어 있었다. 루크가 옆에 떨어진 킨잘로 손을 뻗는 순간, 오니 악마가 삽처럼 생긴 손으로 그의 다리를 잡더니 나뭇가지 꺾듯 무릎에 대고 꺾었다. 뼈가 부러지는 소리가 나고 루크가 비명을 내질렀다.

제이스가 다이빙하듯 뛰어들어 킨잘을 집고, 몸을 굴려 일어서며 오니 악마의 목덜미를 향해 킨잘을 힘껏 날렸다. 날아간 단검이 놈의 목을 베자, 머리가 앞으로 늘어지면서 잘린 목에서 검은 피가 세차게 뿜어져 나왔다. 잠시 후 악마는 흔적 없이 사라지고 루크의 옆으로 킨잘이 탕 하고 떨어졌다.

제이스가 달려가서 루크 옆에 무릎을 꿇었다. "다리가……."

"부러졌어." 루크가 가까스로 일어나 앉았다. 얼굴이 고통으로 일그러졌다.

"하지만 루크는 다쳐도 빨리 아물잖아요."

루크가 어두운 표정으로 주위를 둘러보았다. 오니 악마는 죽었지만 다른 악마들이 지붕 위로 떼를 지어 기어오르고 있었다. 흐릿한 달빛 아래서는 몇 놈이나 되는지도 정확히 알 수 없었다. 수십 놈은 될까? 아니면 수백 놈? 어느 선을 넘어서면 정확한 숫자는 더 이상 중요하지 않았다.

루크가 킨잘의 자루를 감싸 쥐었다. "아주 빨리는 아니야."

제이스가 허리띠에서 이사벨의 단검을 뽑았다. 그가 가진 마지막 무기였다. 갑자기 단검이 안쓰러울 정도로 작아 보이는 동시에 예리한 감정이 가슴을 찔렀다. 룬의 효력이 다하지 않았으니 두려움은 아니었다. 그것은 슬픔이었다. 제이스는 바로 앞에서 자신을 향해 웃어 보이는 알렉과 이사벨의 모습을 보았다. 집으로 돌아온 그를 맞이하듯 팔을 활짝 벌린 클라리의 모습도.

제이스가 일어서는 순간 악마들이 뛰어내리며 검은 물결처럼 달을 가렸다. 루크를 보호하려고 앞으로 나섰지만 별 소용이 없었다. 사방에 놈들이 있었다. 제이스 앞에서 한 놈이 불쑥 일어났다. 180센티미터는 되는 해골로, 부러진 이를 드러내며 그를 보고 씩 웃었다. 밝은색 깃발 조각들이 썩어가는 뼈에 걸려 있었다. 뼈만 남은 손에 카타나 검을 쥐었는데, 악마들은 보통 무기를 지니는 법이 없으므로 매우 이례적인 일이었다. 제이스의 팔보다 길고 악마의 룬이 새겨진 검은 길게 휘어지고 날카로우며 굉장히 위험해 보였다.

　제이스가 던진 단검이 악마의 앙상한 흉곽에 가서 박혔지만, 놈은 단검이 박힌 것을 알아채지도 못한 채 계속 움직이며 거침없이 다가왔다. 악마가 가까이 다가오자 죽음과 묘지의 냄새가 코를 찔렀다. 놈이 손에 든 카타나 검을 번쩍 들어 올렸고…….

　그때 잿빛 그림자 하나가 제이스 앞의 어둠을 갈랐다. 그림자는 정확하고 치명적인 동작으로 소용돌이치듯 움직였다. 그에게 떨어지던 카타나 검이 금속과 부딪히며 날카로운 소리를 냈다. 검을 받아낸 거무스름한 형체는 악마에게 검을 밀어붙이더니 제이스가 눈으로 따라갈 수 없을 정도로 날렵한 동작으로 악마를 찔렀다. 악마는 뒤로 쓰러져 두개골이 산산조각 난 채 사라졌다. 사방에서 고통과 놀라움으로 끽끽거리고 우우거리는 악마의 울부짖음이 들려왔다. 제이스가 휙 돌아서자 수십 개의 인간 형체가 난간을 넘어 갑판으로 뛰어내려, 기어 다니고 활주하고 쉭쉭거리고 날아다니는 악마들에게 달려들었다. 반짝이는 검을 들었고 강한 재질의 검은 옷을 입고 있었다.

　"섀도우 헌터?" 제이스가 놀라서 저도 모르게 외쳤다.

　"아니면 누구겠어?" 어둠 속에서 미소가 보였다.

　"말릭? 당신이에요?"

　말릭이 머리를 기울였다. "아까는 미안했어. 명령이라 어쩔 수 없었거든."

　제이스가 말릭에게, 좀 전에 그의 목숨을 구한 것이 몇 시간 전에 그를 막으려 한 일을 상쇄하고도 남는다고 말하려는 순간, 한 무리의 라움 악마가 촉수를 휘두르며 그들 앞으로 밀려왔다. 말릭이 빙글 돌아 고함을 지르며 놈들을 향해 돌진하자, 손에 들린 천사의 검이 눈부시게 반짝거렸다. 제이스가 뒤따라 달려 나가려는데, 누군가 그를 옆으로 끌어냈다.

검은 옷으로 싸인 새도우 헌터였다. 얼굴은 후드에 가려 보이지 않았다. "나와 함께 가자." 그는 고집스럽게 소매를 잡아끌었다.

"루크에게 가봐야 해요. 다쳤어요." 제이스가 팔을 뒤로 잡아 뺐다. "놔줘요."

"오, 제발 좀." 그가 제이스를 놓아주고는 긴 망토의 후드를 젖히자 좁고 하얀 얼굴과 다이아몬드 조각처럼 번쩍이는 잿빛 눈이 드러났다. "자, 이제 시키는 대로 하겠나, 조너선."

심문관이었다.

빠른 속도로 날아가고 있었지만 할 수만 있다면 몸부림을 쳐서라도 발렌타인에게서 빠져나왔을 것이다. 하지만 그는 강철 같은 힘으로 클라리를 안고 있었다. 발은 마음껏 휘두를 수 있었지만 아무리 발버둥을 쳐도 아무 데도 닿지 않았다.

악마가 갑자기 방향을 바꿔 날아가자 클라리가 놀라 비명을 질렀고, 발렌타인은 소리를 내어 웃었다. 좁은 금속 터널을 빠져나간 그들은 훨씬 넓은 방으로 들어갔다. 악마는 둘을 얌전히 바닥에 내려놓았.

놀랍게도 발렌타인은 클라리를 놓아주었다. 클라리가 몸을 빼며 방 한가운데로 비틀비틀 걸어가 안을 둘러보았다. 매우 넓은 방이었고, 과거에는 기계실로 쓰인 것 같았다. 중앙에 공간을 마련하기 위해 기계들은 모두 벽으로 밀어놓았다. 검은색인 금속 바닥에 드문드문 얼룩이 있었다. 가운데 빈 공간에는 개도 너끈히 씻길 정도로 커다란 대야가 네 개 놓여 있었다. 처음 두 개는 안쪽이 녹갈색으로 얼룩졌고, 세 번째 대야에는 검붉은 액체가 가득 찼다. 그리고 네 번째는 비어 있었다.

대야 뒤쪽에 금속 트렁크가 놓여 있었고 짙은 색 천이 드리워졌다. 가까이 가보니 거무스름하게 반짝이는 은색 검이 그 위에 있었는데, 빛이 아주 희미해서 마치 눈에 보이는 암흑과도 같았다.

클라리가 획 돌아서 그녀를 조용히 지켜보는 발렌타인을 노려보았다. "어떻게 이런 짓을 할 수 있죠? 어떻게 사이먼을 죽일 수 있냐고요. 사이먼은, 사이먼은 그냥 어린애일 뿐인데, 그냥 평범한 인간일……"

"그 아이는 인간이 아니야." 발렌타인이 부드러운 목소리로 말했다. "괴물이 되었지. 네 친구 얼굴을 하고 있어서 네가 보지 못한 것뿐이다, 클라리사."

"사이먼은 괴물이 아니었어요." 클라리가 검으로 좀 더 다가섰다. 거대하고 무거워 보이는 검이었다. 클라리는 자신이 그 검을 들어 올릴 수 있을지 궁금했다. 그게 가능하다면 휘두를 수도 있을까? "여전히 똑같은 사이먼이었다고요."

"내가 네 상황을 딱하게 여기지 않는다고는 생각지 마라." 발렌타인이 말했다. 천장의 작은 문으로 한 줄기 빛이 스며들었고, 그 아래에 그가 움직임 없이 서 있었다. "나도 루션이 물렸을 때 같은 심정이었으니까."

"루크에게 들었어요." 클라리가 발렌타인을 향해 내뱉듯이 말했다. "단검을 주면서 스스로 목숨을 끊으라고 했다는 거."

"그건 실수였다."

"적어도 인정은 하는……"

"내 손으로 직접 죽였어야 했어. 그랬다면 내가 루션을 소중히 여긴다는 사실을 보여주었을 테니까."

클라리가 고개를 저었다. "하지만 그건 사실이 아니죠. 당신은 아무도 소중히 여기지 않아요. 심지어 엄마나 제이스까지도. 그들은 그저 당신에게 속한 것들일 뿐이죠."

"하지만 사랑이 바로 그런 것 아니냐, 클라리사? 소유하는 것? 아가서의 말씀에도 '나의 연인은 내게 속하였고 나는 내 연인에게 속하였다'라고 되어 있어."

"사랑은 그런 게 아니에요. 그리고 성서는 인용하지 말아요. 이해하지도 못하면서." 클라리는 이제 트렁크에 아주 가까이 서 있었고, 검의 자루는 팔을 뻗으면 닿을 거리에 있었다. 그녀는 땀에 젖은 손을 슬쩍 청바지에 닦았다. "사랑은 누군가를 소유하는 게 아니라고요. 나를 누군가에게 내어주는 거지. 당신은 누구에게도 뭘 내준 적이 없을걸요. 악몽이라면 모를까."

"자신을 다른 사람에게 내어주는 거라고?" 발렌타인의 얼굴에 여전히 희미한 미소가 떠올라 있었다. "네가 조너선에게 네 자신을 내어준 것처럼?"

검을 향해 다가가던 클라리의 손이 움찔하며 멈췄다. 가슴으로 손을 가져간 그녀가 믿을 수 없다는 듯 발렌타인을 쳐다보았다. "뭐라고요?"

"너희 둘이 서로를 어떻게 바라보는지 내가 보지 못했을 거라고 생각하니? 조너선이 네 이름을 어떻게 부르는지? 넌 내게 감정이 없다고 생각하는지 모르겠지만, 그렇다 해도 다른 이의 감정을 알아보지 못하는 건 아니야." 발렌타인의 음성은 서늘했고, 단어 하나하나가 얼음 조각처럼 그녀의 귓속으로 날아와 박혔다.

"그 문제에 대해서라면 우리 자신을 탓해야겠지. 네 엄마와 나 말이다. 그렇게 오래 둘을 떨어뜨려놓았으니, 남매간에 자연스레 갖게 되는 감정을 키울 기회가 없었겠지."

"무슨 말을 하는 거예요?"

"무슨 말인지는 분명한 것 같은데." 발렌타인이 빛에서 물러나자 그의 표정을 전혀 읽을 수가 없었다. "조너선이 두려움의 악마와 마주했을 때, 악마가 네 모습을 하고 나타났다고 하더구나. 그것으로 난 모든 걸 알았지. 조너선에게 가장 큰 두려움은 여동생에게 사랑의 감정을 느끼는 거야."

"난 명령하는 건 하지 않아요." 제이스가 말했다. "좋은 말로 부탁하면 또 모를까."

심문관은 눈알을 굴리고 싶은데 어떻게 하는지 잊은 사람 같은 표정이었다. "너한테 할 말이 있어."

제이스가 심문관을 빤히 쳐다봤다. "지금요?"

심문관이 그의 팔에 손을 얹었다. "그래, 지금."

"정신 나갔군요." 제이스가 배 안을 둘러보았다. 갑판에서는 히에로니무스 보스가 그린 지옥의 그림과 비슷한 광경이 펼쳐지고 있었다. 어둠 속에 악마가 가득했다. 어기적거리며 걸어오고 울부짖고 꽥꽥거리고 발톱과 이빨을 마구 휘둘렀다. 네피림이 앞뒤로 휙휙 움직일 때마다 그들이 든 무기가 어둠 속에서 빛을 냈다. 제이스는 이 많은 악마들을 상대하기에 섀도우 헌터의 수가 충분하지 않다는 것을 알았다. 부족해도 한참 부족했다.

"그럴 수 없어요. 우린 지금 전투 중이잖아요."

심문관의 여윈 손이 제이스의 팔을 놀랍도록 꽉 움켜쥐었다. "지금 해야만 해."

심문관이 제이스를 밀었고, 깜짝 놀란 제이스가 뒤로 한 걸음씩 물러나며 벽의 우묵한 부분까지 갔다. 심문관은 팔을 놓아주고는 검은 망토를 더듬어 천사의 검 두 개를 뽑았다. 조용히 검의 이름을 속삭이고 제이스가 알지 못하는 몇 마디 말을 더 속삭이더니 그의 양쪽으로 검을 하나씩 꽂았다. 검에서 푸르스름한 흰색 빛이 뿜어져 나와 제이스와 심문관 둘레로 벽을 쳤다.

"저를 또 가둔 건가요?" 제이스가 믿을 수 없다는 듯이 심문관을 쳐다봤다.

"이건 말라기 배열이 아니야. 원하면 얼마든지 나갈 수 있어." 심문관이 가느다란 두 손을 꽉 맞잡았다. "조너선……."

"제이스요." 빛의 벽에 가려 전투 광경은 보이지 않았지만, 악마의 비명과 울부짖음은 여전히 들려왔다. 고개를 돌리면 바다의 일부가 언뜻 보였는데, 거울 표면에 다이아몬드가 흩뿌려진 것처럼 빛으로 반짝거렸다. 물 위에는 10여 척의 배가 떠 있었다. 이드리스의 호수에서 사용되는 매끈하고 선체가 여럿인 삼동선, 섀도우 헌터 배였다. "여기서 뭐하는 거예요? 왜 오셨냐고요."

"네 말이 맞았어." 심문관이 입을 열었다. "발렌타인이 거래를 하지 않을 거라던 얘기 말이다."

"절 죽게 내버려두라고 했겠죠." 제이스는 갑자기 현기증이 일었다.

"물론 발렌타인이 거절하는 순간 난 컨클레이브를 소집해서 이곳으로 달려왔어. 난…… 난 너와 네 가족에게 사과를 하려는 거야."

"알았어요." 제이스가 말했다. 제이스는 남들이 그에게 사과하는 게 싫었다. "알렉과 이사벨은요? 둘도 함께 왔나요? 절 도와줬다고 처벌을 받거나 그러는 건 아니겠죠?"

"그럴 일은 없어. 그리고 둘도 지금 여기 있고." 심문관이 탐색하듯 제이스를 뚫어져라 쳐다봤다. "난 발렌타인을 이해할 수가 없구나. 자기 아들의 목숨을, 그것도 외아들의 목숨을 버리는 아버지라니."

"그러게요." 제이스가 대꾸했다. 머리가 지끈거렸다. 심문관이 입을 닫아주길 간절히 바랐다. 아니면 악마가 공격해오거나. "풀리지 않는 수수께끼죠."

"아니면……."

제이스가 놀라서 심문관을 쳐다보았다. "아니면 뭐요?"

심문관이 손가락으로 제이스의 어깨를 찔렀다. "이건 언제 생겼지?"

제이스가 내려다보니, 거미 악마의 독이 튀어 생긴 셔츠의 구멍으로 어깨가 드러나 있었다. "셔츠요? 백화점 겨울 세일 때 샀는데요."

"상처 말이야. 어깨에 난 이 상처."

"아, 이거요." 그녀의 강렬한 시선에 의아해하며 제이스가 말했다. "저도 잘 모르겠어요. 아주 어렸을 때 사고를 당했다고 아버지한테 들었어요. 왜 그러시죠?"

심문관이 크게 숨을 내쉬었다. "그럴 리가 없어. 네가 설마……."

"제가 설마 뭐요?"

심문관의 목소리에 반신반의하는 기색이 스며 있었다. "그 오랜 세월 동안 정말로 자신이 마이클 웨이랜드의 아들이라고 믿었던 거냐?"

전신을 훑는 예리한 분노에 실망감이 더해지며 더욱 고통스러웠다. "믿을 수가 없어." 제이스가 내뱉듯이 말했다. "전투가 한창인데 이리로 끌고 와놓고 그 빌어먹을 질문을 또 하는 거예요? 전에도 그러더니 여전히 날 믿지 않는군요. 이 모든 일을 겪고 난 뒤에도, 내가 한 말들이 모두 진실이어도, 당신은 끝까지 날 믿지 않을 거예요." 무슨 일이 벌어지는지 모를 빛의 장벽 너머를 제이스가 손가락으로 가리켰다. "지금 난 저 밖에서 싸우고 있어야 한다고요. 날 잡아두는 이유가 뭐죠? 모두 끝나고 혹시라도 살아남은 사람이 있으면 클레이브로 가서 내가 당신 편에서 아버지와 맞서 싸우지 않았다고 보고라도 하려고요? 시도는 좋았어요."

심문관의 안색이 몹시 창백해졌다. "조녀선, 난 절대……."

"내 이름은 제이스예요!" 그가 크게 외쳤다. 심문관은 무언가 더 말하려는 듯이 입을 반쯤 벌린 채 주춤했다. 제이스는 더 이상 듣고 싶지 않았다. 심문관을 쓰러뜨리다시피 밀치면서 천사의 검으로 다가가 검을 발로 차냈다. 검이 쓰러지며 빛의 벽이 사라졌다.

벽 너머는 그야말로 아수라장이었다. 검은 형체들이 여기저기서 돌진하고, 악마들이 비틀린 몸 위로 기어오르며, 공기 중에는 연기와 비명이 가득했다. 난리 속에서 아는 얼굴이 보이는지 제이스는 눈을 부릅뜨고 둘러보았다. 알렉은 어디 있을까? 이사벨은?

"제이스!" 심문관이 서둘러 따라 나왔다. 얼굴이 두려움으로 바짝 긴장되어 있었다. "제이스, 넌 무기가 없잖아. 이거라도……."

심문관은 말을 끝까지 맺지 못했다. 배 앞으로 빙하가 나타나듯, 제이스 앞으로 악마 하나가 불쑥 모습을 드러냈기 때문이다. 처음 보는 놈이었다. 얼굴은 쭈글쭈글하고 거대한 원숭이의 날렵한 손을 가졌으며 전갈처럼 기다린 꼬리에 가시가 돋아 있었다. 악마는 노란 눈알을 굴리며 부러진 바늘 같은 이빨 사이로 쉭쉭 소리를 냈다. 제이스가 고개를 수그리기도 전에 놈이 먼저 먹잇감을 공격하는 코브라의 속도로 꼬리를 날렸다. 얼굴을 향해 무섭게 날아오는 가시의 끝이 눈에 들어왔다.

그리고 그날 밤 두 번째로, 제이스와 죽음 사이를 검은 그림자가 가로막았다. 심문관이 긴 검을 들고 제이스 앞으로 몸을 날린 것이다. 악마의 가시가 그녀의 가슴에 깊이 박혔다.

심문관은 비명을 질렀지만 쓰러지지 않고 버텼다. 악마는 두 번째 일격을 가하려고 꼬리를 뒤로 당겼다. 하지만 그보다 먼저 심문관의 검이 악마를 향해 정확히 날아갔다. 검이 악마의 목을 베는 순간 검에 새겨진 룬들이 번쩍거렸다. 풍선에서 바람이 빠지듯 쉭 소리가 나면서 악마가 안으로 접히더니 꼬리에 경련을 일으키며 사라졌다.

심문관이 바닥으로 쓰러졌다. 제이스가 그 옆에 무릎을 꿇고 그녀를 돌려 눕혔다. 잿빛 블라우스가 피로 흠뻑 젖고 힘없이 늘어진 얼굴이 누런빛을 띠자, 제이스는 그녀가 이미 숨을 거둔 게 아닌가 생각했다.

"심문관님?" 그 순간에도 제이스는 심문관의 이름을 입에 올릴 수가 없었다.

눈꺼풀이 파르르 떨리다 힘겹게 올라갔다. 눈빛은 이미 흐릿했다. 그녀가 가까스로 제이스에게 다가오라고 손짓을 했다. 제이스가 허리를 굽혀 가까이 다가가자, 마지막 숨을 토해내며 그녀가 조그맣게 속삭였다.

"뭐라고요?" 제이스가 당황해서 말했다. "그게 무슨 뜻이죠?"

심문관이 대답 없이 바닥으로 축 늘어졌다. 눈은 커다랗게 뜬 채 허공을 응시했고, 입술은 살짝 위로 휘어 미소를 짓는 것처럼 보였다.

제이스가 뒤로 물러나 멍한 표정으로 그녀를 바라보았다. 심문관은 죽었다. 제이스 때문에.

누군가가 뒤에서 제이스의 셔츠를 잡아채 그를 일으켜 세웠다. 제이스는 허리띠를 더듬다가 무기가 하나도 없다는 사실을 깨닫고 몸을 비틀며 돌아섰다. 그러고는 믿을 수 없다는 듯이 그를 쳐다보는 익숙한 푸른 눈과 마주했다.

"살아 있었구나." 알렉이 외쳤다. 딱 한마디뿐이었지만 진한 감정이 묻어났다. 얼굴에 안도감이 역력히 드러났고 몹시도 지쳐 보였다. 공기가 차가운데도 검은 머리는 땀에 젖어 이마와 볼에 착 달라붙었고, 옷과 피부는 피로 얼룩졌으며, 뾰족하고 날카로운 무언가에 찢겼는지 전투복 소매가 길게 늘어졌다. 알렉은 오른손으로 피에 젖은 기잠을 움켜쥐고 다른 손으로 제이스의 옷깃을 잡고 있었다.

"그런 것 같아." 제이스가 말했다. "네가 무기를 주지 않으면 오래가지 못할 거 같지만 말이야."

알렉이 주변을 슬쩍 둘러보고는 허리띠에서 천사의 검을 뽑아 제이스에게 건넸다. "자, 사만디리엘이야."

제이스가 검을 막 받아드는데 중간 크기의 드레박 악마가 위협적으로 이를 딱딱 맞부딪치며 그들 쪽으로 달려왔다. 제이스가 사만디리엘을 들어 올렸지만 알렉이 먼저 기잠으로 놈을 해치웠다.

"무기 멋진데." 제이스가 말했다. 하지만 알렉은 제이스 너머, 갑판 위에 쓰러진 잿빛 형체를 보고 있었다.

"저거 심문관이야? 심문관이……?"

"죽었어." 제이스가 대꾸했다.

알렉이 이를 악물었다. "두 번 다시 볼 일은 없겠군. 어쩌다 저렇게 됐어?"

제이스가 대답하려는 순간 커다란 외침이 들려왔다. "알렉! 제이스!" 이사벨이 악취와 연기를 뚫고 서둘러 다가오고 있었다. 몸에 꼭 맞는 검은 재킷이 누런 피로 얼룩졌고, 손목과 발목에 룬 부적이 달린 금줄을 둘렀으며, 합금으로 만든 그물처럼 채찍을 몸에 칭칭 감았다.

이사벨이 팔을 벌렸다. "제이스, 우린……."

"안 돼." 무엇 때문인지 제이스가 그녀의 손길을 피해 뒤로 물러났다. "온몸이 피야, 이사벨. 손대지 않는 게 좋을 거야."

이사벨의 얼굴에 상처 입은 표정이 스쳤다. "우리 모두 널 얼마나 찾았다고. 엄마랑 아빠가……."

"이사벨!" 제이스가 외쳤지만 너무 늦었다. 거대한 거미 악마가 그녀 뒤에서 갑자기 나타나 노란 독을 쭉 뿜었다. 독이 닿자 이사벨이 비명을 질렀지만, 채찍이 쏜살같이 날아가서 악마를 두 동강 냈다. 놈은 바닥으로 쿵 쓰러진 뒤 사라졌다.

이사벨이 앞으로 쓰러지는 순간 제이스가 달려갔고, 힘겹게 이사벨을 품에 안자 그녀의 손에서 채찍이 떨어졌다. 제이스는 독이 얼마나 튀었는지 확인했다. 대부분은 재킷에 튀었지만 목에도 튀어 살갗이 지글거리며 타들어가고 있었다. 이사벨이 들릴락 말락 하는 소리로 끙끙거렸다. 고통을 내비치는 법이라곤 없던 이사벨이.

"내가 안을게." 알렉이 무기를 던지고 동생을 도우러 급히 다가와 제이스의 품에서 이사벨을 받은 다음 조심스레 바닥에 눕혔다. 그러고는 스텔레를 쥐고 그녀 곁에 무릎을 꿇으며 제이스를 올려다보았다. "이사벨을 치유하는 동안 뭐가 오든 막아줘."

제이스는 이사벨에게서 눈을 뗄 수가 없었다. 목에서 피가 끊임없이 흘러나와 재킷과 머리카락을 흠뻑 적셨다. "배에서 데리고 나가야 해." 제이스가 거친 목소리로 말했다. "계속 여기 있다가는……."

"죽을 거라고?" 알렉이 동생의 목에 스텔레 끝을 최대한 살짝 대고 룬을 그리며 말했다. "우린 전부 죽을 거야. 놈들이 너무 많아. 우린 압도적으로 당하고 있다고. 심문관은 죽어도 싸. 이건 전부 그 여자 때문이니까."

"전갈 악마가 날 죽이려고 했어." 제이스가 입을 열었지만 왜 그러는지는 자신도 몰랐다. 왜 증오하던 사람을 두둔하려고 하는지. "심문관이 몸으로 막았어. 내 목숨을 구하고."

"정말이야?" 알렉의 목소리에 놀라움의 기색이 역력했다. "왜지?"

"내가 살려둘 만한 가치가 있다고 생각했나 보지."

"하지만 심문관은 계속……." 알렉의 말이 중간에 끊기고 표정이 바뀌었다. "제이스, 뒤에 두 놈이야."

제이스가 휙 돌아섰다. 악마 두 놈이 다가오고 있었다. 악어 같은 몸에 톱니 모양의 이빨이 있고 전갈의 꼬리를 앞으로 말아 올린 래브너 악마, 그리고 구더기 같은 허연 피부가 달빛을 받아 어슴푸레 반짝이는 드레박 악마였다. 알렉이 놀라서 숨을 들이쉬었고, 다음 순간 사만디리엘이 제이스의 손을 떠나 은빛을 내며 공기를 가른 뒤 래브너 악마의 꼬리를 싹둑 베었다. 독주머니 바로 아랫부분이었다.

래브너 악마가 울부짖었고, 당황한 드레박 악마가 돌아서다가 얼굴에 정통으로 독주머니를 맞았다. 독을 뒤집어쓴 놈은 외마디 비명을 지르며 쭉 구겨져 머리가 뼛속으로 들어가더니 피와 독을 사방으로 튀기며 사라졌다. 래브너 악마 역시 잘린 꼬리에서 피를 울컥울컥 쏟으며 몇 걸음 더 내딛고는 사라졌다.

제이스는 허리를 굽혀 조심스레 사만디리엘을 집어 들었다. 독이 흐른 금속 바닥은 지글거리며 녹아들었고, 올이 성긴 무명천처럼 작은 구멍들이 생겨났다.

"제이스, 이사벨을 데리고 나가야겠어." 창백하지만 제 발로 서는 이사벨을 부축하며 알렉이 일어났다.

"알았어. 넌 이사벨을 데려가. 저건 내가 알아서 할 테니까."

"저거라니?" 알렉이 당혹해하며 물었다.

"저거." 제이스가 손가락질을 했다. 거대하고 등이 굽고 덩치가 산만한 무언가가 연기와 불꽃을 뚫고 그들 쪽으로 다가오고 있었다. 다른 악마들보다 다섯 배는 컸고, 갑옷처럼 단단한 몸에 팔다리가 여러 개 달렸으며, 그 끝에는 딱딱하고 날카로운 맹금의 발톱이 달렸다. 발은 코끼리 발처럼 펑퍼짐하면서 컸고, 머리는 거대한 모기처럼 생겼다. 가까이에서 보니 피처럼 붉은 영양공급관이 덜렁거리며 매달려 있었다.

알렉이 숨을 들이켰다. "저게 도대체 뭐야?"

제이스가 잠시 생각하다 입을 열었다. "큰 놈. 아주 큰 놈."

"제이스."

제이스가 몸을 돌려 알렉과 이사벨을 바라보았다. 이것이 그들을 보는 마지막일지도 모른다고 마음 한구석에서 속삭였지만, 제이스는 여전히 두렵지 않았다. 다만 그들에게 해주고 싶은 말이 있었다. 그들을 사랑한다는 말. 죽음의 도구 천 개와도 맞바꾸지 않을 정도로 그들이 소중하다는 말. 하지만 입이 떨어지지 않았다.

"알렉." 제이스는 자신이 말하는 소리를 들었다. "지금 당장 이사벨을 사다리로 데려가. 안 그러면 전부 죽어."

알렉이 잠시 제이스와 눈을 맞추었다. 그러다 고개를 끄덕인 후, 여전히 저항하는 이사벨을 난간 쪽으로 밀었다. 알렉의 도움으로 이사벨이 난간을 넘어가 사다리를 내려가기 시작했고, 그녀의 검은 머리가 아래로 사라지자 제이스는 크게 안도했다. '자, 이제 네 차례야, 알렉. 어서가.' 제이스가 속으로 외쳤다.

그러나 알렉은 가지 않았다. 그가 갑판으로 뛰어내리는 걸 보고 이사벨이 날카롭게 외치는 소리가 들렸다. 알렉의 기잠은 갑판 위, 그가 던져둔 곳에 그대로 있었다. 그걸 다시 집어 든 알렉은 제이스와 함께 악마에 맞서기 위해 그의 곁으로 다가왔다.

하지만 알렉은 제이스 곁에 서지 못했다. 제이스에게 다가가던 악마가 갑자기 방향을 틀어 알렉에게 돌진한 것이다. 제이스가 알렉을 보호하려고 돌아섰지만, 독으로 녹아내린 금속 바닥이 아래로 꺼지며 발이 빠져 갑판에 세게 넘어지고 말았다.

알렉이 제이스의 이름을 외치는 순간, 악마가 알렉에게 달려들었다. 알렉이 날카로운 기잠을 쑤셔 박았고, 악마가 소름 끼칠 정도로 사람 같은 비명을 내지르며 뒷걸음질을 쳤다. 상처에서 검은 피가 거세게 뿜어져 나왔다. 알렉이 뒤로 물러나 또 다른 무기로 손을 뻗었지만, 그 순간 악마가 발톱을 휘둘러 그를 갑판으로 쓰러뜨렸다. 그러고는 영양공급관으로 알렉의 몸을 둘둘 감았다.

어디선가 이사벨이 비명을 지르는 소리가 들렸다. 제이스는 필사적으로 몸부림치며 구멍에서 다리를 잡아 뺐다. 뾰족한 금속에 살이 찢기며 다리가 쑥 빠져나오자 비틀거리며 일어설 수 있었다.

제이스는 몸을 가누고 사만디리엘을 들어 올렸다. 천사의 검이 유성처럼 환한 빛을 앞쪽으로 쏘았고, 악마가 움찔하며 낮게 쉭쉭 하는 소리를 냈다. 한순간 알렉을 잡은 악마의 손이 느슨해지기에, 제이스는 놈이 알렉을 놓아주려는 줄 알았다. 그러나 악마는 다음 순간 머리를 한껏 당겼다가 무서운 속도로 알렉을 내던졌다. 피로 미끈거리는 갑판 위를 미끄러진 알렉이 거친 비명을 내지르며 배 아래로 떨어졌다.

이사벨이 악을 쓰며 알렉의 이름을 불렀고, 그 소리가 제이스의 귀에 대못처럼 와서 박혔다. 사만디리엘은 여전히 그의 손에서 빛을 내며 성큼성큼 다가오는 악마의 곤충 같은 눈을 비췄다. 먹잇감을 노리는 번들거리는 눈이었다. 하지만 제이스의 시선은 오로지 알렉에게만 박혀 있었다. 배 아래로 떨어져 시커먼 물속으로 빠져버린 알렉. 제이스는 제 입에서 짜디짠 바닷물의 맛을 느꼈다. 아니면, 그건 피의 맛이었을까. 악마가 가까이 다가왔다. 제이스가 놈을 향해 사만디리엘을 날렸다. 악마가 고통에 찬 비명을 내지르는 순간, 끼익 하고 금속이 갈라지는 소리가 나며 바닥이 무너져 내렸다. 제이스는 깜깜한 어둠 속으로 빠져들었다.

19
진노의 날

"잘못 알았어요." 클라리는 그렇게 말했지만 목소리에는 확신이 없었다. "당신은 나나 제이스에 관해 아무것도 몰라요. 당신은 그저……."

"난 그저 너를 이해시키려는 것뿐이다, 클라리사." 발렌타인의 목소리에서는 희미한 즐거움 외에 어떤 감정도 감지되지 않았다.

"우릴 비웃고 있어요. 나를 이용해 제이스에게 상처를 줄 수 있다고 생각하고 우릴 비웃는 거예요. 이젠 화도 내지 않잖아요. 진짜 아버지라면 화를 낼 텐데."

"난 네 아버지야. 내 몸에 흐르는 것과 똑같은 피가 네 안에도 흐르니까."

"나한테 아버진 당신이 아니라 루크예요." 클라리가 지겹다는 듯이 말했다. "그 얘긴 이미 끝난 걸로 아는데요."

"네가 루크를 아버지로 생각하는 건 네 엄마와의 관계 때문에……."

"엄마와의 관계라뇨?" 클라리가 소리 내어 웃었다. "루크는 엄마 친구죠."

한순간 발렌타인의 얼굴에 놀라움의 빛이 스쳤지만, "그렇단 말이지"

라고만 말한 뒤 입을 다물었다. 그러다 잠시 후 말을 이었다. "넌 정말로 그가, 그러니까 루션이, 침묵하고 숨어 살고 도망 다니는 삶을 견디는 이유가, 자신이 완전히 동의하지 못하는 비밀을 보호하기 위해 그토록 헌신하는 이유가 오로지 우정 때문이라고 생각하는 거냐? 넌 아직도 인간이 어떤 존재인지 모르는구나, 클라리사. 남자에 대해선 더더욱 모르고."

"루크에 대해 빈정거리고 싶으면 얼마든지 빈정거려요. 그렇게 한다고 달라질 건 아무것도 없으니까. 당신은 제이스뿐만 아니라 루크에 대해서도 잘못 알고 있어요. 모두의 행동에 추한 동기를 갖다 붙여야 속이 시원하죠. 그거 말고는 아는 게 없으니까."

"루션이 네 엄마를 사랑하는 것이 추하다고 생각하는 거냐? 사랑하는 게 뭐가 그렇게 추하지, 클라리사? 혹시 너도 마음 깊은 곳에서는 네 소중한 루션이 인간도 아니고 감정을 느끼지도 못한다고 생각하는 건 아니냐?"

"루크는 나와 똑같은 인간이에요." 클라리가 사납게 외쳤다. "당신은 아주 편협한 인간이고."

"아, 그렇지 않아. 난 편협함하곤 거리가 멀지." 발렌타인은 클라리에게 좀 더 다가섰고, 클라리는 그가 검을 보지 못하도록 검 앞으로 움직였다.

"나와 내가 하는 일을 먼데인의 시각으로 바라보기 때문에 그렇게 보이는 것뿐이야. 먼데인은 섀도우 헌터의 시각에서 보면 우스꽝스럽기 그지없는 기준으로 인간을 구분하지. 인종, 종교, 국가, 그 외에도 무수히 많은 사소하고 부적절한 지표들에 기초를 두고 말이야. 먼데인들에겐 그런 일이 논리적으로 보이지. 그건 악마의 세계를 보거나 이해하거나 인지하지는 못해도 내면 깊숙이 묻힌 태고의 기억으로 그들 역시 지구상에 다른 존재들이 거닐고 있다는 사실을 알기 때문이야. 이 세계에 속하지 않는, 오로지 해를 입히고 파괴할 의도만을 지닌 존재들. 그러나 먼데인들에겐 악마의 위협이 보이지 않으니, 자신들 중의 누군가를 그 위협의 주체로 규정할 수밖에 없어. 이웃에게 적의 얼굴을 부여하고 그 때문에 수 세대에 걸쳐 고난을 겪지."

그가 또 한 걸음 다가가자 클라리는 본능적으로 뒤로 물러났고, 그 바람에 트렁크에 몸이 닿았다. "난 그들과는 달라. 진실을 알지. 먼데인들은 유리를 통해 보듯 어렴풋하게 보지만, 섀도우 헌터인 우리는 직접 얼굴을 맞대고 봐. 악마의 실체를 알고, 그들이 우리 가운데 돌아다녀도 우리 중 하나가 아니라는 사실을 알지. 우리 세계에 속하지 않은 것은 뿌리내리게 두어선 안 돼. 독이 있는 꽃처럼 자라나서 모든 생명을 소멸시키고 마니까."

클라리는 트렁크에서 검을 집어 발렌타인을 공격할 참이었지만, 그의 말이 그녀를 온통 흔들어놓았다. 발렌타인의 목소리는 너무도 부드럽고 너무도 설득력이 있었다. 클라리도 악마가 이곳에서 활개를 치고 다니도록 놔둬야 한다고는 생각하지 않았고, 그들이 수많은 다른 세계를 망쳐놓았듯이 지구를 재로 만들게 두어서는 안 된다고 생각했다. 발렌타인이 하는 말은 틀리지 않았다. 하지만…….

"루크는 악마가 아니에요."

"넌 악마와 마주한 경험이 거의 없는 걸로 아는데, 클라리사. 고작해야 친절을 베푸는 다운월드 사람을 몇 명 알 뿐이고, 넌 그들을 통해 다운월드를 바라보고 있어. 네가 생각하는 악마는 어둠 속에서 튀어나와 잡히는 대로 찢어발기고 덤벼드는 흉측한 존재겠지. 물론 그런 놈들도 있어. 하지만 인간들 틈에 섞여 살면서 발각되지 않고 방해도 받지 않는 아주 교묘하고 비밀스러운 악마들도 분명히 존재해. 그들이 저지르는 끔찍한 짓들에 비하면 짐승 같은 동료들이 저지르는 짓은 얌전하게 보일 정도지. 전에 런던에 살던 악마 하나는 막대한 영향력을 지닌 금융가 행세를 했다. 나는 놈의 정체를 알았지만 놈은 혼자 있을 때가 거의 없어서 죽일 수 있을 정도로 가까이 다가가기가 몹시 힘들었지. 놈은 하수인들을 시켜 동물들과 어린아이들을 데려오게 했어. 작고 힘없는 거라면 무엇이든……."

"그만해요." 클라리가 손으로 귀를 틀어막았다. "듣고 싶지 않아요."

그러나 발렌타인의 목소리는 계속해서 들려왔고, 웅웅거린 해도 무슨 말인지 알아듣지 못할 정도는 아니었다. "놈은 그들을 천천히, 여러 날에 걸쳐서 야금야금 먹어나갔지. 상상할 수 없는 고문을 가하면서도 죽이지는 않는 기술도 터득했어. 몸뚱이가 반쯤 찢겨나간 어린애가 너를 향해 기어오는 모습을 상상할 수 있겠……."

"그만해요!" 클라리가 귀에서 손을 떼며 소리쳤다. "그만하라고요, 그만!"

"악마들은 죽음과 고통, 광기를 먹고 살아. 내가 놈들을 죽이는 건 그래야만 하기 때문이다. 넌 연약한 유리 벽으로 둘러싸인 아름다운 가짜 낙원에서 자랐어. 네 엄마는 자신이 살고 싶은 세상을 만들고 그곳에서 널 키웠지만, 그게 환영에 불과하다는 사실은 결코 말해주지 않았지. 그동안에도 악마들은 유혈과 공포라는 무기를 들고, 그 유리 벽을 깨부수어 널 거짓으로부터 자유롭게 할 기회를 노리고 있었는데 말이다."

"그 벽을 부순 건 당신이에요." 클라리가 속삭였다. "당신이 날 이 세계로 끌어들였어요. 다른 누구도 아닌 당신이."

"그러면 네가 베인 유리는 어떠냐? 네가 느낀 고통은? 그 피는? 그것도 모두 내 탓이라고 할 거냐? 너를 감옥에 가둔 건 내가 아니야."

"그만해요. 아무 말도 하지 말아요." 클라리는 머리가 울렸다. '당신이 엄마를 납치했잖아. 그러니 당신이 그런 거야. 당신 탓이라고!' 발렌타인에게 이렇게 외치고 싶었지만, 그와는 논쟁이 불가능하다는 루크의 말이 무슨 뜻인지 이해하기 시작했다. 발렌타인은 클라리가 어린애를 두 동강 내는 악마의 이미지에 사로잡혀 감히 그의 말에 이의를 제기할 수 없도록 상황을 몰아갔다. 이처럼 강압적이고 감당하기 힘든 성격을 제이스는 어떻게 그토록 오래 견뎠을까. 클라리는 제이스의 오만한 태도와 엄격하게 감정을 통제하는 습성이 어디에서 비롯되었는지를 알 것 같았다.

뒤쪽에 놓인 트렁크의 모서리가 클라리의 등과 다리로 파고들었다. 검에서 나오는 서늘한 기운에 목덜미의 머리칼이 쭈뼛거렸다. "나한테 원하는 게 뭐예요?"

"왜 내가 너한테 원하는 게 있다고 생각하지?"

"그렇지 않다면 나한테 이렇게 말하고 있지 않을 테니까요. 내 머리를 후려친 다음 그…… 뭔지 모를 다음 단계로 넘어갔겠죠."

"다음 단계는, 네 섀도우 헌터 친구들이 널 찾아내는 거야. 그리고 내가 그들에게 이렇게 말하는 거지. 널 산 채로 돌려받고 싶다면 늑대인간 소녀를 데려오라고 말이야. 난 늑대인간 아이의 피가 필요하거든."

"그들은 절대로 마야를 넘기지 않아요!"

"그게 바로 네가 잘못 알고 있는 점이야. 그들은 섀도우 헌터와 비교할 때 다운월드 사람의 가치가 어느 정도인지 정확히 알아. 그러니 분명히 거래를 할 거다. 클레이브가 요구할 거야."

"클레이브? 그럼 법에 그렇게 되어 있다는 거예요?"

"정확히 그렇게 되어 있지. 이제 알겠니? 우린 많이 다르지 않아. 클레이브와 나, 제이스와 나, 심지어 너와 나도 말이다. 방법에서만 약간 의견 차가 있을 뿐이야." 발렌타인이 미소를 지으면서 앞으로 걸어 나와 둘 사이의 간격을 더욱 좁혔다.

날렵한 움직임으로 클라리가 뒤로 손을 뻗어 영혼의 검을 집어 들었다. 그 정도로 빨리 움직일 수 있는지는 클라리 자신도 몰랐다. 검은 예상대로 매우 무거웠다. 너무 무거워서 하마터면 중심을 잃을 뻔했다. 팔을 뻗어 중심을 잡은 클라리는, 검을 들어 발렌타인을 똑바로 겨누었다.

어둠 속으로 떨어진 제이스는 금속 바닥에 세게 부딪혔다. 얼마나 세게 부딪혔는지 이까지 덜그럭거렸고, 입안에서는 피 맛이 났다. 제이스는 쿨룩쿨룩 기침을 하면서 힘겹게 몸을 일으켰다.

그는 탁한 녹색으로 칠해진 좁은 금속 통로에 서 있었다. 배의 내부는 텅 비어 있었고, 벽이 바깥으로 휘어진 커다란 방 같은 느낌을 주었다. 위를 올려다보니 까마득한 연기 구멍으로 별이 총총한 밤하늘이 조금 보였다.

배의 아래쪽은 어디로 연결되는지 모를 작은 통로와 사다리 들이 거대한 뱀처럼 구불구불 이어졌다. 숨을 내쉬면 하얀 입김이 구름처럼 뿜어져 나올 만큼 추웠고, 빛이 거의 없어 몹시 어두웠다. 제이스는 눈을 가늘게 뜨고 어둠을 응시하다, 주머니로 손을 뻗어 마법의 불을 꺼냈다. 하얀 빛이 주변을 밝히자, 길게 이어지는 통로 끝에 아래로 내려가는 사다리가 보였다. 그쪽으로 걸음을 뗀 제이스는 발아래에서 무언가 반짝이는 것을 발견했다.

허리를 굽혀서 보니 스텔레였다. 제이스는 저도 모르게 주위를 둘러보았다. 누군가 어둠 속에서 걸어 나오기라도 할 것처럼. 섀도우 헌터의 스텔레가 어떻게 여기까지 떨어졌을까? 그가 스텔레를 조심스레 들어 올렸다. 모든 스텔레는 독특한 기운을 지니고 있다. 주인의 개성을 보여주는 흐릿한 자국 같은 것이다. 제이스는 손에 든 스텔레를 알아보고 가슴이 철렁 내려앉았다. '클라리.'

어디선가 나지막한 웃음소리가 정적을 깨고 들려왔다. 제이스는 스텔레를 허리띠에 찔러 넣고 재빨리 돌아섰다. 흔들리는 마법의 불빛에 통로 끝에 선 검은 형체가 비쳤다. 얼굴은 어둠에 가려 보이지 않았다.

"거기 누구죠?" 제이스가 소리쳤다.

아무 대답이 없었다. 오직 누군가 그를 비웃고 있다는 느낌만 들었다. 무의식적으로 손이 허리띠로 갔지만, 떨어지면서 천사의 검마저 놓쳐버려 무기가 하나도 없었다.

하지만 아버지가 늘 뭐라고 강조했던가. 제대로만 사용하면 어떤 것도 무기가 된다고 하지 않았나. 제이스는 검은 형체에게 천천히 다가가며 주변의 모든 것을 빠짐없이 살폈다. 매달려서 발길질을 할 버팀대, 상대에게 던져 등뼈를 꿰뚫을 부서진 금속 조각. 이런 점들을 파악하는 순간, 통로 끝에 선 형체가 돌아섰다. 마법의 불빛에 그의 하얀 머리칼이 반짝였다. 제이스가 그를 알아보고 우뚝 걸음을 멈췄다.

"아버지? 아버지예요?"

알렉이 제일 먼저 느낀 것은 얼어붙을 듯한 추위였다. 그다음으로는 숨을 쉴 수 없다는 것. 공기를 한껏 들이마시니 온몸에 경련이 일었다. 그는 벌떡 일어나 폐 속의 더러운 강물을 왈칵 쏟아냈다.

마침내 숨을 쉴 수 있게 되었지만, 폐는 불이 붙은 듯이 고통스러웠다. 숨을 몰아쉬며 주위를 둘러보니, 알렉은 어떤 금속 받침대 위에 앉아 있었다. 아니, 그곳은 강 한가운데 둥둥 떠 있는 픽업트럭의 짐칸이었다. 머리와 옷에서 차가운 물이 줄줄 흘렀다. 그리고 맞은편에 매그너스 베인이 앉아 어둠 속에서 호박색 고양이 눈을 번쩍이며 그를 지켜보고 있었다.

알렉은 이가 덜덜 떨리기 시작했다. "무슨…… 무슨 일이 있었던 거죠?"

"네가 이스트 강물을 전부 들이켜려고 했어." 매그너스가 말했다. 알렉은 마치 처음 보는 사람처럼 매그너스를 쳐다보았다. 매그너스의 옷도 흠뻑 젖어 제2의 피부처럼 살갗에 착 달라붙었다. "내가 널 물에서 끌어냈고."

알렉은 머리가 지끈거렸다. 허리띠를 더듬었지만 스텔레는 없었다. 좀 전의 일을 떠올려보았다. 배, 넘쳐나던 악마들, 쓰러지는 이사벨, 이사벨을 잡은 제이스, 발아래 흥건하던 피, 악마의 공격…….

"이사벨! 내가 떨어질 때 이사벨이 아래로 내려가고 있었는데……."

"이사벨은 괜찮아. 배까지 무사히 도착했으니까. 내가 봤어." 매그너스가 손을 뻗어 알렉의 머리에 얹었다. "반면에 넌 뇌진탕을 입었을지도 몰라."

"돌아가야 해요." 알렉이 매그너스의 손을 밀쳤다. "매그너스는 마법사잖아요. 날아가든 어떻게 하든 날 배로 보내줄 수 있지 않아요? 뇌진탕은 가면서 치료하고?"

손을 그대로 뻗은 채 매그너스가 뒤로 무너지듯 털썩 기댔다. 별빛 아래에서 그의 눈이 녹색과 금색을 띠는 동전처럼 단단하고 생기 없어 보였다.

"미안해요." 자신의 말이 어떻게 들렸을지 깨달은 알렉이 사과했다. 하지만 배로 돌아가는 일이 무엇보다 중요하다는 사실을 매그너스가 알아주었으면 했다. "매그너스가 우릴 도울 필요가 없다는 거, 잘 알아요. 그러니까 이건 부탁……."

"그만해, 알렉. 난 네 부탁 때문에 이런 일을 하는 게 아니야. 내가 이런 일을 하는 이유는…… 글쎄, 넌 그 이유가 뭐라고 생각하니?"

목에서 뭔가가 울컥 넘어와서 알렉의 입을 틀어막았다. 매그너스와 있을 때면 항상 그랬다. 가슴속에 고통이나 후회의 거품이 고여 있다가, 조금이라도 의미가 있거나 진실한 말을 하려고 하면 솟아올라 그의 입을 틀어막는 것 같았다. "난 배로 돌아가야 해요." 알렉이 마침내 입을 열었다.

매그너스는 너무 지쳐서 화를 낼 기운도 없었다. "나도 돕고 싶지만 그럴 수가 없어. 배에서 보호막을 걷어내는 것만으로도 타격이 엄청났다고. 굉장히 강한 악마의 마법이거든. 그리고 네가 배에서 떨어졌을 때 난 트럭에 고정 주문을 걸어야 했어. 그래야 내가 기절해도 트럭이 가라앉지 않을 테니까. 말해두지만 난 조만간 정신을 잃을 거야, 알렉. 시간문제라고." 매그너스가 손으로 눈을 쓸었다. "널 물에 빠지게 둘 수 없었어. 강가로 돌아갈 때까진 주문이 버텨줄 거야."

"난…… 몰랐어요." 알렉이 매그너스를 쳐다보았다. 삼백 살이 넘었어도 늘 열아홉 살 정도에서 늙기를 멈춘 사람처럼 보이던 매그너스였다. 그러나 이제는 눈가와 입가에 파인 선들이 뚜렷하게 보였다. 머리카락이 이마로 흘러내렸고, 어깨는 평소처럼 편안한 자세가 아니라 완전히 기진맥진한 모습으로 축 처져 있었다.

알렉이 양손을 내밀었다. 달빛 아래 창백하게 보이는, 물에 불어 쪼글쪼글하고 은빛 흉터로 뒤덮인 두 손을. 매그너스가 혼란스러운 눈빛으로 그 손을 쳐다보았다. 그러고는 알렉의 얼굴로 시선을 옮겼다.

"내 손을 잡아요. 그리고 내 힘도 가져가요. 쓸 수 있는 건 뭐든 써서 버텨야죠." 알렉이 말했다.

매그너스는 꼼짝하지 않았다. "배로 돌아가야 한다며?"

"싸워야 하니까요. 하지만 매그너스도 그러고 있잖아요. 배 위의 섀도우 헌터들 못지않게 싸움에서 큰 몫을 하고 있어요. 매그너스가 내 힘을 가져갈 수 있다는 거 알아요. 마법사들에게 그런 능력이 있다고 어디선가 들었거든요. 그래서 주려는 거예요. 받아줘요. 당신 거예요."

발렌타인이 미소를 지었다. 그는 검은 전투복 차림에 곤충의 껍질처럼 윤기가 도는 장갑을 끼고 있었다. "내 아들."

"그렇게 부르지 말아요." 제이스가 외쳤다. 손이 가늘게 떨리기 시작했다. "클라리는 어디 있죠?"

발렌타인은 여전히 웃고 있었다. "반항해서 따끔한 맛을 보여줬지."

"클라리한테 무슨 짓을 한 거예요?"

"아무것도 하지 않았어." 발렌타인은 팔을 뻗으면 닿을 거리까지 다가왔지만 팔을 뻗지는 않았다. "회복되지 못할 일은."

제이스는 떨리는 손을 보이지 않으려고 주먹을 움켜쥐었다. "클라리를 봐야겠어요."

"정말이냐? 이 난리 중에?" 발렌타인이 위를 슬쩍 보았다. 갑판에서 벌어지는 대학살의 현장이 보이기라도 하듯이. "난 네가 섀도우 헌터 친구들과 함께 악마에 맞서 싸우고 싶어하는 줄 알았는데. 아무튼 그들의 노력이 허사로 돌아가게 되다니 참으로 애석하구나."

"그건 모르는 일이죠."

"아니, 분명히 알아. 난 섀도우 헌터 한 명과 싸울 천 명의 악마를 불러들일 수 있으니까. 제아무리 최고의 네피림이라 해도 그런 수는 감당할 수가 없지. 저 불쌍한 이모젠처럼 말이야."

"어떻게 그걸……."

"난 배에서 일어나는 모든 일을 알아." 발렌타인의 눈이 가늘어졌다. "그녀의 죽음이 네 탓인 건 알고 있겠지?"

제이스가 숨을 들이쉬었다. 심장이 가슴 밖으로 튀어나오려는 것처럼 크게 고동쳤다.

"네가 아니었으면 누구도 이 배에 오르지 않았어. 알다시피 그들은 널 구하러 온 거니까. 다운월드 사람 둘뿐이었다면 크게 신경 쓰지 않았을 거야."

제이스는 거의 잊고 있었다. "사이먼과 마야는……."

"아, 둘 다 죽었지." 발렌타인이 아무렇지 않게, 심지어 부드럽기까지 한 목소리로 말했다. "얼마나 더 죽어야 하는 거냐, 제이스? 네가 진실을 알게 되려면 말이다."

제이스는 머릿속이 소용돌이치는 연기로 꽉 찬 것만 같았다. 어깨에 타는 듯한 통증이 일었다. "이미 끝난 얘기예요. 아버지가 틀렸어요. 악마에 대해선 옳을지 모르지만, 어쩌면 클레이브에 대해서도 옳을지 모르지만 이건……."

"내 말은, 네가 나와 같다는 사실을 언제 깨닫게 될 거냐는 뜻이었다."

차가운 공기 속에서도 제이스는 땀을 흘리기 시작했다. "뭐라고요?"

"너와 나 말이다. 우린 서로 닮았어. 네가 전에 말했듯이 너는 내가 만든 대로 됐어. 난 널 복제품으로 키웠지. 넌 나의 오만함을 지녔다. 그리고 다른 사람으로 하여금 아무 이의 없이 널 위해 목숨을 던지게 만드는 자질을 지녔지."

무언가가 제이스의 마음 한구석을 쾅쾅 두드렸다. 그가 알아야만 하는 무언가가, 또는 그가 잊은 무언가가. 어깨가 계속 화끈거렸다. "난 사람들이 나를 위해 목숨을 던지는 걸 원하지 않아요."

"아니. 넌 원해. 넌 알렉과 이사벨이 널 위해 기꺼이 목숨을 버릴 거라는 사실에 흡족해하지. 네 여동생이 그럴 거라는 사실에도 말이야. 심문관은 널 위해 죽었어. 그렇지 않니, 조너선? 넌 가만히 서서 그녀가 죽게……."

"그렇지 않아요!"

"넌 나랑 똑같아. 놀랄 일은 아니지 않아? 부자지간인데 비슷한 게 당연하지."

"그렇지 않아요!" 제이스가 손을 뻗어 금속 버팀대를 잡아 비틀었다. 굉음을 내며 뜯겨 나온 버팀대는 끝 부분이 삐죽삐죽하고 위험할 정도로 날카로웠다. "난 당신하고 달라요!" 제이스가 소리치며 아버지의 가슴에 버팀대를 박아 넣었다.

발렌타인이 입을 벌리고 비틀비틀 뒷걸음질을 쳤다. 버팀대 끝이 가슴에 비죽 튀어나와 있었다. 제이스는 잠시 발렌타인을 뚫어져라 쳐다봤다. '내가 틀렸어, 정말 그였어'라고 생각하면서. 그러나 다음 순간 발렌타인은 모래처럼 부서져 내렸다. 그의 몸이 재로 변해 차가운 공기에 실려 날아가는 동안 주변에서는 탄내가 진동했다.

제이스는 어깨에 손을 얹었다. 담대함의 룬이 타서 없어진 자리가 뜨거웠다. 갑자기 온몸의 힘이 모조리 빠져나간 느낌이었다. "애그러먼."

그가 속삭이며 바닥에 무릎을 꿇듯 주저앉았다.

거세게 날뛰던 맥박이 잦아들도록 바닥에 주저앉아 있었던 시간은 겨우 몇 분에 불과했지만 제이스에게는 꼭 영원처럼 느껴졌다. 마침내 그가 자리에서 일어나자, 추위 때문에 다리가 뻣뻣하고 손톱이 푸르스름했다. 애그러먼은 흔적도 없이 사라졌지만 여전히 타는 냄새가 코를 찔렀다.

뜯어낸 버팀대를 그대로 든 채 제이스는 통로 끝의 사다리로 다가갔다. 한 손만 사용하여 사다리를 잡고 내려가느라 애쓰다 보니 머리가 맑아졌다. 끝까지 내려간 다음 사다리에서 뛰어내리자, 거대한 방 옆으로 난 좁은 통로 위였다. 그것 외에도 사다리가 놓인 수십 개의 통로가 보였고, 다양한 파이프와 기계도 눈에 띄었다. 파이프 안에서 쿵쾅거리는 소리가 들렸다. 이따금씩 파이프에서 수증기 같은 것이 분출되었지만 공기는 여전히 매우 차가웠다.

'아주 굉장한 곳이군요, 아버지.' 제이스는 그렇게 생각했지만, 휑댕그렁한 산업 시설 같은 내부는 그가 아는 발렌타인과 어울리지 않았다. 발렌타인은 디캔터를 만드는 데 쓰이는 크리스털에 대해서조차 매우 까다로운 사람이었다. 주위를 둘러보니 통로들이 미로처럼 얽혀 있었고, 어느 쪽으로 가야 할지 알 수가 없었다. 결국 다음 사다리를 타고 아래로 내려갔고, 내려가보니 금속 바닥에 검붉은 얼룩이 묻어 있었다.

피. 제이스는 부츠 끝으로 얼룩을 문질러보았다. 아직 굳지 않아 약간 끈적거리는 그것은 흐른 지 얼마 안 된 피였다. 맥박이 빨라졌다. 통로를 따라 걸어가니 붉은 얼룩이 또 있었다. 그리고 조금 떨어진 곳에 또. 마치 흔적을 남기려는 요정이 흘려놓은 빵가루처럼.

제이스는 부츠 소리를 울리며 핏자국을 따라 걸음을 옮기기 시작했다. 피가 튄 모양이 조금 이상했다. 싸움에서 부상을 입은 자가 흘린 피라기보다는 부상을 입은 누군가가 그곳으로 옮겨지며 흘린 피에 가까웠다.

핏자국을 따라가니 검은 금속 문이 나왔다. 여기저기 찍히고 까져 은색 자국들이 남아 있었고, 손잡이 부근에는 피에 젖은 손자국이 나 있었다. 제이스는 끝이 삐죽삐죽한 버팀대를 꽉 움켜쥐며 문을 밀었다.

바깥보다도 차가운 공기가 훅 끼쳐와 깜짝 놀랐다. 한쪽 벽을 따라 박힌 금속 파이프와 구석에 놓인 자루 천 더미를 제외하곤 아무것도 없는 방이었다. 높은 벽에 난 둥근 창으로 빛이 조금씩 흘러들었다. 제이스가 조심스레 발을 내딛는데 창으로 들어온 빛이 구석의 더미를 비추었다. 그리고 제이스는 그것이 버려진 천 더미가 아니라는 사실을 깨달았다. 그것은 누군가의 몸이었다.

폭풍우 속에 열려 있는 문처럼 제이스의 심장이 쿵쾅거리기 시작했다. 금속 바닥이 피로 끈적거렸고, 걸음을 뗄 때마다 부츠 굽이 바닥에서 떨어지며 쩍쩍 소리를 냈다. 제이스는 방을 가로질러 구석에 쓰러진 형체 곁으로 다가가 허리를 굽혀 보았다. 검은 머리에 청바지와 푸른 티셔츠를 입은 소년이었다. 소년의 셔츠는 피로 흠뻑 젖었다.

제이스가 소년의 어깨를 들어 올리자 축 늘어진 몸이 뒤집히며 약간 위쪽을 응시하는 갈색 눈이 보였다. 제이스는 숨이 막혔다. 사이먼이었다. 얼굴이 종이처럼 하얬고, 목 아랫부분과 양 손목에 깊이 베인 상처가 있었다. 상처는 크게 벌어져서 양쪽 끝이 너덜너덜했다.

제이스는 사이먼의 어깨를 잡은 채 무릎을 꿇듯 주저앉았다. 클라리가 떠올랐고, 이 일을 알고 나서 그녀가 느낄 고통이, 그의 손을 으스러뜨릴 것처럼 움켜잡던 그녀의 손이, 그 작은 손에서 솟아나던 엄청난 힘이 떠올랐다. 사이먼을 찾아줘. 넌 분명히 찾아낼 거야.

그는 사이먼을 찾아냈다. 하지만 너무 늦었다.

아버지는 제이스가 열 살 때 뱀파이어를 죽이는 방법들을 알려주었다. 말뚝을 박아라. 머리를 잘라 호박등처럼 불을 놓아라. 태양 아래 불타오르게 해라. 아니면 피를 뽑아라. 그들은 살기 위해 피가 필요했다. 휘발유가 있어야 차가 움직이듯 피가 있어야 움직일 수 있었다. 사이먼의 목에 난 상처를 본 순간 그는 발렌타인이 어떤 방법을 택했는지 바로 알았다.

제이스는 손을 뻗어 사이먼의 눈을 감겨주었다. 클라리에게 이런 모습을 보여서는 안 되었다. 셔츠를 당겨 상처를 덮으려고 사이먼의 셔츠 깃을 움켜잡았다.

그 순간 사이먼이 움직였다. 눈꺼풀이 경련하더니 활짝 열렸고, 눈알은 뒤로 넘어가 허옇게 흰자가 드러났다. 조그맣게 가르랑거리는 소리가 나며 입술이 말려 올라가 송곳니가 드러났고, 베인 목에서는 숨이 끅끅거렸다.

제이스는 욕지기가 올라오는 것을 느끼며 사이먼의 옷깃을 꽉 움켜쥐었다. '죽지 않았어.' 하지만 맙소사, 사이먼은 상상할 수 없을 정도로 극심한 고통에 시달리고 있을 것이었다. 그는 상처를 치유할 수도, 피부를 재생할 수도 없었다. 그것이 없는 한…….

피가 없는 한. 제이스는 사이먼의 셔츠를 놓고 자신의 오른쪽 소매를 이로 물어 쫙 찢었다. 그러고는 부러진 버팀대의 뾰족한 끝으로 손목을 깊게 베었다. 피가 울컥 솟구치는 것을 보고 버팀대를 놓자 그것은 쨍강 소리를 내며 바닥으로 떨어졌다. 강렬하고 비릿한 피 냄새가 제이스의 코속으로 스며들었다.

　제이스가 사이먼을 내려다보았으나 사이먼은 움직이지 않았다. 피가 손을 타고 줄줄 흘러내리고 손목이 욱신거렸다. 그는 사이먼의 얼굴 위로 손을 가져가, 손가락에서 떨어지는 핏방울을 사이먼의 입으로 흘려 넣었다. 아무런 반응이 없었고, 사이먼은 여전히 움직이지 않았다. 제이스는 더욱 가까이 다가가 사이먼 위로 몸을 수그렸다. 차가운 공기로 하얀 입김이 뿜어져 나왔다. 그는 몸을 기울여 피가 흐르는 손목을 사이먼의 입에 대고 눌렀다. "내 피를 마셔, 바보야." 그가 속삭였다. "마시라고."

　잠시 동안은 아무 일도 일어나지 않았다. 하지만 다음 순간 사이먼의 눈이 파르르 떨리다 꾹 감기면서 제이스는 손목에 날카로운 통증을 느꼈다. 강한 압력으로 당겨지는 듯한 느낌이었다. 사이먼의 오른손이 날 듯이 올라와 제이스의 팔을, 팔꿈치 바로 윗부분을 꽉 움켜잡았다. 사이먼의 등이 활처럼 휘면서 바닥에서 떨어졌고, 그가 송곳니를 더욱 깊숙이 박아 넣자 제이스는 손목에 더욱 큰 압박감을 느꼈다. 찌르는 듯한 통증이 팔을 타고 올라왔다. "됐어." 제이스가 말했다. "그만하면 됐다고."

　사이먼이 눈을 떴다. 눈은 제대로 돌아와 있었고, 짙은 갈색 홍채가 제이스를 뚫어지게 쳐다봤다. 볼도 색이 돌아와서 열이 오른 것처럼 상기되었다. 살짝 벌어진 입술 사이로 피로 얼룩진 하얀 송곳니가 보였다.

　"사이먼?" 제이스가 말했다.

　사이먼이 벌떡 일어났다. 그리고 놀라운 속도로 몸을 날려 제이스를 쓰러뜨린 뒤 그의 몸 위로 올라탔다. 제이스는 머리를 바닥에 세게 박아 귓속이 윙윙 울리는 가운데 사이먼의 이빨이 목에 박히는 것을 느꼈다.

벗어나려고 몸부림을 쳤지만 사이먼의 팔은 강철 같았다. 손가락이 어깨로 파고들 정도로 꽉 잡고 제이스를 바닥에 고정했다.

하지만 사이먼은 제이스에게 고통을 주고 있지 않았다. 처음에 느껴졌던 예리한 통증은 둔한 화끈거림 정도로 희미해졌다. 스텔레가 살갗을 태울 때 이따금 느껴지는 쾌감과도 비슷했다. 혈관 속으로 나른하고 평온한 감각이 퍼지며 근육이 이완되었다. 조금 전에 기를 쓰고 사이먼을 밀어내던 손은 이제 그를 끌어당기고 있었고, 쿵쾅거리던 심장박동이 부드러운 울림으로 변해가며 서서히 느려졌다. 일렁이는 어둠이 눈가에서 슬금슬금 기어들었다. 아름답고 기이한 어둠. 제이스는 눈을 감았고…….

그때 찌르는 듯한 통증이 목을 관통했다. 제이스가 숨을 헉 들이쉬며 눈을 번쩍 떴다. 사이먼이 그의 몸 위에 올라 앉아 눈을 크게 뜨고 한 손으로 입을 가린 채 내려다보고 있었다. 목과 손목의 상처는 사라졌지만, 새로 흐른 피로 셔츠 앞자락이 물들었다.

제이스는 멍든 어깨와 베인 손목, 이빨이 박혔던 목에 통증을 느끼기 시작했다. 박동 소리는 더 이상 들리지 않았지만, 가슴에서 심장이 다시 힘차게 뛰기 시작했다는 것을 알았다.

사이먼이 입에서 손을 뗐다. 송곳니는 이미 사라지고 없었다. "널 죽일 뻔했어." 그가 말했다. 애원하듯 절박한 목소리였다.

"날 죽이게 그냥 둘 뻔했네." 제이스가 말했다.

사이먼은 제이스를 빤히 내려다보다가 그르렁거리는 소리를 내고는 제이스의 몸에서 내려와 바닥에 무릎을 대고 앉아 팔꿈치를 껴안았다. 제이스는 사이먼의 창백한 피부 아래로 거무스름하게 혈관이 퍼져 있는 목을 보았다. 푸른색과 보라색 선들이 가지처럼 뻗어나가고 있었다. 피로 가득한 혈관.
 나의 피. 제이스가 일어나 앉아 스텔레를 더듬거렸다. 팔 위로 스텔레를 움직이는 것이 마치 납으로 된 파이프를 끌고 풋볼 구장을 가로지르는 기분이었다. 머리가 지끈거렸다. 이라체를 그리고 벽에 머리를 기대 힘겹게 숨을 고르자 치유의 룬이 효력을 발휘하며 고통이 점점 사라졌다. '사이먼의 혈관에 내 피가 흘러.'
 "미안해." 사이먼이 입을 열었다. "정말 미안해."
 치유의 룬이 효력을 보였다. 제이스의 머리가 맑아지기 시작했고 쿵쾅거리던 가슴이 진정되었다. 현기증이 밀려올 것을 예상하며 조심해서 일어섰지만 그저 기운이 없고 피곤하기만 했다. 사이먼은 여전히 무릎을 꿇은 채 자신의 손을 내려다보고 있었다. 제이스가 손을 뻗어 그의 셔츠를 움켜쥐고 일으켜 세웠다. "사과할 거 없어." 사이먼을 놓아주며 제이스가 말했다. "얼른 움직이기나 해. 발렌타인이 클라리를 잡고 있어. 시간이 많지 않다고."

 맬러택의 자루를 잡는 순간 혹독한 냉기가 폭발하듯 팔을 타고 올라왔다. 클라리가 고통으로 숨을 헐떡이며 손가락이 마비되어가는 모습을 발렌타인은 흥미로운 표정으로 지켜보았다. 클라리는 검을 필사적으로 움켜쥐었지만, 검은 손에서 미끄러지며 쨍강 소리를 내고 발치로 떨어졌다.
 클라리는 발렌타인이 움직이는 것을 보지 못했지만, 다음 순간 그는 검을 들고 그녀 앞에 서 있었다. 따끔거리는 손을 흘긋 내려다보자 손바닥에 벌겋게 부어오른 자국이 있었다.
 "너는 정말로 내가……." 발렌타인이 입을 열었다. 목소리에 역겨움의 기미가 묻어났다. "네가 휘두를지도 모르는 무기 근처로 널 다가가게 그냥 둘 거라고 생각한 거냐?"

그가 머리를 절레절레 흔들었다. "넌 내 말을 한마디도 알아듣지 못했어, 그렇지? 보아하니 내 두 아이 중에 진실을 이해하는 건 오직 하나뿐인 것 같구나."

클라리는 통증에도 개의치 않고 다친 손을 꽉 움켜주었다. "제이스를 말하는 거라면, 그도 당신을 증오해요."

발렌타인이 검을 휘둘러 클라리의 쇄골을 겨눴다. "그만하면 됐어."

검의 끝은 매우 날카로웠다. 클라리가 숨을 쉬자 검 끝이 목을 찔러 핏방울이 가슴으로 흘러내렸다. 검이 닿자 혈관으로 냉기가 흘러들면서 얼음 조각을 팔다리로 보내는 것만 같았고 손에 감각이 없어졌다.

"자라온 환경 때문에 엉망이 되었구나. 네 엄만 고집이 센 여자였어. 애초에 네 엄마를 사랑하게 된 이유 중 하나가 바로 그거였지. 자신의 이상을 끝까지 고수할 여인이라 생각했거든."

클라리는 희미하게 놀라며 생각했다. 렌윅에서 아버지를 보았을 때 그가 보인 카리스마는 제이스를 위한 것이었다. 이제 그는 신경 쓰지 않았고, 마법이 걸린 발렌타인의 모습은 텅 비어 보였다. 속이 텅 빈 조각상처럼, 눈 안으로 들여다보이는 것은 오직 컴컴한 어둠뿐이었다.

"말해주렴, 클라리. 네 엄마가 한 번이라도 내 얘기를 했었니?"

"엄만 아버지가 죽었다고 했어요."

'다른 말은 하지 마.' 클라리는 자신에게 이렇게 경고했지만 발렌타인은 그녀의 눈빛에서 하지 않은 말이 무엇인지 분명히 읽었을 것이다. '그리고 난 그 말이 사실이었으면 좋겠어요.'

"네가 남과 다르다는 말은 한 적이 없고? 네가 특별한 존재라는 사실

말이다."

 클라리가 침을 꿀꺽 삼키자 검 끝이 목으로 더욱 파고들었고, 피가 또다시 가슴으로 흘러내렸다. "내가 섀도우 헌터란 말은 해주지 않았어요."

 "네 엄마가 왜 날 떠났는지 아니?" 발렌타인의 시선이 검을 훑고 클라리에게 가서 멎었다.

 클라리는 눈물이 솟구치며 목이 메었다. "이유가 어디 하나뿐이겠어요?"

 "네 엄만 나한테……." 발렌타인은 클라리의 말을 무시하며 계속 말을 이었다. "내가 우리 첫아이를 괴물로 만들어놓았다고 했어. 그래서 둘째에게도 똑같은 짓을 하기 전에 나를 떠난 거야. 둘째, 너 말이다. 하지만 그땐 이미 너무 늦었지."

 목과 팔다리로 너무도 강렬한 냉기가 퍼져 클라리의 몸은 이미 떨리는 단계를 넘어섰다. 마치 검이 그녀를 얼음으로 얼려버린 것 같았다. "그런 말은 한 적 없어요." 클라리가 속삭였다. "제이스는 괴물이 아니에요. 나도 그렇고."

 "내가 말한 건……."

 천장의 문이 요란하게 열리고, 구멍으로 두 형체가 떨어져 발렌타인 바로 뒤로 착지했다. 클라리의 눈에 가장 먼저 들어온 것은 제이스였다. 놀라움과 안도감이 동시에 들었다. 그는 목표물을 향해 정확히 날아가는 화살처럼 공기를 가르며 떨어져서 가볍지만 굳건하게 바닥을 디뎠다. 한 손에는 피 묻은 강철 버팀대를 쥐고 있었는데, 한쪽 끝이 위험할 정도로 날카로웠다.

 두 번째 형체가 제이스 옆으로, 그처럼 우아하게는 아니지만 그만큼 가볍게 착지했다. 클라리는 검은 머리와 늘씬한 몸의 윤곽을 보고 처음엔 알렉이라고 생각했다. 하지만 그가 몸을 곧게 세웠을 때 그 익숙한 얼굴의 주인이 누군지 알아보았다.

그 순간 클라리는 영혼의 검도, 추위도, 목의 통증도 모조리 잊었다.
"사이먼!"

사이먼이 방을 가로질러 클라리를 보았다. 둘의 시선이 만나는 짧은 순간, 클라리는 걷잡을 수 없는 안도감을 느끼며, 사이먼이 그녀의 표정에서 그 사실을 읽어주길 바랐다. 아까부터 억눌러왔던 눈물이 기어이 터지고 말았다. 클라리는 꼼짝하지 않았고, 눈물을 닦아내지도 않았다.

발렌타인이 뒤로 고개를 돌리더니 입을 쩍 벌렸다. 클라리는 처음으로 그의 얼굴에 정직한 놀라움이 떠오른 것을 보았다. 발렌타인이 획 돌아서 제이스와 사이먼을 마주 보았다.

검 끝이 목에서 떨어지자, 얼음 같은 냉기뿐만 아니라 온몸의 힘도 빠져나가, 클라리는 바닥에 풀썩 주저앉아 걷잡을 수 없이 몸을 떨었다. 눈물을 닦으려고 손을 드니 손가락 끝에서 동상이 시작되어 허옇게 변해 있었다.

제이스는 경악한 표정으로 클라리를 바라보다가 아버지를 향해 얼굴을 돌렸다. "무슨 짓을 한 거예요?"

"아무것도 하지 않았어. 아직은." 발렌타인이 냉정을 되찾으며 말했다.

아버지의 말에 충격을 받은 제이스의 얼굴이 창백해졌다.

"나야말로 네게 무슨 짓을 한 거냐고 묻고 싶구나." 제이스에게 말하고 있었지만 발렌타인의 시선은 사이먼에게 못 박혀 있었다. "저게 왜 아직 살아 있지? 뱀파이어는 재생이 가능하지만 그렇게 적은 피로는 불가능해."

"지금 나 말하는 건가요?" 사이먼이 물었다. 클라리가 빤히 쳐다보았다. 사이먼의 말투가 달라져 있었다. 어른을 상대로 건방지게 입을 놀리는 어린애의 말투가 아니었다. 발렌타인 모겐스턴과 동등한 위치에서 맞설 수 있다고 느끼는 사람의 말투였다. 정말로 그럴 만한 사람의 말투. "아, 맞다. 당신이 날 죽게 내버려뒀죠. 아니, '좀 더 죽게' 내버려뒀다고 해야겠네요."

"됐어." 제이스가 사이먼을 쏘아보았다. 눈빛이 매우 어두웠다. "내가 대답할게." 그가 아버지에게 돌아섰다. "사이먼에게 내 피를 마시게 했어요. 죽지 않도록."

발렌타인의 엄한 얼굴이 더욱 딱딱하게 굳었다. 뼈들이 피부를 뚫고 나올 것만 같았다. "자진해서 뱀파이어에게 네 피를 마시게 해주었다고?"

제이스는 잠시 망설였다. 강렬한 증오의 눈빛으로 발렌타인을 노려보는 사이먼을 흘깃 쳐다보고는 조심스레 대답했다. "네."

"넌 지금 네가 무슨 짓을 저질렀는지 짐작도 못할 거다, 조녀선." 발렌타인이 무서운 목소리로 말했다. "짐작도 못해."

"목숨을 구했죠. 아버지가 빼앗으려던 목숨. 그 정도는 알아요."

"인간의 목숨이 아니야. 넌 오직 배를 불리기 위해 살인을 저지르는 괴물을 다시 살려놓았어. 저들은 늘 굶주려······."

"난 지금 배가 고픈데." 사이먼이 말하고는 뾰족하게 나온 송곳니를 드러내며 씩 웃었다. 하얗고 날카로운 송곳니가 아랫입술 위에서 번쩍거렸다. "피를 좀 더 마실 수도 있을 거 같아. 물론 당신 피는 목에 걸려서 넘기기 힘들겠지만 말이야. 이 더러운······."

발렌타인이 소리 내어 웃었다. "어디 한번 해보지, 뱀파이어. 영혼의 검이 너를 베면 넌 불에 타서 죽게 돼."

제이스의 시선이 검으로 향했다가 클라리에게 옮겨갔다. 말은 하지 않았지만 눈빛으로 묻고 있었다. 클라리가 재빨리 입을 열었다. "검은 바뀌지 않았어. 아직은 아니야. 마야의 피가 없어서 전환 의식을 끝내지 못했어."

발렌타인이 검을 든 채 그녀에게 돌아섰고, 클라리는 그가 웃는 것을 보았다. 검이 살짝 움직이는 것 같았는데 무언가가 날아와 그녀를 쳤다. 클라리는 파도에 휩쓸린 것처럼 쓰러졌다 들어 올려져서는 휙 날아갔다. 그러고는 벽에 세게 부딪히며 멈출 때까지 속수무책으로 바닥을 데굴데굴 굴렀다. 벽 아래 쓰러진 그녀는 고통으로 숨을 몰아쉬었다.

사이먼이 그녀에게 달려가려 하자 발렌타인이 영혼의 검을 휘둘렀다. 거센 불길이 화르르 일어나 무서운 열기로 사이먼을 밀어냈다.

클라리는 팔꿈치를 괴고 가까스로 몸을 들어 올렸다. 입안에 피가 가득했고 세상이 빙글빙글 돌았다. 머리를 얼마나 세게 박았는지 알 수 없었다. 곧 기절할지도 몰랐지만, 클라리는 정신을 잃으면 안 된다고 마음을 다잡았다.

불길은 잦아들었지만 사이먼은 여전히 멍한 표정으로 바닥에 웅크리고 있었다. 발렌타인이 그를 슬쩍 쳐다보고 제이스에게 시선을 옮겼다. "지금 저 뱀파이어를 죽인다면 네가 한 일을 돌이킬 수 있어."

"싫어요." 제이스가 속삭였다.

"손에 쥔 그 무기를 들어 가슴에 박아 넣기만 하면 돼." 발렌타인이 부드러운 목소리로 말했다. "간단한 동작 한 번이면 끝나. 처음 해보는 것도 아니잖니."

제이스가 침착한 시선으로 아버지를 마주 보았다. "애그러먼을 봤어요. 아버지의 얼굴을 하고 있었어요."

"애그러먼을 봤다고? 그런데도 아직 살아 있단 말이냐?" 발렌타인이 아들을 향해 움직이자 영혼의 검이 번쩍거렸다.

"내가 놈을 죽였거든요."

"대악마인 두려움의 악마는 죽여도, 뱀파이어는 죽일 수 없다는 거냐? 내 명령인데도?"

제이스는 무표정하게 발렌타인을 바라보며 서 있었다. "뱀파이어인 건 맞아요. 하지만 이름이 있어요, 사이먼이라고."

발렌타인이 제이스 앞에서 멈춰 섰다. 영혼의 검이 강렬하게 검은 빛을 뿜어냈다. 클라리는 발렌타인이 그 자리에서 제이스를 찌를 작정이라고, 제이스는 그렇게 하도록 내버려둘 작정이라고 생각했다. "그 말은, 네 마음이 바뀌지 않았다는 뜻이겠구나. 나를 찾아왔을 때 네가 한 말이 마지막 대답이야. 아니면 내 말을 거역한 걸 후회하고 있는 거냐?"

제이스가 천천히 고개를 끄덕였다. 여전히 부러진 버팀대를 한 손에 들고 있었지만 다른 손으로는 허리띠에서 무언가를 빼고 있었다. 제이스의 시선은 한 번도 발렌타인을 떠나지 않았다. 발렌타인이 제이스의 움직임을 보았는지 알 수 없지만, 클라리는 보지 않았기를 바랐다.

"맞아요, 아버지 말을 거역한 걸 후회해요."

'그럴 리 없어!' 하고 생각했지만 클라리의 가슴이 덜컥 내려앉았다. 제이스가 포기하는 걸까? 그것만이 그녀와 사이먼을 살릴 수 있는 길이라고 생각하는 걸까?

발렌타인의 표정이 누그러졌다. "조너선."

"게다가……. 다시 한 번 그럴 거거든요. 바로 지금." 그러고는 제이스가 번개처럼 손을 움직이자, 무언가가 휙 날아와 클라리의 몇 센티미터 앞에서 소리를 내며 바닥으로 떨어져 굴렀다. 클라리가 눈을 크게 떴다.

어머니의 스텔레였다.

발렌타인이 웃기 시작했다. "스텔레? 제이스, 지금 장난하는 거냐? 아니면 드디어 네가……."

클라리는 발렌타인의 말을 끝까지 듣지 못했다. 몸을 일으키자 머리가 쪼개질 듯이 아파 숨을 몰아쉬었다. 눈물이 차오르며 시야가 흐려졌다. 스텔레를 향해 떨리는 손을 뻗었고, 손가락이 닿는 순간 바로 옆에 있는 것처럼 어머니의 목소리가 또렷이 들려왔다. '스텔레를 잡아, 클라리. 그걸 사용해. 뭘 해야 하는지 알잖아.'

클라리는 경련하듯 스텔레를 움켜쥐었고 머리를 관통하고 등뼈까지 타고 내려오는 극심한 통증을 무시하며 일어나 앉았다. 그녀는 섀도우헌터였고, 통증은 감수해야만 하는 것이었다. 발렌타인이 클라리를 부르는 소리와 다가오는 발소리가 희미하게 들렸다. 클라리는 벽으로 몸을 던지며 스텔레를 힘껏 갖다 댔다. 스텔레가 금속 벽에 닿는 순간 찌지직거리며 타는 소리가 들리는 것 같았다.

클라리가 선을 그리기 시작했다. 그림을 그릴 때면 늘 그렇듯 세상은 사라지고 오직 그녀 자신과 스텔레와 룬 문자를 그려 넣는 금속 벽만이 남았다. 클라리는 제이스가 갇힌 감방 밖에서 '열어, 열어, 열어'라고 속삭이던 때를 떠올렸다. 온 힘을 끌어모아 제이스를 속박에서 풀어준 룬 문자를 그려냈던 순간을. 그리고 그 룬 문자를 그릴 때보다 열 배, 백 배의 힘을 쏟아 다시 룬 문자를 그렸다. 양손이 불에 덴 듯이 화끈거렸다. 스텔레로 숯처럼 까맣고 두꺼운 선을 벽에 그리며 악을 썼다. '열어.'

그녀가 느끼는 모든 좌절감, 실망감, 분노를 손에 실어 스텔레로, 룬 문자로 흘려 보냈다. '열어.' 모든 사랑, 살아 있는 사이먼을 보고 느낀 안도감, 그들 모두 살아남을지도 모른다는 희망을 실어. '열어!'

그녀가 스텔레를 쥔 채 무릎으로 손을 떨어뜨렸다. 잠시 완전한 정적이 흘렀다. 제이스, 발렌타인, 심지어 사이먼까지 모두, 벽면에 새겨진 룬 문자를 쳐다보았다.

정적을 깬 것은 사이먼이었다. 그가 제이스에게 물었다. "뭐라고 쓴 거야?"

그러나 대답한 것은 발렌타인이었다. 벽에서 눈을 떼지 않은 채였다. 그의 얼굴에는 클라리가 전혀 예상치 못한 표정이 떠올랐다. 승리감과 경악, 절망과 기쁨이 한데 뒤섞인 표정이었다. " 'Mene mene tekel upharsin(다니엘서에 나오는 말로, 왕궁의 잔치 도중 손이 나타나서 바빌론 왕국의 멸망을 예언하는 이 문구를 벽에 썼다고 한다—옮긴이)'라는 뜻이지."

클라리가 비틀거리며 일어섰다. "그렇지 않아요. '열어'라는 뜻이에요." 그녀가 속삭였다.

발렌타인이 그녀의 눈을 마주 보았다. "클라리."

날카로운 금속의 비명이 발렌타인의 말을 집어삼켰다. 클라리가 룬을 새긴, 견고한 철판으로 된 벽이 휘어지고 심하게 떨렸다. 리벳이 구멍에서 뜯겨 나오며 물이 안으로 뿜어져 들어왔다.

발렌타인이 그녀를 불렀지만, 그 소리는 거대한 배를 지탱하는 모든 못과 나사와 리벳이 튕겨 나오고 금속이 뜯기며 만들어내는 소리에 묻혀 들리지 않았다.

클라리는 제이스와 사이먼에게 달려가려 했지만 벽의 구멍으로 물이 쏟아져 들어오자 무릎을 꿇고 쓰러졌다. 물살이 그녀를 쓰러뜨렸고 차가운 물이 아래로 끌어당겨졌다. 제이스가 그녀의 이름을 필사적으로 외치는 소리가 배의 비명 너머로 크게 들려왔다. 클라리도 그의 이름을 외쳤지만 그대로 벽의 구멍으로 빨려 나가 물속으로 떨어졌다.

시커먼 물속에서 클라리는 발길질을 하며 빙글빙글 돌았다. 공포가 엄습했다. 깜깜한 암흑의 공포, 깊이를 알 수 없는 강물의 공포. 수백만 톤의 물이 그녀를 내리누르며 폐 속의 공기를 모조리 뽑아내는 것만 같았다. 어느 쪽이 위인지, 어느 방향으로 헤엄을 쳐야 하는지도 알 수 없었다. 더는 숨을 참지 못해 크게 들이쉬자 더러운 강물이 왈칵 밀려들었다. 가슴이 고통으로 터질 것 같았고, 별들이 폭발하듯 눈앞에 쏟아졌다. 귓속으로 거세게 밀려들던 물소리가 고음의 달콤한 노랫소리로 바뀌었다. '죽으려나 봐' 하고 클라리는 놀라서 생각했다. 창백한 손이 검은 물을 뚫고 뻗어와서 그녀를 가까이 끌어당겼다. 긴 머리칼이 그녀 주위로 떠다녔다. '엄마' 하고 클라리는 생각했지만, 그 얼굴을 분명히 보기 전에 깜깜한 암흑이 그녀를 덮쳤다.

클라리가 정신을 차렸을 때 사방에서 목소리가 들려오고 불빛이 반짝거렸다. 그녀는 루크의 트럭 짐칸에 등을 대고 누워 있었다. 어둑한 하늘이 머리 위에서 빙글빙글 돌았다. 사방에서 강물 냄새가 진동했고, 연기와 피 냄새도 섞여 있었다. 하얀 얼굴들이 실에 매달린 풍선처럼 그녀 주변을 맴돌았다. 눈을 깜빡거리자 얼굴들이 또렷하게 보이기 시작했다.

루크와 사이먼이 걱정 어린 표정으로 그녀를 내려다보고 있었다. 클라리는 한순간 루크의 머리가 하얗게 세었다고 생각했지만, 눈을 깜빡거리고 다시 보니 온통 재로 덮여 있는 것이었다. 머리만이 아니었다. 옷과 피부에도 거무스름한 검댕이 묻었고, 공기 중에도 재가 가득했다.

클라리가 기침을 하자 입안에서 재 맛이 났다. "제이스는 어디 있어요?"

"제이스는……." 사이먼의 시선이 루크에게 향했고, 클라리는 심장이 바짝 조여들었다.

"괜찮은 거죠, 그렇죠?" 클라리가 물으면서 몸을 일으키자 머리에 엄청난 통증이 밀려왔다. "어디 있죠? 제이스 어디 있어요?"

"나 여기 있어." 시야의 한쪽 끝에서 얼굴이 어둠에 가린 제이스가 모습을 드러냈다. 제이스는 클라리 옆으로 다가와서 무릎을 꿇었다. "미안. 깨어날 때 옆에 있어야 했는데. 난……." 그의 목소리가 갈라졌다.

"넌 뭐?" 클라리가 그를 빤히 쳐다보았다. 머리카락은 별빛을 받아 은색에 가까웠고, 눈은 제 빛깔을 잃었으며, 피부는 검댕이 묻어 얼룩덜룩했다.

"제이스는 너도 죽은 줄 알았어." 루크는 그렇게 말하고 벌떡 일어나서, 클라리한테는 보이지 않는 강물 어딘가를 바라보았다. 온통 검붉은 연기가 소용돌이치는 하늘은 마치 불이 붙은 것 같았다.

"저도 죽은 줄 알았다고요? 그럼 누가 또……." 갑자기 속이 울렁거려 클라리는 말을 맺지 못했다. 클라리의 표정을 본 제이스가 주머니로 손을 뻗어 스텔레를 꺼냈다.

"가만히 있어봐, 클라리." 팔뚝이 따끔거리면서 머리가 맑아지기 시작했다. 몸을 추스르고 보니 클라리는 운전석 뒤쪽에 기대놓은 젖은 판자 위에 앉아 있었다. 짐칸에는 물이 몇 센티미터나 차올랐고, 검은 가랑비처럼 하늘에서 재가 내려와 물이 질척거렸다.

클라리는 제이스가 치유의 마크를 그린 팔 안쪽을 흘깃 보았다. 그가 혈관 속에 기운이라도 주사한 것처럼 힘이 나기 시작했다. 그녀가 팔을 거두기 전에 제이스가 손가락으로 자신이 그린 이라체를 더듬었다. 그의 손은 그녀의 살갗만큼이나 차가웠고, 나머지 부분도 물에 흠뻑 젖어 있었다. 머리칼은 축 늘어졌으며, 물에 젖은 옷이 몸에 착 달라붙었다.

재떨이 바닥을 핥은 것처럼 클라리의 입안에서 매캐한 맛이 났다. "무슨 일이 있었던 거야? 불이라도 난 거야?"

제이스는 거무스름한 강물을 바라보는 루크를 슬쩍 보았다. 작은 배들이 곳곳에 떠 있었지만 발렌타인의 배는 흔적도 없이 사라졌다. "맞아. 발렌타인의 배가 불에 타서 침몰했어. 아무것도 남기지 않았고."

"다른 사람들은?" 클라리의 시선이 사이먼에게 옮겨갔다. 그들 중에 유일하게 사이먼만 몸이 젖지 않았다. 창백한 피부에 푸르스름한 기미가 떠올라 아프거나 열이 있는 사람처럼 보였다. "이사벨하고 알렉은?"

"둘은 섀도우 헌터 배 어딘가에 있을 거야. 둘 다 괜찮아."

"매그너스는?" 클라리가 몸을 돌려 운전석을 들여다보았지만 텅 비어 있었다.

"심한 부상을 입은 섀도우 헌터들을 돌보러 갔단다." 루크가 말했다.

"그래도 다들 무사한 거죠? 알렉, 이사벨, 마야, 모두 괜찮은 거죠? 그렇죠?" 클라리의 목소리는 자신의 귀에도 작고 가냘프게 들렸다.

"이사벨은 조금 다쳤어." 루크가 말했다. "로버트 라이트우드도. 로버트는 부상이 심해서 회복되려면 시간이 좀 걸릴 거야. 말릭과 이모젠을 비롯해 많은 섀도우 헌터들이 목숨을 잃었어. 힘든 싸움이었단다, 클라리. 결과가 좋지 않아. 발렌타인은 검과 함께 사라졌고. 컨클레이브는 만신창이가 됐어. 앞으로 어떻게 될지······."

루크가 갑자기 말을 멈췄다. 클라리가 그를 쳐다봤다. 그의 목소리에 담긴 무언가가 그녀를 두렵게 했다. "죄송해요. 전부 제 잘못이에요. 제가 만약……."

"네가 만약 그렇게 안 했으면, 발렌타인은 배 위에 있던 모두를 죽였을 거야." 제이스가 사납게 외쳤다. "대학살을 막은 사람이 바로 너라고."

클라리가 놀라서 쳐다보았다. "내가 그린 룬을 말하는 거야?"

"네가 배를 산산조각 냈어." 루크가 말했다. "볼트며 리벳이며 배를 지탱하던 건 전부 다 뽑혀 나왔어. 배 전체가 무너져 내렸단다. 연료 탱크도 마찬가지고. 우린 배에 불길이 번지기 전에 겨우 물속으로 뛰어들었어. 네가 한 일은…… 누구도 그런 일을 본 적이 없을 거야."

"아." 클라리가 조그만 목소리로 말했다. "혹시 저 때문에 누군가 다쳤나요?"

"악마 몇 놈이 배와 함께 물속으로 가라앉았지. 하지만 섀도우 헌터는 한 명도 다치지 않았어." 제이스가 말했다.

"모두 수영을 할 수 있어서?"

"구조되었어. 닉시들이 우릴 물 밖으로 끌어냈거든."

클라리는 물속에서 보았던 손과 그녀를 감싸던 감미로운 노랫소리를 떠올렸다. 그러니까 그건 클라리의 어머니가 아니었다. "물의 요정?"

"실리코트의 여왕이 나름의 방식으로 약속을 지킨 거지." 제이스가 말했다. "힘닿는 데까지 도움을 주겠다고 약속했잖아."

"하지만 여왕이 어떻게……." 클라리는 '여왕이 어떻게 알았어?'라고 물으려 했지만, 여왕의 영리하고 교활한 눈과 제이스가 레드 후크 강변에서 하얀 종잇조각을 물속으로 던지던 모습이 떠올라 묻지 않기로 했다.

"섀도우 헌터 배들이 움직이기 시작했어." 사이먼이 강을 살피며 말했다. "구조할 사람은 다 했나 보네."

"그래." 루크가 어깨를 폈다. "가야 할 시간이야." 그가 운전석으로 천천히 움직였다. 다리를 절고 있었지만, 그것 말고는 다친 데가 거의 없어 보였다.

루크가 운전석으로 들어가서 앉자, 잠시 후 트럭의 엔진이 다시 부르릉거리기 시작했다. 물 위를 스치며 움직이는 트럭의 바퀴가 튀겨내는 물방울에 은백색으로 옅어진 하늘의 빛깔이 담겼다.

"이거 정말 이상한데." 사이먼이 말했다. "트럭이 가라앉을까 봐 자꾸만 신경이 쓰여."

"정말 믿을 수가 없네. 그런 일들을 겪었으면서 이걸 보고 이상하다니." 그렇게 말하는 제이스의 어조에는 악의나 짜증이 전혀 없었다. 다만 아주 많이 지친 듯했다.

"라이트우드 가족은 이제 어떻게 되지?" 클라리가 물었다. "이런 일들이 있었으니…… 클레이브는……."

제이스가 어깨를 으쓱했다. "클레이브는 이상한 방식으로 움직여. 그들이 어떤 결정을 내릴지는 나도 모르겠어. 하지만 너한테는 큰 관심을 보일 거야. 네 능력에 대해서도. 그 점만은 확실해."

사이먼이 투덜거렸다. 클라리는 불만의 뜻으로 그러는 줄 알았지만 자세히 보니 얼굴이 파랗게 질려 있었다. "왜 그래, 사이먼?"

"강물 때문에. 흐르는 물은 뱀파이어에게 좋지 않거든. 물은 불순물 없이 깨끗하지만…… 우린 그렇지 않으니까."

"이스트 강물은 깨끗한 거하곤 거리가 먼데." 그렇게 말하며 클라리는 사이먼의 팔에 부드럽게 손을 얹었다. 사이먼이 웃어 보였다. "배가 부서졌을 때 넌 물에 빠지지 않았나 봐?"

"물에 떠 있는 금속 조각 위로 제이스가 날 떠밀어줬어. 그래서 물 위에 있었지."

클라리가 어깨 너머로 제이스를 보았다. 어둠이 차츰 흐려지고 있어, 그의 모습이 좀 더 선명하게 보였다. "고마워." 클라리가 말했다. "네 생각엔……."

제이스가 눈썹을 추켜세웠다. "내 생각엔 뭐?"

"발렌타인도 빠져 죽은 것 같아?"

"시체를 보기 전까진 악당의 죽음을 믿지 말라. 섣부른 믿음은 불행과 허를 찌르는 매복 공격을 부를 뿐이야." 사이먼이 말했다.

"맞아." 제이스가 말했다. "내 생각도 그래. 발렌타인은 죽지 않았어. 죽었다면 죽음의 도구들이 발견됐겠지."

"클레이브가 죽음의 도구들 없이도 계속 이어질 수 있을까? 발렌타인이 죽었건 살았건 상관없이?" 클라리가 물었다.

"클레이브는 언제나 이어져. 클레이브가 제일 잘하는 게 그거거든." 제이스가 동쪽 수평선을 향해 고개를 돌렸다. "해가 떠오르고 있어."

갑자기 사이먼의 몸이 굳어졌다. 클라리가 놀라서 그를 빤히 쳐다보다가 벼락을 맞은 사람처럼 충격을 받았다. 그녀가 홱 돌아서 제이스의 시선을 따라갔다. 그의 말대로였다. 동쪽 수평선에 피처럼 붉은 얼룩이 퍼지고 있었다. 주변의 물을 녹색과 진홍색과 금색으로 기이하게 물들이는, 막 떠오르기 시작한 태양의 끄트머리가 클라리의 눈에 들어왔다.

"안 돼!" 클라리가 속삭였다.

제이스도 깜짝 놀라 클라리를, 그리고 사이먼을 보았다. 덫에 걸려 고양이를 바라보는 쥐처럼 사이먼은 꼼짝도 않고 떠오르는 태양을 뚫어져라 응시했다. 제이스가 벌떡 일어나 운전석으로 걸어갔다. 그가 나지막이 뭐라고 말하자 루크가 몸을 돌려 클라리를, 그리고 사이먼을, 그리고 다시 제이스를 쳐다보았다. 그러더니 고개를 가로저었다.

트럭이 앞으로 휘청거렸다. 루크가 가속 페달을 밟은 모양이었다. 클라리는 짐칸 옆면을 꼭 잡고 중심을 잡았다. 제이스가 루크를 향해 이 빌어먹을 트럭을 어떻게든 더 빨리 움직여야 한다고 소리를 질렀지만, 떠오르는 태양을 피해 달아날 길은 어디에도 없다는 것을 클라리는 잘 알았다.

"방법이 있을 거야." 클라리가 사이먼에게 말했다. 5분도 안 되는 시간 안에 극도의 안도감이 극도의 공포로 변할 수 있다는 사실이 도저히 믿기지 않았다. "뭔가, 옷 같은 걸로 널 덮어주면……."

사이먼은 여전히 하얗게 질린 채 태양에 시선을 못 박고 있었다. "천 같은 건 효과가 없어. 벽 안에 있어야 보호받을 수 있다고 라파엘이 그랬어. 옷으로 덮어도 타버릴 거야."

"그래도 틀림없이 방법이……."

"클라리." 그녀는 이제 사이먼의 모습을 뚜렷하게 볼 수 있었다. 동 트기 전의 희끄무레한 빛 안에서 하얀 얼굴에 검은 눈을 커다랗게 뜨고 있었다. 사이먼이 클라리에게 손을 내밀었다. "이리 와."

클라리는 사이먼에게 쓰러져 자신의 몸으로 그의 몸을 최대한 덮었지만, 소용없다는 사실을 잘 알았다. 햇빛이 몸에 닿는 순간 사이먼은 재로 변할 것이다.

그들은 서로를 감싸 안은 채 잠시 꼼짝 않고 앉아 있었다. 사이먼의 가슴이 오르락내리락하는 것이 느껴졌다. 그것이 필요가 아닌 습관에서 나온 움직임이라는 걸 클라리는 다시 한 번 떠올렸다. 그는 숨을 쉬지는 않았지만 여전히 죽을 수 있었다.

"죽게 내버려두지 않을 거야." 클라리가 말했다.

"선택의 여지가 없는 거 같은데." 사이먼이 미소 짓고 있는 것이 느껴졌다. "다시는 해를 보지 못할 줄 알았는데. 내 생각이 틀렸네."

"사이먼……."

제이스가 뭔가 외쳤다. 클라리가 고개를 들었다. 맑은 물에 염료가 퍼지듯 하늘에 장밋빛이 가득 퍼졌다. 사이먼의 몸이 긴장했다. "사랑해. 너 말곤 누구도 사랑한 적 없었어."

값비싼 대리석의 황금색 줄무늬처럼, 황금색 빛줄기가 장밋빛 하늘을 뚫고 내리비쳤다. 주위의 물이 햇빛으로 반짝거렸고, 사이먼의 몸이 굳으며 머리가 뒤로 떨어졌다. 활짝 뜬 눈 안에 녹아내린 액체가 차오르듯 황금빛이 가득 차올랐다. 조각상에 금이 쫙쫙 가는 것처럼 그의 피부에 검은 선들이 드러났다.

"사이먼!" 클라리가 비명을 질렀다. 그를 향해 손을 뻗는데 누군가 그녀를 확 잡아당겼다. 제이스였다. 클라리의 어깨를 제이스의 손이 움켜잡고 있었다. 빠져나오려 몸부림을 칠수록 제이스는 더욱 세게 움켜잡았다. 그가 그녀의 귀에 대고 반복해서 뭐라고 말했지만 클라리는 몇 분이 흐르고 나서야 제이스의 말을 이해하기 시작했다.

"클라리, 봐봐. 보라고."

"싫어!" 그녀가 손으로 얼굴을 가리자 손바닥에서 트럭 바닥의 물맛이 났다. 눈물처럼 찝찔한 맛이었다. "보고 싶지 않아. 보고 싶지……."

"클라리, 보라고." 제이스가 그녀의 손을 얼굴에서 떼어냈다. 희부연 새벽빛이 눈을 찔렀다.

그녀가 보았다. 그리고 거친 소리를 내며 숨을 들이켰다. 사이먼은 트럭 뒤쪽에 앉아 있었다. 햇빛 안에, 입을 벌리고, 자기 몸을 내려다보면서. 제이스의 뒤로 쏟아진 햇살이 수면 위에서 너울거리고, 그의 머리 가장자리가 황금처럼 번쩍거렸다. 사이먼은 재로 변하지 않았을 뿐만 아니라 털끝 하나 타지 않았고, 얼굴과 팔과 손의 창백한 피부에 상처 하나 입지 않았다.

인스티튜트 바깥에 어둠이 내려앉았고 침실 창문으로 불그스름하게 노을이 비쳤다. 제이스는 침대 위에 쌓아놓은 자신의 소지품들을 물끄러미 바라보았다. 소지품 더미는 생각보다 작았다. 7년을 이곳에서 살았는데 그 흔적이 고작 이것뿐이라니. 더플백 반 정도 되는 옷가지, 책 몇 권, 무기 몇 개.

그는 오늘 밤 이곳을 떠날 때 이드리스의 시골 저택에서 가져온 물건들을 두고 가야 할지 고민했다. 매그너스가 돌려준 아버지의 은반지는 이제 마음 편히 낄 수가 없어서 줄에 끼워 목에 걸었다. 제이스는 결국 자신의 물건을 여기 남겨두면 뭐하나 싶어 모두 가져가자고 마음먹었다. 옷가지를 더플백 안에 차곡차곡 넣고 있는데 누군가 방문을 두드렸다. 그는 알렉이나 이사벨일 거라고 생각하며 문을 열었다.

문 앞에 서 있는 것은 메이리스였다. 수수한 검은 원피스를 입고 머리를 뒤로 단단히 잡아당겨 묶었다. 제이스가 기억하는 얼굴보다 더 나이 들어 보였고, 양쪽 입가에 파인 깊은 주름은 턱까지 이어졌다. 색깔이 있는 것은 오직 그녀의 눈뿐이었다. "제이스." 그녀가 입을 열었다. "들어가도 되겠니?"

"원하실 대로요." 제이스가 침대로 돌아가며 말했다. "메이리스 집이잖아요." 그는 셔츠를 한 아름 들어서는 불필요할 정도로 세게 힘주어 가방 안으로 쑤셔 넣었다.

"정확히 말하면 클레이브의 집이지. 우린 그저 이곳의 관리자일 뿐이고."

제이스가 책을 가방 안에 넣었다. "어쨌든요."

"뭐하는 거니?" 메이리스를 잘 모르는 사람이라면 그녀의 목소리가 살짝 흔들렸다고 생각했을 것이다.

"짐 싸요. 이사 나갈 사람들이 흔히 하는 거."

메이리스의 얼굴이 창백해졌다. "나갈 거 없어. 네가 원하면 여기 머물러도……."

"머물고 싶지 않아요. 제가 있어야 할 곳이 아니니까요."

"어디로 갈 건데?"

"루크 집이요." 제이스의 대답에 메이리스가 움찔했다. "한동안은요. 그다음엔 저도 모르겠어요. 어쩌면 이드리스로 돌아갈지도 모르고."

"네가 속한 곳이 거기라고 생각하니?" 그녀의 목소리에 아릿한 슬픔이 배어 있었다.

제이스는 잠시 손을 멈추고 가방 안을 물끄러미 응시했다. "제가 속한 곳이 어딘지 저도 모르겠어요."

"네 가족이 있는 곳이잖아." 메이리스가 머뭇거리며 앞으로 한 걸음 내디뎠다. "우리가 있는 곳."

"절 내쫓은 건 메이리스잖아요." 자신이 듣기에도 너무 냉혹하게 들려 제이스는 목소리를 누그러뜨렸다. "죄송해요." 그가 메이리스를 돌아보며 말했다. "전부 다요. 하지만 메이리스는 제가 이곳에 머무는 걸 원하지 않았잖아요. 지금이라고 다르겠어요? 로버트는 회복되려면 시간이 걸릴 테고 메이리스는 로버트를 간호해야 하잖아요. 전 방해만 될 거예요."

"방해라고?" 메이리스가 믿을 수 없다는 듯이 말했다. "로버트는 널 보고 싶어해, 제이스."

"그럴 리가요."

"그럼 알렉은? 이사벨하고 맥스는? 그들에겐 네가 필요해. 내 말은 믿지 못한다 해도 그 아이들이 널 원한다는 건 분명히 알 거야. 우린 힘든 시간을 지나왔잖니, 제이스. 그 아이들에게 또 다른 상처를 주지 않았으면 좋겠다."

"그건 공평하지 못한데요."

"네가 날 증오한다고 해도 널 탓하지 않아." 그녀의 목소리가 정말로 흔들렸다. 놀란 제이스가 돌아서서 메이리스를 빤히 보았다. "하지만 내가 한 일은, 널 쫓아낸 일조차도, 널 보호하기 위해 그런 거야. 그리고 두려웠기 때문이고."

"제가 두려웠다고요?"

메이리스가 고개를 끄덕였다.

"그 말을 들으니 기분이 한결 낫네요."

메이리스가 깊게 숨을 들이마셨다. "너도 발렌타인처럼 내 가슴을 찢어놓을 거라고 생각했어. 넌 가족을 제외하고 내가 처음으로 사랑한 사람이었거든. 발렌타인 다음으로 말이야. 살아 있는 생명체로는 처음으로. 넌 그저 작은 아이일 뿐이었고……."

"절 다른 사람으로 알고 계셨잖아요."

"아니. 난 네가 누군지 늘 알고 있었어. 네가 이드리스에서 온 배에서 내리던 순간부터, 열 살 꼬마였던 널 처음 보는 순간부터 말이야. 넌 내 가슴속으로 걸어 들어왔단다. 우리 아이들이 태어나면서 그런 것처럼." 그녀가 머리를 흔들었다. "넌 이해하지 못할 거야. 부모가 되어보지 않았으니까. 어떤 것도 자기 아이처럼 사랑할 수는 없단다. 자식보다 부모를 더 분노하게 만드는 것도 없고."

"분노 부분만큼은 이번에 확실히 알았죠." 잠시 멈췄다 제이스가 말했다.

"날 용서해달라는 말은 하지 않을게. 하지만 이사벨과 알렉, 맥스를 위해 여기 머물러준다면, 정말 고맙게 생각……."

그건 잘못된 말이었다. "고맙다는 말 같은 거 듣고 싶지 않아요." 제이스는 그렇게 말하고 가방으로 돌아섰다. 더는 넣을 것이 남아 있지 않았다. 가방 지퍼를 채웠다.

"A la claire fontaine." 메이리스가 입을 열었다. "m'en allant promener."

제이스가 메이리스를 돌아보았다. "뭐라고요?"

"Il y a longtemps que je t'aime. Jamais je ne t'oublierai. 알렉하고 이사벨한테 불러주던 옛날 프랑스 민요야. 전에 네가 물었잖니."

이제 방 안에는 빛이 거의 없었고, 어슴푸레한 빛 아래서 메이리스는 제이스가 열 살 때와 똑같은 모습이었다. 7년 동안 아무것도 변하지 않은 것처럼. 엄한 얼굴에 걱정과 불안이, 그리고 희망이 서려 있었다. 제이스가 아는 유일한 어머니의 모습이었다.

"너한테 이 노래를 한 번도 불러주지 않았다는 말은 틀렸어." 메이리스가 말했다. "네가 듣지 못한 것뿐이지."

제이스는 아무 말도 하지 않았지만, 손을 뻗어 가방의 지퍼를 열고 내용물을 모두 침대에 쏟아냈다.

에필로그

"클라리!" 사이먼의 어머니가 문 앞의 계단에 선 소녀를 보고 활짝 웃었다. "이게 얼마 만이니? 아줌만 너희 둘이 싸움이라도 한 줄 알고 걱정하던 참이었다."

"에이, 그럴 리가요. 몸이 좀 안 좋았어요." 클라리가 말했다. '마법과 같은 치유의 룬이 있다고 해도 무적은 아니거든요.' 전투 다음 날 아침에 눈을 떴을 때 머리가 지끈거리고 열이 났지만 클라리는 별로 놀라지 않았다. 쌀쌀한 한밤중에 흠뻑 젖은 채로 몇 시간 동안이나 물 위에 있었는데 감기에 걸리지 않으면 그게 더 이상했다. 하지만 매그너스는 그녀가 발렌타인의 배를 산산조각 낸 룬 문자를 그리느라 탈진해서 아픈 거라고 말해주었다.

사이먼의 어머니가 동정 어린 표정으로 혀를 쯧쯧 찼다. "2주 전에 사이먼이 걸렸던 바이러스에 감염된 게 분명해. 걔도 그때 침대에서 꼼짝 못했잖니."

"그래도 지금은 괜찮죠?" 클라리는 다 알면서도 다시 물었다. 사이먼이 멀쩡하다는 말은 몇 번을 들어도 질리지 않았다.

"그럼, 괜찮지. 지금 뒤뜰에 있을 거야. 저 문으로 가봐." 그녀가 웃어 보였다. "사이먼이 아주 반가워할 거다."

그 거리에 빨간 벽돌로 지은 나지막한 집들은 하얗고 예쁜 연철 울타리로 나뉘어 있고, 집집마다 뒤쪽의 작은 정원으로 통하는 문이 하나씩 있었다. 날씨는 맑고 하늘은 파란데도 공기가 제법 서늘했다. 머지않아 내릴 차가운 눈의 기운이 벌써부터 전해지는 듯했다.

클라리는 뜰로 통하는 문을 닫고 사이먼을 찾으러 갔다. 사이먼의 어머니가 말한 대로 그는 뒤뜰에 있었다. 무릎에 만화책을 펴놓은 채 플라스틱 안락의자에 드러누워 있었다. 사이먼은 클라리를 보자 책을 옆으로 밀고 일어나 앉아 싱긋 웃어 보였다. "안녕, 자기."

"자기?" 의자 옆에 걸터앉으며 클라리가 말했다. "농담하는 거지?"

"시험해본 건데. 영 아닌가?"

"영 아니야." 클라리가 단호하게 말하고는 몸을 기울여 사이먼의 입에 키스했다. 그녀가 몸을 일으키자 사이먼의 손은 클라리의 머리에 머물렀지만 눈에는 조심스러운 빛이 어려 있었다.

"얼굴 보니까 좋다." 사이먼이 말했다.

"나도. 더 일찍 왔어야 하는데 내가······."

"아팠지. 알아."

클라리는 그 주 내내 담요를 덮고 루크의 소파에 드러누워 사이먼에게 문자를 보내면서 〈CSI〉 재방송을 보았다. 모든 수수께끼에 과학적 해답이 있는 세상을 보고 있자니 은근히 위로가 되었다.

"이젠 괜찮아." 주위를 둘러보고 몸을 떨며 클라리가 하얀 카디건을 당겨 여몄다. "넌 이런 날씨에 밖에 누워서 뭐하는 거야? 안 추워?"

사이먼이 고개를 저었다. "이제 추위나 더위 같은 건 별로 느끼지 않

아. 그리고……." 입술이 휘어지며 미소가 번졌다. "최대한 오래 햇빛에 나와 있고 싶어. 아직도 낮 시간엔 졸음이 쏟아지지만 노력하는 중이야."

클라리가 사이먼의 얼굴에 손등을 갖다 댔다. 표면은 햇볕을 받아 따뜻했지만, 그 아래 피부는 여전히 서늘했다. "그거 말고는 전부…… 전부 똑같아?"

"여전히 뱀파이어냐고? 그런 것 같아. 피도 계속 마시고 싶고, 심장도 여전히 뛰지 않고. 앞으로도 병원 가는 일은 피해야겠지만, 뱀파이어들은 병에 걸리지 않으니까……." 사이먼이 어깨를 으쓱했다.

"라파엘하고 얘기해봤어? 네가 어떻게 햇빛 아래 돌아다닐 수 있는지 라파엘도 모른대?"

"모르겠대. 그리고 엄청 열 받은 거 같더라." 졸리는지 눈을 껌벅이며 사이먼이 말했다. 지금이 오후가 아니라 새벽 2시라도 되는 것 같은 표정이었다. "만물의 이치에 어긋난다는 생각 때문에 언짢은가 봐. 게다가 내가 밤이 아니라 낮에 돌아다니겠다고 하면 그것도 골치 아플 거고."

"넌 라파엘이 들떠서 흥분할 거라고 생각했지?"

"뱀파이어들은 변화를 좋아하지 않아. 전통을 고수하길 원하지." 그렇게 말하며 사이먼이 웃어 보이자 클라리는 이런 생각이 들었다. '사이먼은 늘 이 모습 그대로일 거야. 내가 쉰 살, 예순 살이 되어도 사이먼은 여전히 열여섯 살로 보이겠지.' 기분 좋은 생각은 아니었다.

"아무튼 내 음악 경력을 생각한다면 잘된 일이야. 앤 라이스(《뱀파이어 연대기》 시리즈의 작가—옮긴이)가 뱀파이어는 훌륭한 록 스타의 자질을 지녔다고 했거든."

"그 정보가 믿을 만한 건지 모르겠다."

사이먼이 다시 의자 뒤로 기대앉았다. "세상에 뭘들 믿을 만하겠어? 물론 너는 빼고."

"믿을 만하다고? 넌 날 그런 사람으로 생각한단 말이지?" 클라리가 화난 시늉을 하며 물었다. "엄청 로맨틱하네."

사이먼의 얼굴에 어두운 그림자가 스쳤다. "클라리……"

"왜 그래? 무슨 일 있어?" 클라리가 손을 뻗어 사이먼의 손을 잡았다. "너 지금 나쁜 소식용 목소리로 말하고 있는 거 알아?"

사이먼이 그녀의 시선을 피했다. "이게 나쁜 소식인지 아닌지 모르겠다."

"모든 소식은 둘 중 하나야. 무슨 일 있는 거 아니지? 아니라고 말해줘, 제발."

"아니야. 하지만…… 우린 그만 만나는 게 좋을 것 같아서."

클라리는 의자에서 떨어질 뻔했다. "더 이상 나랑 친구 하고 싶지 않다고?"

"클라리."

"악마들 때문이야? 나 때문에 뱀파이어가 되어서?" 목소리가 점점 높아졌다. "말도 안 되는 상황이 벌어지고 있다는 거 알아. 하지만 너한테는 피해가 가지 않게 할게. 내가……"

사이먼이 얼굴을 찡그렸다. "너 지금 돌고래 같은 소리 내는 거 알아? 그만해."

클라리가 말을 멈췄다.

"너랑 친구 안 하겠다는 말이 아니야. 내가 자신 없는 건 다른 관계라고."

"다른 관계?"

사이먼의 얼굴이 붉어지기 시작했다. 뱀파이어도 얼굴을 붉힐 수 있는지 클라리는 처음 알았다. 창백한 피부 때문에 붉은색이 더욱 선명하게 보였다. "여자 친구, 남자 친구 하는 관계 말이야."

클라리는 잠시 할 말을 찾지 못하다가 마침내 이렇게 말했다. "그래도 '키스하는 관계'라고는 안 하네. 혹시라도 우리 관계를 그렇게 부를까 봐 걱정이었는데."

사이먼은 플라스틱 안락의자 위에 얽혀 있는 둘의 손을 내려다보았다. 그녀의 손은 그의 손에 비해 작아 보였지만, 평생 처음으로 그녀의 피부색이 그의 피부색보다 약간 어두웠다. 사이먼이 멍하니 클라리의 손가락을 엄지로 쓰다듬으며 말했다. "그렇게 부르지 않을 거야."

"네가 원한 게 그런 관계 아니었어? 난 네가……."

사이먼이 검은 속눈썹 아래로 클라리를 바라보았다. "널 사랑한다고 하지 않았느냐고? 물론 널 사랑해. 하지만 그게 전부는 아니야."

"마야 때문이야?" 클라리는 이가 덜덜 떨리기 시작했지만 추위 때문만은 아니었다. "마야를 좋아해서?"

사이먼이 잠시 망설였다. "아냐. 내 말은, 그러니까 내가 마야를 좋아하는 건 맞아. 하지만 네가 말한 그런 식으로는 아니야. 마야와 함께 있으면…… 나 같은 사람하고 같이 있는 게 어떤 건지는 나도 잘 아니까. 어쨌든 너랑 있을 때하고는 달라."

"하지만 넌 마야를 사랑하지 않잖아."

"언젠가 사랑하게 될지도 모르지."

"언젠가 나도 널 사랑하게 될지 모르잖아."

"그런 날이 오면 꼭 와서 알려줘. 내가 어디 있는지는 잘 알 테니까."

클라리는 더욱 심하게 이를 떨었다. "널 잃고 싶지 않아, 사이먼. 그럴 수 없어."

"그런 일은 절대 일어나지 않아. 난 널 떠나는 게 아니야. 다른 사람인 척하는 너 대신, 우리에게 있는 것, 진짜이고 진실이고 중요한 것을 택하겠다는 거지. 너랑 있을 땐 진짜 너, 진짜 클라리와 함께 있다고 확신할 수 있었으면 좋겠어."

클라리는 사이먼의 머리에 자신의 머리를 기대고 눈을 감았다. 그렇게 많은 일이 있었는데도 사이먼은 전과 다름없이 느껴졌다. 세제 향이 나는 것도 똑같고. "나도 그게 누군지 잘 모르겠는걸."

"난 알아."

클라리가 뒤뜰로 통하는 문을 닫으며 사이먼의 집을 나섰을 때, 루크의 새 픽업트럭이 엔진을 켠 채 모퉁이에 세워져 있었다.

"내려주고 그냥 가도 되는데. 기다릴 필요까진 없어요." 루크의 옆 좌석으로 올라타며 클라리가 말했다. 루크는 부서진 트럭을 정확히 똑같은 모델로 바꾸었다.

"미안하구나. 내가 안심이 안 되어서 그래." 루크가 커피가 담긴 종이컵을 내밀며 말했다. 클라리가 받아 들어 한 모금 마셨다. 클라리가 좋아하는, 우유 없이 설탕만 잔뜩 넣은 커피였다. "네가 내 시야에서 벗어나면 불안해서 말이야."

"정말요?" 트럭이 울퉁불퉁한 도로를 지날 때 커피가 쏟아질까 봐 클라리는 컵을 꽉 움켜쥐었다. "그 증상이 얼마나 오래갈 거 같은데요?"

루크가 잠시 생각해보는 듯했다. "그렇게 오래가진 않을 거다. 한 5, 6년 정도?"

"루크!"

"데이트도 서른이나 되어서야 시킬 참인데, 뭐."

"듣고 보니 그것도 나쁘지 않겠네요. 어쩌면 서른까지 준비가 되지 않을지도 몰라요."

루크가 곁눈으로 그녀를 보았다. "너랑 사이먼은……."

클라리가 빈손을 흔들어 보였다. "묻지 마세요."

"알았다." 루크는 무슨 뜻인지 알았을 것이다. "집으로 데려다줄까?"

"루크는 병원으로 갈 거죠?" 루크의 농담 아래 긴장이 흐르는 것으로 그 사실을 짐작할 수 있었다. "저도 같이 갈래요."

그들은 이제 다리 위를 달리는 중이었고, 클라리는 종이컵을 꼭 쥐고 강을 내다보았다. 아무리 보아도 이곳의 전경은 싫증이 나지 않았다. 맨해튼과 브루클린의 협곡 사이로 좁은 강이 흐르는 전경. 강물은 햇빛을 받아 알루미늄 포일처럼 번쩍거렸다. 클라리는 어째서 이 전경을 한 번도 화폭에 담을 생각을 하지 않았는지 문득 궁금해졌다. 언젠가 어머니에게 왜 클라리를 모델로 쓰지 않느냐고 물은 적이 있었다. 어째서 자신의 딸은 한 번도 그리지 않느냐고.

"뭔가를 그리는 건 그걸 영원히 잡아두려는 시도야." 조슬린은 붓을 들고 바닥에 앉아 그렇게 말했다. 붓에서 청바지로 파란색 물감이 뚝뚝 떨어졌다. "무언가를 정말로 사랑하면, 그 모습 그대로 영원히 간직하려는 생각은 하지 않게 된단다. 그것이 얼마든지 변하도록 내버려두어야 하거든."

'하지만 엄마, 난 변하는 게 싫어요.' 클라리가 심호흡을 하고 입을 열었다. "루크, 그 배에서 발렌타인한테 들은 얘기가 있는데요."

"'발렌타인한테 들었는데'로 시작하는 걸 보면 좋은 말은 절대 아닌데." 루크가 중얼거렸다.

"아마 좋은 말은 아닐 거예요. 루크하고 엄마에 관한 거예요. 발렌타인은 루크가 엄마를 사랑한다고 했어요."

정적이 흘렀다. 길이 막혀 차가 다리 위에 멈춰 서 있었고, 전동차가 덜컹거리며 지나가는 소리가 들렸다. 루크가 마침내 입을 열었다.

"그 말이 사실이라고 생각하니?"

긴장된 분위기를 감지하고 클라리는 조심스레 말을 골랐다. "잘 모르겠어요. 발렌타인이 전에도 그런 말을 했거든요. 그때는 그냥 피해망상과 증오 때문이라고 여기고 묵살해버렸어요. 그런데 이번엔 다시 생각을 해보게 되더라고요. 그러고 보니 루크가 늘 곁에 있었다는 게 조금 이상한 거예요. 루크는 저한테 아빠나 다름없잖아요. 우린 여름이면 말그대로 농장에서 살다시피 했고. 그리고 루크도 엄마도 다른 사람하곤 데이트 한 번 하지 않았고요. 그래서 어쩌면······."

"어쩌면?"

"어쩌면 두 분은 쭉 각별한 사이였는데, 저한테 말하고 싶지 않았던 걸지도 모른다고 생각했어요. 제가 너무 어려서 이해하지 못할 거라고 생각했든지, 아니면 제가 아빠에 대해 묻기 시작할 걸 염려해서요. 하지만 이젠 그런 일을 이해하지 못할 정도로 어리지 않아요. 그러니까 저한테 말해도 돼요. 제가 하고 싶었던 말이 바로 그건 것 같아요. 뭐든 털어놓아도 된다는 거."

"'뭐든'은 아마 아닐 거다." 트럭이 겨우 몇 센티미터를 움직이는 동안 차 안에는 다시 정적이 흘렀다. 루크가 눈을 가늘게 뜨고 해를 보며 손가락으로 핸들을 톡톡 두드렸다. 그러다 마침내 입을 열었다. "네 말이 맞아. 난 네 엄마를 사랑해."

"멋진데요." 엄마나 루크의 나이에 사랑에 빠진다는 것이 조금 징그럽게 느껴졌지만, 클라리는 두 사람을 지지한다는 뜻을 목소리에 담으려고 애썼다.

"하지만……." 루크가 덧붙였다. "엄마는 몰라."

"엄마가 모른다고요?" 클라리가 팔을 크게 휘저었지만 컵은 다행히 비어 있었다. "어떻게 모를 수가 있죠? 엄마한테 말하지 않았어요?"

루크가 가속 페달을 꽉 밟자 트럭이 앞으로 쏠렸다. "실은, 말하지 않았어."

"왜요?"

루크가 한숨을 내쉬고 고단하다는 듯이 턱을 문질렀다. "적당한 때를 찾지 못해서."

"그건 좀 궁색한 변명인 거 알죠?"

루크는 웃음과 짜증의 중간 정도 되는 소리를 냈다. "어쩌면. 하지만 사실이기도 해. 내가 조슬린에 대한 감정을 깨달은 건, 지금 네 나이인 열여섯 살 때였어. 발렌타인을 만난 것도 그 무렵이었지. 난 발렌타인의 경쟁 상대가 될 수 없었어. 그래서 약간 기쁘기까지 했단다. 조슬린이 원하는 게 내가 아니라면 정말로 그녀의 사랑을 받을 만한 사람이어야 한다고 생각했거든."

루크의 목소리가 굳어졌다. "내 생각이 얼마나 잘못되었는지 깨달았을 땐 이미 너무 늦었지. 우리가 이드리스에서 함께 도망쳐 나왔을 때 조슬린은 너를 임신한 상태였어. 난 조슬린에게 결혼하자고 했지. 결혼해서 내가 돌봐주겠다고, 아기 아버지가 누구라도 상관없다고, 내 아이처럼 키우겠다고 말이야. 조슬린은 내가 동정심에서 그러는 거라고 생각했어. 이기심에서 그러는 거라고 아무리 말해도 믿지 않았지. 내게 짐이 되고 싶지 않다고, 그런 일은 누구에게도 부탁할 수 없다고 하면서 말이야. 파리에서 조슬린과 헤어지고 이드리스로 돌아간 뒤, 난 마음을 잡지 못하고 늘 불행했어. 마음 한구석엔 언제나 조슬린이 있었고 그녀가 늘 그리웠지. 조슬린이 어디선가 내 도움을 필요로 하는 꿈을 꾸기도 했단다. 조슬린이 날 외쳐 부르는데 나는 듣지 못하는 꿈. 결국 난 참지 못하고 조슬린을 찾아 나섰어."

"엄마가 기뻐했던 걸 기억해요." 클라리가 작은 목소리로 말했다. "엄마가 루크를 발견했을 때요."

"그렇기도 하고 그렇지 않기도 했지. 날 다시 보게 된 건 기뻤지만, 동시에 나는 네 엄마가 도망쳐 나온 세계를 상징했고, 엄마는 그 세계에 관여하고 싶은 생각이 전혀 없었거든. 엄마는 늑대인간 무리, 클레이브, 이드리스, 그 모든 것과의 고리를 완전히 끊겠다고 약속하면 곁에 머물러도 좋다고 했어. 너와 엄마가 사는 집으로 들어갈 수도 있었지만, 그렇게 되면 내 변신을 네게 숨기기 어려울 거라는 조슬린의 생각에 동의하지 않을 수 없었지. 그래서 서점을 인수하고 이름을 바꾼 뒤 루션 그레이마크가 죽은 것처럼 꾸몄어. 사실 그는 죽은 거나 마찬가지였으니까."

"엄마를 위해 정말 많은 일을 했네요. 루크의 삶을 전부 포기했잖아요."

"그보다 더한 일도 했을 거야." 루크가 무덤덤하게 말했다. "하지만 엄마는 클레이브나 다운월드와는 어떤 식으로도 연관되어선 안 된다고 생각했고, 아무리 아닌 시늉을 해도 내가 늑대인간이라는 사실은 변하지 않으니까. 난 그 모든 걸 떠올리게 하는 살아 있는 증거물인 셈이지. 조슬린은 네가 그 세계에 대해 어떤 것도 알아선 안 된다고 강하게 믿고 있었어. 그거 아니? 난 매그너스에게 가는 일에 한 번도 동의한 적이 없었단다. 네 기억을 바꾸고 시야를 가리는 일 말이다. 하지만 그건 엄마가 원하는 일이었고, 만약 막으려 했다면 날 밀어냈을 거야. 엄만 나에 대한 진실을 숨기고 결혼해서 날 네 아버지로 만들어줄 사람이 절대 아니었어. 그리고 설사 그렇게 된다 해도 그건 엄마가 그렇게 열심히 쌓아왔던 보이지 않는 세계와 자신 사이의 연약한 벽을 모두 무너뜨리는 거였지. 난 그런 짓은 할 수 없었어. 그래서 계속 침묵한 거고."

"그러니까 엄마한테 한 번도 루크의 감정을 말한 적이 없다는 거예요?"

"엄마는 바보가 아니야, 클라리." 그의 목소리는 차분했지만 어딘가 모르게 굳어 있었다. "네 엄마도 알았을 거야. 내가 청혼까지 했으니까. 엄만 내게 짐을 지울 수 없다면서 정중하게 거절했지만, 이거 하나만큼은 나도 분명히 알아. 엄마는 내가 어떤 감정인지 알지만 나와 똑같은 감정은 아닌 거야."

클라리는 침묵했다.

"괜찮아." 루크가 애써 밝은 목소리로 말했다. "오래전에 받아들였으니까."

클라리의 신경이 돌연 긴장으로 떨리기 시작했지만 카페인 때문은 분명 아니었다. 그러나 자신의 삶에 대한 생각은 잠시 밀어두고 다시 말을 이었다. "엄마한테 청혼할 때 엄마를 사랑하기 때문이란 말은 했어요? 지금까지 듣기로는 안 한 거 같은데요."

루크가 침묵했다.

"솔직하게 말하지 그랬어요. 제 생각엔 루크가 엄마의 감정을 잘못 안 것 같아요."

"그렇지 않아, 클라리." 루크의 단호한 목소리에 담긴 뜻은 분명했다.

이제 그만하자.

"엄마한테 왜 아무하고도 데이트하지 않느냐고 물은 적이 있어요." 클라리는 루크의 어조를 무시하며 말을 이었다. "엄마는 누군가에게 이미 마음을 주었기 때문이라고 했어요. 그때는 아빠를 말하는 거라고 생각했지만, 지금은…… 정말 그런지 확실히 모르겠어요."

루크는 놀란 얼굴이었다. "엄마가 그렇게 말했니?" 그가 잠시 후에 덧붙였다. "아마 발렌타인을 말하는 걸 거야."

"아닌 것 같아요." 클라리가 흘깃 루크를 보았다. "진짜 감정을 계속 숨겨야 하는 게 싫지 않으세요?"

또다시 침묵이 흘렀고, 이번 침묵은 트럭이 다리를 벗어나 오처드 가로 들어설 때까지 계속되었다. 거리에는 금색과 붉은색 한자로 아름답게 쓰인 간판을 단 가게와 식당이 줄을 이었다. 루크가 입을 열었다.

"그래, 싫어. 당시에는 두 사람과 함께 있을 수만 있다면 그 정도는 희생해도 좋다고 생각했어. 하지만 누구보다도 소중한 사람에게 진실을 말하지 못하면 결국에는 자기 자신에게도 진실을 말할 수 없게 된단다."

클라리의 귓가에 거센 물소리가 들려왔다. 내려다보니 자신도 모르는 사이에 빈 컵을 동그랗게 구겨 쥐고 있었다.

"인스티튜트로 데려다주세요."

루크가 놀란 눈으로 쳐다봤다. "병원에 가겠다고 하지 않았니?"

"볼일 마치고 병원으로 갈게요. 먼저 해야 할 일이 있어요."

인스티튜트의 아래층에 햇빛이 한껏 쏟아져 들어와 공중에 떠다니는 허연 먼지가 그대로 드러났다. 클라리는 신자석 사이의 좁은 통로를 달려가 엘리베이터의 버튼을 찌르듯이 눌러댔다. "어서, 어서." 그녀가 중얼거렸다. "어……."

금빛 문이 끼익 소리를 내며 열렸다. 엘리베이터 안에 서 있던 제이스가 클라리를 보더니 눈이 휘둥그레졌다.

"……서." 클라리가 말을 맺으며 팔을 떨어뜨렸다. "아. 안녕."

제이스가 그녀를 빤히 쳐다봤다. "클라리?"

"머리 잘랐네." 생각할 겨를도 없이 클라리가 말했다. 정말이었다. 더는 긴 머리카락이 얼굴로 떨어지지 않을 정도로 깔끔하고 가지런하게 잘려 있었다. 좀 더 문명인에 가까워 보였고, 나이가 약간 들어 보이기까지 했다. 짙은 청색 스웨터와 청바지 차림도 깔끔했다. 스웨터 아래에서 은빛의 뭔가가 번쩍거렸다.

제이스가 손을 들어 올렸다. "아. 맞아. 메이리스가 잘라줬어." 엘리베이터 문이 스르륵 닫히기 시작하자 그가 문을 잡았다. "인스티튜트로 올라가려던 거야?"

클라리가 고개를 저었다. "너한테 할 말이 있어서 왔어."

"그래." 약간 놀란 눈치였지만 제이스는 엘리베이터 밖으로 걸어 나와 문이 닫히도록 그대로 두었다. "타키스에서 먹을 걸 좀 사오려던 중이었어. 다들 요리할 기분이 아니어서……."

"이해해." 클라리는 그렇게 말하고 곧바로 후회했다. 라이트우드 가족이 요리를 하고 싶든 그렇지 않든 그건 클라리와는 아무 상관이 없는 문제였다.

"거기 가서 얘기하면 되겠네." 제이스가 문으로 걸음을 옮기다 우뚝 멈춰서 클라리를 돌아보았다. 타오르는 촛불들이 머리카락과 피부에 연한 금빛을 드리우자 제이스는 그림 속의 천사처럼 보였고, 클라리의 심장이 조여들었다.

"올 거야, 말 거야?" 전혀 천사 같지 않은 음성으로 제이스가 외쳤다.

"아, 그래. 갈 거야." 클라리가 서둘러 제이스의 곁으로 걸어갔다.

타키스까지 걷는 동안 클라리는 자신이나 제이스, 또는 그들 둘에 관한 이야기를 대화에 끌어들이지 않으려고 기를 썼다. 그 대신 이사벨, 맥스, 알렉이 어떻게 지내는지 물었다. 제이스가 잠시 망설였다. 그들은 서늘한 바람이 불어오는 1번가를 걷고 있었다. 파란 하늘에 구름 한 점 없는 전형적인 뉴욕의 가을 날씨였다.

"미안." 클라리가 자신의 어리석음을 깨닫고 움찔했다. "다들 마음이 안 좋을 텐데. 아는 사람들이 그렇게 많이 목숨을 잃었으니."

"섀도우 헌터들은 좀 달라. 우린 전사들이야. 우린 죽음을 너희……"

클라리는 한숨이 나오는 걸 어쩌지 못했다. " '너희 먼데인하고는 다르게 봐.' 그렇게 말하려고 했지?"

"그래." 제이스가 인정했다. "나도 때로는 네가 누군지 헷갈려."

둘은 지붕이 아래로 푹 꺼지고 전면에 창문이 하나도 없는 타키스 앞에 멈춰 섰다. 출입문을 지키는 이프리트가 빨간 눈으로 그들을 수상쩍다는 듯이 내려다보았다.

"난 클라린데."

제이스가 그녀를 내려다보았다. 바람이 불어와 머리카락이 클라리의 얼굴로 날아들었다. 그가 무심코 손을 뻗어 머리카락을 뒤로 넘겨주었다. "알아."

둘은 안으로 들어가 구석 자리에 앉았다. 가게 안은 거의 비어 있었다. 픽시인 카엘리가 카운터에 기대 푸르고 하얀 날개를 느긋하게 파닥이고 있었다. 카엘리는 과거에 제이스와 데이트한 적이 있었다. 늑대인간 한 쌍이 다른 자리를 차지하고 앉아 있었다. 그들은 양의 다리를 뜯으며

《해리 포터》에 나오는 덤블도어와 매그너스 베인이 싸우면 누가 이길지를 두고 논쟁을 벌이고 있었다.

"덤블도어가 당연히 이기지." 늑대인간 하나가 말했다. "대단한 위력을 지닌 죽음의 저주를 쓸 수 있잖아."

다른 늑대인간이 정곡을 찌르는 지적을 했다. "하지만 덤블도어는 진짜가 아니잖아."

"매그너스 베인도 진짜가 아닐걸. 너, 한 번이라도 만나봤어?" 첫 번째 늑대인간이 비웃으며 말했다.

"기분 정말 이상하다. 저 늑대인간들이 하는 말 들었어?" 클라리가 의자 깊숙이 몸을 파묻으며 물었다.

"엿듣는 건 무례한 짓이야." 제이스는 그렇게 말하며 메뉴를 살폈고, 클라리는 그를 몰래 살필 기회를 얻었다. '난 널 바라보지 않아.' 클라리는 제이스에게 그렇게 말했지만, 어떤 면에서 그 말은 사실이었다. 적어도 그녀가 원하는 방식으로, 즉 예술가의 눈으로 그를 바라본 적은 없었다. 클라리는 늘 세부에 넋을 빼앗겼다. 광대뼈의 곡선, 속눈썹의 각도, 입 모양 같은 것에.

"계속 날 쳐다보네." 제이스가 메뉴에서 눈을 떼지 않고 말했다. "왜 그렇게 쳐다봐? 어디가 이상해?"

때마침 카엘리가 테이블로 다가와서 클라리는 대답을 하지 않아도 되었다. 손을 보니 펜이 아니라 은빛이 나는 자작나무 가지를 들고 있었다. 그녀가 흰자 없이 푸른색만 가득한 눈으로 클라리를 신기한 듯이 쳐다보았다. "주문하시겠어요?"

아무 생각이 없던 클라리는 대충 몇 가지를 주문했다. 제이스는 고구마튀김 한 접시와 포장해서 집으로 가져갈 요리 몇 가지를 주문했다. 그러자 카엘리는 희미한 꽃향기를 남기고 사라졌다.

"알렉하고 이사벨한테 이런 일들이 일어나서 유감이라고 전해줘." 카엘리가 멀어진 뒤 클라리가 말했다. "그리고 맥스한테 내가 언제 포비든 플래닛에 데려가겠다고 전해주고."

"오로지 먼데인들만 '슬픔을 나눈다'는 뜻으로 유감이라는 말을 하지." 제이스가 말했다. "넌 아무 잘못도 없어, 클라리." 제이스의 눈에 갑자기 증오의 빛이 떠올랐다. "발렌타인이 잘못했지."

"그럼 아직 아무 소식도……."

"발렌타인 소식? 없어. 그 검으로 시작한 일을 마무리할 기회가 올 때까지 어디선가 몸을 숨기고 있겠지. 그다음엔……." 제이스가 어깨를 으쓱했다.

"그다음엔?"

"나도 모르겠어. 발렌타인은 정신병자야. 정신병자가 무슨 행동을 할지는 예측하기 어렵잖아." 제이스는 시선을 피했고 클라리는 그가 무슨 생각을 하는지 알았다. 전쟁. 그것이 발렌타인이 원하는 바였다. 섀도우 헌터와의 전쟁. 그리고 발렌타인은 원하는 바를 이룰 것이다. 오직 어디를 먼저 공격하느냐의 문제일 뿐이었다.

"나한테 할 이야기라는 게 그건 아닐 것 같은데?"

"그래." 막상 이야기해야 할 순간이 오니 클라리는 무슨 말을 어떻게 해야 할지 몰랐다. 냅킨꽂이에 그녀의 모습이 언뜻 비쳤다. 하얀 카디건, 하얀 얼굴, 불그스름한 볼. 열이라도 있는 사람의 얼굴이었다. 실제로도 약간 열이 올라 있는 느낌이었다.

"지난 며칠간 너랑 얘기하고 싶었는데……."

"깜빡 속겠는걸." 제이스의 목소리가 부자연스럽게 날카로웠다. "전화할 때마다 루크는 네가 아프다고 하더라. 그래서 또 날 피하고 있다는 걸 알았지."

"피한 거 아니야." 둘 사이에 거대한 공간이 가로놓인 것만 같았다. 좌석이 그리 크지도 않고 멀리 떨어져 앉지도 않았는데. "너하고 정말로 얘기하고 싶었어. 네 생각도 계속했고."

제이스가 놀란 듯한 소리를 내며 테이블 위로 손을 뻗었다. 그의 손을 잡으니 클라리의 마음이 진정되는 것 같았다. "나도 널 생각했어."

제이스의 손은 따스했고 안도감을 주었다. 클라리는 렌윅에서 피에 젖은 포털 조각을, 그의 예전 삶과 유일하게 연결된 그 물건을 제이스 손에서 어떻게 받아 들었는지, 그리고 제이스가 자신을 어떻게 끌어안았는지를 떠올렸다. "나 정말 아팠어. 거짓말 아니야. 그 배에서 거의 죽을 뻔했잖아."

제이스는 클라리의 손을 놓아주었지만 그녀의 얼굴을 외우기라도 할 것처럼 빤히 응시했다. "알아. 네가 죽다 살아날 때마다 나도 같이 그러니까."

그 말에 카페인 음료를 크게 한 모금 들이킨 것처럼 클라리의 심장이 덜컥거렸다. "제이스, 내가 하려던 말은……."

"잠깐. 내가 먼저 말하게 해줘." 클라리의 다음 말을 막기라도 하듯 제이스가 손을 들어 올렸다. "네 얘기 듣기 전에 사과부터 하고 싶어."

"사과? 뭐 때문에?"

"네 말을 듣지 않았잖아." 제이스가 양손으로 머리를 쓸어 넘기자 목 옆의 작은 흉터가 보였다. 보일 듯 말 듯한 그 은색 선은 전에는 없던 것이었다. "내가 너한테 바라는 건 불가능한 일이라고 네가 계속 얘기하는데도 듣지 않고 끊임없이 강요했어. 내가 원하는 건 너뿐이었고, 다른 사람들 말은 중요하지 않았거든. 심지어 네 말조차도."

클라리는 별안간 입안이 마르는 것 같았다. 하지만 그녀가 미처 입을 열기도 전에, 제이스의 고구마튀김과 클라리가 주문한 음식들을 들고 카엘리가 돌아왔다. 클라리는 자신이 주문한 음식을 빤히 내려다보았다. 녹색 밀크셰이크, 날고기 같아 보이는 햄버거 스테이크, 초콜릿을 입힌 귀뚜라미. 어차피 먹을 생각도 나지 않을 정도로 뱃속이 단단하게 뭉쳤으니 상관없었다. 웨이트리스가 사라지자마자 클라리가 입을 열었다. "제이스, 넌 잘못한 거 하나도 없어. 넌······."

"아냐. 끝까지 들어줘. 지금 말하지 않으면 영원히 못할 거야." 그 안에 우주의 비밀이 숨겨져 있기라도 한 것처럼 제이스가 고구마튀김을 뚫어져라 쳐다봤다. 그의 입에서 말들이 급하게 흘러나왔다. "난 가족을 잃은 줄 알았어. 발렌타인을 말하는 게 아니야. 라이트우드 가족을 말하는 거지. 그들이 날 다시는 안 볼 거라고 생각했거든. 너 말고는 나한테 남겨진 게 아무것도 없다고 생각했어. 난······ 난 미치도록 화가 났고 그걸 전부 너한테 풀었던 거야. 미안하게 생각해. 네 말이 맞았어."

"아냐. 내가 바보 같았어. 너한테 잔인하게 굴고······."

"넌 충분히 그럴 만했어." 제이스는 눈을 들어 클라리를 바라보았다. 문득 네 살 때 바닷가에서 바람에 허물어진 모래성을 보고 울던 기억이 떠올랐다. 어머니는 클라리에게 다시 만들면 된다고 했지만 클라리는 울음을 멈추지 않았다. 영원하다고 생각한 것이 영원하지 않았고, 바람이나 물의 공격 한 번으로 사라져버리는 것이었기 때문이었다.

"네 말이 맞아. 우리는 외부와 격리되어 살거나 사랑하는 게 아니야. 우리가 우리 감정대로만 산다면 우릴 소중히 여기는 사람들에게 커다란 상처를 입히게 될 거야. 마음을 산산이 부수어놓을 거라고. 그 정도로 이기적인 사람이 된다는 건…… 곧 발렌타인처럼 된다는 뜻이야."

아버지의 이름을 어찌나 단호하게 내뱉던지, 클라리는 마치 제이스가 면전에서 문을 쾅 하고 닫아버린 느낌이었다.

"이제부턴 네 오빠로 살 거야." 제이스는 클라리가 기뻐하리라고 기대하는 눈빛으로 그녀를 쳐다보았다. 클라리는 제이스가 그녀의 마음을 산산조각 내고 있다고, 그러니 멈추라고 소리를 치고 싶었다. "네가 원하는 게 그거지?"

클라리는 오랜 시간이 흐르고 나서야 겨우 대답하면서, 자신의 목소리가 아주 멀리서 들려오는 메아리 같다고 생각했다. 귓속에서 거센 파도 소리가 들렸고, 모래나 소금을 뿌린 것처럼 눈이 따가웠다. "그래, 그게 내가 원하는 거야."

클라리는 베스 이스라엘 병원의 거대한 유리문으로 이어지는 넓은 계단을 멍하니 걸어 올라갔다. 다른 곳이 아니라 이곳에 있어서 그래도 다행이라는 생각이 들었다. 어머니의 품 안에 뛰어들어 울고 싶었다. 우는 이유는 설명하지 못한다 해도. 그러나 어머니의 품 안에서 울 수는 없었으므로 어머니의 침대 옆에서 우는 것이 그나마 나은 대안이었다.

타키스에서는 그런대로 평정을 유지했고 헤어질 때는 제이스에게 잘 가라며 포옹까지 해주었다. 지하철에 오를 때까지만 해도 잘 참았지만, 오르고 나서는 모두를 생각하며 울었다. 제이스, 사이먼, 루크, 어머니, 심지어 발렌타인까지. 얼마나 서럽게 울었는지 앞에 앉은 남자가 휴지를 건넸는데, 클라리는 그 남자에게 도리어 소리를 질렀다. "뭘 보고 있어, 이 멍청아!" 아무튼 그러고 나니 기분이 약간 나아졌다.

병원 계단을 거의 다 올라가니, 문 앞에 한 여인이 서 있었다. 그 여인은 맨해튼에서는 보기 힘든 길고 검은 망토를 걸치고 있었다. 검은 벨벳과 비슷한 재질로 만든 망토에는 커다란 후드가 달렸고, 여인의 얼굴은 후드에 가려 보이지 않았다. 계단이나 문 앞에 있는 사람들 눈에는 여인이 보이지 않는 것 같았다.

계단 꼭대기에 다다라 그녀를 올려다보았지만, 여전히 얼굴은 보이지 않았다. "저기요, 혹시 날 만나러 온 거면 얼른 용건이나 말해요. 난 지금 글래머나 비밀의 세계 따위에 관해 길게 얘기하고 싶은 기분이 아니니까."

지나가던 사람들이 걸음을 멈추고 허공에 대고 얘기하는 클라리를 쳐다보는 것이 느껴졌다. 클라리는 그들을 향해 혀를 쏙 내밀고 싶은 충동을 꾹 눌러 참았다.

"좋아." 여인의 목소리는 온화했고 어딘가 모르게 익숙했다. 여인이 손을 들어 후드를 뒤로 넘기자 은빛 머리칼이 어깨 위로 쏟아졌다. 마블 공동묘지 정원에서 클라리를 빤히 쳐다보았던 여인이었다. 인스티튜트 앞에서 말릭의 칼로부터 그들을 구해주었던 여인. 가까이에서 보니 예쁘다고 하기엔 너무 각이 진 얼굴이었지만, 강렬한 적갈색 눈이 아름다웠다. "난 매들린이라고 해. 매들린 벨페어."

"그런데요? 무슨 일로 오셨죠?"

매들린이 잠시 망설였다. "난 네 엄마인 조슬린을 알아. 이드리스에서 친구로 지냈어."

"지금은 보실 수 없어요. 상태가 나아질 때까진 가족 외에 면회가 안 되니까요."

"하지만 엄마는 나아지지 않아."

클라리는 따귀를 한 대 얻어맞은 기분이었다. "뭐라고요?"

"미안하구나. 널 언짢게 할 생각은 아니었는데. 조슬린의 상태를 아는데, 먼데인 병원에서는 할 수 있는 게 아무것도 없다는 뜻이었어. 조슬린한테 일어난 일은…… 조슬린이 스스로 한 거야, 클라리사."

"아니에요. 모르셔서 그러시는데요, 발렌타인이……."

"조슬린은 발렌타인이 들이닥치기 전에 그렇게 했어. 발렌타인이 자기한테서 정보를 빼내지 못하게 하려고. 그게 엄마의 계획이었어. 오직 한 사람에게만 알려준 비밀 계획. 그리고 그 한 사람에게 주문을 되돌릴 방법도 알려줬지. 그 사람이 바로 나야."

"그 말은……."

"그래." 매들린이 말했다. "네 엄마를 깨울 방법을 가르쳐주려고 온 거야."

*《섀도우 헌터스 3 : 유리의 도시》에서 계속됩니다.

옮긴이 오정아

동국대학교와 대학원에서 영문학을 전공했다. 옮긴 책으로《오스틴랜드》《동물원을 샀어요》《아서왕, 여기 잠들다》《신이 찾은 아이들》《시카고 다이어리》《타임 패러독스》《나쁜 것 VS 더 나쁜 것》《첫아이를 위한 부모 수업》등이 있다.

섀도우 헌터스
2.재의 도시

초판 1쇄 발행 2016년 7월 22일
초판 13쇄 발행 2022년 12월 26일

지은이 카산드라 클레어 옮긴이 오정아

발행인 이재진 단행본사업본부장 신동해
편집장 김경림 표지디자인 디자인비따
마케팅 최혜진 이은미 홍보 반여진 최새롬 정지연
국제업무 김은정 제작 정석훈

브랜드 노블마인
주소 경기도 파주시 회동길20
문의전화 031-956-7067(편집) 02-3670-1123(마케팅)
홈페이지 www.wjbooks.co.kr
페이스북 www.facebook.com/wjbook
포스트 post.naver.com/wj_booking

발행처 ㈜웅진씽크빅
출판신고 1980년 3월 29일 제406-2007-000046호

한국어판 출판권 ⓒ 웅진씽크빅, 2013
ISBN 978-89-01-15922-5 04800
ISBN 978-89-01-10688-5(세트)

이 책의 한국어판 저작권은 대니홍 에이전시를 통한 저작권사와의 독점 계약으로 ㈜웅진씽크빅에 있습니다.
저작권법에 따라 보호받는 저작물이므로 무단전재와 무단복제를 금합니다.
이 책 내용의 전부 또는 일부를 사용하려면 반드시 저작권자와 ㈜웅진씽크빅의 서면동의를 받아야 합니다.

* 잘못된 책은 구입하신 곳에서 바꾸어 드립니다.
* 책값은 뒤표지에 있습니다.